T0246876

El chico de la gorra

Mike Aquarium

El chico de la gorra

Papel certificado por el Forest Stewardship Council®

MIXTO
Papel | Apoyando la
silvicultura responsable
FSC
www.fsc.org   FSC® C117695

Penguin
Random House
Grupo Editorial

Primera edición: julio de 2024

© 2024, Mike Aquarium
© 2024, Penguin Random House Grupo Editorial, S. A. U.
Travessera de Gràcia, 47-49. 08021 Barcelona

Printed in Spain – Impreso en España

ISBN: 978-84-10257-10-8
Depósito legal: B-9.152-2024

Compuesto en Mirakel Studio, S. L. U.

Impreso en Black Print CPI Ibérica
Sant Andreu de la Barca (Barcelona)

SL57108

A mi M.
A mis abuelos. Espero que estéis disfrutando a lo grande de
mis pequeñas victorias allí arriba.
Y a ti por confiar en esta novela. Ojalá tengas un buen viaje

1

Nueva York

Diciembre de 2021

Otra mañana más la sirena de un coche de policía se adelanta a mi despertador. Los rayos del sol tratan de buscar un hueco a través de las cortinas. Me desperezo estirando los brazos y detecto el sonido de la cafetera. Salgo de la cama y me pongo la misma camiseta que ayer. Son apenas las siete de la mañana. La vida en el corazón de Brooklyn comienza temprano. La luz ya se ha hecho con la mitad del salón-cocina de David y Susan.

—*Morning*, Áxel. ¿Otra vez las sirenas?

—Las tiendas de despertadores tienen que estar arruinadas en esta ciudad. ¿Quién necesita uno con esos estridentes gritos de ambulancia y coches patrulla cada dos minutos?

—¿Leche vegetal o de la otra? —me pregunta sonriendo con los ojos clavados en la última estantería de su enorme nevera de doble puerta.

—De la otra. Gracias, Susan. —Sus preciosas manos blancas con uñas cuidadas al milímetro sujetan una taza negra con el típico «I love NY» impreso en el exterior. En el interior, un café humeante y vomitivo parece no enfriarse nunca. David y Susan llevan aguantándome un mes en su apartamento al sur de Bedford-Stuyvesant. Lo menos que puedo hacer es beberme el café que ella me prepara alegremente cada mañana.

—¿Qué tal, familia? —David la besa en la cabeza, me revuelve el pelo con la mano y se sienta en la única banqueta que queda libre.

—¿Quieres café, cariño?

—No, gracias. Tomaré solo unas tostadas. —David me golpea con el codo bajo la mesa al detectar mi sonrisa mientras enciende con la otra mano el iPad. A él tampoco le gusta el café de Susan, pero es perro viejo y sabe cómo evitarlo. Yo, sin embargo, tengo que cumplir.

—¿Cómo va esa búsqueda? ¿Algún candidato?

—Sí, un par de apartamentos de Queens y otro de Staten Island, pero a Susan no termina de convencerla ninguno.

—Están demasiado lejos de la central y si algún día suprimen el teletrabajo, tendría un auténtico paseo hasta allí —aclara ella en un perfecto castellano con un sutil acento americano.

David viene del mismo lugar que yo. Crecimos en el mismo barrio. Jugamos en el mismo equipo. Nos salió el bigote casi al mismo tiempo. Nos hemos enamorado de la misma chica. Vimos juntos aquel mítico concierto de Oasis del 97 en el pabellón Príncipe Felipe y nos habremos bebido juntos más de cinco mil cervezas. Él asegura que son menos, pero nunca nos hemos puesto a calcularlo en serio. Yo estoy convencido de que son bastantes más. David estudiaba en un colegio concertado; yo, en uno público. Fina y Pepe, sus padres, son prácticamente mis tíos. Siempre me trataron con cariño y quizá con algo de lástima. Cuando eres un niño sin madre criado por tu abuela y con un padre que no entiende muy bien su rol, es fácil despertar compasión en los demás. Acabamos la secundaria a la vez y, a pesar de que obtuve mejores notas que él, no pude continuar con mi supuesta vocación. Siempre quise ser periodista, pero tras aquel ocho y medio en selectividad no pude elegir. En Zaragoza no había Periodismo y estudiar fuera era una auténtica utopía. La abuela llegaba a donde podía con la raquítica pensión de viudedad que le había quedado y bastantes milagros había hecho ya. Y mi padre… Con él nunca pude contar, ni para asuntos económicos ni para otros.

Digamos que a papá, en una noche con demasiado alcohol de por medio, le falló la marcha atrás. Fui un encargo que nadie pidió, un paquete que llega a la dirección equivocada. Mamá quiso tirar hacia adelante conmigo y mi padre no, pero ambos vivían en casa de mi abuela, que era una mujer de armas tomar que no entendía muy bien eso del aborto, por lo que instauró un contrato emocional difícil de quebrantar: «Seguiréis viviendo bajo mi techo siempre y cuando tengáis al niño». No sé cómo fueron las negociaciones ni me las quiero imaginar, la verdad. A mis seis años, una neumonía mal curada cogió por los pulmones a mi madre, una mujer demasiado delgada que fumaba dos paquetes de Winston diarios, y la puso de repente en la camilla de una UCI. Allí su lisa melena rubia se apagó para siempre. La abuela se convirtió en mamá y en el auténtico Jesucristo y papá... no supo muy bien hacia dónde tirar. La situación lo sobrepasó desde que llegué a este mundo y tras la muerte de mamá desapareció. Mi vida era una de esas series con un millón de temporadas y mi padre, un personaje con cierta continuidad en los primeros capítulos que se fue desvaneciendo poco a poco. Pasó a ser un vulgar secundario que aparecía de vez en cuando cada doscientos episodios, cuando la trama se había ya asentado sin él. Pasó de actor protagonista a simple figurante que se marcaba un cameo de ciento a viento, sin relevancia alguna en el argumento de la historia, justo cuando el peso de su conciencia se volvía insoportable. Cada vez que la vida sonreía o lloraba, encontraba siempre la mirada optimista y arrugada de la abuela. Ese era el contexto en el que me encontraba a los diecisiete años, un momento clave para la vida de cualquiera, cuando has de elegir la senda que te llevará al mundo adulto. Una vida muy distinta a la de David. Fue el primer niño del barrio en tener ordenador y la legendaria Super Nintendo. Aquellas tardes de invierno en su casa jugando al *PC Fútbol* o al *Super Mario World* se han acomodado para siempre en la estantería de los grandes éxitos de mi vida. Fina era enfermera y Pepe trabajaba en el concesionario Citroën a dos manzanas de nuestra calle. Económicamente les iba bien. Siempre mantuvieron el mismo piso y podían permitirse un mes de vacaciones en Salou cada verano. Agosto era el único mes en el que David y yo no estábamos juntos. Él terminó cursando Informática. Se colocó rápido, ya que se le daba de maravilla eso de teclear y descifrar códigos. Tan de maravilla que optó a un puesto como desarrollador de aplicaciones para teléfonos móviles al otro lado del Atlántico y terminó aquí, en Nueva York. Yo, en cambio, no tenía claro hacia dónde dirigir mi vida. La carta con la opción de estudiar Periodismo estaba ya en el vertedero, así que tuve que ser todo lo práctico que puede ser uno antes de cumplir la mayoría de edad. Una mañana de julio fui a la oficina del Instituto Aragonés de Empleo más cercana a mi casa y le pregunté a una de las señoras de la ventanilla cuáles eran las dos profesiones más demandadas. Aquella mujer de voz aguda me respondió sin despegar la vista del ordenador y sin pestañear «Administrativo y electricista».

Ya que no podía hacer lo que de verdad quería, al menos deseaba tener dinero para poder sostenerme, pagar mis facturas y cumplir con todos los requisitos que se suponía que la sociedad esperaba de mí. Estudié un grado superior de Gestión Administrativa y otro de Electricidad. A los veintiún años, ya era un chaval con dos títulos bajo el brazo preparado para trabajar toda su vida en algo que no le gustaba lo más mínimo. La conclusión es que las cosas siguen más o menos igual. Hace veinte años me dejaba su ordenador y sus videojuegos o recibía el cariño de sus padres y ahora estoy en una cama en el cuarto de invitados de su apartamento de Brooklyn. Aquí sigo, a mis casi treinta y seis, cobijado a la sombra del gran David.

—¡Tío, baja de la parra!

—Perdona, me había quedado empanado pensando en cómo terminar el vídeo que tengo a medias.

—¿Qué harás hoy?

—Supongo que volveré a Times Square y grabaré algunos planos de relleno por si alguno de los vlogs ha quedado algo corto.

—Cuando vengas a verme la próxima vez, me tienes que enseñar a editar, aunque sea de forma básica —comenta mientras se abrocha los últimos botones de la camisa. Luego, acomoda el portátil sobre la mesa del salón.

—¿En serio vas a hacer eso? No me lo puedo creer.

—¿Hacer qué?

—Pues eso —respondo señalándolo con asombro—. Conectarte a la reunión con una camisa de seda y gayumbos de los Nets.

Comienza la reunión y David saluda a su equipo con un enérgico *Hi, guys*. Desde la barra de la cocina la imagen es desoladora. De cintura para arriba parece el mánager ideal para cualquier empresa, un auténtico tiburón de las finanzas: peinado cuidado, camisa perfectamente planchada, sonrisa inmaculada y un inglés exquisito. De cintura para abajo es una especie de ñu desnutrido: calzones anchos de señor mayor con dibujos del equipo de básquet del condado, una buena pelambrera ocultando sus delgadísimas piernas y zapatillas de andar por casa con el símbolo de Batman cubierto de pelusas. Aprovecho para inmortalizar el momento con el iPhone. Acto seguido, finge que la conexión falla, desconecta la cámara, se quita uno de los calcetines y me lo lanza sin demasiada puntería.

—Pasarán los años y seguiréis igual —suspira Susan con una sonrisa mientras cierra la puerta del baño.

Tiro por el fregadero los tres dedos de café que quedan en mi taza y friego los cacharros. De fondo escucho a David organizando calendarios, repartiendo tareas y, de vez en cuando, soltando alguna que otra broma para amenizar el ambiente. Es un buen jefe. Siempre tuvo maneras de líder. El típico amigo que te lleva a casa cuando te has pasado con las copas, que te ofrece el hombro cuando tu chica te deja y también el primero, siempre, en pagar. Nunca deja que pagues. Es una batalla perdida. Un tauro de manual y una de las mejores personas que me he cruzado. Siento verdadero orgullo de verlo ahí sentado, dando instrucciones a su equipo en calzoncillos, igual que cuando éramos alevines y repartía el juego en el centro del campo. Siempre buscando el pase perfecto, aplaudiendo las jugadas que salían mal y celebrando los goles con cautela. Así es David. A veces pienso que alguien lo puso a mi lado para que fuera una especie de modelo de figura paterna, pero con mi misma edad, aunque las canas que asoman desde sus sienes se esfuercen en que aparente algún año de más.

Preparo mi mochilita: mi Sony Alpha, mi pequeña Canon, la GoPro, el micro, una gorra, una camiseta térmica por si aprieta el frío y un par de mascarillas. Estamos en pleno diciembre y el clima de Nueva York está muy raro. Temperaturas por debajo de cero grados a esta hora de la mañana. A mediodía rozan los veinte y por la noche vuelve a helar. En estos treinta y dos días que llevo aquí he visto nevar, llover, me he tumbado en manga corta en Central Park e incluso me he comido un par de helados en Ample Hills, la que se ha convertido en mi heladería favorita.

Zapatillas Vans, calcetines de nieve, mallas y camiseta térmicas, pantalón vaquero negro, camisa de franela con cuadros marrones, abrigo tres cuartos verde con capucha, gorra gris y mitones para que las pantallas táctiles del móvil y las cámaras obedezcan las órdenes de las yemas de los dedos. Le devuelvo el tiro a David y su calcetín le roza la nariz. Con cierto disimulo, me lanza una mirada llena de cuchillos, sables y balas. Me recupero del ataque de risa y le digo adiós a Susan desde el otro lado de la puerta del baño.

—¡*Bye*, Áxel! Que vaya muy bien el día. Si necesitas cualquier cosa, ya sabes dónde estamos. —El sonido amable de su voz es silenciado por el aire del secador.

La madera de la escalera cruje bajo mis pasos. Acaricio al gato de los vecinos, una encantadora pareja polaca que vive en el segundo piso. Desconozco el motivo, pero siempre tienen la puerta abierta. Su gato, Clark, recorre el edificio de arriba abajo. Yo creo que piensan que los sesenta metros cuadrados de su morada son escasos para el felino y por eso dejan que ronde a su aire por cada una de las plantas. Clark y yo nos hemos hecho buenos amigos durante este último mes, creo que intuye que tengo una gata. Se da un cierto aire a Trufita. Mismo color gris pardo y mismos ojos verdes, pero algo más gordo. En el primer apartamento vive el viejo Bob, un simpático afroamericano entrado en años, el único propietario del edificio. Los demás son todos inquilinos. Bob llegó al barrio a mediados de los ochenta, cuando esto era un hervidero de balas, robos y asesinatos. Solemos coincidir en la escalera y en la cafetería de los mexicanos de la esquina. Me gusta charlar con él. Es un tipo que habla despacio, con una buena entonación. A veces pienso que me echa una mano con el idioma. No abrevia demasiado las palabras y aminora la velocidad de la conversación cuando frunzo el ceño y asume que no me entero. Mi inglés es bastante selectivo, se me da mejor hablarlo que escucharlo. El *listening* es mi talón de Aquiles. Suelo entenderlo casi todo en un contexto concreto, pero, según la dicción de la persona que me esté hablando en ese momento, me cuesta comprenderlo o directamente no me entero de nada. Por ejemplo, en series como *Breaking Bad*, soy capaz de escucharlo en versión original, pero en *The Wire* o *Peaky Blinders* necesito leer los subtítulos casi todo el tiempo. El viejo Bob está ya de vuelta y sabe cómo funcionan las cosas dentro de mi cabeza. Bedford-Stuyvesant, un barrio configurado con edificios enladrillados de tres alturas, era el núcleo del crimen hasta hace relativamente poco. Hace veinte o treinta años, debías observar cuidadosamente por la mirilla antes de poner un pie en el felpudo de bienvenida, no fuera que te cayera un disparo. Aquí habitaba la mayor comunidad afroamericana de Nueva York con permiso de Harlem y en estas calles se criaron Michael Jordan y Mike Tyson. Los alquileres estaban por los suelos para ser Nueva York. La situación se mantuvo hasta bien entrados los noventa. En aquella época, la tasa de asesinatos había disminuido bastante, pero la de drogadictos no descendía al mismo ritmo. En esta última década se ha calmado demasiado. El barrio ha dejado de ser una película de acción y se ha convertido en una especie de escenario de novelas románticas. Muchos yuppies se han mudado aquí. También algunos artistas. Incluso los hípsters se trasladaron a esta zona de Brooklyn. De los oscuros bajos de los edificios han florecido negocios como cafeterías, tiendas de ropa, lavanderías... Esa prosperidad fue un regalo envenenado para muchos de los inquilinos. Cada año, su alquiler se incrementaba a pasos agigantados. Menos delincuencia, menos droga, más negocios, más gente con dinero y más personas como David y Susan buscando apartamento en otro distrito más económico. Comenzaron pagando mil quinientos dólares, pero esa cantidad supera ya los tres mil y continúa aumentando. Quizá a menor ritmo tras la pandemia. El COVID ha ensombrecido el bienestar de la zona y de Nueva York en general. La droga ha vuelto a las calles y, con ella, los actos violentos en algunas zonas.

—¡Hombre, mi youtuber favorito otra mañana más en la mejor cafetería de Brooklyn! —grita Reinaldo desde el otro lado de la barra nada más verme—. ¿Lo de siempre?

—Lo de siempre, Rei. ¿*Tattoo* nuevo? —le digo señalando su antebrazo izquierdo.

—No, me lo hizo un carnal hace ya un tiempito.

Acaricia lo que parece ser la parte frontal de un Mustang dibujado en tinta negra. Luce como una auténtica fotografía.

—Está bien chido, güey —Rei sonríe mientras cierra mi café con leche con una de esas tapas redondas de plástico.

—¿Cuándo sube los nuevos vídeos de New York? Me ha encantado la serie de Turquía. Esos turcos se ven bien chistosos.

—Eran unos cachondos. Interactuaban mucho conmigo en cuanto me veían con la cámara. Los de Nueva York tengo que editarlos cuando vuelva a España. Supongo que en dos o tres semanas comenzaré a subirlos. A ver cómo voy de tiempo.

—Siga dándole duro, su contenido es el mejor, carnal.

—Muchas gracias, tío —Chocamos el puño, me guiña un ojo y dejo mi dólar en el bote de las propinas.

Dólar y medio de café con leche calentito que nada tiene que envidiar al de Starbucks. La lavativa diaria de Susan hizo que me buscase la vida en cuanto llegué a Nueva York. La cafetería de Rei apareció aquella lluviosa mañana de noviembre nada más doblar la esquina, justo enfrente de los cartones donde suele dormir Billy, otro personaje mítico del barrio.

El sol ha perdido la batalla allí arriba frente al ejército de nubes grises que amenazaban desde el noreste. Hoy hace menos frío que ayer, pero, aun así, cuando exhalo aire por la boca puedo ver el aliento confundirse con el humo del café. Busco una mascarilla en el bolsillo pequeño de mi mochila Kånken negra. El metro es el único lugar donde siguen siendo obligatorias, los últimos coletazos de una pandemia que agoniza ya en medio mundo desde hace varios meses. El engranaje de la normalidad gira de nuevo. Trato de apurar el café mientras echo un vistazo al email y a los comentarios de mis redes sociales. Una empresa quiere colaborar conmigo a cambio de unas gorras y unas gafas de sol. Me parece increíble que a estas alturas todavía haya marcas que soliciten acciones comerciales a cambio de sus productos. Me pregunto qué me dirían en el supermercado si un día aparezco por allí y le digo al tipo de la caja que esta vez no le pago con dinero, que le pago la comida de las próximas dos semanas con tres pantalones y dos bragas.

Otro correo. La empresa de Kenia con la que contacté para organizar un viaje con mis seguidores el pasado mes de octubre me ha respondido y me convoca para una videollamada pasado mañana. Le doy a aceptar y activo un recordatorio cinco minutos antes de la reunión.

El Creator Studio de YouTube me informa que seguimos en medio millón de visitas mensuales y el vlog del pasado domingo continúa en segunda posición. Sí, ahora a la plataforma le ha dado por hacer un ranking con tus últimos diez vídeos publicados y los sitúa en tiempo real según las visitas que reciben. Te lo venden como información muy valiosa para tu crecimiento y realmente lo es, pero yo lo veo como una presión innecesaria y también como una tabla de objetivos de las de toda la vida. Quizá la herida que ha quedado después de trabajar tantos años en el mundo comercial sigue demasiado abierta.

Los haters la han tomado ahora con mi supuesta irresponsabilidad por irme de viaje a Nueva York sin Trufita, mi gata. Me acusan de maltrato animal, de abandono, y, bueno, según ellos tendría que estar cumpliendo condena en Guantánamo. Llevan así desde que retomé los viajes tras el confinamiento. Mi gata está en las mejores manos posibles y lleva la vida que ella quiere llevar. Pero los haters odian todo lo que hago, no atienden a explicaciones y mucho menos se paran a razonar. A lo largo de estos casi cinco años de vida pública he desarrollado una teoría: un buen hater no trabaja, es un ser oscuro y hundido cuya misión principal es consumir durante todo el día contenido que no le gusta para dejarte muy claro que no te soporta. Vive en un círculo vicioso que precisa orden, tiempo y disciplina. Necesita muchas horas de sus días para estar informado al momento de todo lo que hacemos y comentar casi todo lo que subimos a las redes en tiempo real. Por lo que deduzco que, además de no tener un trabajo que lo entretenga ocho o nueve horas al día, tampoco tiene vida social. Lo sacrifica todo para vernos. Somos su prioridad. Por lo tanto, esos haters son mis mayores fans. Pasan más tiempo viéndome a mí que a cualquier otro que tengan cerca. Y yo, la verdad, a algunos ya les he cogido cariño.

El resto son agradecimientos y buenas palabras por el contenido. Por suerte, la inmensa mayoría valora el trabajo, se lo pasa bien viéndome y lo más importante para mí: cuando organiza sus viajes, recurre a mi página web y a las empresas con las que trabajo para contratar sus servicios con mis enlaces. Con eso pago mis facturas y es lo que me permite seguir llevando la vida que quiero. O, pensándolo bien, es la única opción que me quedó tras ese horrible marzo en el que toda mi vida voló por los aires.

Termino el café, tiro el vaso a la papelera, me acomodo la mascarilla y me sumerjo otra mañana más en la estación Kingston-Throop en busca de la línea C que día tras día me lleva directo a Manhattan. Justo antes de llegar al final de las escaleras, oigo unos gritos estación arriba. Junto a la máquina de tíquets dos policías se enfrentan a Billy, el tipo de coleta rubia que duerme en los cartones frente a la cafetería de Rei, que está en cueros. Los dos agentes tratan de contenerlo, pero son casi dos metros de fibra irlandesa. Por lo visto, Billy ha creído oportuno desnudarse cuando alguien le ha increpado por ocupar demasiado espacio con sus bártulos aquí abajo. Los ha subido hasta la entrada, se ha quitado la ropa y le ha gritado al tipo que le ha recriminado «¿Mejor así?». Acto seguido, se ha inyectado en el tobillo su dosis de fentanilo, un opioide sintético que se usa en hospitales para anestesiar a los enfermos y tratar dolores intensos. Es una sustancia muchísimo más potente que la heroína y la morfina. En el último año, en Estados Unidos murieron más de cien mil personas a causa de esta droga. Empezó a hacer estragos ya antes de que el mundo estallase con la pandemia. Ahora, sus consecuencias pueden verse en cualquier esquina de la ciudad, pero con mucha más intensidad aquí abajo, en las estaciones de metro, que se convirtieron durante lo peor del COVID en el hogar de indigentes y drogadictos, ya que apenas había tránsito por miedo a los contagios. Me contó David que durante aquellos meses aparecieron cadáveres en los vagones, gente enferma que hizo de este mundo subterráneo su casa. Las autoridades trataron de alojar a muchos de ellos en albergues y habitaciones de hotel, pero para alguien que está hecho a la calle y que vive enganchado a la dosis que gotea de una aguja, dormir bajo un techo vigilado y rodeado de extraños puede no parecerle la mejor de las ideas. Muchos todavía continúan aquí y supongo que el frío invierno de Nueva York ayuda a que sigan buscando refugio entre miradas vacías, pasos rápidos y ratas jugándose la vida en los raíles por media ración de pizza. La legalización de la marihuana en todo el estado para uso recreativo ha sido la guinda del pastel. Raro es el día en el que las noticias locales no cuentan un tiroteo, un asesinato o cualquier otro tipo de conflicto.

Es mi quinta visita a la ciudad y esta ha sido la única vez que he tenido que guardar las cámaras por miedo a que alguien me las robe, y también la primera vez que he evitado volver a Brooklyn en metro cuando la noche me ha pillado todavía en Manhattan.

Billy continúa en pelotas, pero ya con ambas manos esposadas a la espalda. Durante el forcejeo, la goma que sostenía su coleta se ha roto y la larga melena rubia le oculta el rostro. La dosis ha hecho su efecto. Ahora mismo es un enorme muñeco que se tambalea con los ojos entreabiertos. El agente más alto no sabe muy bien cómo colocarlo mientras su compañero termina de registrar los bolsillos de sus rasgados y sucios tejanos, tirados en el suelo. Si lo pone cara a la pared, se le ve la raja del culo, y, si lo sitúa de frente, es el nardo de Billy el que da la bienvenida a todos los transeúntes que descienden al metro. Los tres suben despacio las escaleras y, cuando están a punto de alcanzar el último peldaño, un rayo de sol hace que la escena adquiera un tono cinematográfico con la silueta iluminada de los dos policías arrastrando a Billy.

Soy la única persona que se ha tragado la película de principio a fin. El ir y venir de la gente ha sido constante y, como mucho, un par de curiosos han dedicado apenas unos segundos a presenciar la escena. Doy fe de que en esta jungla de cemento somos todos invisibles. Deslizo mi MetroCard por el lector. Luz verde. Empujo el torno con la mano que me queda libre. Pulso el botón REC de mi cámara y enfoco la oscuridad del túnel. Se escucha un tímido traqueteo lejano cuyo volumen aumenta poco a poco. Me mantengo inmóvil en el andén. Primero las luces; un segundo después, ese enorme gusano metálico irrumpe en mi plano de forma majestuosa. Lo tengo.

El vagón está repleto de miradas perdidas, narices y bocas tapadas. Un chico asiático observa con detenimiento mi cámara. Un tipo con una boina ladeada que deja entrever parte de su despoblada cabeza ojea *The New York Times*. Me pierdo en los ojos azules de la chica que se apoya en una de las puertas. Algo que ha leído en la pantalla de su teléfono la hace sonreír y su mascarilla deja ver una pequeña nariz respingona. Un afroamericano balancea la cabeza al ritmo de la música que escupen sus cascos. En la visera de su gorra, bajo la capucha de la sudadera, un clip sostiene un dólar.

Casi cuarenta minutos después vuelvo a la superficie. Times Square tiene su propia luz independientemente de cómo esté el día. Aquí llevan el control luminoso los neones y las gigantescas pantallas que muestran millonarias campañas publicitarias. Un tipo discute consigo mismo en medio de la calzada mientras los coches rozan los bajos de su abrigo sin inmutarse. Lleva una botella de whisky en una mano, un martes cualquiera a las diez de la mañana. Cuando la vida te golpea fuerte y caes hasta besar la lona, piensas poco en las posibles consecuencias. El corazón de Manhattan es a estas horas un auténtico hormiguero de gente de todos los tamaños, tribus urbanas y razas. La mayoría con enormes vasos de café humeante en las manos. La banda sonora de Nueva York en cualquier momento del día es el resultado de una ecuación con aullidos de las sirenas de las ambulancias y de la policía. Es difícil caminar cien pasos seguidos sin toparte con el rugido de cientos de motores, el claxon de los coches pidiendo paso con urgencia y el murmullo de la gente al caminar. Algunos conversan por el móvil en voz alta y otros avanzan cabizbajos por las aceras, escondidos bajo sus gorros de lana, en silencio, tratando de pasar desapercibidos, pero siempre con esa prisa atosigando sus pasos. No sé muy bien si por llegar o por huir a tiempo. Creo que Nueva York es un buen lugar para escapar. Para tratar de sacarle algo de ventaja al pasado.

2

El enorme neón del cartel del Forever 21 tiñe de rojo la acera. Al verlo, retrocedo automáticamente a diciembre de 2019, la última vez que estuve justo aquí, delante de la foto que le hice a Laura. Con esa misma alcantarilla despidiendo vapor al fondo. Había llovido bastante por la noche. El suelo mojado y los charcos bailaban con los reflejos de la luz que desprendía Times Square. Justo antes de disparar la foto, un taxi entró en escena y metió la rueda en un socavón, originando una especie de Tutuki Splash que arrasó con todo lo que había en cinco metros a la redonda, incluidos nosotros. Quedó preciosa. Laura reía a carcajadas con el pelo empapado mirando a cámara, las gotas y el humo creaban una nebulosa roja a su alrededor. Aquella misma noche la puse de fondo de pantalla en mi móvil y todavía no he sido capaz de borrarla.

Me sucedió lo mismo cuando dejé de fumar. Sabía que no iba a volver a impregnarme los pulmones con ese veneno, pero esa cajetilla de cartón con veinte cigarrillos dentro envuelta en plástico con el precinto intacto era mi cinturón de seguridad; era incapaz de salir de casa sin él. Si algo iba mal, tendría mis cigarros listos para usarlos en cuanto fuesen necesarios. La diferencia es que aquel paquete de Chesterfield acabó a los tres meses en el fondo de una papelera cualquiera y la foto de Laura sigue en la pantalla de mi teléfono un año, once meses y veintiocho días después. No he encontrado la valentía suficiente para borrarla. No es solo una fotografía, es un símbolo que me indica que una vez tuve una familia, una muestra de cariño, a alguien de carne y hueso pensando en mí. El día que esa foto desaparezca de mi teléfono habrá terminado oficialmente nuestra relación y, siendo sincero, no estoy preparado todavía para volar solo. Sí, voy tarde. Casi dos años agitando estas alas rotas con el lastre de Laura colgando aún de mis talones.

Pocos días después de arrojar los últimos diez años de mi vida a la basura, me tatué un barquito de papel en la parte interior del bíceps con un «Siempre a flote» escrito debajo. Aunque hay semanas en las que floto y otras en las que todavía naufrago. Nuestro adiós activó una marejada emocional aquí dentro de la que aún no he sido capaz de recuperarme. Hace solo dos meses, delante de aquella hoguera en nuestra playa, a Churra y a Joe les pareció buena idea que volviese a Nueva York. A nuestro último viaje juntos. A desandar lo andado. A plantarle cara al pasado. Tras media docena de cervezas con la luna llena acariciándome el cogote y las olas del mar como emisora de fondo, ya me sonaba todo bien. Así que ahí mismo, delante del fuego, pillé el vuelo más barato que encontré y acto seguido escribí a David:

Áxel 01:15
Hola, Bill Gates, estás despierto?

David 01:20
Claro que estoy despierto. Me pillas en Macy's.
El que tendría que estar ya en la cama eres tú. Todo bien?

Áxel 01:21
Todo ok. Acabo de pillar un vuelo a Nueva York para el mes que viene. Tienes esa maravillosa habitación libre?

David 01:23
Qué día llegas?

Áxel 01:25
12/11, por la tarde.

David 01:26
Cuánto tiempo estarás por aquí?

Áxel 01:28
Todavía no he comprado el vuelo de vuelta.

David 01:29
Jajajajajajajaja
Ok. No problema.
No espero visita estas Navidades.
Pero recuerda que a los tres meses Biden
te manda a casa.

Áxel 01:30
Gracias, Bill Gates, dile a Biden
que me iré antes.

David 01:32
☺

Treinta y dos días después de poner los pies a este lado del Atlántico, todavía no sé si fue una idea magistral o la mayor merluzada de mi larga lista de fracasos. En esa época del año donde el final del otoño da el relevo al invierno, Enebrales está demasiado solitario. El chiringuito de Julio está todavía cerrado, Joe va y viene según los bolos que le salgan y Churra viaja a Granada a ver a su madre. Vine huyendo de la calma excesiva, de la soledad y de esa voz interior que cada día retumbaba con más fuerza entre las puertas de mi furgoneta. Hay días en los que el aparcamiento de Enebrales está vacío, con el viento intentando agitar el mar, y estoy solo con el bonito sonido del oleaje y el ronroneo de Trufita. Recurro a las redes sociales con frecuencia para tratar de mantener el contacto con personas de verdad. Voy al supermercado a comprar solo por toparme de frente con la sonrisa metalizada de la chica de la caja. Por recibir esa porción de amabilidad gratuita. Por el roce de nuestras manos cuando me devuelve el cambio. También suelo coger el portátil y me meto en la primera cafetería abierta que encuentro a editar mis vídeos con el murmullo de la gente revoloteando a mi alrededor. Otras veces, recurro tras la cena a los directos de YouTube con una sonrisa de oreja a oreja, pero esa es solo la parte que ve el público. De cintura para abajo estoy como David en la reunión de esta mañana: desnudo. Su rostro y sus gestos mostraban una seguridad incuestionable y de ombligo para abajo era un señor de setenta y dos años con alpargatas de Batman.

Cuando encadenas varios días sin hablar con nadie y tus pensamientos forman una maraña, al cabo de unas semanas se convierte en un peligroso tsunami que arrasa con todo lo que pilla a su paso. Creo que eso es lo que me ha pasado con Laura. Minutos después de dinamitar nuestra relación estaba bajando bolsas de ropa a la furgoneta. Una mudanza con un trayecto corto, ya que estaba aparcada a escasos metros del portal. Pero lo que venía tras ese último portazo estaba a años luz de todo lo malo que la vida me había ofrecido hasta entonces. Aquella noche lloré como nunca lo había hecho antes y no, no fui capaz de arrancar el motor hasta pasados tres días. A la tercera mañana, al escuchar los gritos de los niños y sus madres de camino al colegio, decidí que ya era suficiente. Debía dejar nuestro barrio. Subí de nuevo a ese cuarto piso. Olí por última vez nuestra cama, me llevé el camisón que doblaba cada mañana con pulcritud bajo su lado de la almohada y dejé mis llaves sobre la mesita del salón, donde durante los últimos diez años apoyamos nuestros pies cada noche mientras veíamos abrazados alguna serie. Ese camisón fue mi osito de peluche hasta que, diez días después, Trufita irrumpió en mi vida y trató de ahuyentar lo poco que quedaba del aroma de Laura con una monumental meada. ¿Cómo se convierte a la persona que más me ha querido en un recuerdo? No lo sé, pero debía intentarlo. En cierto modo, este último mes me ha servido para comprobar que tengo un problema con la soledad no elegida; con la voluntaria, sin embargo, me llevo de perlas. He de darle la razón a Santi, mi psicólogo. Muy a mi pesar, a medida que nuestras sesiones avanzaban, se confirmaba que había desarrollado una especie de trauma relacionado con la sensación de abandono que me ha perseguido siempre y que Laura espantó de un plumazo cuando me sonrió desde la barra de La Casa del Loco tras aquel concierto de La Habitación Roja.

La ausencia de una figura materna, el adiós de la abuela y la desidia de mi padre han abierto heridas que no he sido capaz de cerrar. Laura apareció aquella noche de primavera. Se convirtió en mi amante, en mi amiga y en lo más cercano a tener una familia de lo que había estado jamás. Me abrió las puertas de su vida de par en par. Un corazón noble con una inteligencia abismal. Analizaba de forma coherente todo lo que acontecía a su alrededor con esa mirada almendrada de pestañas infinitas y los rizos castaños cayendo hombros abajo, con esos hoyuelos que aparecían de vez en cuando en sus mejillas y sus andares irradiando seguridad. Añoro sus tajantes sentencias. Sus «Esto es lo que vamos a hacer» después de plantearle mis dudas sobre cualquier asunto banal. El dulce olor de su espalda cada noche impregnando la cama. Sus pies siempre tapados, incluso en pleno mes de agosto. Sus gemidos en mi oído izquierdo, encima de mí, agarrando fuerte la funda de la almohada con las manos. Sus «son ya las nueve» cada sábado, cuando las sábanas trataban de que no me despegara del colchón en todo el día. Mi lista de lo que más me gustaba de ella continúa siendo infinita. Si soplaba las velas cada cumpleaños era porque ella se había encargado de comprar la tarta. Si conseguí aquel ascenso fue porque ella me dio pautas para esconder el lado más frágil de mis aptitudes en la entrevista con aquel directivo que llegó desde Madrid. Me recordaba las fechas importantes: «No se lo merece, pero llama a tu padre. Es su cumpleaños». «¿Cuánto hace que no pasas a ver a tu abuela?». «Ese país no, Álex, es demasiado caro; podemos viajar aquí», y aquella serie de México me generó más de quince mil suscriptores nuevos. Laura era el verdadero motor que movía mi vida. Me ayudaba con los planos y las fotos en cada viaje. Tenía un trabajo demasiado exigente y sacrificó sus treinta días de vacaciones anuales durante seis años porque sí. Porque era lo que a mí me gustaba, por verme feliz. Mi faro en el mar. Mi norte. Un laberinto del que todavía no he conseguido salir.

En su feed de Instagram, su última publicación es la misma desde hace tres meses: una foto donde sale descalza con su amiga Eva luciendo ese vestido de flores que yo mismo elegí. Me sé la foto de memoria, cada detalle. Sería capaz de dibujarla con los ojos cerrados. Muchas noches, antes de dormir, la busco entre las seis mil personas que ven cada día mis historias, pero nunca la encuentro. «Os seguís mutuamente», dice la casillita de su perfil, pero lo cierto es que no he tenido noticias suyas desde que el presidente del Gobierno apareciese por televisión anunciando el confinamiento. Me envió un escueto «Espero que estés bien. Cuídate mucho». Respondí de inmediato con un «Igualmente, Lau. Espero que estéis todos como un toro» y un corazón rojo al final. Me quedé para siempre en leído en aquel chat donde todavía viven algunas conversaciones de cuando éramos felices. Yo no puedo verla en su día a día por Instagram porque no lo enseña; ella podría verme si quisiera. Aunque, pensándolo bien, tal vez sea mejor así. Quizá esa inactividad en las redes me ayude y así el camino sea menos duro. Tal vez ella optó por seguir la misma senda y mirar para otro lado para tratar de reconstruir su vida cuanto antes.

Sí, puede que la idea de venir a Nueva York no fuera del todo mala, aunque la frialdad de la gente haya hecho que me sintiera en muchos momentos más solo aquí, rodeado por más de ocho millones de personas, que en el diminuto salón de la Sardineta, el nombre con el que todo el mundo conoce al cacharro en el que vivo. David y Susan me han acogido muy bien, muy en su línea. La mayor parte del tiempo, sin embargo, he estado solo, ya que ellos trabajan. Bastante han hecho con poner su casa a mi disposición durante más de un mes. Las largas caminatas por las frías calles de Manhattan grabándolo todo han hecho que mi cabeza esté ocupada y cuando llego a Brooklyn cada noche con más de veinte mil pasos en las suelas, me esperan en su sofá con una sonrisa genuina. Sí, quizá el mejor momento del día es ese, cuando dejo de estar solo y los encuentro ahí, al otro lado del felpudo, alegres de que les cuente todo lo que he hecho. Maldito Santi, como la clavó. Secuencio un *time lapse* con mi iPhone desde lo alto de la escalinata de Times Square hasta que un mensaje irrumpe en la pantalla: «Churra, te la estoy tratando como a una reina», y justo después me llega una foto de Trufita hecha una bola, dormida sobre una manta roja de cuadros. «No esperaba menos. Por cierto, ¿qué coño haces despierto a las siete de la mañana?». Churra tira de su flamante sentido del humor para responder: «Voy a correr antes de ir a trabajar». Respondo con seis emoticonos de esos que lloran a carcajadas.

Decido bajar por Broadway rumbo al sur. Quiero grabar algunas de las calles del East Village. Se respira ambiente navideño y las aceras están atestadas de gente que camina a cámara rápida con bolsas de regalos colgando de las manos. Al girar la esquina, me doy de bruces con uno de esos puestos callejeros que venden los típicos abetos de Navidad. Nueva York es como una auténtica película americana. Observo durante un rato al corpulento tipo que se encarga de venderlos y en apenas diez minutos despacha cuatro unidades. Un enorme camión blanco aparece de inmediato y descarga una docena más, que coloca con cuidado donde estaban los anteriores. El metro ruge bajo mis pies. La ciudad está hueca por debajo. Siento el paso a toda velocidad de los vagones en la suela de las zapatillas al caminar sobre las rejillas de ventilación. En la calzada, una chimenea naranja acoplada a una alcantarilla escupe humo blanco sin parar. El Empire State juega a esconderse tras los rascacielos según avanzo. En la fachada de Macy's luce el mítico cartel que reza BELIEVE. Observo desde la acera opuesta al simpático señor que canta villancicos con un cascabel en la mano saludando a todas las personas que pasan. Se marca un buen baile con un grupo de niños que saltan emocionados observando la danza del entrañable anciano.

—¿Áxel? ¡Ay! No me lo puedo creer.

Alguien detrás de mí grita mi nombre. Es probable que lo hayan escuchado también en Chicago.

Cuando giro la cabeza me encuentro con tres chicas situadas por orden de estatura. La viva imagen de los hermanos Dalton, pero cambiando el traje amarillo y negro por un atuendo más invernal. La más bajita lleva la iniciativa y es la que más emoción desprende al verme. En el otro extremo, la chica alta sonríe con timidez mientras se acomoda el pelo tras las orejas. La del medio teclea algo a toda velocidad en su teléfono.

Saludo con la mano, modesto, y me acerco a darles dos besos a cada una.

—Es que esto es muy fuerte, hijo mío. ¿Qué posibilidades hay de que en una ciudad tan grande como esta nos encontremos así de sopetón? Es que veo todos tus vídeos. Y me encanta Trufita. Es tan adorable como mi Gladis. Oye, eres más alto en persona. —Hace una breve pausa—. A mí... bueno... a nosotras, es que nos encanta viajar y siempre, siempre, me leo tu blog y veo todos los vídeos que subes y te doy like en todo lo que pones. ¡Ay, es que no me lo creo, de verdad!

Efectivamente, la pequeña Dalton es la capitana general del grupo y una auténtica metralleta que dispara una palabra tras otra sin darme tiempo a responder nada, pero me resulta muy graciosa.

—Rocío, por favor, que pareces una histérica. —La chica al fin levanta la vista de la pantalla, descubriendo una triste mirada, tratando de imponer autoridad—. Perdónala, eh. Suele ser siempre así de efusiva, pero al final le terminas cogiendo el punto.

—No hagas caso, Áxel, es que a ella le da igual porque no sabe quién eres. Pero es que tú no sabes las horas que tú y yo hemos pasado juntos, cariño —exclama mientras me abraza de repente. Sí, esta chica está como una auténtica cabra, pero a la gente con esa vitalidad, ese entusiasmo y ese «que le den por el culo al qué dirán» la quiero siempre en mi equipo.

—Bueno, yo soy Sandra y también me gusta mucho el contenido que subes. Me encantaron los vídeos de Vietnam, creo que esa es mi serie favorita. —La chica más alta es también la más comedida y la que parece más joven de las tres.

Espero a que la chica de ojos tristes me diga su nombre, pero no está muy metida en la conversación. Vuelve a perderse en la pantalla de su móvil.

—Oye, ¿y qué haces aquí? —interrumpe de nuevo Rocío. La pregunta me pilla desprevenido observando la angelical mirada de su amiga.

—¿Que qué hago aquí? —Trato de ganar tiempo con otra pregunta—. Llevo un mes en casa de mi mejor amigo. Vive aquí. Bueno, en Brooklyn, a unos cuarenta minutos en metro. Estoy grabando una serie nueva de Nueva York para el canal.

Creo que he conseguido salir airoso, aunque Sandra pasea la mirada desde mi gorra hasta la chica que tiene el más verde de los océanos incrustado en los ojos y acto seguido sonríe agachando la cabeza.

—Escúchame, Áxel. —Rocío apunta de nuevo y posa la mano derecha sobre mi hombro izquierdo—. No sé cuál es tu plan ni tampoco si tienes prisa, pero nosotras íbamos a comer algo. ¿Te vienes? Yo invito.

—No, no, gracias. Te lo agradezco mucho, de verdad. Pero tengo algo de prisa. Mañana vuelvo a casa y tengo que preparar la maleta y eso. —En mi vida he sonado tan poco convincente.

—Venga, va, que no te entretendremos mucho. Así probamos las hamburguesas esas que comentabas en tu vídeo. —Rocío chequea algo en su teléfono—. ¡Shake Shack! ¡Que no me salía! Y, si no me equivoco, está por aquí cerca, ¿no?

Está claro que esta chica se traga todo lo que publico; creo que ahora mismo tengo dos motivos para no negarme a comer con ellas.

—Bueno, hay varios restaurantes repartidos por la ciudad, pero el más cercano está justo en la esquina —respondo señalando hacia Broadway.

—Pues no se hable más —suelta Rocío con desparpajo.

Caminamos los escasos metros que nos separan de Broadway y ascendemos dirección norte. Tras doblar la siguiente esquina nos damos de bruces con el enorme letrero del restaurante que luce justo sobre la entrada junto a una hamburguesa de neón. Les sostengo la puerta a las tres y yo entro el último. Me desabrocho el abrigo observando el menú impreso en un enorme cartel que cuelga de la pared.

—¿Esto cómo funciona? ¿Sirven en las mesas? —pregunta Sandra.

—Pides tu comida en la barra, pagas y te dan un aparatito que te avisa cuando tu pedido está listo para que vayas a por él —respondo buscando una mesa libre con la mirada.

—Allí tenemos sitio —indica la chica sin nombre señalando hacia el enorme ventanal contra el que chocan los rayos del sol y que cubre casi toda la fachada del local.

Este Shake Shack es de aire industrial con las tripas del techo abiertas y sin adornos. Las tuberías y cables están a la vista del público, pero está hecho con mimo para que destile ese tono fabril y acogedor a la vez. Tiene sillas a juego con las paredes, similares a los bancos de madera de los parques. Rompe por completo esa estética oscura. Imagino que eso es lo que buscaba la persona que lo diseñó.

Rocío toma nota de nuestros menús mientras las demás se sientan para guardar la mesa. Se libra del gorro de lana rojo que escondía una larga melena lacia color castaño y se dirige a la cola. Voy tras ella. Una pareja de mexicanos paga su pedido delante de nosotros.

—Oye, que no hace falta que pagues, de verdad. —Trato de convencerla.

—Nunca le lleves la contraria a alguien más fuerte que tú. Soy pequeña pero matona —me responde simulando que saca bola y rompe a reír ella sola.

—Déjame pagar las cervezas aunque sea.

—Te estás jugando la vida, chaval.

—Como quieras —me resigno.

Volvemos a la mesa. Me siento junto a Sandra. Rocío se acomoda frente a mí. A su derecha, la mirada turquesa de la chica sin nombre se pierde en las columnas del Haier Building, una caja de ahorros de aspecto señorial en cuya fachada ondea una bandera americana.

¡Biiip! La lucecita del dispositivo comienza a parpadear. Nuestro pedido está listo. Rocío se levanta a por la comida y la sigo para ayudar con la bandeja de las bebidas. Ya de nuevo en la mesa, tras hacer el reparto correspondiente y justo cuando estoy a punto de preguntarle el nombre a su amiga, coge su jarra y levanta el brazo.

—¡Por nosotras, por Áxel y por los nuevos comienzos! —grita de forma solemne acariciando con cariño la mano de la chica de la mirada verdosa, que le devuelve la sonrisa más triste que he visto en mi vida.

Bebemos y Sandra trata de romper el hielo que ha congelado este momento. Estos tres últimos segundos han sido un tanto incómodos.

—Bueno, Áxel, cuéntanos cosas. Una no come con un youtuber todos los días. ¿Cuál ha sido tu mejor viaje? —pregunta con interés mientras le pega un bocado lleno de clase a su hamburguesa.

—¡Indonesia! Ay, perdona, Áxel, es que me acuerdo del vídeo ese de preguntas y respuestas que subiste hace poco —dice Rocío cuando estoy a punto de responder. Se limpia entre carcajadas un poco de kétchup que le ha quedado bajo el lunar de la mejilla izquierda.

—Sí, siempre digo que ese ha sido mi mejor viaje. Dormir tres noches bajo la cubierta de un barco chiquitito recorriendo la selva de Borneo en busca de orangutanes fue espectacular. He visitado lugares más bonitos, pero, al final, las experiencias que vives y el recuerdo que te queda es lo que le da verdadero valor a un viaje. Estoy deseando volver.

—¿Y es cierto que se ven orangutanes libres? Es que leí en algún blog que había gente que les daba de comer o algo así —pregunta Sandra desde mi lado izquierdo tapándose la boca al hablar.

—Es una zona muy maltratada por la deforestación. Eso que vemos a veces en las noticias sobre el aceite de palma es cierto. Se talan demasiados árboles que alimentan a estos animales. Y, bueno, ya quedan pocos; de hecho, están en peligro de extinción. —Hago una breve pausa para beber cerveza. Al fin consigo captar la atención de la chica de ojos tristes que, además de tener dos espejos cristalinos bajo la frente, luce también una bonita melena decolorada de aspecto californiano que le baila bajo los hombros—. Los empleados del parque les llevan kilos y kilos de bananas cada día para que coman y no terminen de extinguirse. Es un tema complicado. Pero sí, andan en libertad. Tanto que una mañana despertamos y nos encontramos un enorme orangután anaranjado en cubierta robándonos el desayuno.

—¿Y siempre viajas solo? —La pregunta de Rocío va, sin que ella sea consciente, directa a la diana. Excepto México, Turquía y este, todos mis viajes los he hecho con Laura. Y, como decía aquella canción de Nek, ya no está.

—Viajaba con mi chica. Ella me ayudaba con los planos, las fotos. Sacrificaba sus vacaciones por venirse a trabajar conmigo...

—¡Sí! Me dijo mi prima Ana que un día te vio en Puerto Venecia con una chica morena muy guapa. —Rocío me remata en medio del ring.

—¿Tu prima es de Zaragoza? —pregunto sorprendido.

—No, mi prima es de Burgos, pero nosotras tres somos mañas. Mi prima vino a pasar unos días a casa y me dijo que te vio un día en el centro comercial, pero que le dio vergüenza saludarte. Yo es que voy dándole el coñazo a todo el mundo con tus vídeos —añade Rocío mientras termina de masticar ahogando su risa en sus propios comentarios.

—¿En serio sois las tres de Zaragoza? No me lo puedo creer... —me respondo a mí mismo.

—El mundo es un pañuelo —sentencia Sandra.

—Entonces ¿tienes pareja? —Rocío ha cogido el rol de entrevistadora maquiavélica y continúa lanzando los trozos que quedan de mí a la trituradora. Está claro que la comida no iba a salirme gratis. Sonrío como puedo.

—No. Laura y yo lo dejamos hace ya más de año y medio.

Iba a confesarles que ella continúa en el salvapantallas de mi teléfono como si nada y que, a pesar de haberlo intentado, no he conseguido olvidarla, pero estas chicas, o al menos dos de ellas, están aquí para disfrutar de la comida y no para buscar un psicólogo en cuanto salgan del restaurante.

—¿Y es cierto que con YouTube se gana tanto dinero como dicen? —Sandra trata de acudir en mi rescate con la pregunta más incómoda que puedes hacerle a un youtuber. Al menos a uno como yo, con apenas noventa mil suscriptores.

—Lo estáis machacando al pobre. Que si la novia, que si cuánto gana... Ya solo falta que le preguntéis cada cuánto mea y si va a tener hijos. —La chica de la mirada triste saca las uñas y acto seguido mata de un trago lo que queda de cerveza en su jarra. Un rayo de sol entra directamente por el ventanal dorando aún más su cabello y por un momento me recuerda a Lagertha, de la serie *Vikingos*.

—Áxel, si te estamos incomodando, dínoslo con toda confianza. Somos un poco pesadas. Perdona.

—No te preocupes, Sandra. ¿Queréis otra cerveza? —En vez de huir hacia la puerta, mi estúpido instinto de supervivencia me empuja hacia la barra.

Responden que sí y me voy a coger aire a la esquina del ring. Tengo delante a cuatro asiáticos que miran con detenimiento la carta que cuelga de la pared. Tiempo suficiente. Podría inventar una excusa urgente y largarme de aquí o evaporarme tras la puerta por la que no para de entrar gente hambrienta. Pero esas chicas son mi público y si yo estuviese en su lugar, preguntaría las mismas gilipolleces. Supongo que el barrio me ha enseñado a empatizar y a ser humilde. Los valores de la abuela también hicieron un buen trabajo.

Four more beers, please, le pido al camarero señalando la jarra que su compañero le está sirviendo al tipo de chaleco de cuero y largas patillas de al lado.

Vuelvo a la mesa. Las cuatro jarras se mantienen de milagro sobre la bandeja.

—¿Y de qué parte de Zaragoza eres, Áxel? —pregunta Rocío tras mojar el labio superior en la espuma de la cerveza—. ¿Te imaginas que somos vecinos? Eso sería ya el colmo.

—Ahora ya de ninguna. Vivo en la furgoneta y me he instalado en una preciosa playa del sur. Pero me crie en las afueras de la zona del Gancho, cerca del Portillo. Ese era mi barrio, aunque los últimos años los viví en Parque Venecia.

—¿Vives en una furgoneta en la playa?

Al fin consigo crear un gesto de sorpresa capaz de espantar el halo de tristeza que hasta ahora tenía el rostro de mi nueva amiga sin nombre.

Busco en mi móvil una foto de la Sardineta desde la parte de atrás, con las puertas abiertas y con Trufita mirando a cámara con los ojos entreabiertos. Se ve perfectamente la decoración de la vivienda.

—Sí, mira. Bueno, esa es mi gatita —le digo mientras agrando la imagen con los dedos.

—Son preciosas las dos. —Al fin una de esas sonrisas de verdad, con dientes incluidos, uno de los incisivos un poco superpuesto sobre el otro.

—Que sepas que los vídeos que subías durante la pandemia dándole el biberón me alegraron el confinamiento. Me reía mucho cuando decías que estabas aprendiendo a ser padre soltero.

—Gracias, Rocío.

Los meses que duró el confinamiento podrían haber sido mi final si esa gata no hubiera aparecido aquella noche de lluvia y viento bajo las ruedas de mi casa. Mi vida se había roto. Mi ciudad ya no era mi ciudad, mi casa dejó de ser mi casa, mi abuela dejó de ser mi abuela y Laura dejó de ser mi Laura. Todo lo que tenía se esfumó en apenas tres días y, para colmo, un extraño virus amenazaba a la humanidad y me pillaba estrenando vivienda nueva en el maletero de un furgón, totalmente hundido, terminando de acomodar las cajas con los restos que quedaban de mí en esos doce metros cuadrados. Pero unos cuantos maullidos envueltos en barro cambiaron el rumbo de mi historia.

—La verdad es que estuvo muy guay, Áxel. Los vídeos del día a día con la gatita. Los directos en los que ella trataba siempre de interrumpirte. Yo creo que Trufita se ganó el corazón de toda la audiencia —comenta Sandra con la mirada puesta en mi canal de YouTube, que asoma por la pantalla de su Samsung.

—No sé qué habría sido de mí. Ahora parece todo muy bonito viéndolo con cierta perspectiva, pero imaginad la situación: el mundo se confina y me pilla en el maletero de una Citroën Jumper durante vete tú a saber cuánto tiempo —comento con cierta tristeza.

—Es que era todo nuevo, cada día era una movida distinta… Yo me agobié un montón.

—Si tú estuviste estresada, ni te imaginas cómo lo pasamos las demás. —Lagertha le responde a Sandra con algo parecido a un reproche y la mirada puesta de nuevo en el Haier Building.

—Hostia, perdona, tío, ¿podemos hacernos una foto contigo? —Alguien me toca el hombro—. Nos encanta lo que haces. Joder, qué puta casualidad.

Me sonríe el chico de barba anaranjada que llevaba ya unos minutos observándome desde la barra.

—Claro, claro, lo que queráis —respondo mientras me levanto.

—Bueno, yo soy Iñaki y esta es mi mujer, Nagore. Somos de Bilbao y hemos venido a Nueva York siguiendo tus consejos.

—Espero que hayáis utilizado mis enlaces —respondo sonriendo.

—Sí, sí, en casa se te aprecia mucho, Áxel. Nos encantan tus vídeos y estuvimos por Huelva en verano, pero no vimos la furgoneta.

—No, en verano huyo hacia el norte. En Enebrales me encontraréis en invierno. Espera, que la hago yo. —Cojo su móvil y estiro el brazo todo lo que puedo para que entremos los tres en el plano de la cámara frontal.

—Muchas gracias, tío. Has sido muy amable.

—¡Qué menos! Gracias a vosotros y disfrutad mucho.

Cuando me siento de nuevo a la mesa, las tres chicas me miran con un gesto de sorpresa.

—¿Te conoce mucha gente? Tiene que ser agobiante.

—¡Qué va, Rocío! No soy AuronPlay ni Ibai, que imagino que apenas podrán poner un pie en la calle...

—¿Quiénes? —Está claro que mi amiga vikinga vive en otro plano de la realidad.

—Sí, tía, Ibai es el chico grandote de barba que está ahora mismo hasta en la sopa. —Sandra busca una imagen en su teléfono y se la muestra.

—Yo al mocico este es la primera vez que lo veo —comenta Rocío con cara de sorpresa y con un marcado acento maño que por un segundo me lleva de nuevo al barrio.

—Bueno, da igual —comento entre risas—. Esta gente no puede ir a comprar el pan sin pararse a saludar a alguien treinta veces. A mí eso no me pasa. Mi canal es muy indie. Está centrado en viajes y eso segmenta mucho la audiencia. Desde que llegué a Nueva York habré charlado con quince o veinte seguidores, incluidas vosotras. Claro que tampoco gano ni una enésima parte de lo que ganan ellos. Esa gente juega en primera división y yo estoy en tercera regional.

—¿Pero vives en la furgoneta porque no te llega para una casa o es porque quieres?

Tenía que haber huido hacia la puerta y no hacia la barra.

—¡Rocío, por favor! —Sandra intenta poner orden.

—Perdona, Áxel, debe ser la cerveza. No quería sonar maledu-cada. Quería decir que te tiene que salir rentable de algún modo. Si no, no lo harías, ¿no? —Rocío lanza una pregunta tras otra, ajena al qué dirán—. ¡Jolín! Pregunto porque es un mundo nuevo para mí y desde mi lado de la pantalla parece todo muy bonito. Tengo mucha curiosidad. Lo siento.

—No te preocupes, Rocío. No pasa nada. Antes tenía un traba-jo de ocho a cinco. Ganaba más y era muchísimo más infeliz que ahora. Las cosas me van bien. Unas temporadas mejor que otras, pero hago lo que quiero. —Bebo lo que queda de cerveza en mi jarra—. Antes vivía en un cuarto piso con vistas a un solar y a una avenida de asfalto y ahora, en una furgoneta con vistas al mar, a la montaña o a donde quiera que me lleven las ruedas.

—Y mejor que te va a ir, corazón. Muchas gracias.

—Nada, a vosotras.

Puedo sentir la mirada de la chica sin nombre clavada en mí con la cabeza apoyada en el ventanal. El rumor del local se adueña del extraño silencio que ha invadido la mesa.

—Nosotras nos vamos a tener que marchar ya —comenta San-dra consultando la hora en su reloj—. Se está haciendo tarde. Tene-mos entradas para ir a ver *El rey león*, pero queremos ir antes de compras a Macy's.

Asiento con la cabeza, me levanto de la silla y me enfundo de nuevo mi abrigo verde.

Salimos del local. Fuera, el sol se está ocultando. En Nueva York, en esta época del año a las cuatro y media ya oscurece. El frío polar continúa sin hacer acto de presencia.

—Mucha suerte, chicas. Macy's ahora mismo tiene que ser lo más parecido a la guerra de Vietnam —comento observando la ava-lancha de gente que inunda ambas aceras.

—Te harás una foto con nosotras, ¿no?

—Claro, Rocío. Déjame tu móvil.

—Sí, que tú tienes el brazo más largo.

Me da el teléfono y se abraza a mí. Junto a ella, Sandra, y en el otro extremo, Miss Melancolía. Estiro el brazo todo lo que da de sí y logro encajarnos a los cuatro en el encuadre.

—Creo que ha salido bien.

—¡Sí! Está genial. Muchas gracias por venirte a comer y por aguantarnos.

—A vosotras. Ha sido un placer.

Les digo adiós con la mano y las veo perderse entre la multitud. Mantengo la mirada durante unos segundos esperando a que Miss Océano se gire. Pero un tipo de unos doscientos kilos entra en plano rascándose el trasero y oculta lo poco que queda de sus siluetas en la muchedumbre.

3

La oscuridad de la noche inunda Manhattan y apenas son las cinco de la tarde. He de buscar lugares bien iluminados. Es lo malo de esta época del año, que la luz se acuesta temprano. Las alturas de la Sexta Avenida lucen preciosas desde aquí abajo. Huele a invierno, comida rápida y marihuana. La ciudad es una colmena repleta de abejas que revolotean veloces de un lado a otro: aquí todo el mundo tiene prisa, excepto el vagabundo del abrigo gris que discute con la papelera de la esquina. Saco mi cámara de la mochila y me enrollo la correa en la mano. Decido caminar hacia el norte, ya que quiero grabar un par de planos en la pista de patinaje que cada año montan en Bryant Park. En el cruce con la 38, el semáforo se pone en rojo. Al otro lado de la calzada esperan en primera línea un tipo trajeado con un maletín de cuero marrón y, junto a él, un chaval negro muy delgado gesticulando de manera extraña. Le dice algo al ejecutivo, pero este no despega la mirada de su teléfono. Grabo la imagen desde el otro lado. Un poco de zoom y esa esquina me regala un resumen de lo que es realmente Nueva York: una jungla de luces y cemento plagada de contrastes donde cada uno va a lo suyo. Aquí a nadie le importa tu historia. En escasos dos metros cuadrados se dibuja el esquema que define esta ciudad a la perfección. La luz del semáforo se pone verde. Permanezco inmóvil en la acera y me agacho para filmar los pasos de la gente al cruzar, la zancada larga, ágil y confiada del hombre del traje azul marino al ritmo que marcan los tacones de sus impolutos zapatos. Un par de metros después, los pasos cortos y torpes del mendigo del abrigo gris; solo mantiene una zapatilla sin cordones en el pie derecho; el otro, descalzo y ennegrecido por la suciedad, deja ver un par de heridas abiertas que hubiera preferido no contemplar.

Recuerdo aquella charla de hace un par de semanas en la que el viejo Bob, el simpático vecino de David y Susan, me aclaró que cuando los policías arrestan a alguien, le quitan los cordones del calzado para evitar tentativas de suicidio y posibles conflictos. Por eso se ve tanto indigente caminando con los zapatos sin atar. La vida a ras de suelo en esta ciudad supera cualquier tipo de ficción.

Bryant Park es un enorme jardín rodeado de rascacielos en el corazón del Midtown. En Navidad acoge una pista de patinaje y un mercadillo. Se encuentra incrustado entre la Quinta y la Sexta Avenida. Por encima de los diferentes puestos de madera asoma de nuevo el Empire State Building. La imagen es preciosa: cientos de personas patinando sobre el hielo, envueltos por enormes edificios que irradian una cálida luz amarilla a través de sus ventanas. Un gigantesco abeto cargado hasta los topes de adornos custodia el parque y emite destellos que cambian de color bailando sobre sus ramas. Una pareja se desliza con cierta destreza sobre la pista cogidos de la mano, la viva imagen de la felicidad. Capto sus sonrisas con la cámara. El chico, algo más alto que ella, la mira de reojo, como si quisiera asegurarse de que la alegría que brota de sus carcajadas es real. Laura también rio así al verme caer una y otra vez sobre el resbaladizo hielo hace ya dos inviernos. Soñaba con patinar aquí y aquella Navidad, nuestra última juntos, cumplió su sueño. Si cierro los ojos, mi cabeza es todavía capaz de evocar a la perfección aquel momento. Por poco llora de felicidad tras ponerse al fin de pie sobre esas dos cuchillas afiladas y dar tres pasos seguidos sin terminar sentada sobre la pista. Inundó Manhattan con aquella risa contagiosa que me volvía loco. Su recuerdo invade el parque y otra vez ese extraño nudo en las entrañas me recuerda que sigue aquí, muy presente. Esquivo todo lo rápido que puedo a la multitud que abarrota este lugar que ha comenzado siendo mágico y se ha convertido en mi cueva de los horrores particular: Laura comprando adornos para el árbol que nunca montamos; Laura sonriendo porque me puse esas botas del infierno del revés; Laura besándome frente al puesto de falafel de la Quinta Avenida con la 40, emocionada tras haber patinado al fin en Bryant Park; Laura encendiendo una hoguera en mi corazón una vez más, seiscientos noventa y ocho días después de su último abrazo. ¿Cuánto tiempo más ha de pasar? ¿Seré capaz algún día de cerrar los ojos sin que ella aparezca bailando? Ojalá me hubiera engañado con otro. Ojalá nuestra relación hubiese estado agonizando aquella fría tarde de marzo. Ojalá la ira me hubiese puesto las cosas más fáciles. Pero la verdad es que rompimos cuando nuestra relación estaba todavía muy viva. El problema no estaba en el corazón, ni en el amor, ni en nuestro dormitorio, ni en todo aquello que se marchita cuando una pareja decide mandar su relación al garete. Cuando el problema lo encuentras al final de un camino que se bifurca y uno sigue el de la izquierda y otro el de la derecha, el adiós duele más, mucho más.

A pesar del bullicio que invade las calles, ya es casi noche cerrada. Algunos neoyorquinos salen de sus agujeros en busca de algo que llevarse a la boca. Un tipo con una enorme sudadera y la cabeza cubierta con una capucha revuelve en una papelera y saca una a una las patatas fritas de una bandeja de cartón que alguien ha tirado. Las huele despacio y, acto seguido, las engulle en apenas unos segundos. De segundo obtiene los restos de una hamburguesa que todavía chorrea un poco de mostaza. A su lado, una mujer empuja un carro metálico, robado seguramente de algún supermercado, lleno de mantas y con una muñeca a la que le falta una pierna. De repente, se detiene y, tras coger una botella que alguien ha arrojado en mitad de la acera, desenrosca el tapón y apura las últimas gotas de Coca-Cola. Dos chicas sonríen a la vez que sacan de una bolsa negra una de esas camisetas con el *skyline* de Nueva York estampado en grande en la parte frontal. Justo al verlas pienso que mi vuelo sale mañana y todavía no he comprado ningún regalo.

Cruzo a la manzana de enfrente, donde hay una tienda de souvenirs. Comprar regalos en pleno meollo de la Quinta Avenida quizá no sea la opción más económica, pero soy persona de última hora, de esas que apuran los segundos hasta el final. La última vez que entré en una de estas tiendas salimos con dos bolsas llenas de recuerdos y buenas intenciones: una taza para la hermana de Laura, un *body* para su hija recién nacida, camisetas para sus padres y para la abuela, uno de esos pisapapeles con una horrible réplica de la ciudad incrustada en una esfera de cristal. También compramos una pequeña figura de la estatua de la Libertad que luego colocamos en la estantería del estudio que teníamos en casa. Me pregunto si todavía seguirá allí acumulando polvo. En el escaparate todavía continúan algunos de aquellos souvenirs; está claro que los fabricantes no han innovado mucho en estos dos últimos años. Sin embargo, a este lado del cristal, ya no queda ninguna de esas personas en mi vida. El tiempo, el destino o quien sea que maneja los hilos allí arriba los ha borrado de mis días como si nada. Un domingo amaneces con la chica de tu vida remoloneando en la cama, comes una rica paella en casa de sus padres, con su hermana y su marido, juegas con su bebé, que ya ha aprendido a decir «tío», y sientes que tienes una familia. Esa misma tarde, antes de ir a casa, pasas a ver a tu abuela, bromeas para que se ría como solo la abuela era capaz de reír. Y la semana siguiente despiertas solo. Sin chica, sin familia, sin bebé y sin abuela. Sí, el mamón ese de allí arriba se lo tiene que estar pasando de puta madre a mi costa. Aunque también he de estarle agradecido. Siempre he pensado que la vida es algo parecido a una partida de ajedrez. El energúmeno ese que vive en las nubes te da figuras y tú avanzas por el tablero, por los días, los meses y los años. Te obliga a tomar decisiones, tienes que mover rápido, ya que el tiempo vuela y no puedes retroceder. A veces, pierdes piezas importantes nada más empezar. Mamá, por ejemplo. Conviertes un peón en la reina y, de repente, la abuela te hace la partida más fácil y sigues avanzando por los cuadrados blancos. Pero de pronto, ¡zas!, aparece un alfil y se convierte en tu mejor amigo. Continúas, avanzas despacio, aparece otro peón y esa relación hace aguas pronto. Un día llegas casi a la mitad del tablero y, sin esperarlo, consigues a otra reina. Ya tienes dos. La abuela y Laura juegan a su antojo, grabando en lo más profundo de mi alma lo que hasta ahora han sido los grandes éxitos de mi vida. Por desgracia, las buenas rachas suelen durar poco y la mía funcionó a pleno rendimiento durante más de una década. Para impartir justicia, el anormal ese que vive en las alturas, una mañana de ese oscuro invierno de 2020, se levantó con el pie izquierdo y decidió que ya había tenido suficiente suerte. Golpeó el tablero y de un plumazo me dejó prácticamente solo frente a un ejército de figuras enormes y oscuras. Debí de darle algo de lástima y al poco tiempo me envió peones nuevos: mi gatita, Churra, Julio, Joe... Y quién sabe quién estará por venir o por partir. Con ese maldito psicópata nunca se sabe.

Me adentro en la tienda. Hay bastante gente y el calor que escupe la calefacción se mezcla con el olor que desprende el puesto de perritos calientes que hay a escasos metros de la entrada. Voy directo a las tazas, cojo una con las siglas del Departamento de Policía de Nueva York y una sudadera de color negro con capucha con el típico «I love New York» de la talla más grande que encuentro en la estantería para Churra. A Julio decido comprarle una bola de béisbol con el logotipo de los Yankees y una réplica exacta del mítico Checker de los setenta, el mismo que conducía De Niro en *Taxi Driver*, para que los coloque tras la barra de su chiringuito. Joe es más difícil de regalar; lo veo menos, pero siempre que lo he necesitado me ha echado una mano, sobre todo con consejos de la vida en furgoneta. Él lleva viviendo en una vieja autocaravana más de veinte años y suele tener cualquier situación bajo control. Junto a la caja veo la legendaria camiseta que popularizó Lennon a finales de los setenta con «New York City» estampado en grande en la parte delantera. El regalo perfecto para un músico callejero fanático de los Beatles. A Joe le va a encantar. Con noventa y seis dólares menos en mi cuenta corriente, salgo de la tienda tratando de introducir todos los regalos en mi pequeña mochila. Me paro en mitad de la acera para intentar cerrarla bien pero algo me golpea por detrás y hace que caiga al suelo.

—*Sorry. Are you OK?*

—*No worries, I'm perfect* —respondo a la vez que trato de reincorporarme cerrando al fin la cremallera de mi mochila.

—¡Ostras! Otra vez tú, chico de la gorra. —Esa voz es música celestial.

Cuando me pongo de pie tengo delante al ángel anónimo con el que he compartido comida hace unas horas, esta vez sola y con una sonrisa colgando de los labios.

—La chica sin nombre —digo en voz bajita y sin apenas pestañear—. Si llegas a caminar un poco más deprisa, me devuelves a Brooklyn sin tener que pillar el metro.

—Perdona, pero iba…

—No me lo digas —me adelanto veloz cortando sus disculpas de cuajo—. Deja que lo adivine. ¿Mirando el móvil con cara de melancolía y caminando rápido sin saber muy bien a dónde?

—¿Además de youtuber eres adivino o algo así? —pregunta con sorna ladeando un poco la cabeza y levantando las cejas. Me descubre un gesto irónico que pide algunas explicaciones.

—Se me da bien observar, chica de ojos tristes. Tengo un don.

—¿Chica de ojos tristes? Perdona, pero me llamo…

—No, no, no. ¡NI HABLAR! Me niego rotundamente —interrumpo de nuevo antes de que sea capaz de pronunciar la primera letra de su nombre.

Miss Océano rompe a reír y me regala una de esas miradas que son capaces de abrigarte en las noches de invierno, una de esas que te reconfortan cuando has caído, una de esas que hacen que te sientas en casa. Me ha recordado a Laura, pero cambiando sus preciosos ojos almendrados por dos esmeraldas. Hacía mucho tiempo que nadie me miraba tan bien.

—¿A qué te niegas exactamente? —pregunta con curiosidad.

—Pues a eso, a saber cómo te llamas. Hace un rato, cuando estábamos en el Shake Shack, me he preguntado varias veces cuál sería tu nombre, incluso he ido a preguntártelo, pero tienes una amiga que invade todos los silencios y, bueno, no ha habido forma humana —explico entre risas.

—Sí, Rocío es así. Pero es un amor de persona. Pero, bueno, ahora no está. Soy….

—¡Que nooo! No quiero saberlo, de verdad.

La multitud nos esquiva a su paso por la acera. Ahora mismo el mundo no existe. Nueva York es un enorme escenario y el único foco que hay nos alumbra mientras mantenemos esta conversación de merluzos. El resto es todo oscuridad. La chica de la mirada celestial vuelve a reír una vez más.

—Necesito saber por qué no quieres saber mi nombre, chico de la gorra —exige con cierto recochineo y con una sonrisa capaz de iluminar el cielo.

—No te rías, pero tengo una teoría. No tengo demasiada suerte en la vida, al menos eso creo, y lo mejor que me ha ofrecido han sido personas que he conocido en igualdad de condiciones. —Su cara grita «No entiendo nada de lo que me estás contando»—. Lo que quiero decir es que, a lo largo de estos últimos años, he conocido a mucha gente, pero los que se han quedado de verdad y los que mejores experiencias me han dado han sido los que sabían lo mismo de mí que yo de ellos, o sea, nada. Prefiero empezar en un folio en blanco. Prefiero que me conozcan como dices tú, como el chico anónimo de la gorra, que por Áxel. Tú sabes de mí porque Rocío y Sandra me han reconocido, pero soy un auténtico extraño en tu vida. Solo conoces mi seudónimo y que soy youtuber. Así que prefiero no saber tu nombre y empezar esta relación con un empate a cero.

—Estás loco, Áxel o chico de la gorra, o sea cual sea tu nombre. Pero eres muy gracioso. Yo sí quiero saber tu nombre. Dame un gol de ventaja.

—Álex, me llamo Álex. Bueno, solo me llama así mi padre y hace ya tiempo que no lo veo. Cuando empecé en las redes sociales decidí buscar un alias que no estuviese demasiado alejado de mi nombre real, así que desordené las letras y salió Áxel, que me gusta mucho más. No me comí mucho el tarro, la verdad —le explico rascándome la cabeza.

—Y ahora todo el mundo te llama así. Hay gente que verá tus vídeos y creerán que es tu nombre real.

—Tal cual.

Intenta esconder su sonrisa, pero no lo consigue y no puedo hacer otra cosa que quedarme ahí pasmado y contemplar el hermoso paisaje.

—Perdona, Áxel.

—Nada, nada. Reír es sano, mujer. Y algo me dice que no sueles hacerlo con frecuencia. —Ojalá pudiese recoger esta última frase como si fuese el hilo de una caña de pescar—. Lo siento, a veces pienso en voz alta.

—No, no, tienes toda la razón. No estoy en mi mejor momento —afirma escondiendo los labios con tristeza.

—No sé a dónde ibas, pero conozco el sitio perfecto para ahogar las penas. Y no, no es tirarse por el puente de Brooklyn —bromeo.

—Pues la verdad es que iba caminando sin rumbo.

—Sí, mirando el móvil con cara de melancolía —interrumpo entre risas.

Mi vikinga favorita me golpea en el brazo con cariño.

—¿Siempre eres así de guasón? —Frunce el ceño y achina sus preciosos ojos—. Estas se han ido a ver un musical y yo he salido a dar una vuelta, pero pensaba en volver ya al hotel. Hay gente muy rara por aquí. Hace nada he visto cómo cagaba un chaval en medio de la calle y a otro pinchándose algo en la boca del metro y un viejo sin zapatos me ha gritado una guarrada cuando he pasado cerca de él.

—Sí, los restos de la pandemia. Ha arrasado con todo.

—Si yo te contara…

—Cuéntamelo. Prometo acompañarte luego hasta tu hotel. ¿Dónde estás alojada?

—En The New Yorker, en la Octava con la 34, cerca del Madison. Pero no quiero molestarte.

—Yo ya he terminado lo que tenía que hacer y sería una pena que no vieras lo que voy a enseñarte —insisto guiñando un ojo al terminar la frase.

—Supongo que no me puedo negar.

—Pero esto no es una cita, ¿eh? Que quede claro —le digo irónico.

—Para citas estoy yo. Venga, vamos, chico de la gorra —responde jocosa mientras me tira de la manga derecha.

Nuestras palabras se ahogan entre sirenas de ambulancias mientras bajamos la Quinta Avenida. El tráfico es un auténtico caos y dos policías gesticulan con las manos y soplan con fuerza unos silbatos que enmudecen calle abajo, silenciados por el rugido de los motores y cláxones. Una chica negra maquillada hasta las orejas cruza, sin prestar atención a los vehículos, dando saltitos, tratando de emular pasos de ballet de una acera a otra.

—¡La van a atropellar! —exclama la chica sin nombre llevándose las manos a la cara.

La pitada y el frenazo del autobús son espectaculares, un par de pasajeros salen despedidos de sus asientos en el interior. La muchacha llega sonriendo a nuestra acera, ignorando la retahíla de insultos que salen de la mayoría de los vehículos que han tenido que modificar la trayectoria para no estamparse. El tipo grande y canoso del Chevrolet gris se esfuerza más que el resto y puedo entender un «Estás loco, maldito marica». La chica responde con voz grave «Que te jodan, puto gordo» y, acto seguido, le muestra el dedo corazón brotando del puño mientras añade un *fuck you* que suena igual que en las películas.

—¡La que ha liado en un segundo! —susurro asombrado.

Observo la mano de Miss Ojos Verdes agarrándose a mi brazo. Ella presencia la escena en silencio. El tráfico se organiza de nuevo. Puedo ver nuestra imagen reflejada en los enormes cristales del escaparate de la farmacia CVS. La verdad es que hacemos muy buena pareja. Su cabeza sobresale ligeramente por encima de mi hombro y no me había fijado hasta ahora, pero llevamos las mismas zapatillas, Vans Old School negras.

—Ey, chico de la gorra, no será esa farmacia el fabuloso sitio al que me estás llevando, ¿verdad?

—Eso ha sido de locos, chica de ojos tristes. De locos.

—¿Hasta cuándo vas a llamarme «chica de ojos tristes»?

—Hasta que sonrías. Me puedes llamar «chico de la gorra» todo el tiempo que tú quieras.

Me lanza una sonrisa y reanuda la marcha con la vista pegada al suelo sin alterar el gesto. Caminamos junto a la base del Empire State Building, que trata de tocar el cielo encendido.

—Es enorme. Creo que hasta me estoy mareando —comenta con la mirada clavada en lo alto del rascacielos—. ¿Sabes cuántos metros tiene?

—Trescientos ochenta y uno —respondo sin inmutarme y sin apartar la vista del cielo.

Tengo el dato fresco, ya que hace tres o cuatro días estuve ahí arriba grabando uno de mis vídeos y tuve que informarme. Pero creo que la afirmación ha quedado lo bastante épica como para ensuciarla desvelando los motivos de esta sabiduría repentina.

—Me estás tomando el pelo. ¿Qué eres, una enciclopedia?

—¿Te apuestas algo? —Sonrío con cierto tono chulesco.

—Verte sin gorra —responde con una firmeza apabullante.

—¿Cómo?

—Sí, verte sin la gorra. ¿Y tú qué?

—Tu historia.

—¿Mi historia?

—Sí, qué te ha traído hasta aquí, adónde vuela tu cabeza cuando te ausentas… Esas cosas.

—Trato hecho —me responde tras dudar un par de segundos.

Busca su móvil en la mochila, coloca la pantalla a la altura de la cara para desbloquearlo y teclea en Safari con sus delicados dedos «altura Empire State».

—¿Y bien? —comento con pitorreo.

—Te vas a arrepentir, chico de la gorra, pero tú lo has querido. Mi vida ahora mismo no es precisamente una comedia.

—No soporto las comedias. La vida son patadas en el culo, zancadillas y remontadas cuando crees que ya no puedes más. Esas historias son siempre las mejores.

Me escucha con atención esbozando otra sonrisa más, aguza un poco la vista y baja la intensidad de esas dos joyas verdes que le alumbran la cara. Antes de llegar al cruce con la 28 me paro en mitad de la acera, me quito la gorra y me revuelvo un poco el pelo con la mano. Miss Mirada Mundial no se percata hasta tres o cuatro metros más adelante y retrocede sonriendo cuando me ve.

—¡Lo sabía! —exclama dando una palmada.

—¿Qué sabías exactamente? —Reconozco que ahora mismo me he perdido un poco.

—Hicimos una apuesta Rocío, Sandra y yo cuando nos despedimos en la hamburguesería y fui la única que apostó por que tendrías pelazo.

—¿Eh?

—Dice Rocío que nunca has salido en ningún lado sin la gorra; cree que eres calvo y que por eso te tapas hasta el cogote siempre. Sandra piensa que estás en pleno proceso alopécico y usas la gorra porque estás acomplejado —me confiesa sin apenas pestañear y gesticulando mucho con las manos—. No te enfadas, ¿no? Es una tontería, Áxel.

Su confesión me provoca una buena carcajada y continuamos descendiendo la Quinta Avenida.

—Nada, nada, tengo buen sentido del humor. No sois las únicas que lo pensabais. Hace unos meses me llegó una propuesta de una clínica turca de implantes capilares.

—¿En serio?

—Totalmente. Por lo visto, la persona que les lleva el marketing buscaba un perfil masculino, viajero y que estuviera perdiendo pelo. Total, que me enviaron un email. Al igual que tus amigas, también pensaban que era calvo y me invitaron a visitar Estambul durante varios días para hacerme un injerto de mi propio pelo —explico tocándome el cabello de la nuca—. Y tenía que contar el proceso en mi canal de YouTube.

—¿Y qué hiciste? —me mira intrigada.

—Respondí el email y adjunté una foto mía sin la gorra. Me pidieron disculpas y me propusieron hacer un sorteo del mismo viaje para mi audiencia. No lo hice, pero hubiera sido una experiencia divertida.

—Tendrías que haberlo hecho, habría sido curioso.

—Lo conté una noche en un directo en el canal y por la mañana tenía medio centenar de mensajes de chicas pidiéndome que me replantease lo del sorteo y me llevase a sus novios. Una locura.

—Te lo tienes que pasar en grande con tu trabajo, ¿no?

—Bueno, me permite llevar la vida que quiero, que no es fácil. Pero sí, me lo paso bien. Todos tenemos que trabajar y creo que es mejor hacerlo en algo que de verdad te gusta. ¿Y tú a qué te dedicas?

—Prefiero esperar a que lleguemos a tu sitio mágico para soltar toda la artillería dramática de golpe —responde con una sonrisa forzada.

—Es aquí —digo señalando un cartel que cuelga de un andamio que invade toda la acera.

—¿Me has traído a una obra? ¿Vamos a hacer cemento o algo así? No sé de qué te ríes, pero a mí no me hace ninguna gracia, esto está muy oscuro.

—Te prometo que te va a encantar —digo poniendo la mano sobre su hombro derecho—. ¡Vamos!

Miss Desconocida se pone detrás de mí y se agarra al gorro de mi abrigo. Una extraña sensación de bienestar me recorre los nervios y noto un escalofrío bajo la nuca. Quiero creer que se siente protegida conmigo, señal inequívoca de que la construcción de los puentes de la confianza que iniciamos hace apenas una hora va viento en popa. Atravesamos el andamio y damos con un portal dorado muy luminoso, similar a lo que podría ser la entrada de un hotel de lujo. Un enorme tipo uniformado abre el gigantesco portón y nos lo sostiene. Nos da la bienvenida y nos indica que al fondo del pasillo a la derecha están los ascensores.

—Chico de la gorra, no sé qué tramas, pero ya te aseguro que no soy de esas —amenaza mientras pulso el botón del ascensor. Nuestros puentes se tambalean.

—No sé con qué tipo de personas has tratado hasta ahora, pero te he prometido que te iba a encantar. Y puedes estar tranquila, yo tampoco soy de esos —respondo con cara de buen chico y llevándome la mano a la altura del corazón.

Mi desconfiada vikinga sonríe por enésima vez hoy y suena la campanita del ascensor. Entramos justo antes de la pareja de asiáticos que sigue nuestros pasos. Me mira con una cara que oscila entre la risa y la preocupación. Llegamos a nuestra planta. La puerta se abre y los dos asiáticos nos adelantan apresurando el paso. Atravesamos un bar vacío con una tenue luz azul y el camarero nos señala alegremente una escalinata que conduce a la parte más alta del edificio. Al fin llegamos a la azotea.

—¡Halaaa, qué pasada! —grita mientras con la mirada trata de abarcar todos los rascacielos encendidos que nos rodean.

Ahora mismo soy la persona más feliz del mundo. Hace unas horas esos ojos transmitían una tristeza horrible y el tío Áxel ha remontado un partido que estaba demasiado cuesta arriba. Me he echado el equipo a la espalda y le hemos dado la vuelta al resultado de forma sublime. Puedo ver vibrar los iris de sus ojos. Gracias, vida, por darle una tregua a esta preciosa chica anónima al menos una noche.

4

El 230 Fifth es un bar con un enorme jardín a veinte pisos de altura que se ubica en el corazón del Midtown. Suele estar lleno si hace bueno y hoy, milagrosamente, el señor del traje nos indica que tiene una mesa libre para dos y que lo acompañemos. Seguimos sus mocasines negros y pongo cara de interesante. Ella me da un codazo para que deje de hacer el imbécil mientras se muerde el labio inferior y gesticula diciéndome «No tienes remedio». Dos sillas de madera y una mesa con vistas al Empire State, al recién estrenado Summit y, si achinas un poco los ojos y la luz de la luna está de tu lado, también a Central Park. El ruido de los coches llega a duras penas hasta aquí arriba y de fondo suena música relajante. Hace una noche increíble para estar a una semana escasa de la Navidad. La cámara de mi móvil capta el QR de la esquina de la mesa y en dos segundos tengo la carta en la pantalla del teléfono.

Le pregunto qué quiere tomar, me acerco a ella y le muestro mi iPhone. Es la vez que más cerca hemos estado el uno del otro en nuestra efímera historia, nuestras dos cabezas casi pegadas mirando la carta con la luz artificial de Nueva York refulgiendo en nuestras pupilas. Los casi diez dólares por cerveza tratan de sabotear este romántico momento, pero enseguida se me olvida cuando una ráfaga de viento rebelde me lleva un par de mechones de su pelo rubio bajo la nariz. Un aroma dulce, a limpio y a hogar, me transporta directamente a esas noches con Laura tirados en la cama, con mi nariz incrustada en su cuello.

Tras echar un vistazo a la carta decidimos que ambos queremos una cerveza.

—Ahora vengo, voy a pedir.

Me levanto de la silla y me acerco a la barra. Pido dos cervezas a un camarero con un elaboradísimo bigote que bordea la parte superior de su labio a la perfección, con todos los pelos afeitados a la misma medida. Me toco la descuidada barba de tres días observando la otra parte de la terraza. En invierno instalan unas burbujas gigantes de plástico transparente con calefacción donde puedes cenar calentito. Está todo decorado con pequeños abetos y luces de Navidad. También disponen de esas estufas que parecen farolas repartidas por toda la azotea; si aun así no consigues deshacerte del frío, te prestan unas mantas rojas para que sigas disfrutando de la vista sin congelarte. Me encuentro en lo alto de Manhattan a no sé cuántos metros de altura y un tipo con un bigote perfecto está a punto de servirme dos cervezas que voy a degustar con una chica desconocida más bonita que un ángel. La vida, este martes 14 de diciembre, me guiña un ojo. Tal y como me decía Santi, mi psicólogo, soy un auténtico profesional en disfrutar de las pequeñas cosas de la vida, esa es mi mayor virtud. Aunque eso también conlleva darle demasiada importancia a dramas insignificantes que crecen en mi cabeza hasta formar una enorme avalancha de nieve que lo arrasa todo. Pero hoy no es el día: hoy voy a naufragar en ese mar verde que mi amiga vikinga tiene en la mirada. Vuelvo a la mesa con una lata de Budweiser en cada mano.

—Este sitio es precioso, chico de la gorra. Tengo que traer aquí a Rocío y a Sandra. Les va a encantar —comenta paseando todavía su mirada por cada uno de los rincones del *rooftop*.

De repente, Chico de la Gorra me parece un nombre espectacular para haberlo puesto en las redes como carta de presentación, pero ya es tarde. Quizá solo suene bien cuando lo pronuncia ella, con su divino tono de voz y ese deje maño. Algo vibra en mi bolsillo:

David 19:02
Hola, Áxel, cómo va el día?

Áxel 19:03
Bien, bien, liado pero bien.

David 19:03
He visto que tienes todo sin recoger todavía.
Imagino que vienes a cenar, no?

Áxel 19:03
No te preocupes.
Me organizo la maleta en cuanto llegue.
Pero no me esperéis para cenar.

David 19:03
Recuerda que tu vuelo sale a las 10.

Áxel 19:05
Lo tengo todo bajo control.

Acto seguido, le envío la foto que le hice esta misma mañana con su camisa de seda, sus calzoncillos de los Nets y sus zapatillas de Batman. Me responde unos «jajajaja» y vinculo la imagen a su contacto.

—Es uno de mis sitios favoritos de Nueva York, a pesar de los precios. Las vistas se pagan. A mí este lugar me parece mágico —comento mientras guardo el teléfono en el bolsillo de mis gastados vaqueros negros.

—Aquí una se siente grande, más libre, con más energía para mandarlo todo a tomar por saco —sentencia con cierta furia a la vez que inaugura su cerveza.

—Rocío brindaba por los nuevos comienzos en la hamburguesería. Vi cómo te acariciaba la mano. ¿Cómo estás? —pregunto acomodando los antebrazos sobre la mesa de madera y mirándola directamente a los ojos.

—Eres un tío observador —me dice aguzando la vista. Se quita el gorro de lana y se acomoda el pelo. Una larga melena le cuelga a la espalda y va perdiendo longitud poco a poco hasta el flequillo, con dos mechones perfectamente despeinados a cada lado de las mejillas—. Bueno, antes comentabas algo sobre los daños que había ocasionado la pandemia, pero ¿de verdad quieres escuchar mis tragedias? Estamos aquí, en lo alto de una de las ciudades más bonitas del mundo, rodeados de rascacielos y apenas te conozco. Es todo muy raro.

Sus ojos se apagan cuando mira de reojo a su pasado, pero insisto.

—Estoy deseando escuchar tus dramas. Estás en el sitio perfecto para remontar el vuelo y poner de nuevo tu vida patas arriba.

—No sé cómo ha sonado esto ahí afuera, pero aquí adentro ha sonado colosal y el público imaginario que me abarrota la cabeza aplaude mi *speech* con entusiasmo.

—Está bien. Tú lo has querido. Me casé hace cuatro años con mi novio, Jaime. Todo iba más o menos bien. A ver, las cosas nunca son perfectas, pero éramos felices. Al menos a su modo.

—¿A su modo? —pregunto intrigado.

—Sí, yo creo que nunca he sido del todo feliz. ¿Has experimentado alguna vez esa sensación de no querer estar en el sitio en el que estás? Que no encajas, que estás en el lugar equivocado todo el rato. Es tu sitio porque llevas toda la vida en él, pero realmente no lo es… No sé si me estoy explicando bien —reflexiona enredando con el dedo índice uno de sus mechones dorados. Me lanza una mirada como la de los niños cuando creen que están diciendo algo mal.

—Tengo un máster de casi treinta y seis años de estar en el sitio que no debo. Has dado con el mejor. —Sonrío.

—¿Te refieres a Zaragoza? ¿No te gusta la ciudad?

—Zaragoza ha sido mi casa demasiado tiempo. ¿De qué barrio eres?

—Ahora estoy de nuevo en Montecanal, en casa de mis padres. Pero he vivido con Jaime casi cuatro años en Miralbueno.

—Imagino que has viajado bastante durante tus… —estoy a punto de tirar un triple— ¿treinta años?

—Treinta y cuatro, casi treinta y cinco —confiesa con resignación, inflando después el labio superior. Bien jugado, Áxel, con la edad de las mujeres hay que apostar siempre por debajo—. Sí, he viajado bastante, sobre todo de pequeña con mis padres. Íbamos a veranear a Marbella y después a Cambrils. Mis padres tienen casa en ambos sitios, pero al sur bajan cada vez menos. Dicen que cuando se jubilen se mudarán allí. —Hace una breve pausa, me mira con cierta nostalgia y prosigue con su respuesta—: Luego, con Jaime, sí he viajado fuera de España, aunque tampoco mucho. —Su gesto se tuerce cuando nombra las cinco letras del inepto que la dejó escapar—. Él era más de ir a sitios cerca y llevarse el trabajo a cuestas. Decía que como en España, en ningún sitio. Fuimos a Londres, Berlín, París, Roma… sobre todo, ciudades europeas, y bueno, la luna de miel en Maldivas. No he viajado tanto como tú, si era esa tu pregunta.

—Me crie en los alrededores del Gancho, en un piso de sesenta metros cuadrados sin aire acondicionado, con un minúsculo balcón donde apenas cabía una banqueta, sin madre, prácticamente sin padre y con una abuela con problemas circulatorios que hizo lo que pudo por sacarme adelante. —Creo que es la vez que más atención me han prestado nunca; puedo sentir su empatía, sus ojos apenas pestañean—. Todos mis amigos se iban de vacaciones, algunos a su pueblo, otros a su casa de la costa… y yo pasaba los agostos en ese pequeño balcón mirando al cielo, viendo pasar aviones. A veces, cogía el globo terráqueo que me regaló la abuela: jugaba a darle vueltas, pararlo con el dedo y elegir al azar los destinos a los que algún día viajaría. Cogí mi primer vuelo a los veintitrés años con el primer sueldo que gané en uno de esos curros de mierda que pillaba a veces para costearme un poco la vida y que la abuela no tuviera que tirar de los pocos ahorros que tenía.

—Vaya, no esperaba que la cara B de tu vinilo fuera así, la verdad.

—¿Mi qué? —pregunto algo confuso.

—Todos tenemos una cara A, la que todo el mundo ve. Allí mostramos nuestra mejor versión, nuestra mejor sonrisa, es nuestra carta de presentación y queremos que esté impoluta para causar buena imagen, pero en ese vinilo —entrecomilla con los dedos de una forma bastante graciosa— también hay una cara B. La que no suena tan bien, la que no llevarías a una discográfica para que escucharan tu maqueta. Esa parte oculta que está en el baúl donde no nos gusta mirar. Tu cara A son tus vídeos, tus viajes, tu blog, pero tienes una cara B que nadie conoce. Todos la tenemos. Y no pensaba que la tuya fuera así.

—Sí, siguiendo tu símil, desde que era un crío Zaragoza me ha dado más caras B que caras A. Le tengo cariño porque nací allí, pero nuestra relación ha sido de amor-odio. No me ha tratado demasiado bien. Hay calles que me duelen mucho. Tengo demasiado vínculo emocional con ella. Zaragoza y yo somos como una de esas parejas que se piden tiempo porque la cosa ya no funciona. Y en eso estamos, llevo casi dos años sin ir.

—¿Por eso comenzaste a viajar?

—Exacto.

—Eme —dice de repente.

—¿Eh? —pregunto sin entender qué quiere decir.

—Mi nombre empieza por M, chico de la gorra. —Me guiña un ojo—. Creo que es lo justo. Dijiste que te gustaba comenzar las relaciones en igualdad de condiciones, ¿no?

No me esperaba este volantazo y no sé si para alguien como yo, con clara tendencia a darles demasiadas vueltas a las cosas, esto es bueno. Casi prefería no tener ninguna pista o tenerlas todas. Pero yo he sido el idiota que ha creado estas estúpidas normas.

—De acuerdo, M, continúa con tu fantástico drama de mansiones e idiotas que dejan escapar a chicas guapas. —Otro triple, otro «ojalá pudiera rebobinar». ¡No, Áxel, no!

—Eres un tío de puta madre, Áxel. —Asiente con la cabeza y le pega un buen trago a su cerveza—. ¿Por dónde iba? Si te aburro, dímelo, por favor.

—Llevas cuatro años casada y las cosas van bien, al menos para el tal Jaime.

—Ah, sí... Las cosas iban aparentemente bien. No teníamos problemas de dinero y sí una bonita casa con jardín y dos buenos sueldos. Los principios son siempre maravillosos, ya sabes. —Tuerce un poco los labios y asiente con la cabeza dándose la razón—. Jaime era guapete, se cuidaba bastante, hacía deporte, nos íbamos los fines de semana por ahí…

—De momento, vivías en una novela romántica. ¿Cuándo empieza el drama?

Me da un leve cachete en la mano.

—Eres tremendo, chico de la gorra. Nunca me he sentido cómoda con la vida que tenía. Estudié Filología Inglesa y Diseño Gráfico, mis dos pasiones. Me encanta el inglés y dibujar, diseñar emblemas y esas cosas. Adoro el manga y la fotografía, por cierto —recalca levantando el dedo índice.

—Te pega.

—¿Qué es lo que me pega? —pregunta extrañada.

—Pues eso, hablar bien inglés, dibujar movidas con la tablet, hacer fotos y ponerte de manga hasta arriba. Es un curro chulo. ¿Eres profesora? ¿O trabajas diseñando?

—Trabajo en el Departamento de Compras de la empresa de mi padre desde que terminé de estudiar. Hacen instalaciones eléctricas, mantenimientos industriales, cosas así. Es una empresa grande. —Su cara muestra la mayor de las desidias mientras me describe la compañía de su padre.

—¿Ves? Eso ya te pega menos. Ahora entiendo ese sentimiento que comentabas antes de estar donde no quieres estar. ¿Es así?

—Sí, pero no solo en el trabajo.

—Sigue, sigue, perdona. Estoy deseando saber de dónde sacaste al tal Jaime. Me tienes enganchado.

M me regala otra sonrisa, se acomoda en la silla y comprueba las notificaciones de su teléfono.

—Perdona, ¿por dónde iba? Ah, sí, de dónde ha salido Jaime. Era el comercial del principal proveedor de la empresa de mi padre. Yo estaba en el Departamento de Compras; me encargaba de recibir las visitas y de realizar los pedidos. Allí nos conocimos —relata gesticulando con una mano y sosteniendo la cerveza con la otra. Cuando habla mira a los ojos, no trata de evadirse, y eso me gusta.

—Esto se pone interesante —añado genuinamente interesado por su historia de padres con dinero, empresas de enchufes y Jaimes que dejan escapar princesas con miradas color turquesa.

—Mi padre es una persona muy especial. Cuando acabé mis estudios, enseguida me metió en la empresa, y la verdad es que al principio estaba contenta, pero no tiene nada que ver con lo que estudié y el trabajo, siendo sincera, no lo soporto. Pero me da seguridad —comenta resignada, encogiéndose de hombros.

—Sí, cuando eres la hija del jefe, las cosas se ven desde otra perspectiva.

—Exacto. Tenía veintiséis años, el curro estaba mal en todos los sitios y en Zaragoza no había demasiadas oportunidades.

Habría dado lo que fuera por poder hacer Periodismo. Mi abuela y mi padre, ambos con los bolsillos pelados, no pudieron costearlo, y ella lo tuvo al alcance de su mano y aquí está, bajo el oscuro cielo de la Gran Manzana confesando una derrota tras otra. El dinero no da siempre la felicidad. El imbécil que maneja los hilos allí arriba se lo tiene que estar pasando pipa con la humanidad.

—¿Y qué pasó con Jaime?

—Él siempre estuvo en la misma sintonía que papá. Al principio, era un comercial más en la empresa, con su coche, su sueldo, sus comisiones por ventas, pero fue ascendiendo. De repente, un día tenía a veinte personas a su cargo, un sueldo de directivo, un cochazo, un horario eterno con disponibilidad absoluta. En solo un año se convirtió en un déspota de mucho cuidado al que la vida le iba demasiado bien. Al menos dentro de esa jungla laboral, claro. Un poco como mi padre, muy dado a mirar demasiado por encima del hombro, a ningunear a la gente que consideraba inferior, incluida yo. Para mi padre soy una chica rebelde que no ha terminado de madurar; para Jaime, una mujer que no sabe cuidarse sola y mucho menos vivir sin él.

—Menuda interpretación de la situación —digo ladeando la cabeza.

—Hicieron muy buenas migas. Los dos cojean del mismo pie. —Vuelve a entrecomillar la frase con las manos con la misma gracia que antes—. Y, claro, papá encantado de que su hija hubiera iniciado una relación con una gran estrella de las ventas del material eléctrico. Bien posicionado y con todas esas mierdas que le encantan a mi padre.

—Suena a película americana de fin de semana a las cuatro de la tarde. Lo bueno es que siempre suelen acabar bien —añado mientras doy un trago más a mi cerveza de casi diez dólares.

—Llegó la pandemia, el teletrabajo, el estar demasiado tiempo juntos y, por primera vez en su carrera profesional, los objetivos no se cumplían. Ya llevábamos una temporada bastante mala con varias crisis. Entonces empezó a beber… y el resto prefiero no recordarlo, pero esas semanas encerrados en casa fueron un auténtico infierno. —Toma un pequeño sorbo de cerveza y clava la mirada en la pareja que se hace arrumacos justo a nuestro lado—. ¿Tú crees en el amor, Áxel?

Empezamos a entendernos. Cuando la conversación transcurre por la senda informal soy el chico de la gorra y cuando se pone seria me llama Áxel. Nuestro puente de la confianza continúa forjando sus cimientos a buen ritmo.

—Por supuesto que creo en el amor. No hay nada más bonito que estar enamorado. —Esto suena demasiado cursi dicho así, en voz alta—. Creo que cuando uno duda de la existencia del amor es porque nunca lo ha conocido. ¿Has estado enamorada?

—Claro. Supongo. —Su afirmación inicial se desinfla como un globo—. ¡Me llegué a casar! Cuando una se casa es porque está enamorada, ¿no?

—Una boda es un compromiso social que vale un dineral para hacer constar por escrito que quieres a la otra persona y que como pareja cumples los estándares que te pide la sociedad. Está montado así. No creo que boda y amor sean sinónimos. De hecho, hay matrimonios que se consumen antes de la luna de miel. ¿Qué era lo mejor de Jaime? ¿O qué es? Todavía no me ha quedado claro qué ha pasado.

—¿Pedimos otra? —Vuelve a recordarme a Lagertha cuando mata la cerveza de un trago—. Pero esta vez pago yo.

—Luego hacemos cuentas.

Me levanto de nuevo a la barra. Una pareja de franceses discute delante de mí. Les pregunto si puedo pedir mientras se lo piensan y el tipo murmura algo de mala gana. Le pido al chico del bigote perfecto otras dos Budweiser y antes de volver a la mesa me quedo como un pasmarote observando a M. Mira con gesto serio los rascacielos con la barbilla apoyada en la mano. Abre la mochila y saca un pequeño espejo. Se toca algo en un ojo, aprieta los labios y observa con detenimiento cada una de sus mejillas. Se acomoda el flequillo bordeando las cejas. Un repaso perfecto. Me sorprende mirándola quieto como un imbécil, a diez metros de distancia, en medio de una fila que avanza en sentido contrario a mis pies y con una cerveza helada en cada mano. Me dice con la mano que me acerque o, quizá, que qué coño hago aquí parado. La verdad es que esa gesticulación es válida para ambas opciones. Toso un poco, camino con seguridad de nuevo hacia el ring y poso las dos birras sobre la mesa. Aquí no ha pasado nada.

—¿Qué hacías ahí quieto como una estatua? —pregunta divertida.

—Se me ha subido la bola —me toco un poco el gemelo—, no podía caminar. Estaba esperando a que se me bajara.

Es la primera estupidez que me ha venido a la cabeza. A M le da un ataque de risa que acapara la atención de las dos mesas que tenemos al lado. Yo sigo como un idiota acariciando el gemelo izquierdo como si me doliese de verdad. Como uno de esos delanteros que se tiran en el área sin que nadie les toque para que el árbitro pite penalti.

—Eres muy gracioso, Áxel, tenías que haberte visto ahí congelado. —Trata de imitarme con una mueca rara—. La gente de la fila que estaba a tu lado ha debido de pensar que te estaba dando algo.

Todavía entre risas, se seca una lágrima del ojo derecho.

—Sí, tengo mis momentos. —Vuelvo la vista de nuevo a la fila de la barra y, efectivamente, todavía capto a cuatro o cinco personas girándose hacia nuestra mesa con disimulo. ¿Confirmamos que han pensado que soy idiota? La pareja de franceses sigue debatiendo qué pedir y vuelven a mirar hacia aquí. Sí, confirmado, Áxel, eres idiota. Me gustaría saber cuánto tiempo he estado ahí, en lo alto de un rascacielos de Nueva York, pasmado, observando a esta preciosidad que lleva casi veinte dólares en dos cervezas para contarme su triste historia.

—¿Por dónde iba? Bueno, ¿quieres que siga o ya has tenido suficiente?

—Sigue, sigue, todavía me queda un gemelo sano. —Le guiño un ojo y le pego un trago a la cerveza—. Ibas a contarme qué pasó entre vosotros. Estábamos justo en la cara B de tu vinilo.

—Lo que pasó es que no teníamos nada en común. Él vivía en su mundo. Sus viajes de trabajo, todo el día pendiente del email, del teléfono, cargando con el portátil incluso en vacaciones, su Real Madrid, las cenas con los amigos... Y, bueno, yo vivía en el mío. —Hace una breve pausa para beber—. Me desahogaba con Rocío y con Sandra, salíamos de vez en cuando solas, pero a él no le sentaba bien, y cuando hacíamos planes juntos, cada vez había más silencios incómodos. Nos costaba mucho entablar conversaciones, porque, claro, yo no sé de fútbol, ni de política, ni de economía, ni de todas esas cosas de las que solo hablaba él.

—Perdona, M, disculpa que te interrumpa, pero tengo especial interés en conocer las virtudes de ese Jaime. ¿Qué fue lo que te enamoró de él? Hasta ahora solo veo un tren que descarrila desde el principio.

—Sí, eso fue nuestra relación, un tren que descarriló desde el principio. —Su mirada se pierde una vez más rumbo a Central Park—. Yo lo conocí en su punto fuerte, en su trabajo. Cuando te dedicas a vender tienes que seducir de cierta manera al comprador. Era muy bueno en lo suyo: educado, correcto, amable, eficaz, siempre vestido de punta en blanco y dispuesto a ayudar. Mi padre decía que era un chaval muy majo, que estaba soltero y que me ponía ojitos. Así que un día me invitó a salir, acepté y poco a poco fue estrechando, aún más, los lazos con mi familia. Cuando me quise dar cuenta, estábamos planeando una boda con más de trescientos invitados.

Me viene a la cabeza mi anterior trabajo, parecido al del tal Jaime pero sin tanto éxito y sin ningún tipo de ambición. Me pregunto si Laura estaba orgullosa de mí solo porque tenía un empleo fijo con una nómina a final de mes en una gran multinacional y en cuanto dejé de lado todo aquello para dedicarme a lo que realmente me gustaba, decidió dejarme solo en medio del camino. Quizá Laura estaba destinada a un Jaime y no a un Áxel. Tras una breve pausa, bebe de su cerveza y sigue con su historia:

—Al principio, es todo muy bonito. Chaval guapete, deportista, atento, pero sus formas de galán duraron poco, la verdad. Estuvimos casi cuatro años viviendo bajo el mismo techo, pero sin vernos apenas. En cuanto lo ascendieron, llegaba a pasar semanas enteras fuera de casa. Era un tío muy ambicioso en el trabajo, siempre quería más, y más y más… Por eso le gustaba tanto a papá y tan poco a mí. Mi padre solo veía a un tío que conducía un coche como el suyo con un sueldazo y tan elegante y dedicado siempre a su trabajo que creo que se vio un poco reflejado en él. Papá siempre empatiza con esa gente trajeada que está fuera de casa de sol a sol. Tengo una sensación extraña, Áxel… Es la primera vez que hablo de todo esto en voz alta.

Posa la mano en su abrigo a la altura de la barriga.

—¿Estás embarazada? —Rebobina, Áxel, recoge el cable, ¡arréglalo! Hoy me estoy coronando. No me sorprendería nada que se levantase ahora mismo y me mandase a la mierda. Pero, curiosamente, ese gesto serio en el que parecía que iba a romperse en dos ha tornado en otra carcajada.

—No, no es eso. Siento que me hayas conocido así. —Se seca los ojos con un clínex cubierto del rímel que se escurre bajo sus ojos, resaltando aún más ese verde mágico capaz de hipnotizar a un ladrillo.

—¿Así cómo?

—Así. —Señala con las dos manos su bonita cara con dos manchurrones bajo sus dos faros verdes—. Hecha una mierda.

Se limpia lo que queda de rímel sobre sus mejillas con una de esas toallitas perfumadas que ha sacado del bolsillo pequeño de su mochila.

—Estás en el mejor momento de tu vida, pero eso todavía no lo sabes. Hazme caso; por desgracia, sé bastante sobre tocar fondo y transformar tu vida—confirmo con seguridad.

—Muchas gracias. —Vuelve a apretar los labios tocándome la mano.

—Nada, nada. Continúe usted, por favor. Es bueno soltar lastre. Si quieres, claro.

—Lo que decía era que, mientras estábamos distanciados, todo fue marchando, más o menos. Nos veíamos poco y cuando el roce estaba a punto de crear herida, siempre surgía un vuelo a no sé dónde o una reunión en la otra punta del país. Hasta que llegó la pandemia y nos encerraron en casa. —Se retira el flequillo hacia atrás. Yo continúo con los antebrazos sobre la mesa, erguido hacia adelante y con mi mirada color miel clavada en la suya—. Teníamos una enorme casa de tres plantas, con bodega y jardín, y aun así no fue lo bastante grande para los dos. Cada día montábamos un pollo distinto. Una tarde, justo antes de los aplausos de las ocho, sorprendí al hijo del vecino grabando la escena con el móvil.

—Menudo show tuvisteis que montar...

—Al principio, me callaba, pasaba de discutir, pero llegué a un nivel de hartazgo que ya empecé a sentir casi odio. Todo le molestaba y cuando bebía se ponía insoportable, incluso algo agresivo. Nunca me puso la mano encima, pero sí llegué a sentir miedo un par de veces. Engordó un montón porque estaba todo el día sentado, comía mal, siempre liado con el trabajo en el despacho que tenía en la buhardilla y sin resultados en las ventas...

—Claro, claro, estaba el país prácticamente parado.

—Llamé a mi madre llorando una noche a las tres de la madrugada porque ya no aguantaba más. Y a la mañana siguiente hice las maletas, me salté el confinamiento y me instalé de nuevo en casa de mis padres. Mi habitación seguía igual y esa sensación de fracaso todavía me revuelve el estómago de vez en cuando.

—Tus padres te apoyarían, claro.

—Mi madre lo hizo desde el minuto uno, ya sabes cómo son las madres.

—No, no lo sé —digo sonriendo con tristeza.

—Ostras, perdóname, Áxel. Me ha salido así, sin pensar. —Me coge la mano de nuevo. Su fría caricia es el «lo siento» más sincero que me ha rozado nunca.

—No te preocupes. Sigue.

—Mis padres discutieron varias veces por la situación. Mamá me decía que hiciera lo que me dictara el corazón y papá, que me lo pensara bien, que había muchas cosas en juego. Parecía que hablaba de uno de sus negocios en vez de la felicidad de su hija. —Sus ojos vuelven a humedecerse y esta vez no es de alegría—. Al final, pedí el divorcio y mi padre se puso hecho una furia, así que tuvo que intervenir mi madre. Suele ser una mujer con muy buena mano izquierda, con una paciencia a prueba de bombas; le dijo: «Como vuelvas a intentar coaccionar la decisión de nuestra hija, la que se va a divorciar voy a ser yo, José Luis, tú mismo».

—¡Tu madre ha tardado en entrar en juego, pero lo ha hecho a lo grande, eh! Yo a tope con esa señora, chica de ojos tristes —digo con emoción. M sonríe de nuevo y le pego un trago alegre a mi cerveza.

—A mi padre se le pasó rápido la tontería e incluso medió con Jaime cuando él se quiso quedar con todo. Repartir las migajas de un matrimonio que se ha ido a la mierda antes de tiempo, rodeados de abogados opinando de cosas con un valor sentimental importante para mí como si fueran cebollas, fue lo peor de todo.

—Te entiendo muy bien. —Y me vienen a la mente todos los fotogramas de aquel marzo de 2020 en el que activé la bomba nuclear que hizo volar mi vida por los aires y nos repartimos los restos del naufragio en apenas dos minutos.

—Pusimos la casa a la venta y la colocamos bastante rápido. Ahí la pandemia nos vino bien porque la gente había estado demasiado tiempo encerrada en pisos y hubo una demanda bestial de chalets y viviendas más espaciosas. Así que le pagamos al banco lo que restaba de hipoteca, nos repartimos el resto y aquí estoy, viviendo en mi antigua habitación y celebrando en una bonita azotea del cielo de Nueva York el final de mi divorcio con apenas treinta y cinco años… Y contándole mis penas a un chico con gorra, al que, por lo visto, se le da bastante bien escuchar mis miserias. —Levanta la cerveza de la mesa y brindamos—. ¡Por las vidas patas arriba y los nuevos comienzos! —añade con una sonrisa vestida de esperanza.

—Aprendes rápido, M, te mereces que te vaya bien. Pero me queda una duda.

—¿Todavía no has tenido suficiente? —pregunta mientras la risa se escapa de su boca.

—¿Qué ha pasado con tu trabajo?

—Eso es algo que debo gestionar ahora. Debo replantearme muchas cosas y comenzar a construir un nuevo futuro. Primero, volver a recomponerme, coger aire y renovar fuerzas y después, orientar de nuevo mi vida, buscar un nuevo hogar, me gustaría cambiar de trabajo... No sé. Poco a poco. —Suspira mirando una vez más la inmensidad del iluminado cielo de Manhattan. Echa un vistazo a la pantalla de su teléfono—. Se está haciendo un poco tarde, ¿tú no coges un vuelo mañana?

—¿Tienes hambre? —respondo con una pregunta que me mantenga más tiempo anclado a ella. Y también es una sutil manera de saber si ha mirado su reloj porque ya está aburrida de aguantarme o si realmente está preocupada por el horario de mi vuelo. Una respuesta negativa me enviará de inmediato a Brooklyn con la moral algo baja y un sí llenará el cielo de fuegos artificiales.

—Las pillas al vuelo, chico de la gorra. ¿Qué tal es la comida de aquí?

Puedo escuchar el petardeo de los cohetes explotando sobre el Empire State, dibujando corazones y estrellas de humo blanco en la noche.

—La verdad es que nunca he cenado aquí, pero creo que está todo reservado —respondo levantando la cabeza y achinando un poco los ojos para tratar de enfocar bien la zona de las burbujas donde sirven las cenas. Una leve y heladora ráfaga de viento acaricia la azotea. M se abrocha el abrigo y se enfunda de nuevo su gorro negro con pompón blanco—. ¿Te gusta la pizza?

—¿A quién no le gusta la pizza?

—Conozco un sitio cerca de aquí donde, a mi juicio, sirven una de las mejores pizzas de Nueva York. Pero tiene una cosa buena y otra mala.

—Primero dime la buena.

Yo habría elegido lo mismo.

—La parte buena es que la pizza está espectacular, las porciones son enormes y cuestan noventa y nueve centavos.

—Muy mala tiene que ser la otra, chico de la gorra.

—Creo que sirven solo para llevar, te la comes en la calle y, bueno, parece que empieza a hacer un poco de frío. Al menos aquí arriba.

Frunce un poco el ceño y tuerce los labios a un lado con cara pensativa.

—Bueno, vamos hacia allí y, si no hace demasiado frío, nos la comemos por la calle. A lo neoyorquino.

—Espera. —Me acuerdo de la camiseta térmica de más que metí esta mañana en la mochila y la busco bajo mis cámaras—. Toma, ponte esto. Estas camisetas vienen genial. Los servicios creo que están dentro.

—Eres un sol, Áxel. Muchas gracias.

Echamos un último vistazo a la ciudad desde las alturas. Bajamos las escaleras y atravesamos de nuevo el bar. La tenue luz azul y el camarero continúan en el mismo lugar que cuando entramos. Alguien pide champán desde la otra esquina de la barra. M va directa al baño de mujeres y yo hace ya tiempo que no siento mi vejiga, así que entro al urinario y vacío el depósito. Me lavo las manos y le doy al botón del secamanos automático. Nunca he tenido la paciencia suficiente para quedarme hasta que esa máquina deja de expulsar aire cálido. Termino una vez más secándome las manos en el trasero. Cuando salgo, mi vikinga ya está fuera esperándome.

—Pues parece que sí que abriga con lo finita que es —me dice observando su escote por el cuello del jersey.

—Pero ¿cómo te iba a dar yo algo malo? —pregunto sonriendo.

Al final del pasillo, las puertas del ascensor están abiertas.

—Corre —dice M tomándome la delantera.

Un señor enorme entrado en años, con un gorro de los Yankees, trata de mantener la puerta abierta cuando nos ve llegar. ¡Lo conseguimos!

—*Thank you, my friend* —le digo guiñándole un ojo al amable señor, que me devuelve una sonrisa y permanece inmóvil con la mirada fija en nosotros dos. Apuesto a que piensa que somos una bonita pareja enamorada hasta las trancas que está de visita en la ciudad disfrutando de su luna de miel.

5

En apenas cinco segundos descendemos los veinte pisos de altura que separan la azotea del 230 Fifth del suelo. Volvemos al tumulto de la Quinta Avenida. La sirena de un coche patrulla se me cuela en los oídos taponándolos por completo. El humo de las alcantarillas intenta construir un cielo de nubes a baja altura. Hace más frío que antes, pero bastante menos que en el *rooftop*.

—Tú dirás hacia dónde vamos —me dice M plantada en medio de la acera, esperando instrucciones. Llevo todo el día tan colgado de esos ojos que me parece increíble que no haya prestado atención a sus largas pestañas.

—Estamos cerca, es por aquí —afirmo girando la esquina en busca de Broadway.

—¡Otra vez andamios! Bastante mala suerte tengo ya como para pedir más.

—¿Eres supersticiosa?

—Soy cauta. Si puedo evitar un andamio, lo evito. ¿No te parece que ya he tenido suficientes desventuras? —pregunta y cruza hacia la otra acera. Antes de llegar, para y observa la escalera que cuelga de la fachada enladrillada de enfrente.

—De pequeño soñaba con un apartamento que tuviera una de esas escaleras al otro lado de la ventana. El cine siempre haciendo de las suyas. —Me acerco a ella y contemplamos juntos esa horrible y cinematográfica estructura de metal—. ¿Con qué soñabas tú, M?

—De pequeña, con una de esas casitas que tienen una valla blanca bordeando el jardín, pero ahora me puedo conformar con esas porciones de pizza a noventa y nueve centavos. Me estás matando de hambre, chico de la gorra —responde con gracia, reanudando el paso.

—¿Hasta cuándo os quedáis en Nueva York?

—Nos quedan todavía tres días. Luego, vuelta a casa por Navidad.

Un chaval disfrazado de elfo trata de vender uno de los dos mil gorros de Papá Noel que mantiene como puede sobre su brazo mientras con el otro toca una campana. Dos chicas con andares de modelo pasan de la oferta charlando animadamente envueltas en dos abrigos de paño que les cubren hasta los tobillos. Antes de llegar al cruce de Broadway con la 30, otro andamio se interpone en nuestro camino.

—¿Quieres cruzar o pasando de ser cauta?

—Pero ¿qué ocurre en esta ciudad con los andamios? —Se para justo donde comienza el pasillo que las contratas montan bajo esos amasijos de hierro para facilitar el paso de los transeúntes—. Seguimos, seguimos. Si no, vamos a tardar una eternidad en llegar a la pizzería.

—Hay una ley.

—¿Para montar andamios cada veinte centímetros?

Me encanta ese tono mezclado con la cantidad justa de ironía y de enfado que vierte sobre las conversaciones.

—Hace tiempo cayó un ladrillo desde lo alto de una fachada con tan mala pata que impactó en una chica y murió. Se montó un tremendo revuelo en la ciudad. Entonces, se aprobó una ley que exige una revisión exhaustiva de las fachadas de más de seis alturas cada cinco años. Los edificios que tienen daños deben repararse, pero hay algunos que mantienen los andamios y esta especie de cobertizo —añado tocando el panel de madera que cubre la pared del inmueble— porque resulta más económico para el propietario dejarlo así y correr con el gasto de las sanciones que estar montando y desmontando todo este despliegue de pasillos, madera y castillos de metal.

—Eres todo un pozo de sabiduría —me suelta con cierto recochineo.

—Sí, tengo mis momentos de lucidez —respondo guiñando un ojo y resguardándome de nuevo bajo la gorra, un gesto que aprendí antes de grabar uno de mis vídeos hace un par de semanas.

Llegamos a Greeley Square Park, un pequeño espacio peatonal entre la 32 y la 33 donde también hay un diminuto parque con algo de vegetación, varios puestos de comida y algunas mesas y sillas distribuidas por el asfalto. Un vagabundo vierte el contenido de una enorme lata de cerveza en un vaso XXL de Starbucks que acaba de recoger del suelo. Una rata arrastra media hamburguesa hasta los arbustos. De la boca del metro, además de una elegante chica mulata con el pelo afro, salen también los acordes y una bonita entonación de la mítica «Wonderwall».

—Me encanta Oasis —suspira M—. ¿Qué pasa? ¿Por qué pones esa cara?

—Nada, que...

—Cuidado con lo que dices, chico de la gorra —interrumpe—. Los hermanos Gallagher son sagrados.

—... es una de mis bandas favoritas.

—¿Disco favorito? —Me pone a prueba.

—¿De Oasis?

—Por supuesto —responde imitando mi tono de voz.

—*Be here now* —contesto veloz—. ¿He dicho algo malo?

—Esa no la he visto venir. A la mayoría de la gente suele gustarle más los dos primeros discos... Mmm. —Piensa achinando los ojos de nuevo y apretando los labios con cara de pícara—. ¿Tus tres canciones favoritas?

—¿De Oasis?

—Obvio.

—Esta es difícil, soy bastante melómano, pero me quedo con «Don't Go Away», «Don't Look Back in Anger» y «Whatever».

Es curioso que, si unes las tres canciones, parece la narración real del fin de mi relación con Laura: no te vayas, no mires atrás con furia y sé libre para convertirte en todo aquello que quieras. A veces, la música duele. Hay canciones capaces de secuestrar momentos de tu vida y que pueden llegar a alegrarte o arruinarte el día.

—Vaya —continúa, sorprendida—. Parece que tenemos más cosas en común de las que pensaba.

Atravesamos la Sexta Avenida a la altura de la 34. Ahí sigue Macy's, el lugar donde nos vimos por primera vez hace escasamente siete horas. Unos metros más adelante, el neón del cartel de la hamburguesería donde hemos comido sigue iluminando la acera. No recuerdo el sabor de la hamburguesa ni tampoco el de las patatas. Toda mi capacidad de memoria trabaja segundo tras segundo desde las cuatro de la tarde en mantener viva la imagen de M con la cabeza apoyada en el cristal, ajena a nuestra conversación, y la mirada turquesa atravesando el ventanal mientras los últimos rayos del sol intentan acariciar su melena.

Un flamante Chevrolet Suburban se detiene ante el semáforo. Al volante, un chaval latino con un pendiente de oro que reluce desde el lóbulo de su oreja izquierda mueve la cabeza al ritmo de los graves de una de esas canciones cantadas con autotune.

—No te gustará el reguetón, ¿verdad? —pregunta ella con cierta preocupación.

—No, no, al revés, no lo soporto. Estaba pensando que todas las voces suenan igual. Con ese deje de visita al dentista —respondo sin apartar la vista del tipo del Chevrolet.

—¿Con ese qué?

—Sí, el tono ese de voz al cantar que tienen la mayoría de las canciones de ese tipo. Como si se hubieran puesto a entonar sin que la anestesia del dentista hubiese dejado todavía despertar la boca. Es que suena todo igual. «Mami, vamo a perreá, que estoy sabrosón y no voy a fallarte ma. Mueve tu pandero y vamo a gosar» —canturreo con voz de estrella del perreo y agitando los brazos como si protagonizara uno de esos videoclips con cochazos, piscinas, mansiones y chicas en bikini bailando alrededor de un tipo con cadenitas de oro al cuello que berrea como si un jabalí saltara sobre su escroto.

—Para, por favor —me suplica una M totalmente encanada de la risa agarrándome del brazo. Me giro y me doy cuenta de que soy el centro de atención de la veintena de personas que tengo detrás, esperando impacientes a que la luz del semáforo se ponga de nuevo en verde.

—Joder, quizá me he venido muy arriba —digo entre risas y un poco ruborizado al sentirme tan observado.

—Venga, cruza, anda. —Miss Mirada Verde me arrastra al paso de peatones enganchada a la manga de mi abrigo y se seca con cuidado lo que queda de lágrima en su ojo izquierdo—. Eres tremendo, Áxel. Me lo estoy pasando muy bien contigo.

Nuestros pasos nos llevan por la Octava Avenida de este a oeste y justo en la esquina con la 38 podemos ver el enorme letrero rojo y blanco del Two Bros Pizza anunciando sus famosas porciones de un dólar. Es un pequeño restaurante acondicionado para que pidas, pagues y te lleves tu comida. Nos ponemos en la fila que se extiende hasta el local de al lado. Delante, un tipo desaliñado se tambalea mientras saca del bolsillo con cierta dificultad unas cuantas monedas que observa con detenimiento sobre la palma de la mano. Cuento desde mi posición dos dólares. Lo suficiente para la cena de esta noche. Detrás, un chaval con el pelo engominado, envuelto en una gabardina gris que apesta a colonia cara, termina una conversación en el móvil mientras trata de alcanzar con la vista el mostrador. El olor a pizza recién hecha y marihuana fulminan de inmediato el aroma de su perfume.

—¿Alguna sugerencia, Áxel?

—Yo siempre pido la de dólar, la margarita.

Nos toca. Se escucha hablar español al otro lado del mostrador. Una hilera de enormes pizzas recién horneadas nos saluda bajo el grasiento cristal. El mexicano más bajito abre uno de los hornos incrustados en una pared enladrillada y saca con una pala de madera gigante, parecida a un remo, una pizza que chorrea queso fundido y que acomoda sobre la encimera para cortarla en ocho porciones con una destreza increíble. El tipo nos escucha hablar y se dirige a nosotros en nuestro idioma:

—¿Qué va a ser? —nos pregunta sin mirarnos, desplegando ya una de esas cajas de cartón planas donde te sirven la comida.

—Cuatro porciones de margarita y dos botellitas de agua, por favor. —M toma la iniciativa y pide por los dos—. Deja que pague algo, Áxel.

—Serán seis dólares.

Paga con un billete de diez y mete dos del cambio en un bote de propinas con algunos dólares arrugados sobre el grasiento mostrador. Acto seguido, nos dan una caja de cartón con nuestras porciones.

Han habilitado cuatro mesitas redondas delimitadas por un macetero rojo sin plantas en varias plazas de aparcamiento de la calzada y queda una libre.

—¿Nos sentamos o prefieres caminar? —le pregunto.

M sondea el entorno. La fila continúa multiplicándose; el tipo que se tambaleaba hace unos minutos frente a nosotros engulle una pizza sentado en el bordillo; dos mendigos fuman algo en la esquina de enfrente; una mujer demasiado joven para no tener dientes le grita a un semáforo mientras busca algo en su sujetador; una familia de argentinos conversan animadamente en una de las mesas mientras devoran una pizza enorme y dos ejecutivos charlan sobre cosas que fluctúan y luego recuperan su valor inicial hasta que el mismo chico mexicano que nos ha atendido a nosotros les toma nota. Estampas comunes: tipos trajeados, mendigos, yonquis y pizza compartiendo espacio en apenas cuarenta metros cuadrados. Una fotografía exacta de cómo es el auténtico Nueva York en los aledaños de una de sus principales avenidas a estas horas de la noche.

—Nos quedamos, si te parece bien —responde tras dudar un par de segundos mientras se acomoda en la silla. Yo me siento frente a ella. Tras su melena rubia, la Octava Avenida continúa con su ajetreo habitual.

—Claro.

—Oye, chico de la gorra —M se limpia los labios, traga y da un pequeño sorbo a su botella de agua—, ¿te puedo preguntar una cosa?

—Dispara —respondo.

—Antes, en la comida, has comentado que tuviste un trabajo normal y que eras mucho más infeliz que ahora. ¿Cómo termina un chico como tú viviendo en una furgoneta?

—¿Un chico como yo? ¿Qué les pasa a las furgonetas? —pregunto mientras remato la primera porción de pizza y mis dedos buscan ya la segunda.

—No me malinterpretes, no lo digo de forma despectiva ni mucho menos —aclara gesticulando mucho con las manos y haciendo breves pausas, midiendo cada sílaba por si llegara a molestarme alguna de sus palabras—. Me refiero al cambio, a dejar tu trabajo, tu casa… No sé, me parece que eso sí es poner tu vida patas arriba.

—No te preocupes. En cierto modo, por lo que me has contado hoy, que me ha encantado que hayas confiado en mí, que conste —confieso con la mano en el pecho, intentando que mis gestos ayuden a que el mensaje llegue de la forma más sincera posible—, creo que estás más o menos en el mismo punto en el que estaba yo hace casi dos años. Tu vida ha dado un vuelco y ahí estás tú, en el epicentro de una situación nueva, y no sabes muy bien hacia dónde tirar.

—Exacto, Áxel, lo has descrito a la perfección. Es como si me hubiesen dado una patada en el culo y mi trasero hubiese terminado fuera de una zona de confort que realmente no era tan cómoda, pero era a lo que estaba habituada, y, claro, ahora he de reconstruir mi vida de cero y no tengo muy claro por dónde empezar —resopla.

Es apasionada hablando, enfatiza con las manos y arquea los ojos cuando quiere resaltar el mensaje con esa luz verde que desprende clavada en mí. Cuando hace una breve pausa esperando a que las palabras le lleguen de nuevo a los labios, dirige la mirada con disimulo a los mendigos de la esquina, que siguen ahí a lo suyo con los ojos achinados, refugiados de las maldades de la vida bajo esa nube de humo que sale de sus porros de marihuana.

—Tú tienes ciertas ventajas que yo no tuve. El viento sopla a tu favor, M. Tienes a tus padres cerca, a tus amigas… La vida golpea duro, pero, tarde o temprano, los vientos hincharán de nuevo la vela.

—Eres un amor. Qué bonito eso de hinchar de nuevo la vela.

—¿No la has escuchado? «Mañana será otro día», de Rubén Pozo, el otro de Pereza. —M me mira sorprendida.

—No, esa no la he escuchado. La verdad es que Leiva me encanta, pero de Rubén no había escuchado nada.

—Pues apúntala, adoro esa canción. Yo me abrazo a ella cada vez que las cosas no salen como quiero y, al final, los vientos siempre vuelven a hinchar la vela. Es un canto al optimismo desde la más profunda de las penumbras.

Saca su teléfono del bolsillo y sigue mis instrucciones a rajatabla. Abre Spotify, busca la canción y añade el tema a una lista de reproducción de la cual no consigo leer el nombre.

—Tomo nota. Muchas gracias. ¿Y bien? —Se queda paralizada esperando no sé muy bien a qué. Ahora molaría tener la valentía suficiente para ir a por todas con un beso, después un abrazo y subir a la habitación de ese hotel a arañarle horas a la madrugada tumbados sobre la cama escuchando esta preciosa banda sonora de aullidos de sirenas derrapando en mitad de la noche. Pero está masticando pizza y creo que no es el momento apropiado.

—¿Eh? —Es la mejor palabra que ha encontrado mi cerebro bajo la gorra para preguntar «no entiendo un carajo a qué estás esperando». Dos letras. Directo al grano.

—Tu historia, tu vela, tus vientos...

—¡Ah! —De nuevo dos letras. Definitivamente, estoy más lento de lo habitual—. Sí, cómo llegué a la furgoneta, perdona.

Me rasco la cabeza tratando de buscar la información más concisa posible para que no me den las cuatro de la madrugada soltando mis dramas.

—¿Estás bien, chico de la gorra? Te has quedado como colgado. —M vuelve a reír y yo vuelvo a quedar como un anormal.

—Sí, sí, todo bien. —Sonrío y bebo un poco de agua—. Acabé en la furgoneta porque mi vida estalló por los aires. En apenas dos días falleció mi abuela, perdí mi trabajo y cuando llegué a casa mi relación también había muerto. —Quizá haya sido demasiado conciso. Vuelve a arquear las cejas y esta vez no es para dar énfasis, sino porque no ha entendido nada—. Ese sería el resumen. Suena raro, ¿no? ¿Demasiado triste? —pregunto intrigado, pero, por lo que se ve, se ha quedado también colgada.

—¡¡Jo... der!! —exclama de repente—. ¿Cómo se pueden perder tantas cosas importantes en tan poco tiempo? ¿Muere tu abuela, te echan del trabajo y te deja tu novia? —Le pega otro bocado minúsculo a su porción de pizza.

—No, no fue así exactamente —respondo con una sonrisa que espero camufle a la perfección el dolor que me envuelve cada vez que recuerdo aquella tarde de marzo—, aunque ojalá hubiese ocurrido tal cual lo has narrado. Eso me habría ahorrado bastantes noches mirando al techo dejando que la culpa se comiera hasta el último trozo de mí.

—¿Entonces fuiste tú el que dio el paso de dejarlo todo?

—Tampoco fue así literalmente. Cuando me avisan de que la abuela ha muerto, yo me encuentro en pleno proceso de terapia. Recurrí a un psicólogo porque la situación me superaba. Llevaba doce años cumpliendo en un trabajo muy exigente, también en ventas, como tu Jaime. —Se acerca un poco más apoyando los antebrazos sobre la mesa con su preciosa cara prestándome toda la atención del mundo—. Y, a la vez, tenía el canal de YouTube, el blog, las redes sociales… Vamos, que llevaba casi cinco años sin vacaciones porque los días libres de mi trabajo ordinario los necesitaba para viajar y sacar el contenido. Cuando Santi, mi psicólogo, me preguntó cuánto hacía que no me tomaba unas vacaciones y le respondí «cinco años», se echó las manos a la cabeza. Tenía un cuadro de ansiedad de libro.

—¿Y por qué no dejaste antes el trabajo o lo de los vídeos? —pregunta frunciendo el ceño, intentando encontrar algo de coherencia en mi historia.

—No soportaba mi trabajo y lo de los vídeos, como tú lo llamas, era mi vía de escape. Pero poco a poco se fue convirtiendo en una fuente de ingresos más y era como tener dos empleos.

—¿Y por qué no dejabas el curro que no te gustaba y te quedabas con tu hobby? —Se encoge de hombros con un gesto de niña pequeña apoderándose de su cara.

—Porque lo de bloguero de viajes no daba para dos sueldos. A duras penas daba para uno y en casa estaba Laura con su vida y su trabajo, que a ella le encantaba. Y, bueno, el estar de aquí para allá con la cámara grabando lugares y contando cosas implica eso, estar de aquí para allá, y ella tenía un curro de ir a la oficina ocho o nueve horas diarias y lo mío —entrecomillo con las manos— precisaba estar fuera viajando. Bastante hizo con sacrificar también durante cinco años sus vacaciones para viajar junto a mí, ayudarme con las grabaciones y las fotos, gastando un dinero en recorrer países que no sabíamos si íbamos a recuperar…

—Menudo panorama, chico.

—Habíamos invertido parte de nuestros ahorros en una furgoneta. La llevamos a camperizar a una empresa de Barcelona que hacía unos acabados preciosos. Mi idea era que en un futuro no muy lejano se convirtiese en nuestro hogar e irnos a recorrer el mundo juntos.

—Eso no suena nada mal.

—Para mí sonaba genial, pero Laura, sin embargo, tenía claro que algún día esto de los viajes se me pasaría o no terminaría de funcionar, y que la furgoneta sería nuestro apartamento de vacaciones o que la alquilaríamos y se convertiría en una fuente más de ingresos para nosotros.

—Chica lista esa tal Laura —afirma M asintiendo con la cabeza—, pero, claro, cada uno teníais un plan de vida distinto.

—Exacto. Cuando murió la abuela, algo dentro de mí hizo clac. Vino al velatorio una amiga de la familia, Martina, la que regentaba el bar de enfrente de casa. La abuela bajaba todas las mañanas a tomarse su café con sacarina con ella después de comprar el pan y se contaban los chismes del barrio. Ya sabes cómo son las abuelas… —M sonríe y me escucha con atención. Esas dos antorchas verdes que tiene bajo las cejas apenas pestañean y una extraña sensación de bienestar me recorre las venas. Quizá por vivir este ratito bajo su atenta mirada o tal vez porque es la segunda vez que cuento esto en voz alta y de la primera no me acuerdo del todo bien, ya que llevaba unas cuantas cervezas encima—. Se acababa de jubilar casi a los setenta y seis años tras toda una vida tras la barra. Apenas había podido salir del barrio y ahora que al fin iba a tener todo el tiempo que deseó para conocer más lugares, una terrible enfermedad se empeñaba en recordarle que ya era demasiado tarde para sueños incumplidos.

—Buah, menuda historia, Áxel. Mira —se remanga el abrigo y puedo ver los poros de su piel erizados—, ¡tengo los pelos como escarpias! ¿Y qué pasó después? —pregunta desbordando emoción, como si mi tragicomedia vital fuese el episodio final de *Juego de tronos*.

—A mí las palabras de Martina me revolucionaron la cabeza. La pobre mujer no es consciente de la que lio. —A M solo le faltan las palomitas; me he convertido en su sesión de cine de madrugada—. Comprendí que la vida vuela rápido y que debía arrepentirme de lo que hiciera. No hay nada peor que quedarse con la duda de qué habría pasado si lo hubiera intentado. Así que a la mañana siguiente acudí a la oficina, me despedí, volví a casa, le conté a Laura que había dimitido y le dije que yo iba a cumplir mi sueño, que iba a por todas.

—No te andas con chiquitas, chico de la gorra —interrumpe sonriendo y ladeando la cabeza.

—Le pedí que me acompañara, pero ella estaba en otra onda. Se tomó fatal que hubiese decidido dejar el curro sin consultarlo con ella y tras una charla que no llegó a ser ni tan siquiera una discusión, enviamos también al tanatorio nuestra relación. Ella se quedó el piso, que estaba todavía a su nombre, yo me quedé la furgoneta y nos repartimos los pocos ahorros que teníamos entre los dos. Así acabé viviendo en el cacharro en el que casi dos años después sigo rehaciendo mi vida.

—La verdad es que, desde mi perspectiva, parece una situación que a mí me hubiese desbordado. Ahora, haber terminado en mi vieja habitación hasta me parece un buen plan si lo comparo con dónde terminaste tú, e incluso hasta me da un poco de vergüenza haberte rayado toda la tarde con mis historias, has tenido que pensar que soy idiota. —Se ruboriza un poco y lleva la mirada de nuevo a la pareja de mendigos de la esquina, que continúan charlando, con la risa tonta escurriéndoseles por la boca, bajo la misma nube de humo en la que llevan cobijados desde que hemos llegado a esta improvisada terraza.

—Créeme, si en ese momento hubiese terminado en una habitación, me habría vuelto loco. La furgoneta ha facilitado las cosas. —Me mira pensativa—. Tengo todo lo necesario para vivir y el jardín más grande de todos, el mundo.

—¿Te arrepientes?

—¿De qué? —pregunto, y remato el último trocito de pizza que queda en la caja.

—De haber saltado de esa forma al vacío. De haber arrasado con todo por cumplir tu sueño. ¿Lo has conseguido? Perdona si te pregunto tanto o si te resulto pesada, pero ahora mismo eres la única referencia cercana que tengo de alguien que haya pasado por algo similar a lo que estoy viviendo yo.

—No, no me arrepiento... —Mi frase queda abierta y hago una breve pausa porque no sé si es buena idea abrirme en canal con una chica que me ha vuelto loco desde el minuto uno, pero, siendo realistas, lo nuestro no tiene un recorrido demasiado halagüeño. Mañana cojo un avión de vuelta a mi vida, M retornará a la suya, y creo que ella está en el peor momento posible de empezar algo parecido a una relación.

—Perdona, Áxel, no te quería incomodar.

Miss Ave Fénix las caza al vuelo y me gusta su empatía, también esos volantazos que da el brillo de sus ojos. Es un pollito escapando de un enorme cascarón lleno de mierda que unas veces sonríe y rebosa una gracia aniñada que me encanta, y al que, otras, la mirada se le inunda de esa melancolía que trata de esconder en el interior de su cáscara oscura.

—No, no pasa nada. —No sé hacer las cosas de otra forma, así que allá vamos—. A nivel profesional y vital me ha ido de lujo. Cualquier persona querría estar en mi lugar. Vivo más o menos bien, en una furgoneta preciosa junto a mi gatita y la mayor parte del año lo primero que veo al despertar es el mar. Me tomo el café cada mañana sentado sobre una pequeña duna observando cómo las olas mueren sobre la arena.

—Qué maravilla —suspira M mientras su boca dibuja una preciosa sonrisa.

—El mar me da calma, sabe cómo tratarme. Llegas allí con un montón de problemas y de repente, como por arte de magia, comienzas a verlo todo desde otra perspectiva. Llevo la palabra «mar» tatuada aquí detrás —le digo señalándome el tríceps del brazo derecho. De repente comienza a reír—. ¿Tengo un moco o qué?

La miro confuso. Miss Mirada Turquesa se pierde dentro de una carcajada que llama la atención incluso de los mendigos de la esquina, que, por cierto, ya llevan una fumada de escándalo.

—Perdona, perdona. Ay, qué risa, por favor —comenta todavía riendo, secándose las lágrimas con cuidado con el dedo índice.

Yo compruebo que en mi cara sigue todo en orden analizando el rostro y la barba de tres días reflejada en la pantalla del teléfono. Cuatro o cinco canas me saludan desde la barbilla, pero ni rastro de mocos.

—¿Te falta mucho? —le pregunto sonriendo y apoyo ambos antebrazos sobre la mesa para contemplar su risilla.

Me doy cuenta de que, desde que nos hemos cruzado, este ha sido de los mejores días que he tenido nunca. También soy consciente de que M es una de esas mujeres que tienen el cartel de peligro escrito en la frente: puede hacer que te enamores de ella con apenas un par de pestañeos. Siempre he separado a las chicas que me gustan en dos grupos: en el primero están esas que saben de sobra, como yo, que la historia no va a ir más allá de un revolcón o dos como mucho. El típico rollo de toda la vida. Suelen acabar en una amistad, como me pasó con Inés hace unos meses, o con un «ya te llamaré» que nunca se materializa, como el que me dedicó Ana el año pasado. Son amores indoloros, de consumo rápido. Como esas canciones de verano que se pegan a ti como una lapa y no puedes parar de canturrear durante un par de días, pero a la semana ya estás harto de escucharlas. El segundo grupo es el peligroso; son esas chicas capaces de accionar un relé activando algo aquí dentro que no sabes muy bien qué es, pero que lo revoluciona todo. No suelen ser despampanantes, pero tienen algo mágico que notas desde el minuto uno. Con ese tipo de mujer quieres ir despacio, hacerlo todo bien, abrazarla y protegerla para que nunca le ocurra nada malo. Son las que hacen que pierdas la cabeza por ellas. Duelen para siempre. Su efecto es instantáneo y demoledor y están en peligro de extinción. Las he sufrido dos veces en mi vida: la primera fue en tercero de la ESO con Lucía, una chica andaluza que iba a la clase de al lado y me sonreía siempre por los pasillos dejándome hipnotizado. Recuerdo aquella mirada oscura, esa sonrisa blanca perfectamente alineada y su larga melena negra ondulada como si la hubiese visto hace un par de minutos. Un día me armé de valor y decidí dejarle una carta en la mochila contándole todo lo que sentía cada vez que me sonreía en los cambios de clase. El plan me parecía magistral y lo hubiera sido si no fuera porque me equivoqué y puse aquella hoja de cuaderno con los bordes quemados con todos mis sentimientos esparcidos en forma de tinta azul en la mochila de su amiga Eva. Me di cuenta al día siguiente, cuando en el cambio de clase me apoyé en la misma columna de siempre, junto al extintor, intentando que mi mirada pudiera penetrar en aquel cristal grueso y translúcido en busca de su silueta a punto de abrir la puerta de su aula. Siempre salía de las primeras. Aquella mañana me encontré con las mejillas sonrojadas de Eva, que portaba aquella mochila roja que me envió al cubo de basura de la indiferencia. Seguíamos cruzándonos por los pasillos, pero su sonrisa tornó en apatía cuando nos encontrábamos de frente y en miradas furtivas cuando sus ojos color carbón me pillaban desprevenido. Eva vivía cerca de casa de mi abuela y cuatro tardes después me acerqué a ella mientras paseaba a su perro. Le expliqué que esa carta era realmente para Lucía y que sentía mucho el malentendido. Eva me confesó que yo no era su tipo y que el rollito skater no iba con ella. Volví a pedirle disculpas y me marché cabizbajo a casa. A la mañana siguiente, seguía siendo invisible para Lucía, pero cuando llegué por la tarde a casa, encontré una nota en el bolsillo lateral de mi mochila que decía: «A mí sí que me gusta el rollito skater. ¿Haces algo este sábado?». Y le dije que se viniera con sus amigas al Espejo de Don Daniels, un garito que nos encantaba que tenía una réplica a tamaño real de un taxi neoyorquino en la planta inferior y donde ponían una música espectacular. Y allí, en aquel infinito sofá rojo, delante de dos minis de calimocho y abrigados por la maravillosa «Radiation Vibe» de Fountains of Wayne sonando a todo trapo por los enormes altavoces que teníamos sobre la cabeza, nuestras lenguas se enredaron y Lucía se convirtió en mi primer amor, en mi primera vez y también en mi primera gran caída al pozo de los fracasos sentimentales. Pero aquellos tres años que pasamos juntos quedaron marcados a fuego en mí. A veces me pregunto qué habrá sido de ella. La segunda vez que tuve el placer de encontrarme con una chica con el cartel de peligro retumbando en mi pecho di con Laura, y sus heridas no han terminado de cicatrizar todavía. Quién sabe de lo que puede ser capaz M, pero apenas lleva siete horas en mi vida y ha accionado ya una docena de mecanismos que crean serios cortocircuitos en mi interior.

—Algún día te lo contaré, Áxel. Te lo prometo. —Miss Carcajada guiña un ojo y me da la mano como si estuviese cerrando un trato—. Me estabas diciendo que no te arrepientes de haber apostado todo por vivir como vives.

—No, no me arrepiento. Tener ese runrún aquí —señalo mi gorra con el dedo índice— habría sido peor, mucho peor. Viajo, veo mundo, me dedico a lo que me gusta y gano lo suficiente como para no tener que preocuparme demasiado por el dinero. La vida en la furgo es mucho más económica que en el piso de Zaragoza. Así que los meses que vienen mal dadas trato de apretarme el cinturón, pero, en general, no me quejo.

—Viéndolo así, ¿dónde hay que firmar?

—Aunque también tiene su parte negativa. Mi sueño y Laura eran incompatibles y elegí el lote en el que ella no venía incluida. No fue una decisión fácil para ninguno de los dos porque nos queríamos mucho, pero ninguno cedimos. Esa fue la peor parte.

—Quizá podíais haber llegado a un acuerdo. No sé... ¿Llevabais juntos mucho tiempo?

—Más de diez años. Pero no, no había acuerdo posible. Laura y yo teníamos un pasado y un presente bonito, pero poco futuro. Ella me había insinuado alguna vez que se le empezaba a despertar el instinto maternal y a mí me encantan los niños, pero nunca he tenido en mente ser padre. Tarde o temprano, nuestra cuenta atrás iba a llegar a cero. Nuestros intereses cada vez tenían menos cosas en común y no lo queríamos ver, pero el coche se estaba quedando sin gasolina y uno de los dos tenía que bajarse y continuar a pie. Ya sabes, la carretera de la vida.

—¿La qué? —M frunce el ceño.

—La carretera de la vida —repito como si todo el mundo conociese la metáfora—. Sí, yo veo la vida como una larga carretera en la que vamos conduciendo un autobús que nos dan nada más nacer.

—¿En tu metáfora nacemos con el carné de conducir bajo el brazo? —pregunta sorprendida.

—Sí, y además nos regalan un autobús precioso.

—Perdona que me ría, pero tienes muy buenas salidas. —Vuelve a reír una vez más y ya he perdido la cuenta, ese cascarón lleno de caca que la retenía ha desaparecido—. Continúa, por favor. Acabas de nacer, te han dado un autobús y vas por una carretera.

—La vida es la carretera y nosotros la recorremos dentro de ese autobús. Cuando naces, vas en el mismo vehículo que tu familia, luego suben tus primeros amigos, después se baja tu madre porque una neumonía decide que ya ha estado a bordo demasiado tiempo, luego sube mi amigo David, mi primer amor, amigos del instituto... —M sigue alumbrándome la cara con sus atentos faros verdes sin pestañear—. No sé si me estoy explicando bien...

—A la perfección —comenta atenta, sin mover un solo músculo del rostro.

—Ese autobús debe ser un lugar cómodo, ya que, si va todo bien, el viaje será largo y quieres que la gente que has permitido subir esté feliz de permanecer ahí contigo el mayor tiempo posible. Es importante que las puertas de entrada y salida permanezcan abiertas, nunca hay que mantener en tu vida a nadie a la fuerza, y es obligatorio pedir amablemente a los que te intoxican que bajen en la siguiente parada. A mi bus se viene a cantar canciones y a mirar con una sonrisa cómo el paisaje de la vida cambia de color por la ventanilla.

—Es la metáfora de la vida más bonita que he escuchado nunca. ¿De dónde sacas todo ese positivismo? Tienes una energía preciosa. —Una ráfaga de viento agita sus mechones dorados, se retira con la mano el cabello hacia atrás y el pelo se acomoda de nuevo sobre las mejillas de forma automática, como si supiese en qué parte de la cara tiene que fijarse para que esa mirada siga alumbrando las calles de Nueva York. Se sube la cremallera del abrigo hasta la garganta.

—Creo mucho en el karma y todas esas movidas. Desde que partí, paso mucho tiempo solo, pero trato de rodearme de gente con buena energía. Cuando iba a la oficina todos los días, teníamos un compañero que vivía amargado. Si hacía sol, demasiado calor; si soplaba el cierzo, menudo vendaval; si hacía frío, que a ver cuándo llega el verano, y en pleno julio, que menudo bochorno... Era un yonqui del drama, muy muy tóxico. —M sonríe—. Podías aparecer por allí a primera hora de la mañana con la mejor de las sonrisas y volverte a casa queriendo cortarte las venas. Y no te ha pasado nada malo, solo has estado con una persona que sin tener motivo alguno te recuerda cada dos segundos que la vida es una mierda pinchada en un palo. ¿No te ha pasado alguna vez?

—Sí, bastantes veces. Jaime, sin ir más lejos, era bastante tóxico.

—La buena noticia es que también hay gente que contagia alegría. A mí, a pesar de los palos que me ha dado la vida, la mayoría de la gente que me ha tratado me ha vinculado a buenos momentos. Yo prefiero vivir en ese bando. No sé cuándo me llamará san Pedro, pero en el mejor de los casos viviremos unos... espera un segundo —saco el móvil y tecleo «esperanza de vida en España»—, setenta y nueve años. Prefiero pasarlo bien y que se me haga corto a tener que estar pendiente del móvil esperando a que me llame ese señor.

—Eres tremendo, chico de la gorra. —Me da un leve manotazo intentando bajarme la visera—. Si en tus vídeos eres igual que aquí, entiendo muy bien ese éxito que tienes. Estoy deseando ponerme al día con tus vlogs y tus cosas.

—Vas a empezar por el final. Es curioso.

—He conocido primero a la persona, el personaje lo tiene muy crudo —comenta con ironía justo antes de que su teléfono comience a vibrar. Toca la tecla verde y un segundo después aparece la cara de Rocío en la pantalla:

—Tía, ¿pero tú sabes qué hora es? Estábamos muy preocupadas. No te habrá pasado nada, ¿no? —La metralleta de Rocío es igual de eficaz en directo que al otro lado del FaceTime.

—La verdad es que no tengo ni idea de la hora. Pero, tranquilas, que estoy muy bien acompañada. —La cámara frontal de su iPhone enfoca solo su cara; yo me mantengo inmóvil evitando que me vean.

—¡¡Nooo, no me digas que has ligado!! Sandra, ven, corre, que ha habido lío.

M comienza a reír y mis ojos se cuelgan de sus labios esperando su respuesta.

—No, mucho mejor que un ligue. Mirad con quién estoy.

Acerco la cabeza hasta que me enfoca la cámara.

—Qué tal, Rocío —saludo con la mano.

—¿Os habéis liado? —Ni hola ni leches. Sin anestesia, zas. Así es Rocío.

—Pero ¡qué dices, loca! —responde M algo sonrojada.

—Ahí hay lío, a mí no me la dais. Mira qué buena cara tiene ahora la condenada. Pero, Áxel, ¿qué le has dado, hijo mío?

—¿Esta chica es así las veinticuatro horas del día? —le pregunto a M.

—Sí, no calla ni dormida.

—Pues hacéis muy buena pareja, que lo sepáis.

—Pero ¿qué es ese escándalo? —Sandra entra en escena con el pelo mojado.

—¡Qué tal, Sandra! —Vuelvo a saludar con la mano.

—Pero, Áxel, ¿qué haces tú ahí? —Mira extrañada al móvil con una sonrisa.

—¡Eso quisiera yo saber! —añade Rocío balanceando la cabeza.

—¿Pero qué hora es? —pregunta M.

—Las doce y media, guapa. ¿Vas a venir a dormir o duermes en Brooklyn? —pregunta Rocío sin cortarse un pelo. Su risotada la habrán oído hasta en Washington.

—Venga, anda, que ahora nos vemos. —Miss Océano trata de acelerar el fin de la conversación.

—Ven, ven, que tienes que darnos muchas explicaciones —añade Sandra con una toalla a modo de turbante sobre la cabeza.

—Ahora nos vemos, chicas.

—Míralos, qué bonita pareja hacen.

M pulsa sobre la tecla roja y la imagen de Rocío se queda congelada en la pantalla.

—No le hagas caso a Rocío, eh, que te puede volver loco en dos minutos —me dice empujando la silla hacia atrás.

—Por lo poco que la he tratado, tiene pinta de ser una buena tía. —Trato de arañar segundos a nuestra cita. Quiero jugar la prórroga. En el momento en el que mueva mi silla nos estaremos oficialmente yendo y la despedida estará más cerca.

—Está chiflada, pero es la mejor. Yo la quiero mucho. —Se pone en pie—. ¿Hacia dónde vas tú?

—Te acompaño al hotel, me quedaré más tranquilo. —Me levanto contra mi voluntad, como un niño pequeño que no quiere ir al colegio.

—Muchas gracias —concluye M.

Descendemos por la Octava Avenida. Un tipo en calzoncillos y con algo parecido a una batidora en la mano les recrimina a unos turistas, que agarran fuerte sus mochilas y aligeran el paso con descaro, que lo miren con lástima. M me coge del brazo. Puedo vernos caminar de nuevo en los cristales de la puerta automática del Seven Eleven. Me encanta la imagen. Rocío tenía razón, hacemos muy buena pareja. La puerta se abre y un chico negro intenta hacer una pirueta ante la atónita mirada del empleado que permanece inmóvil al otro lado del mostrador.

—¿Nos hacemos una foto?

Me mira como si estuviera loco y, de repente, se le escapa una risa nerviosa.

—¿A ti te parece que con el panorama que tenemos alrededor es el mejor momento de sacar el móvil y hacernos un selfi? Vamos, anda. —Me agarra con más fuerza el brazo y tira de mí como si fuera la madre del niño ese de antes, que sigue sin querer ir al colegio.

Una mujer con el pelo completamente blanco prepara con mimo sobre la acera unos cartones que tienen toda la pinta de convertirse en su cama. Nuestras miradas se cruzan y sonrío con lástima. La mujer trata de devolverme el gesto, pero no le sale.

—Por eso mismo trato de ser positivo. Se supone que lo tenemos todo, ¿no? ¿Qué derecho tengo yo a quejarme de todo lo malo que me ocurre? Toda esta gente sí tiene motivos —aclaro enfadado, observando con disimulo la hilera de cartones que se ha formado sobre el siguiente tramo de la acera, justo debajo de los andamios, con varias personas con la ropa ennegrecida conversando entre ellas mientras preparan su campamento.

—Tiene que ser durísimo sobrevivir así —añade sin levantar demasiado la vista—. Y más en esta ciudad con este clima extremo, o demasiado frío o demasiado calor. Con tus cosas siempre a cuestas, de aquí para allá, buscando un sitio para dormir seguro.

Uno de los mendigos calienta una cuchara con el mechero y su compañero de cartón se inyecta algo con sumo cuidado en la muñeca. Su mirada blanca y totalmente ida se pierde avenida arriba. Al final de la manzana, un hombre pelirrojo tirado en el suelo se abraza a un oso de peluche rosa destripado. Son los desechos de un sistema que la sociedad ha dejado atrás y el resto del mundo camina junto a ellos sin prestar la más mínima atención. Nos estamos convirtiendo en máquinas sin empatía alguna. A veces me da vergüenza ser humano.

—Es aquí, ¿no? —anuncio parándome justo delante de la entrada dorada del New Yorker. A pesar de ser tan tarde, se ve bastante gente deambulando al otro lado del cristal, en el hall.

—Sí, sí, es aquí. Menos mal que estabas atento, si no, continúo caminando hasta Wall Street —responde entre risas.

—Di la verdad, M, lo que pasa es que no te quieres ir y estás aquí arañándole minutos al reloj, pero, si te sirve de consuelo, yo tampoco me quiero ir. —Nunca he hablado con tanta sinceridad. No quiero que se vaya y no sé muy bien cómo gestionar esta despedida. Estoy nervioso.

—Ha sido un auténtico placer conocerte. Eres muy majico. —Esta última palabra me lleva directo a Zaragoza, al regazo de la abuela; soy capaz de oler su perfume de señora mayor y sentir sus arrugadas manos intentando peinarme antes de ir al colegio: «Con lo majico que eres y la guerra que me das, Alejandro».

—Acabas de recordarme a mi abuela. —Hacía ya bastante rato que no metía la pata.

—Vaya. —Su cara ahora mismo es un poema. Piensa, Áxel, piensa.

—Por lo de majico. Hace mucho tiempo que no me lo decían, quizá lleve demasiado tiempo fuera de Mañolandia. Pero no te estoy llamando vieja, ¿eh? —me excuso sonriendo—. Me has traído un recuerdo muy bonito, nada más. —Creo que he arreglado el asunto. Me escucha con atención—. ¿Y ahora qué? —le pregunto rompiendo el silencio, echando la bola en su tejado. De verdad que no sé qué demonios hacer. Salto al vacío y me la juego con un beso que no sé muy bien a dónde nos lleva o dejo fluir las cosas sin más, dejando en manos del destino la incertidumbre de si volveremos a vernos.

—Ahora tú vuelves a tu playa, a tu furgoneta, a tus viajes y yo… yo no tengo ni idea de qué hacer con mi vida. Tengo que reconstruirme y creo que me has dado algo de luz. Espero que todo te vaya genial, de corazón. —Se toca el pecho.

—Vente conmigo, M. —No sé si es un triple suicidio, la última bala del cartucho o si soy el Alejandro de catorce años dejando mi carta en el bolsillo de la mochila equivocada de nuevo.

Se me acerca un poco más y ladea la cabeza, sonriendo.

—¿A dónde? —continúa sonriendo y puedo verme reflejado en sus pupilas; me acaricia la cara—. Yo ahora mismo tengo que centrarme y decidir dónde ir, pero no quiero equivocarme de nuevo.

—Me quedaría a vivir en esta caricia eternamente.

—Empieza por averiguar qué quieres. El camino será más sencillo y se hace tarde demasiado pronto. —El corazón me pide abrazarla y es lo que hago, siento su respiración en el cuello y aprovecho para olerle el pelo por última vez—. Yo te hago un hueco cuando te encuentres, M.

Nuestros cuerpos se separan, dejando nuestras caras frente a frente. El diablillo rojo del hombro derecho me dice que me lance; es el último segundo del partido y jamás vas a volver a verla, ¡dispara! El ángel del lado izquierdo, con aspecto de mojigato, me susurra que no meta la pata; no está en su mejor momento, no la confundas. Sabe dónde encontrarte.

M se acerca, se pone ligeramente de puntillas y me besa despacio en esa zona que no es ni mejilla ni boca, justo en la frontera. Un único beso en tierra de nadie que no sé muy bien cómo interpretar. Hoy dormiré abrazado a esa sensación de nariz fría y labios cálidos que ha sentido la comisura de mis labios.

—Hasta la vista, chico de la gorra.

Miss No Me Voy Contigo camina hacia la entrada de su hotel con un brillo nuevo disparando desde su mirada turquesa. Atraviesa la puerta y vuelve a girarse una vez más. La melena le baila sobre la espalda. Camina lento, con la mirada fija en la moqueta. Me vuelve a decir adiós con la mano y cuando sus ojos se clavan en el ascensor, empujo la puerta dorada del hotel.

—¡Ey, M! —Se gira de nuevo cuando ya tenía medio pie en el ascensor. Los chicos de la recepción me miran con cara de estar a punto de pulsar el botón secreto de seguridad—. ¡No olvides suscribirte a mi canal y darle a la campanita!

—Estás loco.

Leo sus palabras, pero no las escucho, y mientras niega con la cabeza mordiéndose el labio inferior, su cuerpo es engullido por el elevador.

—*That's the girl of my dreams, guys. I'm sorry!* —les grito desde la puerta a los chicos de la recepción, que me devuelven una sonrisa dando unas palmadas.

—*Good luck, man, you'll get her!* —me responde uno de ellos.

Una sensación de vacío me recorre y una ráfaga de emoción transita por la nuca erizándome el vello de los brazos. Las diferentes partes del cuerpo no se ponen de acuerdo; la cabeza y el corazón vuelven a darse de puñetazos, para no variar. Volvemos a estar solos Nueva York y yo. Saco el teléfono del bolsillo. Tengo la pantalla llena de notificaciones, ya que llevo desde esta mañana sin prestarle atención: comentarios de YouTube sin responder, una foto de Trufita devorando su lata favorita que me ha enviado Churra, varios mensajes de David preguntando si estoy bien y algunas notificaciones más de Instagram. Rocío me ha etiquetado en una foto: ella y Sandra en el centro y M y yo en los extremos, sonriendo a cámara. Cuando todavía éramos dos desconocidos. Cuando todavía no era consciente de la que me iba a liar aquí dentro. Amplío la foto para ver de cerca la pixelada carita de Miss Melancolía con esa mirada color mar en calma y el halo de tristeza que desprendía cuando la conocí. Hago una captura de pantalla de su bonito rostro. Escribo a David para pedirle disculpas y le digo que está todo OK, que creo que me he enamorado hasta las trancas de una chica de Zaragoza con aspecto nórdico y que estoy a punto de pillar un Uber de vuelta a su apartamento. De postre, le vuelvo a enviar la foto que le hice esta mañana con camisa, calzoncillos de los Nets y pantorrillas peludas con zapatillas de Batman. No está en línea. Leerá mi mensaje mañana cuando yo esté a punto de coger un vuelo directo a mi vida mientras M vuelve a la suya. Abro la aplicación de Uber y encuentro un chófer a tres minutos de aquí. Moisés, parece latino. Pongo la dirección de la casa de David y Susan, acepto y espero en la puerta del New Yorker a que aparezca el vehículo que me devolverá a Brooklyn. Miro las ventanas del gigantesco hotel y me pregunto si mi vikinga estará al otro lado del cristal de alguna de ellas, tratando de encontrarme con sus dos linternas verdes desde las alturas.

En pocos minutos, el coche me espera en la calzada.

—Hola, Moisés.

—Qué tal, mucho gusto —me saluda sonriente desde el espejo interior—. ¿Quiere escuchar alguna música en especial?

—Sí, ¿puedes poner Oasis? «Wonderwall». Por favor.

—Claro. —Acto seguido pulsa un botón de su volante y se incorpora un poco hacia adelante dándole instrucciones al vehículo en un perfecto inglés. En apenas dos segundos comienzan a sonar los primeros acordes de la primera canción que hemos aplaudido juntos. Moisés arranca y su Toyota se pone en marcha.

—¿Te molesta si bajo el cristal de la ventanilla?

—No, claro que no —me responde sonriendo y vuelve a enfocar su vista en la Octava Avenida.

Apoyo la cabeza en el respaldo y el aire frío de Manhattan me acaricia la cara de forma brusca, no como la de M hace apenas unos minutos. Me la imagino ahora mismo sentada sobre la cama, tratando de esquivar las ácidas preguntas de Rocío. Me pregunto si pensará en mí cuando apague la luz de la mesilla y se quede a solas con la oscuridad. Puedo ver con total claridad su mirada y mi cara reflejada en su pupila cuando nuestros rostros estaban tan tan cerca. Puedo sentir su olor. Tengo mil dudas y ni una sola respuesta. La noche de Nueva York corre hacia nosotros. Los edificios permanecen ahí, encendidos y ajenos a mi historia. Me gustaría salir y compartir a gritos lo que siento. Hacer un directo improvisado en Instagram desde el coche y contarle al mundo que me he enamorado de una chica preciosa a la que no sé si volveré a ver y que no tengo la más mínima idea de qué es lo que debo hacer. No sé qué capítulo toca ahora. No sé quién debe mover ficha. Estoy feliz y perdido.

—Oye, Moisés. ¿Te puedo contar una cosa? —Lo sé, soy insoportable cuando me enamoro y este tipo no tiene la culpa, pero es la única persona que tengo a mano ahora mismo y necesito respuestas urgentes.

—Sí, claro. ¿Está todo a su gusto? —pregunta preocupado, buscándome la mirada en el espejo.

—Sí, sí, todo está perfecto y estoy muy cómodo.

—Entonces, dígame, ¿en qué le puedo colaborar?

—Acabo de conocer a una chica y creo que me he enamorado.

—La cara de Moisés reflejada en el espejo es un poema.

—Ajá... —añade con el ceño fruncido y la boca abierta.

—La he conocido esta tarde, hemos comido juntos, tomamos unas cervezas en un *rooftop* y después hemos ido a cenar.

—La cosa pinta buena. —Moisés asiente con la cabeza de manera inocente.

—Mañana, mi vuelo sale temprano hacia España y ella se queda aquí unos días más. No sé cómo se llama. Lo único que sé de ella es que vive en Zaragoza, que tiene más o menos mi edad, que se acaba de divorciar, que es preciosa y que es de esas chicas de abrazar y proteger, ya sabes. —El tipo sigue mirando a la carretera, pero con la boca más abierta que antes, tratando de asimilar toda la información—. Ahora mismo no sé qué paso debo dar, Moisés. Estoy hecho un lío.

—¿No puede hablar con ella y decirle lo que me está diciendo a mí?

—No. Bueno, en realidad hay una opción. —Me viene a la cabeza Rocío—. Podría escribir a su amiga, que es seguidora mía. Es que tengo un canal de YouTube, Moisés.

—¡Ah, qué bueno!

—Podría escribir a Rocío, pedirle más datos de ella y presentarme en su casa con unas flores o yo qué sé.

—¿Usted cree que tiene posibilidades? —Moisés comienza a darme miedo.

—En la típica situación chico conoce chica, yo creo que hubiese tenido mis cartas. Pero cuando la he conocido era un alma en pena. Acaban de concederle el divorcio y creo que no está para muchas aventuras. —Nueva York continúa con su vida al otro lado de la ventanilla, ajena a esta conversación de besugos.

—Entiendo. Si, en condiciones normales, cree que sí hubiese tenido posibilidades, pero ahorita ella está en otra onda, yo le aconsejaría, si me lo permite —el chófer hace un gesto educado con la mano—, que esperara. Usted no sabe cómo llegar a ella, pero ella sí sabe cómo llegar a usted. Es youtuber, ¿no es eso? ¡Es fácil encontrarle! Como decimos allá en México: «El que nace pa tamal, del cielo le caen las hojas».

Moisés ha empezado nuestra relación siendo un chófer cualquiera de las calles de Manhattan y me va a dejar en Brooklyn convertido en Gandalf el Gris.

—Perdona, pero hoy no sé qué me pasa, que estoy un poco lento. ¿Qué quiere decir eso del tamal, el cielo y las hojas?

—Usted no puede evadir el destino. Lo que tenga que ser, será. —Moisés para justo delante del edificio de David y Susan—. Mucha suerte, amigo. Ojalá verlos un día juntos en mi carro.

—Muchísimas gracias, carnal. Cuídate mucho.

Chocamos el puño, cierro la puerta y el Toyota de Moisés se pierde calle abajo entre las difuminadas luces de los semáforos. Miro al cielo y observo por última vez la noche de Nueva York. La luna llena flota al otro lado de la avenida sobre los edificios enladrillados. La próxima vez que la vea estaré en Enebrales, dentro de mi furgoneta con Trufita frotándose en mis piernas y la imagen de M arañándome el corazón desde las frías calles de Manhattan.

6

Zaragoza

Marzo de 2020

La fina lluvia que riega la ciudad desde hace un par de horas resbala por los enormes ventanales que tratan de iluminar inútilmente este mustio pasillo. Al final, justo en la entrada de la salita seis, mi padre recibe el pésame de medio barrio y de algunos familiares lejanos que, siendo sincero, yo ya no recordaba. De hecho, acabo de enterarme hace apenas cinco minutos de que la abuela tenía un hermano con el que no se llevaba muy bien y de que mi padre lleva saliendo un año y medio con una mujer que tiene dos hijas mellizas de mi edad. Sí, nuestras relaciones familiares son un auténtico desastre. Nuestro apellido está a punto, literalmente, de extinguirse. La abuela era la única persona capaz de sostener en pie este castillo de naipes al que apenas le quedan ya cartas. Viuda desde los cuarenta y seis, intentó sin demasiado éxito que mi padre madurara poniéndolo entre la espada y la pared aquel invierno del 85. «O tiras hacia adelante con el niño u os vais los dos fuera de mi casa». La jugada en la cabeza de la abuela era magistral, ya que mi padre acababa de llegar de Berlín, no tenía trabajo y con el sueldo de mamá no les daba para un alquiler y mucho menos para la entrada de un piso. O maduraba buscándose las castañas fuera de casa o maduraba apechugando con el bebé bajo el techo de la humilde morada familiar, en aquel entonces, una de esas pequeñas parcelas de renta antigua en el corazón del barrio de las Delicias y de la que apenas tengo recuerdos. Al final, nací y mi madre murió cuando yo acababa de cumplir seis años, mi abuela se hizo cargo de mí y mi padre ahí sigue, rozando los sesenta y todavía haciendo filigranas con las responsabilidades de la vida, jugando a ser Peter Pan. Siempre con una sonrisa de oreja a oreja, incluso hoy, cuando su madre lleva muerta apenas un día.

Al fondo de la salita hay un enorme cristal y, detrás, un féretro rodeado de flores con la abuela dentro. No he tenido el valor de entrar a verla. Me horroriza pensar que voy a mirarla y que no me va a sonreír como hacía siempre, aunque llevase una temporada pachucha y las piernas le hicieran ya poco caso. Prefiero recordarla llevándome al colegio cada mañana, acompañándome hasta la mismísima clase para asegurarse de que me quedaba allí y de que no salía huyendo por la verja trasera del recreo para gastarme el dinero del almuerzo en los recreativos. O haciendo esas deliciosas torrijas mientras escuchaba por el radiocasete las cintas que tenía de Serrat. O saliendo de las tutorías sin entender nada, rodeada de madres y padres muchísimo más jóvenes que ella, acariciándome el pelo mientras me decía que tenía que portarme mejor. O cuando se emocionaba cuando le enseñaba las notas al final de cada trimestre y veía que aprobaba a pesar de ser un auténtico trasto. O en aquel Fin de Año que dio las campanadas Chiquito de la Calzada y casi nos la tenemos que llevar a urgencias del ataque de risa que le dio. O contando los ahorros que guardaba bajo el colchón cada septiembre cuando tocaba comprar los libros de texto. O la cara que puso cuando conoció a Laura y me dijo sin disimulo alguno delante de ella: «Oye, Alejandro, a esta trátamela muy bien, que es muy lista y guapa». O con el beso que me dio en la frente hace escasamente dos días, cuando pasé a verla por la tarde y la dejé allí, sentada en su sillón con la pierna derecha hinchada y amoratada por la mala circulación, apoyada sobre la banquetita de madera delante del canal ese de cocina que tanto le gustaba. Ojalá hubiera sabido que esa era su última noche, ojalá ese infarto fulminante me hubiese dado una tregua para salir con menos prisa de su casa. Para haber alargado un poco más ese abrazo que le daba siempre antes de marcharme. Para decirle una vez más lo mucho que la quería y, sobre todo, para darle las gracias. A mi abuela le dije muchas veces que la quería, pero nunca le agradecí todo lo que hizo por mí y la tengo a apenas cuatro metros, pero ya ni me ve, ni me escucha, ni me siente. Es un ángel que ha escapado de ese pesado cuerpo en busca del abuelo. Cuídamela, yayo, que es muy lista y muy guapa.

—Alejandro, hijo, yo ya me marcho, que mañana quiero bajar al bar a preparar unas tortillas. —Martina, la mejor amiga de la abuela, me acaricia la cara sin despegar sus bonitos ojos azules de los míos—. Nadie sabe lo que voy a echar de menos a esa gruñona —añade lanzando la vista al impoluto cristal que nos separa de la abuela.

En el barrio, Martina es algo así como la Biblia. Lleva toda la vida regentando El Guiñote, el principal bar de la calle, y se le da de perlas eso de escuchar, analizar y soltar una frase coherente con la que siempre aprendes algo. La mayoría de su parroquia no va al bar a tomar algo o a echar la partida de la tarde; va a verla a ella, una persona con un carisma desbordante que me conoce a la perfección. Han sido muchas Navidades juntos, muchas tardes en la mesa del bar haciendo los deberes mientras la abuela iba a fregar escaleras para traer a casa ingresos extra, muchos balonazos en sus cristales y también muchas cervezas con ella y con David esos viernes por la tarde, mientras nos daba consejos que nunca funcionaron para ligar con las chavalillas del barrio.

—¿Pero no te acabas de jubilar?

—He traspasado el bar, pero les prometí a los nuevos propietarios que durante el primer mes les echaría una mano con las raciones que mejor se venden para que sigan ofreciéndolas y les estoy enseñando. Bajo un par de horas por la mañana, nada más.

—Oye, Martina. —Gira de nuevo los achinados ojos claros hacia mí—. ¿Tú crees que la abuela ha sido feliz? —Esta pregunta lleva dando botes en mi cabeza desde que su corazón decidió parar.

—A pesar de los palos que le ha dado la vida, Pilar ha sido una disfrutona en toda regla, pero a su manera. Tu abuela no era una mujer demasiado exigente con la felicidad, se conformaba con poco. Y cuanto menos necesitas, más feliz eres —explica agarrándome del brazo con sus manos castigadas por la artrosis—. Venía al bar todas las mañanas a tomarse su café, nos reíamos de la vida, nos contábamos nuestras cosas de viejas y, sobre todo, se le caía la baba contigo, Alejandro. Tu abuela estaba muy muy orgullosa de ti, y mira que le has dado guerra… Bueno, a ella y a medio barrio, menudo diablillo eras. —Sonríe acariciándome de nuevo la mejilla—. A esa sensación de culpabilidad que imagino que sientes ahora no le des la más mínima importancia. Se te pasará —me dice con una dulzura y una certeza con las que no estoy acostumbrado a tratar.

—¿Pero tú cómo sabes que me siento culpable? —pregunto sorprendido y sintiéndome desnudo ante esta anciana de apenas metro sesenta que se sabe de carrerilla el gastado libro de la vida.

—La práctica, cariño, la práctica. He perdido ya a demasiada gente, es lo que tiene hacerse mayor. Pero lo peor no es eso, lo peor son los malditos «y si».

—¿Los «y si»? —respondo rascándome la cabeza.

Martina arquea con su gracia habitual las despobladas cejas blancas.

—Y si hubiera hecho esto, mira que si me hubiese atrevido, tenía que haber hecho más esto otro… Los «y si», hijo mío, ¡los malditos «y si»! —me explica gesticulando mucho con las manos y dándome unos toquecitos en el pecho—. Por eso tienes esa sensación de culpabilidad, porque cuando ya no tenemos capacidad de reacción es cuando nos entran los remordimientos. Pero tú eres joven, cariño, estás a tiempo de enderezar el rumbo. Hazle caso a esta vieja, que de otra cosa no, pero de perder trenes sabe una un rato largo. —Se ahoga en su propia risa.

—¿Cómo sabes que has de coger el tren, Martina? ¿Cómo se sabe si es el bueno? —pregunto con la inocencia de un niño sin despegar la mirada del féretro de la abuela, al que sigo sin atreverme a asomarme.

—Eso no se sabe hasta que no estás ahí, echando carbón al motor. —Martina me acaricia la mano y se acerca un poco más—. Pero cuando seas un viejo y comiences a verle las orejas al lobo, seguramente te arrepentirás más de no haber subido a todos aquellos vagones que dejaste escapar que de los que tomaste. ¿Cómo están las cosas en tu estación? —me susurra.

—¿En mi estación?

Martina vuelve a reír y se tapa la boca con su ya mítico pañuelo de tela.

—El tren pasa por la estación, Alejandro, ¿cómo está tu andén?

—A veces me cuesta pillar esas rebuscadas metáforas con las que tiende a ejemplificarlo todo y que tantas lecciones me han dado.

—Tengo un trabajo que no soporto, gracias al cual termino en el médico con extrañas dolencias cada dos por tres, mi abuela acaba de morir, con mi padre apenas tengo relación... Mi andén no es que sea la alegría de la huerta, la verdad.

—Mira, tengo ya cerca de ochenta años, de los cuales he pasado más de sesenta al otro lado de una barra de bar durante catorce o quince horas diarias, conozco muy bien el barrio, los chismes de todos los que venís a verme por allí... pero apenas conozco Zaragoza y un poquito de Teruel. No he visto nada más y con eso me iré al otro barrio. —Sus arrugadas manos vuelven a hacerse con las mías y puedo oler el tabaco impregnado en su abrigo de paño negro—. Yo ya no tengo tiempo de nada, la edad y esta maldita enfermedad —se toca el pecho haciendo referencia al cáncer de pulmón que padece desde hace unos años— están echando una carrera para ver quién termina antes conmigo. Una carrera que pierden de antemano, porque los remordimientos y los malditos «y si» llegaron a la meta ya hace tiempo y eso sí que duele, Alejandro. Déjate de médicos y de miedos. Coge a esa preciosa chica y lárgate de aquí. No me mires así... Tu abuela estaba preocupada, te conocía muy bien y también se ha llevado sus «y si» a la tumba.

—Nunca hablé con mi abuela ni de trenes ni de estaciones...

—A Pilar no hacía falta que le dijeras nada, te ha criado y sabía muy bien lo que querías. Ella siempre pensó que no volabas por cuidar de ella, se sentía como un perro viejo al que no quieres dejar solo cuando vas de vacaciones. Viniste al mundo por cabezonería suya, Alejandro, y eso tu abuela se lo ha llevado allí arriba. —Mira al techo y lanza un beso al aire—. Esa culpabilidad de poner a tus padres entre la espada y la pared para que te tuvieran... Yo siempre le dije que no debió entrometerse tanto. Pero aquí estás, con la vida ya hecha, a punto de coger un tren que te va a dar muchas alegrías.

—Joder, Martina —no puedo evitar que las lágrimas se hagan con mis mejillas—, ojalá pudiese despertarla un momento, aunque fuese solo un minuto, para darle las gracias y decirle que se fuera tranquila. Nunca se lo dije, Martina, nunca…

Me abraza y yo me rompo en mil pedazos. El nudo del estómago al fin se deshace. Me abrazo con todas mis fuerzas a su enclenque cuerpo liberando el dolor. Martina me acaricia la espalda con suavidad.

—Venga, sácalo, hijo mío, sácalo. Estás a tiempo de decírselo —me dice sin salir de este abrazo que me reconforta el alma—. Hazme caso y vive. Ella estaba muy orgullosa de verte recorriendo el mundo, disfrutando y haciendo feliz a toda la gente que te rodea. Sigue así, Alejandro, que lo haces muy bien, y arrepiéntete de lo que hagas. No sabes lo duro que es llegar a mi edad, echar la vista atrás y ver todas esas cosas que no te atreviste a hacer ahí, intactas y llenas de polvo. Esto son cuatro días y no vas a ser joven toda la vida. Sal ahí afuera y cómete el mundo. Sigue haciéndola feliz. Cuídate mucho, hijo mío, yo ya me tengo que marchar.

Sus palabras son balas cargadas de entusiasmo. Un cajón de dinamita que pide estallar por los aires. Me seca la cara con otro pañuelo de tela con olor a Ducados que saca de su bolsillo.

Martina me da uno de esos besos de abuela en la mejilla, cogiéndome la cabeza con sus dos manos minúsculas, asegurándose bien de que capto su cariño. Se acomoda el bolso y su silueta se empequeñece conforme recorre este pasillo de los horrores. La sombra de la muerte camina detrás de ella con torpeza, incapaz de seguirle el paso.

El Álex que entró aquí esta mañana ha muerto con la abuela. Siento que algo ha hecho clac en mi cabeza y también que llevo mucho mucho tiempo malgastando mis días. He de tomar otro rumbo. Trato de imaginarme con cincuenta años más, con el corazón gritándome que se quiere bajar ya de esta vida, pensando en todas las cosas que quise hacer y no hice, y me entra auténtico pavor de lo que sentirá ese viejo Alejandro, moribundo y cobarde, que nunca se atrevió a vivir de verdad.

Me siento en el único sofá que han habilitado en esta tétrica sala. Algunos periódicos descansan sobre la mesita de cristal: Estados

Unidos anuncia su salida de Afganistán, España registra ya casi setenta y tres casos de coronavirus, Rafa Nadal gana su título número ochenta y cinco en Acapulco y una tal Audrey, que murió congelada en el Pirineo, vuelve a la vida tras pasar seis horas en el más allá. Aclara que no vio ni el túnel ni la luz cegadora que relatan todos aquellos que tienen una experiencia cercana a la muerte; «ni sentí ni padecí» detalla en el artículo. Ojalá la abuela abriera de repente los ojos, aunque solo fueran diez segundos, el tiempo suficiente para darle las gracias y quitarme este ladrillo que tengo en las entrañas desde que decidió partir.

—Cariño, se está haciendo tarde —me dice Laura acariciándome el pelo. Todo el mundo se está marchando ya.

—No nos han presentado formalmente. —Una mujer de mediana edad se planta frente a nosotros—. Soy Carmen, la compañera de Javier, tu padre. Siento mucho lo de la yaya. Era una mujer estupenda. —Carmen da dos besos a Laura y hace conmigo lo mismo justo después.

—Perdone, ¿pero de qué es compañera de mi padre exactamente? —respondo con ironía.

—Álex, por favor —se queja Laura muy bajito mientras me toca el brazo para que me calme.

—Solo quería decirte que estamos aquí para lo que necesites.

Mi padre se incorpora a la conversación.

—Ya veo que te me has adelantado. —Mira sorprendido—. Esta es Carmen, mi...

—Sí, tu compañera. Es fácil que se te adelante, solo llegas un año y medio tarde —interrumpo.

—Álex, por favor... —Laura continúa agarrada a mi brazo, sonriendo como puede.

—Tampoco me pones las cosas fáciles, hijo. Sé que no lo he hecho bien, pero podemos arreglar las cosas.

Mi padre me clava su mirada color miel y por primera vez en mi vida reparo en sus facciones, cada vez más descolgadas de la cara, barba de un par de días y pelo semilargo completamente gris peinado hacia atrás. Un aro le cuelga de la oreja izquierda y, a pesar de rozar las seis décadas, aparenta menos edad.

Laura me aprieta el brazo con más intensidad.

—¿Arreglar las cosas? ¿Sabías que llevo más de dos años de médico en médico buscando explicación a las molestias del puto estrés? ¿Sabías que asisto desde hace más de seis meses a terapia psicológica y que la mitad de los traumas que tengo son por tu culpa? ¿Sabes a qué me dedico? ¿Sabes en qué calle vivo? Te faltan años para arreglar las cosas —estallo. Laura y Carmen se miran, incómodas.

—¿Lo ves? Esto es lo que ocurre cuando se intenta razonar con él —le dice mi padre a su nueva compañera.

—Estáis muy nerviosos, será mejor que os deis tiempo.

—Llevamos desde que nací dándonos tiempo, Carmen. Pero a estas alturas ni yo necesito un padre ni él necesita un hijo. Perdona las formas, ha sido un placer. —Me acerco a darle dos besos—. Espero que a ti te dé todo el cariño que no me dio a mí —añado de mala gana.

—¡Hombre, Alejandro, qué alto y qué guapo estás! —Una quinta persona se suma al corrillo improvisado que hemos formado alrededor de la mesita de cristal.

—Perdone, pero no sé quién es usted, señora.

—Álex, por favor. —A Laura ya no le queda más manga de la que tirar.

—Sí, soy Lola, la vecina de Pilar, la del tercero. Siento mucho lo de tu abuela. El barrio se ha quedado huérfano.

—Muchas gracias, Lola.

—Bueno, ¿y está chica tan guapa quién es? —suelta curiosa, ajena a la incomodidad del momento.

—Laura, soy Laura, la novia de Álex, un placer, Lola. —Saluda con dos besos a la vecina de la abuela.

—Bueno, ¿y para cuándo un niño?

—¿Qué? —pregunto asombrado.

—Alejandro, por favor —resopla mi padre.

—¿Y a usted? ¿Le han encargado ya el armario? ¿Le están preparando ya el funeral?

—Disculpe, Lola, creo que ya está saliendo todo el mundo —interviene mi padre.

—Lo dicho, cualquier cosa que necesitéis estamos aquí —insiste Carmen, acompañando a Lola hacia la escalera de salida—. Adiós, chicos.

—¿El armario? —Lola se aleja arrastrada por la novia de mi padre sin entender nada.

—¡Te has pasado ocho pueblos, Alejandro! —exclama mi padre, furioso.

—Bueno, y ahora ¿qué pasa con la abuela? ¿Qué hay que hacer con ella? —cambio el sentido de la conversación.

—Tú, nada —responde con la mirada encendida—. La incinerarán y nos avisarán para venir a buscar la urna.

—¿Y con esa urna qué se hace?

—Mamá quería que esparciésemos sus cenizas en el Pirineo. Su sueño fue siempre vivir en la montaña y eso haremos. Si queréis venir, estáis invitados —añade mi padre buscando el paquete de tabaco en el bolsillo derecho de los tejanos.

—No, no te preocupes. Haced lo que tengáis que hacer. Prefiero quedarme con la imagen de la abuela completa, con su pelo gris, su cabeza, sus brazos, sus piernas, y no con el recuerdo hecho cenizas y colado por una trituradora.

—Estás imposible, Alejandro, yo también siento mucho lo de la abuela. —Mi padre cambia la ira de sus ojos por un halo de decepción.

—Claro que lo sientes. ¿Ahora quién coño va a mantenerte?

Mi padre se abalanza sobre mí y Laura interviene, rápida.

—Déjalo, Javier, yo me lo llevo. Cariño, por favor. ¡Ya!

Mi padre enciende el cigarrillo que llevaba ya unos segundos colgando de su boca y se pierde por el pasillo en busca de la salida negando con la cabeza, muy cabreado. Fina y Pepe, los padres de mi amigo David; Juan, el panadero; Inma, la dueña de la zapatería donde compraba la abuela todo su calzado y Cristina, la de la frutería, son las únicas personas que quedan en la salita. Les damos las gracias por venir y les pido disculpas por el espectáculo ofrecido hace un momento con mi padre.

—No te preocupes, hijo. Entendemos por lo que estás pasando —comenta Pepe—. Además, tienes el mismo genio que tenía tu abuela. —Me guiña un ojo, se acerca a darme un abrazo y me revuelve el pelo igual que suele hacer David cuando me quiere dar ánimos—. Cuídate mucho, ¿vale? Y para cualquier cosa que necesites ya sabes dónde estamos. Ánimo, campeón.

Se despiden con la mano y Laura y yo atravesamos por última vez esa puerta. Dejamos atrás y para siempre el cuerpo sin vida de la abuela. Estoy revolucionado, las rodillas me tiemblan, esa horrible carga da vueltas en el estómago y la cabeza no es capaz de asimilar todo lo que ha ocurrido en estas últimas veinticuatro horas. Necesito digerir que no voy a ver a la abuela más. La sensación de impotencia se apodera de mí y me siento indefenso, como si me hubiesen soltado en medio de una guerra armado con un inútil palo de madera. Acaba de marcharse para siempre la persona que más me ha querido en mi vida y me siento vacío, desnudo y muy perdido.

El cielo llora, invadido por la oscuridad. No ha dejado de llover en todo el día. Huele a hoguera y a incienso. Nunca he soportado los domingos y hoy es el domingo más domingo de todos. Laura acelera el paso camino del aparcamiento encogiendo los hombros, tratando de mojarse lo menos posible. Yo continúo a mi ritmo y me quedo rezagado. Giro la cabeza y ahí sigue mi padre, echando humo bajo la luz de una farola, ajeno a la lluvia y a la voz de Carmen, que lo llama desde el interior de su coche blanco. Por un momento siento que he de ir allí, pedirle perdón y dejar que se vaya con algo menos de culpa; al fin y al cabo, ha perdido a su madre, pero me puede el orgullo. Decido avanzar hasta donde está Laura, quien me espera al otro lado del volante con las luces encendidas. Las finas gotas de lluvia dibujan líneas diagonales alumbradas por el faro delantero de nuestro vehículo. Son como puñales cayendo a la tierra a toda velocidad, como los que me ha lanzado hoy la vida, una vez más.

Entro en el coche y busco la canción «Norge», de La Habitación Roja, posiblemente el tema con una de las melodías más tristes que he escuchado, pero siempre necesarias para días como hoy, donde las despedidas resbalan por los cristales mientras poco a poco muere este infesto domingo.

—¿No crees que te has pasado un poco con la pobre vecina de tu abuela? —me reclama Laura sin apartar la mirada del ritmo frenético de los limpiaparabrisas, que disparan agua a uno y otro lado, acompasados—. Por no hablar del numerito que has montado con tu padre...

—Es posible —respondo bajando el volumen de la música—. Pero estoy ya harto de la preguntita, parece que siempre estamos obligados a hacer lo que socialmente se supone que tenemos que hacer, como si fuésemos putas ovejas. Cuando estás soltero, que cuándo te echas novia; cuando tienes novia, que cuándo te casas; cuando te casas, que cuándo vas a tener hijos; cuando tienes un hijo, que cuándo la parejita... Solo le he preguntado que cuándo pasa a la siguiente fase, lo mismo que ha hecho ella conmigo. A lo mejor no me sale de los huevos tener un hijo. O a lo mejor tengo o tienes algún problema de fertilidad y lo estamos pasando mal. La gente dispara preguntas que pueden ser balas cargadas de dolor.

—Yo también estoy harta de la preguntita, Álex, pero quizá has explotado con la persona equivocada. No era el lugar ni tampoco el momento —me reprocha vigilando por su retrovisor al camión del carril contiguo.

—Llevo un año muy malo, tú lo sabes bien, con mucho estrés. Te hice caso y fui a ver a ese psicólogo, tragando cada día con todo, poniéndole buena cara a todo el mundo siempre y sonriéndole a la vida como si fuera gilipollas y... acaba de morir mi abuela. —Cojo un poco de aire—. Permíteme que explote de vez en cuando. Siento haber dejado esa maldita sala llena de vísceras, pero no aguantaba más.

Laura vuelve a subir el volumen de la música y volvemos a abrazarnos a la triste melodía de «Norge». Apoyo la cabeza sobre el cristal y abandonamos el extrarradio zaragozano. La carretera que circunvala la ciudad está desierta y regada por la lluvia. En la lejanía, Zaragoza brilla con las torres del Pilar asomándose de puntillas sobre el resto de los edificios. Siento que estoy cerca de salir de aquí. Todavía no ha parado de llover, pero se avecina otra tormenta.

7

El sonido de la alarma del iPhone de Laura retumba en la habitación. Con un ojo todavía cerrado, la desactiva sin demasiada destreza. Apura esos dos últimos minutos de prórroga como cada mañana. Despacio, se incorpora y deambula torpe hasta el baño. Escucho su orina sumergirse en el váter. Tira de la cadena y coge con cuidado la ropa que ayer dejó sobre el banco de madera, justo en la entrada de la habitación, para no despertarme.

—No te preocupes, cariño, llevo despierto un par de horas —digo desde mi propia prórroga—. Además, me levanto ya.

Subo la persiana. Son las siete de la mañana y al otro lado de la ventana el sol apura también sus últimos minutos de sueño. Todavía no ha amanecido. Huele a lluvia.

—¿Tú dónde vas tan temprano? —se sorprende Laura mientras se termina de abrochar la blusa. Le doy un beso en la mejilla.

—A la oficina.

—¿A la oficina? ¿Pero no se supone que hoy tenías el día libre por lo de tu abuela? —pregunta con sus ojos incrustados en los míos mientras espera una respuesta creíble.

—Tengo muchas cosas que hacer y me vendrá bien tener la cabeza ocupada —improviso mientras poso la cafetera sobre el fuego de la vitrocerámica.

—¿No tienes vídeos que editar?

Efectivamente, no ha sido una respuesta creíble.

—Sí, sí, pero prefiero salir de casa, que me dé un poco el aire, socializar... —Trato de huir por el pasillo.

Laura se queda en la cocina algo extrañada, cortando en rodajas un aguacate para su tostada. Me adentro en el cuarto de invitados en el que nunca se aloja nadie y que también es vestidor o gimnasio cuando fuera hace mal tiempo. Camisa de cuadros por encima de un pantalón vaquero negro ajustado y las New Balance grises que siempre uso cuando voy a la oficina. Meo, me lavo la cara y me revuelvo un poco el pelo. En la cocina, ella casi ha terminado su tostada y vierte el café con leche en uno de los termos que nos trajimos en diciembre de Nueva York.

—Me voy, cariño, te veo por la tarde, que tengas un buen día. —Me besa en los labios—. Te quiero.

Laura, su bolso y su termo salen de casa con prisa y se adentran en el ascensor. Su perfume todavía se pasea por el pasillo.

Miro los comentarios del vídeo que subí ayer a YouTube mientras devoro mi tostada con aceite de oliva y unas gotas de miel por encima. Bloqueo a un par de imbéciles y doy like al resto. Me paso a Instagram y por ahí está bastante tranquilo, lo normal un lunes a estas horas. Termino mi café con leche y me cepillo los dientes. El perro de la vecina comienza a ladrar y justo después escucho cómo se abren los doscientos cincuenta mil cerrojos de su puerta, sus pasos lentos, su «calla, Lucas, calla, que ya voy» de cada mañana, el ruido al dejar la bolsa de basura sobre el suelo, el portazo, los doscientos cincuenta mil cerrojos cerrándose de nuevo, Lucas olfateando mi felpudo, el sonido del ascensor al llegar al rellano y la voz de la anciana apagándose poco a poco al descender. Cada mañana el mismo ritual desde hace más de diez años.

Cojo las llaves del coche y la mochila con el portátil del trabajo dentro. Ya ha amanecido. La vida continúa igual sin la abuela en esta mañana del 2 de marzo. Igual que seguirá el día que yo también marche de aquí. Somos solo tiempo. Una maldita cuenta atrás en la que no podemos ver cuánto falta, pero que tarde o temprano llegará a cero. Por eso, cuando tienes un objetivo o hay algo que te incomoda, debes ir por él *ipso facto*, porque, si esperas el momento perfecto para hacerlo, nunca llega. Nunca es el mejor momento para mandar a la mierda tu vida anterior y yo estoy a punto de activar el detonador.

Reviso la furgoneta dando una pequeña vuelta a su alrededor, confirmo que sigue bien y me meto en el Passat del trabajo, aparcado un par de estacionamientos más adelante, en la misma acera. Arranco y siete canciones después estoy frente a la inmensa nave de la empresa, treinta kilómetros al oeste de la ciudad, en un desangelado polígono industrial. Aparco el coche en mi plaza y entro en la oficina. Las palabras de Martina me retumban en la cabeza y me llevan en volandas.

—Buenos días —murmuro al entrar.

Alberto, mi compañero del Departamento de Ingeniería, se levanta.

—Siento mucho lo de tu abuela. ¿Era muy mayor? —Trata de buscar una conversación donde no la hay.

—Ochenta y dos años, pero la verdad es que estaba bastante bien, todo lo bien que puede estar una persona a esa edad, claro. Ley de vida, supongo —respondo mientras suelto la mochila sobre mi mesa.

El resto de la oficina viene a darme el pésame y, al igual que Alberto, tratan de darme palique. Supongo que es su forma de dar ánimos o de tratar de maquillar una situación que ya resulta incómoda de por sí. Situaciones que suceden por pura cortesía. A toda esta gente mi abuela le importa un bledo, igual que cuando Carlos fue padre y le dimos todos la enhorabuena cuando, en realidad, no nos importaba una mierda que fuera a pegarse los dos próximos años sin dormir. Yo la verdad es que no estoy para charlas. ¿De qué coño quiere conversar la gente un lunes a las ocho de la mañana cuando se acaba de morir mi abuela?

—¿Qué haces tú aquí? Hoy tenías el día libre, ¿no? —Felipe, mi jefe, sale del despacho al escucharme—. Lo siento mucho, Alejandro —me dice estrechándome la mano.

—Gracias. Tenemos que hablar.

—¿Ahora? —Felipe mira su reloj y resopla—. Estoy terminando de preparar una reunión para esta tarde. ¿Es muy urgente?

—Bastante.

El hilo musical es incapaz de camuflar la conversación y mis compañeros presencian la escena, algunos con el rabillo del ojo y otros asomando como suricatas por encima de la pantalla del ordenador. Se miran entre sí sin entender qué ocurre. Es raro que yo aparezca por la oficina cuando normalmente estoy de aquí para allá reuniéndome con clientes, y cuando vengo es porque hay una reunión importante o es viernes, y yo, cuando se trata de un almuerzo, me apunto a un bombardeo. Pero en los doce años que llevo aquí, jamás he aparecido un lunes a primera hora por la oficina, ni siquiera cuando vienen los gerentes alemanes a las reuniones anuales de ventas.

—Está bien, vamos a mi despacho. ¿Quieres que tomemos antes un café?

—No, prefiero charlar primero.

—Como quieras. —Su cara torna de amable a seria. No es muy común verme así de arisco, pero llevo unos meses que no me reconozco.

Entramos a su despacho y Felipe se sienta al otro lado de la enorme montaña de papeles que tiene sobre la mesa. Chequea su móvil, lo pone boca abajo para no ver las notificaciones que iluminan una y otra vez la pantalla. Se incorpora un poco hacia delante y apoya los antebrazos sobre la mesa, sosteniendo un bolígrafo por los extremos con las dos manos, y fija en mí la mirada oscura con algunas patas de gallo alrededor.

—Tú dirás.

—Me voy —suelto sin ningún tipo de rodeo.

—¿Cómo que te vas? ¿A ver a algún cliente? ¿Qué necesitas? —pregunta, algo más espeso de lo habitual.

—No, Felipe, no voy a ver a más clientes. Dimito, me voy, me largo. —Se me acaban los sinónimos—. Se acabó. No puedo más. Dejo la empresa. —Remato con una lágrima brotando del ojo derecho en caída libre, que resbala por la mejilla. Su cara se desencaja al momento. Consigo retener en la nuez el nudo y coger algo de oxígeno.

Se levanta de inmediato y gira las persianas metálicas para aislar el despacho de las miradas de los que hasta ahora han sido mis compañeros, que tratan de disimular lo mejor que pueden al otro lado de la cristalera.

—Perdona, Alejandro, pero me has pillado desprevenido… ¿Puedo hacer algo para que cambies de opinión? ¿Es por dinero? ¿Te vas a la competencia? —Felipe se enreda en sus propias preguntas. No es habitual que en esta empresa alguien se vaya por su propio pie y está claro que mi decisión le ha caído como un jarro de agua fría.

—No, tranquilo. Ni puedes hacer nada para evitarlo ni es por dinero, aunque ya sabes que me pagáis una mierda comparado con lo que he hecho por esta empresa —aprovecho para recriminar de nuevo aquella subida salarial que me denegaron hace dos años—. Ni me voy a la competencia.

—¿Entonces? Perdóname, pero no entiendo por qué quieres irte así sin más.

Está nervioso, no deja de mover el bolígrafo de lado a lado. No está acostumbrado a que un empleado entre en su despacho y dispare a bocajarro que se larga. Suele ser más bien al revés; el Departamento de Recursos Humanos lo utiliza como punta de lanza cuando quieren prescindir de alguien. Felipe es el director comercial de la compañía y solo hay una persona en esta planta con mayor jerarquía que él, el presidente. Los doscientos cincuenta empleados de la fábrica de Zaragoza están bajo sus órdenes, de manera directa o indirecta.

—El tiempo se va. No me quiero hacer viejo en un trabajo que, siendo sincero, nunca me ha gustado —suelto así, de sopetón.

—Joder, ahora sí que me dejas muerto. Pensaba que disfrutabas vendiendo, al menos siempre me lo ha parecido. No recuerdo verte cabreado, más bien al revés, con una actitud ejemplar, vaya —me dice sorprendido.

—Hay que comer, pagar facturas, hipoteca… Mejor venir a la guerra con una sonrisa que deseando que pase el día. Estos doce años aquí han sido una cuestión de actitud, pero no de vocación. Necesito cambiar de aires.

Felipe se levanta de la silla y camina en círculos dándose golpecitos con el bolígrafo en la mano izquierda, con los cuatro pelos que le quedan en el cogote engominados y echando humo. No es un tipo que se dé por vencido a la primera de cambio.

—Creo que te conozco bastante bien. ¿Cuántos kilómetros hemos recorrido tú y yo yendo a ver clientes? —pregunta de repente señalándome con el maldito bolígrafo—. Eres un animal social, Álex, tienes buena entrada con la gente. Se te dan bien las personas. No sé en qué momento personal estás, además de la triste pérdida de tu abuela, que más de una vez me has contado lo importante que era para ti. Pero si necesitas tiempo, podemos dártelo.

Tiene razón. Hemos pasado mucho tiempo juntos recorriendo las empresas del noreste del país e incluso algunas que estaban fuera de mis responsabilidades. Pensándolo bien, hemos pasado demasiado tiempo juntos. Demasiadas jornadas maratonianas de sol a sol, llegando a casa a las tantas, encendiendo el ordenador de madrugada, cogiendo el teléfono fuera de horario y tratando de compaginar todo ese caos con mis viajes, mis vídeos y mis artículos, de los que, por supuesto, no sabe nada, o al menos eso creo. Hay compañeros que me han visto en YouTube, algunos me lo han dicho y lo han guardado en secreto, no fuera a perjudicarme laboralmente, y otros no me dicen nada, pero sé que me ven. Me he convertido en un especialista en detectar esas miradas poco disimuladas alrededor de la cafetera de la primera planta, donde están los departamentos de Compras y de Ingeniería, con compañeros mucho más jóvenes que los que suelo tener alrededor, y estoy convencido de que lo saben. Eso se nota.

—Sí, quiero tiempo, pero para vivir. No para estar colgado del teléfono diez horas diarias soportando las melonadas del cacique de turno, aguantando reprimendas de clientes insatisfechos porque las máquinas llegan tarde o porque, cuando llegan a tiempo, funcionan mal. —Empiezo a coger carrerilla—. Además, sabes que las cosas no están bien por aquí; posiblemente mi decisión le salve el culo a más de uno ahí fuera —explico en clara alusión a la bajada general de ventas y a los despidos que han hecho durante los últimos meses.

—Pero, Alejandro....

—No, déjame terminar, por favor. Llevo en primera línea de fuego doce malditos años, dando la cara en todo momento con esos clientes que no es que confíen en la compañía, es que confían en mí. Y esas máquinas las necesitan para continuar produciendo. La mayoría de las veces, llego a casa y no soy capaz de desconectar. —Busco en la mochila la carpeta azul y saco unos cuantos papeles; sabía que Felipe no iba a darse por vencido con facilidad—. ¿Sabes qué es esto?

Se acerca y echa un vistazo separando su cabeza del papel porque no ve bien de cerca.

—No, la verdad es que no.

—Mira, todo esto son informes médicos y pruebas: migraña, escáner cerebral, pitido en oído izquierdo, cuadro de ansiedad agudo, migraña de nuevo, dermatitis, más ansiedad, mareos... Estos —cojo los informes—, estos son los motivos, Felipe. Se acabó. ¿Sabes cuál es el problema? —pregunto tratando de abarcar toda la oficina con las manos—. Que para que te vaya bien aquí dentro te tiene que ir muy mal allí fuera. —Señalo la ventana—. Si quieres ascender y ser alguien en esta multinacional, tienes que sacrificarlo casi todo.

Me mira asintiendo con la cabeza. Él también es víctima de ese torbellino de reuniones infinitas y llamadas sin horarios, pero se ha resignado a vivir así. Su vida está ya rota y no tiene ninguna intención de pulsar el botón de Stop. Vive en un chalet enorme a las afueras, conduce un cochazo y se ha separado ya dos veces. La mayoría de la delegación comercial de España son compañeros divorciados que decidieron prestar más atención al negocio que a la familia.

—En nuestra profesión está muy bien visto el estar siempre ocupado. Siempre hay una llamada que hacer o atender. No hay fin. Incluso queda de puta madre decir «qué estrés tengo» porque da la sensación de que te esfuerzas muchísimo, pero, sin embargo, la ansiedad no se ve con buenos ojos, porque muestra debilidad y parece que te estás quejando —manifiesto con ira—. No creo que haya muchos casos de gente moribunda que piense que «tenía que haber trabajado más».

Felipe resopla y se sienta de nuevo.

—Pensaba que teníamos cierta confianza, Alejandro. ¿Por qué nunca me dijiste nada de todos esos problemas?

—En un trabajo como el nuestro, los días malos hay que dejarlos en la puerta, estamos para la gente. Al fin y al cabo, soy un profesional, ¿no?

—Eso nunca lo pongas en duda, chaval. De lo mejor que ha pasado por aquí y, créeme, he visto a unos cuantos —dice mientras busca algo en su ordenador—. Me vas a poner en un compromiso con los de arriba. A ver cómo solucionamos esto... —añade preocupado, palpándose la frente—. ¿Has valorado la opción de solicitar una excedencia? En un futuro podrías volver a la plantilla, quizá veas las cosas desde otro prisma.

—No. Si quiero volver, que lo dudo, ya os traeré mi currículum —respondo con sarcasmo.

—Ese es el Alejandro que yo conozco. Qué mañana me estás dando, de verdad. —Trata de quitarle hierro al asunto—. Entonces es una baja voluntaria. No tendrías derecho ni a indemnización ni a cobrar el desempleo... Se te finiquita y buena suerte. ¿Tienes planes? ¿Qué vas a hacer ahora?

—Voy a ser youtuber.

Se descojona.

—Pues mira, no se te daría mal. —Asiente con la cabeza— ¿Y tu chica qué opina de todo esto? —pregunta mientras revisa algo en la impresora que tiene justo detrás.

—Lo sabré esta tarde cuando llegue del trabajo.

Vuelve a acomodarse en la silla y me mira intranquilo.

—Vamos a ver, Alejandro. Llevas doce años aquí, te vas a ir con una mano delante y otra detrás, el agujero económico lo vais a notar en casa. ¿No crees que tendrías que haberla consultado? Tú no estarás drogado o algo así, ¿verdad?

—No, Felipe, no estoy drogado, descuida. De mi casa no te preocupes, yo me hago cargo.

Vuelve a perderse en su pantalla y consulta unas tablas donde aparecen unos gráficos con mi foto y mi nombre al lado.

—Dame un minuto, por favor, tengo que hacer una llamada. —Y descuelga el teléfono.

Salgo del despacho y el murmullo de la oficina se apaga al instante, dejando de nuevo el hilo musical flotando en el ambiente.

—¿Va todo bien, Álex? —me pregunta Merche desde su mesa, la persona encargada de tramitar los pedidos en el sistema informático de la empresa.

—Me voy —gesticulo con la boca y con mi voz en modo *mute*.

—¿Te vas? —Entran en juego Alberto y Ricardo desde las mesas de detrás, con los ojos como platos.

—Si me dejan, claro. No sé qué coño está haciendo este hombre ahora. —Señalo la cristalera del despacho del que aún sigue siendo mi jefe.

—¡Álex! —Suena la voz de Felipe desde el interior del despacho.

—Dime —digo asomando la cabeza por el marco de la puerta.

—Siéntate. —Cierro la puerta del despacho y vuelvo a sentarme en la silla frente a su escritorio—. Estaba hablando con Recursos Humanos, me tienes que firmar la baja voluntaria, pero antes... Esto sería el finiquito. —Me da una hoja y va señalando con su imprescindible bolígrafo azul—. La paga extra correspondiente a lo generado este año, la parte proporcional a las vacaciones y... esto es tu bonus —me suelta mientras me entrega un último folio que escupe la bandeja de la impresora.

—¿Mi bonus?

—Sí, ya sabes que se cobra el bonus anual del ejercicio anterior en la nómina de marzo —dice sin despegar la vista de los papeles.

El bonus es el objetivo anual de ventas. La compañía marca un porcentaje y empiezas a cobrar a partir del ochenta y cinco por ciento de lo que se supone que esperan que vendas. Y yo lo había olvidado por completo. Felipe gira la hoja y me señala la cifra que está en la casilla verde.

—Creo que os habéis equivocado. Aquí dice que he alcanzado el ciento diez por cien y eso no es verdad —comento, inocente.

—En realidad, estuviste muy cerca del cien por cien, Alejandro. Ese diez por ciento de más tómatelo como una indemnización. No quiero que salgas de aquí con las manos vacías —me responde guiñando el ojo derecho—. Tienes que firmarme ambas hojas.

Me indica dónde debo hacerlo para enterrar por fin mis últimos doce años laborales.

Su gesto me ha pillado desprevenido. Entre el finiquito y el bonus, la suma asciende casi a veinticuatro mil euros. Supongo que se siente culpable por la situación y es consciente de que he dado bastante más de lo que he recibido, pero así funcionan las cosas en cualquier empresa. Nos contratan para sacarnos la mayor rentabilidad posible. Una multinacional está ahí para hacer dinero. En esas tablas dinámicas donde evalúan el rendimiento de cada empleado dejamos de ser personas con nombres y apellidos y pasamos a ser un recurso con un número debajo.

—Muchas gracias, Felipe. —Me acerco a él para darle un abrazo.

—Escúchame, Alejandro. —Me coge de la nuca con la mano—. No sé qué tipo de problemas tienes ni quiero saberlos, es tu vida privada. Pero si algún día necesitas algo, ya sabes dónde me tienes, ¿de acuerdo?

—Gracias de nuevo —agrego mientras salgo del despacho.

—¡Espera, espera! —grita, exaltado, antes de que abra la puerta—. Me tienes que dar las llaves del coche, el teléfono de la empresa y el portátil. De eso no te escapas. Le he pedido a Mónica que te llame un taxi para que te lleve de vuelta.

Dejo las llaves del Passat, el iPhone con su cargador y la mochila con el portátil dentro sobre su mesa.

—Felipe, me tengo que despedir de esta gente. —Señalo a mis compañeros.

—Por supuesto, espera. —Se levanta y sale dando dos palmadas—. Chicos, con todo el dolor de mi corazón, os tengo que anunciar que aquí el amigo Álex ha decidido dejarnos. —Posa la mano en mi hombro.

—¿Y ahora qué vas a hacer? —pregunta Alberto, visiblemente afectado.

—No lo he decidido todavía —informo con la boca pequeña buscando algún gesto en ellos que los delate como seguidores furtivos de mi canal de YouTube, pero solo doy con caras largas, algunas de ellas tratando de evitar el llanto. La mayoría ya estaba aquí cuando me contrataron. Son muchos años juntos.

—Se te va a echar de menos por aquí. —Merche me abraza entre lágrimas.

—No me lo pongáis más difícil, por favor. Ha sido un placer trabajar con vosotros —concluyo con la mano en el corazón—. Si necesitáis cualquier cosa, la mayoría tenéis mi número personal.

—Álex, tu taxi ya está fuera junto a la garita del vigilante —me avisa Felipe—. Cuídate mucho, compañero —se despide dándome unas cuantas palmadas en la espalda.

No puedo evitar que unas lágrimas escapen mejilla abajo de nuevo. Salgo de la oficina y camino los cien metros que me separan de la barrera de entrada. Levanto la vista y en la planta superior puedo ver cinco o seis cabezas curioseando desde las ventanas de la zona de la cafetería. La visita del taxi en la empresa a primera hora de la mañana siempre es un acontecimiento entre los empleados. Es algo parecido a cuando la muerte va en busca de alguien con la guadaña en la mano, pero en este caso es un taxi que aparece con el asiento de atrás vacío y abandona el polígono con un compañero al que acaban de despedir en su interior con un enorme sobre blanco en la mano.

No puedo evitar acordarme del primer día que aparecí por aquí con apenas veintidós años. Era mi segunda entrevista laboral y me había comprado el traje más económico que encontré para la ocasión. Tuve que aprender esa misma mañana a anudarme la corbata con un tutorial que encontré en YouTube. Entré muy nervioso, ya que la sala donde me iban a entrevistar imponía bastante. Era muy amplia, con una enorme pantalla colgada en la pared, una neverita y unas cuantas fotos enmarcadas tamaño póster de algunas obras importantes en las que habían instalado los generadores eléctricos que se fabrican aquí. En una de las paredes también había una fotografía donde aparecía el presidente de la compañía charlando sonriente con Felipe VI, que por aquella época era todavía príncipe, en una de las interminables ferias a las que íbamos cada dos años. Me tuvieron esperando casi un cuarto de hora ahí dentro hasta que Juan, el responsable de Recursos Humanos, y Felipe, el que iba a ser mi jefe, aparecieron por la puerta, ambos trajeados, perfectos y con un cuaderno en las manos. Lo primero que me preguntaron fue si sabía lo que allí se fabricaba y respondí que sí, que había navegado por su web para interesarme por el producto. También me preguntaron si sabía lo que era un grupo electrógeno y les respondí que era un generador de energía. Querían comprobar hasta qué punto deseaba el puesto y trataron de asustarme antes explicándome que en los últimos diez meses habían pasado por el puesto vacante al menos seis personas y que nadie conseguía adaptarse. «Hay mucha presión», «se necesitan muchas habilidades sociales», «saber hablar en público», «controlar un cacharro de estos implica mucha formación y es clave para cerrar las ventas»… Todo me pareció bien hasta que Felipe, que me estudiaba con detenimiento, con su inseparable bolígrafo azul entre los dedos y también con bastante más pelo que ahora, rompió la formalidad y lanzó la pregunta definitiva: «Bueno, chaval, ¿y cuántos generadores vas a vender en los primeros tres meses?». Respondí con cautela, pero directo a la yugular: «¿Cuántos vendiste tú?». Me contestó que ninguno, e inmediatamente desenfundé y ahí mismo, siendo un ser imberbe todavía y embutido en ese disfraz de joven responsable, solté: «Pues muy mal me tiene que ir para hacerlo igual que tú». Felipe se levantó de la mesa, extendió la mano y me dijo: «Estás contratado, chaval, esa es la actitud que buscamos aquí». Juan enmudeció porque él acostumbra a tratar a la gente de forma más cordial, pero Felipe viene de la calle y sabe oler un buen comercial a metros.

Ese primer trimestre conseguí colocar cuatro máquinas, una de ellas de las más grandes del catálogo. Costaba más de ciento cincuenta mil euros y de esas se vendían cada año en España una docena en la época buena. Los comerciales que lograban cerrar esas ventas llevaban en la empresa más años que el cartel, pero el joven e intrépido Álex batió el récord y colocó ese enorme y ruidoso cacharro en aquella gigantesca fábrica de galletas de Monzón. Al poco tiempo, vinieron a entrevistarme de la delegación de Madrid para ofrecerme un ascenso como responsable de zona. Nunca debí aceptar, pero estábamos recién hipotecados y era lo que había, aunque he de decir que el sueldo fijo era solo de trescientos euros más al mes, con toda la responsabilidad del mundo y unos objetivos de ventas prácticamente inalcanzables.

Llego al taxi, me acomodo en el asiento trasero, le doy instrucciones al conductor y salgo por última vez del recinto de la empresa. Jesús, uno de los vigilantes de seguridad, se despide con la mano desde su garita mientras se eleva la barrera que él mismo ha accionado. Le devuelvo el gesto desde el interior del vehículo. Sabe que no vamos a volver a vernos más. Al menos aquí. El viento se entretiene arrastrando por uno de los desiertos carriles del polígono industrial una enorme caja de cartón. Un conejo huye despavorido hacia los matorrales de la mediana. Las gigantescas aspas de los molinos del parque eólico dibujan en el cielo círculos invisibles. Por los altavoces del taxi suena «Yellow», de Coldplay. Trato de abstraerme imaginándome dentro de un videoclip donde los planos cambian conforme pestañeo al ritmo de los acordes de la guitarra rítmica de Chris Martin. Al otro lado de la ventanilla, un cielo despejado deja que me acaricien con delicadeza los rayos del sol. Parece que la primavera le está ganando la partida al invierno y quiere instalarse antes de hora en la ciudad, pero yo vuelvo la vista atrás y solo veo un enorme incendio que tan solo acaba de comenzar. Ahora mismo soy un pirómano con una antorcha en cada mano dispuesto a arrasar con cualquier ápice de vegetación de mi vida anterior.

8

El ascensor hace otro amago de detenerse en nuestro rellano, pero es solo una falsa alarma más. Son casi las cuatro y media y Laura no aparece. De normal, a las cuatro ya suele estar en casa comiendo. Aunque tampoco lo sé con exactitud, ya que yo a esas horas tampoco estoy aquí sentado en el sofá con la casa en absoluto silencio, con un plato de macarrones con atún a medio comer y el estómago encogido por los nervios. No sé cómo se lo va a tomar.

Ahora sí, las puertas del ascensor se abren, escucho que canturrea algo, introduce la llave en la cerradura. La desengrasada bisagra de la puerta chilla.

—Cariño, ¿estás en casa? —pregunta sorprendida desde la entrada.

—Sí, estoy aquí. —Reacciono desde el sofá con las manos empapadas en sudor. Me incorporo y le doy un beso.

—Qué pronto has salido hoy. —Comprueba la hora en su teléfono—. ¿Ha pasado algo? —frunce el ceño.

—No, no, todo bien —tartamudeo un poco—. ¿Tú qué tal? ¿Ya has comido? —Trato de retrasar su interrogatorio contraatacando con más preguntas.

—Hemos tenido cumpleaños y he estado picando toda la mañana, que si tortilla, que si empanada... he salido superllena y no tengo hambre, la verdad —contesta desde nuestra habitación—. ¿Y tú qué? ¿Qué haces en casa tan pronto? ¿Has comido aquí?

—pregunta mientras escucho el abrir y cerrar de los cajones de la cómoda—. Tengo buenas noticias, por cierto.

Me tiembla la rodilla. Me levanto de nuevo del sofá y dejo el plato con los macarrones sobre la encimera de la cocina. Vuelvo a sentarme sin saber muy bien cómo empezar. Comienzo a sentir náuseas, necesito soltar esta bola de plomo que me perfora el estómago. Laura aparece por el salón con el pelo recogido, una camiseta negra vieja con el logotipo de los Ramones en la parte frontal totalmente desgastado, un pantalón de pijama de cuadros y sus bonitos pies descalzos con las uñas pintadas de rojo, a juego con las de sus manos.

—¿Qué buenas noticias son esas? —La voz se niega a salir del todo de la garganta. Laura se sienta en el sillón y se gira hacia mí.

—Pues mira, resulta que Antonio, el responsable de mi departamento, se jubila ahora en junio y me han sondeado para ver qué me parecería presentar candidatura para sustituirlo —me explica con la ilusión brotando de sus ojos—. La cosa ha sido bastante informal, en la cafetería de al lado de la oficina; Raúl, el de Recursos Humanos, me lo ha dejado caer de manera sutil. En realidad, hace tiempo que ya hago gran parte de sus funciones, así que no sería un cambio demasiado drástico en lo funcional, pero sí en lo económico.

—Suena genial, Lau —murmuro sin demasiado entusiasmo.

—Oye, cariño, ¿estás bien? Estás como pálido. ¿Ha ocurrido algo? —Me toca la cara con la mano.

—Lo he dejado —respondo sin medias tintas. Ella aparta la mano y la alegría de su rostro se difumina.

—¿Has dejado el trabajo? —Me mira confusa.

—Sí. Esta mañana. No podía más. —La voz se ahoga en el silencio del salón.

Traga saliva y posa la mano sobre mi rodilla. Ella sabe que este trabajo estaba acabando poco a poco conmigo. Me ha acompañado a la mayoría de los médicos, que una y otra vez me sugerían que debía tomarme la vida de otra manera y pisar el freno. Incluso fue ella la que se encargó de buscar a Santi, el psicólogo al que llevo viendo más de medio año. Pero también insiste en que lo de viajar vuelva a ser lo que era cuando nos conocimos, simplemente un hobby, y que debía centrarme en mi vida profesional, en la que se supone que debes estar ya estabilizado cuando llegas a la treintena.

—Bueno, no te preocupes. Tenemos algunos ahorros. Podemos tirar una temporada mientras te recuperas y buscas otra cosa. —La conversación gira por el carril equivocado—. Nos apañaremos.

—No he dejado mi empleo para buscar otra mierda igual, Laura. Yo ya tengo un trabajo. No llevo recorriendo el mundo casi cinco años, alimentando un blog y un canal de YouTube, para tirar la toalla ahora que me empieza a dar resultados. —Al fin la voz consigue deshacer el nudo de la garganta.

—Álex, cariño. Entiendo que lo estás pasando mal, que necesites un cambio, y voy a apoyarte, pero estamos ya en una edad en la que las decisiones que tomemos marcarán nuestro futuro. Tenemos un bonito piso, viajamos, vemos mundo, tenemos amigos, familia… Creo que no es el momento de tomar decisiones precipitadas —suelta con el tono de voz del que le habla a un niño para asegurarse bien de que capta el mensaje.

—Es que ese es el problema, Laura, yo no quiero un piso aquí, no quiero viajar solo las tres o cuatro semanas anuales en las que no estoy trabajando. Amigos me quedan ya pocos y mi familia voló ayer definitivamente por los aires. —Inspiro y le cojo la mano—. Trato de imaginarme en ese futuro que me planteas y la verdad…

—Vaya. —Suspira con la decepción colgando de su preciosa mirada castaña—. Pensaba que estábamos de acuerdo en que queríamos un futuro juntos. Me dejas alucinada, Álex. ¿Cuál es tu propuesta concreta?

Separa la mano de la mía y se cruza de brazos dejándose caer en el sillón, esperando una respuesta coherente.

—Que vengas conmigo. —Le cojo de nuevo la mano incorporándome hacia adelante—. Si invirtiendo el tiempo libre que he podido sacar de un trabajo a jornada completa he conseguido sacar un ingreso extra, si le dedico mi cien por cien estoy seguro de que nos irá bien. Confía en mí.

Separa la mano de la mía, se levanta y se dirige al estudio, la habitación que tenemos habilitada para trabajar. En la estantería blanca junto a la tele, el Álex y la Laura del pasado me sonríen desde el interior de un marco de fotos. Comienzo a ser consciente de que quizá no podamos repetir esa imagen y de que la jugada no salga como esperaba. Hay serias probabilidades de que este incendio que yo mismo he provocado arrase con todo. Incluidos nosotros. Ella aparece de nuevo en el salón con su portátil entre las manos. Se acomoda en el sillón y lo abre. Mira una carpeta en la que hay varios documentos Excel.

—¿Ves esto de aquí? —Señala la pantalla—. Estos son los gastos que tenemos que pagar mes a mes. La hipoteca, internet, la luz, el agua caliente, el seguro médico... Y esto es la comida.

—Ya, ya. Sé leer, Laura —interrumpo, molesto.

El puntero del ratón salta de casilla en casilla por todos nuestros pagos hasta llegar al final de la tabla.

—Así comienzan todos nuestros meses, Álex, a menos mil doscientos euros. Ahora, suma tus viajes al año, divídelos entre doce y añádelos. —Laura desplaza el puntero a la columna de la derecha, titulada Proyecto Álex—. No sé si lo ves bien... Esta casilla de aquí.

—Novecientos treinta y dos euros —leo orgulloso—. Ahora imagina a dónde podemos llegar invirtiendo todo nuestro tiempo en ello.

—Pero, cariño, ¿no ves que es un suicidio financiero? —Laura parece uno de esos políticos que tratan de replicar al adversario desde la tribuna del Congreso con letreros llenos de datos—. Si nos vamos, ¿cómo haremos frente a esto?

—Podemos vender el piso o alquilarlo si no lo ves claro —señalo el salón—. El coche tampoco lo necesitamos, tenemos ahorros por si las cosas se ponen feas al principio... Opciones hay —afirmo convencido.

—¿Si nos deshacemos del piso dónde vamos a vivir? ¡Porque necesitaremos un lugar donde vivir! —exclama sarcástica—. ¿No te das cuenta de que no es viable?

—Podemos viajar por el Sudeste Asiático y también por Sudamérica. Allí la vida es más económica. Creamos contenido sobre la marcha. Con lo que saquemos del alquiler podemos afrontar los gastos de las estancias. Además, generaríamos más ingresos estando de viaje. No empiezo de cero, lo más difícil ya está hecho.

Laura traga saliva y los ojos comienzan a desprender ese brillo que precede a la lágrima, pero se levanta del sillón tratando de evitarla a toda costa. Dentro de ella, el enfado y la tristeza echan un pulso y no tengo claro quién va por delante.

—¿Tú me has preguntado alguna vez qué es lo que quiero hacer con mi vida? Estás siendo muy egoísta, Álex. Te recuerdo que he sacrificado prácticamente todos mis objetivos por los tuyos desde que somos pareja.

—¿Por ejemplo? —pregunto sorprendido. No me esperaba ese golpe bajo.

—Por ejemplo, mis vacaciones anuales —reprocha rápidamente—. ¿Eres consciente de que llevo sin descansar desde que empezaste con el blog y con tu canal de YouTube?

—Pensé que te gustaba viajar...

—Y claro que me encanta viajar, pero también me gusta descansar y disfrutar de ciudades que no conozco sin necesidad de estar grabando desde las ocho de la mañana hasta las diez de la noche. —Eleva un poco el tono de voz, como si llevase demasiado tiempo guardando estas palabras y le quemasen en la garganta—. Y lo he hecho a gusto, pero creo que es importante que entiendas mi postura y empatices con mi situación. —Se acerca a mí y se pone de cuclillas con la mano sobre las mías—. Te quiero mucho, cariño, pero no quiero una vida de mochilas, de ir de aquí para allá todo el día cargando con las cámaras de hotel en hotel, sin saber si ganaremos algo de dinero a final de mes. Tengo una familia aquí y un trabajo que me gusta en el que me siento valorada.

—Podrías pedir una excedencia y si las cosas salen mal volver a tu puesto.

—No lo estás viendo, Álex. Tú, tú, tú y otra vez tú. ¿De verdad no te das cuenta? —Se seca las lágrimas poniéndose en pie de nuevo.

—¿Yo, yo, yo y otra vez yo? Ya que estamos sacando la basura emocional, mírame. Dime qué ves. Sé sincera.

Nuestras miradas chocan como dos trenes descarrilados.

—Veo a un Álex hundido, perdido, incoherente y algo inmaduro. —Me psicoanaliza con una frialdad fulminante.

—Yo comencé mi proyecto hace ya casi seis años. ¿Sabes por qué? —Consigo mantener mis emociones en los párpados una vez más.

—Porque odiabas tu trabajo —responde con seguridad.

—Llevamos compartiendo vida más de diez años y no te has enterado de nada, Laura. Cuando a alguien no le gusta un trabajo, busca otro. Lo mío no es ya una cuestión laboral, es una cuestión vital. Me ahogo en esta ciudad, en estas cuatro paredes, en la puta rutina diaria, en los domingos de paella familiar, en las tardes de los martes con tu hermana, en tener un trabajo que, visto desde fuera, parece la hostia porque voy vestido de punta en blanco y conduzco un buen coche que paga la empresa. Y, en realidad, me matan poco a poco. —Resoplo y hago una breve pausa—. Cuando tú y yo empezamos, soñábamos con vivir junto al mar, con viajar, y por eso estoy luchando, por conseguir la vida que queremos... o queríamos.

Pienso que quizá esa Laura que me sonrió al otro lado de la barra después de aquel concierto de La Habitación Roja se ha evaporado y no he sido capaz de verlo.

—Me he amoldado a tu vida, lo he intentado todo por permanecer aquí, contigo. Pero ya no puedo más, Laura. De verdad que no. Mira cómo he terminado —remato suspirando y señalando los informes médicos de la carpeta.

El dolor brota de mis palabras tratando de convencer a las suyas y ambas se escurren por nuestros pijamas y se extienden por el parqué. Nuestro futuro es un ser moribundo que agoniza retorcido en el suelo. El silencio se hace insoportablemente incómodo. Nuestras miradas siguen ahí, retándose y a la vez compadeciéndose.

—Cuéntame tus planes, ¿qué quieres hacer con nuestra vida? —pregunto abrazándome de nuevo a la calma, tratando de encontrar un sendero que una nuestros caminos, cada vez más distantes uno del otro. Es la primera vez que nos siento tan lejos.

—Me hubiera gustado invertir en una casa y salir de este piso en lugar de comprar el cacharro ese de abajo —dispara haciendo alusión a la furgoneta—. Crear allí nuestra propia familia... —Sus ojos se desvían hacia el edificio de enfrente intentando, tal vez, visualizar ese futuro idílico de casas con jardín y niños que nunca tendremos.

—¿Y qué ha sido de nuestro sueño de vivir junto al mar y de irnos de viaje? ¿Qué ha pasado con la Laura soñadora de la que me enamoré? Tú también querías salir de aquí, conocer mundo, buscar un estilo de vida mejor...

—La vida, Álex, eso es lo que ha pasado. —Intenta contener el llanto—. Éramos dos críos que no tenían ni idea de cómo funciona esta vaina. A los veinte años una lo sueña todo, pero las personas evolucionan, cambian, maduran...

—Está claro que la vida nos envía mensajes distintos.

—¿Pero qué mensajes, Álex? —El tono de voz vuelve a elevarse—. Nos ha costado mucho llegar hasta donde estamos ahora y creo que deberías valorar más lo que tienes. ¿Sabes la cantidad de gente que está sin trabajo ahí fuera? ¿Cuántos quieren una casa y no pueden permitírsela?

—¿Y porque haya gente sin casa tengo que tragar con un trabajo y una vida que no soporto? —me indigno y mando la calma a la mierda—. ¿Y qué ocurre cuando al fin tienes ese trabajo y esa casa? ¿Llamamos a Martina y le preguntamos? Somos tiempo, tenemos fecha de caducidad.

—Ese discurso queda muy bien en esos vendehúmos que hablan de la existencia como si fuera una campaña de marketing de Mr. Wonderful. La vida real es otra cosa, Álex. Todo el mundo tiene que trabajar para poder vivir. Tal vez necesites tiempo.

—Me formé como buenamente pude, conseguí un empleo en una prestigiosa multinacional, ascendí, nos endeudamos para tener este piso, cōmpramos un coche... Le he dado a la sociedad todo lo que se supone que he de darle, he hecho todo lo establecido y lo único que he cosechado en todo este tiempo es una rutina de la que con suerte escapo veinte días al año. —Las lágrimas saltan sobre mi orgullo campando a sus anchas por las mejillas—. No puedo dedicarle ni más vida ni más salud a este pozo sin fondo, Lau. Ya no me quedan balas, he agotado el cartucho tratando de agarrarme a tu vida. Vente a la mía. Por favor te lo pido.

Levanta la vista del suelo y me mira con resignación, un gesto inédito en ella, que es una auténtica guerrera y siempre llega hasta el final en las discusiones cuando sabe que tiene la razón. Ahora mismo, creo que acaba de ser consciente de que ya no hay una batalla por librar. La lógica ya no sabe jugar a esto, ni tan siquiera el amor puede sacar ese conejo de la chistera y arreglar la situación. Sobre el parqué ya no hay un herido, sino un cadáver.

—¿Tan malo ha sido? Si tan mal iba todo, ¿qué hacemos aquí más de diez años después? —Laura lanza preguntas al aire tratando de reflexionar a la desesperada.

—Escúchame, cariño. —Le sostengo las mejillas empapadas con delicadeza entre las manos—. Ha sido la mejor época de mi vida, pero no estamos en la misma barca. No es justo para ninguno de los dos tirar el balón hacia adelante esperando a que el tiempo coloque las cosas en su sitio. —La voz retumba en el salón y se me cae el alma al suelo al ver nuestra imagen reflejada en los cristales de la terraza—. Estamos a tiempo de reaccionar y de no vernos de repente con diez años más, delante de un presente que solo uno de los dos quiso. No podemos cargar con eso.

—¿Cómo lo hace la gente? El resto de las parejas viven, no se cuestionan tantas cosas. Se supone que nos queremos y que eso es lo más importante de una relación, quererse. —Laura continúa buscando la coherencia en el manual del amor que nadie escribió—. No puede estar pasando esto…

Sumerge otro pañuelo perfumado más en las cataratas del fracaso que brotan de sus ojos. La abrazo y apoyo la cabeza sobre la suya. No soy consciente de lo que va a ocurrir a partir de ahora. Mi alma está ya demasiado ocupada tratando de que el que hasta hace justo una hora escasa ha sido mi faro no se termine de desmoronar. Laura es una persona que destila seguridad y confianza. Bailar con la incertidumbre no es su fuerte y ahora estamos aquí, al borde del abismo, abrazados el uno al otro sin saber muy bien qué ocurrirá cuando nuestros cuerpos se despeguen. Mi corazón da saltos sobre el suelo, igual que hacen los peces cuando los sacan del agua, viéndola así, tan frágil y vulnerable. ¿Qué se dice en estos momentos? ¿Cómo se ha de actuar? ¿Cómo se gestiona esta sensación de impotencia, dolor y culpabilidad?

Ella toma la iniciativa una vez más, se despega de mí, se suena los mocos y recupera por unos segundos ese semblante seguro que la caracteriza. Se sienta de nuevo en el sillón y abre un Excel en la pantalla del ordenador. Me dice que me siente. Se echa la ruptura a la espalda. Teclea su nombre junto al mío y deja varias celdas vacías debajo. El acta de defunción de nuestra relación está a punto de quedar inmortalizada para siempre en una fría hoja de cálculo.

—¿Tenemos que hacer esto ahora, Laura? —Estoy agotado mentalmente; estos tres últimos días han sido frenéticos y apenas he dormido.

—Cuanto antes mejor, prefiero no alargar esta agonía demasiado. Bastante duro está siendo ya, por favor.

¿Cómo en apenas una hora se puede pasar del «hola, cariño, cómo estás» al «dejemos zanjado el botín y salgamos de nuestra estúpida vida anterior cuanto antes»?

—Está bien, como quieras —respondo sin demasiada convicción.

Laura pasa de una página a otra a toda velocidad, consultando el saldo de la cuenta bancaria, copiando y pegando cifras, tecleando cosas que no termino de ver bien desde mi posición. Mi vista se entretiene paseando por todos los recuerdos que escupe la estantería del salón, la mayoría de ellos procedentes de nuestros viajes. Mi recreo, mi válvula de escape, mi paraíso con ella, el mundo: una réplica poco lograda de la Estatua de la Libertad, un par de bolas de béisbol, la figura de Totoro, la del Jax Teller de *Sons of Anarchy* que nos trajimos de Santa Mónica, Laura sonriéndole a la vida bajo la lluvia de la selva de Borneo…

—Bueno, esto ya estaría. Básicamente, he cogido nuestros ahorros y los he dividido entre dos. —Señala la pantalla con un bolígrafo negro y no puedo evitar ver en ella a Felipe y sus grandes dotes de organizador—. Falta decidir qué hacemos con el piso, con el coche y con el trasto ese de abajo.

—El piso está a tu nombre. Además, no tengo la más mínima intención de quedarme aquí.

—Álex, por favor. —Vuelve a elevar el tono—. Llevas pagando esta casa desde prácticamente el día que me dieron las llaves. Que lleve mi nombre es solo un asunto burocrático. Es tan tuya como mía. Podemos venderla y repartirnos el sobrante tras ponernos al día con el banco. El barrio ha crecido mucho estos años, está mejor comunicado que cuando compré, seguro que sacamos más de lo que pagamos.

—¿Tú quieres continuar viviendo aquí? Yo la verdad es que sería incapaz —reflexiono en voz alta—. Estás en todas partes, Laura.

Permanecer en esta casa sería para mí una penitencia insoportable. Todo está impregnado con su recuerdo, desde su lado de la cama hasta su parte del sofá. Imagino que ocurrirá algo parecido en el piso de la abuela, al que, por supuesto, tampoco pienso volver jamás.

—Bueno, lo justo sería vender y hacer un reparto equitativo donde los dos salgamos ganando o, al menos, que ninguno salga perdiendo. Podemos hacer lo mismo con el coche y la furgoneta. Luego ya decidiré qué hago con mi vida, pero esto es algo prioritario. —Señala su Excel.

Las cosas le queman en las manos. Si tiene que tomar una decisión importante, ha de ponerse a ello de inmediato, y de este sofá de las lamentaciones no va a salir nadie hasta que todo esté aclarado.

—¿Cuánto tenemos ahorrado? —pregunto, inocente, ya que no tengo ni idea del dinero que hay en nuestra cuenta bancaria.

—Veintiún mil euros. —Me mira con sorpresa—. ¿Por qué pones esa cara? ¿Te parece mucho o poco?

—Mucho si echo la vista alrededor y veo cómo están las cosas en la sociedad y poco si miro esa carpeta. —Señalo de nuevo los informes médicos llenos de pruebas y diagnósticos que terminan todos junto a las mismas palabras: estrés y ansiedad—. He tenido dos empleos durante demasiado tiempo. Ojalá hubiera menos dinero en esa cuenta y también menos daño aquí en mi cabeza.

—¿Alguna propuesta? —Intenta zanjarlo cuanto antes.

—Quédate con el piso y con el coche, de verdad, Laura. Yo me quedo con la furgoneta y con la mitad de los ahorros.

—Sales perdiendo, Álex, no es justo. —Niega con la cabeza—. Este piso cuesta más y no será fácil que encuentres un alquiler sin un contrato fijo.

—Tengo una maravillosa casa de doce metros cuadrados aparcada aquí debajo. —Señalo la calle—. Y mañana me tienen que ingresar un bonus.

—¿Un bonus? Pensé que las cosas no iban bien en la empresa.

—Y no van; de hecho, las ventas llevan disminuyendo dos años, pero Felipe se sentía culpable. Ha enmarañado un poco el asunto para que no me vaya con las manos vacías.

—Vaya con Felipe, ya podría haber exigido menos y haberte pagado más antes.

Permanezco embobado en medio del salón, que continúa sumido en una absoluta calma tan solo interrumpida por los ladridos del perro del sexto y por el sonido que desprenden las teclas de su portátil. Anota algo en una lista de tareas.

¿Cómo es posible que, queriéndonos tanto, estemos mandándolo todo a la mierda? Nadie en su sano juicio podría pensar jamás que Laura y yo dejaríamos algún día de ser eso, Laura y yo. ¿Cómo una planta tan sólida, bonita y duradera se puede marchitar en apenas cuarenta minutos? ¿Cómo se le dice adiós a una persona a la que también quieres gritarle «te quiero»? ¿Cómo ese gusano horrible ha terminado por devorarnos sin que nos diésemos cuenta? Caminábamos por las calles abrazados, nos amábamos bajo las sábanas, nos comíamos a besos entre capítulo y capítulo de nuestras series favoritas, nos preocupábamos el uno por el otro. Nuestra relación era la envidia de nuestras amistades y, en realidad, nos estábamos pudriendo porque le teníamos un miedo atroz al único problema que había entre nosotros: el futuro. Nunca lo pusimos sobre la mesa. Evitábamos a toda costa hablar de ello. Yo sabía que Laura estaba feliz así, dedicándose a la contabilidad, que era lo que había estudiado, con su vida familiar, su casa, nosotros... Y yo tenía claro que no quería un futuro ahí, pero sí con ella. Nos aferramos al día a día y nos dedicamos a darle patadas a ese balón esperando que alguno de los dos cediese o el paso del tiempo hiciese su trabajo, y vaya si lo ha hecho, pero no del modo que esperábamos.

Recuerdo cómo sus amigas al principio le decían que no pegábamos nada, e incluso Sofía, una antigua compañera de la facultad bastante pija, me dijo una noche entre cervezas que su amiga me venía grande y que era como mezclar Adolfo Domínguez con Vans. La tal Sofía lo materializaba todo, pero ahora, rememorando aquella conversación con perspectiva, quizá tuviera razón. Tal vez Laura fuera demasiado buena para mí. Estaba bastante mejor cocinada que yo. Supongo que tener una familia digamos normal y bien avenida habrá ayudado lo suyo: más elegante, bastante más madura aunque solo me sacase dos años y un mes, más eficiente, más resolutiva, más seria y mucho más segura en todos los aspectos de la vida. Gestionaba muy bien el día a día. Si alguien tenía un problema, Laura era esa voz sensata que cualquiera espera encontrar para tratar de solucionarlo. Yo, sin embargo, maduro a mi ritmo, tengo un estilo vistiendo muy marcado y nada formal, soy más práctico que eficiente y la seriedad no es precisamente mi fuerte. Si alguien tiene un problema, lo más probable es que no llame a mi puerta buscando soluciones. Es mucho más posible que lo haga con un pack de cervezas en la mano para brindar por las derrotas y tratar de sacar algo de alegría del pozo. Según Laura, tengo el don de caerle bien a todo el mundo. Supongo que esa es mi gran virtud, cualidad que no va a evitar que pierda lo que más quiero esta fría y oscura tarde noche de marzo.

9

El motor del autobús de la línea circular vuelve a rugir a escasos metros de mi almohada y se detiene puntual, como cada mañana, un poco más adelante en su parada. Las voces de la gente esperando a que el conductor abra las puertas se cuelan en mi nuevo apartamento. Es lo que tiene vivir a pie de calle: las conversaciones ajenas entran sin llamar. Ayer, una voz adolescente le confesaba a su cómplice un plan magistral para evitar el castigo de sus padres y escapar a una fiesta fuera de la ciudad este fin de semana. Hoy, un hilo de voz más gastado y entrado en años le pide a alguien que, por favor, fume un poquito más lejos de la fila que, paciente, espera a que los recoja el autobús.

Abro el oscurecedor de la claraboya situada sobre la cama y la luz natural se cuela de manera tímida en mi nueva morada, descubriendo el desastre que me rodea y al que llevo agarrado ya tres noches consecutivas: once latas vacías de cerveza sobre la mesa junto a un blíster de diazepam con cinco pastillas menos y los restos de la cena que una noche más he sido incapaz de terminar apilados en el fregadero. Conecto la calefacción para que el habitáculo coja un poco de calor antes de salir de la cama y consulto la temperatura: seis grados en la calle y doce aquí dentro. Las gotas de lluvia impactan sobre el tejado de la furgoneta. Lleva dos días lloviendo sin parar, el mismo tiempo que llevo aquí metido sin salir de estos doce metros cuadrados que son ahora mi casa. Agonizo sobre la cama, bebo mucho, como poco y me automedico todo lo que puedo para tratar de estar más tiempo allí que aquí. Estoy aparcado, pegado al que ha sido mi hogar esta última década. Desde la ventanita cuadrada de una de las puertas traseras puedo ver la luz del baño encendida y, dentro de dieciocho minutos, el que hasta hace nada ha sido también mi coche aparecerá por esa valla verdosa, dejando atrás la rampa del garaje, con Laura dentro camino del trabajo. La tripa me ruge, la tristeza me mata y en esas estamos, caminando sobre el alambre de la autodestrucción. Mi abuela, mi trabajo, Laura… lo he perdido todo. ¿Qué me queda?

Alargo el brazo hasta la mesa y me hago con el móvil, consulto mis redes sociales. El vídeo del domingo va camino de convertirse en uno de los más vistos de mi canal. Vietnam está emergiendo como destino top del Sudeste Asiático. En el vlog solo se me ve a mí, pero todos esos planos en donde aparezco yo a cierta distancia de la cámara los grabó Laura. Estaba ahí, en la sombra, sonriendo y poniendo siempre buena cara, cuando, en realidad, lo que hacía era joderle la vida. Me pregunto si durante todo el tiempo que estábamos de viaje pensaba que donde debía estar era en una maravillosa casa con jardín criando Alejandritos y Lauritas y no a once mil kilómetros de su casa, arrojando sus codiciados días de vacaciones al cubo de la basura, grabando durante todo el día y volviendo a su oficina mucho más cansada de lo que se fue. Esa sensación me destroza. Tengo un conflicto en las entrañas que me devora. Por un lado, estoy abatido porque acabo de perder a la mujer de mi vida y, por otro, me siento culpable porque quizá la tenía que haber perdido antes y no habernos plantado aquí, en los treinta y tantos, con dos planes de futuro tan opuestos. Además, también está lo otro, mis movidas internas, mis traumas de infancia y esa sensación de abandono con la que lucho día a día, herencia de la muerte de mamá y de la ausencia de papá. Nunca he vivido solo. Me marché de casa de la abuela en cuanto conocí a Laura y, de momento, las cosas no van demasiado bien. Llevo más de cuarenta y ocho horas sin hablar con nadie, salvo con David, que se asegura de que lo hagamos todos los días al menos una hora por FaceTime. Ojalá estuviese aquí, la verdad. De hecho, puede que marcharme una temporada a Nueva

York sea un buen plan. Suena bastante épico: iniciar mi remontada en la Gran Manzana. Pero primero necesito acostumbrarme a vivir dentro de este cacharro, tratar de tú a tú a la soledad, a ver si con un poco de suerte conseguimos congeniar, y también evitar morir alcoholizado, drogado y desnutrido sobre este colchón.

Al otro lado de la vida o, mejor dicho, de la pantalla, los comentarios son en su mayoría elogios —«Eres genial, cada día editas mejor, gracias por el trabajazo que haces»— y también alguna que otra bofetada: «¿No te cansas de hacer siempre el mismo vídeo? Te podrías haber documentado un poco mejor, podrías enseñar más museos y menos calle»… Lo siento, pero hoy no tengo el día. Lanzo el teléfono sobre la cama. No les culpo. Al fin y al cabo, no tienen ni idea de que acabo de dinamitar mi presente y tampoco de que ahora vivo en una furgoneta. Es más, estoy seguro de que la mayoría de mi audiencia cree que todo me va de perlas, que me estoy forrando con los vídeos y artículos en mi web, cuando la realidad es que apenas llego a mileurista y no sé qué futuro me espera ahí fuera.

Es la hora. Me pego al metacrilato de la ventana trasera. El motor del cercado de la comunidad abre la verja automáticamente. Aparece Laura al volante de mi antiguo coche, sale despacio y se detiene en mitad de la acera para asegurarse de que no aparece ningún vehículo, pero no viene nadie. Se aparta el pelo de la cara y permanece inmóvil con sus preciosos ojos castaños fijos en mi furgoneta. Nuestras miradas se abrazan otra mañana más bajo la lluvia justo antes de que acelere despacio, gire el volante hacia la derecha y se pierda calle arriba dejándome de nuevo vacío. Otra vez de cien a cero, otro mordisco en el estómago y otra despedida eterna que hace que me hunda en el fango. Tengo que largarme de aquí, sacar la valentía suficiente para sentarme en ese maldito asiento, arrancar este trasto y llevármelo lejos a una vida mejor. Mis días no pueden consistir en estar tirado bajo el nórdico esperando a que den las siete y media de la mañana, asomarme para verla durante doce segundos y seguir alimentándome a base de cerveza y ansiolíticos. No he tirado todo por un despeñadero para esto.

La furgoneta está ya en unos confortables veintidós grados. Me levanto zigzagueando un poco y me arrastro hasta el baño, meo y echo un vistazo a través de la cortina color beige que me separa de la cabina. Las nubes comienzan a abrirse y dejan ver, al fin, el cielo. La lluvia ha dejado de escucharse aquí dentro. Esta fría mañana de marzo trata de enviarme un mensaje. Me dice que la tormenta se va y que ha llegado el momento de dejar de destruir y comenzar a construir. Cojo aire, trato de agarrarme aunque sea por un segundo a ese optimismo tan mío y al que hace días que había dado por muerto. Recupero mi móvil y busco en Spotify la esperanzadora «Nuevos tiempos», de La Habitación Roja. Abro mi cafetera italiana, agua hasta el tornillo interior, igual que si fuera para dos, pues todavía estoy aprendiendo a ser solo uno. Tiempo al tiempo, supongo. Cargo el embudo de café hasta que ya no entra más, conecto el gas y enciendo con un mechero el fuego. Rescato del fondo del armario un par de rebanadas de pan duro y las tuesto un poco en la sartén. Friego el desastre que invade la cocina, seco de inmediato los platos y los coloco ordenados en su armario, justo encima del fregadero. Recojo los restos de mi dignidad esparcidos sobre la mesita en forma de latas vacías de cerveza y lleno de inmediato la minúscula bolsa de basura que lleva dos días suplicando que, por favor, la arroje de una vez al contenedor. El café está listo. Extiendo un poco de mantequilla y miel por ambas tostadas. Me siento a la mesa mientras observo por la ventana cómo la vida transcurre con total normalidad. El colegio que hay junto a la plaza ya ha abierto sus puertas. Ahora los padres pueden dejar a sus hijos antes de hora e irlos a buscar tras las extraescolares. La conciliación familiar se ha convertido en aulas abiertas de sol a sol para que padres e hijos pasen más tiempo separados. Pensé que se trataba de lo contrario, de conseguir que las familias pasasen más tiempo juntas. Hay partes de la vida que me vienen grandes. La abuela nunca tuvo ese problema, ya que aprendí rápido a cuidarme solo. A los ocho años ya recorría sin compañía los setecientos metros que separaban mi casa del Joaquín Costa, un precioso colegio público de aspecto señorial pintado de azul y amarillo. Siempre he pensado que parecía una tarta de cumpleaños desde afuera, con una impecable escalera interior de madera de roble barnizada que unía las diferentes alturas del edificio y del que salía todos los días una hora más tarde porque solía quedarme siempre castigado.

Ojalá todos esos niños que se despiden de sus padres en la puerta del patio fueran conscientes de que están viviendo los mejores años de su vida y de que no hay que tener prisa por crecer. Que deberíamos estirar la infancia como un chicle y que jugar a cosas de mayores no es guay. Llegará un día, cuando ya tengan pelos en el culo, en el que desearán volver a jugar a los Playmobil tirados sobre la alfombra del salón, con su abuela todavía viva sentada en el sofá con una revista en la mano, riéndose a escondidas de las historias que cuentan en voz baja charlando con los muñecos. Hacerse mayor es un drama para el que nadie está preparado.

Me deshago del pijama que lleva más de cuarenta y ocho horas ininterrumpidas pegado a mi piel y me visto con lo primero que pillo del altillo que emerge de una de las paredes de la furgoneta. Abro la puerta corredera y al fin piso la calle. Respiro hondo. El cierzo hace acto de presencia en el barrio, los árboles van de lado a lado. Antes de cruzar al que ha sido mi edificio, deposito la basura en el contenedor. Abro el portal y en la placa del buzón todavía seguimos siendo Laura y yo. Entro en el ascensor. Cuarta planta. Abro despacio y un ligero aroma a tabaco se cuela en mis fosas nasales. Sobre la mesita del salón descansa una botella de vino casi vacía y un paquete de Marlboro arrugado. Las fotos de cuando éramos una pareja feliz que colgaban de la pared han huido de su marco. Los souvenirs de nuestros viajes también han sido desahuciados de la estantería. En nuestro dormitorio, la cama hecha con prisa me saluda bajo la ventana. En su mesilla, unos cuantos clínex me confiesan que Laura llora por las noches. Busco su camisón debajo de los cojines y lo huelo con todas mis fuerzas. Su aroma me abraza, su ausencia me escuece. Tengo que escapar de aquí. Me incorporo de nuevo, escribo «Gracias» sobre un papel y lo dejo junto a mis llaves sobre la mesa del salón. Su camisón y yo salimos de esa casa para siempre. Huyo despavorido de mi pasado hacia un futuro que necesito de manera urgente. Los tres segundos esperando al ascensor se me hacen eternos. Desciendo los cuatro pisos volando y al salir del portal choco contra el imbécil del segundo, que me grita si estoy loco. Hago caso omiso de los coches al cruzar y uno de ellos me dedica una sonora pitada. Llego a mi furgoneta, poso el camisón sobre el asiento del copiloto y me vuelvo a romper. Necesito velocidad, no pensar, salir de esta maldita calle, abandonar para siempre esta ciudad. El cierzo zarandea la furgoneta con furia. Zaragoza me echa a patadas de este barrio de la periferia maña. Las lágrimas se me amontonan en los párpados, el nudo de la garganta se hace más y más grande y algo estalla dentro de mí. Un conductor me pregunta haciendo aspavientos si me voy. Bajo el cristal de la ventanilla y le grito que se vaya a tomar por culo. Tengo que huir, pero no sé hacia dónde. Necesito abrazar a alguien.

Me bajo de la furgoneta, no veo a nadie y vuelvo a sentarme en el asiento delantero. Saco mi teléfono del bolsillo y busco a Laura en los contactos, pero me encuentro con la última llamada que hice y aparece la cara de la abuela sonriéndome desde la pantalla. Apoyo la cabeza sobre el volante con la llave ya dentro del contacto, pero soy incapaz de girarla y poner en marcha mi nueva vida. Siento vértigo a ras del suelo. En el momento en el que arranque, se acabó, aunque todo haya terminado hace ya dos días. Necesito llamar a Laura, abrazarla y volver a instalarme en el olor de su cuello, decirle que siento mucho que por mi culpa haya vuelto a fumar. Alguien toca al otro lado del cristal del copiloto, giro la cabeza y Luis, el padre de Laura, me saluda con la mano, encogido por el frío y zarandeado por el maldito cierzo. Salgo de inmediato de la furgoneta y me abrazo a él con todas mis fuerzas.

—Lo siento mucho, Luisón, de verdad que lo siento —le digo entre sollozos.

Mi ya exsuegro me aprieta con cariño contra su pecho. Es un tipo corpulento con un corazón de oro que siempre me ha tratado como a un hijo.

—Así es la vida, Alejandro, lo importante es que no os hagáis daño, por favor, no nos deis también ese disgusto —me dice con los ojos vidriosos—. ¿Me vas a invitar a pasar o vamos a estar aquí jodidos de frío toda la mañana?

Se aparta las lágrimas de los ojos oscuros. Ese humor ácido es lo que más me gusta de él, pues contrasta con esa seriedad que desprende.

—¡Menuda preciosidad de furgoneta! —exclama sorprendido—. Al final no voy a poder probarla.

—Cuando tú quieras, te la dejo —respondo sabiendo que eso no ocurrirá jamás.

Luisón se sienta en uno de los dos asientos que hay junto a la mesa. Yo me acomodo en el de enfrente.

—¿Cómo estás, hijo? —Me mira preocupado.

—Te ha pedido Laura que vinieras, ¿verdad?

—Ya la conoces. Me ha llamado esta mañana y me ha dicho que llevabas aquí encerrado desde el lunes —me confiesa—. ¿Tan roto está todo? ¿Tan pocas posibilidades hay de que lo arregléis? ¿Lo habéis pensado bien? Es mucho tiempo, Alejandro.

—¿También te ha pedido que trates de convencerme?

—No, no. Esto es de mi propia cosecha. —Me sonríe—. Se me hace tan raro que lo hayáis dejado que no sé cómo encajarlo, la verdad. Julia está deshecha, ya sabes que en esta familia se te quiere mucho, hijo. —Posa la mano sobre la mía—. Jamás os he visto discutir. ¿Tan grave es tener diferentes planes de vida?

—Laura y yo buscamos cosas demasiado distintas, Luis. Nos queremos mucho, eso es cierto, pero ¿qué futuro tenemos? No podemos castigarnos más. Yo quiero dedicarme a ver mundo y ella quiere una vida más convencional. Quiere que tengas más nietos, Luis —le digo sonriendo—. Y yo no quiero impedírselo. ¿Ella cómo está?

—Pues mal. Le hemos dicho que se venga a casa unos días, pero es terca como una mula —añade negando con la cabeza—. ¿Qué vas a hacer ahora?

—Llevo dos días sin atreverme siquiera a arrancar el cacharro este. No sé ni por dónde empezar. Tenía un puzle, ha explotado y ahora me faltan piezas.

—En el fondo te admiro, Alejandro. Hay que tener mucho valor para hacer lo que has hecho. —No esperaba para nada ese comentario y más viniendo de él, la persona más convencional y simple del mundo—. Ya sabes que yo soy muy normalucho, que arriesgo poco, vengo de otra época y me gusta tenerlo todo bien atado…

—Sí, como a tu hija —interrumpo con ironía.

—Lo que trato de decirte es que, según te haces mayor, te acuerdas de todas aquellas cosas que un día quisiste hacer y ya no podrás.

En mi caso, he creado una familia. Mi Julia, que es un amor de persona, mis dos hijitas, esa preciosa nieta, y todo eso lo conseguí porque en su día no aposté por mí. —Sus ojos se vuelven a humedecer—. Encontré un empleo que odiaba en una buena empresa nada más terminar la carrera y ahí me quedé los siguientes cuarenta años. Eran otros tiempos.

—Vaya, yo creí que te encantaba tu trabajo —añado sorprendido.

—Esto no se lo he dicho a nadie, hijo, pero en su día tuve la oportunidad de trabajar para uno de los mejores bufetes de España, pero implicaba una mudanza a otra ciudad, a un barrio y a una casa mucho mejores que en los que hemos vivido siempre, pero no me atreví…

—Tampoco te ha ido mal.

—Uno ya no sabe si podría haberlo hecho mejor, pero no estudié Derecho para pasar los siguientes cuarenta años como oficinista raso. Ni siquiera se lo dije a Julia, no quería que pensara que era un cobarde.

—A eso no puedes llamarle fracaso, Luis. Renunciar te dio estabilidad laboral sin demasiadas responsabilidades. Un buen sueldo, buen horario y tiempo de calidad para la familia. Cuando Laura me hablaba de sus grandes momentos, siempre estabas en ellos. Y, ahora, mírate, incluso te has jubilado antes de tiempo. Dime dónde tengo que firmar —le intento animar entre risas.

—Incluso con esa suerte, tengo esa sensación aquí dentro, Alejandro. —Se señala la cabeza—. Tú, sin embargo, quieres algo y vas a por ello. Eso es de valientes, y sé que no tendría que decirte esto y debería intentar que recapacitaras, pero estás haciendo lo correcto. —Luisón saca un pañuelo de papel del bolsillo y se seca los ojos—. Es duro aceptarlo, pero quizá más adelante hubieseis terminado haciéndoos más daño. En mi época era todo más sencillo, joder.

Luis se levanta, me abraza y me susurra que me van a echar de menos, y yo a ellos.

—Tras lo de tu abuela, ¿cómo están las cosas con tu padre?

—Pues creo que peor que nunca —respondo tajante.

—Prométeme una cosa. Esto queda entre tú y yo —me dice mirándome con detenimiento—. Si las cosas se ponen feas, llámame, cuenta con nosotros, por favor. Y cuídate mucho. Las cosas se están poniendo raras con el virus ese de China.

—No te preocupes. Va a ir todo bien, Luis. Muchas gracias por pasarte y cuídala como sabes. Y no seas demasiado duro con el siguiente —bromeo.

Sus ojos son incapaces de volver a cruzarse con los míos y con la mirada clavada en el suelo, me da dos palmadas cariñosas en el cuello y baja de la furgoneta.

—Cuídate mucho, chaval, y date una ducha. —Se despide con la mano y se aleja encogido, luchando contra el viento camino del descampado que hay junto al canal, donde ha aparcado el coche. No puedo evitar que los lacrimales vuelvan a humedecerse.

Luis siempre ha empatizado mucho conmigo con el tema de mi padre. Él tampoco tuvo a su madre y la relación con su padre era casi peor que la mía. Es de las mejores personas que conozco, aunque la primera impresión trate de confundirte con ese pelo rizado, su mirada penetrante acompañada siempre de un gesto serio, y con una ironía en la recámara que no esperas.

Primero Martina y ahora Luisón. Tarde o temprano, acabamos poniendo en la balanza de la vida todo lo experimentado y nadie termina demasiado contento con el resultado. El ser humano tiene demasiadas taras. Siempre añoramos lo que no tuvimos sin darle la importancia que merece a lo que sí conseguimos, a nuestros grandes éxitos. Tengo claro que parto con bastante desventaja. En un lado de mi balanza estará siempre Laura recordándome que fui un estúpido que dejó escapar lo que más quería, y ahora tengo toda la vida por delante para tratar de nivelar el peso de mis catástrofes vitales. Ha llegado el momento de ponerme a los mandos de mi nueva vida, fijar la vista en el horizonte e ir directo a por él.

Aprovecho el optimismo momentáneo que me ha inyectado Luisón y, antes de que aparezcan esos nubarrones para joderlo todo de nuevo, cojo el iPhone, me enfoco con la cámara gran angular de la parte exterior y pulso el botón rojo de grabar:

—¡Buenos días, chicos, espero que estéis todos espectacular! Perdonad la ausencia de estos días, pero mi vida ha pegado un giro bastante bestia. —Hago una breve pausa—. Mi abuela, la persona que ha cuidado de mí durante toda mi existencia, ha muerto. —Trago saliva y cuando estoy a punto de parar la grabación, consigo arrancar de nuevo—. Y también me he mudado a este cuchitril que a partir de ahora va a ser mi nuevo hogar. —Enfoco el habitáculo, hago un pequeño barrido mostrando la furgoneta, que luce impecable, por cierto—. Ya os conté hace unas semanas que estaba trabajando en un proyecto secreto, que os iba a sorprender y, nada, espero haberlo conseguido. Tened paciencia, ¿vale? Ya sé que al otro lado habrá mucha gente experimentada en esto de la *vanlife*, pero yo soy solo un maldito novato que todavía tiene que pillarle el truco a esto. La verdad es que no sé muy bien por dónde empezar, ahora mismo todavía estoy en mi antiguo barrio y no tengo ni idea de hacia dónde dirigirme. Admito sugerencias cerca del mar y, a poder ser, con buen clima. ¡Un abrazo a todos y que comience la aventura!

Acto seguido, subo el vídeo a Instagram, le añado el filtro Oslo para que quede con un toque retro y le doy al botoncito de publicar. Listo.

A la audiencia nunca le he hablado de Laura. Siempre quiso mantenerse al margen, jamás ha salido en un plano y no saben de su existencia, pero sí conocían a mi abuela, ya que alguna que otra vez la he sacado en stories y en alguno de los vlogs que grabé aquí, en Zaragoza. La abuela caía bien. La mayoría de las veces no tenía ni idea de que la estaba grabando y sus apariciones fueron siempre estelares, con esa naturalidad tan suya. A la gente le encantaba la relación tan cariñosa que teníamos y cuando llevaba una temporada mostrando solo contenido de viajes, me preguntaban por ella: «Áxel, ¿cómo está la yaya?», «Queremos ver a tu abuela». Ni ellos ni yo volveremos a verla más.

El viento continúa a lo suyo, intentando por todos los medios volcar la ciudad. Al final de la calle, en el paso de cebra, una señora escondida tras un abrigo marrón arrastra con verdaderos esfuerzos el carro de la compra contra las ráfagas del cierzo que tiran de ella en sentido contrario.

Me siento al volante, me pongo el cinturón de seguridad y chequeo de nuevo Instagram para comprobar si alguien me ha dejado alguna buena sugerencia a la que dirigirme. No es la mejor hora para publicar, ya que son casi las once y media de la mañana y es un día laborable, pero mi historia ya la han visto casi mil personas en apenas quince minutos y tengo el buzón de entrada lleno de mensajes, la mayoría palabras de ánimo por la muerte de mi abuela y buenos deseos por mi nueva andadura en este maletero gigante. En cuanto a los posibles destinos, me recomiendan en esta época del año el Mediterráneo sur y las islas Canarias, pero nada concreto. Cierro la aplicación y abro el email. Un tal Julio me ha enviado un correo electrónico:

Hola, Áxel, soy Julio, un fiel seguidor, acabo de verte en Instagram. Lo primero, siento mucho lo de tu abuela, te mando un abrazo. En cuanto a un lugar donde poder tirar con la furgo, no sé cuál es tu idea, pero yo tengo un chiringuito de playa en el sur, concretamente en Huelva, entre Punta Umbría y El Rompido. Dispongo de un aparcamiento sobre la misma arena a pie de playa y puedes quedarte ahí el tiempo que necesites. Detrás del bar tengo una caseta con un baño y agua por si necesitas llenar los depósitos y sería un placer tenerte por aquí. Es una zona bastante tranquila en esta época del año, salvo los fines de semana, que hay más jaleo porque la playa es preciosa y la temperatura es ideal y se llena de coches.
Nada, niño, que muchas gracias por lo que haces, y que te espero por aquí para invitarte a unas gambas y pescaíto frito. Un abrazo.

La propuesta del tal Julio es la única que tengo sobre la mesa y la verdad es que suena bien. Gugleo la zona en el teléfono para ver qué tipo de servicios tiene alrededor: gasolinera, varios supermercados, farmacia, una playa inmensa, un área para vaciar y llenar aguas más o menos cerca… Al fin, giro la llave, ruge el motor, meto primera y salgo con cuidado de mi estacionamiento. En el espejo retrovisor, mi antiguo edificio me dice adiós. Este cacharro es ahora mismo un enorme sobre blanco en el que dentro vamos el camisón de Laura y yo pilotando una nave sin timón.

10

Enebrales

Diciembre de 2021

Siempre me ocurre lo mismo. Cada vez que vuelvo de un país que implica un desfase horario muy grande respecto al mío, pierdo la noción del ahora, del ayer y del mañana. Tengo una orientación espaciotemporal bastante lamentable. Trato de calcular la hora a la que salí del JFK, cuadrarlo con el tiempo de vuelo, las esperas en la estación de tren... y nada, me atasco, entro en bucle y siempre me viene a la cabeza la mítica imagen del mono de Homer Simpson tocando los platillos. Aunque, ahora mismo, la figura que se me ha instalado en la cabeza y amenaza con ponerse cómoda y pasar una buena temporada en ella es la de M posando los labios en la frontera de mi boca, esbozando una sonrisa y lanzándome un misil con sus dos obuses verdes mientras ese ascensor del hotel New Yorker me la roba, quién sabe si para siempre.

El reloj del salpicadero del taxi me dice que son las once de esta templada mañana de diciembre. El sol dibuja algunas trayectorias de polvo suspendidas en el aire del interior del vehículo. Al otro lado de la ventanilla, un maravilloso bosque de enebros y sabinas se abre ante nosotros y el sendero de madera que lo recorre longitudinalmente hasta alcanzar la playa se despliega a nuestro lado. La frondosidad verde del paraje deja entrever huecos azules cada vez más persistentes, sembrando la duda de si es mar o cielo lo que se dibuja en el fondo. Aparece el Atlántico vestido de gala para recibirme después de un mes sin vernos las caras y justo después entra en escena de forma solemne y emergiendo de la nada El Galeón, el chiringuito de mi amigo Julio.

—Es por aquí —le indico al taxista—. Pare donde pueda, por favor.

—¿Por aquí? ¿Está usted seguro? —se extraña al comprobar que en la playa hay solo dos coches, la autocaravana de Joe y la mía. También es extraño que alguien cargado con una enorme maleta tenga como destino esta kilométrica playa del sudoeste onubense donde no hay nada salvo algunos chiringuitos, cerrados durante esta época del año, y una carretera secundaria que comunica con El Rompido, un pequeño pueblo marinero de poco más de dos mil habitantes.

—Sí, sí, seguro. Ya hemos llegado —respondo con la mirada perdida en el horizonte y recogiendo todo el oxígeno que soy capaz en las fosas nasales.

—Perfecto, pues serán doce cincuenta. ¿Con tarjeta?

—Sí, por favor.

El taxista espera a que el datáfono coja cobertura, coloco el móvil sobre el dispositivo y un pitido nos da el OK. Bajamos del coche, abre el maletero, saca como puede mi enorme maleta y la posa con cuidado sobre el asfalto de la carretera.

—Pues que tenga un buen día.

—Igualmente, amigo. —Le digo adiós con la mano.

Cojo a pulso el maletón para que las ruedas no se me pringuen de arena. Me acerco al camino de tablas que conduce al chiringuito de Julio para poder apoyarlo en el suelo. Detrás del restaurante, mi furgoneta continúa en pie. Hay una calma abrumadora que contrasta con lo que han sido mis días este último mes. El caos de las calles de Nueva York ha pasado a mejor vida. Las gaviotas vuelan en círculos sobre la playa y del mar emergen algunos destellos blancos y la silueta de Joe, que rema sobre su tabla de pádel surf. Hace una mañana preciosa, y sí, siento que ya estoy en casa.

—¡Churraaa, ya etá aquí mi churritaaa!

La paz del lugar muere de un infarto. Mi amigo Churra aparece no sé muy bien de dónde. Como siempre.

—¡Pero de dónde sales, churrita! —grito sonriendo.

—De trabajá, carajo, de trabajá, que me tienen aquí liao to'l santo día, compadre. —Se acerca a mí limpiándose las manos con un trapo—. Dame un abrazo, hermano, no veas lo que te he echao yo de menos. —Mi cerebro ha desarrollado la capacidad de completar de forma automática todas las letras que se va dejando en algunas de las palabras. Es como si, por arte de magia, hubiese aprendido su idioma.

Me da un abrazo como los que dan los niños, con fuerza, de esos que salen de lo más hondo del corazón.

A Churra lo conocí la primera mañana que aparecí por aquí hace ya casi dos marzos. Me guio en el aparcamiento, que estaba prácticamente vacío, y le solté dos euros porque a simple vista me pareció que, si no lo hacía, me iba a rajar las ruedas de la furgoneta. Es un tipo corpulento, no demasiado alto, aunque ese moño que le recoge el cabello negro y rizado le dé varios centímetros de altura adicional. Se puso como loco de contento y estuvimos charlando hasta casi la puesta de sol. Es un personaje único, de esos que en cuanto los ves, piensas: «Es imposible que haya otro ejemplar como este por ahí». Es un alma libre a la que la vida le ha dado ya demasiados palos. Siempre habla muy por encima de su juventud, sin rascar demasiado, porque es algo que le escuece. Todo lo que sé es que se recorrió gran parte de los calabozos del norte de España, que estuvo enganchado a las drogas y que el destino lo trajo de nuevo a Andalucía, de donde jamás debió salir, como él dice siempre. Su nombre real es Antonio José, pero aquí todo el mundo lo conoce como Churra, ya que siempre lleva esa palabra colgando de la lengua. Tiene su propio dialecto. Joe le dijo una vez que ojalá tuviese subtítulos, ya que hay ocasiones en las que o le miras detenidamente los labios o no comprendes lo que te está diciendo. Se gana la vida al margen del sistema como gorrilla. Vivía en un chamizo en medio del bosque, justo al otro lado de la carretera, pero Julio habilitó una caseta que tenía vacía detrás del chiringuito y ahora vive ahí, con luz y agua corriente, aunque es fácil verlo dormir al raso en la playa bajo una puerta de madera sujeta con dos listones metálicos. Se agobia en los lugares cerrados y prefiere dormir bajo las estrellas. Es una pieza clave aquí, en Enebrales, ya que controla el aparcamiento, indica a la gente cómo tiene que aparcar, les señala las normas y, si alguien no se porta como debe, se encarga de avisar a la Guardia Civil. También hace ñapas para los chiringuitos de los alrededores y es, probablemente, la persona en la que más confío; de hecho, se hace cargo de las llaves de mi furgoneta y de Trufita cuando yo marcho de viaje.

—Yo también te he echado mucho de menos, Churrita. ¿Alguna novedad por aquí?

—Novedades pocas… Bueno, que mañana abre ya el Julito y etoy echándole una mano para terminá de colocá la madera del suelo —me dice señalando El Galeón—. Llevo una semana de locos, churra, de locos… ma liao que el fontanero del Titanic. ¿Y tú qué? Si has vuelto hasta ma guapo. —Me da unos toquecitos en el hombro—. Me habrás traío algo, ¿no? Vamos, que te doy la llave de tu casa y querrá ver a la gatita, ¿no? Solo le falta hablá, churra, solo le falta hablá…

Abro la puerta de la valla de madera pintada de un blanco sucio que tiene detrás el chiringuito. Me subo a la furgoneta, arranco a la primera y la saco hasta la parte del aparcamiento donde suelo estar siempre, justo tras la pequeña duna donde cada mañana suelo tomarme el café. Paso detrás y todo está tal y como lo dejé hace un mes. Huele un poco a cerrado y a humedad. La nevera está apagada y vacía, igual que el depósito de aguas limpias.

—¡Oye, Churra! ¿Funciona el grifo ese de allí? —señalo el lavabo que tiene Julio al otro lado de la caseta.

—Cómo no va a funcioná si lo arreglé yo como Dios manda —me dice ya enroscando la manguera que tengo en el maletero en la boca del grifo para llenar el depósito de cien litros con el que me ducho y friego los platos—. Mira quién aparece por aquí, la reina de la playa.

Trufita se asoma por la ventana de la caseta donde vive Churra, bosteza, se estira arqueando su atigrado cuerpo, salta al suelo y viene hacia mí veloz. Entre esos maullidos que tanto he echado de menos, se frota con mis piernas dejando sus feromonas, primero la cabeza, después el cuerpo y la cola. Me agacho para acariciarla y me posa las patitas sobre la rodilla, me olisquea la barba de tres días y frota la cabeza con mis mejillas sumida en un constante ronroneo.

—Hola, Trufita, ya veo que me has echado de menos. Qué guapa estás. Dime, ¿cómo te ha tratado este? —Le acaricio la cabecita—. ¿Pero a ti qué te pasa? —Churra se seca las lágrimas de los ojos.

—Na, churra, que me emociono al veros ahí... Que estoy sensiblón, coño.

Rompo a reír y viene a darme otro abrazo. El depósito de aguas limpias ya está lleno. Alguien murmura algo desde la parte de la terraza del bar.

—¡Hombre, cuánto bueno por aquí! ¿Cómo te ha ido el viaje? —Aparece Julio en escena, con el pelo peinado hacia atrás y con una camisa hawaiana verde—. A ti ya te podía yo buscar, que me has dejado más solo que la una —le dice a Churra.

—Julito, déjame respirá, que estoy en la hora del almuerzo. Ponme una caña, anda.

—La madre que lo parió... Que le ponga una caña, dice.

—Ya veo que las cosas por aquí siguen igual que las dejé —digo entre carcajadas.

—Venga, vamos a por esa caña y así Áxel nos cuenta cosas de Nueva York.

Andamos el caminito de tablas que conduce hasta la barra del restaurante. Comunica la parte interior, que simula ser el camarote de un barco, con la exterior, con decenas de mesas y sillas repartidas sobre la misma arena de la playa bajo unas enormes sombrillas construidas con hojas secas de palmera. Al fondo hay un pequeño escenario adornado con redes de pesca, una barquita restaurada, un par de remos y un neón con un galeón pirata detrás, donde cada viernes viene gente a tocar. La panorámica desde aquí es impresionante: una enorme playa sin final. Las más preciosas puestas de sol se dan cita aquí cada tarde para teñir el cielo de color naranja.

Julio se adentra en la barra y sirve tres cañas. Acaba de cumplir los cincuenta y lo considero mi ángel salvador, con permiso de Trufita, por supuesto. La verdad es que no sé qué hubiera sido de mí si no me llega a enviar ese email aquella mañana de marzo en la que mi vida acababa de volar por los aires.

Es todo lo bueno de la humanidad concentrado en su cada vez menos estilizada figura y ciento ochenta centímetros de estatura. Uno de esos seres que se involucran hasta el final en cualquier conflicto que afecte a las personas que él considera importantes. Es capaz de echarse al hombro cualquier responsabilidad con tal de tener felices y seguros a los suyos. Tiene un aura protectora exacerbada y un sentimiento del compromiso del que ojalá todo el mundo pudiera presumir: el mundo sería, sin duda, un lugar mejor. Era directivo de una importante empresa de seguros en Madrid. Una buena mañana, en mitad de una reunión, empezó a sentir que la mitad de su cuerpo no le respondía y despertó tres días después en la unidad de cuidados intensivos. Había sufrido un ictus. Tuvo que pasar por un periodo de rehabilitación bastante duro para recuperar parte de esa fuerza que había perdido. Su empresa le obsequió con un despido, fue a juicio, lo ganó y le dieron un dineral. Vendió todo lo que tenía en Madrid y se vino al sur. Compró un pequeño adosado en las afueras de Punta Umbría, cerquita de aquí, y reformó este bonito chiringuito cuyo aspecto cambió por completo. Otro superviviente de la parte menos amable de la vida. Otro superhéroe del que aprender.

—Ponte también algo de picar, ¿no, Julito? Esto no va a ser to trabajá, compadre.

—Pero si me has clavado tres maderas y las tres las has puesto mal. Entra y coge lo que te salga del moño ese que llevas.

—A ti lo que te pasa es que te gustaría tener este moñete con este pelaso que Dios me ha dao, que te tienes que peiná ya p'atrás pa que no se te vea el cartón. —Churra suelta una de sus contagiosas carcajadas y durante un buen rato le cuesta recobrar la compostura.

—Bueno, ¿y qué tal te ha ido por Nueva York? Habrás grabado un montón de cosas, ¿no? —pregunta Julio con el labio superior bañado en espuma de cerveza.

—Traigo un montón de contenido, a ver qué sale… Pero entre los artículos de la web y la edición de los vídeos de YouTube, tengo bastante curro para los dos próximos meses.

144

—Oye, Áxel, no conocía esa faceta tuya de escritor.

—¿De escritor? —respondo, sorprendido.

—Me refiero a esos pies de foto con los que has acompañado tus carruseles de Instagram. Yo no digo nada, pero he leído los comentarios y hay un ejército de gente pidiendo que escribas una novela.

—Sí, eso es justo lo que me faltaba —añado entre risas—. La gente está fatal, pero la verdad es que han gustado mucho y a mí me sienta muy bien desahogarme escribiendo mis movidas. Ha sido un viaje sanador.

—¿Te vas a quedá ya to el invierno aquí?

—Si no surge nada raro, ese es el plan, sí.

—Bien, churrita, bien, tú conmigo, coño —responde orgulloso—. Imagino que allá en Yankilandia habrás deconectao del to, ¿no? Me refiero al tema de la Laurita esa... que no veas la matraca que nos diste al Joe y a mí la última semana. Es que yo creo que pensá tanto no te sienta bien, Áxel. Tienes que pensá menos, compadre —me dice tocándome la cabeza con el dedo índice, ajeno a los codazos que le da Julio desde el otro lado de la barra intentando que cambie de tema sin éxito alguno.

—Todo bien, Churrita, me ha venido muy bien estar un mes por allí...

—Ya veo, ya... pa empesá, al fin has cambiado la foto er móvil, por argo se empiesa. —Ha tardado apenas unos minutos en darse cuenta de que la fotografía de Laura ya no luce en mi fondo de pantalla—. ¿Te imaginas que ahora viene y nos dice que sa enamorao?

—No se te escapa una, ¿eh? Han pasado cosas —añado sonriendo.

—Ponte unos calamares, Julito, que ahora empiesa lo bueno —remata su cerveza—. Y otra cañita, pero en un vaso ma grande, aerfavó.

—¡Pero qué calamares ni calamares! —Julio le lanza un trapo a Churra que vuelve a proyectar otra de sus carcajadas—. ¿Tú quieres otra, Áxel? —pregunta desde el otro lado del grifo con la caña de Churra a medio llenar.

—Venga, va, pero rápido, que tengo que marcharme a hacer la compra, tengo la nevera pelada.

Julio posa las cañas en la barra y vuelve a acomodarse sobre los codos. Trufita se suma a la conversación, se tumba en las maderas que todavía están sin clavar y comienza a lamerse el cuerpo. Suele hacer esto unas cien veces al día; probablemente es la gata más limpia del universo.

—¿Y bien?

—He conocido a alguien. —Le pego un trago a la cerveza y vuelvo a rebuscar en el fondo de la bolsa de patatas que nos había puesto Julio para picar, donde ya solo quedan algunas migajas—. Una chica preciosa, con la mirada más verde que he visto en mi vida.

—¿Cómo se llama, churrita?

—No tengo ni idea.

Churra escupe la cerveza encanado de la risa y Julio hace lo mismo, pero de forma más contenida y con la cabeza apoyada en su antebrazo.

—¿Cómo cohone se puede conosé a alguien y no preguntá ni er nombre? Eso es de primero de follá, carajo.

—Que no, que no… que nadie ha follado con nadie —Ellos vuelven a mirarse entre risas—. Me encontré a tres chicas que vinieron a saludarme…

—A mi churra ya lo conocen hasta en Niuyor —interrumpe besándome en la frente—. Sigue, sigue, perdona.

—… me invitaron a comer y la verdad es que eran unas chicas muy majas. Total, que me despedí de ellas y al rato volví a encontrarme con la más callada de las tres y estuvimos juntos hasta la madrugada. Estuvimos en un *rooftop*…

—¿Qué es un ruftó, Áxel?

—Una azotea con una terraza. En Manhattan son muy populares —explica Julio.

—Fuimos a cenar unas de esas porciones de pizza de dólar y nos contamos prácticamente la vida entera.

—Sí, os contasteis todo menos el nombre —añade Julio entre risas—. ¿No te lo quiso decir o cómo fue la cosa?

—Se me ocurrió la brillante idea de no querer saberlo y la verdad es que, desde que nos despedimos, no hago más que pensar en ella y en su maldito nombre. Solo sé que empieza por M.

—Áxel, yo te quiero musho, pero a vese eres gilipollas, coño —Churra hace gala de su franqueza a prueba de bombas—. No viene el nota a dar la murga to'l santo día, Laurita p'arriba, Laurita p'abajo. ¡Que ensima el tío no es raro ni na con la muhere! Y cuando encuentra una que le ase tilín, va el anormá y no pregunta ni er nombre.

La verdad es que el resumen que ha hecho de la situación es tan real como demoledor. Me pregunto si M dará señales de vida, si pensará en mí tanto como yo pienso en ella. Si también mirará el móvil cada veinte segundos esperando que haya encontrado la forma de llegar hasta su cabello rubio y sus dos diamantes verdes.

—Claro, imagino que, si no sabes su nombre, tampoco conocerás su perfil de Instagram, ni tampoco habrás estado hábil para conseguir su número de teléfono...

—Allí, bajo los rascacielos de Manhattan, la verdad es que la tontería esa del nombre sonaba espectacular, pero aquí, en Enebrales, me parece una merluzada épica, chavales. —Bebo otro trago de cerveza y cruzo la mirada con la de Trufita, que me observa desde el suelo con los ojos entreabiertos pensando claramente que sí, que soy gilipollas.

—¿Qué información tienes de ella?

—Que tiene más o menos mi edad, que acaba de divorciarse, que no está en su mejor momento y que vive en Zaragoza.

—¿En Zaragoza? —preguntan a la vez.

—¿Pero qué coño te pasa con las mañas, churrita? Julio, ponte otra rondita, hombre, que tenemos que consolá aquí al Áxel.

—No hay más cerveza, que luego me pones todas las tablas torcidas. A ver, hay una parte positiva en todo esto, Áxel. Ella sí sabe cómo llegar hasta ti, ¿no?

—Si ella quiere, sí. Compruebo cada medio minuto si lo ha hecho —señalo el móvil—, pero no tengo noticias suyas desde que nos despedimos. Aunque, en realidad, hay otra opción. Podría localizar a sus dos amigas en Instagram y preguntarles por ella, pero creo que necesita su tiempo. Lo ha pasado mal —añado deseando estar ahora mismo a su lado para protegerla de todas las inclemencias de la vida.

—Tuvisteis buen filin entonse, ¿no? ¡Y eso sin follá!

Julio vuelve a buscar con sus codazos el brazo de Churra sin demasiado éxito.

—Desde que me conocéis, ya sabéis que me cuesta mucho conectar con las chicas. Con M la cosa fue distinta. Empezamos siendo dos desconocidos lamiéndonos las heridas y acabamos horas después el uno frente al otro en la puerta de su hotel sin saber muy bien si nos teníamos que comer a besos o despedirnos para siempre.

—¿Y qué pasó? —pregunta Julio, enganchado a mi historia.

—Que me dio un beso aquí y se fue —respondo señalándome la comisura de los labios.

—Esa periquita volverá, churra, hazme caso a mí, que, aunque no lo paresca, yo sé mucho de muhere. Además, que tú eres un tío guapetón, con buen *flow* y estás en la parte chula de la vida, coño.

—Tienes buena vibra, Áxel. Cuando alguien está en momentos bajos, las personas como tú son oro. —Julio posa la mano en mi hombro desde el otro lado de la barra—. Espero que sepa verlo y que en nada nos des buenas noticias. Venga, la última, por Áxel.

Mi móvil comienza a sonar. A Julio se le cae el vaso de cerveza y deja la barra empapada y llena de cristales, Churra da palmadas mientras grita «La maña, la maña», incluso yo me pongo cardiaco pensando que la voz de M pueda estar esperándome al otro lado del teléfono. Pero la realidad es que es un simple recordatorio que activé hace unos días.

—Hemos estado cerca —digo sonriendo—. Pero es una reunión que tengo para un posible viaje a Kenia. Me tengo que marchar, familia. Luego nos vemos.

Había olvidado toda esa historia del viaje en grupo. Cojo a Trufita, que protesta de inmediato, y vuelvo a casa. Dejo la maleta, todavía sin deshacer, en la parte de la cabina, saco el ordenador de la mochila, lo coloco sobre la mesa y lo enciendo. La reunión comienza en cinco minutos. Entro en el chat y espero a que Kiano y Alba, los chicos de la agencia keniana, se conecten.

Han llegado varios coches más al aparcamiento y también uno de esos autobuses gigantes que por dentro son auténticos apartamentos de lujo y que tan de moda se han puesto entre los jubilados alemanes que vienen a nuestras costas en busca de inviernos más cálidos. Saludo a Joe desde la ventana, que ya vuelve con la tabla a su destartalada Pilote del 91. Me saluda con la mano y me dice que luego hablamos. Comienza la reunión.

11

Trufita se adelanta al despertador una mañana más olisqueándome la nariz. Alargo el brazo hasta el soporte donde tengo el móvil. Todavía no ha amanecido. Abro el oscurecedor de la claraboya del techo y hago lo mismo con el de la puerta trasera, justo en el lateral de la cama, pero apenas entra luz. A Trufita eso le trae sin cuidado; ella quiere su desayuno y lo quiere ya. Me quito la funda nórdica de encima, salgo de la cama y le sirvo su ración de comida en su cuenco rojo, debajo de la mesa. He de reconocer que no existe un despertar más sosegado que este, sumergido en el ronroneo de un gato con el sonido del mar de fondo acariciando la orilla. Pongo la cafetera en el fuego pequeño y la sartén con un par de tostadas en el otro más grande. Hago la cama y me visto de inmediato: pantalón marrón corto, camiseta blanca y una sudadera negra ancha con capucha. Abro un aguacate, lo corto en rodajas y riego las tostadas con un poco de aceite de oliva. Trufita sube de inmediato a la mesa a olisquear también mi desayuno.

—Baja de ahí —le digo con autoridad—. Ya sabes que no me gusta que te subas a la mesa cuando hay comida.

Vuelve al suelo con un ágil salto, maúlla refunfuñando y se coloca junto a la puerta para esperar a que le abra, sentada muy erguida con las cuatro patitas juntas.

—Espera a que me coma la tostada y esté listo el café por lo menos, ¿no?

Cierra los ojos sin mover un solo pelo de los bigotes, manteniendo impasible su posición.

Me siento a desayunar y consulto los comentarios en mis redes sociales. Bueno, realmente verifico un día más que no hay noticias de M. No sé a quién pretendo engañar, la verdad. Bloqueo a un par de idiotas que pagan sus frustraciones vitales conmigo y me paso al email: una propuesta de colaboración con una marca de maletas, varios seguros de viaje contratados con mi enlace, también algunas excursiones y otras dos plazas ocupadas para la aventura grupal que he organizado a Kenia. ¡No me lo puedo creer! ¡Así da gusto comenzar este día de Nochebuena! Hace apenas una semana que lo lancé y solo quedan cuatro plazas libres. Cojo a Trufita en brazos y bailamos en el interior de la furgoneta. Me mira como si fuera imbécil, pero no tengo a nadie más con quien compartir mi alegría ahora mismo.

Conozco a Alba y Kiano de Instagram, ellos me siguen a mí y yo soy superfán de sus viajes por la sabana africana. La empresa la componen ellos dos además de tres o cuatro guías nativos. Se encargan de organizar viajes con grupos reducidos y parejas que eligen Kenia como destino de su luna de miel. Llevan poquito tiempo funcionando y se me ocurrió la brillante idea de contactar con ellos para ver si sería factible preparar un viaje grupal con mis seguidores. A duras penas me voy acostumbrando a viajar solo, pero necesito un trago de sociabilidad de vez en cuando, por eso pensé que sería tanto una buena publicidad para ellos como una fuente adicional de ingresos para mí, además de una oportunidad de oro para poder conocer a la gente que me ve desde el otro lado de la pantalla. La propuesta les pareció genial. La única condición que me pusieron fue que el viaje debía ser en temporada baja. Para ellos, julio y agosto son más sencillos de completar porque su público es de España y la mayoría de las personas disponen de sus vacaciones en los meses de verano. Decidimos que abril podría ser una buena época. Acordamos ocho plazas, establecimos un precio e inmediatamente lo lanzamos. Yo me encargo de reclutar la expedición y de ayudar con la compra de los vuelos y Alba y Kiano organizan el viaje. Lo más tedioso es conseguir llenar los grupos, por ello lo recuerdo en mis redes sociales cada equis tiempo. Eso tiene una parte negativa, pues puede suponer una verdadera fuente de ansiedad si tienes poca tolerancia al qué dirán o si tu autoestima vuela a ras de suelo. Si llenas el viaje, te sentirás realizado, ya que, en un trabajo como este, tener poder de convocatoria es algo importantísimo, te fortalece de cara al público. Pero si tras haber dado la murga por las redes durante varias semanas no consigues completarlo, los haters van a estar ahí una buena temporada con el rifle bien cargado para recordarte con ahínco que fracasaste.

El café comienza a hervir, lo vierto en mi taza de «I love New York» negra, el único pedazo material de Laura y yo que conservo, recuerdo de nuestra visita a Manhattan hace ya dos años. Echo un poco de leche sin lactosa templada y abro la puerta corredera. Trufita sale de inmediato y va directa al matorral donde termina la duna, olisquea el suelo, su cuerpo se pone en tensión y espera paciente a que sus desechos caigan sobre la arena, se relaja de nuevo, tapa con cuidado los excrementos hasta que quedan sepultados y se acerca para tumbarse sobre mis piernas dando coletazos sobre la arena. Siempre me ha sorprendido esa característica de los gatos, son limpios desde que nacen. Al menos Trufa siempre ha sido así.

Este momento del día es mi favorito; mi gata y yo sentados sobre la arena, escondido bajo la capucha de la sudadera con un café calentito entre las manos, contemplando cómo el mar se ilumina poco a poco al mismo tiempo que el sol comienza a asomar por lo alto del chiringuito de Julio.

La vida a estas horas del día es demasiado simple. Es el único momento en el que entiendes su mecanismo a la perfección. Amanecer, café, mar y paz. Pero dura poco. Con los primeros rayos del sol suele aparecer también el fantasma de Laura caminando por la playa o, a veces, incluso creo verla entre las formas de las nubes, aunque últimamente es M la que enturbia con más frecuencia esta calma y hace un poco más complejo el sota, caballo y rey de mi existencia. Hoy lo he visto todo más claro durante menos tiempo. ¿Qué estará haciendo Miss No Te Echo De Menos? Imagino que estará ya de vuelta en casa de sus padres. Me pregunto si se acordará un poquito de mí. Si cuando escuche «Wonderwall» sentirá el mismo pellizco que siento yo aquí dentro. O si, por el contrario, ha decidido volver a su vida y seguir construyendo un futuro sin mí allí, en Zaragoza.

—Buenos días, pareja. ¿Molesto? —Joe aparece en escena con su inseparable mate mañanero y su melena castaña cada vez con más canas recogida en un moño.

—Tú nunca molestas, amigo.

Se sienta junto a nosotros y acaricia un poco a Trufita, que levanta el morrito blanco para que Joe desvíe sus caricias hacia su cuello.

—Lo de esta noche sigue en pie, ¿no? —pregunta con relación a la cena de Nochebuena, envuelto en una sudadera gris con la mirada fija en el horizonte.

—Por supuesto, ayer por la noche me dijo Churra que él ponía las gambas.

—Si Churra dice que hay gambas, hay gambas. —Esboza una sonrisa sin demasiadas esperanzas con la pajita metálica del mate entre los labios.

—Oye, Joe, ¿cuánto tiempo se espera a que alguien que estás deseando que te dé señales de vida te las dé?

Se ríe en silencio.

—Depende de la paciencia que tengas —contesta sin inmutarse rodeado por esa aura de paz que le caracteriza.

—Menuda puta mierda de respuesta, te habrás quedado bien ancho —protesto indignado.

—Eres quizá el tipo más lanzado que conozco —añade con su tono pausado y demasiado tranquilo. Reconozco que a veces me saca de mis casillas—. ¿Por qué no mueves ficha tú?

—¿Crees que debo anticiparme?

—Yo no he dicho eso. Te pregunto que por qué no has arrancado esa furgoneta y te has ido a buscarla ya. Te está generando un malestar, ¿no? El Áxel que yo conozco cuando tiene un problema lo corta de cuajo. ¿Por qué sigues ahí, calentando la albóndiga? ¿A qué estás esperando exactamente?

—Tengo una sensación aquí —me señalo el pecho— que me dice que, si me anticipo, la pierdo. No quiero precipitar las cosas.

—Para perder algo, primero has de tenerlo, y con esa chica, ahora mismo, no tienes nada. —Sus palabras sosegadas son un disparo a bocajarro que materializa sin pestañear—. ¿Cuál es tu objetivo?

—Ver esas dos esmeraldas que tiene en la cara cada día al despertar —respondo de inmediato imaginándome lo bonito que sería incluir en la ecuación de mis amaneceres a M.

Escupe el mate atacado por la risa.

—Perdona, no termino de acostumbrarme a esa sinceridad visceral que tienes.

—Ya veo que de esta charla no vamos a sacar nada productivo —me resigno.

Apoya el mate sobre la arena y se gira hacia mí suspirando un poco.

—Tenemos un objetivo, ¿vale? Eso lo tenemos claro. —De repente, es un entrenador de fútbol dando instrucciones al equipo en el descanso de la final de un mundial—. Tenemos una chica que acaba de salir de un agonizante matrimonio y necesita darle un giro a su vida porque todo se le ha ido al traste. Ahora viene lo bueno. Apareces tú contra todo pronóstico, cuando nadie te esperaba, y le cambias un poquito los esquemas. Tenéis… no sé qué diablos tenéis, pero casi os besáis y os despedís así de una forma un poco rara. Y hoy, 24 de diciembre, diez días después, ¡¡diez días después!! —el temple se va a la mierda y remarca con energía que son solo diez días, aunque la realidad es que a mí me han parecido una década—, pretendes que tome una decisión que implica embarcarse en otra aventura amorosa cuando, además, tiene que buscar una casa, un trabajo y un nuevo plan de vida, ¿correcto?

—Correcto —afirmo con seguridad. El análisis de la situación es magistral.

—¿De verdad sigues pensando que llega tarde? ¿Cuánto tiempo se tarda en averiguar si es el momento de empezar algo con el tarado ese de los vídeos, al que, por cierto, conoces solo de una tarde, cuando acabas de fracasar en tu matrimonio? A lo mejor es esa la pregunta que lleva ella haciéndose diez días, amigo. Deja que el tiempo haga su trabajo.

—¿Tú de dónde coño has salido, Joe? —pregunto con admiración.

Sonríe, desconecta aliviado de nuestra conversación y vuelve a fijar la mirada azul en el horizonte con el mate de nuevo entre las manos. Es un tipo que, a pesar de ser bastante joven todavía —si no me equivoco, pronto cumplirá cuarenta y cinco—, lleva una mochila vital cargada de historias fascinantes. Un británico que lleva más de veinte años viviendo sobre ruedas. Primero en una de esas Volkswagen de los setenta con la que recorrió América casi entera, desde Argentina hasta Alaska. Y después Europa con su actual vivienda, su legendaria Pilote. Durante el trayecto le apuntaron un par de veces con un revólver. Fue testigo de un tiroteo entre traficantes de droga cerca de la frontera con Texas. De milagro no le pilló de lleno un atentado terrorista en Turquía. Se casó con una chica mexicana que le destrozó el corazón. Se ha ganado la vida fabricando sus propias pulseras de forma artesanal, haciendo cualquier tipo de trabajo de temporada y, sobre todo, con Rebeca, su preciosa guitarra electroacústica con la que se ha congelado de frío y asado de calor tocando en las calles y estaciones de metro de medio mundo a cambio de la voluntad. No tiene redes sociales y es un auténtico manitas capaz de reparar cualquier tipo de avería que puedas tener en la furgoneta. Cuando vives en un trasto como en el que vivo yo, es el vecino que todo el mundo querría tener al lado: educado, tranquilo, siempre con esa aura de buena vibra que irradia de él. Además, toca y canta como los ángeles y siempre está dispuesto a echarte una mano con cualquier cosa que necesites, desde cambiar una placa solar de la furgoneta a intentar desinfectar la herida mortal que Laura me dejó en el costado. Las personas como Joe tendrían que ser eternas.

La Ford Transit de Inés irrumpe en el aparcamiento despacio y estaciona junto al enorme autobús de Deniz, un anciano alemán que llegó hace una semana a Enebrales.

Inés ha sido la historia de amor más bonita que he tenido desde que Laura y yo lo dejamos. Nos cogimos con ganas, pusimos a prueba los amortiguadores de nuestras furgonetas, contemplamos abrazados dos o tres atardeceres y, once días después, decidimos que aquello no iba a ninguna parte y volvimos cada uno a nuestra vida, sin reproches ni malas caras. Fue un fracaso cómodo e indoloro.

—Buenos días, chicos, ¿hoy no os metéis? Hace un día precioso —pregunta señalando el mar con el remo de su pádel surf, envuelto en su neopreno azul claro. Trufita bufa de inmediato. Es una gata muy territorial e Inés estuvo semana y media usurpando su espacio y, por lo visto, no lo ha olvidado—. ¡Ya veo que te acuerdas de mí, eh!

Trufita vuelve a bufar erizando todos los pelos que bordean la columna vertebral y lanza una especie de gruñido que, si pesase doscientos cincuenta kilos más, se habría escuchado hasta en Jamaica.

—Nada, Inés, no te perdona que le robases su lado de la cama. Trufita es así —bromeo encogiendo los hombros.

—Ya veo, ya. ¿Entráis al agua o qué? —pregunta de nuevo apoyando la tabla hinchable sobre la arena.

—Yo tengo cosas que hacer y se me ha hecho tarde, pero es una pena porque hoy es una auténtica balsa —respondo con la mirada fija en los brillos que el sol comienza a dibujar sobre el salitre. Las olas acarician desganadas la orilla. Hoy el Atlántico parece un lago.

—Yo entraré dentro de un rato —añade Joe—. Pero ve a tu ritmo, que ya te alcanzaré.

—¿Cenáis aquí? —Inés oculta sin querer el sol con su media melena lisa color carbón.

—¿Dónde mejor? Se vienen Áxel, Churra y Trufita a mi furgo y, encima, les tengo que preparar la cena... Ya sabes cómo va esto —explica Joe con ironía.

—¿Y Julio?

—Julio tenía planes con la familia de su mujer. Estás invitada si quieres —sugiero de forma espontánea.

Joe asiente también.

—Muchas gracias, chicos, pero ya me he comprometido con mi tía, la de Sevilla, también viene mi madre. Aunque no descarto aparecer por aquí si la cena se tuerce... Estas fechas son un auténtico polvorín. Bueno, aquí os quedáis —concluye sonriendo y achinando aún más sus rasgados ojos oscuros rodeados de graciosas pecas.

Inés es como una de esas olas que mueren cada cuatro segundos sobre la arena, aparece y desaparece en un santiamén. Se presentó por aquí con un neumático reventado una noche de la primavera pasada, huyendo del caos madrileño y de la tóxica relación que mantenía con su madre. Yo acudí raudo y veloz a ayudarla con el cambio de rueda, pero subestimé mi ignorancia y todo terminó con Joe y Churra arreglando el desaguisado de tuercas que dejé sobre la arena mientras Inés y yo conectábamos muy deprisa bajo la luz de la luna. Era muy como yo; de hecho, era tan yo que mi cerebro comenzó a enviarle señales erróneas a mi corazón. En aquella época, mi culpabilidad campaba a sus anchas por aquí dentro con el discursito ese de que Laura y yo habíamos fracasado porque éramos demasiado diferentes y me dio por obsesionarme con encontrar a alguien lo más parecido posible a mí, así que el destino me puso delante a Inés para enseñarme que el amor no va ni de diferencias ni de similitudes, sino de compatibilidades.

—Oye, Joe...

—Ya tardabas, amigo, ya tardabas —comenta sonriendo con la mirada fija en la joven. No puedo evitar soltar una pequeña carcajada que deja en completa evidencia que a veces soy más pesado que un abanico de tablas.

—¿Tú crees que la gente como tú y como yo estamos hechos para tener pareja? —Trufita abre los ojos con recato y levanta la cabeza para mirarme con su cara de «ya empieza este tío otra vez con sus movidas emocionales de humano».

—¿Y cómo somos la gente como tú y como yo? —Apoya el mate de nuevo sobre la arena y recurre a sus ya legendarias respuestas disfrazadas de preguntas.

—Nosotros hemos elegido vivir así, de aquí para allá, en un enorme maletero o casa con ruedas, como quieras llamarlo, pero allí, en el mundo real —añado señalando la carretera—, la mayoría de la gente vive en casas, ficha cada mañana en un trabajo convencional, tiene una familia...

—Y esperan encontrar a alguien compatible con su modo de vida, que es del todo opuesto al tuyo, ¿no? —Joe lee a la perfección mis dilemas existenciales sin alterarse lo más mínimo, como de costumbre.

—Exacto. Si de normal es ya de por sí complicado encontrar al amor de tu vida en el cesto de la cotidianidad, ¿qué posibilidades tenemos nosotros de encontrar a una persona con un trabajo que le permita sumarse con libertad a nuestro modo de vida? ¿Cuántas chicas habrá dispuestas a dejarlo todo por alguien como yo? —Me sumerjo en este complicado laberinto en el que vivo desde que Laura me dejó solo.

—¿Quieres que hablemos de probabilidades? Hablemos de probabilidades —Le pega el sorbo definitivo a su mate y vierte un poco más de agua caliente en la matera desde el termo negro que lo acompaña cada mañana. Mi taza de café lleva vacía al menos media hora—. ¿Cuántas probabilidades había de que nacieras cuando te encargaron? ¿Cuántas probabilidades había de que tu madre falleciera tan joven? ¿Cuántas probabilidades tenía aquel chaval que no había salido de su barrio y pasaba los veranos en el balcón observando estelas de aviones de ganarse la vida viajando? Eres el rey de la baja probabilidad, amigo. No dejes que te coma ese miedo a la soledad; las cosas surgen y si no llegan, tampoco pasa nada. A veces es mejor estar solo, créeme. —Ladea la cabeza esbozando una sonrisa cómplice sin ser del todo consciente de que sus palabras son puñales de realidad clavados en mis costillas.

—¿A ti no te da miedo la soledad, Joe?

—Me acojonan más algunas compañías, sobre todo la de los tipos con gorra que me dan el coñazo de buena mañana con complejas encrucijadas existenciales. —Se levanta y me acaricia el hombro con cariño—. Nos vemos luego, Áxel, voy a ver si consigo alcanzar a Inés.

—Te quiero, Joe. Gracias.

—Sé bueno. —Me guiña un ojo y corre descalzo hacia su autocaravana.

La mañana acaricia la figura de Inés navegando sobre el horizonte a lomos de su tabla. Me incorporo, me sacudo la arena del pantalón y me adentro en la furgoneta, que luce preciosa. La luz rebota por las paredes cubiertas con friso de madera de color blanco. Dejo la puerta corredera abierta y hago lo mismo con las dos puertas traseras orientadas hacia el mar. Una leve brisa se pasea por nuestro hogar. Trufita se acomoda sobre los cojines que adornan la cama, desde donde tiene una panorámica perfecta para contemplar todo lo que sucede en la playa. Friego los restos del desayuno y me siento delante del portátil. En la pantalla del móvil saltan varias notificaciones, pero ninguna de ellas es M. Contesto un par de emails de gente con dudas sobre el viaje a Kenia. Un tipo en Instagram me tacha de timador porque el viaje le parece demasiado caro. Varias notificaciones de algunas pólizas del seguro de viaje contratadas desde mi enlace. Hoy está siendo un gran día de contrataciones. La mayoría son para México y Estados Unidos.

Decido centrarme en editar los vídeos de mi viaje a Nueva York. Abro el Final Cut Pro X y voy añadiendo los diferentes clips a la línea de tiempo. Alterno los fragmentos en donde hablo a cámara con los planos que realmente visten el vlog: gente caminando a cámara lenta, tomas aéreas grabadas con el dron, desenfoques estudiados a la perfección, *time lapses*... Siempre empiezo por ahí, quitando la morralla de los brutos, salvando solo lo que voy a utilizar. Desecho esos clips donde me equivoco al hablar, están mal enfocados, con demasiado movimiento, poco o muy iluminados... No todo lo grabado sirve, ni mucho menos. La fase uno de la edición es como preparar una ensalada: antes de nada, pelas los diferentes ingredientes y los lavas bien. Una vez limpios y bien cortados, los mezclas con el resto de los vegetales y los aliñas. Buscas una música acorde al vídeo, efectos de sonido, pones títulos con una tipografía bonita y cuando lo tienes listo, viene la parte que más odio: titularlo y crear una miniatura atractiva que llame la atención del espectador. Puedes haberte currado un vídeo que te ha tenido más de quince horas pegado al ordenador y tirar todo ese trabajo por la borda por elegir mal el título o la miniatura. Muchas veces es muy tedioso ponerle un nombre a un vlog que dura más de veinte minutos en el que ocurren tantas cosas diferentes. Es un poco como el periodismo actual: pinchamos en los titulares alarmistas porque son los que nos llaman la atención y, cuando leemos la noticia, la mayoría de las veces averiguamos que el título está sacado de contexto o no tiene nada que ver con el cuerpo del artículo. El funcionamiento de YouTube es bastante similar.

Un ruidoso motor enturbia la paz ahí fuera. Estoy tan ensimismado recorriendo de nuevo las calles de Nueva York en la pantalla del ordenador que he perdido la noción del tiempo, pero creo que tengo el vídeo casi terminado. El cielo arde en llamas y esa enorme bola de fuego trata de ocultarse en el horizonte. Este 24 de diciembre ha decidido morir de la forma más épica posible.

—¡Qué pasa, churrita! ¿Estás cagando? —La tarde agoniza y la paz que me ha invadido las seis últimas horas también. En la furgoneta no hay timbre y esta es su habitual forma de llamar: preguntar a grito pelado si estoy haciendo caca sin prestar demasiada atención a si hay mucha o poca gente alrededor.

—Pasa, pasa. No te cortes, estás en tu casa —le contesto. Desliza la puerta entreabierta y sube a la furgoneta con una caja rectangular de corcho blanca en las manos y un gorro de Papá Noel adornándole la cabeza—. ¿Tú dónde coño has estado todo el día?

—¡Dónde voy a estar! Consiguiendo esta maravilla de gambitas que nos vamo a clavááá. Mira, mira qué pinta tiene esto, churrita. —Me enseña la caja, orgulloso como si fuera Gollum y tuviera su anhelado anillo al fin en su poder. La abre y mueve las gambas con el dedo, mostrándomelas todas bien colocadas—. Mira, reina, mira qué gambitas te ha traío el tito Churra. —Acaricia a Trufita, que le devuelve el saludo frotando la cabeza contra su mano en pleno ronroneo—. Oye, Áxel, yo aquí necesito una miajita de espacio, haz el favó.

—¿Aquí te vas a poner a cocinar?

—¿Dónde quieres que me ponga? Alguien tiene que hervir esto y presentarlas como Dios manda, carajo.

—Claro, claro, perdone usted. —Asiento con la cabeza—. Ahí, debajo de ese armario, están las ollas y los cacharros. Allí está la sal y toma, anda, que vienes seco, que yo lo sé. —Le doy una cerveza y abro otra para mí.

—Este es mi churrita güeno. —Me besa en la frente y, acto seguido, le pega un buen trago a la lata—. Un poco de musiquita, ¿no?

Saca su destartalado móvil del bolsillo con la pantalla rayada por cuarenta y dos sitios distintos, chequea algo con detenimiento y posa el teléfono sobre la mesita. Comienza a sonar «Los peces en el río». Llena la olla de agua, enciende el gas y la pone sobre el fuego. Trufita se sienta sobre la encimera a observar sus dotes culinarias. El olor de las gambas se hace de inmediato con la furgoneta. La verdad es que huele que alimenta.

—Esas gambas están muy frescas, ¿de dónde las has sacado?

—No has catao una gamba como esta en tu vida, churra. Las he conseguío en el puerto a mu buen presio —me explica de espaldas mientras arroja sobre el agua en ebullición una pizquita de sal.

—¿Se puede? —El cabello repeinado de Julio asoma por la puerta corredera.

—Sí, hombre, sí, venga, que cabemos todos. ¿Qué tal, Julito? —le pregunto con alegría.

—Menudo guateque que tenéis aquí montado, ¿no?

—¿Una cerveza?

Julio se remanga la camisa y consulta la hora en su reloj inteligente.

—Buf, es que me está esperando Lourdes y ya voy tarde.

Churra se agacha a la nevera, coge una Cruzcampo y se la da.

—No me vengas con tonterías, eh, Julito, que es Navidá. Si te la bebes en dos minutos, coño.

—Vale, vale, gracias, Churrita. —Abre la cerveza y brindamos—. Antes de que se me olvide, Áxel, toma, lo que me pediste. —Deja sobre la mesa la bolsa de plástico que lleva colgando del brazo desde que ha entrado en la furgoneta y se asoma sobre ella—. Una botella de vino blanco, dos del Rioja que tanto le gusta a Joe...

—Y a mí, y a mí...

—¿Qué no te gusta a ti, Churrita? —bromea con retintín.

—Si yo soy mu conformao, Julito.

—Dos platitos de jamón de bellota que os va a chiflar, dos tabletas de turrón... y no sé si me dejo algo.

—Está todo, espera que te lo pago —me incorporo en el sillón.

Julio trae el mejor género a su bar y le pedí que, por favor, ampliara el pedido para parte de nuestra cena.

—Déjalo, Áxel, mañana me lo das o me haces un bizum.

—Como quieras.

—Oye, ¿y esas gambas a qué precio las has pillado, Churra? —se interesa Julio, intrigado—. Porque tienen una pinta buenísima.

—Los negosio son los negosio, Julito, yo tengo gente que me debe buenos favores allá en el puerto —responde de espaldas a nosotros, focalizado en sus artes culinarias y dándose esos aires de persona importante que tanto le gustan—. Mira, mira qué gambitas, Julito. —Le da una pelada con una miaja de sal encima.

—Joder, está buenísima. Las que compro yo no están tan buenas y me cuestan una pasta.

—¿Pero qué verbena es esta?

—¡El que faltaba! ¿Una servesita, Joe? —Churra es el dueño de mi furgoneta y de mi cerveza.

—No, no, solo vengo a avisaros de que no tardéis mucho, que yo ya tengo casi todo listo. Esas gambas huelen de cine, ¿no?

—Mejó van a sabé.

—Venga, ahora os veo, que se me quema la cena. Bueno, a ti te veré pasado mañana. —Se acerca a Julio—. Que pases muy buena noche, amigo. Feliz Navidad.

Ambos se funden en un abrazo.

—Portaos bien, familia. —Julio nos abraza a Churra y a mí a la vez. La verdad es que apenas queda espacio en mi humilde maletero para diversificar mucho las muestras de cariño.

—Dale recuerdo a la familia y pasá buena noshe —le dice Churra antes de besarlo en la cabeza.

Hago lo mismo en su mejilla izquierda.

—Te quiero mucho, Julito. Feliz Navidad.

12

La lista de villancicos que suena desde el móvil ya apenas se escucha, ahogada por el burbujeo de la olla, las carcajadas y la conversación a tres bandas entre mis amigos. No puedo evitar sentir un picor de emoción en el interior de las fosas nasales.

Tengo sentimientos muy dispares con la Navidad. De muy pequeño me encantaba, pero conforme fui haciéndome mayor, la silla vacía de mamá pesaba más cada Nochebuena. Mi padre trataba de autoengañarse pensando que la magia de la Navidad iba a convertir nuestra relación en un vínculo de padre e hijo normal. Como en esas películas que en estas fechas invaden Netflix y las carteleras de cine. Pero las cosas siempre acababan del mismo modo: adornando los ricos platos que la abuela tardaba todo el día en cocinar con reproches y gritos y, la mayoría de las veces, con un portazo y una huida a casa de mi amigo David. Ya de más adulto, las Nochebuenas se iban alternando, unas veces con la familia de Laura y otras, con la abuela, Martina y a veces papá, que unas Navidades aparecía y otras buscaba alguna excusa para no acudir a nuestra única cita anual. Esta es mi segunda Navidad desde que me quedé solo y desde entonces duelen más. Aunque tampoco he de ser demasiado dramático; por suerte, tengo a esta gente, igual o más desamparada que yo, que sin querer se han convertido en mi familia. Aunque pasemos parte del año distanciados. Es lo que tiene la vida nómada, pero ya no concibo una vida sin ellos, la verdad.

El coche de Julio desaparece carretera abajo, engullido por la oscuridad.

—Vamos, canija, que cenamos en casa de Joe. —Cojo a Trufa en brazos.

—¡Qué guapa mi niña, cohone! —Churra le besa la cabeza color pardo.

Dejo a la gata junto a la autocaravana de Joe. Duda unos segundos en entrar mientras olisquea un poco la puerta y de un ágil salto se cuela dentro. Cojo los dos platos de jamón y Churra porta orgulloso su bandeja de gambas onubenses de una calidad excepcional que nunca sabremos de dónde sacó. Hago un segundo viaje a por el vino.

La morada de Joe es bastante más grande que la mía. Es una vieja Pilote construida en el 91 que consiguió hace unos años por apenas diez mil euros, los ahorros de toda una vida, como él suele decir siempre. Estaba hecha una porquería y la restauró casi entera. Nada más entrar, te das de bruces con el salón comedor a mano derecha, con una mesa donde caben cuatro comensales cómodos; la mía solo acepta dos. La hicimos pensando que Laura y yo íbamos a ser dos toda la vida y ahora me viene incluso algo grande. La soledad suele ocupar siempre demasiado espacio. En el centro están la cocina y el cuartito de baño y al fondo a la izquierda, el dormitorio con una enorme cama de matrimonio rodeada de ventanas. Ha mantenido los armarios que venían de serie, muy de principios de los noventa, cuando los diseñadores de muebles vivían en blanco y marrón. Tiene un toque muy *vintage*. De una de las paredes cuelga Rebeca, su preciosa guitarra, un sombrero de paja y algunas fotos antiguas que recuerdan su paso por medio mundo. Joe, Julito, Churra y yo reímos a carcajadas dentro de una fotografía en blanco y negro pegada con celo en la pared del comedor, que ahora mismo no recuerdo quién hizo. Pero a Churra se le acababa de escapar un pedo, eso sí lo recuerdo muy bien.

Un agradable aroma a sopa de pescado se pasea por el habitáculo mientras Joe remueve una olla con una cuchara de madera con demasiadas cocciones ya encima. Trufita observa desde el asiento del copiloto todo lo que acontece en la vivienda, muy atenta a sus movimientos, ya que sospecha que le puede caer algo de pescado. Es experta en conseguir comida de más y capaz de hipnotizarte con sus ojos verde alienígena y dos o tres maullidos, igual que M. Me pregunto cómo estará siendo su Nochebuena, si estará mejor, si estará en fase de remontada o si seguirá cayendo colina abajo, si se acordará del imbécil ese de los vídeos que prefirió no saber su nombre.

—Toma, amigo, una birra especial. —Joe posa sobre la mesa una Ámbar, la cerveza que se fabrica en Zaragoza y, pese a quien le pese, la mejor cerveza del mundo.

—Joder, esto sí que no me lo esperaba.

—Para eso estoy yo aquí. —Me guiña un ojo y brinda con su lata.

Este maldito hippy va siempre un paso por delante. Nos conoce de memoria y es un tipo muy muy observador, con muchas batallas encima y en lugares muy dispares; eso le ha dado un bagaje emocional del que muy poca gente dispone.

Salí bastante escaldado de mi ciudad, pero es cierto que casi dos años después empiezo a sentir una extraña melancolía cuando pienso en ella. En la calle Alfonso y sus majestuosas farolas camino de la plaza del Pilar, en la calle Santa Lucía, en el bar de Martina, en los años escolares en el Joaquín Costa y los posteriores en el instituto Goya, el Caracol, la plaza de España, el barrio del Actur donde vivía la familia de Laura, nuestro piso en Parque Venecia… Pero me asomo de refilón a aquel lunes infernal en el que lo perdí todo y sigo notando ese mordisco en el estómago y ese sudor frío acariciándome la espalda. Aun así, es reconfortante beber un traguito de la ciudad, aunque sea en una lata.

La Navidad tiene el poder de golpearnos a todos en el pecho y evocar emociones distintas; a unos nos envuelven tiempos pasados, que tampoco es que fueran especialmente mejores, y a otros les activa ese sentimiento de querer ser mejor persona hasta el 6 de enero y el día 7, a primera hora, vuelven a convertirse en hijos de Satanás. Sí, la Navidad es como la antigua mili de la que tanto hablaba la gente mayor —o fue increíble o una auténtica penitencia—, pero no deja indiferente a nadie. O la amas o no la soportas. Estas fechas están fabricadas para unir, pero a mi juicio funcionan justo al revés, al igual que la política o el fútbol. Acaban dinamitando puentes cuando el efecto debería ser el contrario. Los mayores cristos familiares siempre se montan en Navidad, cuando la tradición te obliga a sentarte alrededor de una mesa junto a familiares que apenas ves o que no soportas.

Churra coloca con mimo un mantel blanco con algunos renos bordados en rojo que le ha dado Joe y sobre él, justo en el centro de la mesa, posa con cuidado su plato de gambas, posicionadas a la perfección en círculo. Coloca los dos platitos de jamón en ambos extremos, la botella de vino blanco y la del tinto, unas servilletas de papel con motivos navideños y una enorme vela blanca cuya llama baila de lado a lado, al son del movimiento de nuestros cuerpos dentro de la autocaravana. A Trufita le sirvo en un cuenco que el británico todavía guarda de su difunto perro unas cuantas sardinas limpias sin cocinar, como las que le trae Churra a veces cuando la pesca ha ido bien en el puerto. Joe sirve su famosa sopa de pescado en tres platos hondos y se sienta a la mesa. Mato de un trago lo que queda de cerveza en mi lata de Ámbar y sirvo tres copas de vino.

—Por nosotros, familia, felí Navidá, carajo. —Churra se pone solemne alzando la copa.

Joe y yo nos unimos al brindis. Trufita se relame los bigotes desde el suelo dedicándonos alguna que otra mirada, a la espera de que le caiga algo más de comida. Le encanta la Navidad; para ella significa sardinas frescas y juguetes nuevos. Además, es la época del año en la que más libre está, ya que puede moverse a su rollo por el aparcamiento y la terraza del bar de Julio. Cuando la playa se llena de gente o tenemos que movernos a otro punto del país, su libertad es más limitada y pasa más tiempo dentro de la furgoneta. Aunque la verdad es que tampoco tiene excesivos problemas con eso.

Joe pone de fondo algunas canciones navideñas en inglés. Fuera es noche cerrada. El ir y venir de coches por la carretera que bordea la playa se ha reducido a cero. Tan solo se escucha el vaivén de las olas bañado por el espectacular «Blue Christmas» de Elvis Presley. La única imagen que tengo al otro lado de la ventana es Deniz, el señor alemán entrado en años que habita en Enebrales desde hace unos días, cenando en silencio con la mirada perdida y acompañado por la luz de una vela y la soledad. No sabemos mucho de él, tan solo que viaja sobre un Monaco Diplomat del 2017 que cuesta más de cuatrocientos mil euros, por lo que dedujimos el otro día que estaba forrado. Hay personas que afirman sin dudar que el dinero puede comprarlo todo, pero la verdad es que ni tan siquiera ser rico puede conseguir que pases la Navidad rodeado de los tuyos. La imagen de Deniz es lastimosa. Dejo la gamba sobre el plato y me limpio un poco los labios.

—Chicos…

—Qué pasa, churrita, ya llevabas tú musho rato callao —suelta Churra desde el asiento de enfrente tras absorber con ganas el interior de la cabeza de una de sus misteriosas gambas.

Joe suspira intuyendo lo que voy a sugerir y dirige la mirada azul al otro lado de la ventana.

—¿Vas tú o voy yo? —pregunta.

—Ya voy yo, carajo… No se puede tener un corasón tan bueno, coño, luego disen que la juventú no tenemos valores, hostia. —Churra parece que no está, pero vaya si está…

Se incorpora del asiento, Trufita trata de que una de sus gambas le caiga en el morrito blanco frotándose por sus piernas y maullando un poco sin demasiado éxito. Abre la puerta, se cubre la cabeza con la capucha de la sudadera que le traje de Nueva York y va a tocar en la ventana del autobús de Deniz. El viejo niega con la cabeza y Churra insiste en que venga, señalando con la mano la autocaravana.

—Oye, Joe.

—Dime.

—Estamos seguros de que Deniz conoce a Churra, ¿no? Porque ahora mismo, en plena penumbra, aparece un tío al otro lado de la ventana bajo una capucha y con la cara de loco que tiene este y a mí me da un infarto.

—Pues tienes toda la razón, porque los gestos del alemán son todo un poema —dice, boquiabierto, observando la escena desde la mesa.

Churra sigue gesticulando y eleva aún más el tono de voz. Se acerca a nuestra ventana.

—Oye, churra, yo creo que al alemán ese le está dando un chungo, eh, que no reasiona y sa quedao así como pálido —nos advierte desde el aparcamiento.

—Espera un segundo.

Salgo de la autocaravana y toco en la puerta.

—¡¡Estoy llamando a la policía, déjenme en paz!!

Joe se descojona desde el interior de su casa rodante.

—Este señó se ha vuelto loco, compadre.

—Deniz, soy Áxel, el vecino. El chico de la furgoneta blanca que tiene una gatita.

El oscurecedor de la ventana desciende un poco y puedo ver las cejas canosas y la mirada marrón del anciano por los escasos cuatro dedos que ha dejado de apertura. La puerta se abre.

—Disculpen, disculpen, vi solo un hombre con una capucha dando gritos y me asusté —suplica Deniz lentamente en un perfecto castellano—. No reconocí al encargado del aparcamiento.

—Deniz, cabrón, que pensaba que le estaba dando un tabardillo, carajo. De todas formas, le pido perdón, porque quisá un poco de miedo sí doy. Qué feo estoy, coño —se disculpa Churra observando su imagen reflejada en el metacrilato de la ventana y se arregla un poco el mítico moño mal gestionado.

—No, no, no se preocupen —gesticula negando con ambas manos—. ¿En qué les puedo ayudar?

—Queremos que cene con nosotros, Deniz. —Le sonrío—. ¿Le gustan las gambas y el jamón de bellota?

Los ojos del anciano se humedecen y puedo detectar un ligero temblor en una de sus manos. Mira al cielo suspirando y coge aire.

—Muchas gracias, es la tercera Navidad que paso sin…

La emoción se come sus palabras y rompe a llorar. Puedo escuchar el estruendo de mi alma chocando con mis pies. Abrazo a nuestro vecino. Churra nos envuelve a ambos en sus enormes brazos. Joe come jamón y bebe vino desde dentro de su autocaravana, contemplando la escena como si estuviese en el maldito cine.

—Venga, Deniz, vamos, que lo pasará bien —le insisto posando la mano sobre su hombro.

—De acuerdo, de acuerdo. —Se seca las lágrimas con un pañuelo de tela. Coge una chaqueta de chándal negra que cuelga tras la puerta y caminamos los escasos diez metros que separan su autobús de la Pilote de Joe.

—Esto e una Navidá en condisione, con su dramita y to.

—Qué tal, Deniz, siéntese, por favor —saluda Joe de forma educada. Acto seguido, le sirve una copa de vino y un plato humeante de su magnífica sopa de pescado. Él se sienta junto a Churra, frente a Joe.

—Qué bien huele esto. Lo cierto es que acababa de empezar a cenar y tengo bastante hambre. Los alemanes solemos cenar muy temprano y hoy se me ha hecho más tarde de la cuenta —explica sonriendo y hablando muy despacio, como si quisiera entonar de forma perfecta cada sílaba.

—¿De qué parte de Alemania es usted? —pregunta Joe.

—Vivo en el sudoeste, en una casita en las afueras de Stuttgart, cerca de la Selva Negra. ¿Les suena?

—¡Claro! Hice una ruta en coche por allí hace unos años. Es una zona preciosa. —Recuerdo que fue uno de los primeros viajes que grabé para mi canal de YouTube.

—Oiga, Deniz, ¿y a qué se dedica? —agrega Churra mirando de reojo el autobús.

—Trabajaba como ingeniero en Mercedes, la compañía de vehículos. Pero llevo más de diez años retirado —contesta tratando de pelar una gamba—. ¿Y ustedes?

—Yo me dedico a lo negosio, controlo el aparcamiento para que la cosa no se vaya de madre y le echo una mano a mi sosio, el Julito, el del bar.

—¿Son socios? —pregunta, intrigado, Deniz, que no termina de verlo como propietario de un negocio.

—El Julito sin mí no es na, el pobre. Es mu buena gente, pero nesesita un tipo que controle bien el tema aquí, en Enebrales. Uña y carne el Julito y yo. —Churra está convencido de que es una pieza clave en el ecosistema de Enebrales en general y en el negocio en particular y la verdad es que no le falta razón. Las cosas por aquí no serían lo mismo sin él.

—Yo soy de Inglaterra, también del sur, concretamente de Brighton, una ciudad bastante turística. Está a una hora en tren desde Londres. Menos matar gente y prostituirme, he hecho de todo para tratar de vivir a mi modo —matiza Joe con una serenidad majestuosa mientras le pega un trago a su copa de vino tinto—. No comulgo del todo con las reglas que nos ha impuesto esta sociedad. Sobrevivo.

—No tiene acento británico —se asombra Deniz.

—Llevo más de veinte años viajando por todo el mundo, imagino que me he ido dejando el acento por ahí. Su español tampoco está mal —añade—, ¿dónde lo aprendió?

—Mi madre era de Valencia. Se enamoró de mi padre, un piloto alemán. Estuvimos aquí hasta que terminó la guerra.

—¿La Segunda Guerra Mundial? —pregunto curioso.

—Exacto. Mi padre batalló en el bando de los aliados y en cuanto se firmó la paz nos fuimos allí de nuevo.

—¿Sobrevivió?

—Hasta los setenta y ocho años. ¿Y usted? Siempre lo veo con un ordenador o una cámara en las manos. ¿Es periodista? —Deniz acomoda su mirada sobre mí esperando mi historia.

—Toma, churra, un poco ma de vino. Lo va a necesitá. —Churra le sirve al anciano entre carcajadas.

—Yo soy de Zaragoza y me dedico a crear contenido en las redes sociales; YouTube, Instagram, tengo mi propia página web…

—Aaah, ¿es youtuber? —pregunta con asombro.

—El mejor de to, churra, tiene musha grasia el jodío, parese mentira que sea tan del norte el hijoputa. —Las tres o cuatro cervezas y las dos o tres copas de vino que se ha ventilado comienzan a asomar por el brillo guasón de sus ojos negros como el azabache—. Este sa recorrío medio mundo también —añade orgulloso, señalándome.

—¿También vives *on the road*? ¿De qué trata el canal?

—Todo lo que hago está relacionado con los viajes. He profesionalizado mi hobby y ahí vamos, peleándome con la vida. Llevo viviendo en la furgoneta casi dos años… ¡ya casi dos años! —repito suspirando, sin saber realmente si es mucho o poco tiempo. A veces siento que llevo en ese maletero toda una vida, pero todavía puedo oler el perfume de Laura en su cuello en ese abrazo eterno de aquella siniestra tarde de marzo. El tiempo es siempre relativo.

—¿Cómo terminan dos chicos tan jóvenes viviendo en sus camionetas? Disculpen el atrevimiento, pero me genera cierta curiosidad.

—¿Cómo termina un alemán jubilado en un autobús de lujo? —La mítica respuesta-pregunta de Joe hace acto de presencia en la Nochebuena más extraña del mundo.

Deniz sonríe y tose un poco. Churra le sirve un poco más de vino.

—En mi país es muy habitual tener esa ilusión de llegar a la jubilación, comprarnos la mejor caravana posible y salir a recorrer el sur de Europa con los años de vida que nos queden en busca de un clima mejor. Allí las casas son muy grandes y los inviernos demasiado largos. Es como una especie de sueño que todo buen alemán tiene en la cabeza... Era el gran deseo de Emma, mi esposa, que en paz descanse.

Hace una pausa y da otro sorbo a la copa de vino. Su mano izquierda comienza a temblar de nuevo y mira al techo de la autocaravana de Joe lanzando un beso a cámara lenta. Mi estómago quiere encogerse de nuevo.

—Compré la mejor vivienda rodante que mis ahorros me permitieron y nos fuimos de viaje. Recorrimos Noruega, Francia... y cuando llegamos a Portugal comenzó a sentirse mal y regresamos a casa —relata, apenado, con la mano izquierda poseída por ese repetitivo movimiento—. Murió a los pocos meses y me quedé solo con el trasto ese y una enorme casa en la que siempre hay demasiado espacio.

—Lo siento musho, churra, vaya Navidá nos estamos clavando, ¿eh?... Saca otra botella de estas, Joe, que yo así no puedo, carajo.

El británico abre otra botella de vino y se sienta frente a la triste historia de Deniz, con la que no puedo evitar empatizar. Los fantasmas de Laura, de M, de la abuela, de mamá y hasta de mi padre vienen a montar jarana bajo mi gorra Nike negra. La soledad baila sobre esta mesa donde apenas quedan jamón y gambas para gritarme en la cara que jamás escaparé de sus garras y que mire fijamente a Deniz, ya que esa es la imagen que el tipo siniestro que maneja los hilos allá arriba me envía del Áxel del futuro.

—Continúe, Deniz, disculpe —indica Joe apoyado sobre los antebrazos, olvidados los restos de sopa que todavía quedan en su plato—. ¿Cuánto hace de…?

—Tres años —interrumpe Deniz, anulando toda opción posible de que pronuncie la palabra «muerte»—. Yo decidí continuar el viaje. Es lo que Emma hubiese querido. Vuelvo a casa en la época de verano para ver a mi familia y cuando llega el otoño me bajo hacia el sur.

—¿Cómo lidia con la soledad, Deniz? ¿Se acostumbra uno a vivir solo?

Joe me da un codazo.

—Buena pregunta. —Un silencio algo incómodo se adueña por unos instantes de la cena—. Uno se acostumbra a todo. Puedes pasar días y días en silencio, sin charlar con nadie… Imagino que les ocurrirá también a ustedes, pero esa es la soledad buena, la que no duele porque tiene solución. Pueden adoptar un cachorro o una gatita como hizo usted. Son jóvenes todavía, pueden encontrar una buena chica… pero cuando llega la noche y veo esa enorme cama… No he sido capaz de ocupar ese espacio. Me sigue doliendo como el primer día y eso no hay autobús, ni familia, ni viaje que lo repare. Disculpen.

Los ojos de Deniz vuelven a inundarse de lágrimas. Se las seca con su pañuelo de tela y se acomoda lo poco que le queda de pelo en el despoblado flequillo blanco. Gesticula con ambas manos con impotencia. Y sigue con su historia:

—Nos pasamos media vida esperando a esos últimos años para poder vivir la vida soñada… y la propia vida te quita lo que más quieres cuando al fin lo has conseguido. —Aprieta los labios y consigue no llorar más—. No es justo. Por eso me llamó la atención que ustedes, siendo tan jóvenes, ya vivieran en sus camionetas. Perdonen la curiosidad. No llore usted, chico. Tiene toda la vida por delante. Son solo historias de viejo. Ya hubiera querido yo a su edad haber viajado la mitad que usted —sentencia sonriendo al advertir mis lágrimas.

—Tome, tome, un poco ma de vinito.

—No, no… Uno ya tiene una edad y muchas pastillas que tomar, gracias.

—Que sí, hombre, que los médicos lo recomiendan pa to, el vino es bueno pal corasón y mejó aún pa los dramas. —Churra insiste, tozudo.

—No, de verdad, como mucho una copita. Tengo alguna que otra alteración en el sistema nervioso y tomo medicina a diario —explica levantando la temblorosa mano izquierda.

—Claro, claro, perdone uté. Lo último que quisiera yo es que le diera un chungo y se nos quedase aquí ma tieso que la mojama, compadre. ¿Te imaginas que se nos queda el amigo fiambre po er vino aquí, en mitá de la Nochebuena?

—¿De dónde es ese acento tan especial que tiene usted? —pregunta Deniz con curiosidad—. Discúlpeme, pero hay veces que no consigo entenderle del todo.

—La madre que parió al viejo, se me está ventilando aquí las gambas, el jamón y er vino y ahora me dise que no me entiende un carajo —responde Churra con sorna.

—Disculpe, disculpe, no era mi intención incomodarle.

—¡Deniz, que estoy de guasa, coño! —aclara Churra dándole una palmada en la espalda—. Yo soy como uno de eso perro siete leche… —Hace una pausa al percatarse de la cara de interrogante del anciano—. Na, que no hablamo el mismo idioma.

Joe y yo rompemos a reír.

—Se lo tienes que poner más fácil. A mí me costó un par de semanas pillarte el dialecto y soy español. ¿Tú crees que un alemán, por muy bueno que sea su castellano, va a entender el significado de churra, compadre o siete leches?

Churra me mira fijamente, asiente con la cabeza y se gira hacia Deniz.

—Vamo a ve, un perro siete leche es un perro que está mu mezclao. Po yo soy igual. Mi padre es de Huelva y mi madre, de Graná, pero yo nací en Bilbao… —explica muy despacio, hablándole al viejo como si fuera imbécil.

—¿Tú eres vasco? —se sorprende Joe.

—A ver, nací allí, pero a las dos semanas estaba en Extremadura, en el pueblo de la abuela Feli, que en pa descanse, pero he vivido en Graná, en Murcia, en Cai y en mi Huelvita buena, que es la mejó ciudá del mundo. Mu resumío, Deni, mi asento es una casa putas, vaya.

—Entiendo, entiendo —asiente el abuelo con una sonrisa.

—¿De verdad que eres de Bilbao? —Joe continúa atascado en su confesión. Es la primera vez que nos dice de dónde ha salido.

—Que sí, cohone, mira. —Churra busca algo en el bolsillo del pantalón, saca una escuálida cartera de cuero pelada por todas partes y posa con firmeza su DNI sobre la mesa—. Suelo ir siempre indocumentao, pero como he pillao la motillo pa ir a por las gambas, ahí está. ¿Nací en Bilbao o no?

—Efectivamente, naciste en Bilbao y, además, tienes el DNI caducado desde hace más de seis meses —señalo invadido por un ataque de risa. Joe y Deniz se suman a las carcajadas que inundan sin compasión el interior de la Pilote.

—¿Pero qué carajo dise, Áxel? Trae eso p'acá. —Churra me quita su DNI y lo comprueba—. Pue sí, está caducao. Si es que no se puede estar tan ocupao to'l santo día. Este Julito me está dando una vida de perro, churra, de perro.

—¿Permanecen todo el año en esta playa? —continúa Deniz con curiosidad—. Llegué hace poco y parece que es un buen lugar para instalarse.

—Yo toy to'l año aquí. Vivo detrá del bar y estos van y vienen. —Nos señala—. Lo poco que salgo es pa ver a mi madre, que vive en Graná, pero son tres o cuatro semanas al año.

—Aquí ahora se está muy bien porque es invierno y apenas hay movimiento, salvo los fines de semana, que la cosa se anima más y la gente viene a pasear por la playa o al chiringuito de Julio, pero conforme avanza la primavera, la tranquilidad aquí va decayendo hasta que llega el mes de junio. El verano es ya una auténtica locura. —Trato de vocalizar bien para facilitarle a Deniz la comprensión—. Los meses de junio, julio, agosto y septiembre yo me subo hacia el norte huyendo del calor y también buscando un poco de paz para mi gata. Esto se llena de niños, perros y gente que viene aquí a disfrutar de las vacaciones y es un auténtico jaleo.

—Mi compadre el Rafa también se pone ma exquisito con la norma y se pasa de ve en cuando a poné alguna resetita.

—Rafa es uno de los guardias civiles que pasan para controlar que todo está en orden. Durante la temporada baja suelen hacer la vista gorda siempre y cuando no se generen problemas, pero en verano aquí se plantan fácilmente más de cuatrocientos coches y no todo el mundo se comporta como debe —añade Joe mientras regula el volumen del altavoz desde el que Jack Johnson entona con su cálida voz «Someday at Christmas».

—El exceso de gente siempre resulta ser un problema —matiza Deniz.

—Er problema es que falta educasión, la gente llega aquí y hase lo que le sale los cohone. Pero si no viene gente no se aparcan coches, y si no se aparcan coches, yo no cobro, y si yo no gano, no hay gambas, ¿entiende, Deni?

El anciano asiente con la cabeza.

—Aquí he llegado a ver en la misma tarde a dos pirados lanzándole cuchillos a un melón, un tipo estrellándose con un parapente en la orilla y una pelea de abuelos armados con bolas de petanca. Una locura —explica Joe.

—¿Sabe tocar? —aborda Deniz con la mirada fija en Rebeca, la preciosa guitarra del británico.

—¡Claro! —descuelga con sumo cuidado su bonita Fender de los setenta. Ajusta las clavijas y afina las cuerdas—. ¿Le apetece algo en especial?

—¿De verdad tocaría para mí? ¿Cuál se sabe? —Deniz es ahora mismo un niño de siete años a punto de ver a Papá Noel.

—Este se las sabe toas, menudo fiera es el Joe. Pida, pida, que se las toca toas el hijoputa.

—«Rose of my Heart». Era la preferida de Emma. Le encantaba el country —explica con una sonrisa en los labios y un brillo de emoción proyectado desde la arrugada mirada—. Pero quizá sea una canción un tanto rebuscada.

—Buena elección, amigo. Me encanta el country y este tema lo machaqué bastante hace unos años mientras recorría Estados Unidos. Pero deme un segundo, que voy a necesitar esto. —Se levanta, abre el armario que tenemos justo encima y saca un artilugio metálico que se acomoda alrededor del cuello y en el cual posa una armónica a la altura de la boca. Deniz observa maravillado la escena. No se esperaba semejante despliegue de medios—. Para usted, amigo mío.

Joe cierra los ojos, sopla con delicadeza en la armónica, acaricia las cuerdas de Rebeca y la magia invade el salón de su vieja Pilote acompañada de su cálida e inconfundible voz. Los ojos de Deniz se humedecen de nuevo ensimismados en la figura que entona con dulzura metáforas que hablan de sonrisas que iluminan cielos y flores que no se marchitarán jamás. Giro la cabeza hacia la ventana tratando de ocultar esa rebelde lágrima que ha conseguido escapar mejilla abajo. En la penumbra del cielo, apenas iluminado con una luna con las pilas ya gastadas, puedo imaginarme a la perfección el rostro de M alumbrando mi Nochebuena con la luz verde de sus ojos. Compruebo por enésima vez en la pantalla de mi teléfono que sigue sin acordarse de mí. ¿Cómo estará siendo su Navidad? ¿Cuántas veces habrá pensado en el imbécil ese de la gorra que trató de alegrarle el alma sobre los rascacielos de Manhattan? Trufita aparece de repente en mi regazo reclamando atención, como si supiera que pienso en ella. Como si viniera a rescatarme del tormento que la incertidumbre dibuja en mí desde que nos despedimos de manera torpe en la puerta del New Yorker. Le acaricio la cabeza mientras siento en los muslos su ronroneo. Churra nos observa feliz con esa sonrisa tonta que el vino ha dibujado en su cara. Joe arrulla con sus acordes el recuerdo de Emma. Mi mirada busca de nuevo el reflejo de M bajo la luz de la luna, pero ya no está. Una extraña sensación de satisfacción me invade de repente. Una playa, mi gata, mi Joe, su Rebeca, mi Churrita y este alemán solitario que ha caído de rebote en nuestra Navidad alternativa son mucho más de lo que tenía aquella fatídica tarde de marzo de hace casi dos años. Habrá mucha gente tratando de pasar cuanto antes este mal trago que es para muchos la Nochebuena, y aquí estoy yo, rodeado de toda esta buena gente que me ha convertido en su familia, escuchando canciones antiguas dedicadas a personas que partieron antes de hora. Supongo que no tengo derecho a quejarme y que el tipo ese de allí arriba está últimamente de buen humor. Pero no puedo evitar pensar en los restos de aquel ya lejano naufragio que yo mismo provoqué. ¿Cómo estará papá? ¿Habrá sido Laura capaz de olvidarme del todo? ¿Habrá rehecho su vida con algún Jaime alrededor de una bonita casa con jardín? ¿Será ya madre de los hijos que yo no quise tener? ¿Cuándo comenzarán a cicatrizar las heridas que la vida ha forjado en mi piel?

13

Abril de 2022

Trufita salta ágil a la cama con ese divertido maullido entrecortado que emite cuando quiere cazar algo y no lo consigue. Trata de acomodar el trasero de forma nerviosa y maúlla una y otra vez con los ojos clavados en la porción de cielo que le permiten ver las dos puertas traseras de la furgoneta abiertas de par en par. De repente, entra en escena otra mañana más el tipo que desde hace un mes vuela a escasos metros de la orilla pilotando uno de esos parapentes motorizados. La gata lo mira con asombro y salta hacia la mesa en cuanto lo pierde de vista para tratar de mantener contacto visual con él desde la ventana del salón, sin dejar de maullar, hasta que la bruma engulle el artefacto. El primer día que apareció por aquí pensé que era un suicida que buscaba estrellarse a toda costa en la arena, pero lo mejor de todo es que resultó ser un anciano de casi ochenta años que siempre soñó con volar y en eso está. Suele pasar a comer por el bar de Julio y ha hecho buenas migas con Deniz, que estableció en Enebrales su campo base desde que llegó el invierno.

—Este hasta que no se estrelle no va a pará, compadre. —Churra aparece por la puerta corredera bajo su inconfundible moño y tras unas gafas de sol a las que ya no les caben más rayones—. ¿Cómo lo llevas, churra? ¿A qué hora marchas mañana?

—Me iré temprano, a las nueve sale mi tren. Ya tengo la mochila casi lista —respondo sacando de mi equipaje a la gata por enésima vez.

—Qué lista es la condená, hace eso pa que no te vayas, churra.

—Ojalá pudiera llevarla conmigo, pero me temo que en la sabana keniana iba a durar la pobre media tarde. —Trufita me mira con los ojos entreabiertos sentada de nuevo sobre la ropa colocada perfecta en el interior de la mochila.

—Esta lo que tiene es mucha jeta. No te preocupes, bonita, que ya sabes que el tito Churra te va a tratá a ti como a una reina.

—Muchas gracias por cuidarla una vez más, amigo.

—Na, pa eso está la familia. Ademá que la Trufa ya es como mi prima. ¿A que sí, bonita? —Acaricia el lomo de la gata, que comienza a ronronear pidiendo más mimos—. No estás tú consentía ni na. Bueno, pareja, luego os veo, que tengo lío.

Churra desaparece gritándole a alguien que, por lo visto, está aparcando donde no debe. Este mes de abril vuelve a brindarnos otra mañana más de sol y manga corta. Nuestro aparcamiento permanece en la calma habitual de un lunes a estas horas del día: la vieja y oxidada Mobilette verde en la que Churra va al puerto, el flamante autobús de Deniz, la Pilote de Joe, seis o siete coches de la clientela de Julio y cuatro autocaravanas al otro lado del estacionamiento, en la parte donde están las duchas. La brisa se pasea por el interior de la furgoneta agitando levemente el cazasueños de macramé que cuelga de la puerta del baño. Trufa aprovecha mi despiste para esconderse bajo la sudadera de nuevo. Quizá sea cierto que me echa de menos y no quiere que me marche. Me acerco y la acaricio con cariño. La gata se posiciona panza arriba y comienza a morderme con cuidado la mano pidiendo jugar. La pico un poco revolviéndole la barriga y me da paraditas con las patas traseras, retorciéndose como puede. De repente, se para, me mira y comienza a lamerme la mano con su áspera lengua.

—Tú eres consciente de lo que significas para mí, ¿verdad? —Trufa me mira un segundo y continúa haciéndome cosquillas con su lengua de esparadrapo—. No, creo que todavía no sabes bien todo lo que has hecho por mí.

A la tercera noche de llegar a Enebrales estaba curándome un tatuaje que acababa de hacerme en el brazo con un barco de papel y un «Siempre a flote» escrito debajo para tratar de recordar que hundirme de nuevo no era una opción. Escuché un frenazo bastante largo y un posterior acelerón que hizo añicos la calma que suele haber por aquí a esas horas de la noche. No le di demasiada importancia, ya que todavía estaba asimilando mi nueva etapa y andaba siempre bastante ensimismado con el fantasma de Laura en cada uno de los lugares donde fijaba la mirada. Apenas llevaba unos días tratando de adaptarme a la vida en este enorme maletero. Cené tranquilo, fregué los cacharros, me cepillé los dientes y me metí en la cama a ver una serie en el portátil, como hago cada noche. Comenzó a llover con ganas y me pareció escuchar un sonido agudo de fondo en los momentos en que el ruido de la lluvia ofrecía tregua. Al llover de esa forma, el estruendo dentro de este cacharro es considerable, algo similar a cuando te pilla una tormenta dentro del coche y las gotas de lluvia se estrellan salvajes contra la chapa del vehículo. Paró de llover y ese extraño y agudo pitido seguía aquí. Al principio creí que era la alarma del detector de gas que llevo tras el asiento del copiloto, pero tras comprobar varias veces el dispositivo y que las llaves de paso estaban bien cerradas, el sonido comenzó a moverse; lo escuchaba cerca y lejos, bajo la cama, bajo la puerta, estaba en todas partes. Me asomé como pude por la claraboya que tengo sobre la cama, pero la penumbra era absoluta. La única iluminación que hay en este aparcamiento es la luz de la luna y aquella noche estaba oculta por las nubes. Cogí la linterna, abrí la corredera y me aventuré en busca de ese insistente y frágil soniquete. Me agaché para comprobar que en los bajos de la furgoneta todo estaba bien. Vi algo moverse torpemente sobre el barro que trataba de manera inútil de acceder al motor por su parte inferior. Creí durante más de un cuarto hora que era una rata a la que tenía que echar cuanto antes. Me reboqué en el fango durante un buen rato hasta que el halo de luz de la linterna dio con Trufita, que maullaba desconsolada, con un quejido débil y roto, escondida sobre el depósito de aguas grises de la Sardineta. Me retorcí, me hice un buen arañazo sobre el tatuaje todavía fresco con un tornillo que sobresalía de las sujeciones de uno de los tubos del desagüe de la ducha y me rajé la mejilla con una brida mal cortada, pero conseguí al fin alcanzar a ese diminuto ser, hacerme con él con una mano y arrastrarme hacia fuera sobre los charcos con serias dificultades. Me metí en la furgoneta y en un espejito vi mi reflejo y el de Trufita, que ocupaba, siendo optimistas, la mitad de la palma de mi mano. Yo parecía un soldado recién escupido de la guerra de Vietnam, con barro hasta en el interior de las fosas nasales, y la sangre que brotaba de la herida del brazo y del corte de la cara me empapaba la camiseta. El gatito —en ese momento dudaba de su sexo y hasta de su especie— estaba helado y mojado con los ojos a medio abrir, incapaz de mantenerse en pie y lanzando maullidos mudos. Lo envolví en la sudadera y le puse en un cuenco algo de leche sin lactosa, pero era incapaz de moverse, así que decidí buscar en internet una clínica veterinaria que estuviese abierta a esas horas de la noche. Di con una en Punta Umbría y me planté allí tan pronto como pude. La veterinaria era una chica poco mayor que yo que se quedó paralizada al verme, ya que era de noche, estaba en una calle desangelada y yo parecía un soldado con un disparo en el brazo, un corte en la cara y un cadáver sobre la palma de la mano.

—Creo que no va a aguantar, es demasiado pequeño... he visto hámsteres más grandes —le dije preocupado.

—Mira qué manchita tan graciosa tiene aquí en el morrito, parece una trufita —me respondió tratando de ahuyentar mi pesimismo mientras limpiaba al gatito con sumo cuidado y ternura. Como si realmente disfrutase de intentar sanarlo. Agradecí encontrar esa vocación tras los cristales de sus gafas.

—¿Es hembra?

—Sí, y no creo que tenga más de un mes. Necesito examinarla y comprobar que está todo en orden.

—Sí, sí, por supuesto. Lo que haga falta, claro.

—¿Qué vas a hacer con ella? Entiendo que te la acabas de encontrar y que el rescate no ha sido sencillo —advierte inspeccionándome de arriba abajo con una sonrisa cómplice en los labios.

—La verdad es que no tengo ni idea. Acaba de aterrizar en mi vida y no sé muy bien qué es lo que se hace en estos casos.

—¿Te puedes hacer cargo de ella?

La gata me miraba lanzando maullidos vacíos con el barro adherido a su pelo empapado y erizado. Me apoyé sobre la camilla e hizo un esfuerzo titánico para salir de la toallita de la doctora y recorrer los sesenta centímetros de la camilla que me separaban de su frágil tambaleo.

—Creo que ella ya ha decidido —añadió la veterinaria con una sonrisa sincera—. Los gatos eligen a sus dueños y, por algún motivo, eres su elección.

—Necesito que se salve —dije sin pensar, con todos mis sentidos puestos en esos ciento cuarenta gramos de pelo y movimientos torpes. Era el único ser vivo que trataba de venir hacia mí en lugar de huir, como Laura, papá y la abuela—. ¿Tú crees que podré hacerlo? No sé si estoy capacitado para cuidar de mí… como para cuidar de un gato. Últimamente destrozo todo lo que toco.

Reflexioné sin entender muy bien por qué había dicho aquello en voz alta. Supongo que ver la ternura con la que la doctora trataba a la gatita despertó en mí cierta confianza hacia ella.

—Fácil no va a ser, ya que va a necesitar una atención plena. Tiene que tomar un biberón siete u ocho veces diarias, necesita sentir el cariño y, sobre todo, el calor de su madre. Yo te diré todo lo que tienes que hacer y para cualquier duda, aquí tienes mi teléfono —me dio una tarjetita que extrajo del bolsillo superior de la bata verde—. ¿Te ves capaz? Hay otras opciones si no lo ves claro.

—¿Por ejemplo?

—Contactar con las protectoras y con los refugios. Se harán cargo de ella, aunque están bastante saturadas.

Me iba explicando mientras le examinaba el oído interno con un artilugio parecido a una linterna. La gata mantenía a duras penas la compostura. Era el ser más frágil que había visto en mi vida. Esa diminuta criatura que apenas podía abrir un ojo despertó en mí un extraño mecanismo protector.

—No, no, ni hablar. Seré su madre y lo que necesite, por supuesto —aclaré de inmediato sin tener la menor idea de que mi vida iba a cambiar por completo. Otra vez.

—De acuerdo —manifestó la doctora un tanto sorprendida de mi repentina seguridad—. De todos modos, puedes llamarme o escribirme con cualquier duda que tengas, de verdad. Te ayudaré encantada. Me llamo Paula, por cierto.

—Áxel. —Dudé si debía darle la mano o dos besos.

Limpió a la gatita, le curó la herida del ojo, le dio la primera jeringuilla de leche y me enseñó cómo debía cogerla para que no se ahogase al beber. Estaba haciendo un máster de maternidad en apenas diez minutos. Yo, que huía de las ataduras de una vida convencional al lado de Laura, su añorada casa con jardín y los hijos que no quise tener, ahí estaba, convirtiéndome en la madre de esa cosa escuchimizada cuya supervivencia iba a depender única y exclusivamente de mí.

—Buena suerte, Áxel —me deseó la doctora.

—Trufa —solté sonriendo desde la puerta.

—¿Perdona?

—Por la manchita —aclaré señalándome la nariz—. La voy a llamar así, Trufa.

—Es un nombre precioso. Adiós, Trufita, espero verte de nuevo. —Acarició su despoblada cabecita.

Salí de aquella clínica provisto de leche maternizada, una jeringuilla, un biberón, una mantita eléctrica, algunas medicinas, una lista interminable de instrucciones y la certeza de que aquel peluche mugriento que apenas era capaz de moverse iba a mantenerse con vida. Tenía que salvarla. Al llegar de nuevo al aparcamiento de la playa, la madrugada se había comido el pequeño ecosistema de Enebrales. Acondicioné como pude una caja vacía de fruta que encontré sobre un contenedor de la basura. Puse en el fondo la mantita eléctrica y sobre ella una toalla doblada para que Trufita pudiese acurrucarse sintiendo algo de calor. Diluí la medicina en su primera jeringuilla de leche y puse la caja sobre el otro lado de la cama para tenerla vigilada toda la noche. No pegué ojo. Tenía miedo de que muriera y fracasar de nuevo. Demasiados adioses en tan poco tiempo. Una extraña sensación de culpa me pisaba los talones desde que había salido de Zaragoza hacía ya más de novecientos kilómetros y salvar a esa gata era mi analgésico. No podía permitirme otra derrota más.

A la mañana siguiente, alguien tocó a la ventana. Al otro lado del cristal estaba la sonrisa de Julio, ese cincuentón atractivo embutido en una de sus famosas camisas hawaianas, con la mirada escondida tras unas Ray-Ban de aviador y la cara algo compungida.

—¿Qué tal, Julio? Gracias de nuevo por todo, tío. —Su email fue lo que me había sacado definitivamente de Laura y me había traído aquí, a orillas del Atlántico, a su lado del aparcamiento, a su agua, a su contenedor de basura, al calor de lo más parecido a un amigo que en ese momento podía permitirme.

—Nada, nada, lo que necesites, ya sabes.

—¿Quieres pasar?

—No, no, no te preocupes, voy a abrir ya El Galeón.

—Tienes mala cara. ¿Va todo bien?

—Nada, el virus ese chino —respondió con cierto nerviosismo—. Está en todas las noticias, en los periódicos… hasta aparecieron ayer por aquí dos clientes con mascarillas de esas que llevan los japoneses y me han cancelado la mitad de las reservas de este fin de semana —explicó con preocupación observando el horizonte.

Hacía una mañana de marzo de esas tan típicas en Enebrales, con el cielo despejado y el sol vaticinando un viernes de verano prematuro.

—No te preocupes, que no será para tanto. —La verdad es que vivía ajeno a la actualidad. Bastante tenía con construir una vida de cero y aprender a ser madre del bicho ese que dormía plácidamente en el interior de una caja de fresas sobre mi cama.

—Creo que hoy habla el presidente. Ya veremos qué ocurre, pero algo aquí me huele mal. Ayer, Paco, el concejal, pasó a tomar café y comentó que había rumores de que se iban a anunciar cuarentenas, igual que está ocurriendo en Italia. Ves los telediarios y los hospitales están que dan miedo, se ha agotado el papel higiénico en todos los supermercados y hasta han suspendido la Liga, Áxel. Lo dicho, esto me da mala espina. —De repente, el gesto de la cara pasó de preocupado a horrorizado—. No te muevas, no te muevas —me susurró muy despacio—. Tienes una cosa ahí. —Señaló con curiosidad y frunció el ceño mientras se quitaba las gafas de sol para ver mejor—. Creo que se te ha colado una rata en la furgoneta, acabo de ver algo moverse por debajo de esa almohada.

—¿Sí? —respondí con alegría—. ¿Se ha movido?

—¿Tienes una rata? —Él no entendía nada.

Me acerqué a la cama y la gatita no solo se había movido, sino que había sido capaz de salir de su caja y darse un pequeño paseo por las dos almohadas que coronan mi cama. La cogí con cuidado y comenzó a emitir esos maullidos cortos y agudos que me llevaron a ella la pasada madrugada.

—Julio, Trufita, Trufita, Julio —los presenté cordialmente.

—¿Eso es un gato? —preguntó asombrado—. Es la cosa más fea que he visto en mi vida. Está como sin acabar, ¿no?

—Apareció por aquí esta madrugada. No veas la noche que llevo y el destrozo económico que me ha hecho la veterinaria, por cierto. Pero no podía abandonarla.

—Ahora lo entiendo todo…

—¿Perdona?

—Allí, en el bosque de sabinas —señaló el entramado de árboles que perfilan la carretera secundaria que muere en El Rompido y que bordea su chiringuito—, suele haber colonias de gatos. Angelito, mi cocinero, suele dejar restos de comida y un poco de agua cada tarde por allí. El caso es que llevábamos ya un par de semanas viendo a una gatita muy cariñosa y muy gorda… y, claro, estaba preñada.

—¿Entonces puedo llevar a Trufita con su madre? ¡¡Eso es genial, Julio!! —grité de alegría.

—No, no es genial. De hecho, es un drama. Esta mañana he visto a la gata destrozada en uno de los carriles de la carretera y otros dos gatitos más pequeños esparcidos por el asfalto, imagino que son… bueno, eran sus hermanos y su madre. Han debido de atropellarlos esta misma noche. —Julio chasqueó la lengua con tristeza.

Me vino a la cabeza de repente el frenazo y el posterior acelerón de anoche. Trufita se había quedado huérfana y acabó aquí, en mi descosida vida, quién sabe si para ayudarme a remendarla de nuevo.

—Pobrecita, joder. —Trufita maullaba sin parar con los ojos cerrados, buscando las mamas de su madre, pero todo lo que podía ofrecerle era una jeringuilla de leche con una medicina disuelta que ojalá consiguiera ponerla buena pronto.

—¿Y qué vas a hacer con ella? —preguntó con la mirada en la gata, que, por cierto, tenía aspecto de señor calvo de ochenta años recién despertado de una calurosa siesta en pleno mes de agosto.

—Salvarla, Julio, salvarla. ¿Qué harías tú?

—Eres un gran tipo, Áxel, me alegro mucho de que estés por aquí. —Orgulloso, me dio unos toquecitos en el hombro.

—Gracias, Julito. —Hacía apenas dos días que nos conocíamos, pero este tipo que solo me conocía a través de mis vídeos me abrió las puertas de su casa de par en par. En ese momento todavía no era consciente, pero iba a convertirse en mi auténtico ángel de la guarda.

—Buenos días. —La voz de Rafa, uno de los guardias civiles de la zona y vecino de la urbanización donde vive Julio, entró en escena con autoridad tras haber aparcado su coche tras mi furgoneta con el semblante muy serio.

Rafa es un tipo corpulento y bonachón. Tiene una entrada imponente y dura que se suaviza según le tratas. En cierta manera, me ha recordado siempre a Luisón, el padre de Laura, pero en versión pelirroja.

—¿Qué tal, Rafa?, ¿hay algún problema? —preguntó Julio.

—Se va a decretar un confinamiento domiciliario y se van a cerrar todos los establecimientos y comercios no esenciales, incluido tu bar. El puto virus ese está haciendo estragos en todo el mundo. Lo siento mucho. Lo van a anunciar hoy mismo.

—Hostia, Rafa, ¿y tengo que cerrar el bar? ¿Y la hipoteca que tengo quién me la va a pagar? ¿Y el sueldo de mis empleados? —Estaba al borde del infarto.

—Todo esto es nuevo para todos. Se van a ordenar diferentes tipos de ayudas, pero está todo muy verde todavía. Vengo a avisarte como amigo. Pero debo tener todo esto despejado esta misma tarde. Se van a cerrar las playas, los parques… un lío que no veas. —Rafa encendió un cigarrillo y clavó la mirada en mí y en Trufita, que pedía comer—. Necesito, por favor, que todos los que dormís aquí cada noche volváis a casa. Esto es una situación excepcional y el país va a entrar en una situación de emergencia sanitaria —me indicó como si tuviese otro lugar al que volver.

—Esta es mi casa, vivo aquí —respondí inocente, encogiéndome de hombros.

—Pero en algún sitio estarás empadronado, ¿no?

Recordé que seguía empadronado en Zaragoza y la verdad es que no había caído en que mis notificaciones legales iban a seguir llegando al buzón de Laura.

—No, no, no puedo volver, lo siento. Verá, lo acabo de dejar con mi pareja y mi única propiedad ahora mismo es este cacharro. Vivo en él y no tengo otro sitio al que ir.

—No me jodas, Rafa. ¡Alguna solución tiene que haber, cojones!

—Creo que aquella fue la única vez que he visto a Julito cabreado de verdad.

—Esto es nuevo para todos, Julio. No me lo pongas más difícil, por favor. A ver, chaval, ¿en qué ciudad estás empadronado?

Rafa apuró el cigarrillo sin tener demasiado controlada la situación y tratando de seguir el manual de instrucciones de la vida prepandemia cuando la verdad era que la situación había roto las reglas del juego. Esta marabunta nos había pillado a todos con el culo al aire, incluida también la Constitución española.

—En Zaragoza. Concretamente, en casa de mi exnovia. Lo dejamos hace una semana —expliqué con melancolía.

—Tendrás familia allí, ¿no?

—Tenía a mi abuela, pero murió hace poco más de una semana.

La cara de Rafa era un poema. Dudo mucho que supiera qué es lo que tenía que hacer con un tipo sin casa, con una rata en brazos, a quien su novia había dejado y cuya única persona vinculante con su familia estaba criando malvas.

—¿Algún familiar más? No sé... ¿Tienes padres?

—Mi madre murió cuando era pequeño y la relación con mi padre es más bien nula. Créame, agente, este cacharro es mi único hogar y esta cosa de aquí, mi única familia. —Señalé con la barbilla a Trufita.

El agente observó el disparatado lienzo que tenía enfrente, mudo durante unos segundos, hasta que Julio rompió el incómodo silencio.

—Yo respondo por el chaval, Rafa. Sé que parece un perroflauta como todos esos que aparecen por aquí de vez en cuando, pero mira. —No terminé de comprender bien su táctica, pero se sacó un conejo de la chistera que funcionó. Extrajo el teléfono del bolsillo y le enseñó durante un rato mis redes sociales—. Respondo por él, Rafa, por favor.

El guardia resoplaba todo el tiempo y con la lumbre de un cigarro ya consumido encendía el siguiente. La situación era nueva para todos y los agentes de la autoridad iban a encontrarse casos rocambolescos entre esa población que todavía no era consciente de todo lo que se nos venía encima.

—¡Es que menudo marrón, coño! —exclamó Rafa dando una patada a una piedra.

—Escúchame…

Julio estaba a punto de solucionarnos la papeleta a los dos. A Rafa, que no sabía muy bien qué hacer, y a mí, que no entendía nada de lo que ocurría. Estuve a punto de buscar la maldita cámara oculta por si se trataba de una broma, pero no, era el imbécil ese de allí arriba pasándoselo de puta madre manejando los hilos del destino a su antojo y echándose unas risas a mi costa una vez más.

—Ese chiringuito es mío —aseveró Julio señalando El Galeón—. Me corresponden varias plazas de aparcamiento. Ahora mismo no tengo los papeles aquí, pero esta zona es mía, para mis clientes, proveedores, vehículos propios… ¿no? —preguntó tratando de abarcar con las manos todos los metros de arena que le pertenecían.

—Correcto —respondió Rafa, exhalando humo sin parar.

—Este señor va a aparcar en mi recinto su furgoneta y no va a salir de ella hasta que acabe esta historia. Le facilitaré acceso a un grifo que tengo allí detrás con agua potable para que llene los depósitos con la manguera y que vacíe los desechos en el baño de empleados. Es autónomo, dispone de placa solar, baño y ducha. Tiene todo lo necesario ahí adentro para no ocasionar problemas aquí afuera. —Julio, de repente, era uno de esos abogados que ganan los juicios en las películas a última hora, casi cuando la gente ya está sacudiéndose las migas de las palomitas para levantarse de la butaca—. Es mi propiedad y en mi propiedad acojo a quien quiero, ¿no? Rafa, respondo por él —le dijo con una convicción aplastante apoyando la mano en el hombro del guardia civil.

—Nada de ir a la playa, chaval. Limítate a estar dentro. —Rafa asomó la cabeza por el interior de la furgoneta, intuyo que para valorar el espacio—. Y si me sacas una sillita fuera, por favor, que no se vea desde la carretera y siempre pegada al vehículo —comprendió rápido que era imposible permanecer aquí dentro más de dos días seguidos—. Al más mínimo problema que se ocasione te tendré que echar de aquí, ¿estamos?

En ese momento comprendí la pasta de la que está hecho Rafa. Es un buenazo, cualidad que he podido corroborar durante estos últimos años aquí, donde ha pasado a ser un amigo más.

—En realidad, hay otro chaval que vive en un cacharro de estos y que va a encontrarse en la misma situación. —Julio planteó la opción de incluir a Joe en la ecuación, un veterano que ya llevaba varios años rondando esta playa de forma asidua.

Rafa apagó su cigarro, se metió en su coche patrulla en silencio y antes de arrancar el motor asomó la cabeza por la ventanilla:

—No quiero líos, os advierto. Para cualquier problema, ya sabéis dónde estoy. Portaos bien y tened cuidado, pareja.

Se despidió con la mano y desapareció de inmediato debajo de una nube de polvo. Julio me explicó cuál era el grifo que podía usar para acoplar la manguera y llenar el depósito y también me dio la llave del baño de empleados, donde iba a tener que vaciar un depósito de cien litros de agua sucia en garrafas de cinco litros, pero menos daba una piedra.

—Bueno, no te he dicho nada, Áxel, pero si en lugar de permanecer aquí quieres algo más cómodo, mi casa es tu casa. —Era un auténtico amor, pero yo no quería molestar.

—Te lo agradezco mucho, pero nos apañaremos bien aquí. Imagino que serán como mucho unos días. No te preocupes y muchas gracias por todo, amigo.

Los días posteriores, la playa, el aparcamiento y la carretera estaban desiertos. Parecía el escenario de una película postapocalíptica que me había tocado vivir en el paraíso. Los gigantescos barcos pesqueros dejaron de verse en el horizonte y comencé a divisar a diario delfines en busca de comida más cerca de la costa. Solo se escuchaba el oleaje del mar y las gaviotas de media tarde. Iba al súper más cercano cada diez días y ese era mi único atisbo de realidad. Allí percibía la magnitud del asunto, cuando veía a todo el mundo escondido tras una mascarilla, llevando guantes de goma y con unas miradas vacías e inundadas de preocupación. Mis ingresos se redujeron considerablemente, ya que yo vivo de que otras personas viajen y en ese momento la gente no podía ni salir de su casa y, además, el futuro no era demasiado halagüeño.

Rompí por completo con el exterior. Dejé de seguir a todo el mundo en redes sociales para cortar el trasiego de noticias que me llegaban de la pandemia. Todo era un absoluto drama. Me dio dos veces por conectarme al telediario desde el portátil y a punto estuvo de costarme el inicio de otro episodio de ansiedad similar al que todavía estaba tratando de esquivar. Hospitales colapsados, gente enganchada a bombonas de oxígeno y las furgonetas de las funerarias haciendo horas extras en las residencias de ancianos. El fantasma de Laura seguía conmigo y también el de mi padre. No sabía si estarían bien, si habrían cogido el virus ese, no paraba de atormentarme pensando cómo estarían superando este trance. Las cosas estaban muy mal en todo el planeta. Ojalá hubiese sido una máquina con un botón capaz de apagar cualquier tipo de sentimiento accionando el *off*, pero la realidad era que tenía tiempo indefinido por delante, sin demasiado que hacer y con más motivos que nunca para darle vueltas y más vueltas a preocupaciones que, siendo sincero, ya ni me iban ni me venían.

Traté de centrarme en una única misión: salvar a esa gatita que, en realidad, iba a terminar salvándome a mí, pero ni ella ni yo lo sabíamos en ese momento. Así que, por salud mental, me dediqué a ella. Decidí documentar mis días de confinamiento en la furgoneta en vídeo y subirlos a YouTube. Ya que no podía subir viajes, pensé que sería buena idea publicar mi día a día. No era habitual que alguien pasase la cuarentena en una furgoneta tratando de salvarle la vida a un gato. También me iba a servir para estar entretenido todo el día y sentirme, en cierta manera, acompañado.

Al cuarto día de confinamiento, Trufita ya parecía una gata más o menos sana. Se había curado la herida del ojito izquierdo, comenzó a ir al arenero sola, a moverse y a comer cada vez más. A la octava noche decidió que ya no quería dormir en la caja de fresas y se acurrucó junto a mí. Ahí permanecía toda la noche, gesto que sigue haciendo hoy. Me convertí en su madre. Hacía directos en Instagram y aprovechaba para darle la jeringuilla al principio y el biberón después, cuando ya era capaz de absorber sin ayuda la leche de la tetilla. Nos convertimos en una distracción tremenda para toda aquella gente que estaba en casa pasándolo mal y el canal de YouTube se disparó en visitas y, con ellas, también su monetización. Hasta Paula, la veterinaria, nos enviaba mensajes de ánimo a través de las redes sociales.

Tras esa primera etapa en la que todo el mundo estaba pendiente de si la gata sobreviviría, llegó la fase graciosa, al menos para el que estaba al otro lado contemplando el desastre muerto de la risa con un café en la mano. Yo tenía que educar a una bestia que debía aprender a vivir en doce metros cuadrados. Nos amoldamos el uno al otro. Y cuando el pesimismo se apoderaba de mí, ahí estaba ella, frotándose con la primera parte de mi cuerpo que pillaba, destrozándome por enésima vez el cable del cargador del teléfono para reclamar mi atención o quién sabe si, quizá, para espantar de un plumazo aquellos pensamientos negativos que en ocasiones me atenazaban. A veces, la soledad trataba de jugar sus cartas y Trufita sabía cómo lidiar con la partida.

La autocaravana de Joe estaba a veinte metros, pero apenas nos juntábamos, así que nos hacíamos una compañía distante. Cumplimos a rajatabla las órdenes de Rafa. A las ocho, cuando en el resto del país la gente salía a aplaudir a los balcones para homenajear a los sanitarios, a Joe le pareció buena idea sentarse en lo alto de su Pilote a tocar un par de canciones. La imagen desde la puerta de mi furgoneta era épica; la puesta de sol pintando el cielo de color naranja y la silueta de Joe con su guitarra, sentado en lo alto de su vieja caravana, lanzando versos hacia un horizonte que permanecía ajeno a la situación que vivíamos mientras las gaviotas trataban insistentes de hacerle los coros. Un día lo inmortalicé con la cámara y le gustó tanto que es la foto que usa cuando quiere promocionar los conciertos en los chiringuitos de la zona en verano. En la mayoría de los atardeceres me hacía la misma pregunta mirando hacia el horizonte: «¿Cómo es posible que las cosas sean tan bellas sobre el mar y que el mundo esté al borde del colapso tierra adentro?».

14

Al quinto día del confinamiento, Joe acababa de tocar el «Macy's Day Parade», de Green Day, bajo un ocaso que amenazaba tormenta y, justo cuando estaba bajando del tejado de su autocaravana, vio algo moverse al otro lado de la carretera.

—Áxel, era algo grande, te lo prometo. —Joe no es un tipo que se altere con facilidad y sus palabras sonaban cuanto menos preocupantes.

En aquella época, y debido al bajo tránsito que había en los bosques y carreteras, comenzó a aflorar cierta fauna que no estábamos acostumbrados a ver: conejos, algún que otro zorro, lagartos... pero él juraba y perjuraba que había visto algo bastante más grande moverse al fondo, justo donde comenzaba la espesura de los enebros.

—¿Puede que sea un caballo que se haya escapado de algún establo? —propuse la primera gilipollez que me vino a la cabeza. Al fin y al cabo, el caballo es el animal más grande que habita en esta zona de Andalucía debido a las romerías.

—No, no, no era un caballo. —Joe se había hecho con unos prismáticos y permanecía de pie sobre su morada, inmóvil—. ¡Allí, allí!

Cuando me giré de nuevo, vi a alguien merodeando por el bosque. Me asusté porque se suponía que, salvo las autoridades, todo el mundo debería estar en su casa o haciendo la compra, y en mitad de la nada no había ningún maldito supermercado.

—Tío, me estoy acojonando —dije asustado sin despegar la mirada de la carretera—. Aquí estamos a merced de cualquier pirado. Apenas llevaba unos días en la furgo y no tenía bagaje. En aquella época, casi todo me asustaba pasadas las ocho de la tarde, cuando empezaba a oscurecer.

—Tranquilo, Áxel, que somos dos. Yo tengo esto. —De repente Joe era uno de los chicos de *Stranger Things* esperando al Demogorgon, bate de béisbol en mano—. Hazte con la sartén más grande que tengas —me dijo con un tono que bien podría haber pasado por la voz del Capitán América.

Le hice caso de inmediato y permanecí inmóvil, asomando con cuidado la cabeza por la puerta corredera con una sartén en una mano y el cuchillo de pelar las patatas en la otra. Comencé a escuchar una voz familiar.

—Oigo algo, Joe. Allí, allí —susurré señalando con la sartén.

—Él seguía de puntillas sobre el tejado tratando de divisar a la criatura.

De repente, una silueta caminó con torpeza bordeando la calzada con cierta desgana.

—¡Es el gorila! —dijo Joe—. Allí, allí. Está cruzando.

—¿Qué gorila? —respondí con las pulsaciones a mil por hora tratando de arrancarme el pecho. ¿Qué coño hacía un gorila paseando por los bosques de alrededor de Punta Umbría dirigiéndose con paso firme hacia nosotros?

—El gorila, no, joder. ¡¡El gorrilla!! —Se moría de la risa en lo alto de su vehículo mientras los últimos rayos del sol trataban con ahínco de dorarle el pelo.

—Oye, churra, no tendrás un poco de agua y un enchufe pa cargá er móvil. —Churra estaba pálido, sudoroso y afónico. En ese momento nos habíamos visto dos veces y no teníamos confianza. Llevaba cinco o seis días sin aparecer por el aparcamiento.

—Sí, claro. —Le saqué un vasito de agua y puse su móvil a cargar sobre la mesita del salón.

—Oye, Joe, ¿qué carajo hase allá arriba? ¿Y dónde polla está to'l mundo? ¿Habéis visto ar Julio, el del bar? —Observaba el aparcamiento, desconcertado, rascándose el enmarañado moño negro.

Joe y yo nos miramos confusos. Por un momento pensé que nos estaba tomando el pelo.

—Tú sabes lo que está pasando, ¿no? —preguntó el británico con los pies ya en la arena y manteniendo una distancia pruden-cial—. ¿Sabes que hay una pandemia y que está el país confinado?

—¿Pero tú que ta fumao, Joe?

—¿De dónde venías, Churra?

—¡De resucitá, compadre, de resucitá! Llevo no sé cuántos días ahí, en el chamiso ese, con una fiebre y un malestá que casi me voy al otro barrio —dijo señalando la espesura del bosque—. Ma solo que un perro y apenas sin comé. ¿Pero por qué carajo os alejai? ¿Tan mal huelo?

Ahí nos cercioramos de que Churra vivía en unas condiciones deleznables en medio del bosque como si fuera Mowgli, que no se había enterado de que España estaba confinada y que probablemen-te tenía un COVID como la copa de un pino.

—¿De verdad que no te has enterado de nada? Espera un segun-do, Churra. —Busqué en YouTube la noticia del telediario donde se anunciaba el confinamiento para que lo viera con sus propios ojos—. Mira, pero no te acerques mucho —le dije con mi hipocon-dría retorciéndome el pescuezo por imprudente mientras Pedro Piqueras relataba lo acontecido en los últimos días desde la pantalla de mi iPhone.

Observó el vídeo sin mover ni una pestaña.

—¿Pero esa mierda va a durá mucho? ¿Han dicho ya cuándo se pué abrí el bar y volvé a la playa? —preguntó como si la situación no fuera con él.

—No. En principio serán dos semanas, pero puede que se alar-gue la cosa —respondió Joe—. ¿Qué vas a hacer ahora?

Churra se quedó un rato pensativo tratando de asimilar toda la información hasta que entró en escena el Peugeot de Rafa, que ha-cía la ronda por la carretera colindante a la playa en el peor momen-to posible.

—¿Pero qué coño hacéis aquí de tertulia los tres sin la masca-rilla? ¿Yo hablo japonés o qué? ¡Que estamos en una maldita pan-demia y no se puede salir de casa! ¡Os tendría que empapelar, cojones! —Su cara era un cóctel de cansancio, hartazgo y un monumental cabreo que no sabíamos muy bien cómo iba a terminar, pero en ese momento ya me veía recogiendo los bártulos y saliendo de Enebrales.

—Buena tarde a ti también, Rafita, qué mala hostia, coño —dijo Churra tosiendo un poco y sumergido en esa pachorra tan suya—. Oye, ¿esta historia cuando se termina, compadre? ¿No pué hablá tú con el alcalde y agilisá el asunto o argo? —Era evidente que no había captado la gravedad de la situación.

Rafa giró la cabeza.

—¡Me cago en Dios, Antonio José! —exclamó súbitamente. Rafa es la única persona en Enebrales que llama a Churra por su nombre de pila. Se conocen desde que eran niños. Resopló con ambas manos en la cabeza—. Me había olvidado de ti por completo. ¿Sigues durmiendo en el bosque?

—No, ahora me he comprao un chalé en Marbella, no te jode.

—Pero ¿dónde has estado esta última semana? Paso por aquí varias veces al día y no te he visto. Perdóname, Antoñito, pero no sabes qué semana llevo. —Rafa se bajó la mascarilla y encendió un cigarro.

—Llevo una semana casi allá tirao con una gripe gorda, Rafita, que casi me voy al otro barrio, carajo. Y hoy he conseguío levantarme y me he venío p'acá y me he encontrao aquí la verbena esta del virus ese de los cohone.

Rafa rompió a reír, escupiendo una de esas carcajadas que se escapan cuando estás a punto de llorar por la desesperación y la impotencia.

—¿Pero estás bien? Vamos, te llevo a un hospital —anunció con firmeza pisando el cigarro todavía a medio consumir.

—Qué hospitá ni qué niño muerto. Llevo yo ma de treinta años sin ver a uno de esos matasanos. Quita, quita, que estoy ya flamenco. ¿No me ves? —añadió con su habitual gracia sureña—. Yo ahora me vuelvo pa mi chamiso y aquí no ha pasao na.

—No puedes volver al chamizo ese, Antoñito. Estamos alojando a toda la gente que no tiene un hogar en los albergues e incluso en hoteles. Tienes que venirte conmigo.

—¿Pero qué diferencia hay con esta mañana, Rafita? Llevo allá una semana tirao y no se ha dao cuenta ni Dios. Si me hubiera muerto, solo se habrían enterao las ratas. ¿Qué va a cambiá ahora? ¿De verdá me quieres llevá allá? ¿Con lo mejó de cada casa? —Las palabras de Churra eran dardos. Rafa sabía que se alejó de las drogas haciendo un esfuerzo titánico y frecuentar de nuevo según qué compañías podría empujarlo otra vez al oscuro pozo de la dependencia.

—Yo me hago cargo. —Joe entró en la conversación a lo grande—. Cabemos los dos en mi autocaravana. Nos apañaremos bien.

—No, no, ni hablar —respondió Rafa encendiendo su enésimo cigarrillo y caminando en círculos, poseído por los nervios—. No sabemos cuánto va a durar esto y bastante hacéis aguantando allí encerrados. Además, no sabemos si Antonio está contagiado y bastante he metido ya la pata. No puedo juntar a un tío que lleva una semana con síntomas de COVID con otro sano. Como enfermes no me lo perdonaré nunca. Dejadme pensar, tiene que haber una solución.

—Rafa, cohone, que te prometo que me meto en el bosque ese y no salgo hasta que esta mierda acabe, carajo. ¡Si por allá no pasa ni er viento!

—Te quieren echar de allí, Antoñito. Vives en una zona protegida. Hago la vista gorda, pero no puedo cubrir esto más. Como otro compañero te descubra allí en plena pandemia, el marrón me lo como yo y a ti te meten en uno de esos albergues o en un sitio peor.

Mi móvil comenzó a vibrar. Julio. Le conté toda la situación con Churra, Rafa y el jodido COVID y me colgó rápido tras decirme que venía enseguida.

En escasos diez minutos, su Mazda color cereza irrumpió en el aparcamiento saltándose la cuarentena para demostrar una vez más que los auténticos héroes no portan capa, sino que se engominan el pelo hacia atrás, visten camisas hawaianas, superan ictus, se levantan de la lona cien veces más fuertes de lo que cayeron y jamás dejan tirado a un amigo.

—Buenas tardes —exclamó con alegría—. ¿Cómo estás, Churrita? Yo me encargo de él, Rafa. —Fue directo al asunto haciendo un gesto de súplica con ambas manos.

—Julio, por favor, no te puedes hacer cargo de todos los desamparados que van cayendo en tu chiringuito, coño. Posiblemente tenga COVID, no puedo dejar que te lo lleves a casa.

—No le hagas caso, Julito, que estoy flamenco. El viru ese de mierda tiene que tomá mucho colacao para hacerme a mí daño. Lo que sí que tengo es ma hambre que el perro de Carpanta, carajo.

—No me lo voy a llevar a casa. Tengo una caseta allí detrás con electricidad y agua corriente que necesita un buen arreglo, pero es habitable —argumentó señalando su chiringuito—. ¿Te ves capaz de ponerlo en orden, Churrita? Limpiar, pintar, montar algún mueble...

—Sí, sí, lo que haga farta, Julito. Ya sabes que soy cumplío a tope.

—No quiero problemas, Julio. Te haces responsable de los tres. Están en tu propiedad. Estamos en una maldita pandemia y la gente está montando fiestas en sus casas, alquilándose perros unos a otros para poder salir a la calle... Ayer hasta detuvimos a un anormal disfrazado de dinosaurio que iba tan campante por el pueblo, coño —se desahogaba un Rafa agotado. Era evidente que no quería perjudicar a Churra—. Esto va a terminar conmigo —añadió exhalando una nube de humo que le nubló el rostro—. ¿Tiene nevera, cocina, yo qué sé, suministros para que Antoñito esté bien allí?

—Hay un arcón dentro y le voy a proporcionar una de esas cocinas de camping gas. Además, puede hacer uso de la barbacoa de afuera —explicó Julio dispuesto a cederle a Churra parte de su terreno—. Te prometí que no habría problemas. ¿Cuántos te han causado estos dos?

Julito nos señaló a Joe y a mí como si fuéramos dos delincuentes reinsertándonos en la sociedad, pero no era momento de exigir dignidad. Estábamos bastante ocupados observando boquiabiertos el repertorio argumental de sor Julito de Calcuta.

—Está bien. Os quiero a los tres cada uno en su sitio, ¿estamos? Y, por favor, avisadme de cualquier problema. Venga, que ya queda menos. —Rafa trató de autoconvencerse sin demasiado entusiasmo. Antes de entrar en su coche patrulla, aplastó la colilla con la suela del zapato—. Tira para casa tú también, Julio, y ponte la maldita mascarilla, coño.

Las semanas posteriores apenas salía de la furgoneta, como mucho para hacer algo de ejercicio sobre la esterilla y para comer bajo los cálidos rayos del sol onubense. A Churra había días que ni lo veía y si conversábamos era a gritos a treinta metros de separación, que era la distancia que había de mi Citroën Jumper a la caseta que estaba habilitando y en la cual continúa viviendo. Se tomó muy en serio la advertencia de Rafa. Sabía que tanto Julio como él le estaban brindando una oportunidad. La única vez que se saltaba la ley era en algunas madrugadas, cuando, en la penumbra, se acercaba a la orilla para pescar. Joe estaba aparcado justo tras la duna, algo más alejado, y el único contacto visual que teníamos era al atardecer, cuando le cantaba al cielo y brindábamos con cerveza en la lejanía por un futuro esperanzador sin demasiado entusiasmo.

Trufita fue quien estuvo aquí conmigo en el ring de sol a sol, calmándome con sus ronroneos, cabreándome con sus trastadas, sacándome del agujero negro al que caí mientras ella huía también de su particular pozo oscuro, los dos ahí, mano a mano. Fue evolucionando y pasó de ser una horrible criatura huérfana medio tuerta, con un puñado de pelos puntiagudos envueltos en fango, a una preciosa gatita de mirada verde, rostro atigrado y morrito blanco con una pequeña y graciosa manchita junto a su nariz rosácea. En su proceso sanador, salió de aquella caja de fresas y comenzó a dormir acurrucada en mi cuello. Se convertía en bola y no había forma de alejarla de mi respiración. Pasadas unas semanas, se empeñó en dormir sobre mí, cerca del pecho. Por más que intentase colocarla en otro lado, volvía una y otra vez a la posición inicial. Al final, movió su zona de descanso a mis piernas, entre las espinillas, en invierno bajo la colcha y en verano sobre las sábanas. Le consulté a Paula, la veterinaria, si conocía el motivo de dicho comportamiento y me explicó una teoría que evidenciaba el progreso emocional que Trufita había vivido conmigo. Además de buscar el calor humano que tanto les gusta a algunos gatos, cuando dormía cerca de mi cuello buscaba protección y seguridad, me sentía como su madre. Cuando pasó a la zona pectoral me veía como algo de su propiedad que, además, le proporcionaba afecto, y cuando descendió a los pies ya era para ella alguien de su manada a quien había que proteger. Al vivir en un espacio tan reducido se ha convertido en una gata extremadamente territorial y cariñosa con los que considera los suyos, que básicamente somos Churra y yo.

—Cuánto me has ayudado, pequeña bola de pelo de mirada alienígena. —La beso entre las orejas y la saco por enésima vez de mi mochila—. Son solo siete días, canija, en nada estoy de vuelta.

Trufita protesta de inmediato escondiéndose bajo la mesa y farfullando algo parecido a un gruñido.

Abro una cerveza y me siento a observar el mar en la silla plegable de playa que tengo pegada a la furgoneta. La gata se tumba sobre el felpudo de medio lado, dando coletazos en el suelo. El Galeón está bastante animado para ser un lunes de primeros de abril. Es la mejor hora para sentarse descalzo en su terraza y disfrutar de la espectacular puesta de sol que ofrece Enebrales. Decenas de gaviotas vuelan en círculos siguiendo a un pequeño barco pesquero que se dirige a El Rompido. El sol está a punto de morir una tarde más y el cielo termina de acicalarse para vestirse de nuevo con ese traje rojo que tan bien le sienta. Le pego un trago a la lata y pienso que la suerte ya está echada. No hay vuelta atrás. Mañana me embarco en una aventura nueva a un país que no conozco junto a ocho desconocidos que han confiado en mí para vivir una de las mayores experiencias de su vida. Espero estar a la altura.

Alfredo, Julia, Manu, Manolo, Alicia, Ana, Fran y Mar son los valientes o descerebrados, según se mire, que se han apuntado sin dudar para recorrer Kenia junto al imbécil ese de los vídeos que, pensándolo bien, algo bueno ha tenido que hacer para que un puñado de personas anónimas haya decidido invertir su dinero en recorrer la sabana junto a él. Estoy algo nervioso, con una extraña sensación de vértigo dentro, pero a la vez con unas ganas terribles de que llegue ya mañana, plantarme en la T4 y conocer por fin al resto de la expedición. Solo conozco sus nombres y lo que hemos podido charlar en el grupo de WhatsApp que formé una vez se confirmó la aventura.

Es el primer viaje que hago desde que volví de Nueva York. He estado bastante liado editando los vídeos y todavía no he terminado. Estiré mi mes en la Gran Manzana como un chicle y aún tengo contenido pendiente de subir a mi página web. Saco el móvil del bolsillo y dudo de nuevo en escribir o no a Rocío en Instagram y preguntarle por M. Quizá no tendría que haber hecho caso a Joe y dejar correr el tiempo ha sido el mayor error que he cometido en mi vida. Tal vez M esperaba a que yo moviera ficha y sin querer la he decepcionado. Puede que haya encontrado otro Jaime que la haga feliz. Hay un millón de hipótesis posibles y en ninguna de ellas parece que entre yo. Mato la cerveza de un trago y vuelvo a pasear por el perfil de su amiga Rocío. A punto estoy de pulsar la tecla de Seguir También y tomar al fin el camino que me lleve a su amiga, pero desisto. Me encierro de nuevo en mi furgoneta, igual de perdido que hace ya ciento once días, cuando vi a mi vikinga por primera y última vez.

15

Kenia

Adoro los aeropuertos. Me encanta pararme a contemplar ese vaivén continuo de gente, sobre todo en una terminal tan grande como la T4, que hoy es un auténtico hormiguero de viajeros de multitud de nacionalidades distintas arrastrando maletas de un lugar a otro. Aunque he de decir que no soporto los malditos controles. Me hago con dos de esas enormes bandejas grises y deposito en una la mochila de cincuenta litros llena hasta los topes, mi Sony Alpha, el micro, otra cámara deportiva de repuesto, el móvil, el pasaporte y la gorra y en la otra dejo solo mi ordenador portátil, que me acompaña allá donde voy. Empujo las bandejas, que toman impulso sobre los rodillos y se pierden a través de esas cortinas de goma donde un escáner chequea que no lleves armas, bombas o un cadáver cortado en trozos. El arco detector de metales pasa olímpicamente de mí. Saludo amable a los guardias y recojo mis cosas de la cinta. Tengo la maldita sensación de que he olvidado algo. Hago un repaso mental rápido y me dirijo con el mismo presentimiento hacia los paneles que anuncian las diferentes puertas de embarque. La nuestra todavía no ha salido. Tengo tiempo de sobra para hacerme con un café y esperar al resto de la expedición en Starbucks. Comparto mi ubicación en el chat grupal de WhatsApp.

Saludo a la camarera y pido mi café con leche de avena para llevar. Pago y en apenas unos minutos tengo el café con mi nombre escrito en rotulador negro en el vaso y una sonrisa dibujada debajo.

Me siento en los sillones y verifico en el grupo de WhatsApp que la ubicación se ha compartido bien. Alguien grita mi nombre. Me giro a ambos lados hasta que doy con una pareja que camina hacia mí con una enorme mochila colgando de la espalda bajo sendos gorros de explorador con un estampado de camuflaje color beige.

—¿Qué tal, chicos? Vosotros sois... —Me levanto del sillón esperando a que completen la frase con sus nombres. Hay gente que no ha interactuado apenas por el chat común y varios de ellos tienen avatares *random* como foto de perfil. Una parte negativa de ser alguien público es que la gente que te ve al otro lado sabe quién eres, pero tú, en la mayoría de los casos, no tienes ni la más remota idea del aspecto de esa persona que consume tu contenido.

—Alfredo y Julia —completa él un tanto nervioso—. Somos la pareja de Albacete.

—¡Sí, ya os ubico! Perdonad, pero llevo un jaleo tremendo estos dos últimos meses —exclamo abrazándolos—. ¿Y qué? ¿Con ganas de vivir la experiencia?

—¡Muchas, muchas! —Julia me sonríe emocionada.

—Nos hizo mucha ilusión que anunciaras el viaje. Kenia es un destino que nos llamaba desde hace tiempo y en cuanto vimos que estabas montando una aventura grupal, no nos lo pensamos —me explica Alfredo derribando la timidez.

—Vamos a pasarlo de puta madre, chicos. Ya veréis —vaticino tocándole el hombro.

—¡Holaaa! —Entra en escena otra de las integrantes de la expedición.

—A ti sí que te reconozco. ¿Alicia? —Sus ojos saltones, el pelo corto y las doscientas setenta y seis consultas que me ha hecho desde que se apuntó a la aventura son inconfundibles.

—¡Síííí! —responde dando saltitos y aplaudiendo—. Qué alegría vivir esto contigo y con el resto del grupo. Estoy supernerviosa, perdonadme, soy un poco intensa, pero buena gente. Ya me cogeréis el punto.

Alicia da más saltitos y más palmadas. Yo no puedo evitar emocionarme un poco al ver la estampa. Esta gente se ha apuntado a esta locura por el simple hecho de verme en YouTube e Instagram.

—¡Áxeeel! Bueno, hola a todos. —Manu, la primera persona en apuntarse al viaje, me da con muchas muchas ganas uno de esos abrazos que te ponen cada vértebra en el sitio correcto—. Soy Manu, por cierto, y este es mi padre, Manolo.

—¡Qué tal, jovenzuelos! —exclama Manolo con gracia y con un brillo en la mirada similar al que tienen los niños cuando están a punto de ver a los Reyes Magos.

Manu me escribió por Instagram a los quince minutos de anunciar el viaje. Me preguntó si podía apuntarse con su padre, que tenía setenta años recién cumplidos y que nunca había salido del país. Le respondí que antes viera alguno de mis vídeos, más que nada para que supiese dónde se metía el pobre. Al día siguiente a última hora de la tarde, recibí un nuevo mensaje con la foto de Manolo levantando el dedo pulgar y mi imagen de fondo en una televisión enorme: «Hola, Áxel, mi padre lleva un día entero contigo en la pantalla del salón. Te ha dado el visto bueno y está deseando vivir la aventura, ahora con más ganas todavía».

—Bienvenidos a bordo, Manolos, este viaje va a ser épico.

—Veremos leones, ¿no, Áxel? —pregunta el padre con la ilusión escapando a borbotones por su arrugada mirada.

—Leones, jirafas, ñus... vamos a ver de todo. —Lo abrazo—. Estoy muy feliz de que estés aquí.

Manu observa la conversación y me acaricia la espalda, emocionado. Este viaje es importante para ambos. Manolo perdió a su hermano el verano pasado y Manu lleva unos meses atravesando una mala racha. Lo que nació como una aventura con seguidores para vivir una experiencia distinta puede que torne en un viaje sanador, al menos para ellos dos y quién sabe si para mí también.

—Muy buenas. ¿Es aquí el viaje a Kenia con el youtuber ese? ¿Cómo se llamaba, Ana? —bromea Fran.

—No le hagas caso, Áxel. Al principio es insoportable, pero consiguió que me casara con él. Te acostumbrarás —responde Ana con ironía y me da dos besos—. Hola a todos. Somos la representación burgalesa del viaje, Fran y Ana.

—Un placer, chicos —añade Fran saludando uno a uno al resto de los componentes del equipo.

—¿Estamos ya todos? —pregunta Julia—. Creo que ya han anunciado nuestra puerta de embarque.

Hago un recuento rápido huyendo de la emoción que nos invade y trato de concentrarme para comprobar que, efectivamente, hay una persona que todavía no ha llegado.

—Falta Mar —respondo chequeando la nota de mi iPhone—. Estamos ocho y somos nueve en total.

Doy un sorbo al café y echo un vistazo alrededor para localizar a la integrante que falta. El grupo charla de forma animada. La verdad es que es precioso ver cómo gente que hace unos minutos no se conocían de nada inician este camino juntos, y todo porque aquella noche solitaria en la que el viento jugaba a borrar la playa de Enebrales del mapa se me ocurrió la brillante idea de proponer este viaje. No puedo evitar sentir un picor en la nariz y trato de ocultar la lágrima que se me ha escapado alejándome unos metros de la vorágine de alegría e ilusión que nos invade a todos.

—¿Nervioso? —Manu posa la mano sobre mí al cerciorarse de que la emoción también se ha hecho conmigo—. Va a salir todo bien, Áxel. Es un grupo muy guapo —me anima observando el jolgorio que se ha montado en el Starbucks de la T4.

—Hace justo dos años mi vida se rompió. Mi abuela murió, lo dejé con mi chica y me fui a vivir al maletero de una enorme furgoneta creyendo en un sueño en el que solo confiaba yo. Y ahora estoy aquí, viajando a Kenia con ocho desconocidos que han apostado por mí —le confieso—. Las cosas me van bien y me acordaba de la abuela. Le hubiera encantado ver todo esto —aclaro con una extraña mezcla de tristeza y felicidad, señalando la escena de risas y buen rollo que se ha creado a nuestro alrededor.

—Tu abuela estará orgullosa de ti allá donde esté, amigo. Te lo has ganado a pulso, eres un tío luchador y eso traspasa la pantalla, por eso estamos aquí contigo —revela con sinceridad—. Dice mi padre que tienes un carisma especial. El Manolo tiene buen ojo para eso. Hazle caso, vamos a pasarlo genial.

Me guiña un ojo y vuelve al grupo mientras yo busco entre la marabunta de viajeros a la última componente de esta locura que acaba de comenzar.

—¿Es aquí el viaje con el chico de la gorra?

El mundo acaba de pararse por completo. Alguien ha tocado el botón de pausa. La multitud se ha quedado congelada. El tumulto se ha apagado de repente y un escalofrío me recorre la nuca erizando todo el vello que encuentra a su paso. Giro la cabeza y esas dos antorchas verdes que me robaron el alma aquella tarde de diciembre en las calles de Manhattan están ahí de nuevo, a escasos metros de mí, con el pelo recogido en una graciosa coleta y con una gigantesca mochila rosa asomando tras su cabeza.

—¿M? —digo con un hilo de voz confuso, desconfiando seriamente de si mis ojos me muestran la verdad.

—Hola, chico de la gorra —me suelta como si nos hubiésemos visto ayer por la tarde, esbozando la más preciosa de las sonrisas—. Tenía que devolverte esto.

Me muestra la camiseta térmica que le presté al salir de la azotea del 230 Fifth para que no tuviera frío.

Lo que queda de café en mi vaso se estrella contra el impoluto suelo del aeropuerto salpicándolo todo. Corro hacia ella y la abrazo, la abrazo con todas mis fuerzas y deseo con toda mi vida que jamás vuelva a escaparse de aquí.

—Llevo esperándote más de cien días, M —le susurro viéndome reflejado en sus ojos verdes y corroborando que sí, que está aquí de verdad y que, por lo visto, es la última integrante de esta expedición—. ¿Eres Mar? —asiente con la cabeza y con la mirada humedecida—. ¡Chicos, es Mar y está preciosa!

—No le hagáis caso, es un exagerado —dice algo ruborizada—. Un placer conoceros a todos.

Saluda con una mano y se seca las lágrimas con la otra. El resto del grupo nos miran boquiabiertos sin entender nada con un gesto de sorpresa y felicidad difícil de describir.

—Pero ¿qué haces aquí? ¿Por qué no me dijiste que eras tú cuando me enviaste el email para apuntarte al viaje? ¿Cómo ha ido todo en Zaragoza? ¿Estás bien?

—Estoy mejor que nunca, Áxel. Al final me suscribí —me dice acariciándome con cariño la mejilla. Se acomoda mejor la enorme mochila—. Tendré tiempo de contarte entre elefante y elefante.

—¿Pero de qué os conocéis? ¿Sois pareja o algo así? —pregunta Alicia, intrigada—. Es que esto ha sido muy peliculero y bastante bonito, qué queréis que os diga.

—Bueno, bueno, ya hablaremos, tenemos toda una semana por delante, ¿no?

Acaban de anunciar nuestra puerta de embarque. Fran trata de centrar de nuevo el viaje, gesto que agradezco muchísimo, ya que me encuentro fuera de juego. Ahora mismo querría desconectar un momento los cables que alimentan el circuito de la vida, entrar en modo pausa, como hacía Zack Morris en *Salvados por la campana*, lanzarle a M las ciento cuarenta y dos mil preguntas que llevan dando saltos en mi cabeza desde aquella tarde de hamburguesas, cervezas, azoteas, porciones de pizza de un dólar y besos de despedida en tierra de nadie: en definitiva, volver a nuestro viaje.

—Puerta treinta y ocho. ¡Esto comienza! —exclama Manu abrazando con cariño a su padre.

Nos ponemos en marcha como si fuésemos la Comunidad del Anillo camino de Moria, juntos y portando enormes mochilas llenas hasta la bandera de esa ilusión que solo un gran viaje por delante es capaz de transmitir.

Trato de entender qué hace M, o más bien Mar, aquí. ¿Qué coño significa esto? Analizo la situación intentando empatizar con ella. Pero no consigo comprender por qué no me ha dado señales de vida durante estos más de tres meses y de repente aparece aquí, en mi viaje, con una sonrisa de oreja a oreja en los labios y mi camiseta térmica en las manos, como si no hubiera pasado nada. De todos modos, me encanta verla ahí, charlando con el resto del grupo como una más, con sus pasos cortos y rápidos y su coleta rubia bailando de lado a lado al recorrer este enorme pasillo lleno de cintas transportadoras, cafeterías con bocadillos a nueve euros y gente con las maletas cargadas de sueños esperando a coger un avión con rumbo vete tú a saber dónde.

Llegamos a nuestra puerta de embarque. Nos esperan siete horas de vuelo hasta Dubái, donde haremos una escala de tres horas y tomaremos otro avión rumbo a Nairobi, a donde llegaremos cinco horas después. Allí nos recogerá Kiano para llevarnos al hotel y poder descansar, ya que, al día siguiente a primerísima hora de la mañana, nos desplazaremos al Parque Nacional de Amboseli para comenzar esta maravillosa y desconcertante aventura.

Las azafatas quitan el cordón de seguridad y comienzan a verificar pasaportes y billetes de vuelo con una amabilidad exquisita. Parece que vamos a despegar en hora. Alfredo y Julia, el *team* Albacete, son los primeros en abordar el avión. Yo me he quedado algo rezagado al final de la fila. No soporto a esa gente que se coloca de inmediato en la cola, como si fueran a perder su plaza, del mismo modo que no puedo con esos viajeros que se levantan en cuanto el avión aterriza y bloquean la salida. O llevo demasiados vuelos encima o me estoy convirtiendo en un maldito gruñón con el paso de los años.

Mar charla delante de mí con los Manolos.

Desde que M ha decidido asomarse de nuevo a mi vida, he percibido más alegría en ella. Es como si aquella chica que apoyaba la cabeza ensimismada en el ventanal del Shake Shack mientras sus dos amigas me ponían la cabeza como un tambor se hubiese extinguido. Ha quedado la M de nuestra azotea, la M de aquella terraza improvisada junto a dos vagabundos que fumaban maría mientras comíamos porciones de pizza de un dólar y nos lamíamos el uno al otro las heridas que la vida había forjado en nuestra piel, la M que fue engullida por el ascensor del New Yorker tras besarme en tierra de nadie y que no he vuelto a ver hasta hace apenas una hora, después de pensar las últimas ciento doce noches en ella y en los dos diamantes verdes que tiene incrustados bajo sus cejas pobladas y perfiladas.

—¿Y vosotros de dónde sois? Me encanta que haya en el grupo dos viajeros como vosotros, padre e hijo —comenta con desparpajo.

—Sí, ya era hora de sacar al jefe a pasear, la verdad —responde Manu con simpatía señalando a Manolo—. Somos de Barcelona, bueno, de Cornellá, una ciudad que está en la periferia. ¿Y tú?

—Yo soy de Zaragoza.

—Anda, como el Áxel, ¿no? Los maños no podéis decir que sois de otro lado, os delata el acento. De eso os conocéis, claro —conjetura Manolo tratando de atar cabos mientras su hijo Manu se tapa una sonrisa canalla con el pasaporte.

—Papá, no preguntes esas cosas, joder.

—Nos conocimos en Nueva York, hace unos meses —responde M mirándome—. Me dejó una camiseta y he venido a devolvérsela. Es un auténtico ángel con gorra —añade mientras mi corazón trata de volar golpeando con fuerza la sudadera.

—Os juro por Dios que no sé qué hace esta chica aquí —agrego metiéndome en la conversación—, pero, por alguna razón, tenerla aquí es lo que más he deseado en mis treinta y seis años de vida.

Los Manolos sonríen mientras la fila avanza. M me acaricia un brazo como si eso fuera suficiente para apaciguar las toneladas de dudas que me asaltan en esos momentos.

Alcanzamos la aeronave, un enorme Boeing 777, con filas de tres asientos en los costados y otra de cuatro en el centro. Los Manolos se quedan al comienzo del pasillo y el resto de la expedición ha entrado hace ya un rato. Yo me limito a seguir la coleta de Mar, que esquiva a gente de todas las nacionalidades hasta que llega a su asiento, 42A, justo en la ventanilla.

—Bueno, yo me quedo aquí. —Trata de meter a presión la mochila en el compartimento superior—. ¿Tú qué asiento tienes?

—Este, este. Qué casualidad, ¿no? —señalo el asiento de en medio y cruzo los dedos para que no aparezca su auténtico dueño—. Nos ha tocado juntos, Mar, ¿no te parece mágico?

M ríe con ganas, con la certeza de que, efectivamente, este no es mi sitio y de que voy a durar más bien poco aquí. Coloco la mochila, en la que, por cierto, tengo muy poca confianza, ya que creo que he olvidado la mitad de las cosas, en el compartimento de la fila de enfrente y me acomodo junto a Mar, que se abrocha el cinturón con la ilusión de una niña de cinco años que está a punto de ver a Papá Noel.

Me acomodo y estoy echando un vistazo a las películas de la pantalla de la parte posterior del reposacabezas del asiento delantero cuando una señora de mediana edad, con la cabeza cubierta con un pañuelo, me dice que mi asiento es su asiento. M rompe a reír tapándose la sonrisa con la mantita plastificada que Emirates ha dejado amablemente en nuestros asientos.

—*Sorry, do you speak English?* —le pregunto.

—*No English, no English* —responde la mujer con gesto serio. Me muestra su billete señalando el número y letra asignados.

Una de las azafatas se percata de la escena y acude veloz para mediar en el conflicto. La mujer del velo granate le explica algo en francés mientras la azafata asiente con la cabeza con una amabilidad apabullante.

—¿Puede enseñarme su billete, por favor? —me solicita con una sonrisa un tanto fingida, esperando resolver esta pantomima cuanto antes.

La cara de M es un lienzo de ojos verdes, carcajadas contenidas y miradas esquivas hacia la ventana huyendo de la vergüenza.

—Mire, señorita azafata, este no es mi sitio, lo sé, pero necesito cambiárselo urgentemente a esta señora tan ¿simpática? —La mujer del velo me observa sin pestañear esperando a que mueva el maldito trasero de su asiento—. Verá, hace más de tres meses conocí a esta chica de aquí en Nueva York. No he sabido nada de ella hasta hoy, que ha aparecido de repente en un viaje que he organizado a Kenia. No puedo dejarla escapar de nuevo, ¿entiende? Han sido ciento doce días horribles.

La azafata me mira tratando de contener la risa.

—¿Qué asiento tiene usted?

—Un segundo, por favor. —Saco el billete del bolsillo—. 20A. Le regalo mi ventanilla, señora. Dígale que tengo una plaza maravillosa junto a la ventana, por favor —le suplico juntando ambas manos.

La azafata traduce de forma literal mis palabras y la mujer del velo granate esboza algo parecido a una sonrisa.

—OK —afirma, asiente con la cabeza y nos lanza una mirada de reojo a Mar y a mí justo antes de girarse en busca de su nuevo asiento.

—Muchas gracias, azafata. *Merci, merci* —respondo haciendo reverencias con la cabeza.

Me acomodo en el 42B junto a M, que ríe sin parar tras observar, atónita, la escena.

—Estás loco, Áxel. Para encerrar.

—Tienes el nombre más bonito del mundo mundial, que lo sepas, aunque me va a costar dejar de llamarte M. Bueno, tenemos unas siete horas más o menos hasta llegar a Dubái, tiempo suficiente para que me expliques qué coño haces aquí y qué ha sido de tu vida estos últimos meses —declaro entrelazando las manos.

—Te estoy haciendo caso, chico de la gorra, estoy poniendo mi vida patas arriba. Han sido unos meses duros —me explica mirándome con cierta ternura. Apoya la oreja izquierda en el reposacabezas.

La azafata gesticula las típicas instrucciones previas a cualquier vuelo, por si el avión se estrella en el océano y tenemos que hacer uso del chaleco salvavidas y de la salida de emergencia.

—¿Y bien?

—Volví a casa, a mi antigua habitación, y las cosas seguían más o menos igual, pero me dejaste bastante impactada con tu historia. Te busqué en las redes, vi tus vídeos… y he seguido lo que has ido haciendo estos meses en esa preciosa playa que siempre enseñas en las historias de Instagram, que lo sepas.

—¿Por qué no me diste señales de vida, Mar? Si te soy sincero, he pensado cada maldito día en ti, fustigándome porque pensaba que había hecho algo mal… y estabas al otro lado, en silencio.

—Necesitaba tiempo. Colocar de nuevo las piezas. Te parecerá una tontería, pero en Nueva York se me removieron muchas cosas aquí dentro y sentí vértigo de que en apenas una tarde y con la vida rota tuviera esa sensación. Fuiste un soplo de aire fresco que necesitaba digerir.

—Menuda digestión la tuya. Espero que, al menos, te haya sentado bien —respondo con ironía—. ¡¡Tu risa!! —exclamo retornando de repente a aquella tarde de diciembre en Nueva York.

—Por favor, chico de la gorra, no grites de esa forma, que nos está mirando medio avión. ¿Qué le pasa a mi risa? —responde avergonzada con una incómoda y a la vez divertida sonrisa en los labios.

—¡En la terraza del Two Bros! Rompiste a reír cuando te conté que llevaba la palabra «mar» tatuada en el brazo, que me daba calma y todo eso. ¿No te acuerdas?

—Menuda memoria tienes —responde, como si no hubiera analizado nuestro encuentro catorce millones de veces desde que nos separamos tratando de encontrar respuestas en cada una de sus palabras y gestos, por muy intrascendentes que fueran—. Claro que me acuerdo.

Mar sonríe paseando su mirada por la ventanilla. Estamos a punto de despegar.

—La vi.

—¿A quién?

—A la chica morena del salvapantallas de tu móvil. —Sus ojos tiemblan.

—¿Cómo?

—Cuando te levantaste a pedir dejaste tu teléfono sobre la mesa. No paraban de entrar notificaciones. Deberías quitártelas, por cierto, consumen mucha batería —me advierte levantando el dedo índice con gracia—. La cuestión es que cada vez que alguien te escribía aparecía ella en la pantalla. Y supuse que estabas todavía tratando de superarla o que no eras del todo sincero conmigo. No te culpo, Áxel, pero tú también necesitabas tu tiempo.

—La verdad es que aquella misma noche me deshice de aquella foto. Llegué a Nueva York para recomponerme bajo el cobijo de mi amigo David, concentrándome en el trabajo, en grabar… y di contigo y me cambiaste los esquemas justo cuando estaba a punto de regresar.

—No me conoces de nada. —Su afirmación es una puñalada en el costado.

—Por alguna razón nos cruzamos aquella tarde y por algún motivo el destino nos ha juntado de nuevo aquí, rumbo a Kenia. Lo mismo quiere que nos coma un león, pero soy mucho de creer en las señales que me envía la vida y esto no puede ser una casualidad más —le digo acariciándole la mano—. Estuve a punto de escribirte veinte mil veces.

—¿Cómo ibas a hacerlo?

—Tenía todo fríamente calculado. Iba a contactar con Rocío y ella, amablemente, me habría llevado hasta ti. —Dejo una breve pausa esperando a que responda—. Lo sé, te has quedado alucinada.

—¿Por qué no lo hiciste?

—¿Habría salido bien?

—No lo sé, la verdad.

—Es una forma sutil de decirme que no. Menos mal que Joe me dijo que te dejara respirar, que sabías cómo llegar a mí... y aquí estás. Aunque no sé cuál es tu objetivo. Te has dejado una pasta en venir al viaje. Podrías haberte ahorrado el dinero con un simple mensaje. Tú sí conocías el camino hasta mí.

—He dejado la empresa de mi padre. Quiero volar sola. Me refiero a buscarme yo misma las habichuelas, ya sabes.

—Eso suena muy bien, Mar. Me alegra mucho escuchar eso.

—Comencé a impartir clases de inglés online en una plataforma, hago diseños en una web, plantillas y todo eso —me explica soltándose la coleta y dejando caer sobre los hombros la melena rubia, que luce un poco más corta que la última vez que nos vimos—. He recuperado mi afición por la fotografía. Estoy subiendo fotos a varias de esas webs que venden fotografías de stock... y cuando vi que organizabas un viaje a Kenia, me pareció que era la situación perfecta para hacer fotos preciosas y buscar respuestas a esas preguntas que me avasallan desde que nos conocimos en Nueva York. Estoy muerta de miedo, chico de la gorra.

Me sonríe y aparenta ser la criatura más vulnerable del planeta. En condiciones normales habría apostado por lanzarme por fin a por sus bonitos labios o, siendo cauto, a abrazarla y protegerla para siempre, pero el avión está ya despegando y eso dificulta cualquier maniobra de acercamiento que vaya más allá de agarrarnos fuerte del brazo.

Las turbinas rugen con fuerza y noto cómo la gravedad deja de funcionar por un momento. El avión se eleva y el paisaje al otro lado de la ventana se hace más y más pequeño hasta que Madrid parece ya uno de esos mapas físicos que nos daban en el colegio para que pusiéramos nombre a los ríos y montañas. El mundo ahí afuera es ahora mismo un infinito manto de nubes blancas que sobrevolamos Miss Regalo Sorpresa, el resto de los participantes en el viaje, de los que me había olvidado, y yo.

16

Las furgonetas se abren camino por la sabana creando una enorme nube de polvo a nuestro paso. Yo me mantengo al fondo, de pie, con una mano en mi inseparable cámara, y con la otra me agarro a una de las barras que soportan el techo abierto del vehículo para que los baches no me hagan salir despedido y me dejen a merced de leones y hienas. El aire nos golpea en el rostro. Hoy comparto el viaje con los Manolos, Alicia, Alfredo y Julia. Alterno los trayectos en ambos vehículos para tener ocasión de pasar tiempo con todos. Al fin y al cabo, se apuntaron a esta aventura para vivirla conmigo, su youtuber favorito, o al menos eso quiero pensar. Y está siendo una de las mejores experiencias que he vivido nunca. Son ya seis días por la sabana keniana. Aunque el viaje comenzó con esa bomba de relojería de mirada angelical estallando por sorpresa en mi pecho y amenazando con derribar mi ya de por sí frágil estabilidad emocional, las piezas se han acomodado de nuevo y el grupo se lo está pasando genial. La emoción se palpa en el ambiente. Además, según Kiano, tenemos, como se suele decir, una auténtica flor en el culo en cuanto a avistamiento de animales, ya que hemos podido ver a cuatro de los llamados *big five*: elefante, rinoceronte, león y búfalo. El único que se nos resiste, de momento, es el leopardo. Pero Frank y Sam, nuestros intrépidos guías, ya están en ello y antes de ir hacia el campamento masái quieren hacer una última intentona cerca del río Mara.

Me preocupaba que alguno de los viajeros fuera un imbécil y nos diera el viaje y también no estar a la altura de las expectativas que se hubieran creado sobre mí. A fin de cuentas, solo me conocen de verme en YouTube y la posibilidad de parecerles un idiota integral o de que les gustase más el Áxel de los vídeos estaba ahí, pero, por fortuna, no ha sido así. Ahora, mi preocupación es otra bien distinta. La idea de pensar qué ocurrirá mañana por la tarde cuando nos toque despedirnos y Mar vuelva a su vida me perfora las entrañas. La verdad es que esta semana está siendo maravillosa junto a ella, pero no hemos conseguido avanzar hacia ninguna dirección. Le dimos al botón de pausa en la escala que hicimos en Dubái y no sé muy bien qué ocurrirá cuando toque de nuevo pulsar el Play. Está centrada en vivir la experiencia, igual que yo. Me debo al grupo. Hemos hablado mucho de Zaragoza, de la vida, de fotografía y de sueños rotos... pero muy poco de nosotros. Mucha mirada furtiva, gestos de cariño, pero con poca profundidad. Supongo que caminamos por esa delgada línea que perfila una bonita amistad, con el peligro que eso conlleva. Me da pánico pensar que voy a caer allí, en el pozo de los amigos, donde se pierden todas las esperanzas de tener algo con ella. Tampoco hemos tenido tiempo de investigarnos a fondo ni de indagar más allá, todo sea dicho. Eso es una misión imposible cuando viajas con once personas más teniendo en cuenta a Kiano, Frank y Sam, nuestros conductores y guías.

—Allí he visto algo —advierte Alfredo con la vista embutida en unos prismáticos, las entradas de la frente abrasadas por el sol—. Mira, Áxel, tras aquel arbusto de allí. —Me señala un matorral y me cede los binoculares.

Sam detiene el vehículo y Frank hace lo mismo justo detrás de nosotros. La expedición se mantiene en el más absoluto silencio, primera instrucción que nos dieron nada más llegar.

—No consigo hacerme con este artilugio —murmuro en voz baja achinando los ojos todo lo que puedo para enfocar dándole a la ruletita. Fracaso una vez más—. No hay manera de ver nada con el artefacto este del infierno, coño, entro en bucle, me quedo como bizco y de ahí no paso. ¿Soy el único anormal que en seis días no ha sido capaz de aprender a mirar por el cacharro este? —pregunto ofuscado esperando no ser el único idiota que todavía no ha aprendido a manejar unos malditos prismáticos. Pero, como era de esperar, sí, lo soy. El resto del grupo se ríe a carcajada limpia y Mar vuelve a lanzarme otra de esas miradas que emite cuando mi vena cómica sale, muy a mi pesar, al exterior. Una mirada acompañada de un mordisco en el labio inferior que queda a medio camino entre un «eres imbécil» y un «me estoy enamorando hasta las trancas de ti, chico de la gorra». A mis treinta y seis, casi sobrepasados ya, me monto en la cabeza las mismas películas que cuando era un imberbe quinceañero.

—Toma, Alfredo, se te da mejor a ti, majo. —Le devuelvo los prismáticos—. Yo me apaño mejor con esto —comento tratando de ver algo a través del teleobjetivo que me traje y con el que saco unas fotos preciosas. Aunque, siendo honesto, he recopilado más fotos de Mar que de la fauna salvaje. Dato que, por supuesto, me llevaré conmigo al otro barrio.

—Es un pumba —explica Kiano desde la otra furgoneta. Falsa alarma.

—Me dicen que hay un leopardo sobre una acacia cerca del río —anuncia Sam con el *walkie* de la emisora de radio con la que se comunican los guías en la mano—. Agarraos, que nos vamos pitando hacia allí.

—¡Este no se nos escapa! —anima Kiano desde la camioneta de atrás.

Las furgonetas se ponen de nuevo en marcha, pero tan solo unos metros después volvemos a detenernos, ya que una manada de elefantes atraviesa el polvoriento camino de tierra rojiza por el que avanzamos. Seis elefantes enormes en fila con dos crías caminan sin prestarnos la más mínima atención.

—Oye, Sam. ¿Qué opinan los elefantes de los vehículos?

Alicia suelta una de sus escandalosas carcajadas con las que nos deleita durante el viaje.

—Espera, que les preguntamos ahora, Áxel —añade con sorna Manolo, riéndose también lo suyo.

—Sí, me he explicado un poco mal —confieso rascándome la cabeza.

Sam sonríe, como de costumbre. Es un tipo encantador de poco más de un metro cincuenta que se conoce la sabana como la palma de la mano y que habla español mejor que cualquiera de nosotros.

—Te he entendido. Los elefantes y la mayoría de los animales ven a los vehículos como otro tipo de especie —aclara sin despegar la vista de los más de seis mil kilos que transitan con total parsimonia a escasos veinte metros de nuestra posición—. No somos un peligro y son conscientes de ello. Están acostumbrados a ver furgonetas y jeeps por aquí. Todo irá bien mientras no invadamos la distancia de seguridad. Los animales llegan, cruzan, nosotros esperamos pacientemente, ellos continúan su camino y nosotros el nuestro. Es una cuestión de respeto.

—Los semáforos de la sabana —susurra Manu, boquiabierto.

—Exacto —responde Sam, y pisa el acelerador—. Agarraos, chicos.

Me acomodo al fondo, con la espalda en la parte trasera de la furgoneta. La sabana es una llanura infinita teñida de amarillo, un desierto con pequeños arbustos dorados esparcidos por la inmensidad y unas cuantas acacias en la lejanía. Tengo el polvo de Kenia atravesado en la garganta. Julia cierra los ojos y deja que el viento que vuela contra nosotros juegue con su cabello negro con alguna que otra cana que saluda desde las sienes. Alfredo aprovecha el trayecto para ponerse un poco de crema en la frente, ya irritada. Manolo, el veterano del grupo, ahí anda, apoyado con ambas manos sobre la camioneta como si estuviera en el burladero de una plaza de toros esperando a que empiece la corrida. Sus ojos rasgados y pequeños brillan tratando de captarlo todo, escondidos bajo una gorra verde de los tractores John Deere. Alicia continúa con la particular pelea que inició con su cámara el día que llegó a Kenia.

—Yo os pasaré todas las fotos que haga, no te preocupes, Ali —le digo guiñando un ojo.

—Eres un cielo, Áxel. Muchas gracias. Tenía que haber trasteado con ella antes de venir aquí, la verdad. Me han salido todas las fotos movidas —refunfuña ampliando en el visor la imagen de una de las jirafas que vimos ayer.

—Allí se está moviendo algo—comenta Manu señalando la espesura a escasos metros.

Sam acerca su furgoneta y nos damos de bruces con tres guepardos con las cabezas cubiertas de sangre buceando en las entrañas de un ñu.

—Lo siento, pero yo con esto no puedo. —Alfredo vomita por el lado opuesto de la camioneta, dando rienda suelta a la grima y demás emociones acumuladas.

Me acomodo en mi asiento y fijo la mirada en el horizonte. Ese bicho estaba vivo hace apenas unos minutos y ahora mismo es una alfombra hueca llena de huesos con tres fieras rebañando las vísceras. No estoy preparado para esto. El cielo se enrojece poco a poco entre los clics de las cámaras, los gritos de asombro y un hedor nauseabundo a carne muerta que comienza a invadirnos.

—Oye, grupo, el sol está ya muy bajo y tenemos todavía un trecho hasta llegar a la reserva masái. Creo que sería conveniente cancelar la búsqueda del leopardo. Hay que salir de este barrizal de día, a poder ser —explica Sam señalando con preocupación el lodazal que cubre el camino por el que hemos venido.

—Sí, mejor nos abrimos, no vaya a ser que esos tres aún tengan hambre y nos quedemos aquí atascados —bromea Manu.

El sol es una enorme bola de fuego a punto de estrellarse contra la Tierra. Permanezco en el asiento mientras el resto de la Comunidad del Anillo, a excepción de Alfredo, que se ha convertido en el pupas oficial del viaje, permanece de pie para abarcar hasta el más mínimo fotograma que le brinda África.

La vida salvaje nos da una de cal y otra de arena de camino a nuestra próxima parada. El ocaso keniano nos regala la imagen de una cebra atravesando una charca rodeada de flamencos con el reflejo de su piel rayada flotando en el agua, como si de un espejo se tratase, mientras, en la orilla, una jirafa estira el cuello para engullir las hojas de una acacia con su cría tambaleándose entre sus patas. Cerca de la misma charca, una bandada de buitres devora el interior del cadáver de un búfalo que yace en el suelo con las costillas a la intemperie. Extienden sus intestinos sobre el barro mientras saltan a su alrededor con las alas desplegadas.

—Cuánto daño ha hecho Disney —suspira Alicia desde el asiento de atrás—. Hemos idealizado tanto el mundo animal que nos parece aberrante ver cómo funcionan de verdad las cosas aquí, en el mundo real y salvaje.

—Esto es el Mercadona de los buitres —remata Manolo—. Esos jodidos bichos no tienen ni que matar la presa, solo esperar con paciencia a que otros dejen las sobras ahí y servirse. Igual que hacemos nosotros cuando llegamos al pasillo de la carne en el supermercado.

Salimos de la reserva y atravesamos un par de poblados donde el día ya ha terminado. Junto a la carretera, desde el interior de unas zanjas, arde la basura. Un rebaño de escuálidas vacas se alimenta de los desechos que todavía no se han quemado. Nos adentramos de nuevo en la naturaleza durante unos cuantos kilómetros. Perdemos el contacto con el asfalto y transitamos caminos donde abundan las viviendas modestas y la ropa tendida en el exterior y las cabras corretean como si fueran perros. Llegamos a una especie de recinto donde proliferan los árboles en medio de un paisaje rojizo rodeado de ganado. Un grupo de niños corre alegre a darnos la bienvenida conforme salimos de las furgonetas con nuestras enormes mochilas colgando del hombro.

Nos rodean, sobre todo a Mar y a mí, ya que creo que les llama la atención su cabello dorado y sus ojos verdes. Supongo que de mí les habrán sorprendido los brazos tatuados, la gorra y la barba de seis días. Les muestro uno a uno los dibujos que descienden por los brazos y ellos juegan a gritar muy alegres el nombre de cada elemento en un inglés perfecto —*anchor, paper boat, stars, old man*—. Cuando ascienden hasta la cinta de casete que cubre parte del hombro se atascan y observan confusos el tatuaje rascándose la cabeza.

—Es una cinta de casete —les dice Manolo como si entendieran su idioma—, para escuchar música. —Gesticula como si llevase unos auriculares puestos.

Los niños lo miran extrañados sin articular palabra.

—*It's a magic box* —interviene Mar con una sonrisa—. *A box that can play music.*

Los niños responden al unísono con un «Oooh», sorprendidos, y el más pequeño de todos viene hacia mí, me agarra el hombro y acerca el oído al tatuaje. Se desata una monumental carcajada alrededor que espanta a tres cabras que se habían acercado también a fisgonear.

Aparecen tres tipos ataviados con una túnica de cuadros roja y una recia vara en las manos. Son los masáis que nos van a acoger en parte de su campamento esta noche. Uno de ellos es muy muy alto, calculo que se acerca a los dos metros, y el que lleva la voz cantante es un tipo bajito y delgado entrado en años, pero sin apenas canas en su cabello corto y oscuro. Parte del grupo está ya junto a la hoguera con un plato de comida en las manos. Manolo, M y yo nos hemos quedado rezagados charlando con los niños. Los días en Kenia comienzan demasiado temprano y, hasta hoy, han acabado demasiado tarde. Las horas de vuelo, los largos trayectos de pie en las furgonetas por sinuosos caminos tensionando espaldas, piernas y brazos, las emociones vividas... Todo comienza a pasar factura. Hoy es un buen día para recogerse pronto y descansar, ya que hemos llegado algo más temprano que otras jornadas.

Es habitual terminar los días alrededor de una hoguera con una cerveza compartiendo anécdotas, recuerdos e historias que Kiano nos cuenta de Kenia y de la vida salvaje. La mayoría del grupo cena ya alrededor del fuego, visiblemente hambriento, y comenta la escena de los guepardos, que va a estar mucho tiempo presente en nosotros.

—Oye, Áxel, ¿cuál es mi habitación? —me pregunta M con su enorme mochila rosa al hombro—. Me dicen que ya han hecho el reparto, pero como estábamos fuera con los niños, no nos hemos enterado de nada —añade sonriendo. El cansancio hace acto de presencia en sus preciosos luceros verdes.

—Buena pregunta, porque yo tampoco sé dónde voy a dormir, la verdad. Pero imagino que será allí. —Señalo, confuso y rascándome la cabeza, una especie de bungaló del que salen Manu y su padre—. ¿Ya te has acomodado, Manolo? —le pregunto al cerciorarme de que él también ha entrado de los últimos.

—La cama es un poco pequeña, pero sí, ya estamos listos —me responde con su habitual tono campechano.

—Ven, Mar, vamos a preguntarle a Kiano. Él nos sacará de dudas.

Me alejo de la hoguera y del plato de cordero con arroz que estaba a punto de devorar. El sol se ha puesto ya y las partículas atmosféricas del atardecer dejan sus restos rojizos esparcidos por el cielo. De repente, algo me toca el pie y pego un salto de órdago. Una gallina ha creído conveniente intentar taladrar mi zapatilla con su pico.

—Menudo aventurero estás tú hecho, chico de la gorra —se burla M muerta de la risa.

Kiano discute con uno de los masáis. Por lo visto, no hay habitaciones para todos. Unos miembros de un equipo del National Geographic están grabando por la zona y han decidido alargar su estancia unos días más; por lo tanto, ya no quedan habitaciones para todos.

Kiano se acerca hasta nosotros visiblemente enfadado.

—Pero nosotros también hemos pagado, Kiano. No pueden dejarnos así, ¿no? —pregunta M con inocencia y con toda la razón del mundo.

—Bueno, ellos sabían que estaba reservado. Les han ofrecido más dinero del que cuesta la habitación por permanecer más días y así funciona esto. Es la primera vez que me ocurre algo así, lo siento mucho —explica apenado—. Alba está con un cabreo que no veáis hablando por teléfono desde Nairobi con la persona que gestiona las reservas, pero la cosa pinta mal.

—Pero vamos a ver, Kiano, alguna solución tiene que haber. ¿Podemos acoplarnos en alguna habitación? No creo que nadie se muera por compartir habitación una noche, ¿no? —planteo a la desesperada.

—Son camas diminutas en cabañas enanas. Esa fue mi primera opción. El plan B que ofrecen es que os alojéis donde vamos a dormir Frank, Sam y yo. Según ellos, la mayoría de los viajeros que vienen a vivir la experiencia se pelean por dormir ahí dentro. Pero entiendo que, para europeos como vosotros, no sea el sitio idóneo.

Kiano señala una casa hecha de barro y que parece que se va a caer y de cuyo interior salen dos gallinas y una cabra.

—¿Eso es un bungaló? —pregunta M con un gesto a medio camino entre el miedo y la sorpresa.

—¡Ah, claro! Vosotros no la habéis visto porque estabais todavía fuera jugando con los niños. Es una típica casa masái. Las construyen las mujeres. Venid, que os la enseño. Yo duermo siempre aquí cada vez que vengo con los grupos, pero, como podéis ver, es muy muy autóctona. —Kiano abre una destartalada puerta de madera y la penumbra es absoluta—. Esperad, que doy la luz.

Toca un interruptor que cuelga de dos cables sujetos con una cuerda atada a una rama que aparece del techo. La bombilla parpadea un par de veces antes de encenderse y mostrarnos el zulo en el que creo que estamos condenados a dormir esta noche. Abre una puerta en mitad del lúgubre pasillo y nos descubre un enorme colchón acomodado sobre un somier resquebrajado, con una mesilla coja a un lado y una pequeña ventana sin cristal al fondo con una cortina que trata de ofrecer algo de intimidad. «La ventaja que tiene es que estas camas son más grandes que las de los bungalós». Kiano trata de buscar oro en el fondo de un charco. Un insecto volador de un tamaño considerable huye hacia el exterior cuando corre la cortinita. Al fondo hay una especie de armario empotrado sin puertas y dos baldas torcidas cubierto de telarañas que bien podría ser una tumba profanada.

—Todavía no me explico cómo esto es capaz de sostenerse en pie —comento asombrado, acariciando con cuidado la pared—. Está construido con barro, ¿no?

—Mi preocupación ahora mismo es otra, Áxel, te lo puedo asegurar —responde M de inmediato, acostumbrada a vivir en casas de varias plantas con jardín y barbacoa.

—Está construida con palos, paja, barro y excremento de vaca —explica Kiano con una normalidad apabullante.

—¿Esta casa está hecha de mierda? —pregunto alucinado, acercando mi nariz a las paredes—. Pues te aseguro que no huele nada.

—No puede estar ocurriendo esto, de verdad que no. —M habla sola, tocándose la frente, pensativa, y mirando al suelo.

—Esta sería mi habitación y la de los guías. —Kiano abre una puerta y una habitación con tres diminutas camas, esta vez sin armario, pero con la misma mesilla y ventana sin cristales que la anterior, se abre ante nosotros—. Y esta sería la otra, que es igual que la que hemos visto primero. Es dormir en la calle a la intemperie, tratar de coger uno de estos colchones y meterlo como podamos en otra de las habitaciones o apañarnos con esto. A estas horas es imposible encontrar otro alojamiento, está todo lleno. Pero os aseguro que aquí no vuelvo más. Lo siento mucho, de verdad, pero la situación está fuera de mis manos. —Está visiblemente afectado por las circunstancias.

—Por mí no te preocupes, amigo. Me apañaré y, en el peor de los casos, pasaré una bonita noche sin pegar ojo. —Trato de animarlo sonriendo—. Vamos a tratar de acomodar a Mar en otra habitación cogiendo uno de estos colchones y listo. El grupo se tendrá que adaptar. Sabían dónde venían, Kiano, no te irrites por eso.

—No os preocupéis por mí, dormiré ahí. —M entra en la conversación a hombros, por la puerta grande y observando con cierta grima el paisaje que se extiende a nuestro alrededor. La bombilla deja de funcionar y Kiano agita uno de los cables del interruptor para prenderla de nuevo—. Sé que este grupo es importante para ti, Áxel. Que todo el mundo vuelva contento a su casa y así conseguirás hacer más aventuras de estas, que está siendo maravillosa, por cierto —dice llevándose la mano al pecho.

—Os lo agradezco en el alma, chicos. Voy a llamar a la jefa, que estaba preocupadísima y muy cabreada con este asunto —responde aliviado Kiano haciendo referencia a su socia y mujer, Alba, una valiente de armas tomar que decidió emprender en este lado del mundo tras haber nacido de nuevo después de una complicada operación que casi la envía al otro barrio antes de hora. Aquí todo el mundo tiene una historia que contar.

—Perdona, Kiano, ¿el baño dónde está? Necesito con urgencia una ducha —confiesa M arrojando su mochila sobre la horrible sábana de rayas azules desgastadas que cubre su cama.

—Sí, perdona, está allí —comenta con el teléfono en una oreja y señala el otro lado del terreno—. Yo me retiro ya. Gracias por la comprensión, pareja.

La ducha es una siniestra caseta alumbrada con una bombilla rodeada de insectos que asoma a unos cuantos metros tras la hoguera, donde cada vez quedan menos componentes de la expedición. La gente se ha ido retirando a descansar. Mañana el madrugón es épico. Volvemos a Masái Mara para tratar de ver leopardos y la zona alrededor del río Mara que no pudimos ver hoy debido a la sanguinaria actuación de los guepardos. Por la noche tomamos el vuelo de vuelta.

—Yo me la voy a jugar con la ducha, huelo que apesto al mejunje ese de los mosquitos. ¿Nos vemos en la hoguera? Estoy muerta de hambre.

—Vale, ve tú primero, Mar. Cuando termines iré yo.

17

Mar se aleja caminando acompañada del gracioso sonido de sus chanclas, embutida en una enorme camiseta blanca de Nirvana que le hace de camisón y con una de esas cestas de plástico con agujeros que venden en los bazares chinos para llevar las cosas de aseo en una mano y una toalla en la otra.

—Tío, yo me voy a sobar. No sea que el viejo empiece a roncar antes de hora —me dice un Manu con ojeras bajo las gafas apurando el último trago de su cerveza—. Está siendo un viaje cojonudo, Áxel, que lo sepas. Lo estamos pasando todos genial. —Me anima con la mano en mi hombro.

—Me alegro mucho de que lo estéis disfrutando tanto, Manu. Descansa, que mañana va a ser un día largo y hay que estar a tope.

Me acerco a una neverita que hay conectada a un pequeño generador eléctrico similar a los que yo vendía hace apenas dos años y saco del fondo una botella de Tusker fresquita, la cerveza local de Kenia. Está buenísima. Me siento frente a la hoguera esperando a Mar. Puedo escuchar desde aquí el sonido de su ducha mientras canturrea algo que, si no me equivoco, es «The Universal», de Blur, pero no consigo descifrarlo bien por el crepitar del fuego, que emite chispas sin parar agitado por el viento.

M vuelve secándose el pelo en la toalla. Me avisa de que va a dejar el neceser en el zulo. Me acerco hasta la ducha. Abro el grifo y un hilillo de agua helada comienza a regarme el cuerpo. Me enjabono el pelo, las axilas, el pecho, la raja del culo y las partes nobles y me aclaro de inmediato. El calentador ya no da más de sí y Mar ha terminado con el agua caliente. Me seco sin quitarle la vista a un enorme escarabajo negro con una especie de cuerno sobre la cabeza que recorre las baldosas hechas añicos en busca de la vegetación.

Me enfundo una de las dos únicas camisetas que todavía permanecen limpias en la mochila y unos calzoncillos que ya he lavado dos veces. Sí, olvidé parte de mi ropa interior en la furgoneta y voy frotando los gayumbos con jabón de manos por todos los hoteles de la sabana keniana. Me pongo unos vaqueros y mis viejas Vans negras. Tiendo la toalla en una cuerda de nailon atada entre dos árboles y meto el neceser de nuevo en la mochila. Algo parece moverse bajo la mesilla de la habitación, pero salgo disparado hacia la hoguera sin querer prestar demasiada atención.

—Toma, Áxel, te he servido esto. El que dejaste a medias estaba ya helado y este está todavía calentito. —Mar me da un plato de plástico con unos cuantos trozos de cordero con patatas y un poco de arroz. Recupero mi cerveza y me siento junto a la hoguera.

—Muchas gracias.

M come encogida con las piernas sobre la silla y su mirada fija en las llamas. El pelo todavía mojado le cubre la mitad del rostro. La lumbre ilumina la parte de su bonita cara que queda descubierta, potenciando todavía más ese verde océano que desprenden sus ojos. Esta sería una foto preciosa si tuviera a mano la cámara.

—¿Qué? —Me sorprende observándola.

—Nada, nada... —respondo algo ruborizado—. Tienes un moco aquí. —Puto Áxel, arréglalo, me digo.

—¿Cómo? —Mar apoya de inmediato el plato sobre las rodillas, saca el móvil de su bolsillo, comprueba con la cámara frontal las fosas nasales y ratifica que he soltado la primera gilipollez que me ha venido a la cabeza—. A veces eres un poco estúpido, chico de la gorra.

Recoge de nuevo las piernas sobre la silla y engulle una patata mirándome con un gesto pícaro.

La hoguera arde en el epicentro de la noche keniana. Nos hemos quedado solos el fuego, ella y yo.

—Estás preciosa desde aquí, con las llamaradas resaltando esa mirada verde turquesa que tienes. ¿Mejor así? —Trato de salvar un poco los muebles.

—Muchísimo mejor. —Me sonríe con ternura—. ¿Y bien? ¿Cuál es tu plan cuando termine este viaje? ¿Dónde va a llevarte esa vida tan de aquí para allá que tienes?

¡Maldita sea! Se me ha adelantado, ya que es la pregunta que trato de hacerle desde que puso los pies en la T4. Pero no he encontrado el momento con tanta gente revoloteando a mi alrededor y, cuando la he tenido a tiro, había una cebra con las tripas fuera siendo devorada por una manada de leones o un par de pumbas copulando. No creo que ese fuera el momento oportuno de lanzar preguntas transcendentales sobre su futuro.

—Volveré a Enebrales, a esa maravillosa playa, y supongo que estaré allí hasta primeros de junio.

—¿Por qué junio? —pregunta curiosa sin despegar la vista de un plato en el que apenas queda ya un poco de arroz.

—Enebrales es el sitio perfecto para el otoño, el invierno y gran parte de la primavera, pero conforme se acerca el verano va llegando más gente y la vida tranquila que se respira allí a diario se esfuma. Julio y Churra es cuando más trabajo tienen y el calor comienza a ser sofocante. La vida en la furgoneta cuando fuera hay más de treinta grados es complicada; allí no hay aire acondicionado y, literalmente, te asas —explico y remato el último trozo de carne que queda en mi plato—. Así que Trufita y yo nos vamos hacia el norte huyendo del calor intenso y de las aglomeraciones, pero no hemos decidido todavía dónde. Supongo que improvisaremos.

—Me encanta que hables sobre vosotros, la gatita y tú, como si fuerais una familia.

—Es que lo somos. Viajar con ella es maravilloso, pero he de tener algunas cosas en cuenta a la hora de quedarme en un lugar. Buscar sitios tranquilos, donde ella pueda moverse por fuera, aunque sea con el arnés ese que no soporta. Luego, la verdad es que pasa los días bajo el sol, tumbada sobre el salpicadero o en la cama si le dejo el oscurecedor abierto. Ella es feliz en Enebrales, porque fuera de temporada entra y sale cuando quiere, se pasea por el chiringuito de Julio para que todo el mundo le haga carantoñas... Pero cuando aquello se llena de coches, perros y niños, es distinto.

—Entiendo —asiente con la mirada en el fuego, que poco a poco va perdiendo fuelle—. Me tragué todos los vídeos que tienes en YouTube.

—Hay más de quinientos, no me engañes. ¿Cuál ha sido tu serie favorita? —La pongo a prueba.

—Indonesia, Tailandia, México... Las he visto todas, de verdad. Has sido mi Netflix durante estos meses, Áxel. Te veía cada noche en el portátil antes de acostarme. Han sido tiempos duros pero sanadores. Tienes algo especial —me confiesa con una voz pausada y algo afónica por el humo que huye de la hoguera. Tose un poco—. Me parecías alguien tan lejano y cercano al mismo tiempo... He tenido muchas sensaciones extrañas contigo —declara con una sonrisa colgando de los labios.

—¿Buenas o malas? —mi pregunta muere en el aire, ardiendo sobre las llamaradas.

Los gritos de un masái irrumpen en la escena cuando más interesante se pone nuestra conversación. Acto seguido, un rebaño de vacas y cabras pasea como si nada en mitad de la oscuridad junto a nosotros, rumbo a un cercado que hay justo al otro lado de los baños. Remata la procesión el masái de más de dos metros que conocimos al llegar.

—Ese fuego se muere —dice en inglés. Se acerca a la hoguera, mueve un tronco y unas cuantas ramas y sopla en la base, y la hoguera revive—. Así está mejor.

—Muchas gracias —respondemos al unísono.

—De todos modos, comienza a hacer frío —añade ella.

—Toma, ponte esto. —Le arrojo la sudadera con capucha que descansa sobre el respaldo de mi silla desde que me senté a cenar. Estamos teniendo unos días bastante primaverales en Kenia, pero cuando la noche se instala, comienza a refrescar. M se esconde bajo la capucha de mi sudadera mientras el viento se enreda con su pelo todavía húmedo.

—¿Cómo te llamas? —le pregunto al masái.

—Kamau —me responde despacio.

—Es un nombre precioso —dice M—. ¿Tiene algún significado?

—Aquí, en Kenia, todo tiene un significado. Guerrero tranquilo, ese es el significado —aclara con una impoluta sonrisa blanca que contrasta con el color de su piel.

—¿Qué te ha ocurrido en la pierna? —me intereso por el vendaje que asoma bajo la túnica y cubre parte de la espinilla izquierda.

—Hay un elefante que nos está causando algunos problemas —nos explica con la mirada en el apósito—. Hace un par de noches embistió una de las planchas que protegen los árboles frutales de aquella zona y me corté tratando de sostenerla.

—Con lo buenos que parecen —añade Mar.

—Es el animal más peligroso de todos. Se cuelan por aquí en busca de vegetación y de los frutos de nuestra agricultura y como vayan con alguna cría y se sientan amenazados, arrasan con todo lo que pillan por el camino. He perdido la cuenta de las veces que hemos reparado aquella caseta grande de allí —señala en la penumbra el tejado de una de esas casas hechas con barro y mierda de la que sale un humo blanco por algo parecido a una chimenea—. Un elefante puede matarte solo con levantar una de sus patas. Arrasan con nuestras cosechas y lo destrozan todo. Nos han aplastado ya varios perros —explica con una sonrisa, como si tener un elefante derribando parte de tu casa y aplastando chuchos fuera lo más normal del mundo.

—Siempre pensé que, para las personas que habitáis la sabana, los grandes felinos serían el principal enemigo —reflexiono en voz alta.

—Las leonas son más esquivas, algunas incluso huyen. Y si el hambre aprieta demasiado, te matan un par de vacas, pero no destrozan tu hogar. Bueno, me tengo que marchar.

Kamau nos dice adiós con la mano y se adentra en la oscuridad del cercado.

—Es maravilloso lo diferente que es la vida según la parte del planeta en la que te encuentres —reflexiona Mar—. Nosotros vivimos pendientes de ir a una oficina de ocho a seis, de progresar, de tener cuanto más mejor en ciudades plagadas de coches, semáforos y perros paseando con correas tirándoles del cuello y aquí la preocupación es un enorme elefante que invade tu terreno para comerse tus manzanas. Es asombroso, ¿no crees?

—Totalmente —respondo entre risas mientras el fuego muere poco a poco, consumiendo las maderas que Kamau había colocado con mimo.

—Me voy a lavar los dientes y me marcho a dormir, Áxel. Creo que va a ser una noche larga —me dice vertiendo dentífrico sobre un cepillo que acaba de sacar de su neceser, que ha ido a buscar al zulo, mientras observa la casa de barro y caca en la que vamos a dormir.

—¿Me pones un poco? —le digo colocando mi cepillo junto al suyo.

Nos frotamos los dientes en silencio viendo cómo arden las últimas ramas en el fuego, envueltos por el crepitar de la hoguera y por los mugidos que vienen del otro lado del baño donde acaban de encerrar medio centenar de vacas. Nos enjuagamos la boca con agua embotellada y escupimos sobre las llamas. Se escuchan ladridos de perros en la lejanía, quién sabe si tratando de ahuyentar a alguno de los elefantes que ha mencionado Kamau. También varios grillos le cantan a la noche en un poblado donde ya solo quedan los restos de una hoguera que agoniza en cenizas, la luz de las estrellas y el halo de la linterna de Mar, que camina despacio hacia la entrada de la casa de los horrores.

Abro la puerta con cuidado y lo primero que sentimos son los ronquidos que vienen del zulo del fondo, donde duermen a pierna suelta Kiano, Frank y Sam. Cierro la puerta con cuidado.

—Buenas noches, M.

—Que descanses —me responde introduciéndose en su habitación con el miedo dibujado en la cara mientras mueve el foco de luz de la linterna de un lado a otro en busca de la pequeña fauna salvaje que puede invadir sus aposentos—. ¿Te molesta si te pido que dejes la puerta de tu habitación abierta? La historia de los elefantes aplastando perros y las leonas comiendo vacas no ayuda a tener un sueño placentero en un lugar como este.

—No, no. Sin problema. Dejaré mi puerta abierta para que me avises si entra un bicho de esos por la puerta y poder venir a rescatarte o, al menos, a que se me coma antes que a ti mientras intentas huir.

229

Me adentro en mi habitación con la inofensiva luz de mi iPhone tratando inútilmente de alumbrar algo. Acerco el teléfono bajo la mesilla, justo en el lugar donde hace un rato creí ver algo moverse. «El que busca encuentra, el que busca encuentra», repito en la cabeza una y otra vez. Pero nada. Solo doy con unas cuantas telas de araña abrazando los bajos de la cama, el fondo del armario empotrado sin puertas y una cortina que intenta volar enganchada con un cable a una ventana sin cristales con cuatro barrotes de madera mal atornillados. Dudo que puedan frenar a un felino de doscientos cincuenta kilos que se ha quedado sin cena.

Me desprendo de la ropa y me pongo uno de esos pantalones de deporte que uso como pijama. Me meto en la cama con cuidado, como el que se introduce en un mar turbio con miedo a lo que pueda encontrar en la profundidad. Esa maldita ventana deja pasar todo el aire, la almohada es un auténtico folio y el somier cruje a cada movimiento que hago como si estuviera a punto de romperse. El colchón, contra todo pronóstico, es bastante cómodo.

Me martirizo un rato pensando en que no he sabido invertir bien estos últimos minutos con Mar y el viaje llega a su fin. Tenía que haberle preguntado de una maldita vez en qué consiste eso de poner su vida patas arriba y si eso me incluye de alguna forma en la ecuación de su futuro. Fijo la mirada en la tenue luz de la luna que entra con permiso de la volátil cortina, que baila de un lado a otro agitada por el viento.

El cansancio se apodera de mí, el sueño me invade y me acurruco como puedo para protegerme del huracán que se ha hecho con este improvisado hotel construido con mierda de vaca. Cuando al fin consigo coger la posición noto un movimiento fuera. Alguien camina por el pasillo de manera torpe. Levanto la cabeza y la niña del exorcista me mira desde la puerta.

—¡Hostias! —grito atemorizado.

—Perdona, Áxel, siento haberte asustado, pero es que… joder, me da vergüenza decirte esto. —Confiesa M con inocencia desde la puerta como si fuera una niña pequeña que invade el dormitorio de sus padres en mitad de la madrugada porque hay un monstruo que vive en su armario. Solo le falta un osito de peluche colgando del brazo.

—¿Has visto algún bicho? ¿Alguna araña? —le pregunto desde mi cama, frunciendo el ceño.

—He visto una cosa saltando por la ventana. Creo que era una rana o una serpiente o algo muy asqueroso, joder.

—Ven, ven, siéntate. Casi prefiero vérmelas con un elefante o con un león hambriento que con un sapo o una serpiente, la verdad.

Mar se acerca mientras me mira, sonriendo y llorando a la vez. Ha tenido un gesto precioso conmigo porque todo el tema de las habitaciones lo ha terminado pagando ella, y bueno, también yo... Pero, al fin y al cabo, yo estoy trabajando y ganando dinero y ella ha pagado igual que todos esos que están plácidamente durmiendo en sus malditas cabañas. Sin ranas, sin culebras y sin ventanas sin cristales por las cuales entra un huracán de cojones. Tiene el mismo derecho que ellos a su confort. Lo ha sacrificado por mí y porque todo el mundo quede feliz con el viaje.

—Pensaba que podría dormir sin problemas, pero me he tumbado en esa cama y entra un viento que no veas, me pica todo y veo bichos que se mueven todo el rato —dice de una forma un tanto cómica e histérica al mismo tiempo—. ¿De qué te ríes? A mí no me hace gracia. Yo solo quería ayudarte.

Su mirada se clava en la mía con los ojos un poco humedecidos y un sentimiento familiar me acaricia la nuca. Es otra vez aquella bonita sensación que me puso los nervios a flor de piel en la puerta del New Yorker el diciembre pasado.

Soy malísimo para decidir cosas. Todo lo que toco se rompe. Laura, la abuela, la relación con mi padre, mi trabajo en aquella reputada multinacional de mierda... O llego tarde o lo hago demasiado temprano y termino jodiéndolo todo. Pero a veces uno nota ese clic interno, ese «ahora» que alguien grita desde el fondo de tu insignificante ser. Esta vez es una orden clara y firme. No sé quién coño eres, pequeña voz interior, pero es ahora o nunca, tengo que hacerte caso antes de que un maldito elefante entre por esa puerta o se levante uno de los guías que roncan en la habitación de al lado para ir a mear y espante la magia de nuevo. He perdido la oportunidad ahí fuera, pero estamos en tiempo de prórroga. Todavía hay partido.

Cierro los ojos y acerco con decisión los labios en busca de los de Mar, que ahí siguen, inmóviles. Ella acorta distancias abalanzándose sobre mí, como si estuviese pensando lo mismo que yo y esa extraña y lejana voz interior nos hubiera gritado lo mismo a los dos al mismo tiempo. Nuestros labios se funden en uno, nuestras lenguas se enredan y nos dejamos caer sobre esta destartalada cama agitada por el viento. Mar me acaricia el pelo mientras me besa, despacio, con cuidado y con muchas ganas, despertando un sentimiento que ya tenía olvidado. Se acomoda bajo mi cuerpo, separa la cara de la mía y me sonríe sosteniéndome las mejillas entre sus manos frágiles y frías. Yo me pierdo en sus ojos. Jamás había tenido tan cerca un paraíso así. Su mirada tiembla emocionada y vuelve a cerrar los ojos mientras nuestros labios se abrazan de nuevo. Nuestros cuerpos se frotan, le beso el cuello, donde me doy de bruces con su olor corporal, sin perfumes y, sin duda, el mejor del mundo. Me mordisquea el lóbulo de la oreja y se hace con mi cuello, activando todos los sistemas de alarma de mi testosterona. Trata de deshacerse de mi pantalón de deporte e intento hacer lo mismo con esa camiseta *oversize* que utiliza de camisón. Descubro sus pequeños y bien posicionados pechos, paseo la lengua por ellos. Me coge la cabeza con sus pequeñas manos y me mira fijamente.

—¿Nuestra primera vez va a ser aquí? ¿En una casa construida con barro y caca? —me pregunta con la voz entrecortada y exhalando como si hubiese terminado de correr una maratón.

—Afuera hay un elefante que pisa perros y un par de leones que comen vacas —le digo muy serio—. Este es el mejor lugar que nos podemos permitir, cariño. —Otra vez hablo de más, otra ocasión más tratando de recoger ese maldito cable. Ese «cariño» me ha salido del alma.

Mar sonríe otra vez y me acerca de nuevo a su boca. Busca mi miembro con su mano, yo me pierdo entre sus piernas. Nos acariciamos. Presiona la boca en mi cuello intentando ocultar el placer, me muerde, le beso los pechos de nuevo y cuando mi pene está a punto de entrar en ella, nos caemos del mundo. Un seísmo siete punto nueve se interpone entre nosotros. Un estruendo invade no solo la habitación, sino el poblado entero. Las patas de la cama han cedido y dos de ellas se han tronchado. Ahora mismo no hay una cama, sino un maldito tatami y algo de polvo, que puede ser un poco de mierda de vaca cayendo de una de las grietas del techo.

—¿Estás bien?

—Podría estar mejor, la verdad —responde con ironía—. No puede estar pasando esto, de verdad que no —suspira desnuda mirando hacia arriba y ríe a carcajada limpia.

—¿Qué ha pasado?

Las figuras de Kiano, Sam y Frank apenas se distinguen entre la oscuridad, desde donde nos miran perplejos con una bombilla encendida en la mano junto a la puerta, paralizados como si estuviese a punto de darles una embolia, boquiabiertos y sin saber muy bien qué decir. Todo lo que se diga cuando te encuentras en una choza masái a una pareja desnuda a punto de copular sobre una cama hecha añicos está de más. Mar se cubre el cuerpo con la sábana y yo mantengo el tipo como puedo tapándome la chorra con una mano e intentando hacerme, sin éxito, con una porción de sábana con la otra, tirado panza arriba sobre la cama.

—¡Joooder! —exclaman los tres al observar el lienzo de tetas, culos, nardo y más bien poca vergüenza que, desde esa parte del zulo, tiene que ser dantesco.

—Os diría que esto tiene una explicación y todo ese rollo. —Me tapo las partes nobles como puedo mientras M se limita a asomar la frente y un ojo por encima de la sábana—. Pero sí es lo que parece. Estábamos a punto de hacer el amor, llevo tres meses enamorado hasta las trancas de esta preciosidad de aquí. Se ha plantado como si nada en mi aventura keniana y no he encontrado el momento idóneo para hablar con ella en toda la maldita semana. Total, que cuando al fin hemos podido estar solos, una cosa ha llevado a la otra, nos hemos besado… y, bueno, nos hemos cargado la cama —explico observando el desastre que se extiende a nuestro alrededor.

Mar me mira con ese gesto tan suyo que ya he aprendido a identificar, a medio camino entre «menudo estúpido estás hecho» y un «quizá seas el chico de mi vida». Bueno, esa es mi versión, claro.

Los tres kenianos rompen a reír como si no hubiera un mañana. Sam golpea la pared, Frank da saltitos sobre sí mismo como si estuviese poseído y Kiano se tapa la boca para que su carcajada no se oiga por el resto del poblado. Mar y yo vemos la escena desde la cama y nos unimos a las risas mientras el viento intenta derribar la casa.

—¡De todos modos, no tenía preservativos! —lamento tapándome la cara con las dos manos—. Vosotros no tendréis... —Mar me da un codazo, avergonzada, y Kiano, Frank y Sam reactivan sus risas.

—Menudo espectáculo, qué vergüenza, por favor —murmura M con la cabeza todavía bajo la sábana.

—No, no llevamos preservativos. Nuestras mujeres están en casa —responde Kiano secándose las lágrimas con la manga de su camiseta—. Bueno, no os preocupéis por la cama, apoyad el somier en la pared y podéis dormir con el colchón sobre el suelo. Más no se puede romper. Os dejamos descansar o lo que sea... Hasta mañana.

Se despiden los tres, engullidos por la tenebrosidad del pasillo, todavía soltando alguna que otra carcajada.

—¡Oye, chavales! —grito tratando de poner de pie el somier para ocultar el vendaval que entra por la ventana—. De esto ni una palabra mañana, ¿estamos?

—No te preocupes, seremos tres tumbas —responden jocosos desde la habitación de al lado.

Apoyo lo que queda de somier sobre la ventana y logro dificultar el paso de gran parte de las ráfagas de viento que invadían la habitación. Vuelvo a meterme en la cama, donde Mar ya ha conseguido asomar la cabeza.

—Esto ha sido muy fuerte, Áxel —dice encanada de la risa—. ¡Ay, por favor, qué vergüenza! ¿Con qué cara les pedimos mañana a los guías que paren aquí o allá?

—¿Sabías que los masáis pueden tener hasta diez mujeres diferentes? —pregunto con picardía.

—Pues la verdad es que no. No tenía ni la más remota idea. —Rompe a reír de nuevo—. ¿A qué viene ese dato *random* ahora mismo?

—Pues que, si uno de esos masáis puede tener hasta diez mujeres, imagino que tendrán que tomar precauciones con el resto, ¿no?

Es probable que nuestro amigo, el pastor de dos metros, lleve algún preservativo por la túnica esa. —Esto sonaba genial en mi cabeza con la testosterona preguntándome qué coño ha pasado. ¡Con lo bien que iba todo hace apenas unos minutos!

—No me lo puedo creer, ¿no has tenido suficiente? —Se ríe con la cabeza en la almohada y me atraviesa con la mirada como nunca lo había hecho antes—. ¿Puedo quedarme aquí a dormir contigo, Áxel? Prometo no roncar.

—No me cuesta nada salir y preguntarle, ¿eh? Parecía un tipo muy colaborador. —Gasto la última bala del cartucho.

—Vamos a dormir, anda. —Resopla y me besa en los labios—. Me haces reír un montón, chico de la gorra.

Mar posa la cabeza sobre mi pecho y yo apago la linterna del móvil. Por la sepultada ventana, tan solo consigue cumplir su misión de alumbrar levemente el techo una mínima porción de luz que me regala la luna. Puedo observar con detenimiento a esta preciosidad que cae rendida entre mis brazos. ¿Qué coño voy a hacer contigo, exchica de ojos tristes? ¿Qué estás haciendo aquí, poniendo mis planes patas arriba? ¿Qué ocurrirá mañana cuando termine esta aventura, lleguemos de nuevo a la T4 y nuestros caminos se bifurquen?

No estoy preparado para que sea mañana y llegue el momento de decirnos adiós, se me vuelca algo en el pecho tan solo de imaginármelo. Tampoco estoy listo para perder de nuevo la oportunidad de poder hablarlo todo antes de que estemos rodeados de gente otra vez. No va a haber otra ocasión mejor que ahora, cuando nuestros cuerpos reposan abrazados con la única interrupción de los grillos gritando ahí fuera y el viento tratando de arrasar de nuevo con ese somier que tapia la ventana.

—Mar —susurro—. Creo que no voy a ser capaz de perderte de nuevo —confieso a bocajarro. El silencio se alarga igual que su inspiración y espiración. M duerme profundamente con la boca entreabierta acomodada entre mis brazos, de donde no quiero que salga jamás. Me quedo a solas con la noche. He llegado tarde. Otra vez más.

18

El aparcamiento del centro comercial de Nairobi donde hemos comido unas pizzas antes de iniciar el largo viaje de vuelta a casa es un drama lleno de abrazos, pañuelos, lágrimas, palabras de agradecimiento y muchos «hasta pronto» que probablemente no se cumplan jamás. ¿Hay algo peor que una maldita despedida? El ser humano no está preparado para decir adiós. Al menos yo, que llevo toda la vida despidiéndome de la gente que más quiero y siempre antes de hora: mamá, Laura, la abuela, David... Ellos ya no están o están demasiado lejos.

—Ha sido un placer conocerte en persona y vivir todo esto contigo, amigo —me dice Kiano apretujándome entre sus fornidos brazos—. Para nosotros, hacer este viaje junto a ti ha sido una auténtica experiencia. Mira cómo se va la gente. Ojalá repitamos otra aventura el año que viene —me indica señalando al grupo que llora a moco tendido al despedirse unos de otros.

—Será un placer, Kiano. Gracias por confiar en mí —le agradezco secándome las lágrimas con la camiseta—. Hazle llegar mi agradecimiento también a Alba.

—No te preocupes. Oye, Áxel, y con ella, ¿qué? Es una chica espectacular. Se la ve muy buena gente. Y lo de ayer fue de lo mejor que he visto en mi vida, te lo prometo.

—Esa va a ser la peor despedida de todas. Esa sí me da miedo de verdad —le confieso mientras las piernas me flojean por los nervios.

Me abrazo a Frank y Sam, que, aunque están acostumbrados a despedirse dos o tres veces al mes de todos los grupos a los que guían, tampoco pueden evitar contener las lágrimas.

—Vosotros llorabais más ayer por la noche, cabrones —les digo en broma y les arranco una sonora carcajada—. Ha sido un auténtico placer viajar a vuestro lado. Espero repetirlo el año que viene con otros ocho viajeros.

—Y con ella —responde Sam, que sonríe, pícaro, mirando a Mar, sumergida en despedidas.

—Ojalá, amigo, ojalá —contesto suspirando.

—Bueno, ya están aquí los Uber. —Kiano da unas palmadas—. Os llevarán al aeropuerto. Buen viaje a todos.

En una hora escasa nuestros coches llegan al Aeropuerto Internacional Jomo Kenyatta. Cogemos nuestras polvorientas mochilas de los maleteros y nos introducimos en la terminal. Pasamos el exhaustivo control de seguridad. La tristeza se ha apoderado del grupo, que vaga en silencio en busca de los paneles informativos. Cómo contrasta la alegría del partir con la pena del volver. M apenas me ha dirigido la palabra desde que despertó en la misma posición en la que cayó rendida. Yo no he conseguido pegar ojo. He pasado la noche observándola, sintiendo su profunda respiración sobre el pecho, acariciándole el pelo y tratando de memorizar su olor. Camina cabizbaja y pensativa buscando nuestra puerta de embarque. Vamos algo justos de tiempo. Cuando llegamos, la gente ya está entrando en la aeronave, un Airbus A380.

—¡Hemos llegado por los pelos! —dice Manolo.

Me coloco detrás de Mar pensando en repetir la jugada que hice en el viaje de ida y forzar otro encontronazo de cinco horas de vuelo hasta Dubái, pero el cansancio me gana y me acomodo en cuanto doy con el 31A, mi asiento. No he dormido ni un segundo y esta mañana hemos recorrido la parte del Masái Mara que nos quedaba inspeccionar junto al río; después, a comer y aquí. No tengo lo bastante despierta la mente ahora mismo como para tratar de convencer a la tripulación de que esa preciosa chica de melena rubia que está sentada a más de quince filas de aquí puede que sea el amor de mi vida y no puedo dejarla escapar más.

Trato en vano de asomarme sobre los asientos buscando algún tipo de contacto visual con sus dos faros verdes, pero están ocupados observando el trajín de aviones que van y vienen al otro lado de la ventanilla con un gesto similar al de la tarde que nos conocimos, cuando obviaba mi presencia con la mirada perdida al otro lado del ventanal del Shake Shack. M vuelve a ser la chica de ojos tristes.

El avión despega y antes de que me dé tiempo a desabrocharme el cinturón, caigo en un placentero sueño, hipnotizado por el sonido de las turbinas del motor. Cuando abro los ojos de nuevo, los pasajeros están ya saliendo del avión.

—Un poco más y te tienen que hacer el boca a boca. Menuda sobada llevabas, tío —me dice Manu muerto de la risa—. Han intentado despertarte un par de veces, pero no ha habido manera.

La última vez que estuvimos en este aeropuerto, en la escala del viaje de ida, éramos la Comunidad del Anillo que partía alegre hacia Moria en busca de la magia de los elfos. Ahora somos los hobbits que regresan de Mordor con las mochilas llenas de mierda, apestando a mejunje antimosquitos y ropa sucia. Cada uno a punto de volver a su mundo. Los Manolos, Mar y yo volamos hacia Madrid y el resto consiguieron pillar un vuelo más económico, pero hace una escala más en París. Nuestros caminos se separan aquí. Más abrazos y menos lágrimas que en Nairobi. El cansancio del vuelo y la sensación de que esto ha terminado ha hecho mella en todos nosotros.

—Eres un tío cojonudo, Áxel —me dice Alfredo—. Ojalá montes más movidas de estas y podamos apuntarnos.

—Ha sido un viaje genial, muchas gracias por todo —añaden Ana y Fran, el *team* Burgos.

—Lo mismo os digo a todos. Me encanta que haya al otro lado gente tan buena como todos vosotros. —Vuelven las lágrimas y nos fundimos en un abrazo conjunto que emana un olor insoportable.

—Olemos a sabana, polvo y ñu que tiramos para atrás —comenta Alicia tapándose la nariz entre risas.

—Os pasaré a todos las fotos del viaje en cuanto las tenga editadas y también montaré un vídeo para que lo tengáis de recuerdo, chicos. Muchas gracias por todo y nos vemos en la siguiente.

Mar me acaricia la nuca al percatarse de que pretendo ocultar el llanto con el cuello de la camiseta entre los dientes. Hace dos putos años estaba en la más absoluta mierda, con la mujer que más amaba mostrándome en un maldito Excel que ese proyecto con el que tanto soñaba no iba a ningún lado y que no era capaz de sostenerse solo. Y aquí estoy, despidiéndome de un puñado de seguidores que han confiado en mí para vivir la aventura más épica de sus vidas y volviendo a casa con una sonrisa de oreja a oreja.

—Oye, Áxel, no sé cómo calculaste los tiempos, pero en media hora cierran puertas. Vamos justísimos —nos advierte Manu, consultando la hora del vuelo en el billete.

—Hombre, Dubái tampoco sería mal sitio para quedarse un par de días esperando al siguiente avión —responde Manolo achinando los ojos al reírse con su ternura habitual.

—Este ha disfrutado más que ninguno. Tendrás ganas de ver a mamá, ¿no?

—Sí, claro, pero Dubái no lo he visto nunca y a tu madre llevo viéndola cincuenta años, leñe.

—Este Manolo es genial —dice Mar, al fin entre risas.

Corremos como podemos por la terminal con más de diez kilos a la espalda; nuestra puerta de embarque es de las últimas. Nos subimos a uno de esos carritos motorizados como los de los campos de golf y le decimos al conductor que le pise, que perdemos el vuelo. Llegamos por los malditos pelos cuando están a punto de cerrar. Todo el mundo está ya acomodado en sus asientos cuando accedemos a la cabina. Sigo la coleta bailarina de M a través del pasillo y cruzo los dedos para que nos haya tocado juntos. Ahora tengo la mente más ágil para forzar mi triquiñuela y apurar estas últimas ocho horas a su lado.

—Yo me quedo aquí —me dice a la altura del asiento 24C, justo en el pasillo, mientras acomoda la mochila en el compartimento superior. El hombre asiático que va a viajar junto a su asiento ya duerme a pierna suelta. Mi jugada se esfuma. Busco con desesperación un asiento libre cerca, pero está completo. Mar me observa con una sonrisa cómplice, sabiendo exactamente lo que busco.

—Bueno, yo ya, si eso, me voy —murmuro.

Se le escapa esa risa tonta que tanto me gusta y me dirijo a mi asiento, que se encuentra en la otra punta del avión. Todavía hay esperanza. Todavía es posible que quede un hueco libre allí detrás y que Mar pueda volar junto a mí mientras vemos ponerse el sol sobre las nubes cogidos de la mano y planificamos una vida juntos a más de diez mil pies de altura. Mi sueño se desvanece en cuanto llego a mi sitio. Ventanilla y, justo delante, un niño de apenas tres años que berrea como un poseso. Su padre se gira diciéndonos con la mirada «Haré lo que pueda, pero no os prometo nada, y es probable que nos espere a todos un viaje de vuelta a casa infernal». ¿Cómo puede la vida torcerse tanto en tan solo quince segundos? Busco en mi Spotify alguna lista de las que ya tengo descargadas para casos como este. Uno ya tiene cierto bagaje en este tipo de vuelos. Me pierdo en una interminable lista con Oasis, The Strokes, Radiohead, The Cure, La Habitación Roja y demás glorias que llevan en mis oídos media vida. Es la que suelo utilizar cuando voy en ruta con la furgo. Me enfundo los cascos, le doy al Play y me aíslo de la jarana que monta el crío de delante, de unos padres superados por la situación, de las instrucciones de seguridad del azafato y del despegue del avión. Cuando me quiero dar cuenta estamos a doce mil metros de altura y juego un rato a que vivo en un videoclip; suena estúpido, pero es algo que me relaja. Suena «Creep» de Radiohead y hace que todo suceda a cámara lenta como por arte de magia: las azafatas sonríen amables a uno y otro lado del pasillo empujando un carrito del que sacan diferentes bebidas, una pareja sonríe ante unas fotos en una Canon 70D, igual que la que yo utilizaba cuando decidí abrir mi canal de YouTube; se miran despacio mientras esbozan una sonrisa, al parecer, enamorados. Podríamos ser Mar y yo. Las guitarras afiladas y distorsionadas de «Creep» hacen magia en el interior de este enorme Airbus A380. Cambio de imagen al ritmo de la música, como si cada pestañeo fuera un fotograma distinto del clip imaginario que mi cabeza está creando aquí dentro. El niño diabólico de delante al fin se entretiene en silencio con algo parecido a un puzle en la pantalla de un iPad. Una mujer con el pelo gris le pregunta al hombre árabe que tiene justo detrás si puede dejar caer su asiento; el tipo asiente con una sonrisa de aprobación impoluta. La vida es mucho más bonita y dulce dentro de una canción. Incluso dentro de esta, que narra la miseria emocional de una persona que ama a alguien que cree inalcanzable y que considera que está muy por encima de él. Quizá sea una maldita recreación de lo que está por venir en cuanto bajemos de este avión.

Trato de coger la postura, pero no hay manera de acomodarme. He dormido en el vuelo anterior cuando me tenía que haber reservado para este, que coincide ya con las horas de sueño de España, pero mi noche en vela contemplando el cuerpo desnudo de M lo ha decidido así. Trato de organizar un argumento digno en mi cabeza para recitarlo de forma magistral y que a ella no le quede otra opción que decirme que sí, que se viene conmigo, no sé hacia dónde, pero en eso consiste la vida, en coger un tren tras otro que no sabes con certeza dónde te llevará, como decía Martina.

Puede que haya sido el vuelo más largo que haya tomado jamás. He consumido de principio a fin la lista de más de siete horas de música que tenía preparada, embutido en un asiento del que no me he levantado ni un segundo, mientras observaba la oscuridad al otro lado de la ventana. Mi cerebro no ha sido capaz de redactar un argumentario convincente que retenga a Mar junto a mí. Más bien al revés. Conforme acortábamos distancia con Europa he recordado su mundo de chalets en zonas ricas de Zaragoza y he pensado mucho en el lugar del que yo procedo y en qué es lo que yo podría ofrecerle. Mar está acostumbrada a casas de tres plantas con un enorme jardín y yo tengo una furgoneta con un espacio habitable de doce metros cuadrados, siendo generoso. Nuestro contacto se limita a una noche preciosa bajo los rascacielos de Manhattan y a una semana lanzándonos miradas furtivas, volando sobre las furgonetas de Sam y Frank, tratando de conocernos un poco más entre parada y parada mientras, más allá de las camionetas, la ley del más fuerte hacía su trabajo. Pero también hubo una despedida con un beso entre la frontera del cariño y el amor, también pude ver ese brillo en sus ojos que gritaba «no quiero que te vayas, pero ahora no es el momento de iniciar nada contigo». También apareció de nuevo en mi vida cuando ya no la esperaba, en la T4, con una sonrisa de oreja a oreja y una mochila rosa más grande que ella. También he leído en su mirada verde que siente algo por mí, pero me quiero tan poco que no he conseguido avanzar, soy torpe en ese campo. Me cuesta leer entre líneas y, sobre todo, no entiendo esta última noche. Nos hemos besado con pasión y, si no hubiera sido por el somier de aquella maldita cama, habríamos hecho arder la noche keniana en aquella choza masái. Me siento perdido. Más que nunca. Con la sensación de que tengo al alcance de la mano esa tecla mágica que ponga de nuevo las cosas en su sitio, pero no la veo. El viento corre a mi favor con más ventaja que nunca, pero no sé desde qué dirección sopla. ¿Por dónde he de salir? ¿Con qué cartas tengo que afrontar la despedida que se avecina en cuanto todo el mundo recoja su maldito equipaje? Ahora mismo soy un puto niño de cinco años que preside un país, subido en la tribuna del Congreso mientras la oposición le pide a gritos ante las cámaras que arregle la educación, la sanidad y el paro con tres frases y dos gestos convincentes. Me siento pequeño y ojalá tuviera a David o a Joe al lado para martirizarlos un rato y obtener ese traguito de paz y sabiduría que tanto necesito.

La gente sale en orden del avión. Los Manolos y Mar me esperan fuera, al otro lado de la pasarela de embarque.

—¿Qué tal ha ido? —pregunto.

—Nosotros, sobados todo el vuelo —responde Manu de inmediato—. Me tomé una de las pastillas que lleva aquí el jefe y no veas —ríe señalando a Manolo.

—Ha sido un vuelo largo —susurra M en voz muy bajita. El cansancio trata inútilmente de afearle el rostro.

—Bueno, familia, nosotros tiramos hacia allí. En cuatro horas sale nuestro vuelo a Barna. Todavía nos queda un trecho hasta llegar a casa.

—Ha sido un puto placer, tío. —Manu me estruja con los brazos—. No sabes cómo necesitaba mi padre esto. Gracias, en serio. Ojalá reunamos pasta y nos veamos en otra.

—A vosotros por apuntaros. Ha sido genial teneros en el grupo —les digo mientras abrazo a un Manolo desbordado por las lágrimas.

—Cuídamelo, Mar. —Manu tira a dar—. Creo que como este no hay dos —añade con una palmada en la mochila y sonrojándome un poco.

—Habría que rebuscar mucho —interviene Manolo, emocionado, que trata de ocultar en vano sus lágrimas—. Qué arte tiene el jodido.

—Cuidaos mucho, Manolos, y venid a verme a Huelva —les grito mientras se alejan hacia los carteles de las conexiones de vuelos.

—Han sido el alma de la fiesta estos dos. Qué bonita familia —dice Mar con la mirada fija en padre e hijo, ya arrastrados por el gentío.

Este silencio de apenas diez segundos se vuelve algo incómodo. Mar me mira de reojo sin saber muy bien qué hacer y yo me encuentro igual. Dudando en si lanzar otro «vente conmigo» que ya falló con Laura y con ella en Nueva York. De repente, me viene a la cabeza el día en que murió la abuela, la conversación con Martina, el adiós de Laura, mi charla de despedida con Felipe, todo lo bueno que ha venido después, y si por algo me caracterizo es por coger el toro por los cuernos cuando toca. Tomo la mano de Mar, que se gira y me atraviesa con su mirada verde y un gesto de tristeza.

—No sé si saldré de esta si te vas de nuevo, Mar —suelto de repente.

—Tengo que volver a casa, Áxel. Las cosas no están demasiado bien por allí —me dice sin demasiada convicción y se muerde el labio inferior, tembloroso—. Hay cosas que no sabes.

—Sé que te conocí en Nueva York, que me enamoré hasta las trancas de ti, que no era el momento porque tenías que recuperarte de las heridas del Jaime ese y que has aparecido de nuevo aquí, a los tres meses, para poner tu vida patas arriba. Ayer fue una de las mejores noches de mi vida, a pesar del bochorno. No tengo que saber nada más. Mi única certeza es que quiero un futuro a tu lado. O, al menos, subirme a tu tren y ver dónde me lleva.

Mar me mira en silencio mientras una lágrima se le desliza mejilla abajo.

—Tengo un miedo terrible, Áxel. Acabo de darme la hostia de mi vida. He estado medicada por ansiedad estos últimos meses. Tengo a mi familia muy preocupada y una continua sensación de fracaso dentro martirizándome y recordándome cada segundo que todo lo que hago lo hago mal, y me siento culpable con cada puñetera decisión que tomo.

—¡Bienvenida al club! —exclamo con alegría y le saco una sonrisa ladeada—. En eso consiste la vida, en cagarla todo el rato... y en aprender de ello, claro.

—Mi único miedo no es ese. —Se acerca más a mí y apoya la frente en mi hombro—. Mi verdadero temor es que creo que me he enamorado de ti y no me convienes.

Su confesión es música celestial interrumpida por un sonoro pedo asqueroso. Una mezcla de dibujos animados con cine gore lleno de vísceras. Los Beatles y el reguetón. Un «te quiero» acompañado de una tremenda vomitona.

—¿Cómo has llegado a esa conclusión? ¿Cómo sabes si te convengo o no? —pregunto intrigado y algo decepcionado.

—No me convienes porque eres todo lo que está bien: decisión, locura, diversión, cariño, valentía, gracia... y no estoy preparada para perder la cabeza de nuevo por un hombre. Lo he pasado muy mal.

—¿Y qué es lo que te conviene, Mar? ¿Coger el primer tren de vuelta a Zaragoza y seguir cosiendo retales en tu vida? Sé valiente. Haz lo que te dice el corazón. Hazle caso.

Aprieta los labios y me abraza fuerte. La gente nos mira cuando pasa junto a nosotros, quizá pensando que es una despedida o una vulgar bienvenida más cuando, en realidad, está todo en juego. El demonio del hombro derecho me dice que me vaya, que espabile, que bastante he hecho ya por ella y que aquello no va a ninguna parte. Y el angelito del hombro izquierdo, que suele fallar cada vez que abre el maldito pico, me pide con insistencia que me mantenga firme y que le pida de nuevo que se venga conmigo, que quizá hace tres meses no era el momento y ahora solo necesite el empujón definitivo.

—Mi autobús sale ya, Áxel. —Me besa en los labios—. Lo siento mucho, pero tengo un miedo terrible.

—Entonces ¿para qué viniste? ¿No significó nada para ti lo que ocurrió ayer o anteayer? —pregunto dudando de cuántas noches han pasado tras nuestra gran noche—. Yo tengo claro que no debo perder tu tren, Mar. Llevo toda la maldita vida perdiendo cosas. No te vayas, por favor. Saldrá bien. Confía en mí.

El mundo está a punto de desmoronarse de nuevo y con él nuestra bizarra madrugada, nuestras miradas furtivas y los puentes de la confianza que comenzamos a forjar en las calles de Nueva York.

—No me lo pongas más difícil, por favor. Gracias por este viaje y por todo —dice entre sollozos buscándome los labios, pero hago un esfuerzo titánico por esquivarlos y que se posen de nuevo en tierra de nadie, en la misma frontera donde se estrelló aquel beso del 14 de diciembre en la puerta del New Yorker.

—¿Volveremos a vernos? —mis palabras se ahogan en el bullicio de la T4, apagadas por mis ganas de romper a llorar de inmediato.

—No lo sé —mascuhla, derrumbada.

Mi instinto me dice que me largue. Me giro de una forma algo brusca y me alejo de ella en busca del cercanías que debe llevarme a Atocha, donde cogeré otro tren a Punta Umbría. Estoy a punto de girarme un par de veces para ver qué rumbo toma Mar, pero cierro los ojos y agacho la cabeza mientras el demonio del hombro derecho aplaude entusiasmado y el angelito del hombro izquierdo se caga en la madre que me parió. Rompo a llorar, me apoyo en la pared, cojo aire, me descuelgo la mochila, me agacho, me levanto, saco una botellita de agua de una máquina expendedora que hay justo al lado, bebo un trago que no termina de bajar por el esófago, me quito la gorra buscando un oxígeno que no llega y me la vuelvo a poner de inmediato, me asomo con cuidado por el lateral de una columna tratando de divisar a Mar, pero ya se ha ido. ¡Maldito demonio de los cojones!

Cojo el cercanías arrepintiéndome de lo sucedido. Qué fácil se ve todo cuando acabas de meter la pata hasta el fondo y visualizas la escena y tratas de meter la mano para corregir los errores, pero es todo humo. El pasado no se puede cambiar. Toda esperanza de vivir algo junto a ella acaba de morir allí arriba, al otro lado de las vías. Dudo por un momento en pasar de mi tren y pillar el primer AVE rumbo a Zaragoza, pero el mal ya está hecho. Y, pensándolo bien, la pelota estaba en el tejado de M. Le tocaba a ella mover ficha. Si ha decidido hacerlo así es porque, en el fondo, quizá no estaba tan interesada en mí como pensaba. Pero si no lo estaba, ¿por qué demonios ha venido a Kenia? Quizá las cosas no han sucedido como ella esperaba o su miedo es tan real que el pánico la ha espantado como a un cervatillo en mitad de la madrugada en el arcén, a punto de ser arrollado por un camión. No tendría que haberme ido así. Tendría que haber aguantado el tipo y tragarme el orgullo allí, quieto como un pasmarote, esperando a que el miedo le diese una tregua y corriese de vuelta a mis brazos. Pero aquí estoy, rodeado de gente y miradas vacías. Arrojando mi vida al fondo de la papelera otra vez.

Bajo del tren y me hago con un café con leche para llevar en la primera cafetería que encuentro en Atocha. Voy bien de hora por primera vez desde que salí de Enebrales. El cansancio y las emociones comienzan a hacer mella. Han sido siete días frenéticos. Todas las butacas metálicas están ocupadas, así que arrojo la mochila al suelo y me siento junto a ella para disfrutar de mi café calentito.

—¿Es aquí donde se coge el tren ese que pone tu vida patas arriba?

Dos Vans Old School negras y bastante sucias se plantan frente a mí. Levanto la vista y allí está de nuevo, dispuesta a volverme loco del todo. Me levanto como puedo y derramo mi café por todas partes, exactamente igual que hace siete días, cuando se presentó de sopetón.

19

—¿Mar? Me gustaría llegar a los treinta y siete y tú me vas a matar de un puto infarto.

Me abraza, nos besamos y volvemos a abrazarnos.

—Eso del futuro juntos no sonaba del todo mal, chico de la gorra —me dice, tímida, dándome un toquecito en la visera—. Siento mucho tener estos miedos, siento no tener esa valentía de saltar al vacío que tienes tú, siento haberte hecho daño y siento que estés aquí, aguantando este olor nauseabundo, pero es que ya no me queda nada de ropa limpia. —Su gracia vence a la vergüenza y la abrazo con todas mis fuerzas buscando con la nariz el aroma de sus cabellos dorados, a hoguera y polvo.

—Entonces ¿esto qué significa?

—Significa que hay algo aquí dentro que me dice que me suba a ese tren contigo —confiesa tocándose el pecho—. Y que ya es hora de escucharme más a mí misma y menos a los demás. Llevo tres meses soportando que todo el mundo me diga lo que debo y no debo hacer y ya estoy harta, ¿sabes? No sé a dónde voy, ni tan siquiera sé dónde vives exactamente, pero aquí estoy, dispuesta a saltar al vacío contigo.

—Ven aquí. —La beso en la frente y tiro de ella para abrazarla—. Eres consciente de que vivo en un cuchitril de doce metros cuadrados con una fiera adorable que tiene unos colmillos enormes, ¿no?

—Llevo encerrada en una espiral sin sentido treinta y cinco años. Es hora de tomar las riendas de mi vida —me responde con la cabeza apoyada en mi hombro izquierdo, donde ya no queda ni rastro de ese maldito angelito que me insultaba hace un rato—. Además, he visto tus stories y los vídeos que subes con esas puestas de sol. Tampoco tiene que estar tan mal.

—Te van a encantar. Vamos, que viene el tren.

—Tenemos un problema, Áxel.

—¿Qué coño ocurre ahora? —Mar es la persona más dulce y preciosa del mundo, pero si algo he aprendido de ella en este tiempo es que te la puede liar en apenas segundo y medio.

—Que no tengo billete, eso pasa.

—Bueno, viniste a jugar, ¿no? Pues juguemos.

—Estás loco.

Subimos al vagón y hay algunos asientos vacíos. La suerte está de nuestro lado. Los pasajeros se acomodan y Mar se sienta frente a mí.

—Tú tranquila, son solo cuatro horas y media de trayecto y, de todas las veces que he subido al tren, tan solo ha pasado el revisor la mitad. Hay un cincuenta por ciento de probabilidades de salir ilesos de este embrollo.

—Vaya, me dejas mucho más tranquila —ironiza—. Tan solo llevas en mi vida de forma oficial quince minutos y ya estamos delinquiendo.

Apoya la cabeza sobre el cristal. La periferia madrileña corre en sentido contrario al nuestro a toda velocidad y está comenzando a llover.

—¿Por qué me miras así? —pregunta algo tímida y esboza una media sonrisa—. No te estarás arrepintiendo, ¿verdad?

—Yo solo me arrepiento de lo que no hago. Es que no me creo que estés ahí sentada, rumbo a mi vida. Eso es todo. Fuera llueve, parece que hace frío y aquí dentro es primavera, M. —Me toco el pecho a la altura del corazón.

—Estuve a punto de escribirte varias veces, Áxel.

—Bueno, eso ya no importa, Mar. Lo importante es que estás aquí y que vamos a ser muy felices, ya verás.

—Sí, sí que importa. Estoy subida en este tren, sin billete, rumbo a no sé muy bien dónde, y es importante que sepas por qué no te escribí.

—Porque viste a Laura en el salvapantallas de mi teléfono. Me lo explicaste en el viaje de ida.

—En realidad, no fue por verla a ella ahí con ese vestido, tan mona y feliz cada vez que te entraba una notificación cuando fuiste a pedir a la barra. Fue más bien la cara con la que miraste la foto al coger de nuevo el móvil. Quizá no te diste cuenta, pero estuviste unos segundos embobado. En la comida comentaste que lo habíais dejado hace más de un año, y comprendí que aquella herida no había cicatrizado del todo. No quise meterme en medio.

—Las cosas cambiaron justo aquella noche. Provocaste un terremoto emocional en mí que no supe muy bien cómo gestionar. El recuerdo de Laura me atormentaba porque me sentía culpable por haberlo mandado todo a la mierda y no haber sido capaz de reemplazarla. Pero enamorarse no es tan fácil como lo pintan en las películas. Y ahí entraste tú. De repente, con tus dos amigas, con esas dos esmeraldas verdes que tienes sobre la nariz y la mirada más triste que había visto en mi vida —sonríe con dulzura—. No sé cómo lo hiciste, pero conseguiste borrar a Laura de mi cabeza. Subí en aquel vagón emocional donde a veces parecía que estabas a punto de romperte a llorar y otras salías con esa gracia y esa personalidad tan tuyas que me descolocaron un poco. Solo he conseguido sentir algo parecido una vez y duró más de diez años. Me costó sacarme ese puñal del costado, pero estoy recuperado, Mar.

—Me alegra escuchar eso. —Se incorpora hacia mí, me acaricia la mejilla, me besa y se acomoda de nuevo en su asiento—. Aquella noche cambiaste mi vida, que lo sepas. Todo mi entorno era tóxico, incluso mis padres, que discutían por toda la situación, el rollo con los abogados y el divorcio, la venta de la casa... No había el más mínimo atisbo ni de luz ni de optimismo, era todo gris. Hasta que Rocío propuso que fuéramos a Nueva York y, maldita la casualidad, allí estabas tú, con esa sonrisa y esa aura que te rodea.

—¿Aura?

—Sí, tienes una cosilla ahí. —Hace un gesto raro frotando los dedos y achinando un poco sus ojos—. Una buena vibra, ¿sabes? Creo que eres una de esas personas vitamina, chico de la gorra.

—¿Hasta cuándo piensas llamarme así?

—Hasta que a mí me dé la gana; ahora eres mi chico —responde entre risas y me da otro de sus ya famosos golpecitos en la visera de la gorra.

El sol vuelve a asomarse al otro lado de la ventana. El revisor sigue sin dar señales de vida y dentro de mí palpita una sensación de bienestar que hacía mucho mucho tiempo no sentía. Mar ha caído presa del sueño y del cansancio con la cabeza apoyada sobre la ventana. Algunos mechones se han escapado de una coleta que hizo hace ya demasiadas horas. Estoy algo aturdido con las horas de vuelo y este baile de emociones que lleva zarandeándome desde diciembre. Mi iPhone vibra de repente. Lo desbloqueo.

David 14:02
Qué pasa, Áxel, cómo ha ido ese
viaje? Ya en tu playa?
Ya he visto por tus historias que
ha ido la cosa genial.

Áxel 14:04
Hombre, Bill Gates!!
Me pillas de vuelta a casa en el tren.
Cómo estáis?

David 14:05
¡Embarazados!
Vas a ser tío, amigo.
Qué ganas tenía de soltarlo ya, joder.

Áxel 14:07
Me estás tomando el pelo.

David 14:09
Que no, que no, que va en serio.
Susan está ya de tres meses.

Áxel 14:12
Enhorabuena, vas a ser un padre cojonudo.
Qué alegría me has dado!!

David 14:14
Eso espero.
Jajajaja

Áxel 14:15
Pues habrá que volver pronto a Nueva York a conocer
a Bill Gates Junior.

David 14:17
En la casa nueva seguirás teniendo tu cama.
Eso ya lo sabes, amigo.

Áxel 14:19
Puede que necesite una cama más grande.

David 14:21
¿Eh?

Áxel 14:23
Ya te contaré, que viene el revisor y tengo un pequeño
problema.

David 14:23
Jajajajajajajaja

Se masca la tragedia. Un tipo uniformado con un pequeño aparato en la mano entra en escena desde el otro lado del vagón pidiendo a todo el mundo que muestre su billete. Mar está dormida, ajena a la movida que se nos viene encima. Me hago el dormido y espero que ese tipo tenga la decencia de no molestar a una pareja maloliente que duerme plácidamente tras un largo viaje por el África oriental. Su voz suena cada vez más cerca. La señora del crucigrama del otro lado del pasillo le muestra la pantalla de su teléfono con el QR del billete. Se gira hacia nosotros. Esos segundos en silencio tan solo invadidos por el leve zumbido del tren me parecen tres años. Hasta que noto que algo me toca el hombro.

—Buenas tardes. Su billete, por favor —me dice con la mirada fija en su aparato.

Trato de ganar tiempo haciendo como que busco el teléfono. Mar abre los ojos y se da de bruces con la escena. Se lleva la mano a la cara, avergonzada.

—No, no, no —suspira—. No puede estar pasando esto.

—Oye, tú eres Áxel, ¿no? —pregunta el revisor, asombrado.

Un rayo de esperanza atraviesa de improviso el vagón. M contempla la situación sin mover un solo músculo de su rostro angelical.

—Sí, sí... ¿Qué tal? —Le doy la mano.

—Soy Agustín, un placer, hombre —me saluda amable—. Buah, cuando se lo cuente a Nuria va a alucinar. Nuria es mi mujer. Es muy fan tuya y le encanta la gatita esa que tienes. Bueno, yo te veo gracias a ella. Estaba todo el santo día dando el coñazo con los vídeos de YouTube puestos en la tele y, al final, acabé enganchándome yo también, pero la verdad es que está muy chulo todo lo que enseñas. La furgo está muy guapa. —Asiente y lanza la mirada por el ventanal. Bordeamos a cámara rápida la preciosa ciudad de Córdoba—. Vienes de África o estabas por ahí hace nada, ¿no?

—Sí, sí... —respondo sin saber muy bien qué hacer con el teléfono, ya que estaba a punto de mostrarle mi billete—. De Kenia. Hemos estado una semana recorriendo la sabana. Bueno, ella es Mar, mi novia.

El corazón me da un vuelco y la piel se me eriza. ¿Mi novia? M me mira sin saber muy bien cómo reaccionar.

—Hola, encantada, Agustín. —Le da dos besos con la seguridad de quien viaja de forma ilegal a bordo de un tren y despierta de repente frente al revisor cuando lleva más de media hora cabeceando contra el cristal.

—Encantado, Mar, hacéis una bonita pareja. Oye, ¿y qué tal por África? —Agustín tiene ganas de charla, el tren va medio vacío y darle palique es la única escapatoria viable ahora mismo—. ¿Vas a hacer más viajes así en grupo? Lo hemos ido viendo por el Instagram y la verdad es que aquello tiene que ser impresionante.

—Es como estar en un auténtico documental de esos de La 2, pero sin la siesta. —El revisor suelta una carcajada—. Ya veremos si hago más. Este era el primero que hacía en grupo y la cosa ha ido bastante bien. ¿Te gustaría venir o qué?

—Sí, sí, nosotros viajamos bastante. Hemos estado en Tailandia, Nueva York, Japón, siempre tras ver tus vídeos. Pero ahora estamos ahí con algunos problemillas en los trabajos —confiesa bajando un poco el tono de voz—. Nuria es enfermera y está pendiente de la bolsa, a ver dónde le sale plaza, pero la idea es seguir viajando, por supuesto.

—¿Sois de Andalucía? —Trato de ganar tiempo extra. Mar sigue la conversación desde su ilegítimo asiento con la boca abierta. Mira de un lado a otro, como si esto fuera un partido de tenis.

—Nuria, sí, es de Huelva, yo soy de Toledo, pero vivimos en Madrid. Tú andas siempre por allí, ¿no? Por… ¿Cómo se llama aquello? Si mis suegros viven allí cerca, que no me sale. —Se sujeta el tabique nasal con los dedos índice y pulgar y cierra los ojos tratando de recordar el nombre. Estoy a punto de anticiparme a su respuesta, pero necesito que se tome su tiempo y que este tren llegue cuanto antes a su próxima parada—. La zona de la playa de la Bota y todo eso… Por Punta Umbría, que no me salía, coño.

—Sí, sí, allí tengo la furgoneta. Es una zona preciosa con una gente maravillosa. Llegué allí para un par de semanas y llevo ya dos años —le expongo pensando a la vez en lo rápido que ha pasado el maldito tiempo—. Si vas un día por allí, pasa a saludar, Agustín.

—A Nuria le encantaría, la verdad. Bueno, no te molesto más. Has sido muy simpático, igual que en los vídeos. Que tengáis buen viaje, pareja.

La figura de Agustín se pierde tras abrir las puertas automáticas del siguiente vagón con la mirada fija en el aparatito ese que verifica los billetes. Mar y yo nos lanzamos sendas miradas de alivio.

—No me lo puedo creer —gesticula con los labios.

Yo me dejo caer sobre el asiento de nuevo, resoplando y quitándome media tonelada de peso de encima de un plumazo.

—Perdonad, que se me había olvidado... —Agustín emerge de nuevo por la puerta automática. Mar vuelve a llevarse las manos a la cara y mi corazón se pone a doscientos noventa y cinco por hora—. Disculpa, Áxel, ¿te importaría que nos hiciéramos una foto? Así se la enseño a Nuria, que, si no, no me va a creer cuando se lo cuente.

—No le importa en absoluto. Yo os la hago encantada —interviene M.

Coge el móvil de Agustín, me acerco a él y le paso la mano por el hombro como si nos conociésemos de toda la santa vida, sonrío a cámara y Mar hace tres o cuatro fotos para que tenga donde elegir.

—Muchas gracias —comenta con alegría mientras revisa las instantáneas en la pantalla de su teléfono—. Muy amables, de verdad.

Ahora sí, Agustín sonríe alejándose de nuevo hasta perderse por el vagón contiguo.

—No sé cómo definir esto que acaba de ocurrir, Áxel. Oye...

Sus ojos se detienen en los míos, intimidándome. No consigo acostumbrarme a ese verde celestial.

—¿Te vas a sacar otra fechoría más de la manga? Tú eres capaz de hacer que acabemos en Guantánamo antes de que lleguemos a Huelva —bromeo sonriendo.

—¿Eso somos? ¿Novios? Eso le dijiste a Agustín —me pregunta con una sonrisa adolescente adornando sus labios.

—Pues claro. ¿Te parece mal? Yo voy a tope contigo, Mar. Aquí estamos, subidos a un tren que no sabemos muy bien a dónde nos llevará, pero, de momento, el viaje promete ser espectacular, ¿no crees?

—Me encanta eso de ti. Ese optimismo y esas ganas de comerte el mundo. ¿Esto te pasa a menudo? —pregunta intentando deshacer el nudo que, con la emoción, ha creado en sus cascos de música.

—¿Subirme a trenes con chicas sin billete? No es algo frecuente, la verdad —respondo. Estamos llegando a la estación de Huelva, donde cogeremos un taxi que al fin nos dejará en Enebrales.

—Me refiero a esto de que te conozcan... ¿Qué posibilidades había de que subiera un revisor a este tren, que fuera seguidor tuyo y que obviase pedirte el billete? ¿A cuánta gente le ocurre algo así?

—Supongo que menos probabilidades de que dos almas en pena se encuentren en plena época navideña en las calles de Nueva York, se despidan y terminen encontrándose casi cuatro meses después a punto de coger un avión rumbo a Kenia.

Mar se muerde el labio, pensativa, mientras se recoge el pelo en un moño mal hecho. El tren se detiene. Cogemos nuestras apestosas mochilas del compartimento superior y nos miramos sin decir nada. El brillo de nuestros ojos subtitula la escena. Justo al otro lado de esa puerta que todavía permanece cerrada, en ese andén, daremos el primer paso hacia nuestra nueva vida. No va a ser fácil. Será todo un reto convivir con alguien que apenas conozco y que viene de un mundo muy distinto al mío en un espacio tan reducido, pero ¿qué hay sencillo en esta vida?

Miro hacia arriba esperando que el tipo ese que orquesta nuestros destinos desde su castillo de nubes continúe de buen humor. Necesito que esto salga bien. ¡Me lo debes y me lo merezco, maldito sádico!

20

Hola de nuevo, Enebrales

«Al fin estamos en casa», le susurro mientras bajamos del taxi que nos ha traído desde la estación. La beso en la sien. Ella permanece pasmada observando boquiabierta el entorno del aparcamiento. Mira ante sí con ilusión, observando la nueva vida que se abre ante ella.

El taxi da media vuelta sobre la arenosa carretera que bordea la costa y pone rumbo de nuevo a la ciudad, dejando tras de sí una nube de polvo que es consumida de inmediato por la brisa que emana del mar.

—Así que este es tu fantástico mundo, chico de la gorra —murmura. Abarca con la mirada la playa infinita, con más gente que de costumbre paseando sobre su fina arena.

Hay bastantes coches junto a la duna y en El Galeón de Julio se oye bastante jaleo, señal inequívoca de que se acerca el buen tiempo a pesar de ser todavía comienzos de abril. Diviso el enorme autobús de Deniz junto a la Pilote de Joe en la otra zona del aparcamiento y oigo los inconfundibles gritos de Churra en la lejanía, cerca de donde están las duchas.

—Aquella es mi… perdón, nuestra casa —corrijo veloz señalando la Sardineta, que sigue aparcada donde la dejé hace ya casi ocho días, pegada a la caseta de Churra, junto a la entrada trasera del chiringuito.

Nos acercamos con las mochilas colgando de los hombros. Busco las llaves de la furgoneta y contemplo maravillado el gesto de sorpresa que se ha dibujado en el rostro de M en cuanto bajó del taxi; no deja de mirarlo todo como si fuera un extraterrestre recién llegado a la Tierra. Tras rebuscar un buen rato en el bolsillo lateral, doy con las malditas llaves, pulso el botón que desactiva el cierre centralizado y, antes de abrir la puerta corredera, hago una pausa dramática.

—¿Quieres abrirla ya? Estoy ansiosa por conocer mi nuevo apartamento.

—Espera. La primera impresión tiene que ser la mejor. —Corro a la parte posterior y abro las dos puertas traseras, orientadas al mar—. Ahora sí, puedes hacer los honores.

—¿Abro yo? —inquiere como si le estuviese regalando la luna envuelta en papel de regalo.

—Fuerte, así, hacia atrás, y luego la desplazas. —gesticulo simulando que abro una furgoneta invisible.

Mar empuja la puerta corredera y se lleva las manos a la cabeza. Sus ojos verdes aumentan de tamaño y la cara pasa de intrigada a sorprendida.

—Áxel, es preciosa —suspira con una voz suave. Observa el interior de nuestra casa rodante con detenimiento—. ¿Puedo subir?

—Claro, claro, estás en tu casa.

Doy saltos de felicidad en mi alma, hacía años que no me sentía así. Me froto los ojos para verificar que sí, aquella chica de ojos tristes que vagaba junto a sus amigas por los alrededores del Macy's está aquí, en mi hogar, recibiendo mi mundo con una ilusión infinita balanceándose en sus largas pestañas.

—Es mucho más bonita así, en directo. Las fotos y vídeos no le hacen justicia —comenta pasando la mano sobre la encimera de la cocina—. Y parece más amplia. Menuda vista hay desde aquí, no me extraña que te hayas quedado en este lugar, Áxel —me dice mirando la playa—. Es una cabañita preciosa. Muy marinera, como tus tatuajes. Me encanta. —Admira cada rincón y lo toca todo.

—Me alegro mucho de que te guste… y de que estés aquí conmigo —murmuro abrazándola—. Esto quizá vaya a gustarte menos, ven. —M me sigue a la parte trasera de la furgoneta y abro las dos puertas inferiores que ocultan el maletero—. Esto es el trastero y, evidentemente, necesita un buen repaso. El espacio es reducido y ahora somos dos, bueno tres —aclaro buscando con la mirada a Trufita, que todavía no ha aparecido. Mi silla plegable, la mesa, mi *longboard*, la tabla de pádel surf plegada en su bolsa, los calzos de las ruedas, un cubo también plegable, el transportín de la gata que odia con todas sus fuerzas... y un largo etcétera de cachivaches sin otro lugar donde alojarse.

—Sí, pero, bueno, ya nos organizaremos, ¿no? Buenooo —Su acento maño resurge con fuerza—. ¡¡Mi ropa!! —exclama llevándose la mano a la boca—. Me llevé a Kenia lo necesario para una semana siendo consciente de que viajaba con una mochila limitada, pero me he mudado sobre la marcha y tengo todo en casa de mis padres... que, por otra parte, no saben nada de lo que ocurre. La cosa se va a poner entretenida —me advierte con una sonrisa vestida de preocupación.

—Hay bastante comercio alrededor si necesitas algo urgente, y pueden enviarte cualquier cosa al chiringuito de Julio. Es allí donde yo recibo todo lo que compro por internet. Por eso no te preocupes. —Las tripas rugen con fuerza, no sé cuántas horas llevamos sin comer—. ¿Tú no tienes hambre?

—Sería capaz de comerme un búfalo, pero antes necesito ducharme. Tenemos ducha, ¿no? —pregunta alarmada.

—Tenemos ducha y, además, con agua caliente —añado guiñando un ojo.

—Vives a todo trapo, chico —dice con ironía atropellada por su propia risa mientras cargo con nuestro fétido equipaje.

—Mira, vamos a dejar esto aquí hasta mañana, que iremos a una lavandería a hacer la colada. Lavadora sí que no tengo.

Chasqueo la lengua y trato de meter a presión y con serias dificultades ambas mochilas en el maletero. Consigo con bastante esfuerzo cerrar las puertas del armario inferior, a punto de estallar. Abro la puerta del baño, instalado justo en la parte posterior del asiento del conductor.

—Pues es bastante espaciosa, me la imaginaba más pequeña. ¿Y ese cacharro de ahí qué es?

—Eso es el inodoro. Hay que sacarlo del plato cada vez que nos duchamos, después secar todo y volverlo a colocar.

—¿Eso es el váter? —M se ha quedado colgada en el capítulo anterior del curso intensivo de *vanlife* al que asiste mientras un enorme monstruo me grita desde el interior del estómago que le eche comida de una maldita vez—. ¿Puedo? —pregunta abriendo la tapa.

—Sí, sí, está limpio. ¡O eso espero! Es un baño seco. La verdad es que es como el de las casas, pero sin tirar de la cadena. Yo sabía que esta parte era la que más te iba a gustar —mi risa se escucha en todo el aparcamiento—. Aquí cae la orina y en ese compartimento de atrás, la caca. Esa tapa se quita cada vez que quieras hacer popó, luego echas un poquito de serrín por encima —señalo la caja de plástico que hay al lado— y vuelves a taparla para que no salgan olores. Cuando está llena, se coge la bolsa y se tira en el contenedor, como cualquier bolsa de basura normal. ¡Ah! La orina la vaciamos en el baño que tiene Julito en la caseta de servicios ahí fuera. Uso un producto ecológico y no contamina. Neutraliza el olor bastante bien, dentro de lo posible, claro.

—A ver, si he sido capaz de dormir en aquella cabaña de Masái Mara, seré capaz de hacer mis necesidades en esa cosa. Pero las chicas no tenemos tan fácil eso de separar los desechos sólidos de los líquidos. ¿Y ese agujero de ahí qué es? —Señala la base de uno de los dos asientos del comedor.

—El baño de Trufita. Tiene dentro el arenero. Esta puerta se abre y cuando lo tiene sucio, se extrae, se cambia y ya está. La cocina funciona a gas, la bombona está aquí en este armario debajo de los fuegos. Ahí están también todos los cacharros: sartenes, ollas, cazuelas. En este cajón de aquí están los cubiertos, en este armario de aquí arriba, los platos, los vasos… El agua es limitada. Quiero decir, hay un depósito de ciento diez litros y cuando se acaba, hay que ir fuera y llenarlo con la manguera, pero eso ya verás cómo se hace.

—¿Y cómo sé cuánta agua queda en el depósito? —pregunta con interés, sumergida en su primera lección avanzada del maravilloso curso de bienvenida a la vida en furgoneta.

—Menudo máster que estás haciendo, eh.

—La verdad es que es todo bastante interesante, pero voy a tener que adaptarme.

—Se sabe con esto. —Le muestro el panel donde están los testigos de las sondas—. Si pulsas aquí, se iluminan cuatro luces: verde, estás a tope; roja, estás en la mierda; las dos amarillas son las intermedias. Este otro botón es el de las aguas grises.

—¿Pero cuántos colores tiene el agua en el cacharro este? —Su cabeza comienza a echar humo.

—Limpias y grises; la gris es el agua que sobra de la ducha y de fregar los cacharros. Va a parar a otro depósito que hay debajo y se vacía en lavaderos y lugares específicos. Y, ahora, por Dios, vamos a ducharnos, por favor —le suplico.

—Espera, espera, que aquí faltan cosas todavía —manifiesta con ese acento maño que me teletransporta por un segundo a aquellas tardes de deberes, abuela, amigos y Zaragoza, cuando el mundo era todavía un lugar mejor—. ¿Y la nevera? —Busca uno de esos frigoríficos que habitan en las cocinas de las viviendas convencionales.

—La nevera es esto de aquí. —Me agacho y abro la puerta metálica llena de imanes que traigo de mis viajes ubicada justo debajo del fregadero—. Y esto de aquí arriba es el congelador. Tiene ochenta litros de capacidad y cunde mucho más de lo que parece. Ese armario de ahí lo utilizo de despensa y el resto de los compartimentos que ves son para la ropa... que tendremos que redistribuir. ¿Y ahora de qué te ríes?

—De que pareces un asesor inmobiliario enseñándole un apartamento a una de esas inquilinas que lanzan cuarenta mil preguntas antes de decidirse.

—Vamos a ducharnos, anda, a ver si con suerte nos pueden preparar algo de comer en El Galeón. Aunque deben de estar a punto de cerrar ya la cocina —auguro al comprobar que son casi las cuatro y media. Cierro la puerta lateral y también las dos traseras para que no nos vean.

—¿Vas a quedarte ahí como un pasmarote mirándome? —me pregunta ya desnuda, tapándose con una toalla los pechos.

—¿Me estás diciendo que me duche contigo o que me dé la vuelta?

—Me temo que esa ducha no es lo suficientemente grande para los dos, chico de la gorra. Pero has jugado bien tus cartas, buena intentona. —Rompe a reír, arroja la toalla al suelo y me mira con picardía.

Yo me evado de la vida siguiendo su cuerpo menudo y desnudo camino de la ducha. Descubro un tatuaje lleno de colores de algo parecido a una magdalena trazado en su muslo izquierdo y un hada acurrucada, con la cabeza metida entre las rodillas en un gesto que grita tristeza, dibujada en tinta negra en su costado derecho. Aquí estamos, a punto de compartir una vida juntos y apenas hemos descubierto todavía nuestros cuerpos. La puerta de la ducha se cierra ayudada por los imanes de seguridad incrustados en el marco de madera.

—¡Joder, está el agua helada! —El grito probablemente haya sido noticia hasta en los telediarios de Zimbabue.

—Se me ha olvidado decirte que el calentador del agua hay que activarlo diez minutos antes de ducharse. Si no, no va —aclaro muerto de la risa y enciendo el gas.

—¡Esto va a ser apasionante! —Su risa contagiosa se diluye con el sonido del agua.

Minutos después, aparece de nuevo frente a mí recorriendo con la toalla cada milímetro de su piel mojada. Se acomoda a modo de turbante la toallita marrón sobre el cabello. Yo permanezco inmóvil, hipnotizado ante semejante paisaje. Ciento sesenta centímetros de pura belleza y de coquetos movimientos. Mujer de gestos rápidos, todo parece querer hacerlo con prisa, salvo cuando su mirada celeste me apunta y el mundo se detiene.

—¿Te falta mucho? —me dice con guasa al percatarse de mi total empanada admirando su hermosura vikinga—. Por cierto, no tengo ni una triste braga limpia, vas a tener que prestarme algo de ropa.

Me mira de inmediato como si esa última palabra se le hubiera escapado, dudando si debería o no rebobinarla.

—Bragas no tengo —me rio, normalizando esa palabra que nos acerca como pareja y nos aleja definitivamente de aquella línea divisoria que transitamos en Kenia, con la seria amenaza de caer sin remedio al agujero negro de la amistad—. Pero toma, ponte esto.

Le doy la primera camiseta que pillo del armario y también un pantalón vaquero que se le cae.

—Quita, anda. Haz el favor de meterte ya en la ducha o no respondo. No me conoces cuando se me despierta el gremlin este que vive en mi estómago. Estoy hambrienta. —De repente, parece que lleva una década viviendo en este cacharro—. Aquí está tu ropa, ¿no?

—Sí, coge lo que quieras, pero vestidos no tengo —le advierto con retintín mientras entro en el cuarto de baño.

Cuando salgo, la puerta corredera está a medio abrir y Mar, fuera, acaricia a Trufita, que la olfatea sin parar, tal vez pensando cómo es posible que exista una humana con ojos de gata, como rezaba aquella mítica canción de Los Secretos. Me quedo inmóvil tras la puerta observando la escena. Para mí, este momento es crucial. Es una gata muy territorial y, aunque está acostumbrada a que haya gente por la furgoneta, es bastante celosa con su espacio. Bueno, sin ir más lejos, Inés anduvo una semana por aquí dentro y todavía se la tiene jurada, aunque también es cierto que ella tenía perro y los gatos se guían mucho por los aromas y por el *feeling* que reciben de las personas que los rodean e Inés pasaba olímpicamente de ella. O quizá la gata es más lista de lo que parece y sabe quién me conviene y quién no. Al fin y al cabo, siempre he pensado que es un regalo que alguien puso bajo este trasto aquella noche de lluvia y barro de hace dos marzos para cuidar de mí.

—Así que tú eres la famosa Trufita. Eres preciosa, pequeña y, por lo que veo, muy mimosa —le dice con ese tono de voz extraño con el que la gente habla a los bebés—. Yo soy Mar, también soy un alma perdida que ha terminado aquí, en esta maravillosa playa de fantasía, aunque, si te soy sincera, estoy muerta de miedo. No sé cómo va a entenderse esto allí, en el mundo real.

No soy capaz de contener las lágrimas. Trufita se frota por sus piernas, la acaricia bajo el cuello mientras ronronea sin parar con los ojos cerrados. La gata que me salvó la vida y la chica que me robó el corazón bajo el cielo de Nueva York ahí, mano a mano, conociéndose, sin bufidos y parece que en muy buena sintonía. Me preocupaba mucho esta primera toma de contacto entre ellas. Casi tanto como la convivencia que nos espera, ya que las parejas del mundo convencional se conocen poco a poco. Viven cada uno en su casa y, con el tiempo, un día dejan el cepillo de dientes sobre el lavabo y algo de muda en un cajón para pasar juntos los fines de semana. Y si la convivencia funciona y el amor surte efecto, inician una mudanza bajo el mismo techo. Pero aquí, en Axelandia, hemos empezado la historia por el maldito final. Sin citas, sin pasar apenas tiempo solos y metiendo nuestras mochilas en un maletero para empezar nuestra relación con un gato en apenas doce metros cuadrados, en una suerte de *Gran Hermano* cuyo resultado es incierto. Es más, hace tan solo unos minutos he descubierto dos tatuajes en el cuerpo de mi... ¿novia? desconocidos para mí.

El día que me llegue la hora tendremos unas palabras tú y yo, maldito sádico pervertido que manejas a tu antojo los hilos de este imprevisible destino. Pero gracias por este ahora, gracias por ella, y espero que estés cuidando de mi abuela y de mamá como merecen. Me temo que este tira y afloja con esa figura superior que vive en las nubes creando guiones a su capricho va a durar hasta que san Pedro me diga un día: «Áxel, tu turno; cuéntame tus movidas, majo». Así que supongo que he de disfrutar el momento y cada segundo de mi existencia porque siempre habrá tiempo de que todo se vaya de nuevo a la mierda. Me pregunto si Martina y su magistral sabiduría seguirán plantándole cara a la muerte o si, por el contrario, estará ya con la abuela, hablando de sus cosas de viejas allá arriba.

Me pongo una camiseta blanca, unos vaqueros cortos rotos, mis Vans Slip-On negras y una gorra gris.

—Ya veo que os habéis conocido. —Me agacho para saludar a Trufita, que viene de inmediato a repartir sus feromonas por mis piernas y se sube sobre el muslo hasta frotar su cara con la mía—. Hola, canija, sí, yo también te he echado de menos. ¿Sabes? Hemos conocido a tus primos los guepardos y menuda gentuza, por cierto. No veas lo que le hicieron al pobre ñu. —Mar se descojona, pero Trufita solo quiere carantoñas y, probablemente, algo de comida.

—Es una preciosidad, Áxel, y se la ve muy buena. Voy a hacer todo lo que esté en mi mano para que se sienta a gusto conmigo. —Me besa en la mejilla.

—¿Habías tratado antes con gatos?

—No, los que he conocido han sido todos bastante ariscos y, si te digo la verdad, no me inspiraban demasiada simpatía, pero está claro que ella comparte esa aura mágica que tienes —contesta sin apartar la vista de la gata.

Trufita comienza a maullar y a dar vueltas alrededor de nuestros pies en busca de más atención.

—Tiene hambre. Churra debe de andar con jaleo, a juzgar por cómo está el aparcamiento de coches, y quizá no le ha podido dar de comer todavía. Toma, dásela tú, con eso la tendrás ya completamente en el bote.

Vacío una lata de su comida favorita en su cuenco. Mar lo coge y lo pone en el suelo. La gata se planta delante de su ración de comida. Pega dos bocados y hace una pausa para frotarse de nuevo en las espinillas de M, que observa la situación en cuclillas con una sincera sonrisa colgando de sus labios. Trufita vuelve a su cuenco y ahí sí que sí, ambos desaparecemos de su mundo.

M se ha puesto la camiseta más ancha que ha encontrado en el armario, que sobre ella parece un vestido corto, y se ha recogido el pelo en una coleta húmeda.

—Voy sin bragas, por cierto. —Me guiña un ojo de forma pícara al darse cuenta de la inspección que mis ojos hacen sobre ella.

—Espera, tengo por aquí unas mallas cortas. —Rebusco en el armario bajo la cama y se las doy.

—Gracias. Ahora vamos a comer algo, por favor, que tengo al gremlin del estómago muerto de hambre a punto de convertirse en una seria amenaza para la humanidad —refunfuña tocándose el ombligo.

Bajamos de la furgoneta y Trufita nos lanza su mirada alienígena justo antes de que cierre de nuevo el vehículo, quizá extrañada de verme al fin feliz junto a una chica. Me pregunto si los gatos serán capaces de detectar la felicidad de sus dueños. Bosteza, se relame los bigotes y alcanza con suma facilidad la cama de un salto. Se sienta junto a la ventana trasera pasándose por el forro cualquier argumento filosófico gatuno.

—Creo que Trufita va a echarnos poco de menos —le digo a M cerrando la furgoneta—. Vamos a ver cómo está el panorama en el chiringuito de Julio y si queda algo de comida.

—¿Le habré caído bien?

—Va a enamorarse de ti —le susurro al oído.

Caminamos sobre las tablas que instaló Churra el invierno pasado trazando un camino que, desde el aparcamiento, te guía de forma directa hasta la barra. El restaurante está situado en la misma playa, sobre la arena, las mesas redondas están escondidas bajo enormes hojas secas de palmera y puedes comer descalzo, con esa sensación de libertad que solo puede ofrecerte el mar dibujando destellos mágicos sobre el salitre del Atlántico.

21

La terraza está llena. Algunos comensales apuran sus postres, otros hacen ya la sobremesa entre cafés con hielo y se sirven los primeros gin-tonics en las famosas sesiones de tarde de El Galeón de Julito.

—Hombre, Áxel, qué bien acompañado vienes hoy. —Sergio, uno de los chicos de confianza de Julio, me abraza—. ¿Qué tal te ha ido por Kenia?

—Mejor de lo esperado. Esta es Mar, vas a verla a menudo por aquí. O, al menos, eso espero.

Sergio asiente con la cabeza observando a M como si ya la conociera de antes.

—Esos ojos... —Trata de disimular con muy poco tacto.

—Sí, Sergio, es la famosa chica de ojos verdes de la azotea de Nueva York —le aclaro, orgulloso—. Es una larga historia.

—¿Exactamente cuánta gente sabe de mi existencia por aquí? —me pregunta ella de forma irónica—. Un placer conocerte, Sergio.

—Mira, Mar, es un tío excepcional, pero los tres meses que nos ha dado a todos con la chica de ojos tristes, la mirada verde, la vikinga de no sé qué...

—¿Le has ido contando a todo el mundo que parezco una vikinga?

—Sergio, me estás complicando bastante la vida y solo vengo a comer, amigo. ¿Hay alguna posibilidad de que quede algo a estas horas? Estamos muertos de hambre.

—Esperad un segundo, pareja. —Su coleta se pierde cocina adentro justo antes de recoger unas cuantas copas vacías de una de las mesas que hay junto a la barra.

—No me lo puedo creer, ¿M?

Julito entra en acción con la cabeza empapada en sudor, pero manteniendo inmóvil su engominado pelo hacia atrás, encajado a la perfección en una de sus legendarias camisas hawaianas, esta vez poblada de pequeños ukeleles marrones sobre un fondo azul marino. La mira como si la mismísima virgen acabase de aparecer en medio de su chiringuito dentro de una camiseta *oversize*, en chanclas, con el pelo recogido en una coleta y unas Ray Ban de pasta negras apoyadas sobre la frente.

—Joder, qué ganas tenía de conocerte. —La abraza con su simpatía habitual y Mar se limita a darle unas cuantas palmadas en la espalda mirando al cielo mientras sonríe.

—Estoy empezando a preocuparme... ¿A cuánta gente le has dado la turra conmigo?

—Me dejaste indefenso frente al largo invierno, no tuve alternativa.

—Pero ¿qué hace aquí? —Julio no sale de su asombro—. La de cosas que tienes que contarme y yo con esto a tope... —se lamenta ante el alboroto de voces—. Sergio, la cuenta de la seis, haz el favor —ordena amablemente a su empleado.

—Oye, Julito, ¿no tendrás la cocina abierta todavía? Nos vale cualquier cosa. Llevamos todo el día sin pegar bocado.

—¡Angelito! —le grita al cocinero con cariño—, ¿qué se puede sacar así rápido? Es para el influencer del barrio, que se nos ha echado novia y quiere dar buena imagen.

—¡No me jodas! —La cabeza de Angelito se asoma al otro lado de la barra con una gorra de los Lakers puesta del revés y un aro con una cruz colgando del lóbulo izquierdo—. ¡Enhorabuena, Áxel! Espera, que os digo.

—La madre que lo parió —exclamo con la vergüenza sonrojándome las mejillas—. Esto no es lo que parece, Mar. Han sido casi cuatro meses muy malos... Como no me hacías caso, con alguien tenía que desahogarme, joder —me justifico con un gesto de «es lo que hay». Ella me mira sin mover ni un solo músculo de la cara.

—Ya veo, ya. Eres idiota. Mucho. —Hace una pausa mientras examina con sus ojazos verdes mi abochornado rostro—. Y eso me encanta. —Me besa en la mejilla mientras esperamos noticias del cocinero.

—¿Qué os apetece, chicos? Unas papas, adobito, calamares... pescaíto frito sin problema, ¿no, Angelito? —grita Julio asomándose por la barra.

—Para la señora de mi Áxel, lo que haga falta —responde el cocinero desde la cocina. El aceite de la freidora trata de ahogar su voz mientras la música chill se hace con el ambiente exterior de El Galeón, tan solo perturbada por el lejano vaivén del sonido de las olas rompiendo en la playa.

—¡La señora de mi Áxel! —repite Mar atacada de la risa—. Me esperaba un buen recibimiento, pero te aseguro que esto ha superado todas mis expectativas. ¡Qué gente más simpática, por favor!

—Te falta todavía el plato fuerte —murmuro augurando en breve la presencia de Churra.

—¿Te gusta el pescaíto frito, Mar? —inquiere Julio pasando una bayeta por la mesa contigua al escenario.

—¡Por supuesto!

—Pues sentaos por aquí y ahora os traigo lo vuestro. Bienvenida a Enebrales, corazón. —La besa en la cabeza con ese nervio que lo posee cada vez que está con el bar de bote en bote y no le queda otra opción que convertirse en un camarero más, a pesar de ser el maldito jefe del mejor chiringuito del sur de la península ibérica, como le gusta fardar a él.

—¿Cerveza para los dos? —vocifera desde la barra.

Asentimos con la cabeza.

—Oye, este hombre es una maravilla.

—Julio es de otra liga. Te va a encantar. No sé qué hubiera sido de mí sin él, la verdad.

—Este lugar es precioso. Menuda vista que hay desde aquí. —Admira maravillada la playa con el sol ya descendiendo como si fuera un globo que pierde gas y que irremediablemente terminará sumergido en el océano—. ¿Ahí hacen conciertos? —Señala el escenario custodiado por la vieja barca de pescadores que Churra restauró con sus propias manos y de la que está muy orgulloso.

—Sobre todo en verano y primavera. Conciertos y algunos monólogos. Esta es mi oficina muchas tardes, cuando la espalda me pide un respiro del incómodo asiento de la furgoneta. —Toco con ambas manos los imponentes reposabrazos de los enormes y pesados butacones de madera que Julito decidió poner en su terraza.

—Estas dos jarritas por aquí. —Sergio posa nuestras cervezas sobre el mantel de papel—. Los pescaítos fritos y esto de aquí, cortesía de la casa. —Sonríe mientras coloca una ración de papas aliñadas, que son una de las especialidades de la casa, entre las cervezas heladas.

—Muchas gracias.

—A vosotros, tortolitos. —Sergio va con el datáfono a la mesa doce, donde le esperan para pagar una comilona para siete, con la palabra *staff* serigrafiada en el dorso de su camiseta blanca.

—Esto está buenísimo. Había probado adobito frito en otras partes de Andalucía, pero no como este —confiesa relamiéndose los labios igual que hace Trufita cuando le cae una de sus latas gourmet—. O quizá tenga tanta hambre que todo me sabe delicioso.

—¿Te gustan las emociones fuertes? —interrumpo de sopetón su orgasmo gastronómico.

Me mira intrigada mientras se chupa el dedo pulgar, cubierto de rebozado y limón.

—Pues depende de la intensidad.

—Ahora sí, bienvenida a Enebrales —le digo rompiendo a reír—. Comienza el show.

Mar no entiende nada y, antes de que pueda siquiera tratar de atar cabos y encontrar sentido a mis palabras, el sheriff de Enebrales hace acto de presencia con esos andares chulescos y pasotas que lo caracterizan.

—Churraaa. —La terraza al completo, la provincia de Huelva, la de Sevilla y parte de la de Cádiz se giran hacia nuestra mesa—. Dame un abrazo, coño. —Me incorporo y los robustos brazos me oprimen contra su cuerpo bonachón, como quien abraza a un familiar al que hace siete años que no ve—. Has vuelto entero, carajo. No las tenía toas conmigo, que eres mu confiao y aquello está lleno de animales salvaje y tribus que se las saben toas —explica emocionado mirando hacia el sur, como si su mirada color carbón clavada en el horizonte fuese capaz de divisar Kenia desde el chiringuito.

—Yo también me alegro de verte, Churrita.

No tengo demasiada prisa por salir de su abrazo. Llevo deambulando en este mundo desde hace ya casi treinta y siete años y, si pudiera medir el cariño recibido por la intensidad de los abrazos, los de Churra estarían en primera posición, sin rival alguno. Incluso a años luz de los de la abuela, que era más de besos, o de los de David, que trabaja más la caricia en el pelo, pero seguidos muy de cerca de los de papá, que, a pesar de no querer ser quien es y de demostrar más bien poco amor hacia un hijo, también aprieta de lo lindo cuando me ve. Los abrazos de Churra a la vuelta de un viaje son uno de mis momentos favoritos del mundo mundial. Oficializan mi vuelta a casa.

—Oye, ¿pero esta periquita quién es? —Se percata de la presencia de Mar tras la efusiva bienvenida que me ha brindado—. ¡Noooooo! —dice atando cabos él solo sobre la marcha—. No puede habé dos niñas con esa mirada, coño, ¡qué ojasos, colega! Con rasón lleva este dando por culo desde la Navidá, carajo.

—Te advertí de que venían emociones fuertes —le sermoneo con guasa.

—Hola, Churra, soy Mar. Un placer conocerte. Aquí el amigo me ha hablado maravillas de ti —dice M poniéndose de pie y señalándome burlona.

—Me cago en Diooos. —Estruja a Mar entre sus brazos con cariño—. Esta es de las buenas, churra, mira qué asento maña tiene y qué gracia gasta la jodía. Esta te va a dar guerra, compadre —Me da un codazo y me guiña un ojo—. Guerra de la buena, ya me entiendes, churra. Oye, ¿has visto ya a la reina? La reina es la otra, la de los bigotes —le explica a Mar acomodándose en una silla que acaba de coger de la mesa de al lado—. Va a ser curiosa la convivencia en la furgoneta. Porque te quedas aquí, ¿no? Yo a este no lo aguanto otros tres meses así, ¡eh! Que si vikinga p'arriba, que si los ojos verdes p'abajo, que si me enamoro en Niuyor y no le pregunto ni er nombre... Es gilipollas a vese, pero es un tío de puta madre mi Áxel.

Termina su maldito monólogo todavía circulando en la espiral de sus carcajadas sin encontrar la salida. Mar rompe a reír de repente contagiada por su risa escandalosa.

—Creo que tú y yo vamos a llevarnos muy bien, Churrita —le dice M como si lo conociera desde cuarto de primaria.

—Por cierto, hemos visto a Trufita y un poco más y casi se nos come una oreja a cada uno. ¿No le has dado de comer?

—Esa gata es ma lista que el hambre. ¿Cómo voy a dejá yo sin comé a mi reina, carajo? Lo que pasa que la Trufa sa olío el percal y os ha sacao una de esas latas de cuatro euros que tanto le gustan a la jodía —explica mientras se clava un par de boquerones más—. Te la ha liao, compadre. Tres veces ha comío ya la prenda. Si es que solo le falta hablá a la gata esa.

Churra rompe a reír de nuevo negando con la cabeza mientras pincha un par de papas aliñás. Mar me mira con cara de «este tío se nos está ventilando la comida en dos risotadas».

—Y tú, ¿qué pasa, que tampoco has comido o qué?

—Poco —responde rápido tocándose la barriga—. Menudo día que llevo, churra. Esta semana sa llenao esto de jubilaos europeos y menuda batalla llevo con ellos, carajo. Aparcan donde les sale de los huevos, se van a lléná el agua y se guardan los sitios con la garrafa... Dos vese ha tenío que vení el Rafita a poné orden. Pero, bueno, to controlao, churra, ya sabes cómo gestiono yo estas cosas.

—Sergio, ponte otra de estas, por favor —le digo señalando las papas—. ¿Te apetece algo más, cariño?

—Ya que te pones, pide otra de pescaíto, anda. —Churra capta con tres segundos de retardo que ese «cariño» no iba dirigido a él—. Hotia, perdona, coño. —Vuelve a presionar el gatillo de esa metralleta de carcajadas que una vez activa es bastante complicada de frenar hasta pasado un buen rato, haciendo que las tres mesas de alrededor rían también al verlo despollado con la frente apoyada sobre la mesa—. Perdona, Mar, eh, que no lo he visto llamarle cariño a nadie nunca y ma sonao mu raro. Qué gilipollas que soy, carajo. Oye, pero ¿tú que ase aquí, Mar? ¿La has ido a buscá allá a Saragosa? —me pregunta girando su bronceado rostro castigado por el sol hacia mi posición.

—Lo fui yo a buscar a Kenia —se anticipa M achinando los ojos y dudando un poco—. Sí, fue algo así.

—Qué bonito es el amó, coño. Entonse te encandiló aquí el nota, ¿no? —Churra es ahora mismo un periodista de la prensa rosa que trata de conseguir una exclusiva mientras se nos zampa las papas—. Bueno, ya me contaréis, que tengo que volvé al tajo, que tengo allá a cincuenta viejos revolusionaos. Toy muy feliz de que estés aquí, bonita. —Acaricia el hombro de Mar—. Julito, ponle aquí dos cañitas a la parejita y apúntamelo en mi cuenta, aerfavó —le grita como si hubiera pagado alguna vez algo de lo que apunta en su cuenta mientras su recia figura coronada por su enmarañado moño vuelve al aparcamiento de la playa.

—Bueno, Mar, pues ya has conocido oficialmente al auténtico ciclón de Enebrales —comenta Julio, irónico, con las dos cañas en la mano—. Te prometo que al final te acostumbras.

—¿Es siempre así de torbellino? —remata la última papa del plato.

—Hoy estaba tranquilo —bromeo soltando una risotada.

—¿Necesitáis alguna cosa más por aquí, chicos?

—¿Te has quedado con hambre, Mar?

—No, no, estaba todo riquísimo. Muchas gracias.

Julio nos mira como un pasmarote con los brazos cruzados trazando una sonrisa tonta.

—Julito, por favor, ya vale, coño —le sugiero llevándome la mano a la frente, ruborizado—. Me la vais a espantar.

—Qué va, qué va… A mi este lugar me parece divertidísimo. No sé por qué no he venido antes —declara M con su majestuosa sonrisa iluminando la tarde, no sé muy bien si tirando de ironía para apaciguar la vergüenza o de forma honesta.

—Hacéis una pareja preciosa, chicos —confiesa de repente Julio, que se mantiene alelado mientras la mesa de detrás le reclama la cuenta por tercera vez.

—Muchas gracias —responde Mar con la felicidad adueñada de su rostro. Aún trata de asimilar el extraño y reconfortante ecosistema de Enebrales.

—Apúntame todo esto, que te pago mañana, amigo.

—Listo, no te preocupes. Hala, parejita, nos vemos otro rato —se despide mientras recoge nuestra mesa—. Oye, que se me olvidaba, que esta semana que has estado fuera por fin vino el fontanero e instalaron la toma de agua junto a la caseta de Churra. La lavadora ya funciona. Os lo digo porque veo que estáis hechos polvo y habréis traído un buen maletón de ropa sucia... Por si queréis hacer una colada y ahorraros el viaje a la lavandería.

—Muchas gracias, Julio. Eres el mejor —le digo abrazándolo—. Pero quizá mejor mañana temprano, que estará esto más despejado, ¿no?

—Vosotros mismos, estáis en vuestra casa.

—Este tipo también proyecta una onda muy bonita. ¿Aquí es todo el mundo así? —Frunce el ceño, confusa.

—Bueno, hay de todo, pero por algo lo llamamos sor Julito de Calcuta. Él juega en otro nivel. Vio la muerte de cerca, resucitó, como dice siempre, y ha creado algo aquí muy bonito. Es un ser de luz. Como Julio no hay otro, Mar, de verdad que no.

—Se lo ve un auténtico buenazas, como decimos en Zaragoza —afirma con marcado acento maño.

—Lo es. La lavandería pilla a desmano; de hecho, hay que ir hasta Punta para hacer la colada y es un poco jaleo a veces aparcar por allí —le explico mientras abandonamos El Galeón rumbo a la furgoneta de nuevo—. Tener esa lavadora ahí nos va a facilitar mucho la vida. Es la primera vez que caminamos así —le digo levantando la mano cogida de la suya—. Desde que somos tú y yo.

—Eres un tío bastante observador y romántico, ¿no? No estoy acostumbrada a esto. —Se muerde el labio y achina de nuevo los ojos con ese gesto que al fin sé descifrar y que pone siempre que le inspiro ternura.

—Te acostumbrarás, Mar. ¿Te apetece dar un paseo por la playa?

—Claro.

—Dame tus chanclas.

Abro la furgoneta y dejo nuestro calzado dentro. Trufita levanta la cabeza solo un poco y vuelve somnolienta a su posición sin prestarnos demasiado interés.

—Tú no te estreses, ¿eh? —le digo a la gata desde la puerta sin recibir la más mínima atención. Mar ríe y una leve brisa le agita el cabello—. Esto es lo que más me gusta de este sitio, que me permite vivir prácticamente descalzo —le digo mientras nos acercamos de la mano hacia la orilla.

Caminamos sobre la espuma que brota de las olas que regresan al mar tras romper en la arena tratando de atrapar nuestros pasos. El suelo es agradable al tacto con la planta de los pies. La marea está algo baja y las nubes zigzaguean alrededor del sol ya preparándose para pintar el lienzo que cada tarde cuelga del cielo de Enebrales. Unos chavales juegan a pasarse el balón sin que caiga al suelo haciendo algunas filigranas. Un grupo de ancianos alemanes charlan sentados en sus sillas plegables, rodeados de latas vacías de cerveza junto a una de esas neveritas azules de plástico con un asa blanca. Tres correlimos blancos corretean ante nosotros y dibujan un camino de diminutas huellas que las olas borran una y otra vez. M camina cerrando de vez en cuando los ojos, levanta el rostro hacia el cielo y estira el brazo que le queda libre, convirtiéndose en una pequeña escultura que grita en silencio «¡Libertad!» mientras su decolorada melena se agita por la brisa cargada de salitre.

—¿Qué es lo que esperas de mí, Áxel? —me pregunta de repente.

Mar es como una niña que se aventura por primera vez en el vagón de una montaña rusa llena de emociones. Llora asustada antes de subir sin saber muy bien qué es lo que le espera en ese circuito de vías que dibujan *loopings* imposibles en un cielo que solo ella es capaz de imaginar. Pero traga saliva y termina montando en ese cacharro porque, en el fondo, es muchísimo más valiente de lo que ella misma cree y ya está cansada de hacer cola en la fila en la que le han dicho que permanezca siempre. El vagón arranca y ella llora, grita y ríe de emoción. Lo hace todo en un espacio de apenas unos segundos. Brava, insegura, temperamental y con tendencia a infravalorarse, a juzgar por su última pregunta.

—Que seas lo bastante feliz aquí —le digo señalándome a mí mismo— como para que quieras pasar el resto de tu vida entre playas, cariño, gatas que engañan a sus dueños sacándoles raciones de comida extra y gorras.

—Me cuesta creer todo esto —me dice cabizbaja mientras las olas juegan a mostrar y a ocultar sus bonitos y pequeños pies—. Mi vida era un globo que se infla de una calamidad tras otra hasta que un día estalla...

—De qué me sonará a mí esa historia —interrumpo esbozando una sonrisa cargada de empatía que me lleva de forma instantánea a aquel marzo ventoso y lluvioso de hace dos años—. Perdona, Mar, sigue.

Acaricio con el pulgar su mano mientras el chapoteo de nuestros pasos intenta ponerle una melodía a un ocaso que comienza a desperezarse y promete ser legendario.

—De repente, apareces entre el bullicio de las calles de Nueva York con esa sonrisita embaucadora, el aura esa misteriosa que gastas y un buen puñado de historias vividas a lo largo y ancho del mundo y, unos meses después, recorremos Kenia juntos, rodeados de desconocidos, en un viaje apasionante, y acabamos iniciando una vida en común en el maletero de un cacharro de seis metros junto a una playa preciosa donde habita gente muy amable. ¿A ti no te cuesta creerlo?

—Lo que me cuesta creer es cómo era capaz antes de vivir en el otro lado a pesar de creer que lo tenía todo. Pero no te preocupes; al final, terminas acostumbrándote a esto. —Apunto con la mano hacia la inmensidad del Atlántico, cuyas aguas comienzan a iluminarse por los últimos bandazos del sol—. Un poco más y este paseo nos lleva hasta Portugal, M.

—¿Aquella islita qué es? —añade mientras sus ojos adquieren el tono de luz rojizo que augura el atardecer de hoy.

—Es la flecha, una lengua de arena bastante larga que separa la desembocadura del río del océano. Es un lugar precioso al que pienso llevarte en cuanto llegue el buen tiempo. Te encantará.

—Abrázame, chico de la gorra. —Me sonríe y cierra los ojos—. Abrázame y no me sueltes jamás.

Su cabeza todavía húmeda se apoya en mi pecho. La envuelvo en los brazos con la mirada color miel fija en el cielo. Esa enorme bola de fuego anaranjada se esconde tras la flecha y arrasa con los tonos rojizos a los que nos tiene acostumbrados la bonita puesta de sol de Enebrales. Las nubes tiñen de morado ese precioso lienzo donde el día despide otro martes más, mientras el graznido de decenas de gaviotas firma la banda sonora de esta épica puesta de sol que, si el tipo ese de allí arriba no nos sorprende con uno de esos trágicos ases en la manga con los que acostumbra a jugar, morirá con Mar volando en sueños entre las sábanas de mi pequeña cabaña rodante.

22

Junio de 2022

La temprana luz de este amanecer de primeros de junio entra sin pedir permiso en la furgoneta a través de la claraboya que ha permanecido abierta toda la noche sobre la cama. La primera ola de calor de este 2022 lleva ya paseándose varios días por el sur del país y nos obliga a dormir con el pequeño ventilador de doce voltios que solo pongo en marcha las noches de verdadera emergencia climática. Como la de hoy, que no hemos bajado de los veintisiete grados a pesar de estar en primerísima línea de playa.

Aun así, Mar aguanta tapada con la sábana hasta la garganta, tumbada de lado con el rostro orientado hacia los asientos. Desde que compartimos lecho juntos, me vi relegado al lado de la cama comprendido entre M y las puertas traseras. Ahora tengo que sortear un pequeño bulto menudo de melena rubia cada vez que necesito ir al baño en mitad de la madrugada o comenzar el día antes de que Miss I Love You abra los ojos.

Las olas del mar rugen ahí fuera mientras el sol aumenta poco a poco la intensidad de sus rayos acariciando la Sardineta, que se inunda de esa cálida y acogedora luminosidad que el friso blanco proyecta de forma homogénea por toda la vivienda. Este se ha convertido en mi momento favorito del día, los diez minutos de remoloneo cotidiano con el cuerpo pegado a la espalda de Mar y la nariz incrustada en su nuca, de donde fluye un aroma que me transporta a un mundo mejor donde la vida transcurre en absoluta calma y no puede ocurrirme nada malo. Hay mañanas en las que el roce torna en caricias y besos, e irremediablemente comenzamos el día haciendo el amor. Y otros, como hoy, en los que Trufita toma la iniciativa y amasa con las zarpas de una forma extraña a Mar hasta que consigue que le preste atención. Es una práctica habitual desde que M llegó a la furgoneta y que conmigo no hizo nunca. Leí hace poco que una de las teorías sobre ese comportamiento es que imitan el gesto de los cachorros buscando las mamas de su madre, pero nuestra gata tiene ya dos años, por lo que esa hipótesis se desvanece. Aunque, cuando hay comida de por medio, Trufita es capaz de aprender a recitar el *Quijote* en portugués si es necesario.

Trato de ganar tiempo aquí acurrucado, pero hoy no cuela, me toca preparar el desayuno. Ayer, cuando me acosté, Mar todavía seguía delante del portátil terminando unas plantillas que tiene que entregar sin falta esta semana, y ese es el principal motivo por el que todavía no hemos comenzado a subir hacia el norte en busca de temperaturas más frescas y tratar de huir de esta insoportable ola de calor. La vida aquí varados es mucho más eficiente para nuestros trabajos. Solo tengo que moverme para ir a hacer la compra en el súper, ya que sor Julito de Calcuta nos proporciona llenado y vaciado de aguas, una lavadora y una preciosa oficina con vistas al mar cuando nuestras espaldas no pueden más. Hacemos uso de los confortables butacones de su terraza o de la zona interior que tiene su chiringuito cuando las mandíbulas del sol muerden con fuerza la furgoneta y esto se convierte en una sauna. Cuando nos vayamos de aquí, todos esos lujos que ahora tenemos al alcance de la mano se convertirán en tiempo perdido en búsqueda de áreas de vaciado y llenado de aguas, lavanderías, etc. O, si no queda otra opción, pagar por una porción de tierra sin sombra en un camping, rodeados de escandalosos vecinos, a treinta euros por pernocta. Aunque esta es la última alternativa de todas.

Una noche con unas cervezas de más le confesé a Joe que prefería, sin duda, que me practicasen una colonoscopia con un tenedor antes de meterme en uno de esos campings en pleno verano a precio de suite. Me he acostumbrado a la paz y a estar rodeado en otoño e invierno de jubilados europeos que a las siete de la tarde están ya cenando en silencio en el interior de sus lujosas autocaravanas. De junio a septiembre, España es una auténtica verbena. El mismísimo Mordor para los que vivimos de forma nómada. Valoro todos los días la opción de subir la Sardineta en un ferry e instalarnos en Canarias, pero en Enebrales he encontrado mi hogar y mi familia. Mi campo base. Aunque ello implique tener que buscarme la vida fuera de allí cuatro meses al año.

El verano tampoco es una época en la que viaje grabando destinos para mis redes. Todo está más caro y las condiciones de grabación en julio y agosto son horribles: mucho calor y demasiada gente en todos lados. Así que este año improvisaremos todavía más que el anterior, en el que terminamos la Sardineta, Trufita y yo en un lugar perdido del norte de Galicia donde la mitad del verano no bajó de los veinticinco grados y la otra mitad llovió. Sorteo el cuerpo todavía inerte de M y alcanzo el suelo de la furgoneta. La gata salta detrás de mí *ipso facto*.

—Ya va, ya va —le digo a Trufita, que maúlla sin descanso pidiendo su desayuno mientras se frota, enérgica, con mis piernas—. Ahora sí me haces caso, ¿eh? Claro, como Miss Marmota no te presta atención… Con lo que yo he hecho por ti.

La gata me mira desde el suelo apoyada con elegancia sobre las cuatro patitas con un gesto de «A mí no me cuentes movidas y dame ya mi comida, coño».

Le sirvo su ración. Pongo a hervir el café y tuesto en la sartén dos cruasanes cortados por la mitad que nos dio ayer Ramón, el dueño de la repostería de El Rompido, cliente habitual de El Galeón de Julio y fiel seguidor de mi canal de YouTube.

Meo, me despojo del pantalón de deporte que utilizo para dormir y me visto con un pantalón corto marrón, una camiseta ancha de tirantes blanca y una gorra negra que cuelga de la parte trasera del asiento del copiloto. Abro la corredera y la brisa me acaricia la cara. M me mira desde la cama escondida todavía bajo las sábanas.

—Buenos días, cariño. —La beso en la mejilla—. ¿Te acostaste muy tarde ayer? No me enteré de nada, caí como un tronco —le digo volviendo al café, que ya está en plena ebullición. Le doy la vuelta a los cruasanes.

—Creo que eran las dos o así, pero casi casi lo tengo listo —me explica con voz todavía dormida—. Con un poco de suerte, entrego a tiempo.

Se incorpora y sigue sentada un rato mientras se espabila con la leve corriente de airecillo que entra por la claraboya. Trufita salta de inmediato sobre el colchón en busca de carantoñas. Le susurra «Buenos días, preciosa» mientras le acaricia la barbilla y la gata entra en trance sumida en un continuo ronroneo.

Saco del maletero nuestras dos sillas plegables. Las coloco como cada mañana a esta hora, orientadas al mar, cuando el clima aún es agradable para desayunar fuera, sobre la arena. Despliego las patas de la bandeja de cama de bambú que Mar compró hace unas semanas en Ikea y que utilizamos como mesita de desayuno en el exterior. Sirvo los cruasanes en los platos y nuestras dos tazas de café con leche de avena. La escucho hacer pis desde fuera. Limpia el inodoro con el agua de la ducha y se asoma desde la furgoneta, se despereza estirando los brazos, coge todo el oxígeno que puede en los pulmones y se pone de puntillas para soltarlo mientras vuelve a su posición normal. El mismo ritual desde hace ya dos meses, en los que, poco a poco, nos hemos ido conociendo y enamorando perdidamente a pesar de convivir en apenas doce metros cuadrados. Me besa en el cuello y me abraza durante unos segundos. Me da los buenos días susurrándome al oído. Toma asiento todavía enfundada en su camisón de la serie *Friends* con el logo del Central Perk en la parte frontal. Devora su desayuno en absoluto silencio, con la mirada perdida en el Atlántico.

A estas horas, es pura calma, parca en palabras hasta que marcha a hacer su tabla de ejercicios de *fit* pilates en la playa, que cumple a rajatabla cada día. Se activa poco a poco, igual que hace la placa solar del tejado de la furgoneta. Es como si se fuera cargando paulatinamente de ímpetu hasta que, pasadas un par de horas, se convierte ya en un auténtico manojo de nervios imparable e impredecible. Yo, sin embargo, despierto ya con la energía en niveles óptimos y con ganas de cháchara, como suele decirme cuando trato de tener alguna conversación en el desayuno, charlas que terminan entre Trufita y yo con M observando el mar y el café humeando entre las manos, pasando del parloteo.

Este tiempo a su lado es maravilloso. Cada día descubro cosas nuevas en ella, algunas más *random* que otras, pero la mayoría positivas. Mar es como uno de esos mapas en los que siempre aparece un detalle distinto que creías que antes no estaba ahí o esa serie que te encanta, que te tragas una y otra vez y siempre descubres un elemento nuevo que habías pasado por alto. Es el «Champagne Supernova» de Oasis y sus casi siete minutos y medio de duración sonando sin parar: en cada escucha aprecias un acorde nuevo. Eso es algo que me asustaba un poco, tenía cierto temor a que, al haber empezado nuestra relación casi por el final, compartiendo techo sin apenas conocernos, las emociones y todo lo que teníamos aún por descubrir ya fueran de bajada. Se supone que la rutina y la convivencia son los enemigos mortales del amor y nosotros hemos empezado la casa por el maldito tejado. Todo el que haya convivido con su pareja en una furgoneta durante una buena temporada sabe que dos meses en este cacharro equivalen a tres o cuatro años de coexistencia en un piso convencional.

Nunca usa maquillaje, salvo, a veces, una finísima línea negra que le recorre el párpado y resalta todavía más esa luz verde y mágica que emanan sus ojos. Duerme con una especie de funda en los dientes. La descubrí en nuestra segunda noche juntos, cuando casi me la bebo de un trago. Le pregunté si era una dentadura postiza y se estuvo riendo de aquello hasta bien entrado mayo. Es tremendamente disciplinada; sospecho que esos rasgos nórdicos provienen de unos antepasados muy muy alemanes. Sigue rigurosamente una rutina tanto en el ejercicio como en el trabajo. De hecho, en apenas dos meses, casi ha triplicado los ingresos que generaba cuando la conocí. Alterna las clases de inglés que, poco a poco, está ya dejando en favor de la creación de diseños de plantillas para diferentes webs y la fotografía de stock, donde ya empieza a ver resultados. Desde que Mar me hace las fotos que subo a mis redes y las miniaturas de mis vídeos de YouTube, he conseguido aumentar mis visualizaciones. Por supuesto, le pago religiosamente. Que esté enamorado de ella hasta las trancas no quita que la valore como profesional. Tiene un talento excepcional. Yo, en cambio, soy más volátil con el trabajo y mil veces más indisciplinado que ella.

También es una disfrutona de cuidado; eso es extrapolable a todos los aspectos de su (nuestra) vida: si es la hora de las cervezas, te arrasa la nevera, y si está haciendo el amor, se deja la piel. Cuando decide bañarse desnuda en el mar al caer el sol, cuando saborea el salitre tras el humo del café, como ahora, disfrutando de un silencio sepulcral que me pone algo nervioso, cuando Joe le deja la guitarra y se empeña en aprender un par de acordes más, cuando ríe con esas ganas que contagian al mundo entero de esa felicidad y desparpajo tan suyos. Y también cuando llora, sobre todo cada vez que habla con su familia por teléfono. Esos son los únicos momentos en los que, muerto de miedo, veo resurgir a esa chica de ojos tristes de aquella fría tarde de Manhattan en la que temblaron los cimientos del universo con tan solo enfocarme un par de veces con sus dos astros verdes. Es solo entonces cuando esa vitalidad huye y es secuestrada por la tristeza durante unos minutos. Es un tema en el que no he querido profundizar demasiado porque intuyo por dónde pueden ir los tiros y no quiero que esto arda antes de tiempo.

Saborea los momentos como si fueran el último. Mar es así. Merodea por la vida entre el blanco y el negro, obviando la infinita escala de grises que hay en el medio. Todo lo contrario de lo que era Laura, que vivía en esa zona clara y oscura a la vez, evitando a toda costa pisar los extremos.

El hallazgo menos agradable es la caja de ansiolíticos que descansa en su neceser. A la tercera noche de llegar aquí, le pregunté para qué era esa pastilla blanca y redonda que tomaba antes de acostarse, interesándome por su salud. Huyó rápido por la tangente y se me quitó de encima de inmediato, alegando que la ayudaba a descansar y que no me preocupara, que estaba todo bien. Y vaya si me preocupé… A un hipocondriaco profesional como yo no le puedes decir «Me tomo cada noche un ansiolítico como si fuera un caramelo para la tos» y, acto seguido, declarar que todo marcha de puta madre. Eso va recetado e implica un seguimiento por parte del médico.

Yo mismo las tomé durante varios meses cuando el estrés de mi anterior trabajo hacía estragos en mí. Nadie en su sano juicio consume eso cuando se supone que todo está perfecto en la torre de control. Me tragué su mentirijilla, o al menos lo fingí, aunque se tambalearan los puentes de la confianza que con tanto entusiasmo comenzamos a construir en Nueva York. A partir de la siguiente semana, el número de pastillas dentro de esa caja dejó de disminuir y desde entonces hay la misma cantidad en el blíster. En parte me tranquiliza, ya que la magia de Enebrales, y por qué no, tal vez también la mía, han tenido un efecto sanador en sus tormentas internas. M lleva mes y medio sin tocar esa medicina y yo lo celebro en un silencio casi tan sepulcral como el de este eterno desayuno, tan solo interrumpido por el suave oleaje del mar, un ladrido lejano y el ronroneo de Trufa, que se restriega entre nuestras piernas para conseguir un poco más de comida.

—Ya has comido lo tuyo, canija —le digo con autoridad. La gata me mira un momento, se relame los bigotes y se tumba panza arriba sobre la arena, buscando las cosquillas de los todavía frágiles rayos del sol.

Mar se incorpora de la silla plegable, se acomoda el camisón y me lanza esa sonrisa tímida de cada mañana en cuanto termina su café. Su intestino es un maldito reloj suizo. Sube a la furgoneta, desliza la puerta y se encierra unos minutos en el baño. Yo me hago el loco aunque se moleste en rociar la furgoneta entera con uno de esos ambientadores con olor a flores silvestres. Además, su hora suele coincidir con la de Trufita y la fiesta aromática ahí dentro es indescriptible.

Cuando sale, vuelve a sonreír con una timidez aún más evidente en su hermoso rostro. Ya ha cambiado el camisón por unas mallas negras y un top ceñido del mismo color que deja ver su ombligo. Se ha recogido el pelo con una pinza y unos cuantos mechones dorados le bailan frente abajo.

—Sí, sí… deja que lo adivine. «La caca de esta gata huele cada día peor» —me anticipo a la divertida justificación a la que se agarra cada mañana intentando maquillar un poco la escatológica situación.

—Tus regalitos también tienen lo suyo, guapo. —Me pega un suave manotazo en el brazo—. Bueno, me voy a hacer un poco de ejercicio. A las nueve en punto quiero estar duchada y trabajando.

Me da un beso en la mejilla y se adentra en la playa con una cestita de pesas pequeñas, unas gomas y una pelota que infla y desinfla según el ejercicio que toque. La brisa juega con su pelo mientras se aleja descalza, con esos andares coquetos y rápidos con los que ha desbarajustado mi vida.

Churra emerge tras la duna caminando amodorrado con una almohada hinchable en la mano mientras canturrea algo.

—Buenos días, Churrita. ¿Has vuelto a dormir al raso? —le pregunto examinándolo desde la silla con el café todavía en las manos.

—Buenos días, familia. —Me abraza dándome un beso en la gorra y saluda también a Trufita, que ya se ha hecho con el sitio que M ha dejado libre en su silla plegable—. Dónde mejó, churra, con este caló del carajo que está hasiendo ya. Miedo me da a mí este verano. ¿Ya sabes cuándo os vai?

—No, todavía no. Pero ya deberíamos habernos marchado. La vida en la furgoneta con este calor está complicándonos las noches y los días, vaya. Toma. —Le ofrezco el culín de café que ha sobrado de la cafetera con una miajita de leche, como a él le gusta—. Todavía no le he cogido el tino a eso de la medida doble y siempre termino haciendo de más.

—Gracias, churra, con epuma y to, como en el Starba ese —dice relamiéndose el bigote.

—Si por mí fuera, ya estaríamos por el norte, pero Mar tiene que acabar un trabajo y hasta que no termine, aquí nos quedamos —explico con resignación.

—Ahora ya no juegas solo, churra. Ahora está ella y no veas qué cambio has dao, tienes hasta mejó coló. Oye, os tenéis que estar hinchando a follá, ¿no? —Comienza con su habitual interrogatorio, arrancando de buena mañana ya con unas cuantas carcajadas—. Qué noche te tienen que estar dando eto do a ti, reinaaa —le dice a Trufita, que lo observa con los ojos entreabiertos, captando los rayos mañaneros en su atigrada cara—. Si esta hablara, iba a ardé Troya. Te lo digo en broma, churrita, no te me vayas a enfadá. No sabes lo que me alegro de que hayas encontrado una periquita buena que, además, te mira con esa cara... Que ya quisiera yo que alguien me mirara a mí así, aunque fueran solo dos minutos, carajo. Con esos ojos que tiene la condená y ese salero que gasta.

—A ver cuándo me sorprendes y apareces con una chavalita por aquí, golfo. —Le doy un codazo cariñoso en la rodilla.

—Na, yo no tengo tiempo pa mujere. Me estoy dedicando en cuerpo y arma a lo negosio, churra —me dice como si fuese Amancio Ortega. Se termina el café de un trago—. Bueno, me marcho, que tengo que empezá con el lío. Mira er nota aqué que ha aparcao allí como le ha salío de la polla.

Blasfema con su atención puesta ya en el aparcamiento y sale como un miura hacia la autocaravana que acaba de aparcar bloqueando el acceso a las duchas.

—Espera, espera… —Retrocede sobre sus pasos gesticulando con la mano y hablando solo—. Que me iba yo pensando que argo le tenía que comentá al Áxel.

—Miedo me das, Churrita. ¿Qué te pasa?

—Ahora es ma difici pillarte solo, churra. Y esto te lo tengo que comentá a ti de forma confidenciá, compadre. Luego ya tú hase lo que creas conveniente, que ya tienes pelos en los huevos. —Se pone serio, se agacha hasta mi posición y me pone la mano en el hombro asegurándose antes con su mirada carbón que Mar continúa allí, en la lejanía—. Lo mismo es una pollada, pero mi debé como hermano tuyo que soy es decírtelo, carajo.

—Venga, coño, di lo que sea, que me estás asustando —le exijo impaciente notando cómo mis pulsaciones se aceleran.

—A esa niña le ocurre argo, Áxel. La primera vez no le di importansia, pero ya sabes que aquí nadie se tira un peo sin que el Churrita se entere. Lo de follá… ¿qué te crees, que no veo cómo se mueve el cacharro este tre o cuatro vese a la semana?

—¿Me vas a decir qué hostias pasa o solo te has dado la vuelta para hacer un análisis de mi vida sexual?

—Qué mala follá se te pone, carajo. —Vuelve a soltar una de esas carcajadas que se escuchan hasta en Albacete—. ¡No te pongas nervioso, eh! Siéntate otra vez ahí, anda. Hase cosa de un me, cuando tú etaba metío en el agua con la tabla un día po la mañana, vine un momento a la caseta y pasé por aquí mismo. Oí gritos dentro de la furgo y como tú etaba en el agua pensé: «Lo mismo está ocurriendo argo raro ahí dentro…».

—Claro, claro. Muy bien hecho. ¿Y qué más?

—Totá, que cuando me acerqué, escuché que era Mar y estaba dicutiendo por teléfono con alguien a grito pelao. Pero una bronca que no veas, ¿eh? —Agita la mano y hace una pausa—. Llorando y to que estaba la pobre, no te digo ma.

—Pero ¿qué decía? ¿Llegaste a escuchar algo?

—La historia era con su padre y ella no paraba de decirle que, para hablarle así, que no la llamara ma, que estaba mu felí y que no tenía intención ninguna de volvé a casa, y le corgó ahí mismo —me relata, apenado y con el gesto más serio que le he visto nunca—. Iba a entrá, pero no me quiero meté donde no me llaman, ¿entiendes? Pero la pobre lloraba que no veas na ma corgá. Se me cayó el alma a los pies de oírla así, llorando como una madalena.

—Algo he detectado yo también. —Chasqueo la lengua con la mirada fijada en la silueta de Mar, que interrumpe la línea recta del horizonte—. Cuando la llaman por teléfono suele salir a hablar, cosa que entiendo perfectamente. Al fin y al cabo, vivimos en un espacio reducido y para tener algo de intimidad no hay otra opción.

M hace ejercicio a cien metros, ajena a nuestra conversación sobre ella. El corazón me ha dado un vuelco con las palabras de Churra. Quizá esta especie de luna de miel tenga fecha de caducidad y más pronto que tarde Mar tenga que volver a casa por mucho que haya decidido empezar de cero. Supongo que son los daños colaterales de poner tu vida patas arriba de la noche a la mañana, daños que sufre ella sola, sin contar conmigo. No sé hasta qué punto puede lograr un padre que su hija de treinta y cinco años vuelva a casa, porque el mío no ejerce, pero por una parte entiendo que estén preocupados, pues no sé qué información manejan de mí, si es que saben de mi existencia, claro. Tampoco tengo idea de cómo ha justificado Mar este volantazo que le ha dado a su vida. He estado tan centrado en hacer que sus días aquí fueran lo más cómodos posible y la convivencia ha fluido tan bien que no he querido manchar esta especie de sueño sacando temas que evidentemente ella ha preferido ocultarme.

—Me has dicho que esto ocurrió hace un mes, ¿no? Bueno, quizá las aguas estén ya más calmadas. Tal vez se hayan arreglado estos últimos treinta días —comento con mis esperanzas caminando por un cordel sobre un río plagado de cocodrilos.

—No, churrita, no... hase tres días o cuatro —frunce el ceño tratando de concretar la fecha exacta—, una tarde que etabai los do ahí trabajando en la zona de dentro del chiringuito, que hasía un caló del carajo y fuite por el cargadó del ordenata y etuvite un buen rato ahí hablando con el Deni y el alemán ese loco que vuela con er cacharro ese... —recuerda con detalle y señala la zona donde los dos ancianos me entretuvieron al menos una hora con un problema que habían tenido en el centro de salud de Punta Umbría.

—Sí, el jueves.

—Pues salí de la caseta y estaba Mar ahí detrá hablando por teléfono, tan normá la muchacha, y al cuarto de hora vorví a cogé el sombrero ese de paja que tengo pa protegerme del sol y me la encontré en cuclillas con la conversación ya subida de tono y llorando así, apoyada en la paré. —Imita el gesto contra la furgoneta asegurándose primero de que Mar sigue con sus series de *fit* pilates.

—¿Y te vio?

—¡No me va a ve! Si estaba al lao de mi casa, churra. Se secó las lágrimas al verme e intentó disimulá con una sonrisa de esas que salen sin gana, ya me entiendes, y volví a lo mío.

—Joder.

—A esa niña le pasa argo, Áxel. Hasme caso a mí. A mí me da que su familia no sabe bien qué hase aquí. En la primera conversación decía argo así como que no era ninguna hippy y que estaba trabajando ma que nunca, pero no me hagas caso der to, que ya sabes que este oído derecho lo tengo un poco p'allá. Bueno, ahora sí, voy a ver ar nota ese. —Vuelve a fijar la atención en la autocaravana que entorpece el acceso a las duchas—. Dame un abrazo y no te preocupes, que soi do personas adultas e inteligentes y seguro que son pollá.

Churra me abraza con fuerza, con esa nobleza que brota siempre de él, y comienza a gritar en cuanto me suelta, ahora sí, dirigiéndose como un torbellino con rumbo fijo al otro lado del aparcamiento.

Me meto en la furgoneta. Friego los cacharros. Limpio el arenero de Trufita y aprovecho también para tirar en el contenedor del
chiringuito de Julio la bolsa de nuestros excrementos. Cuando regreso, Mar busca algo en el armario del baño.

23

—Cariño, me voy a las duchas. —Se pone de puntillas estirando sus ciento sesenta centímetros de altura todo lo posible para alcanzar la cesta con los geles—. Es que con este cacharro aquí en medio no puedo. —Le da una patadita al inodoro.

—Toma. La vida es mucho más sencilla cuando mides uno ochenta y dos —bromeo acercándole el jabón orgánico con recochineo.

—Hay ciertas cosas que se complicarían bastante si fuese igual de alta que tú —me susurra al oído de forma sensual—, sobre todo allí.

Señala nuestra cama haciendo clara referencia a los poco más de ochenta centímetros de altura que hay desde el colchón al techo de la furgoneta. El repertorio de posturas a la hora de apaciguar nuestras ansias amorosas es más bien limitado.

A punto estoy de desembuchar todo lo que me ha dicho Churra, pero piso el freno a tiempo.

—¿Estás bien? —Su mirada verde se detiene de repente ante mí, parando el trajín de coger geles, toallas y ropa limpia que nos envuelve desde que ha regresado de la playa.

—Sí, sí... claro —miento como un bellaco sonando poco convincente—. Me acaban de entrar un par de propuestas por email y estaba aquí dándoles vueltas, nada más —trato de parchear mi horrible actuación ocultando la mirada en la pantalla del iPhone.

—Vale, vale. Pues a darle duro, cariño. Si te puedo echar una mano, me dices. —Me besa en los labios, de un saltito vuelve a la arena y se aleja con los enseres de ducha dentro de una bolsa blanca de tela que compré hace unos años en una tienda de Malasaña.

Me dejo caer sobre el asiento del comedor y abro el portátil. Intento mantener la cabeza ocupada. Consulto el email: seis nuevas pólizas del seguro médico contratadas con mi enlace y un par de consultas de unos seguidores que están preparando viajes a Nueva York y México.

En las redes sociales, el post que subí ayer a Instagram apenas ha tenido alcance: mil doscientos likes en una cuenta de casi noventa mil followers es algo ridículo. El maldito Zuckerberg continúa experimentando con su tenebroso algoritmo. Hay días en los que bato mi récord en impresiones y otros, como hoy, en los que no me ve ni san Pedro. En YouTube el algoritmo es más estable y alcanzo el millón de visitas mensuales. Desde que Mar se encarga de las miniaturas de mis vídeos he conseguido llegar a los mil euros cuando antes rozaba con suerte los seiscientos euros mensuales. Analizo el balance de ingresos y gastos que Laura me enseñó a manejar y el beneficio mensual del inerte mes de mayo roza los tres mil doscientos euros, una cantidad a años luz de aquellos irrisorios novecientos euros que me señaló, humillando mi trabajo, en la maldita pantalla de su ordenador la tarde en la que mi vida terminó de dinamitarse. Eso es todo lo que debo tener en cuenta, me animo a mí mismo antes de bloquear a un par de gilipollas en TikTok, donde me está costando despegar.

Abro Final Cut Pro X para trabajar en los últimos vídeos que tengo pendientes de editar, pero la conversación con Churra irrumpe dentro de mi cabeza una y otra vez, causando que los cimientos de mi serenidad se tambaleen. Necesito arreglar los problemas que toda esta historia pueda estar ocasionándole a Mar. No podría soportar un adiós antes de hora cuando todo fluye de perlas aquí adentro. Tengo que saber lo que más le duele para poder salir en busca de ese antídoto y traérselo aquí, a los pies de esta vida que hemos decidido comenzar por el tejado, sin pedirle permiso a nadie.

M vuelve de la ducha con la brisa secándole el pelo antes de llegar a la Sardineta. Saluda con la mano a Deniz con esa preciosa sonrisa dibujada en su cara capaz de enamorar al mismísimo Satanás.

—Mar, cariño... —murmuro abriendo la conversación con los fantasmas del fracaso rondándome la cabeza.

—¿Sí?

—Tengo una cosa aquí dentro que me quema —suelto de golpe tocándome el abdomen con la palma de la mano.

M me mira intranquila mientras se peina con sus propias manos, sin necesidad de utilizar un cepillo.

—¿Qué te pasa? Me estás asustando, cielo. —Posa la mano en mi mejilla de forma cariñosa—. ¿Qué te preocupa?

—Llevamos dos meses aquí, viviendo esta especie de sueño del que no quiero despertar, pero... —freno en seco; quizá haya subestimado mi cobardía. El maldito ángel del hombro izquierdo me tira con fuerza de la oreja gritándome al oído que recoja la caña y que este no es el momento de soltar todo lo que estoy a punto de soltar por mi boca.

—Yo tampoco quiero despertar de este sueño, amor. Oye, ¿está todo bien? —Frunce el ceño, me presta toda su atención.

Ya es tarde para recoger el sedal. Vamos con todo, Áxel. Como siempre, saltando del precipicio sin mirar atrás. Sin paracaídas. Al fin y al cabo, llevo treinta y seis años despeñándome por los infortunios de la vida.

—Hay veces en las que te noto triste, Mar. No me gusta verte así. Y creo que es algo relacionado con tu familia. No te he preguntado, pero —cojo aire, lo suelto despacio y cierro los ojos como si estuviese a punto de saltar acantilado abajo— ¿hay algo que deba saber? No hemos puesto este tema sobre la mesa. De hecho, creo que es del único asunto del que no hemos comentado una sola palabra.

Se acomoda sobre la cama y, dando un par de toquecitos en mi lado del colchón, me invita a subir como si hablara con la gata o con un crío de seis años.

—He pasado por un episodio de ansiedad muy jodido, cariño —revela girándose hacia mí, colocándose de medio lado—. De hecho, tu mundo y tú sois los causantes de que haya salido de ese maldito agujero.

—Yo solo quiero saber cómo estás, que te abras conmigo, Mar. Ayudarte y tratar de que seas feliz. De verdad que no quiero otra cosa. Pero necesito saber qué es lo que te hace daño. Si no, no puedo ayudarte, ¿entiendes? Verte así me mata —resoplo sintiéndome la persona más insignificante y vulnerable del universo. Bajo la mirada al colchón. Trufita busca acomodo entre nuestras piernas como si fuesen ya las once de la noche, la hora de acostarnos. Mar suspira apartando su mirada de mí por un segundo.

—Estoy bien, cariño, al menos la gran mayoría de los días, pero sí, tengo a mis padres bastante preocupados —desembucha de repente volviendo a fijar la mirada en mí. Trufita busca posición sobre Mar, tumbándose en su vientre. Esta gata pícara sabe bien dónde arrimarse.

—¿Cómo les has explicado a tus padres todo esto? Porque ellos saben que estás aquí conmigo, ¿verdad?

—Más o menos. —Hace una pausa dramática que no ofrece demasiadas garantías de que la información haya fluido hasta las orillas del Ebro—. Nada más llegar de Nueva York me despedí de la empresa de mi padre.

—¿Cómo coño se despide alguien de la empresa de su padre? ¿Fuiste al Departamento de Recursos Humanos y dijiste «dimito»?

—Sí. Fue así, tal cual. Me presenté en el despacho de Francisco, el director de Recursos Humanos, y le dije que me iba y que me hiciese la cuenta. Al llegar a casa, en la cena, mi padre estaba hecho una furia, jamás le había visto así. Decía que le había dejado en evidencia delante de sus empleados y que me había convertido en la comidilla de la empresa y ya sabes… La gente habla de la mala relación que tiene el jefe con su hija enchufada, que además se acababa de separar de uno de los proveedores, que si patatín, que si patatán… —relata con los ojos en blanco, como si estuviese ya familiarizada con ese tipo de chismes.

—Menudo cuadro —mascullo alucinado—. ¿Por qué no hablaste con él antes de tomar la decisión? —Trato de indagar en la relación padre-hija, cuya confianza parece estar en muy baja forma.

—Se lo dije cinco veces, cariño. ¡Cinco! Pero siempre escurría el bulto. No me dejó otra opción que seguir la vía formal. Lleva toda la vida haciéndome de menos... Bueno, a mí y a todo el que lo rodea. Es mi padre, le quiero mucho, pero es un déspota despreciable —añade con un gesto que abraza el enfado y la pena al mismo tiempo.

—Bueno, pero ahora estás aquí, tirando hacia delante profesionalmente, estás feliz... Imagino que a cualquier padre, por muy déspota que sea, le alegraría saber que a su hija le van bien las cosas, ¿no? Y más después de un angustioso divorcio como el que has vivido. Vamos, digo yo.

—A ojos de mi padre, soy todavía una cría, aunque tenga treinta y cinco tacos ya, que está tirando su vida a la basura —manifiesta con un gesto de burla—. Para él soy una mujer que ha estado cinco meses medicada, sin ningún tipo de oficio a pesar de haber sacado una carrera y un grado superior, ya que llevo desde que acabé los estudios trabajando en su maldita empresa. Y, claro, se supone que no me sé buscar la vida sola. Y que, además, malgasto el dinero que saqué del divorcio en hacer viajecitos y en jugar a los hippies en lugar de invertirlo en conseguir un lugar donde vivir y labrarme un futuro.

—Menudo panorama... Pero tú ya estás generando ingresos, ya tienes una casa —le digo señalando la furgoneta—. ¿Tú le has dicho a tu padre que las cosas te van bien así?

Intento montar un puzle en el que me faltan piezas. Cuando hay un conflicto familiar de esta índole, nunca se termina de recabar toda la información necesaria, ya que cada una de las partes implicadas tiene su propia versión. No creo que nadie en el universo esté dotado de la empatía suficiente como para poder hacer de juez sin equivocarse.

—No conoces al señor José Luis —afirma con retintín—. Según él, estoy gastando todos mis malditos ahorros manteniendo a un titiritero que no tiene donde caerse muerto, del que me he enamorado como una colegiala y que me va a dejar tirada en cuanto me eche cuatro polvos...

Su padre me apuñala en un costado a más de novecientos kilómetros de distancia sin conocerme de nada de una forma cruel y desproporcionada.

Trato de mantener la compostura sin alterar un solo músculo del rostro para que a Mar ni tan siquiera se le pase por la cabeza que toda esta mierda es capaz de afectarme lo más mínimo. Bastante tiene con cargar con un padre así, pero lo cierto es que ahora mismo iría a la puerta de la casa de ese tal José Luis, la derribaría de una patada y le encañonaría la frente con un Colt del 45. ¿En qué momento ese estúpido ha decidido juzgarme sin conocerme de nada?

Intento esquivar la imagen del salvaje Oeste que la cólera me ha dibujado en la cabeza, tratando de buscar un guiño de comedia a toda esta pantomima de la que preferiría no haber oído una palabra. Con lo bien que estaba en mi playa, con mi preciosa vikinga despertando a mi vera cada amanecer, hasta que ha aparecido Churra con esa ración de realidad bajo las barbas.

—¿Seguro que ese señor es tu padre? ¿Y se puede saber cómo ha llegado a deducir que soy un titiritero? Mira que tengo buenos haters ahí fuera, pero creo que nunca me habían llamado algo así —pregunto con interés y también con un poco de guasa para tratar de quitarle hierro al asunto y liberar a Mar de esa sensación de culpa que, es obvio, la atormenta sin remedio.

—Cuando volví de Manhattan, mi madre me notó diferente. Cogí aquel vuelo rumbo a América hecha un cromo y llegué con una maleta de ropa sucia y un brillo diferente en la cara. Las madres tienen una especie de sensor capaz de detectar ese tipo de detalles —me explica mirándome con cautela, tratando de no activar ningún tipo de dolor en mí por la ausencia maternal que padezco desde que era un niño—. Le conté algo de lo que ocurrió aquella tarde y mi madre, que es un poco cotilla, me preguntó si tenías redes sociales para echarte un vistazo.

—¿Ahora las madres hacen eso?

—Le hice bastante hype a la mujer —me confiesa entre risas—. Vio tus fotos, me dijo que eras muy guapo, por cierto. Y se fijó, sobre todo, en esa sonrisa que tienes que es capaz de enamorar a un ladrillo. La cuestión es que, antes de apuntarme a tu aventura a Kenia, mi padre preguntó que con quién me iba de viaje en pleno mes de abril, cuando se supone que las vacaciones se cogen en verano.

—¿Tu padre cree que toda la humanidad viaja solo en julio y agosto? De ser así, yo cobraría dos meses al año —comento escupiendo una carcajada que huye de la boca sin querer.

—Él obliga a sus empleados a coger vacaciones en el mes de agosto, que es cuando la empresa está casi cerrada. Y sí, piensa que todo el mundo funciona o debería funcionar siguiendo su doctrina.

—La doctrina del tito José Luis, cuya bandera es juzgar a la gente sin conocerla y tener menos empatía que una jodida almeja.

—No tendré a mano ni la puerta de su casa ni un revólver, pero necesitaba desahogarme de alguna manera, aunque sea de una forma tan inocua como pensar en voz alta—. Perdona, cariño, se me ha escapado...

—Mi padre tiene buen fondo, te lo prometo, pero es un puto carcamal —me aclara con gracia y hace una breve pausa—. Le dije que me había apuntado a un viaje en grupo y que me vendría bien cambiar de aires unos días, y hasta ahí todo bien.

—Imagino que el problema vino después, concretamente el día que llamaste a casa para que te enviaran tus cosas —interrumpo recordando que aquella tarde la vi llorar por primera vez desde que nos reencontramos.

—Exacto —afirma con una sonrisa cómplice en la boca y el herpes que lleva ya unos días adornándole la comisura de los labios—. Llamé a mi madre para que me enviase las dos cajas con ropa que llegaron al chiringuito de Julio —comenta y escupe de improviso una carcajada, imagino que al recordar que aquellas «dos cajitas» eran casi una mudanza a la vieja usanza. Tras recibirlas, tuvimos que hacer una severa selección para poder meter sus cosas en los limitadísimos armarios de la furgoneta—. Mamá ya sabía la historia y le contó a mi padre quién eras y lo que había sucedido y le enseñó algún vídeo tuyo de buena fe para intentar convencerlo de que eras un buen chico, que tenías tu trabajo, que eras un tío viajado, y la única conclusión que sacó mi padre de todo aquello fue que vivías como un pordiosero en una furgoneta como los feriantes, y que aquello ni era un trabajo ni era nada. Te bautizó oficialmente como el titiritero al que mantiene la inocente e inmadura de su hija.

—¡La madre que lo parió! —exclamo exhalando con fuerza el aire de los pulmones.

Una sensación de impotencia me recorre las venas pidiendo violencia y guillotinas. El angelito y el demonio de los hombros son ahora mismo dos manifestantes muy indignados con antorchas en las manos que sujetan una misma pancarta que reza: «Vayamos a Montecanal a quemar vivo a ese puto carcamal». Trago saliva. Respiro hondo. Contengo la furia como puedo. Desvío la mirada encendida hacia la gata, que trata en vano de transferirme esa calma que siempre me baja las revoluciones cuando aquí dentro las cosas se ponen tensas. Disimulo constatando que comerme el orgullo de esta manera va a provocar al menos un par de úlceras en las paredes del estómago. Pero Mar debe creer que soy un auténtico témpano de hielo con la situación bajo control. Bastante tiene ya con lo que tiene, la pobre.

—No te comenté nada porque para mí no es plato de buen gusto hablar de esto, Áxel. Más aún cuando eres tan buena gente y trabajador... Además, eres tú quien corre prácticamente con todos nuestros gastos. Estoy muy muy avergonzada por la actitud de mi padre, cariño. No te enfades conmigo, por favor —apela acurrucándose sobre mi pecho—. Es muy injusto.

—Menudo suegro nos ha tocado, Trufita —le digo a la gata con ironía para ocultar mis verdaderas emociones—. Ahora a ver qué hacemos con don José Luis. ¿Tú crees que hay algo que pueda mejorar la situación?

—No le des más importancia, amor. —Trata de calmarme con un beso en los labios—. Se acostumbrará, no le va a quedar otra opción. Yo tengo que continuar con mi vida por mucho que él se haya imaginado mi futuro de otra forma en su arcaica sesera.

24

La ola de calor se ha instalado de forma definitiva en Enebrales y, según cuenta la televisión de la caravana de Deniz, se extiende por todo el país, por cada maldito rincón, como el virus ese que paró el mundo hace más de dos años. Tan solo Asturias y el norte de Galicia han resistido por debajo de los treinta grados. Zaragoza ha batido el récord alcanzando por quinta noche consecutiva los treinta y dos grados, seguida muy de cerca por Ourense, Córdoba y Sevilla.

—Esto ya está, amigo. Por aquí ya no pierde —le digo con medio cuerpo todavía dentro del armario inferior de su cocina, apretando al máximo la tuerca que une el desagüe con el fregadero. Me incorporo con serias dificultades. Deniz me ayuda dándome la mano—. Yo también me hago mayor, no te creas.

—Muchas gracias, Áxel. Si me tengo que meter así ahí dentro, me tengo que quedar al menos una semana en cama con lumbalgia.

—Para eso estamos. Si ves que vuelve a perder, me dices. Pero lo he apretado a conciencia y la goma creo que ha agarrado bien. Bueno, me voy a dar un baño y a seguir con lo mío, que tengo lío.

Salgo de la autocaravana. El calor me golpea de lleno en la cara y la arena arde bajo los pies.

—Oye, Deniz —vuelvo a subirme a su escalón hidráulico cubierto de césped artificial—, tú tenías una hija, ¿verdad?

—Sí, Helen, algunos años mayor que tú —responde mientras levanta la manilla del grifo y verifica que ya no pierde agua.

—¿Y tú cómo valorabas si un hombre era adecuado o no para ella?

El anciano me mira algo perplejo. Quizá una pregunta demasiado intensa y directa para un alemán de más de setenta años con un enorme charco de agua adornando el suelo de su cocina, empapado en sudor por los más de treinta y siete grados a la sombra. Aun así, sonríe con ternura mientras se seca las manos con el paño de la cocina.

—¿Quieres pedir la mano de Mar a su padre? —Deniz lleva el suficiente tiempo en este aparcamiento como para saber que mi cabeza trama algo.

—No exactamente, pero necesito la perspectiva de un padre y ahora mismo eres el único que tengo a mano.

—Pasa, pasa. No te quedes ahí. —Abre la nevera y saca dos quintos de cerveza helados. Abre el botellín y lo posa sobre la mesa—. Toma, siéntate, Áxel. —Él hace lo mismo en el cómodo sillón de piel blanco de su lujoso autobús. Le da un pequeño sorbo a la cerveza y apoya las temblorosas manos sobre la mesa fijando su arrugada mirada marrón en la mía—. ¿Qué quieres que te diga?

—Pues eso… que cómo valorabas si un hombre era bueno o no para tu hija.

—Para un padre nunca va a haber nadie lo bastante bueno para su hija. Una hija es lo más sagrado para un hombre, es su tesoro, su más preciada joya. Pero un buen padre también ha de entender que las hijas han de volar, que son libres y que no podemos retenerlas a nuestro lado para siempre. —Deniz ha captado rápido el nudo del problema—. Si era bueno para ella, era bueno para mí, esa ha sido siempre mi filosofía.

—Ya… —murmuro, insatisfecho—. A ti las cosas te han ido bien económicamente, ¿verdad?

—Bueno… He vivido tranquilo, he pagado una casa, varios coches, he mantenido a mi familia, les he dado una buena educación a mis hijos —narra resumiendo los grandes éxitos de su vida material sin demasiado entusiasmo—. Si te refieres a eso, sí, me ha ido bien.

Se responde él mismo pensativo y algo abrumado por mi pregunta, tal vez demasiado indiscreta, pero me hallo perdido en un absoluto estado de emergencia y necesito respuestas rápidas y urgentes.

—¿Qué habría pasado si tu hija se hubiese enamorado de alguien opuesto a ti?

—Justo eso es lo que hizo —asevera el viejo soltando una carcajada—. Pero creo que ya sé a dónde quieres ir a parar. Todo padre quiere que su hija viva en una buena casa con un chico que gane un buen dinero, pero eso no es lo importante, Áxel. Lo importante está aquí, en el corazón. Lo importante es el respeto, el cariño, cuidar de ella cuando enferme. Si hay de eso, lo otro no importa. No sé si estoy respondiendo a tu pregunta.

—Ojalá fueras el padre de Mar —escupo sin pensar. Las palabras han sonado raras, muy raras.

Deniz rompe a reír.

—Yo te acogería con gusto en la familia, amigo mío. —Eleva el botellín lanzando un brindis mudo y terminamos de un trago nuestras respectivas cervezas.

—Cuídate, Deniz, y gracias por tu sabiduría —me despido con alegría desde la puerta.

Ahora sí, necesito un reconfortante y fresco baño en el Atlántico. Camino hasta la furgoneta. Trufita duerme panza arriba bajo la corriente de aire que discurre desde la claraboya del techo de la cama a una de las ventanas laterales que permanece abierta. Me pongo el bañador y abro el armario del baño donde M guarda su neceser. Mantengo un duro enfrentamiento moral conmigo mismo. No sé hasta qué punto sería violar su intimidad verificar si los ansiolíticos de su blíster siguen ahí; la última vez que los conté quedaban catorce. Desde que tuvimos aquella charla tumbados sobre la cama en la que me confesó el motivo de su angustia, hace ya cinco días, no he tenido el valor de asomarme de nuevo a esa caja de pastillas. No sé por qué. Ya conozco el monstruo que la aterra y he podido comprobar un par de veces más que ha vuelto a merodear por sus miedos. Sobre todo anteayer, cuando salió de la furgoneta pasadas las diez y media de la noche cuando la vibración de su iPhone interrumpió el capítulo de *Snowfall* que veíamos en HBO y volvió con los ojos todavía húmedos a la pantalla congelada del ordenador portátil quince minutos después. Quizá el no saber cómo arreglar la situación comienza a pasarle factura también a ese ímpetu atronador con el que afronto siempre los problemas. Pero esta vez mi adversario tiene de rehén a la persona que más quiero sobre la faz de la tierra. Me siento como si estuviera en medio de uno de esos culebrones venezolanos y los guionistas alargaran la trama sin tener claro si va a acabar en un orgasmo de felicidad, sonrisas y abrazos o cargándose al protagonista sin paliativo alguno.

Decido pasarme por el forro la moral y obvio la privacidad de Mar. En su blíster hay tres malditas píldoras menos, lo que quiere decir que sus miedos se están haciendo fuertes y que el estúpido de su padre sigue ahí, a pico y pala, con el único objetivo de derribar su estabilidad emocional y tratar de devolverla a ese mundo del que salió huyendo directa a mis brazos. El dibujo de la situación también me aclara que Mar no confía en mí. Al menos, no del modo en el que yo entiendo esto del amor. Si yo estuviese en la más absoluta mierda, recurriría sin pensarlo al calor de sus abrazos y al latir de su pecho pegado a mi oído izquierdo. Pero ella, por algún motivo que desconozco, ha decidido librar esta batalla por su cuenta, dejándome al margen. De nuestros puentes de la confianza se desprenden ya unos cuantos ladrillos polvorientos que se despeñan acantilado abajo. No quiero presionarla. Quizá no debería haber insistido en que volase a mi vida en la puerta del New Yorker y en la fría T4. Tal vez sea el culpable de esta situación y Mar debería haber permanecido en su casa hasta haber aclarado un poco más su futuro. Ese tal José Luis empieza a tocarme seriamente los cojones.

Salgo despavorido hacia la playa, me despojo de la camiseta de tirantes y la coloco en el interior de la gorra, sobre las chanclas, y camino hacia la orilla. Desde que llegué a Enebrales no había visto nunca semejante despliegue de sombrillas y toallas e incluso hasta alguna que otra pérgola cobijando bajo su sombra felices encuentros familiares. El verano se acerca imparable incendiando el país antes de hora. El chiringuito de Julio está lleno hasta esa bandera pirata que ondea en el cielo en los días despejados. En alguna de sus mesas interiores, huyendo del sofocante calor, estará M terminando al fin ese trabajo que tiene pendiente de entrega desde hace un par de semanas y que nos tiene anclados aquí, evitando que hayamos escapado hacia temperaturas menos calurosas.

El cuerpo menudo de Joe flota sobre el salitre, sumido en uno de sus extraños ejercicios de meditación. Consiste en hacerte el muerto panza arriba dejando que el mar te arrastre durante diez minutos con los ojos cerrados. He tratado de hacerlo un par de veces, pero siempre he terminado en la orilla con la arena de media playa en el interior de las fosas nasales.

—No sé cómo coño haces para no acabar una y otra vez revolcado en la orilla —le digo pisoteando la calma de su ejercicio.

—No has practicado lo suficiente —responde sonriendo al volver a someterse a la ley de la gravedad—. ¿Conseguiste solucionarlo?

—¿Lo de Deniz o lo otro?

—¿Qué es lo otro?

—¿Eh?

Joe rompe a reír intuyendo que hoy «no tengo el chichi pa farolillos», como dice Churra esos días en los que las cosas no salen como él quiere.

—Venga, dispara. Vas a tener ya pocas opciones.

—¿Ya te vas? —No quiero que se vaya a ninguna parte. Lo necesito cerca cuestionando con sus malditas preguntas todas mis tormentas internas.

—Salgo ya —me dice acomodándose su finísimo cabello, cada vez más despoblado, hacia atrás—. Me han salido seis o siete bolos en algunos chiringuitos del Algarve y ya sabes... el invierno es largo, amigo. Así que aprovecha, que quiero llegar a Tavira a la hora de la cena.

—Es Mar.

—¿Qué le has hecho? No se encuentra a una chica así todos los días. ¡Menudo gusto musical que tiene la niña! Con razón volviste medio imbécil de Nueva York. —Hoy está más irónico de lo habitual.

—Su padre no es tan fino como su gusto musical. De hecho, es el reguetón de los padres. Es el puto autotune de la paternidad... Es el mismísimo Satanás. —Joe se descojona—. Algo malo debía tener. No iban a ser todo miradas verdes, fuegos artificiales y canciones de Oasis. Ha tenido que aparecer su maldito padre para joderlo todo. ¡Me cago en Dios!

Miro al cielo mientras ocho guiris septuagenarios que chapotean a nuestro alrededor me observan, asustados, dudando entre lanzar una sonrisa o comenzar a bucear en busca de sardinas por el turbio y agitado fondo de la playa de Enebrales.

—Ahora entiendo.

—¿Qué es lo que entiendes, Joe? —pregunto todavía furioso.

—La he escuchado discutir algún día tras la cena por el móvil. No porque estuviese haciendo oreja, ¿eh? —se justifica de inmediato con los brazos en jarra mientras el oleaje trata de alcanzarle el pecho—. Esta última semana he dormido con las ventanas abiertas y aquí, ya sabes, se escucha todo. Estaba muy muy enojada.

—Tampoco quiero agobiarla, ¿sabes? Esto de la *vanlife* es nuevo para ella y quiero que esté a gusto y que se adapte lo mejor posible. No puedo estar preguntándole cómo se encuentra tras cada conversación que mantiene con su familia. Y más aún cuando no tengo una solución que ofrecerle. Me limito a dejar fluir las cosas y a ver mi alma partirse en pedazos cada vez que entra de nuevo en la furgoneta con los ojos vidriosos fingiendo que todo marcha sobre ruedas.

—¿El problema exactamente cuál es? ¿Por qué discute con ellos?

—Es su padre. El rumbo que M ha decidido emprender en su vida digamos que no es del todo de su agrado. Creo que le falta información —añado con un tono burlón.

—Bueno, pero ya no es una cría. No entiendo la postura de su padre, la verdad. Aunque tampoco conozco el contexto en el que se ha fraguado el cambio. No sé cómo ha justificado la decisión de venirse aquí. —Busca la lógica en una historia que no la tiene.

—Mar vuelve de Nueva York, pasa tres meses instalada en su antigua habitación, en la casa de sus padres, no me da señales de vida porque vio a Laura en el fondo de pantalla de mi teléfono y pensó que seguía sintiendo algo por ella y no quería entrometerse, ve mi viaje grupal y decide poner su vida patas arriba apareciendo en la T4, viene a Kenia y del tirón, aquí. Fin —relato paseando las manos sobre las olas.

—*Fuck!* —exclama de repente con una sonora palmada. Es la única palabra de su idioma materno que se cuela cuando algo le sorprende demasiado—. Y, claro, todo lo que saben es que se ha largado con un tipo que es youtuber y que vive en una furgoneta con un gato, porque seguro que te han cotilleado en redes.

—Sí..., esa es mi chica y ese es su *modus operandi, my friend.* ¿Qué te parece la jugada? Bonita, ¿eh?

Joe rompe a reír.

—Perdona, tío, perdona. Cuando le explicas a la gente a lo que te dedicas, ¿a qué no suelen comprenderlo a la primera? A mí me costó entender eso de YouTube, la página web, los sistemas de afiliados, los algoritmos, el SEO y todo ese rollo, y soy un tipo más o menos joven —razona con los brazos cruzados y las piernas abiertas. El nivel del agua baila sobre su ombligo peludo—. Rafa, el guardia, llegó a sospechar que traficabas con drogas en la playa el día que se formó aquella aglomeración, cuando se te ocurrió la brillante idea de organizar una quedada para tus seguidores en el aparcamiento en el que vives. —Rescata del olvido entre risas la anécdota por la que casi nos echan de Enebrales—. El padre de Mar es de otra época e imagino que viene de un lugar muy diferente al nuestro y nadie le ha explicado ni qué haces, ni quién eres, ni nada de nada, ¿no?

—Más o menos es así, sí —asiento resignado y constatando que todo se ha gestionado bastante mal.

—Toda la información que tiene ahora mismo ese señor es que su hija se ha divorciado hace poco, se ha ido de viaje a África tras pasar unos meses muy duros encerrada en su casa, en vez de regresar a Zaragoza se ha ido a vivir a una Citroën Jumper con un tipo que hace vídeos en internet y, cada vez que la llama, ella le termina colgando el maldito teléfono. ¿Es así?

—Joder, Joe, vas a tener razón...

—Lo que no sé es cómo ese hombre no se ha presentado todavía aquí con la Interpol —ironiza revolviéndome el pelo con la mano—. Me tengo que marchar, Áxel, que si no se me va a hacer tarde. Dame un abrazo, amigo.

Nos abrazamos junto a la orilla con los cuerpos empapados en salitre mientras los ocho guiris de antes nos miran de reojo. Dos de ellos esbozan una sonrisa como si estuvieran asistiendo al final feliz de una historia de amor prohibida entre dos hombres. Joe me toca el culo al mismo tiempo que les guiña un ojo, encanado de la risa.

—¿Nos veremos en Galicia?

—No tengo ni idea —respondo algo abrumado tras escuchar su elocuente razonamiento—. Bueno, como tarde nos veremos a finales de septiembre, aquí en el barrio.

—Paz y amor, Áxel. —Hace el gesto de la victoria con los dedos mientras sale del agua. Camina hacia su Pilote tras recoger su gastada toalla de la arena.

Haber escuchado la historia en su boca me ha dado otra perspectiva de la situación. Mi excesiva empatía, ese maldito talón de Aquiles que me atosiga desde que tengo uso de razón, comienza a llamar a su amiga doña Culpa y ambas gusanean ya en mis entrañas.

Desconozco por qué Mar ha actuado así de sopetón, apartando su vieja vida de un manotazo como si fuera una mosca molesta. ¿Cómo de mal ha tenido que pasarlo para improvisar de ese modo? ¿En qué niveles de hartazgo estaba su vida para mandarlo todo a la mierda sin dar explicación alguna? Imagino que lo mismo pensaron de mí Laura, papá, Felipe… Y toda esa lista de cadáveres que he ido abandonando en el arcén de mi vida. Cómo de mal lo ha tenido que hacer su padre hasta el punto de posicionarse a favor del Jaime ese cuando anunció que se divorciaba. La realidad es que tenemos un problema bastante serio encima que no sé muy bien cómo afrontar. Su padre va a ser siempre su padre, eso es algo que nunca voy a poder cambiar, y ahora mismo esa relación está encallada en una espiral sin salida; cada vez que interactúan, la cosa termina como el rosario de la aurora. Es un ni contigo ni sin ti continuo y sangriento que dinamita el progreso de Mar, y, por ende, el de nuestra relación. De momento, no se ha visto demasiado afectada, pero es cuestión de tiempo que algún elemento de esa batalla paternofilial active también el detonador entre nosotros. Y quizá en otra cosa no, pero en hacer volar por los aires situaciones enquistadas soy todo un profesional. Tal vez haya llegado el momento de recuperar las antorchas y prender la mecha. Puede que sea la hora de patear ese *pinball* para que la bola salga de la esquina y podamos de una vez por todas continuar con la partida.

Al sol todavía le queda una hora de vida y la gente de la playa se resiste a marcharse. En el aparcamiento no cabe un alfiler y Churra va de un coche a otro bajo su sombrero de paja dando instrucciones mientras abre y cierra sin parar la cremallera de una riñonera en la que ya no entran más monedas.

—¿Cómo va el negocio, Churrita?

—Hoy voy a tope, compadre. Tre viaje llevo ya a la caseta —me dice, orgulloso, agitando la riñonera y apartándose las gotas de sudor que huyen de su sombrero frente abajo.

—¿A la caseta?

—Claro, coño, a vaciá la mariconera pa que me echen ma. Hay que sé ambisioso en lo negosio, churra.

—Mañana temprano marchamos, amigo.

—No me joda, churra, ¿así de repente? Cagoendió. Joe se va ya mismo y ahora vosotros. ¿Pero ha pasao argo o qué? —Camina en círculos oliéndose algo raro, ya que nunca he decidido irme de una forma tan inmediata.

—No, no, nos subimos ya para el norte; ya sabes que aquí hemos alargado demasiado y que las condiciones en el cacharro con este calor y este ajetreo ya no son buenas ni para nosotros ni para la canija.

—Me queo aquí solo con to este lío otro verano ma... pero así es la vida, churra, y arguien tiene que cuidá der Julito, que de lo bueno que es un día se lo come un bicho. —Trata de forzar una sonrisa que se le queda atravesada en la garganta—. No vemo tras el verano, ¿no?

—Por fin te encuentro, cariño, que no llevo encima las llaves de la furgo y está cerrada. —M aparece en escena con su portátil bajo el brazo y unos enormes auriculares colgando del cuello—. Por cierto, acabo de enviar todo el kit de plantillas y ya me han dado el visto bueno. —Lo celebra, orgullosa, levantando las manos y dando unos cuantos saltitos sobre sí misma.

—Enhorabuena, cariño.

—Dame un abraso, anda, que vaya disgusto ma dao este aqueroso, carajo. —Churra la abraza, aunque ella no entiende muy bien de qué va la vaina—. Y enhorabuena, pero si hubieras terminao una miaja ma tarde tampoco hubiera pasao na y os hubiesei quedao aquí un día ma, coño.

—¿Ya nos vamos? —Mar frunce el ceño, sorprendida—. ¿Y a qué vienen esas prisas?

No contaba con que la situación pudiera enredarse de esta manera de una forma tan estúpida.

—Eso digo yo. No sé qué prisa os han entrao para salí ya mañana cagando hostia p'al norte, con la caló que vai a tené en cuanto entréi.

—¿Mañana ya?

—Sí, sí… —Piensa rápido, Áxel, un motivo para salir pitando de aquí que no implique hacer volar por los aires situaciones enquistadas—. Me ha salido un trabajo: ¡un vídeo que tengo que grabar!

Bien jugado. Aunque Churra me mira sin creerse una mierda de lo que estoy contando y yo solo cruzo los dedos para que mantenga el pico cerrado y no me ponga las cosas más difíciles de lo que se están poniendo ya.

—¿Y a dónde vamos?

—A Soria —respondo con una firmeza aplastante.

—¿A Soria? —cuestionan, atónitos, al unísono—. ¿A Soria a grabar un vídeo? —continúa indagando Mar, a quien está claro que mi respuesta no le ha sonado demasiado convincente.

—Sí, ¿qué pasa? Soria está de puta madre —asevero con el gesto más serio que soy capaz de encontrar en este momento.

—Nada, nada.

—Bueno, churra, dame un abraso. —Me aprieta fuerte una vez más en sus robustos brazos—. Mucha suerte en Soria, compadre —me susurra al oído con la certeza de que no le he dicho la verdad y también de que las cosas no marchan del todo bien—. Seguro que va to de cine. Cuidaos musho y luego paso un momento a desirle adió a mi reina.

25

La bandada de gorriones que nos ha echado de la cama hace apenas unos minutos continúa ahí, cantándole a la mañana y saltando de copa en copa, entre la escasa espesura de este pinar situado en algún punto entre Sigüenza y la A2 que encontré ayer tarde en Park-4Night cuando los casi ochocientos kilómetros que llevábamos en las ruedas desde que salimos de Enebrales comenzaron a colgarse de párpados y espalda. Un lugar excesivamente tranquilo que nos ha cobijado también del calor por primera vez desde hace ya varias noches.

Trufita permanece erguida sobre el felpudo, atenta a todo lo que acontece a su alrededor, sin atreverse del todo a salir a explorar el pinar. Observa los pájaros, el revoloteo de alguna que otra mariposa, siempre pendiente del sonido lejano procedente de la autovía.

—Se la ve más cohibida, como intranquila —analiza Mar con la mirada fija en la gata mientras apura los últimos sorbos de su café sentada sobre una piedra a la sombra.

—Actúa así cada vez que salimos de Enebrales hasta que coge confianza. Para ella, todo esto es una nueva lluvia de estímulos. Pero no te esfuerces mucho, canija —le digo acariciándole la cabeza con la punta de los dedos—. Nos tenemos que marchar ya.

—En realidad, no difiere mucho de nuestro comportamiento. Hasta yo me siento rara tras haber pasado dos meses a orillas de aquella maravillosa playa —reflexiona ajena a la tormenta que se avecina—. Además, me he puesto más morena que nunca —añade lanzándome una sonrisa entre sorbo y sorbo café.

—Bueno, yo voy a ir recogiendo un poco todo esto para ponernos en marcha.

Entro en la furgoneta, hago la cama, acomodo los cojines en la cabecera, friego los cacharros del desayuno, los seco, los guardo en sus respectivos armarios, le renuevo a Trufita la arena, guardo los calzos en el maletero y compruebo los niveles de aguas limpias y grises, que se encuentran lleno y vacío, respectivamente.

—Tengo por aquí una lista que te va a encantar. —Mar bucea en el menú de Spotify y trata de enlazar su iPhone con el bluetooth de la furgoneta—. ¿Algún día me dejarás conducir el cacharro este?

—De hecho, esperaba que lo hicieras —respondo y arranco mientras se me escapa una risita silenciosa.

—¿Esa sonrisita qué quiere decir?

—¿Qué sonrisita? —Intento disimular soltando otra risita menos silenciosa que la anterior.

—¿Se puede saber de qué coño te ríes ahora? —Sus dudas aumentan de intensidad aún en plena lucha con la conexión del bluetooth.

—Nada, que me encantaría verte conducir la Sardineta. No habíamos hablado de eso. —Tomo la carretera secundaria que nos arrojará dentro de tres kilómetros a la A2.

—Yo no tengo ningún problema, ¿eh? —afirma vacilona—. Si quieres, paras ahí mismo y te llevo a Soria, chico de la gorra. Soy una conductora excelente. ¿Cuántas veces te han multado?

—Yo qué sé. —Trato de hacer recuento, pensativo, mientras comienzan a sonar los primeros acordes de «On my Way», de Sons Of The East. Subo el volumen—. ¡Esta es buenísima!

—Te dije que esta lista te iba a encantar. Pero no te me escapes y responde. —Vuelve a bajar el volumen—. ¿Cuántas?

—Joder, Mar, no lo sé, ¿cinco? —suelto pensando que quizá hayan sido un par más.

—Pues a mí ninguna. —Da una palmada y suelta una carcajada sarcástica—. Lo que quiere decir que soy mejor conductora que tú. Así que menos sonrisitas de esas cuando me visualices conduciendo el cacharro este.

—Esa comparativa es injusta.

—¡Vaya por Dios! —vocifera haciendo aspavientos con las manos—. ¿Y eso por qué?

—Porque he conducido muchas más veces que tú. De hecho, las únicas multas que me han puesto han sido todas mientras trabajaba y le hacía al coche dos mil kilómetros a la semana visitando clientes. —Me mira con una sonrisa canalla que contrasta con su rostro celestial—. No te rías así, no. Tengo razón. Seguro que a cualquier taxista le han multado más veces que a ti y que a mí y eso no significa que seamos mejores conductores que ellos. —M continúa instalada en su traviesa mueca mientras escucha el impecable argumento—. ¿Ese gesto maquiavélico qué significa? ¿Tengo razón o no?

—Que te veo ahí, bajo esa gorra, con esa barbita de cuatro días, esa camiseta de tirantes, los brazos tatuados y ese aspecto de surfero y no soy capaz de imaginarte en uno de esos coches de empresa, vestido de punta en blanco y visitando a gente encorbatada.

—Ah, ¿no? Toma —le digo dándole mi teléfono—. Uno, cuatro, uno, dos.

—¿Esos números qué son?

—Mi clave de desbloqueo. No querrás que ponga la cara ahora mismo y nos la demos con ese camión.

—No me lo puedo creer.

—¿Ahora qué pasa?

—¡La fecha en la que nos conocimos! 14 de diciembre, uno, cuatro, uno, dos... Yo tengo la misma, Áxel. —M rompe a reír como una loca dándole un susto de muerte a Trufita, que se marcha furgoneta adentro, refunfuñando.

—¿En serio?

—Totalmente. Oye, el orden de tu móvil deja mucho que desear, ¿eh? No sé cómo eres capaz de aclararte con todas estas aplicaciones por aquí despendoladas. No me extraña que cada vez que buscas algo te tires ahí una hora y media. Esto es un desastre, cariño —me dice, y rescata del recuerdo a Laura y sus reprimendas impregnadas de ternura.

—Bueno, bueno... Sí, a ver si me pongo un día. —Tiro el balón fuera y consigo adelantar por fin al tráiler cargado de coches que nos tapaba la vista desde hacía unos cuantos kilómetros—. Si retrocedes en el carrete, todavía es probable que haya alguna foto de cuando trabajaba en una gran empresa y era un chico formal y decente.

Mar se sumerge en el caos de mi iPhone en busca de esas imágenes de cuando me estaba pudriendo por dentro y no era todavía consciente de ello.

—A ver… Estás guapo, la verdad. Todo hay que decirlo. —Me clava de repente la mirada verde, examinándome—. Pero a ti ese rollo no te pega, cariño. A mí me gustas mucho más así. —Y se abalanza sobre mí para besarme con cuidado en la mejilla sin que me distraiga de la carretera.

Mar vuelve al asiento del copiloto. Vamos dejando el mundo atrás a ciento diez kilómetros por hora. El polvo incrustado en el salpicadero me permite a duras penas ver que ni tan siquiera son las diez y media de la mañana y estamos ya a casi treinta grados. Suena *3 Rounds and a Sound* y Blind Pilot convierten este viaje a la desesperada en uno de esos videoclips que tanto me gusta imaginarme. El paisaje es un desierto llano y sin atisbos de vida alrededor, salvo unas cuantas granjas que de vez en cuando emergen en el horizonte y alguna que otra rapaz en vuelo en busca de alguna criatura distraída a punto de pasar a mejor vida. La mano derecha de Mar surfea el aire caliente con el brazo apoyado en el cristal de la ventanilla a medio bajar, la cabeza en el respaldo y unos cuantos mechones de su cabello tratando de huir de ese lienzo desolador que vuela hacia nosotros.

—¿Calatayud? —M interrumpe mi videoclip al atisbar ya las nubes de esa tormenta a la que nos dirigimos sin remedio—. Creo que nos hemos pasado la salida hace ya un buen rato, cariño —me dice chequeando Google Maps en la pantalla del teléfono.

—Vamos bien, Mar —afirmo con casi tanta firmeza como miedo, sujetando con fuerza el volante. Aprieto los dientes y trago saliva, directo de una vez por todas a coger ese maldito toro por los cuernos.

—Pero aquí dice que… —Su mirada se eleva perpleja—. ¿Dónde vamos, Áxel? —pregunta con el tono más serio que le he escuchado hasta ahora.

—A tu casa.

26

De vuelta en Zaragoza

La Z40 nos recibe a treinta y seis grados sin haber alcanzado siquiera el mediodía de este sábado 11 de junio. La ciudad que me echó a patadas de sus calles vuelve a recibirme frunciendo el ceño, ochocientos veintinueve días después. En estos casi dos años y medio, mi vida ha cambiado por completo. Me atrevería a decir que el viejo Alejandro murió tras aquellas tres noches tirado en esa cama de atrás, tratando de seguir adelante a base de diazepam y cerveza. De hecho, nadie ha vuelto a llamarme por mi nombre de pila desde que salí despavorido de aquí. En mi nueva vida soy Áxel, nombre al que me aferré cuando hui cual ave fénix en este cacharro aquella tarde de primeros de marzo de 2020, justo cuando el mundo entero estaba a punto de estallar y Julito decidió enviarme un email que era la mano de un ángel con un tíquet de entrada a un nuevo mundo que logró estabilizarme las constantes vitales.

Antes de aquella explosión emocional y de esa huida a la desesperada teniendo como mejor carta en la partida iniciar una nueva vida en el maletero de una antigua furgoneta de reparto, no existían ni la nobleza de Churra, ni la magia de Enebrales, ni la sabiduría sosegada de Joe, ni sor Julito de Calcuta, ni Trufita, ni mucho menos M. No ha vuelto a abrir la boca desde que descubrió mi retorcido plan hace ya más de noventa kilómetros. Bordeamos Zaragoza por la circunvalación mientras los altavoces reproducen la exquisita lista que Mar preparó con todo el cariño y a la que llevamos ya un buen rato sin prestarle atención. Las torres del Pilar se asoman en la lejanía bajo un cielo despejado, ajenas al paso del tiempo. Tengo la sensación de que en esta ciudad las cosas continúan igual que las dejé, a pesar de que haya habido una pandemia de por medio y de que nadie haya reparado en mi ausencia. Esa misma premonición me susurra que ya tengo más cosas fuera que dentro de esta ciudad y que quizá haya dejado de ser mi hogar. No puedo evitar sentir un pellizco en el estómago que no sé bien si ubicarlo en el cajón de las angustias o en la estantería de la nostalgia, pero duele igual.

Sé que el exclusivo barrio en el que viven los padres de Mar está al sudoeste de la ciudad, pero carezco de una dirección precisa. De hecho, conduzco sin rumbo exacto desde hace algunos minutos, cuando ya sobrepasamos los carteles de bienvenida. Decido tomar la salida hacia Teruel y, acto seguido, abandonar esta autovía circular introduciéndome en la rotonda donde están esas dos torres mudéjares que confirman nuestra llegada a Valdespartera, un barrio joven de viviendas de protección oficial, un conglomerado de bloques de edificios, construido en la zona sur de la ciudad, a escasos metros de Montecanal, la zona pudiente de la que procede M.

Ella mantiene la mirada fija en el retrovisor y con un gesto que naufraga en la más absoluta indiferencia. Ahora mismo podríamos estar entrando en París, Nueva York o Honolulu y su rostro mostraría exactamente lo mismo: nada.

La gata contempla la escena tumbada desde el salpicadero, agitando la cola despreocupada, ajena a la nueva ciudad que tiene tras el lomo.

—Mira, Trufita, de esta ciudad salimos M y yo. —Tal y como lo digo soy consciente de que tuvimos que huir a casi seis mil kilómetros de aquí para encontrarnos cuando su barrio y el mío estaban a escasos seis kilómetros de distancia.

—Avenida de la Ilustración, número veinte. —Mar rompe su silencio de mala gana—. Llevas ya un buen rato dando vueltas. O te digo la maldita dirección o termino haciéndome pis encima.

Su explicación es una mezcla de ciento cincuenta gramos de un monumental cabreo, ciento diez de decepción, un chorrito de sorpresa y una pequeña pizca de gracia, apenas perceptible, pero en la que atisbo un diminuto clavo al que poder agarrarme.

—Pues qué bien, ¿eh? Otra vez aquí —relleno el silencio con frases vacías rogando, por favor, que no se alargue más.

—¿Por qué has hecho esto, Áxel? —Añade unos cuantos gramos más de decepción a su receta, reflejada en sus ojos. Ese pequeño clavo de la esperanza se quiebra de cuajo.

—Principalmente por ti, Mar. —Pienso si continuar o no, pero qué diablos, despeñémonos ya del todo—. Vi el blíster de tu neceser.

—¿Me estás espiando? —Se gira de repente, furiosa, y puedo sentir los puñales de su mirada incrustándose en mi cráneo.

—No, no te espío. Bueno, un poco sí, ¡pero solo la medicina, te lo juro! —Trufita me observa desde el salpicadero con los ojos como platos con ese gesto en su cara atigrada y preciosa que yo traduzco siempre con un «eres gilipollas, querido humano»—. Me preocupo por ti, cariño, eso es todo.

—No me lo puedo creer. ¿Así que es eso? —El tono enérgico que suele desprender al hablar muere cuando está defraudada, dato que acabo de descubrir. Sus palabras son solo susurros decepcionados que se clavan como agujas. Su enfado es una nueve milímetros con silenciador apuntándome a la sien y sus ojos, dos espejos vidriosos cuyo verde resalta aún más por el bronceado de la tez, en los que puedo verme reflejado.

—En eso consiste esto, ¿no? —manifiesto señalándonos con la mano—. En preocuparnos el uno por el otro. Perdona, cariño, pero no sé dónde coño vamos —confieso al constatar que por esta maldita rotonda he pasado ya cinco veces.

—Es justo allí. —Señala una urbanización que está al lado de esta puta glorieta en la que ya casi me siento como en casa.

—¿He pasado cinco veces por delante de tu casa y no me has dicho nada?

A Mar se le escapa una sonrisa sin querer.

—¿Qué he hecho mal, Áxel? —El alma se me cae ahí, junto al embrague. Aparco unos metros más adelante, pasada la parada del autobús. Apago el motor. Trufita abre un ojo y vuelve a cerrarlo, verificando que esta discusión va todavía para largo—. Iba todo bien, ¿no? Demasiado bien, tal vez.

—Claro que iba bien, cariño. ¡Y lo sigue yendo! Por eso estamos aquí.

—Sí, claro, va todo tan bien que me cotilleas la medicina y cuando ves que quizá las cosas se me han complicado un poco, me traes aquí —murmura echando la vista al otro lado de la ventana, donde hace ya un calor insoportable—, a casa, para quitarte el mochuelo de encima. No me esperaba esto de ti, de verdad que no.

Trufa interrumpe la siesta para olisquear la cara de Mar e intenta evitar que esa lágrima siga su curso. Y yo hace ya un rato que he perdido el hilo argumental de la conversación.

Levanto el reposabrazos y me giro hacia ella. Le cojo la mano. El «Wonderwall» de Oasis aparece de forma repentina desde los altavoces, que siguen reproduciendo, ajenos a nuestra primera gran bronca, la lista de M.

—Esta fue la primera canción que escuchamos juntos, ¿te acuerdas? —Mar me mira algo descolocada—. ¡El músico callejero de la estación de metro de Greeley Square Park! No me digas que no te acuerdas. —Subo un poco el volumen.

—Claro que me acuerdo —responde con un gesto confuso—. ¿Y te hace gracia? Porque a mí no, Áxel, es que encima parece que estás disfrutando con toda esta mierda. —Su indignación está a punto de apretar el gatillo de su nueve milímetros—. ¿Y ahora qué quieres? ¿Que nos pongamos aquí como dos gilipollas a celebrar que va a ser también nuestra última canción? Nuestra primera y última canción juntos, ¡qué guay todo!

El mundo acaba de ponerse patas arriba y no consigo encontrar la dirección del viento que, hace ya bastantes palabras, ha arrasado con la brújula que dirigía esta conversación.

—¿Me estás dejando, Mar? —pregunto con un miedo que se agarra al esófago apretando sin piedad. Mar me mira ojiplática.

—Oye, Áxel, de verdad —se lleva la mano a la frente con la desesperación colgando de su cabello decolorado—, déjalo estar ya, ¿vale? Dame un par de minutos, que recojo mis cosas y me voy a mi maldita casa, porque al final vas a conseguir volverme loca —explica malhumorada mientras se incorpora para meterse en la parte trasera de la furgoneta. Me apresuro a cogerla de nuevo de la mano con la angustia aferrada al estómago.

—Espera, espera, por favor —suplico estupefacto—. ¿Tú crees que me he cruzado medio país a más de cuarenta grados para tratar de ayudarte y voy a entender a la primera que me estés dejando así? No entiendo una mierda de lo que te está pasando. —Le cojo también la otra mano. Mar continúa con los cristales turquesas fijos en mis asustados ojos—. Yo solo quería ayudarte.

—¿Y por qué no me dijiste nada? —Lanza un suspiro y sostiene con una mueca temblorosa ese gesto que precede al llanto.

—No quería meterme en tu vida, Mar. Bastante tenías con intentar adaptarte a vivir en el cacharro este, con la gata y conmigo en un espacio tan reducido. No quería agobiarte.

—¿Adaptarme? Estos dos últimos meses han sido los mejores de mi vida, Áxel. Todas las personas tenemos problemas, joder.

—Y por eso decidí traerte a casa, para afrontarlos. Mira, cariño, no conozco a tus padres de nada ni ellos a mí. Pero el otro día, cuando me contaste todo aquello que pensaba tu padre... —Trato de recordar su nombre.

—José Luis, se llama José Luis.

—Eso, el amigo José Luis —entono con retintín—. Entendí que, o veníamos aquí a que me conociera y a explicarle las cosas muy bien, o ese problema iba a terminar afectándonos. Estos asuntos familiares, te lo digo por experiencia, son ya difíciles de solventar estando en el mismo barrio, así que imagina a más de novecientos kilómetros de distancia. Yo solo quería aclarar las cosas porque te quiero y no quiero que te pase nada malo, Mar. Sentí una impotencia terrible al verte así, sin poder ayudarte... y esta es la mejor idea que se me ha ocurrido. Siento mucho que te haya molestado tanto, cariño. Te lo digo de corazón. —Aprieto los labios con sus manos en las mías y trato de contener con gran dificultad las lágrimas.

Mar rompe a reír como si no hubiera un mañana y yo empiezo a sentir auténtico pánico. Quizá tras esos ansiolíticos se esconda un problema aún mayor. Tal vez haya subestimado la situación y M me haya ocultado más blísteres, más problemas, más... Apaga mis pensamientos de repente al besarme con mucha energía. Nuestros labios se separan y recupera su desenfadado tono de voz habitual. Yo trago saliva sin saber muy bien qué hacer. En escasos diez minutos me ha susurrado enfadada, ha llorado, ha dicho que me dejaba, se ha tronchado de la risa y me ha besado.

—¿Me has contado la patraña esa de Soria, ocultándola durante casi mil kilómetros y una noche de por medio, para plantarte en casa de mis padres porque me has visto mal y estabas preocupado por mí?

—Sí. Así resumido, así es.

—¿Y además has dicho que me quieres?

Por más que tratase de buscar en el disco duro de mi cabeza, difícilmente encontraría ese halo de alegría brillar con tanta esperanza dentro de una mirada. Nadie en estos treinta y seis años que llevo vagando por el planeta me ha mirado con esa ternura e inocencia.

—Sí, con toda mi vida, Mar. Aunque, si te digo la verdad, ahora mismo me estás dando un miedo que te cagas.

Rompe a reír de nuevo y yo no sé si salir pitando de la furgoneta o permanecer aquí como hasta ahora, con la cara desencajada e intentando aguantar el tipo mientras Miss Estoy Como Una Puta Regadera se descojona en mis narices.

—Me vas a matar, cariño —manifiesta secándose de nuevo las lágrimas con el cuello de su camiseta—. Pero pensaba que te habías plantado aquí, en casa de mis padres, para dejarme en la puerta y largarte.

No doy crédito a lo que escucho. ¿En qué puto momento se ha torcido toda esta maldita historia?

—¿Qué?

—Joder, soy una imbécil. Pensé que te habrías cabreado por no haberme abierto del todo, pero te va a sonar gracioso. Yo tampoco quería molestarte con mis dramas familiares, Áxel. No quería que te cansaras de mí antes de hora —confiesa con la inocencia de una niña pequeña que acaba de robar un par de golosinas en la tienda de la esquina y la han pillado—. Y más con lo bueno que estás siendo conmigo. No quería estropear las cosas, y decidí tragarme todas mis preocupaciones. Lo siento mucho. Sobre todo, por haber pensado eso, que querías dejarme, cuando en realidad has venido a todo lo contrario. Joder, qué gilipollas soy. Lo siento mucho, amor.

—No sé qué tipo de chicos has frecuentado en tu vida, pero muy mal te han tenido que tratar para que llegues a pensar eso de mí —reflexiono en voz alta y la abrazo—. Y te aseguro que yo no funciono así.

—Oye —murmura agarrándose a mi camiseta. Pone la cabeza en mi pecho—, yo también te quiero, chico de la gorra.

Sus dos luceros verdes se elevan de repente y me iluminan el rostro. Me besa como si le fuera la vida en ello, con esa intensidad con la que Mar engulle cada momento de la vida.

—Tengo más trabajo del que pensaba, pero te prometo que tú terminas ahí arriba —confirmo con una seguridad abrumadora señalando el techo de la furgoneta—. Con Trufita y conmigo coleccionando atardeceres y con una sonrisa de oreja a oreja el resto de tu vida. —Me levanto por fin del asiento en busca del armario donde guardo mi ropa.

—¿Pero ahora dónde vas?

—A cambiarme de camiseta. Tengo que conseguir un atuendo adecuado para impresionar a don José Luis, ¿no? —ironizo mientras rescato del fondo del altillo la camisa más elegante de mi repertorio, una prenda de seda de manga corta con un estampado de palmeras naranjas flotando sobre un fondo azulado que simula un atardecer, al más puro Julito *style*—. ¿Qué te parece esto?, ¿demasiado informal? —Me siento como un quinceañero a punto de conocer a los padres de su novia. Me abrocho hasta el antepenúltimo botón de la camisa.

—Está bien así. Estás muy guapo —sentencia desde el inodoro mientras termina de mear—. ¿Tú tienes clara toda esta historia? Mi padre es un tipo peculiar.

—Mi objetivo es que tú estés bien. Lo que ocurra por el camino es lo de menos. Creo que mejor así —respondo sin prestar demasiada atención a su advertencia abrochándome un botón más de la camisa.

Trufita decide iniciar una pelea a vida o muerte con los cordones de mis zapatillas y nuestra humilde casa es ya, de forma oficial, el camarote de los hermanos Marx. La furgoneta marca treinta y cuatro grados en el interior. El calor comienza a ser insufrible.

—Bueno, pues vamos para allá, ¿no? Oye, esto parece una sauna. La gata se viene con nosotros —expresa Mar agachándose y haciéndole unas cuantas carantoñas tras las orejas, donde a ella le gusta. Trufita baja la cabeza ronroneando y, acto seguido, le muerde estérilmente la mano pidiendo jugar.

La verdad es que aquí, en una calle cualquiera, no puedo tener abiertas las ventanas abatibles, ya que, además de estar prohibido, porque se considera acampar según la incomprensible legislación española, no me fío de dejar mi casa expuesta de esta manera por muy acomodado que sea este barrio. Trufita espera impaciente a que abramos la puerta corredera para descubrir el mundo que le espera ahí fuera, aunque seguramente termine tumbada sobre el felpudo observando pasar a los numerosos perros que han desfilado por la acera desde que hemos parado aquí.

—¿A tus padres les gustan los gatos?

—No tengo ni idea, nunca tuvimos uno.

—¿Tienen perro?

—Hasta hace dos meses, no. Dover fue el último y murió hace ya bastante tiempo.

—¿Dover? La verdad es que es un gran nombre para un perro.

—Era un perro muy bueno…

—Pues si a ti te parece bien, por mí perfecto. Prefiero que Trufita venga con nosotros a dejarla aquí sola con este bochorno. Tengo malas noticias, canija. Tienes que meterte en el transportín, pero te prometo que va a ser solo un minuto.

La gata me mira exaltada, ya que se huele la tostada a leguas. De hecho, en cuanto me ve salir al maletero a por esa cárcel portátil, se esconde de inmediato en el arenero, bajo uno de los asientos de la mesa del comedor.

—Ahora comienza el show —le digo a Mar introduciendo el brazo por la tronera para coger a la gata por el pescuezo.

—¿Por qué lo odia tanto? Si va a ser solo un momento. —M se acomoda el pelo con las manos y esconde los ojos tras las Ray Ban Wayfarer negras.

—Cada vez que le toca entrar aquí es para ir al veterinario y, bueno, no suele ser agradable. Siempre la engaño diciéndole que va a ser solo un momento —explico sentado en el suelo, con la puerta del transportín abierta, esperando a que Trufita decida de una vez por todas salir de su agujero. Meto la mano de nuevo y tras dos bufidos me clava con ganas los colmillos en el pulgar—. ¡Joder, Trufa, me has hecho daño, coño!

—Déjame a mí. —Mar toma la iniciativa con seguridad—. Trufita, cariño, ven conmigo, preciosa.

La gata asoma el morrito por la tronera sin fiarse ni un pelo del tono dulce de M. Si se hubiese dirigido a mí de esa forma estaría ya tirado sobre el suelo panza arriba. Se aventura a meter la mano por el agujero.

—Como le muerdas, abro la compuerta y te cojo sin más, ¿eh? —amenazo a la gata como si fuera capaz de entender cada palabra.

—Claro que sí, preciosa, claro que sí. —M hace magia y la gata sale de su escondrijo olfateándole la mano y frotando la cabeza con ella. El gesto me parece indignante y toda una traición, aunque también he de reconocer que se me cae un poquito la baba al ver a mis dos chicas favoritas en plena sintonía.

—¿Así me pagas estos dos años cuidándote como a una auténtica reina?

—¿Y si la llevamos en brazos?

—Yo no me la jugaría. Como oiga el bocinazo de un coche o algún perro le dedique un par de ladridos, te va a dejar la espalda hecha trizas con las uñas. Cuando está en Enebrales sabe moverse, está en su casa. Pero cuando salimos de Huelva, recorre el entorno de la furgoneta y poco más, y si hay peligro de que pueda largarse asustada, le coloco siempre el arnés, que no veas también cómo le gusta...

—Ya has oído, Trufita, venga, al transportín —le ordena Mar con más dulzura que autoridad, acariciándole con cariño la barbilla. La gata olisquea un poco la puerta y finalmente accede al lugar que más odia del mundo—. Buena chica, cariño, buena chica. Bueno, pues esto ya está —remata Mar, orgullosa, poniéndose de nuevo en pie—. Espera un segundo, que cojo esto. No va a ser todo sufrir, ¿verdad, bonita? —coge una de esas latas gourmet que solo le servimos en ocasiones especiales y le ofrece una pequeña ración sobre una cuchara que la gata devora de inmediato.

—Yo alucino.

—¿Listo?

—Listo.

Cargo con el transportín y la gata. Mar cierra con fuerza la puerta corredera, acciona el cierre centralizado desde la llave y bloquea también los cerrojos de seguridad externos.

27

Caminamos hacia la urbanización. El barrio es una larga avenida donde se alternan pinos y plataneros en ambas aceras y vallas a los dos lados de la vía, donde la casa más económica no creo que baje de los cuatrocientos mil euros. Montecanal sería el símil zaragozano de esos barrios que florecen en las afueras de las ciudades americanas, con casitas unifamiliares rodeadas de un jardín. El sueño de Laura. Quién sabe, quizá haya terminado comprando algo por aquí una vez consiguió librarse de mí.

—Qué raro se me hace que estés aquí conmigo, Áxel —confiesa antes de meter la llave en la cerradura de la verja que perimetra la urbanización.

—¿Mar?

Un sexagenario con pintas de tenista nos aborda nada más cruzar la entrada.

—¿Qué tal, Ramón? ¿Cómo va todo? —saluda, educada, con esa sonrisa siempre amable adornándole los labios.

—Bien, bien, aquí a practicar un poco —contesta el hombre con simpatía, simulando un revés con la raqueta—. A ver si un día consigo convencer a tu padre, que desde que ha dejado de fumar está insoportable.

El vecino clava su oscura mirada en mí de una forma algo extraña, como si hubiésemos coincidido antes, pero sin conseguir ubicarme en su línea temporal.

—Este es Áxel, mi chico. —Mar me presenta orgullosa. Es la primera vez que le oigo hablar así de mí, en tercera persona.

—Un placer, Ramón. —Le tiendo la mano como puedo, tratando de que el transportín de la gata no se me caiga.

—Oye, un momento, un momento… Tú eres el chaval ese de YouTube que viaja tanto, ¿no? En casa te vemos todos los domingos. Y esa de ahí…

—Trufita, Ramón. Ramón, Trufita. —Sonrío mientras los presento. La gata asoma los bigotes por la puerta enrejada esperando obtener ya la libertad o, en el peor de los casos, otra cucharada de su añorada lata de comida especial, pero se topa con el dedo de Ramón.

Mar observa atónita la escena cruzada de brazos, esbozando una sonrisa.

—Qué casualidad, ¿no? Pues me gusta mucho cómo lo haces, Áxel, con esa naturalidad y esa simpatía, y, además, maño. Y todo tan bien grabado y montado. ¿Cuánto tiempo tardas en editar esos vídeos? Porque tiene que llevarte un trabajo tremendo.

—Muchas gracias, hombre. Hago lo que puedo —manifiesto con una sonrisa—. Los vídeos, pues depende de la duración, pero unas doce o catorce horas.

—¡Jodo, pues ya son horas, ya! Son interesantísimos y encima es que te mueves por medio mundo.

—Bueno, desde que vine de Nueva York a final de año, me he movido más bien poco. El viaje en grupo a Kenia, de donde sacaré un par de vídeos cortitos y algunas cosillas que he grabado por Andalucía. Vine de Estados Unidos con un montón de material que aún no he terminado de editar.

—Pues estuvimos justo antes de la pandemia de viaje en Tailandia toda la familia y, oye, seguimos a rajatabla el itinerario de tu página web y genial. Contratando todo con tus enlaces, por supuesto.

—Muchas gracias, Ramón, me alegro de que tuvierais buen viaje. De eso se trata. ¿Y tú a qué te dedicas?

—Ramón es traumatólogo en el Servet. Es probable que me haya curado más de cuatro o cinco esguinces —interrumpe Mar.

—El cupo se lo lleva el pupas de tu padre. —Ramón rompe a reír—. Oye, Áxel, ¿te importa si nos hacemos una foto? Ya verás cuando se la enseñe a Mercedes y le cuente que estabas aquí, en la urbanización, con la hija de José Luis.

—No, no, claro —respondo con simpatía.

—Yo os la hago. Empiezo a acostumbrarme a sacarte fotitos con tus followers —bromea M con recochineo al coger el Samsung de Ramón—. Ahí la tienes.

—Pues nada, oye, muy amable, Áxel, y a seguir viajando. —Ramón me da la mano y se despide también de Mar—. Dile a tu padre que a ver si se anima un día, que a mí no me hace caso.

La urbanización es un auténtico horno. Algunos pájaros parecen avisarnos de que entramos en territorio comanche, como cuando llegan los forasteros a esas polvorientas y solitarias ciudades en las películas del Oeste. Yo soy el forajido que ha llegado al pueblo a llevarse a la hija del sheriff. Un suelo adoquinado se extiende bajo nosotros mientras el ladrido de un perro hace trizas la calma desde uno de los jardines cercanos. Un aroma a cloro y parrilla se extiende entre los coches aparcados en la puerta de los diferentes chalets que conforman el complejo. Encontrar un vehículo que baje de los cuarenta mil euros es una tarea ardua.

—Es esta de aquí. —M señala la casa más grande de todas. Una preciosa vivienda de tres alturas con la fachada enladrillada color marrón y persianas gris oscuro a juego con el tejado, que sobresale con poderío por encima de los cipreses que delimitan el jardín.

—Esto es otra liga, ¿eh, Trufita? —le comento a la gata asomándome por la rejilla de la puerta de su transportín.

La realidad se me sienta en el hombro y me recuerda con frialdad que Mar y yo venimos de mundos muy distintos. Me susurra sin piedad que mientras yo jugaba en las calles de mi barrio rodeado de yonquis, pisos de sesenta metros y familias que hacían auténticos malabarismos para llegar a fin de mes, ella vivía una infancia de piscina en el jardín, barbacoa los domingos y vacaciones en Marbella.

Mar parece haberme leído la mente a juzgar por la caricia que me hace su mirada cuando está a punto de pulsar el timbre de su casa.

—No te irás a acojonar ahora, ¿verdad? Toda esta gente que ves aquí no ha viajado ni una tercera parte de lo que lo has hecho tú, y la mayoría de ellos te doblan la edad —me dice, tratando de acallar así a esa estúpida agorera que se me ha sentado en el hombro en cuanto crucé esa maldita verja verde.

—No, no, estamos a tope. ¿A que sí, Trufita? Oye, M —susurro en voz baja—, ¿por qué has abierto la primera puerta con la llave y ahora vas a llamar al timbre?

Sus rasgos nórdicos se paralizan durante un buen rato observando la llave que sostiene con la mano derecha. Intenta encontrar una respuesta coherente.

—Es que entrar así, de sopetón, después de dos meses y pico, sin avisar, contigo y con una gata es demasiado épico, ¿no? —Frunce el ceño y esboza una media sonrisa al mismo tiempo.

—Sí, tampoco abusemos del factor sorpresa. Venga, dale, cariño. Hemos venido a jugar.

Le beso la cabeza tratando de motivar al equipo. Mar pulsa el timbre. Una ininteligible voz femenina flota dentro de la vivienda mientras el sonido de unas zapatillas de andar por casa se hace cada vez más fuerte al otro lado del gastado felpudo en el que la palabra «Bienvenido» está ya demasiado difuminada, quizá enviando una señal de huida que llega ya tarde. Los bulones de la cerradura rugen y la puerta se abre.

—¡Hija! —La madre de M abraza su fino y pequeño cuerpo con la ilusión y el cariño que solo una madre, imagino, es capaz de ofrecer y que nunca he tenido la fortuna de probar—. ¡Qué sorpresa!

Su mirada almendrada se humedece por la emoción, como si estuviesen protagonizando uno de esos anuncios navideños de turrón en los que el primogénito vuelve a casa por Navidad.

—Hola, mamá, te he echado de menos.

—Yo también a ti, mi amor. Pero qué morena y qué delgada estás... ¿comes bien?

—Me cuidan perfectamente. —Mar se gira dando pie a que Trufa y yo entremos en escena—. Áxel, mi chico, y Trufita, nuestra gatita. Esta es mi madre, cariño.

—Me llamo María Ángeles. Encantada, hijo. —Me saluda de manera tímida y hace un amago torpe de darme la mano que termina en dos besos. Alargo el saludo con un pequeño abrazo.

—Perdona, pero no estoy acostumbrado a este tipo de reencuentros.

Me aparto esa puñetera lágrima que ha huido mejilla abajo, dejando en evidencia ese exceso de empatía que me martiriza desde que tengo uso de razón. La emoción me ha jugado una mala pasada y María Ángeles me lanza una mirada castaña adornada con un poco de rímel, llena de complicidad.

—Un placer conocerte. —Madre e hija tienen el mismo aroma a pesar de que ninguna de las dos utiliza perfume. Supongo que es el olor de su estirpe vikinga.

María Ángeles es una mujer elegante que parece recién salida de la peluquería con una impecable media melena castaña adornada con algunas mechas doradas, mirada color miel y los rasgos faciales idénticos a los de su preciosa hija. Es como si viese a la M de dentro de veinticinco años, pero cambiando algunas cosas de color, varios centímetros más de altura y el paso del tiempo haciendo acto de presencia alrededor de los ojos. Dos pendientes de perlas le adornan los lóbulos de las orejas.

—Así que tú eres el famoso Áxel. Perdona la facha, hijo —dice señalándose a sí misma y a la camiseta blanca extralarga que le hace de vestido de andar por casa—. Pero no tenía ni idea de que ibais a venir. Bueno, no os quedéis ahí, pasad, pasad —nos invita sosteniendo la puerta con la mano y un gesto que navega entre la alegría y la sorpresa.

La casa es preciosa. Nada más entrar hay un pequeño recibidor y, acto seguido, un enorme salón con una gigantesca cristalera que lo rodea casi por completo. La carpintería es de color blanco. Tiene vistas a un jardín, donde atisbo desde mi posición el tronco de un gigantesco pino. Una mesa cuadrada con un centro de flores en medio preside la sala; a un par de metros, un sofá tipo *chaise longue* tamaño XXL descansa sobre una bonita alfombra roja delante de una inmensa televisión colgada sobre una chimenea. A mano derecha hay una cocina americana unida al salón mediante una isleta en la que podría grabarse uno de esos programas del Canal Cocina que tanto le gustaban a la abuela. Sobre una de las baldas que conforman la estantería que rellena el hueco de la escalera que accede a la planta superior, una pequeña Mar sonríe desde una fotografía.

Trufita comienza a protestar desde el transportín. No acostumbra a estar tanto tiempo encerrada, ya que, cuando la llevo al veterinario, trato de aparcar lo más cerca posible para que solo tenga que estar dentro de ese horrible habitáculo el tiempo que cuesta acceder a la clínica desde la furgoneta.

—Mamá, ¿te molesta si soltamos a la gata?

—Mientras no me destroce la casa, nos llevaremos bien —bromea asomándose con curiosidad a la agujereada puerta del transportín que Mar abre con cuidado.

—Tiene su carácter, pero es muy buena —comento mientras Trufita sale con cautela de ese horrible antro que no soporta y pasea, en alerta, la mirada alienígena por cada milímetro que tiene alrededor—. Tómate tu tiempo, canija.

—Buena y con carácter, ¿de qué me sonará eso?

Una voz varonil suena desde el piso de arriba y comienzan a temblar los peldaños de la escalera. Veo unos relucientes zapatos marrones, unos pantalones de pinzas azul marino sujetos por un fino cinturón de cuero a juego, una camisa blanca planchada a la perfección con los puños remangados y los mismos ojos de Mar, pero colocados en una cara que me resulta familiar. Frente ancha custodiada por dos entradas y frondoso pelo grisáceo peinado hacia atrás con los rizos asomando tras las orejas.

—¿No vas a saludar a tu padre? ¿Tan enfadada estás? —José Luis impregna el salón con un poco de soberbia y medio bote de colonia cara mientras se mantiene firme sobre el primer escalón, escaneando la escena con esa mirada verde que la genética ha permitido que herede Mar.

—Estamos aquí por él —responde ella, furiosa, señalándome con el dedo—. Si por mí fuera, no habría venido, que lo sepas. Te has pasado ocho pueblos, papá. —Pero cede y abraza fugazmente a su padre, que sonríe satisfecho.

—Supongo que he de darte las gracias, chaval.

—Áxel, me llamo Áxel. —Le estrecho la mano con firmeza mientras pasea lentamente la mirada desde mi gorra a mis Vans, como si fuera el portero de una discoteca y quisiera colarme en su garito con zapatillas, como rezaba aquella famosa canción de El Canto del Loco.

—José Luis —enuncia con frialdad—. ¿Áxel? No había escuchado nunca ese nombre. ¿Tiene algún significado? —No consigo identificar si el tono de su pregunta va mojado en curiosidad o bañado en sarcasmo.

—Procede del hebreo —respondo, decidido a entrar en su juego. Mar me mira de reojo esbozando una chistosa sonrisa—. Tiene dos significados: padre de la paz y, si se traduce de forma literal, también hacha de guerra. Me gusta más la primera traducción.

Dentro de mi cabeza esto ha sonado muy épico. Un mensaje directo a esa enorme frente: «Vengo en son de paz, pero no me toques las pelotas, José Luis». Quizá demasiado arrollador a juzgar por la cara de Mar, cuya sonrisa se ha esfumado de repente, y el silencio incómodo que se ha adueñado del salón.

—En realidad me llamo Alejandro —confieso mandando a la mierda lo épico y tratando de suavizar un poco el mensaje—. Bueno, todo el mundo me llama o, mejor dicho, me llamaba Álex.

—El gesto de José Luis es la viva imagen del estupor—. Áxel es Álex pero desordenado. En mi trabajo es mejor utilizar un seudónimo.

—¿Y qué pasa? ¿Que el personaje se te ha comido el nombre? ¿Tú, hija, cómo lo llamas? —El tono despectivo que utiliza este tipo no me gusta un pelo.

—Yo, Áxel. Me gusta más —responde con una preciosa sonrisa mientras le sirve a Trufita un poco de agua en un cuenco.

—Entonces, Áxel. —Hace un gesto de conformidad con las manos—. ¿Y tu familia cómo te llama?

—¡Papá! —interviene Mar.

—Solo pregunto, hija. Es simple curiosidad. Es la primera vez que conozco a alguien que se inventa un nombre.

—Mi familia no me llama ni de una forma ni de otra. —Mi mirada ha tenido que estar a punto de encenderse.

—¿Os apetece picar algo? —María Ángeles aparece en escena para apagar el fuego con una bandeja y un par de platos con snacks—. Estaremos mejor en el jardín —aclara mientras sale con Trufita frotándose por sus piernas como si la conociese desde hace veinte años y fuera a darle algo de comer.

Mar despeja la mesa blanca de madera situada bajo el porche para que su madre pueda posar la bandeja con el aperitivo. El jardín rodea la casa por completo y, al otro lado de la vivienda, tras una enorme sombrilla, se vislumbra lo que parece ser parte de una pequeña piscina.

—María Ángeles, cariño, ¿nos traes, por favor…?

José Luis deja la frase abierta para que Mar y yo cerremos la comanda, como si su mujer fuese la camarera de un restaurante de lujo, y de inmediato mi cerebro completa la información de esa extraña sensación de familiaridad que me ha invadido cuando lo he visto. El padre de M podría ser el doble de José Coronado.

—Una cerveza está bien, muchas gracias. —Asiento con la cabeza mordiéndome los carrillos por dentro para que la risa no consiga escapar. Es, posiblemente, el mejor parecido que he visto en los últimos años. David ya estaría descojonándose. Me vienen a la cabeza aquellas tardes sentados en los porches del barrio jugando a sacarles parecido a todos los transeúntes que pasaban frente a nosotros mientras devorábamos un flash de fresa. Salieron grandes símiles de aquellas largas tardes de verano, pero muy muy pocos como José Luis y Coronado. Cuando salía alguno bueno, esa persona perdía su nombre de pila para nosotros. Teníamos a grandes ilustres en el barrio: Robert de Niro, Maradona, Andrés Pajares, Matías Prats, Manolo Sanchís… La lista era interminable.

María Ángeles vuelve a la mesa con cuatro cervezas y se acomoda en la silla del jardín junto a José Luis.

—No, no me hace falta vaso, bebo de la lata. —Los tres vierten su cerveza en un vaso helado—. Gracias.

—Dicen que esto no va a empezar a bajar hasta bien entrada la semana que viene.

José Luis rellena el silencio charlando del tiempo, como cuando subes en el ascensor con un desconocido con el que no sabes de qué hablar, pero con la diferencia de que es su hija la que tiene delante y a la que, además, hace dos meses y pico que no ve.

—Bueno, ¿y a qué se debe este honor? —Coronado entrelaza las manos y las apoya en la rodilla mientras espera una respuesta. Clava los ojos en su hija primero y en mí después, pero achinándolos un poco más al mirarme, como si me estuviese apuntando por la mira telescópica de un Nesika Long Range, a punto de apretar el gatillo.

—No he hecho las cosas bien. —Mar se abre en canal—. Tampoco estaba en mi mejor momento, la verdad. A ver, tampoco es que haya matado a nadie, ¿eh? Pero sí, entiendo que mi comportamiento estos últimos meses os haya desconcertado un poco, sobre todo a ti, papá. No entiendes nada que se salga un poquito del «abc» de la sociedad. —Entrecomilla con las manos, afilando la hoja del hacha de guerra y lanzando un gesto con el que vuelve a ser Lagertha—. Porque, perdona que te diga, papá, pero te has montado unas películas tú solo que ni el mismísimo Spielberg.

—¿Películas? Yo solo hablo de lo que veo, hija. —José Luis se incorpora y se acomoda las mangas de la camisa en los antebrazos, ajeno a los más de treinta grados que hay al otro lado de la sombra que nos ofrece el porche de madera, donde una ligera corriente de aire caliente con aroma a cloro nos acaricia levemente el rostro—. En apenas unos meses has pasado de vivir en una buena casa, tener un trabajo estable y una vida más o menos cómoda a vivir vete tú a saber de qué en una furgoneta de reparto con un chaval del que lo único que sabemos es que es youtuber. ¿Cómo coño no vamos a estar preocupados? —pregunta subiendo el volumen de la voz y lanzando una mirada que pide ayuda argumental a María Ángeles y que no obtiene respuesta alguna.

—Perdone, José Luis, o perdona... —Me rasco la nuca y me quedo pensativo unos segundos—. No sé si debo o no tutearlo...

—Claro, hijo, claro, sin formalismos —María Ángeles se anticipa y rompe su silencio con el plato de patatas chips entre las cuidadísimas manos, como si fuésemos la sesión de cine de las cinco, y, quizá, pintando más de lo que a simple vista parece en esta lujosa casa.

Coronado arde, callado, mientras sus ojos verdes suben de intensidad esperando a que mi lengua comience a disparar. Respiro unos segundos; quiero salir de este barrio con M de la mano, con la cabeza alta y con el brazo ondeando una bandera blanca. Es la única manera de que esta misión tenga éxito. No hemos venido a esta casa a montar un circo y marcharnos peor de lo que vinimos. Nuestro objetivo es convencer a un matrimonio que lo tiene todo de que su hija puede ser feliz con casi nada y así cese al fin ese continuo chantaje emocional al que José Luis somete a M, para que sea por fin capaz de volar libre y feliz como uno de esos gorriones que revolotean ahí arriba, esperando pacientes a que nos marchemos para darse un festín de migajas.

—Gracias, María Ángeles —le digo—. A ver... yo no sé qué vida ha tenido Mar, aunque me la puedo imaginar, José Luis. Pero la chica que yo conocí en Nueva York estaba hundida, rota e indefensa...

—¿Lleváis por ahí dos meses juntos y todavía no le has contado lo bien que has vivido? ¿Tan mal lo hemos hecho, hija? —interrumpe José Luis desplegando el disfraz de víctima.

—Yo no digo que lo hayáis hecho mal ni mucho menos, pero estos meses bien no te has portado, papá.

Lagertha está en plena forma, lista para la batalla. Pero intuyo que tiene el mismo pronto que su padre, y eso es una bomba de relojería capaz de dinamitar esta especie de acercamiento y, por ende, el objetivo por el que nos hemos cruzado el país en pleno infierno veraniego. Los diez minutos que llevamos aquí sentados me han dado ya cierta información que debo usar a mi favor. María Ángeles tiene el temple del que su marido e hija carecen. Para bien o para mal, Mar es una suerte de José Luis, más pequeña, más delgada, más bonita, pero con ese mismo cuentakilómetros en el pecho en el que o viajas a doscientos por hora o paras, o blanco o negro, o plata o plomo.

—¿Ese gato se está cagando en mi jardín? —La mirada de José Luis se enciende del todo.

Trufita olisquea el ñordo que acaba de plantar bajo los cipreses que cercan la propiedad mientras arrastra con las uñas la tierra de alrededor para tratar de sepultarlo, exactamente igual que hace en la furgoneta.

—Pobre, ¡que no le hemos bajado el arenero! Perdonad, ¿eh? —se disculpa Mar con una sonrisa.

—No te preocupes, hija. Además, lo ha tapado muy educada y digna ella. —María Ángeles rompe a reír en clara sintonía con Trufita. La gata se tumba justo en la frontera donde el sol se confunde con la sombra que el porche proyecta sobre el césped, observándonos con la mirada entreabierta y dando sutiles latigazos al suelo con la cola—. Es para comérsela. ¿Eso se lo habéis enseñado vosotros?

—No, venía así de serie. Trufa siempre ha sido una gatita muy limpia —comento orgulloso mientras cierra los ojos con el sol colgando de los bigotes y ese gesto de satisfacción que pone cuando sabe que estás hablando de ella.

—Bueno, bueno... —José Luis corta el rollo y le da un buen trago a su cerveza—. Nos estabais contando lo mal que lo he hecho.

—¡Papá, por favor! No te hagas la víctima ahora. —El dolor de M desborda en forma de palabras—. Algo habrás hecho mal, ¿no? Que nosotros estemos aquí sentados contemplando cómo caga la gata en tu jardín, tras habernos recorrido España bajo este calor infernal, no te da la razón.

—Es que todavía no sé qué es lo que he hecho mal, hija. Hasta donde yo sé, los padres se preocupan por sus hijos, aunque estén ya más cerca de los cuarenta que de los treinta —aclara con recochineo—, y más si han perdido un poco el norte de las responsabilidades de la vida. —Coronado decide pulsar el gatillo disparando a matar. El ñordo de Trufita en su impoluto jardín ha accionado el detonador.

—Mira, José Luis —interrumpo con serias dificultades para contener la furia. Una cosa es salir de aquí ondeando una bandera blanca y otra muy distinta es permitir que este tipo se nos orine encima—, cuando un padre se preocupa por su hija, lo primero que hace tras más de dos meses sin verla es preguntarle al menos qué tal se encuentra, si está bien... No sé, yo no soy padre, pero se supone que hacen estas cosas, ¿no? Hace casi una hora que cruzamos esa puerta y todavía no te has dignado siquiera a preguntar por su estado de salud.

—Mira, Álex, Áxel o como demonios te llames, chaval.

—José Luis, por favor. Deja hablar a los chicos —interviene María Ángeles, que observa la escena sin perder detalle. Quién sabe si absorbiendo toda la información posible para cargar el rifle después y rematarnos o para tratar de poner algo de cordura a este sinsentido en el que cada vez me siento más incómodo. Mar fija los ojos en el suelo, consciente quizá de que esta burda situación no hay quien la arregle. Su padre tendrá todo el dinero del mundo, pero es un niñato de sesenta años, prepotente y carente de empatía, que no nos va a poner las cosas nada fáciles.

Suspiro un momento con ese gesto que hago cuando las cosas se me ponen un poco cuesta arriba, que consiste en hacer pinza con los dedos índice y pulgar sobre el tabique nasal mientras cierro los ojos. Trufita se me sube al regazo como si fuese consciente de que necesito un poco más de energía y de que llevo sin pegar ojo casi desde que dejamos Enebrales.

—Vamos a ver, José Luis, María Ángeles... Yo sé que a Mar se lo habéis dado todo, pero hay lugares donde unos padres no son capaces de llegar. Yo me la encontré con sus dos amigas en las calles de Manhattan, con la mirada más triste y bonita que he visto nunca y la vida rota —relato con tristeza con cada fotograma de aquella tarde grabado a fuego en mi cerebro—. Noté un clac aquí dentro —confieso tocándome el pecho—, y me dediqué a escucharla y a tratar de comprenderla. Y perdóname, pero quizá es lo que deberías haber hecho tú desde el minuto uno. Le habrías ahorrado muchas lágrimas y también alguna que otra pastilla.

—Bueno, bueno, bueno... yo creo que ya está bien, ¿no? —Coronado se incorpora, encolerizado, de la silla y saca del bolsillo uno de esos cigarrillos mentolados de plástico con la boquilla naranja y se lo coloca en los labios de inmediato—. ¿Hasta cuándo vamos a estar aguantando esto, María Ángeles?

Sus ojos arden en llamas y esa seguridad con la que bajó hace unos minutos por la escalera vestido como un pincel se le han escurrido por la frente junto con el sudor que comienzan a desprender las axilas.

—¡José Luis, por favor! —La calma de María Ángeles empieza también a diluirse—. Te lo advertí desde que se iniciaron los trámites de divorcio con Jaime. ¡Tienes que apoyar a la niña!, ¡tienes que apoyar a la niña!, y nada, tú a lo tuyo. Mira lo que hemos conseguido. ¿Es que no lo ves? No te das cuenta, ¿verdad? —grita enfurecida, pero con clase. Su elegancia está dos o tres peldaños por encima de la de su marido, cuya mayor gesta desde que hemos puesto el pie en esta casa ha sido adquirir el papel de víctima y chupar un plástico mentolado sin saber todavía la dirección por la que viene el viento de esta tormenta de la que es el protagonista.

—Sí, me doy cuenta de que aquí todo el mundo me tiene por un energúmeno cuando soy el que más se ha preocupado por ella, intentando que entre en razón un día tras otro. ¿Y qué me llevo? Un frío y desganado abrazo, tres o cuatro gritos, que aparezca un chaval con gorra y tatuajes que no sabe ni cómo se llama a decirme cómo tengo que tratar a mi hija. ¿Y encima tú te pones de su parte? ¿Pero qué locura es esta?

El volcán Coronado acaba de estallar. José Luis camina de un lado a otro con las manos en los bolsillos, tratando de obtener nicotina del cigarrillo ese de plástico, acalorado. Al rey del castillo se le subleva la corte y no sabe qué tecla tocar para que las cosas sigan como hace apenas una hora, cuando la razón absoluta era su única compañera de viaje.

—Es que se trata precisamente de eso, papá. Siéntate, por favor. —Coronado mira con ternura a Mar y vuelve a tomar asiento—. No tienes que hacerme entrar en razón. —Toma la mano de su padre. María Ángeles contempla la escena conteniendo fallidamente las lágrimas—. Lo he pasado muy mal, papá. Mucho. Y la mayor parte del daño me lo he hecho yo misma por tratar de contentarte a ti cuando, en realidad, debería haber estado más pendiente de mi propia felicidad.

—Tu felicidad y la mía van de la mano, hija mía —responde con los ojos vidriosos. Hace tres minutos lo habría arrojado por un acantilado y ahora mismo estoy a punto de levantarme y abrazarlo bien fuerte.

—No, papá. Tu felicidad es que yo trabaje en tu empresa y que acabe casada con otro Jaime, en una enorme casa y con dos o tres niños. Pero acabo de darme la hostia de mi vida. Déjame levantarme, por favor. ¿Te has parado a pensar que quizá tu modo de entender la felicidad no sea compatible con el mío?

—Yo solo quiero lo mejor para ti, Mar, y tal vez esas pastillas te hacen ver las cosas de una forma irracional. —José Luis sigue en lo alto de la torre contemplando como si nada cómo la villa arde en llamas. Fiel a su despotismo.

—He estado más de un mes sin tomar esas pastillas. ¿Sabes cuándo tuve que volver a medicarme? Cuando decidiste llamarme cada noche. Sí, papá, volviste a despertarme la maldita ansiedad de nuevo.

Mar mantiene el gesto firme, pero sus lacrimales estallan. Nunca había visto llorar a nadie de una forma tan fría sin gesticular apenas una mueca que acompañe al llanto. Su dolor viene de muy dentro. Son lágrimas que brotan de la liberación.

—Vaya. —José Luis se deja caer sobre el respaldo de la silla. María Ángeles se acerca a abrazar a su hija y Trufita observa la escena con las cuatro patitas muy juntas con cara de «¿Cuándo se come aquí?»—. ¿Y cuánto me va a costar todo este lío?

Nos señala con el dedo. Mar y yo nos miramos extrañados. Es como si la vajilla se hubiese caído de la estantería justo en el momento en el que tenían que comenzar a cantar los dulces pajarillos de la concordia.

—No sé a qué te refieres, papá.

—¿Ya os habéis pulido el dinero que sacaste del divorcio? —Coronado carga de nuevo el fusil y aprieta el gatillo sin piedad alguna.

Definitivamente, haberlo tirado por un acantilado hubiera sido lo mejor para la humanidad y para mi paciencia. Respiro hondo, esperando a que sea de nuevo Mar la que desenfunde las espadas.

—José Luis, joder... —María Ángeles le pide explicaciones con el rímel corrido alrededor de los párpados, un tanto ruborizada, como si ese comentario llevase gestándose desde hace tiempo en ambos—. No ha querido decir eso, hija. —Trata inútilmente de arreglarlo.

—Sí, sí lo ha querido decir. ¿Tú también lo crees, mamá? —Su mirada es la bandera de la decepción. Ese complejo castillo de naipes emocional que a duras penas se mantiene en pie ahí, entre pecho y espalda, está a un soplido de venirse abajo.

—No, hija, yo no creo nada. Solo queremos que estés bien, cielo. Estamos preocupados, eso es todo.

—¿Qué has querido decir exactamente, papá? —Mar se levanta rabiosa de la silla. Si fuese una escena de *Vikingos*, ahora mismo Lagertha rebanaría el cuello de su padre con un hacha y colgaría su cabeza en lo alto de uno de esos cipreses. Pero ni estamos en el siglo VIII ni Zaragoza es Noruega.

—Pues que te fuiste de la empresa hace casi tres meses y, según me dijeron en Recursos Humanos, te ofrecieron arreglarte los papeles del paro, pero los rechazaste. Tendrás que comer, ¿no? Viajecito a Kenia, dos meses de vacaciones por las playas del sur… El dinero se acaba, hija.

José Luis no se anda con rodeos. ¿Cómo es posible que con una mente tan retorcida y envenenada este tipo haya sido capaz de engendrar un ángel como M?

—¿De verdad crees que hemos venido hasta aquí para pedirte dinero? Estás enfermo, papá. No me dejas otra opción que bloquearte en el teléfono. Lo siento, cariño —la angustia le empaña la mirada—, pero, evidentemente, no ha sido buena idea venir.

Rompe a llorar, coge de mala gana su riñonera negra y huye despavorida del jardín con Trufita pegada a sus talones.

Nuestra misión vuela por los aires. No puedo escabullirme de nuevo de esta ciudad con el rabo entre las piernas y la derrota cabalgando sobre mi espalda. Mar es valiente y con mucho carácter, pero tiene un punto débil, su familia, imagino que como la mayoría de los mortales. ¿Hay alguien capaz de bloquear las llamadas a su padre y llevar una vida feliz? Hasta yo, que llevo más dos años sin saber del mío, no hay noche en la que su media melena gris y el aro de su oreja izquierda no se paseen un rato por la almohada agitándome la conciencia. M no llevaría nada bien volver a nuestra vida con esta situación peor de lo que estaba. Sería cuestión de tiempo que la pólvora salpicase a nuestra relación y la hiciese volar por los aires, y no, no estoy preparado para perderla de nuevo. Llevo toda la maldita vida sufriendo una despedida tras otra, perdiendo lo que más quiero, y por primera vez siento que tengo al alcance de la mano el poder evitarlo. Esta vez no es una neumonía apagando la vida de mi madre dentro de una UCI, no es el corazón de la abuela dejando de funcionar, no es Laura abandonándome en el arcén de la carretera de la vida, no es papá evitando sus obligaciones paternales. Me invade la extraña sensación de que al fin dispongo de armas para solucionar este embrollo, aunque no sepa muy bien cómo utilizarlas. Tengo que actuar y tengo que hacerlo rápido. Improvisa, Áxel, improvisa y cruza los malditos dedos para que todo esto se arregle.

28

Salgo tras ella, la alcanzo en el enorme salón y trato de calmarla sin demasiada destreza. Su mirada turquesa es ahora mismo nuestro océano Atlántico en una de esas bonitas mañanas de abril en las que el cielo augura lluvia y son los rayos del sol los que terminan ganando la partida.

—Es imposible razonar con él, ¿no lo ves? —El gesto de la derrota, la toalla sobre la lona, el «no debimos haber venido aquí jamás», el rostro de M hecho trizas por el llanto me grita que me he equivocado. Pero estoy acostumbrado a asaltar de nuevo el ring cuando las hostias de la vida me sacan del cuadrilátero.

—Tú no te has dado cuenta todavía, cariño. —Poso las manos en sus mejillas y retiro con los pulgares las lágrimas que pintan una emborronada línea negra a su paso.

—¿Cuenta de qué? —me dice, y se suena los mocos en un pañuelo de papel con cierta desidia y maneras de niña.

—A Coronado lo tengo ya casi en el bote.

—¿Qué? ¿Quién es Coronado? —Me mira perpleja. Aunque intuyo que mi rostro está cansado y el miedo cuelga de mis ojeras, reconozco con claridad ese ímpetu que heredé de la abuela. Siempre valiente. Siempre a flote, como el barco de papel que naufraga en mi brazo desde ese marzo de 2020.

—¿He dicho eso en voz alta? Tu padre es clavado a José Coronado, el actor. Separados al nacer, vaya. —Me mira como si estuviera loco—. Y se está enamorando de mí, no se ha dado cuenta todavía. Va a salir todo bien, Mar. Confía en mí. Cien por cien. —Sonrío por inercia. La vida me ha enseñado a ponerle buena cara a la tormenta, algo que también aprendí de mi amigo Churra, un ser que, sin tener nada, le sonríe a todo, y esa es la maldita clave para salvar los muebles en el oscuro naufragio que es la vida, donde unas veces nos mantenemos a flote y otras nos hundimos. Sí, quizá sean estas mis armas y esté ahora, a mis casi treinta y siete, aprendiendo a usarlas. Tal vez tenía que aparecer este ángel de pelo rubio y mirada paradisiaca a ponerlo todo patas arriba y enseñarme de una vez por todas a interpretar el manual de instrucciones de mi existencia. Tarde, pero a tiempo.

—Eres muy tonto, chico de la gorra. —Su risa al fin desbloquea la tristeza de su celestial rostro y la abrazo como si mi vida dependiera solo de ello.

—Ahora volvemos a esa mesa y vamos, de una vez por todas, a arreglar esta mierda —le susurro al oído al darme cuenta de que María Ángeles observa la escena, paquete de clínex en mano, sin saber muy bien si acercarse o no.

—¿Tú nunca te cansas? Sabes que no puedes ganar siempre, ¿verdad? —pregunta con la inocencia de sus ojos empapados en lágrimas.

—Llevo treinta y seis años perdiendo, Mar. Ya va siendo hora de ganar. No voy a rendirme ahora que estoy en el mejor momento de mi existencia, ¿no? —Me aparto de ella y dejo que madre e hija se fundan en un abrazo. Trufita me mira desde los pies, caminando, nerviosa, en círculos. Me agacho y la acaricio tras las orejas.

—¿Ves a ese imbécil de ahí? —le pregunto como si fuera capaz de entenderme—. Pues es nuestro suegro y tenemos que comérnoslo con patatas, canija. Deséame suerte.

—José Luis, te lo pido por favor. —María Ángeles toma las riendas por fin—. Abre ya esa cabeza. Esta no es tu puñetera empresa. Es nuestra hija. Es su vida y es su futuro. Buscó lo que le aconsejamos y mira cómo ha terminado. —Sus ojos vuelven a encharcarse de nuevo, pero tiene el coraje de Mar y tira hacia adelante, como una jabata—. Estás demasiado acostumbrado a que todo el mundo te

338

baile el agua y te responda que sí a cada cosa que ordenas, y permíteme que te diga, pero cada vez vas a pintar menos; o empiezas a comprenderlo o te vas a llevar un sopapo de la vida, pero de los buenos.

—Esto ya es lo último. —Coronado saca un paquete de Marlboro del bolsillo derecho del pantalón, le quita el precinto de plástico, abre la cajetilla, extrae un cigarrillo y lo enciende de inmediato. El humo apestoso de su cigarro se expande, además de por sus pulmones, por el resto del jardín.

—Esto es patético, querido. —La cara de la madre de Mar es el auténtico símbolo de la decepción—. Un mes y trece días tirados a la basura. Muy bien, cariño —aplaude con apatía. Tal y como pinta la tarde, es probable que el amigo José Luis termine durmiendo en el sofá.

—Ya ves, le provoco a mi hija crisis de ansiedad y vosotros tiráis por la borda todas estas semanas de abstinencia.

—No sigas por ahí, ¿eh? —María Ángeles le advierte con solvencia y autoridad—. Sentaos, hijos. Y haz el favor de llamar al restaurante de siempre y que nos traigan uno de esos arroces. Te gusta el arroz al *senyoret*, ¿verdad, Áxel?

—Sí, sí... me encanta. —Cualquiera le dice a Lagertha madre que soy más de fideuá.

Mar vuelve a la mesa. María Ángeles descorcha una botella de vino blanco y José Luis hace el pedido por teléfono con un tono familiar, como si encargasen arroz de marisco a domicilio cada fin de semana. Los implacables y asfixiantes rayos del sol se han hecho ya con la totalidad del jardín, pero bajo el porche nos sigue cobijando la sombra. Del chalet de al lado se escapan algunos gritos de niño adornados con ambiente piscinero y un agradable aroma a brasas. En casa del vecino es evidente que ninguno de sus hijos ha escapado con un titiritero que malvive en una furgoneta.

—¿Le gusta el atún? —pregunta María Ángeles ante los insistentes maullidos de Trufita, que ha captado quién es la persona que manda en esta casa.

—Ya te vale —le digo a la gata que me mira con indiferencia y convencida de que aquí, con la comida, pinto más bien poco—. Le encanta el atún, gracias.

María Ángeles se pierde salón adentro con su copa de vino en la mano seguida de Trufa, que maúlla como una condenada con la cola tiesa y la satisfacción en la cara de haberse salido una vez más con la suya. Regresa a la mesa y se sirve un poco más de vino. Trufita devora su lata. José Luis vuelve al ring, dispuesto a pelear el segundo asalto con otro cigarrillo, y Mar mata los segundos pasando un reel tras otro con el dedo en la pantalla del teléfono.

—Entonces, haya calma, por favor. No habéis venido a por dinero. —Coronado interpreta un gesto de paz con ambas manos antes de pronunciar su alegato con la mirada fija en María Ángeles, como si esta tuviera que dar el visto bueno a sus palabras. Da una profunda calada a su Marlboro y suelta despacio el humo por un lado, como si no fuésemos a comernos de lleno esa nube tóxica.

—No, papá, no hemos venido a por dinero. Hemos venido a que conozcas a Áxel, a que sepas a qué coño me dedico ahora, a que comprendas cómo vivimos, a que dejes de preocuparte de una maldita vez por mí y, principalmente, a que, por favor, dejes ya de llamar cada noche martilleando con lo mismo. Eso es todo. —Respira hondo y mata la cerveza de un trago a lo John Wayne—. Y te repito que estamos aquí por él, que quede bien claro. A mí me tienes contenta.

—Pues tu dirás, Áxel. Somos todo oídos. Aquí estamos acostumbrados a otro tipo de costumbres familiares y a trabajos más banales, pero haremos un esfuerzo, por supuesto. —José Luis destila soberbia y prepotencia y trato de asimilar que va a ser así hasta que el tipo ese de allá arriba decida hacernos un favor a todos y lo mande al otro barrio.

—Sí, ya me gustaría a mí tener otras costumbres familiares, José Luis, pero ¿sabes qué ocurre? Que la vida me quitó a mi madre cuando apenas tenía seis años, que a mi padre le venía grande todo este tinglado de la paternidad y apenas ejerció. —Intento aguantar honorablemente las lágrimas mientras noto cómo el gesto serio y decidido de Coronado se hunde poco a poco, como una de esas poderosas montañas nevadas instantes después de que se inicie una avalancha—. Mi abuela cuidó de mí sin casas de tres plantas, ni jardines, ni piscinas y con una raquítica pensión de viudedad y mucho mucho esfuerzo —relato acompañando con una mirada cansada cada palabra, sintiendo el calor de las lágrimas de María Ángeles, de Mar y también de un José Luis que, a estas alturas del discurso, no encuentra lugar donde esconder esa arrogancia con la que nos trata desde que cruzamos la puerta—. Consiguió darme una educación y evitar que terminase como otros en el barrio, en una celda de ocho metros cuadrados de la cárcel de Zuera rezándole a Dios cada noche postrado sobre un ínfimo colchón lleno de agujeros comido por las polillas. ¿Pero sabes qué? Que la vida decidió también quitarme a mi abuela. Y, no contenta con eso, pensó que sería buena idea que lo dejara con mi chica tras más de diez años de relación y que abandonara mi banal trabajo. —El brillo de la mirada celeste de Mar y el medio paquete de clínex que María Ángeles ha gastado en apenas minuto y medio me llevan en volandas hasta el final, evitando que me rompa en mil pedazos—. Y todo eso en el mismo fin de semana, José Luis. Qué más quisiera yo que tener otras costumbres familiares…

—¿Y a qué te dedicabas?

La voz de Coronado está a punto de romperse. Quizá mi realidad le está bajando los humos. Mar me contó que la empresa la fundó su abuelo materno y que José Luis pasaba por allí de la mano de su hija. Y decidió aprovechar la carrera que le pagaron sus padres para ponerse al volante de un negocio que ya dejaba cientos de miles de euros de beneficio al año y que funcionaba prácticamente solo.

—Estuve doce años en Busansa Energía.

—¿Tú trabajabas allí? ¿En la cadena de montaje? —interrumpe José Luis, que al fin ha encontrado un punto en común conmigo en el que poder rascar algo de conversación que le permita sacar el cuello del pozo para coger un poco de oxígeno.

—¿Conoces la empresa? —pregunta María Ángeles, sorprendida, y da un pequeño sorbo a su copa.

—En lo suyo es una de las empresas punteras de España. ¡Claro que la conozco! He coincidido varias veces con su director comercial. ¿Cómo se llamaba?… —Coronado se da unos toquecitos en la inmensa frente tratando de recordar el nombre de mi exjefe.

—No, no estaba en la cadena, José Luis, era delegado comercial de la zona noreste o *area manager*, ya sabes cómo funciona la jerga de las multinacionales —aclaro gesticulando con las manos mientras Coronado parece asombrado porque me dedicase a las ventas en un puesto de responsabilidad y no a apretar tornillos sobre la línea de montaje—. Felipe Estudillo…

—¡Ese! Buen tipo, muy bueno en lo suyo. —Me señala con decisión—. La última vez que coincidimos puede que fuera en alguna feria…

—Matelec, probablemente —respondo y rememoro aquellas interminables ferias donde aparecía un José Luis tras otro para gorronear un poco de jamón y vino del gigantesco *stand* que montaba la compañía y, a la vez, negociar los precios de nuestras máquinas—. Felipe era mi jefe. Muy buen tío —añado recordando el gesto que tuvo conmigo al manipular la prima de ventas cuando decidí abandonar el tren.

—Pues es muy buena empresa, ¿por qué te despidieron?

—No me despidió nadie, José Luis, decidí marcharme yo —aclaro negando con la cabeza.

—Déjame adivinarlo. Te marchaste a la competencia. ¿Más dinero? ¿Mejores condiciones? Al final, de eso trata esto de los negocios, de escalar, escalar, escalar. —Alza la mano poco a poco como si estuviese construyendo una gran montaña de eso que la gente como él denomina éxito. Mar sonríe en silencio dándose por vencida.

—Pues no, la verdad es que dejé la empresa para dedicarme a hacer lo que me gusta —revelo con una sonrisa llena de orgullo—. Viajar, vivir al lado del mar, grabar mis vídeos, escribir artículos en mi página web…

Su cerebro está a punto de cortocircuitar. Apaga el cigarrillo todavía a medio consumir en el cenicero de cristal donde yacen ya cuatro colillas.

—Te resulta extraño, ¿verdad, papá?

—Pues sí, hija, la verdad que sí. No entiendo cómo alguien deja un trabajo así y encima para ir a peor, porque imagino que tendrías más o menos un buen sueldo, coche de empresa, dietas…

—Primas por ventas, un iPhone, un iPad, un portátil, cuatro pagas extras, aguinaldo por Navidad... Sí, José Luis, sí, tenía todo eso. ¿Y sabes qué más tenía? —Niega con la cabeza—. Una cita con el médico cada dos semanas, problemas de insomnio y jornadas de trabajo maratonianas de las que jamás desconectaba. Has dicho que Felipe es muy bueno en lo suyo, ¿no?

—Sí, las veces que lo traté me pareció un tipo muy competente, con mucha labia, serio y afable a la vez. Un profesional de los pies a la cabeza.

—Sus mujeres e hijos no creo que opinen lo mismo. Se ha divorciado ya dos veces, apenas ha visto crecer a sus chavales y ahora mismo vive en una casa algo más grande que está en el Zorongo —matizo señalando Villa Coronado con ambas manos— a la que no soporta ir porque la soledad se lo come vivo. De la puerta de la compañía para adentro es un triunfador y un referente en el sector al que a cualquier empresa le gustaría tener en sus filas, pero cuando acaba la jornada y las luces de la oficina se apagan, es la persona más infeliz del mundo, José Luis.

—Hombre, me estás poniendo un ejemplo demasiado dramático, ¿no crees? La mayoría de las personas que conozco y gestionan negocios llevan vidas familiares completamente normales...

—Mar, ¿serías capaz de decirme tres momentos importantes de tu vida en los que tu padre haya estado contigo y que recuerdes con especial cariño? A poder ser, gratis. —Me la juego con un tiro libre desde el medio de la cancha y de espaldas a la canasta.

—¿Gratis?

—¿Pero esto de qué va? —José Luis enciende su enésimo cigarrillo.

—Deja hablar a tu hija, cariño —sentencia María Ángeles enganchada de lleno a mi dramática historia.

—Me refiero a que no impliquen un desembolso económico. Yo qué sé, un coche, una moto, un viaje... cosas de verdad —aclaro dándome dos pequeños golpes en el pecho.

—Iba a decir el día que me acompañó al altar cuando me casé, pero, tal y como acabó la película, me temo que esa no vale —responde con una sonrisa triste que me teletransporta a la hamburgue-sería frente al Macy's la tarde en la que nos conocimos.

El silencio se hace eterno, tan solo interrumpido por un par de pájaros que conversan desde lo alto del pino y por los gritos del jardín colindante, donde los vecinos continúan disfrutando de una placentera jornada de barbacoa y piscina. María Ángeles desciende la mirada castaña a las baldosas de piedra rústica para evitar el contacto visual con su marido, que no despega los ojos del rostro de su hija esperando con angustia, y también algo de pena, a que M rescate algo consistente de su baúl de los recuerdos. Pero ahí dentro José Luis no aparece por ninguna parte. La bola entra de lleno en la canasta sin tocar siquiera el aro. Tres puntos y quién sabe si también partido.

—¿Así me agradecéis todo lo que me he sacrificado por esta familia? No te ha faltado de nada, hija. Una buena casa, un buen colegio, la carrera, el carné de conducir, tu primer coche, ropa… —recurre con rabia a sus grandes éxitos, todos ellos conseguidos mediante pago con tarjeta.

—Me ha faltado lo fundamental, papá, y eso es justo lo que he venido a buscar hoy aquí y te está costando la vida dármelo. Ese es tu problema, que todo lo que ofreces tiene un precio, y las cosas más importantes son las que no cuestan dinero, las de valor incalculable.

—¿Y tú? ¿Serías capaz de decirme tres momentos con tu padre que recuerdes con especial cariño? —Los ojos de Coronado resucitan y me lanza un puñal a las costillas cuando estaba ya casi derribado sobre el fango, a punto de recibir la estocada.

—No, no soy capaz, José Luis —respondo veloz—. No te podría decir ni tan siquiera uno. Y por eso mismo engañé a tu hija para venir a veros, porque no quiero que acabéis igual que mi padre y yo. Estáis a un maldito abrazo y un par de tragos de orgullo cada uno de arreglar las cosas. No os lo pongáis más difícil.

María Ángeles posa la mano en mi rodilla mientras trata de contener el llanto una vez más en un gesto que interpreto de gratitud.

—Pero tú, hija, ¿de dónde has sacado a este…?

—¿Titiritero? —Me anticipo con una sonrisa.

—No estoy acostumbrado a que me traten así, chaval. —Su mirada ahora mismo podría ser de odio, pero también de estima, y por mucho que me esfuerzo no consigo distinguirlas—. He de reconocer que tienes buen fondo y que, si has venido hasta aquí engañándola para que arreglemos las cosas, demuestra lo mucho que la quieres y la pasta de la que estás hecho. —Sí, es posible que haya algunos pequeños miligramos de aprecio en esa mirada turquesa—. Dame un abrazo, hija mía.

Mar se levanta de la silla y rodea con los brazos a su padre, que al fin rompe a llorar dejando la soberbia y la arrogancia en el interior de su paquete de tabaco. María Ángeles se une a ellos entre sollozos y yo aprovecho para hacer de barrera visual entre la familia feliz y Trufita, que ha decidido que el tapizado trasero del gigantesco *chaise longue* del salón es un buen sitio donde afilarse las uñas.

El timbre de la puerta hace añicos este épico momento de la película y me escapo raudo y veloz hacia la entrada ante la atónita mirada de los Aguado. Minuto y medio después y con ochenta euros menos en mi cuenta corriente, vuelvo a la mesa donde Mar y María Ángeles están ya colocando los platos y cubiertos sobre un mantel blanco de papel, todavía con los ojos humedecidos. Poso con cuidado la enorme paellera sobre la mesa.

—No habrás pagado, ¿verdad?

—Hoy te invito yo a comer, José Luis. La siguiente ya la pagarás tú —le digo posando con cariño la mano en su hombro. Le guiño un ojo tratando de colocar la primera piedra en la construcción de los puentes de la confianza que tan buen resultado me han dado con su hija.

—Contra todo pronóstico, me está empezando a caer medio bien el chaval —le dice a Mar señalándome con la cabeza. Ella trata con una sonrisa preciosa en la cara de hacer un reparto escrupulosamente equitativo con un enorme cucharón.

—Oye, María Ángeles, ¿y tú a qué te dedicas? ¿Trabajas también en la empresa? —pregunto con curiosidad mientras me sirvo un poquito de agua.

—Mi madre es profesora de Literatura. No te lo había dicho, ¿verdad?

—No, no me habías dicho nada. Siempre hablamos más de ti, José Luis.

—Das más tema de conversación, papá.

—Doy clases en el Liceo Europa, un colegio que hay cerca de la Junquera —manifiesta antes de probar el arroz—. ¡Ufff, cómo quema! No comáis todavía, que os vais a abrasar.

—Era mi asignatura favorita, Lengua y Literatura —le confieso.

Echo unos cuantos años la vista atrás y hago un repaso por todas esas profesoras que de una u otra forma dejaron huella en mí: Carmen Dueso, Pilar Meléndez, doña Blanca... Todas insistían en que tenía un don para escribir y que lo utilizara para labrarme un futuro y dejara de ser tan gamberro. Pero todo se desvaneció cuando papá y la abuela me abrieron los ojos de un sopapo de realidad y me explicaron que no había dinero en casa para mandarme a Madrid a estudiar Periodismo. Me pregunto cómo habrían sido las cosas si en vez de nacer en el barrio del Gancho hubiera aparecido en una familia como la de Mar y hubiese tenido la oportunidad de estudiar lo que quería.

—Bueno, entonces os van bien las cosas. —Coronado ha bajado el hacha de guerra, pero vuelve a la carga—. No quiero ser un pesado, pero no tengo la más remota idea de cómo os ganáis la vida. ¿A qué te dedicas, hija? Si quieres contármelo, claro.

—Trabajo como freelance, hago diseños de plantillas para una web y también soy fotógrafa. Subo las fotos a una especie de banco de imágenes de stock.

—¿Imágenes de stock? —se interesa María Ángeles.

—Sí, subo mis fotos a una web a la que recurren empresas de todo tipo para conseguir fotografías para sus catálogos. Aunque últimamente me está funcionando muy bien la fotografía callejera y algunas imágenes paisajísticas que he conseguido colocar para alguna campaña publicitaria, sobre todo playas... En Enebrales está la más preciosa puesta de sol del mundo, mamá. Te encantaría.

—Los ojos de Mar desprenden un brillo especial cuando habla de donde vivimos.

El gesto de José Luis sigue dibujando una preocupación extrema en su rostro por mucha sonrisita que trate de fingir por tener contenta a su hija. Busco en la agenda el contacto de Sergio, el gestor que lleva nuestra contabilidad. Le escribo un wasap de inmediato:

Áxel 15:03
¡Qué pasa, Sergio! No estarás
en casa, ¿verdad?

Sergio 15:03
Justo terminando de comer.
¿Qué te cuentas, fiera?

Áxel 15:04
Necesito un pequeño favor.

Sergio 15:05
Claro que sí, dispara.

Áxel 15:05
¿Tienes a mano mis ingresos mensuales?
Y también lo que ha generado
Mar hasta ahora.

Sergio 15:05
Sí, tengo la info en el sistema.

Áxel 15:06
Tengo un pequeño lío con su padre.
¿Puedes, por favor, localizarlas?

Sergio 15:08
¿Las tuyas, las de Mar o ambas?

Áxel 15:10
Todas. Desde el comienzo.
Es importante, Sergio.

Sergio 15:12
Dame cinco minutos.

Áxel 15:13
Hacemos FaceTime en cuanto confirmes.

Sergio 15:16
OK, ahora te llamo.

—Mar es muy buena en lo suyo. Yo mismo la he contratado para que me haga las fotos para mis redes sociales y las miniaturas de mis vídeos de YouTube —explico gestualizando con las manos un pequeño rectángulo que, salvo M, nadie más alrededor de esta mesa es capaz de comprender. Nuestra jerga se evapora porche arriba junto con el sofocante calor. Estamos frente a dos sexagenarios tratando de explicar de qué vivimos en una misión de vital importancia. O conseguimos lanzar un mensaje de tranquilidad o aquí el amigo Coronado nos va a reventar la fiesta una noche tras otra.

—¿O sea, que trabajas para él? —José Luis trata de atar cabos.

—No y sí. Soy autónoma, papá. ¡Igual que tú! Los dos lo somos. —Trata de explicárselo en su idioma—. Hay trabajos que Áxel me contrata a mí cuando necesita de una profesional, ¿entiendes?

Coronado y María Ángeles se miran dulcemente esforzándose en comprender, pero es evidente que no entienden nada. Ellos están ahí, degustando un arroz con las gambas ya peladas, intentando que esta tarde de sábado concluya en una noche en la que puedan dormir los dos a pierna suelta. Sin preocupaciones. Y para que eso ocurra, necesito con urgencia que entre en escena Sergio, mi gestor financiero y, además, gran amigo. La vibración de mi iPhone acude rápida a nuestro rescate. Saco el teléfono del bolsillo, descuelgo la llamada y en la pantalla del teléfono emerge la barbita pelirroja de Sergio, custodiada por ese ejército de pecas anaranjadas esparcidas por los alrededores de la nariz, y su mirada almendrada.

—A ver… Aguados —La cara de Mar es un auténtico poema, ya que está al margen de todo este circo que acabo de sacarme de la manga—. Ese chico de ahí es Sergio, es nuestro contable —aclaro al apoyar el teléfono sobre la botella de vino blanco para que se sostenga en pie.

—¿Qué tal, familia? —La voz de Sergio suena imponente desde la cocina de su piso a las afueras de su Huelva natal.

—María Ángeles, José Luis —suspiro con un tono de voz al que ya le falta algo de aire—, me lo habéis puesto muy muy difícil. A mis casi treinta y siete años no esperaba ya semejante gesta para conquistar a una chica, la verdad. Y me he visto obligado a avisar a nuestro contable para que os informe debidamente del estado de nuestras ganancias y podáis, sobre todo tú, José Luis, dormir como lirones de una puñetera vez. ¿Estamos de acuerdo?

Mar trata de ocultar la risa tras las manos, acostumbrada ya a este tipo de esperpentos por mi parte, y sus padres se limitan a lanzarse una ojiplática mirada llena de interrogantes sin entender nada de lo que acontece al otro lado de la paellera.

—¿Qué tal estás, Sergio? —le pregunto acomodando los codos sobre la mesa y acercando la cabeza hacia la pantalla.

—Bien, bien. Aquí, haciendo horas extras —responde con guasa—. ¿En qué os puedo ayudar?

—Necesito, por favor, que me digas cuánto hemos facturado Mar y yo desde que trabajamos contigo.

—¿Por año? —Gira la cabeza y teclea en un portátil.

—Exacto —afirmo con rotundidad—. No te preocupes, José Luis, que hoy vas a dormir como un angelito —asevero acariciándole con cariño la rodilla. Coronado permanece en silencio buscando respuestas en los ojos de María Ángeles, que sonríe ladeando la cabeza, incapaz de contener la sonrisa que se le escapa de la boca.

—Pues empiezo con Mar, que solo lleva dos meses conmigo, pero como cada día 30 me envía ya el mes, te lo digo ahora… —Hace una breve pausa para consultar la hoja de cálculo en la pantalla del ordenador—. Tres mil ciento cincuenta y dos euros, más lo que lleve de junio. Y tú, Áxel… pues el año pasado facturaste cuarenta y tres mil setecientos euros. —Cambia de libro de cuentas en su programa contable y avanza hasta el mes de junio del ejercicio en vigor—. Y, hasta el mes pasado, según me pasas religiosamente cada mes…

—Llevo la contabilidad al día, soy un poco maniático con eso —les aclaro a María Ángeles y José Luis con cierta satisfacción.

—Esto no era necesario, Áxel —afirma Coronado con escasa convicción, negando con la cabeza y con el rostro dominado por un gesto de estupefacción.

—Sí, sí que lo es, José Luis, ¡vaya que si lo es!

—Veintiocho mil euros, Áxel. Este año vas mejor que el anterior. Al menos, de momento. —Sergio levanta el dedo pulgar desde el otro lado de la pantalla, alabando el progreso que, al parecer, viven mis finanzas.

—No te molesto más. ¡Muchas gracias, guapetón! Ah, y cuando vayas por El Galeón, dale un abrazo a esta gente de nuestra parte.

—Venga, nos vemos en octubre, pareja. Cuidaos. —Se despide con la mano.

La pecosa cara de Sergio desaparece de la pantalla del teléfono. Volvemos a estar frente a ese arroz plagado de marisco sin cáscaras.

—Ya me he quedado sin balas, José Luis. Acabo de destaparte mis cuentas. Si quieres, llamamos a Hacienda, pero me temo que hoy sábado no va a atendernos nadie —comento sonriendo—. El dinero de M está intacto. Ella empieza a generar ingresos y, si fuera necesario, yo cubro su parte. Esto es cosa de dos. Estamos juntos en esto.

—De verdad, hija… —Coronado me atraviesa con su mirada de otro planeta—. ¿De dónde coño has sacado a este tipo? —José Luis me acaricia el hombro con afecto—. Ahora mismo no sé si abrazarlo o echarlo de mi casa.

—Bienvenido a Axelandia, papá. —Me besa en la mejilla—. ¿Te has quedado ya más tranquilo? Porque, perdona que te diga, pero el cortejo en la Edad Media seguro que era mucho más sencillo.

—Por mi parte está todo aclarado. —María Ángeles besa a su hija en la cabeza y me acaricia la mano.

—¿Por qué cojones vivís en una furgoneta? —José Luis resurge de sus cenizas dispuesto a aclarar hasta la última de las dudas existenciales que tanto le afligen. Es terco como una mula—. Ganáis lo suficiente como para alquilar o incluso comprar algo.

—¡Papá, por favor!

—Mar, cariño, es normal que pregunte. Tiene curiosidad. —Rompo una lanza a favor del zoquete de mi suegro—. Compré la Citroën hace tres años con mi antigua pareja.

—¿Cuánto cuesta un cacharro de esos?

—¡Papááá!

—Furgoneta y camperización, más unos cuantos extras —intento recordar la cifra exacta viajando a mis días con Laura, cuando la vida era más gris y sencilla a la vez—, treinta y cinco mil euros. Más o menos.

—No tienes que contestar a todo lo que te pregunta, ¿eh, cariño? Puede estar así, lanzando una consulta tras otra, hasta bien entrado el otoño. Mi padre es infinito, incluso estando de buenas.

—Hija, deja que tu padre se quede tranquilo. Tú lo has pasado mal, pero no sabes la turra que lleva encima y la que he estado padeciendo yo también. —María Ángeles termina de ventilarse la botella de vino blanco.

—La compré con la idea de viajar, pero, tal y como surgieron los acontecimientos, se convirtió en mi casa en primavera de 2020 hasta hoy.

—¿Pasaste ahí el confinamiento?

—Sí, pero no creas que estuve encerrado en esos doce metros cuadrados. Hacía la vida fuera, con vistas a una playa kilométrica, sobre la misma arena. Muchos hubieran deseado un confinamiento así. Tengo todo lo necesario: una cama con un buen colchón, cocina, nevera, baño, ducha, agua caliente, calefacción, energía… No necesito más, José Luis.

—Por buscarle una pega, es muy incómoda para trabajar. Siempre estamos por el chiringuito de Julio con los portátiles o tirando de cafeterías —añade Mar.

—¿El chiringuito de quién? —pregunta María Ángeles con interés.

—De nuestro amigo Julito. Posiblemente, una de las mejores personas que haya en el planeta. ¿No les has enseñado nada de Enebrales? Tiene un montón de fotos en el móvil, algunas son muy buenas.

—No, la verdad es que no me tenían demasiado motivada —responde sonriendo, y bucea en la pantalla del teléfono en busca de algunas fotos de nuestro rincón favorito del mundo.

—Espera, hija, que uno ya tiene una edad.

José Luis se acomoda unas llamativas gafas rojas para ver mejor de cerca. Los padres de Mar arriman las sillas de madera hacia ella para descubrir el mundo al que ahora pertenece su hija. Esa losa de noventa kilos desaparece al fin de mi estómago. Respiro aliviado. Comienzan a picarme las fosas nasales humedeciéndome los ojos. Agacho la cabeza y oculto bajo la visera de la gorra las lágrimas de emoción que escupen los párpados. Es pronto para cantar victoria, pero creo que la misión ha sido un éxito. M es ahora mismo una niña pequeña que acaba de volver de campamento y les cuenta a sus padres cómo ha ido el verano. Sobre la paellera apenas quedan unos cuantos granos churruscados de arroz. Las mandíbulas del sol continúan presionando con fuerza. El termómetro colgado junto a la cristalera del salón marca treinta y ocho grados y la fiesta que había en el jardín del vecino se ha apagado.

—Mira, papá, este bicho de aquí es el autobús de Deniz, un simpático anciano alemán que vive allí también —explica emocionada, ampliando con los dedos una foto tras otra—. Por dentro parece todavía más grande. Ese autobús cuesta casi medio millón de euros y tiene hasta lavavajillas.

—Pero si en su día esta casa costó mucho menos —responde José Luis, perplejo—. ¡Qué barbaridad!

—¿Y cuál es vuestro plan ahora? ¿Volvéis a Andalucía? —pregunta María Ángeles.

Me seco rápidamente los ojos con el cuello de la camiseta intentando disimular lo mejor posible.

—No, no, en verano allí hay demasiado jaleo y calor… La furgoneta se pone a más de cuarenta grados por muy bien aislada que esté. El año pasado me fui a las Rías Altas, en Galicia, creo que fue uno de los pocos lugares que logró salvarse de la ola de calor infernal, y este año, por lo que veo, pinta parecido —explico mientras agito el cuello de la camiseta buscando inútilmente algo de fresquito.

—Pues creo que este infierno va a durar, como poco, una semana más —anuncia Coronado—. ¿Dónde tenéis aparcada la furgoneta?

—Ahí fuera, junto a la parada del autobús —señala Mar.

—Pues le está pegando de lleno el sol. ¿Por qué no la metéis en la urbanización? Estará más vigilada.

Mar me mira buscando en los ojos un gesto de aprobación.

—No te preocupes, José Luis. Si, además, nosotros nos iremos ya en breve. —Trato de desertar antes de tiempo.

—Pero ¿dónde coño vais con este bochorno a estas horas? —pregunta, encendido, rescatando del ostracismo al Coronado soberbio de hace apenas unos minutos—. Os quedáis aquí en casa los días que hagan falta, hasta que amaine el calor, y luego ya decidís.

La mirada de M me hace cosquillas desde el otro lado de la mesa esperando una respuesta. Es evidente que le vendría genial pasar algo más de tiempo con sus padres ahora que parece que las aguas han vuelto a su cauce.

—Está bien. Nos quedaremos hasta que la cosa mejore —afirmo sin demasiada convicción.

Consulto la predicción meteorológica del teléfono y las noches tropicales se mantendrán al menos hasta bien entrada la semana que viene. El panorama en el mapa climático del país es terriblemente desolador. España es un desierto pintado de rojo con solo algunos puntitos amarillos al norte de Asturias y Galicia. Mar se abalanza sobre mí como si fuera el rey Baltasar y acabase de traerle esa bici que llevaba esperando tres o cuatro Navidades y, acto seguido, besa a su padre en la mejilla.

—Te va a encantar mi habitación, cariño.

—¿Pensáis dormir en la misma cama?

—¡Papááá! —protesta Mar.

—Era solo una broma, hija. Podéis aparcar la furgoneta ahí detrás si queréis —añade señalando la zona de la piscina, quizá más preocupado por el qué dirán de sus vecinos que por nuestra propia comodidad. Pero bastante hemos logrado respecto a las expectativas que tenía cuando salí de Enebrales engañando a todo el mundo, incluido mi Churrita, para arreglar esta lamentable situación. En todas las familias cuecen habas, como diría la abuela, pero querer es poder, y es cierto que Coronado no lo ha hecho bien y quizá María Ángeles haya cometido también sus errores dejándole tanta cancha libre a un tipo tan autoritario, pero están a años luz de mi padre y yo como familia. A fin de cuentas, ha sido un exceso de preocupación con algunas pinceladas dictatoriales y clasistas lo que nos ha traído hasta aquí, pero las cosas, *a priori*, han acabado más o menos bien, y tanto Mar como sus padres han puesto un poco de su parte para llegar a buen puerto y que gobierne la cordura. Al menos, de momento.

Sin embargo, la imagen más reciente que guardo de papá es de hace ya más de dos años, echando humo bajo una farola, tratando de encontrar la calma junto a la lumbre de un cigarrillo mientras la lluvia resbalaba casi tan furiosa como él sobre su espigada silueta, cuando apenas unos minutos antes casi me retorció el pescuezo, completamente enervado. Ojalá se me diera tan bien arreglar mis propios problemas como solucionar los de los demás. ¿Por qué soy capaz de embaucar a Mar y conducir más de novecientos kilómetros y dejarme la piel para que resuelva las diferencias con su familia y, sin embargo, soy un completo inepto para marcar el número de teléfono de mi padre y preguntarle qué tal está? Es probable que él piense igual, ya que lleva el mismo tiempo sin saber de mí que yo de él y mi móvil tampoco ha sonado. Supongo que llevamos grabado algún tipo de programación en los genes que nos impide tragarnos el orgullo y, además, somos intolerantes a eso de pedirnos perdón.

—Estoy muy feliz, cariño. —Mar me rodea con los brazos por detrás—. ¿Estás bien, Áxel? —pregunta de repente.

—Sí, sí, estoy bien. Si tú estás feliz, yo a tope… ya sabes —simulo que remo con los brazos dándole a entender que viajamos en la misma barca.

—No tenemos por qué quedarnos si no quieres. Bastante has hecho ya —medita en voz alta con la mirada perdida unos segundos en la frondosidad del jardín—. Igual es demasiada tralla para ti plantarte aquí y aterrizar ante mi familia del modo en el que lo has hecho. Pero si quieres que nos marchemos, nos marchamos. Yo tampoco sé si estoy preparada para aguantar a mi padre tres o cuatro días seguidos. —Hace gala de una de sus más bonitas virtudes, la empatía.

—Un chalet, un jardín inmenso, aire acondicionado y una piscina que he visto por allí detrás… ¿Se te ocurre un lugar mejor donde refugiarte de esta ola de calor?

—Te quiero mucho, chico de la gorra, nadie había hecho algo así por mí. Nunca. —Me acaricia la cara y me besa dulcemente en los labios—. ¿Metemos la furgo y te enseño la casa?

—Sí, pero un segundo, que durante la épica charla con tus padres mi teléfono ha vibrado un par de veces —le digo abriendo el chat de WhatsApp de David, de donde emerge la imagen de un feto con un texto debajo: «Mira qué porte tiene tu sobrina. Se llama Megan, por cierto, ya casi de cinco meses. Comienza la cuenta atrás»—. Es una foto de Megan, me la ha enviado David.

—Yo creo que son imágenes de stock —suelta sin pestañear ni inmutarse un pelo.

—¿Cómo?

—Las fotografías esas que dan los ginecólogos. Son todas iguales —aclara con un cómico gesto—. Como las de los bocadillos de los menús. ¿No te has fijado nunca que hay bares que usan siempre las mismas fotos? Pues creo que con los fetos hacen igual. Llevamos media vida viendo al mismo niño —sentencia soltando otra carcajada más y yo no recuerdo haberla visto nunca tan feliz.

—Estás fatal, Mar.

—Si no es por él, no nos hubiésemos conocido nunca. ¿Lo has pensado alguna vez? —Pasa olímpicamente del proceso de fabricación de mi sobrina.

—Estás empalmando una teoría con otra y comienzas a darme miedo —declaro con guasa—. Pero tienes razón; si no es por David, no nos hubiésemos conocido jamás.

—Esta vida es una montaña rusa. ¿Quién me iba a decir a mí que iba a divorciarme tan pronto y que iba a acabar presentándoles a mis padres a un tío lleno de tatuajes que vive en una furgoneta con una gata al que nuestro vecino el traumatólogo le pide selfis? Es de locos, cariño.

Alguien desconocido me ha enviado un mensaje. Abro el chat: «Hola, Alejandro, soy Carmen, la pareja de tu padre. Tenemos que hablar».

29

La luz se cuela a regañadientes por el techo abuhardillado de la habitación de Mar, donde llevamos durmiendo ya cuatro días. Rebota en el enorme póster plastificado de Oasis que cuelga de esa pared desde el 98 dibujando una mañana más un laberinto de trayectorias imposibles que mueren justo ahí, en el lado de la almohada donde todavía duerme ella. Al otro lado de la ventana ya es de día. Una corriente de aire juega a inflar y a desinflar la fina cortina blanca que cubre el enorme ventanal como si de un globo se tratase mientras unos cuantos pájaros nos silban desde el pino carrasco colosal que preside el jardín. Mar podría bajar a la planta inferior deslizándose por las ramas y el tronco de ese gigantesco ejemplar, igual que las chicas de las películas americanas cuando son castigadas sin ir al baile de graduación y huyen con el capitán del equipo de baloncesto. Me pregunto si en su juventud el recorrido habrá sido a la inversa y algún intrépido amor de verano consiguió trepar hasta aquí, evitando al implacable José Luis, y se coló en su habitación. Salgo con cautela de la cama.

—No te esfuerces, cariño, llevo ya despierta un rato —me dice abriendo un ojo sin mover ni un milímetro un solo músculo más de su cuerpo—. ¿Preparas tú el café? —La mitad de su cerebro permanece dormida todavía.

—Buenos días. —Me acerco y la beso en la frente—. Sí, preparo yo el café.

—¿A qué hora has quedado?

—A las once, pero antes tengo que grabar una cosa en el jardín.

—Ahora bajo y te echo una mano —propone intentando desperezarse. Mar necesita su tiempo para convertirse en una persona más o menos normal cada mañana.

Me pongo un bañador. Salgo de la habitación. Entro al cuartito de baño que hay junto a la escalera. Meo. Tiro de la cadena. Me lavo las manos. Desciendo la escalera y me detengo a mitad del tramo. La vista del salón desde esta perspectiva es grandiosa, parece una de esas casas que salen en las revistas de decoración. Unas cuantas partículas de polvo flotando en el aire le dan consistencia a unos rayos del sol que alargan los brazos todo lo posible para hacerse con la isleta de la cocina, acariciando el sofá y también a Trufita, que ha encontrado en el rincón del *chaise longue* donde suele sentarse José Luis su lugar favorito para dormir. Durante estas noches de sofocante calor, María Ángeles deja la apertura mínima en la enorme cristalera que da al jardín para que se forme una corriente de aire. Es también la primera zona de la casa que el sol calienta con su aliento cada mañana, filtrando la luz a través de la copa de ese enorme pino que custodia la vivienda desde el otro lado del ventanal. Trufita es toda una experta en encontrar siempre los mejores lugares para dormir y la verdad es que en la furgoneta no tiene demasiadas opciones.

La gata levanta la cabecita marrón con esas manchas atigradas que se difuminan alrededor del hocico blanco y su pequeña nariz rosa, que es un triángulo perfecto salpicado por esas graciosas motas negras. Bosteza enérgica mostrando el poderío de sus colmillos, emulando a una leona de poco más de tres kilos, y después se posiciona panza arriba pidiendo algo de atención. Cada mañana el mismo ritual. Le acaricio la panza un poco y pedalea sobre la palma de la mano con sus patas traseras jugando a que soy su presa, me mordisquea con cuidado los dedos y me lame los nudillos como si fuese parte de su manada.

—Buenos días a ti también, canija. —La beso en la cabeza, se pone en pie sobre sus cuatro patitas, arquea el cuerpo y de un salto ágil desciende al suelo. Ahora sí, comienza el show de Trufa. Se frota por mis piernas repartiendo feromonas con la cola tiesa y activa lo que yo llamo Radio Trufita, una emisora cuya programación consiste única y exclusivamente en emitir un maullido tras otro de forma insistente y que no cesa hasta que tiene su cuenco de comida justo delante de los bigotes. Las emisiones pueden durar un minuto, dos, media hora... depende de lo rápido que seas en servirle el desayuno. Hay mañanas en las que a Mar y a mí nos puede el amor y el romántico hilo musical que suena de fondo es Radio Trufita. Experta también en interrumpir coitos.

—Ya va, ya va. Un segundo, por favor —le susurro a Radio Trufita, que está en su mejor momento, ajena a mis plegarias.

Mar observa sonriendo la escena desde lo alto de la escalera con el pelo enmarañado y una enorme camiseta blanca a modo de camisón, un símil perfecto de la niña del exorcista a punto de descender la escalinata a cuatro patas con el cuerpo del revés.

Le pongo a la gata su comida y la radio se apaga de inmediato, dejando fluir de nuevo el apacible silencio mañanero adornado con el canturrear de los pájaros al otro lado de los cristales y el lejano sonido del grifo del lavabo donde M se lava la cara.

Desenrosco la cafetera, agua hasta el tornillo interior, cuatro cucharadas de café natural molido justo hasta el borde del cazo, enrosco de nuevo y enciendo la vitro. Tapo el círculo con el culo de la cafetera italiana. Salgo al jardín; el termómetro exterior marca ya veintidós grados y acaba de amanecer. Rodeo parte de la casa y me zambullo de cabeza en la piscina, decidido. Siento esa extraña libertad que me ofrece el estar sumergido bajo el agua, braceando, tratando de llegar a la pared opuesta, en calma, con el único sonido del borboteo de las burbujas de oxígeno huyendo de la boca rumbo a la superficie. Salgo a pulso omitiendo la escalera y me siento unos segundos en el borde de la piscina. Me viene a la cabeza Carmen, nuestra cita dentro de unas horas y ese inquietante «Tenemos que hablar» que lleva cuatro días bailándome en la cabeza. ¿Hablar de qué?

Abro el grifo de la ducha solar, me remojo para quitarme el cloro y me seco con la toalla que una mañana más me ha dejado María Ángeles plegada sobre el respaldo de una de las sillas de madera del jardín. La verdad es que, contra todo pronóstico, la convivencia va mucho mejor de lo esperado. También es cierto que los padres de Mar están todo el día fuera de casa. Su madre suele aparecer por aquí a media tarde y José Luis nunca vuelve antes de las ocho. Le encanta llegar y que estemos todavía trabajando en la mesa bajo el porche, mirar su reloj y dar dos palmaditas acompañadas de un «Venga, chicos, que ya está bien por hoy», como si fuera también nuestro jefe. Nuestras jornadas laborales siempre terminan con él aquí fuera, entre cervezas y falsas promesas de que el lunes que viene dejará otra vez de fumar. Se interesa cada maldita tarde por las ganancias diarias de Mar, que se enciende de inmediato, dando lugar a pequeñas y graciosas discusiones entre ambos.

Cuando entro en la casa, M ya está desayunando en la isleta de la cocina con el iPad entre las manos, chequeando su email y su reactivado Instagram, donde ha empezado a subir algunas de sus bonitas fotografías, ajena a que el tenebroso algoritmo de la plataforma visibiliza mucho más los vídeos ahora mismo.

—¿Qué video tienes que grabar, cariño? —me pregunta quitándose las gafas negras con montura de pasta. Me descubre esa mirada felina capaz de atravesar un muro.

—Poca cosa, un preguntas y respuestas —respondo seleccionando con capturas de pantalla las cuestiones más repetidas o las que más me interese responder para promocionar algunos de mis afiliados—. Me voy a poner en ese lado de allí —le digo señalando la parte del jardín opuesta a la piscina, donde la luz es homogénea por el momento—. Oye, Mar…

—Dime.

—¿A ti te gusta vivir en una casa?

—¿A qué viene eso ahora? —Vuelve a quitarse las gafas y proyecta su hipnotizante sonrisa sobre mí, con uno de sus incisivos frontales queriendo sobresalir más que el otro. Se recoge el pelo, más decolorado todavía por los rayos del sol y el cloro de la piscina, con su ya mítica goma morada—. Pues claro que me gusta vivir en una casa. ¡No me va a gustar vivir debajo de un puente!

—Pero ¿dónde prefieres vivir: en una casa o en la furgoneta? No sé, tras estos días aquí, es como que os veo a las dos más cómodas. Incluso yo me siento más a gusto de lo habitual.

—Eso es porque llevas mucho tiempo sin estar en una casa normal y has pasado del maletero de la Sardineta a esto. —Señala la inmensidad del salón con las manos—. Pero esto es algo que ni tú ni yo podemos pagar ahora mismo. ¿Te estarías preguntando lo mismo si vivieses en un apartamento de cincuenta metros sin balcón?

—Supongo que no.

—¿Quién no va a estar más cómodo en un chalet con piscina y jardín que en una furgoneta? Pero una cosa te digo, chico de la gorra. Aquí dentro hay de todo, pero allí afuera no hay nada, y yo prefiero mil veces vivir delante de las olas del Atlántico que de la avenida de la Ilustración, por mucho jardín que haya, ¿estamos? —Su desparpajo aparece tocando palmas sobre la encimera de mármol. Mar está ya oficialmente despierta.

—¿Y qué crees que opinará ella? Creo que es, con diferencia, la que mejor se lo está pasando aquí, en Villa Aguado. En una casa tiene mucho más espacio y la veo como más feliz.

Trufita se da por aludida y gira la icónica oreja como si fuera una de esas enormes parabólicas blancas tratando de captar señal, pero sin interrumpir lo más mínimo la postura de su siesta mañanera.

—Es la primera vez que está en una casa, ¿no?

—La verdad es que sí. —No me había parado a pensar nunca en eso. La única vivienda digamos convencional que Trufita ha conocido hasta ahora es la caseta de Churra cuando yo marcho de viaje, y apenas es más grande que nuestra furgoneta.

—La gata estará bien donde estemos, cariño. Aquí es la novedad y está más consentida; mi madre no hace más que darle latas gourmet de esas de cuatro euros, se ha cargado el sofá, se sube a las cortinas y hasta ha asaltado el jardín del vecino para putear a su perro. Trufita está en Disneylandia, amor, deja que disfrute. Ya nos tocará sufrirla de nuevo cuando vuelva a la furgoneta hecha una Mowgli. —Rompe a reír de repente y derrama un poco de café sobre la encimera—. Venga, bébete eso, que al final vamos a llegar tarde.

Me cansé de plantearle a Laura un idílico futuro en la furgoneta junto a una playa, y ella, que siempre había vivido en pisos más o menos pequeños, insistía firmemente en que aquello era una mísera utopía y que sería poco menos que malvivir. Y Mar, que ha crecido en esta propiedad de dos mil quinientos metros cuadrados, ha abrazado esa vida nómada con los brazos abiertos de par en par.

Ha sido uno de los vídeos que con más prisa he grabado de todos los que llevo publicados. Seis o siete preguntas relacionadas con viajes, cuatro relativas a mi modo de vida, otras tantas sobre Trufita y alguna otra buscando un poco de salseo procedente de esa gente más interesada en la vida privada de los demás que en el contenido de viajes. Pero la audiencia perfecta no existe, lección número uno que has de aprender si de verdad quieres dedicarte a las redes sociales.

Mar se ha empeñado en acompañarme a mi cita con Carmen a pesar de que no sabía de su existencia hasta que recibí el mensaje. Tampoco tiene tanta ventaja respecto a mí; al fin y al cabo, yo me enteré de que se había embarcado en la vida de mi padre en el tanatorio cuando murió la abuela y no he vuelto a saber nada ni de ella, ni de papá, ni de todo aquello que mantuviera un mínimo hilo de conexión con el antiguo Alejandro, y han pasado ya más de dos años. Salvo con David, con quien hablo cada semana por FaceTime y quien hace ya mucho tiempo enterró mi antiguo nombre a favor de Áxel. David siempre dijo que sonaba mucho más comercial.

—¿Cogemos el coche o pillamos el autobús? —me dice Mar, dubitativa, con las llaves del BMW de su madre en la mano—. El cuarenta y uno nos deja en Puerta del Carmen —aclara con el cabello todavía húmedo tras la ducha que se ha dado mientras yo grababa mi vídeo. Lleva un cómodo y veraniego vestido azul que no había visto hasta ahora y que le cae holgadamente sobre los muslos.

Me resulta extraño abordar las calles de Zaragoza en su compañía. Sin Laura. Desde que llegamos no hemos salido de su casa. Los últimos diez años que pasé en la ciudad, justo antes de que me echara a patadas de sus amplias avenidas agitadas por el cierzo, fueron junto a ella.

—Creo que será mejor el autobús.

—No se hable más. ¿Tienes tu tarjeta ciudadana?

—¿Eh?

—Déjalo, yo te lo pico —responde sonriendo.

Salimos de la urbanización. La parada está a tan solo unos metros. Hoy al fin corre algo de viento; la ola de calor comienza a despedirse y con ella nos iremos también nosotros si nada ni nadie lo impide. El autobús llega enseguida, Mar pasa la tarjeta por el lector electrónico. Apenas tres viajeros con la cabeza abstraída en la pantalla del móvil aguardan dentro. No soy capaz de recordar la última vez que me subí a uno de estos cacharros. Prolongación de Gómez Laguna, San Juan Bosco, avenida de Valencia, Fueros de Aragón, Carmen, Hernán Cortés y la Puerta del Carmen, que ahí sigue, en el final de línea, perpetua, rodeada de un tráfico infernal y dos policías que tratan de poner un poco de orden a golpe de silbato.

—Vamos un poco justos de tiempo —le digo apresurando el paso.

—¿Dónde has quedado?

—En el Café Zaragoza, en la calle Alfonso —respondo. La cojo de la mano y cruzo en rojo mientras un Seat León nos dedica una pitada de escándalo.

—Áxel, esa señora seguirá en la cafetería aunque lleguemos un par de minutos tarde. ¿Te quieres tranquilizar? —Trata de calmarme pegándome un tirón del brazo.

—¿Desde cuándo está esto en obras? —señalo la plaza de Salamero, que está enjaulada con las tripas fuera, varias excavadoras y una terrible yincana de pasarelas de madera a su alrededor que nos obliga a cruzar tres veces para avanzar escasos cien metros.

—Al menos un par de años. Llevas demasiado tiempo fuera de casa, chico de la gorra. —Esboza una sonrisa al responderme como si fuera un guiri que acaba de aterrizar a orillas del Ebro.

Zaragoza ha evolucionado sin mí, a su ritmo pausado y sin echarme de menos en absoluto. Aunque la mayoría de las cosas siguen en el mismo lugar en el que las dejé. Al llegar al Coso, el inconfundible timbre del tranvía recorre la calle advirtiendo de su llegada a dos tipos que caminan despistados sobre los raíles a la altura de la FNAC. Cruzamos y al fin alcanzamos la calle Alfonso, una vía peatonal de casi medio kilómetro de largo con una espectacular vista de la cúpula central de la basílica del Pilar que te acompaña desde el primer momento en el que pisas el suelo embaldosado. Sin duda, uno de los puntos más fotografiados de la ciudad y una de las calles más bonitas del país. Ver tan cerca la torre del Pilar, después de tanto tiempo, asomarse por lo alto de las elegantes farolas repartidas a lo largo de la calle hace que se me erice un poquito la piel.

Al fin llegamos al Café Zaragoza, una antigua joyería reconvertida en cafetería cuyo local lleva en pie más de ciento treinta años. En lo alto de la fachada hay un enorme reloj de aguja similar al de las viejas estaciones de tren y desde una de las mesas altas de la terraza una mujer de rizos nos hace señales con la mano.

Indico a Mar quién es Carmen, o eso creo, ya que en el funeral la vi solo un minuto escaso y no fui muy amable. Nos acercamos a su mesa. La saludo dándole dos besos, algo incómodo. Aquella lluviosa tarde de domingo con el cuerpo de la abuela metido en un ataúd se instala sin remedio en mi cabeza. Es el único recuerdo que tengo hasta ahora de esta señora. Le presento a M, se dan otros dos besos y se sientan juntas. Yo me coloco justo enfrente de mí... La verdad es que no tengo ni la menor idea de cuál es el parentesco que me une con la novia de papá.

Veo un gesto de confusión en la mirada de Carmen. Es probable que hasta hace treinta segundos pensara que Laura y yo seguíamos siendo Laura y yo, ya que era ella quien me acompañaba la tarde que nos conocimos.

Interviene el camarero, perfectamente uniformado con una pajarita incrustada en la garganta, y nos pregunta qué queremos. Le pedimos un café con leche y sacarina y dos cafés con leche sin lactosa. Repite la comanda anotándolo todo en una diminuta libreta de anillas con un bolígrafo y grita «Marchando» mientras se pierde fachada adentro bajo el precioso techo artesonado, camino de la barra.

—Bueno, Carmen, tú dirás. —Doy pie de sopetón a que desembuche de una vez. Reparo en el gesto, que luce excesivamente cansado. Tiene el pelo más corto y rizado que la última vez que nos vimos.

—Se trata de tu padre, Alejandro. Ha estado entre la vida y la muerte durante más de cuatro meses. —Carmen no se queda corta y responde a bocajarro, apuntando directa al corazón.

—¿Cómo? —pregunto desconcertado. Mar me coge la mano desde el asiento de enfrente.

—Los médicos no daban ya un duro por él…

Un desagradable escalofrío me recorre la espalda desde las lumbares hasta la nuca. La misma sensación que cuando papá me dijo que la abuela había muerto viene a verme de nuevo. Estamos a treinta y dos grados, pero yo solo siento un frío punzante que me eriza cada uno de los poros de los brazos.

30

—Pero ¿qué tiene? ¿Cómo está? ¿Por qué no me habéis avisado antes? ¿Dónde vivís? —Me incorporo de inmediato de la banqueta ante la atónita mirada verde de Mar pensando en ir a verlo antes de que marche sin que me haya despedido de él, igual que hizo la abuela.

—¿No sabes dónde vive tu padre? —piensa M en voz alta en una traición de su subconsciente, con los ojos abiertos como platos—. ¿Y le avisáis ahora, meses después? —le espeta a Carmen sin entender nada en absoluto. Su algarabía familiar es un capítulo de *Barrio Sésamo* al lado de la mía.

—Las cosas son demasiado complicadas entre Alejandro y su padre, hija —responde Carmen como si hubiera leído veinte veces la biografía que nunca escribí—. Siéntate, Alejandro, por favor.

Se aparta las lágrimas con los dedos con cuidado de que no se le corra el rímel. Mar le ofrece un pañuelo de papel y me pide con los ojos que haga caso.

Vuelvo a acomodarme en la banqueta y el camarero nos sirve los cafés.

—Gracias —le dice M repartiendo las tazas correctamente.

—Fue justo antes del verano pasado —explica dibujando círculos con la cucharilla sobre la espuma de la leche para diluir las dos pastillitas de sacarina con delicadeza—. Una noche empezó a encontrarse mal, le picaba mucho la garganta y, bueno, tampoco le dio más importancia. Ya sabrás que tu padre es propenso a pillar bronquitis cada dos por tres…

—No, la verdad es que no lo sé, Carmen —respondo como si me hubiesen golpeado el alma con un bate de béisbol.

—Fumaba como un carretero y todos los resfriados que coge le bajan siempre a los bronquios.

—¿Mi padre tiene cáncer de pulmón? —El Áxel hipocondriaco se apodera de mí, de mi voz, y comienza a soltar barbaridades y a teorizar las peores conjeturas posibles.

—Cariño, deja que Carmen hable. —M me coge de nuevo la mano.

—Yo no me quedé nada convencida y le propuse ir a urgencias, pero es terco como una mula y no me hizo caso. No sé qué le pasa a tu padre con el médico, que no hay manera de que pise una consulta por su propio pie.

—Mi madre entró con una neumonía al hospital y contrajo una bacteria dentro de la UCI que se la llevó para siempre. Creo que quizá algo de eso haya repercutido en él. —Mi empatía trata de echarle un cable a Carmen, que está visiblemente afectada y preocupada. Agita el café con la cucharilla sin parar desde que el camarero ha servido las tazas—. No tengo recuerdos de papá yendo al médico, la verdad —medito en voz alta mientras trato de obtener algo de información en esa parte de mi memoria a la que no suelo asomarme por miedo a los fantasmas que puedan aparecer al fondo del baúl.

—Es un gran hombre, pero un completo desastre.

—No me digas…

—Aquella noche casi se me muere en brazos; no podía respirar, le faltaba el oxígeno y pasaba de los cuarenta de fiebre. Llamé a la ambulancia y se presentaron de inmediato en la puerta de casa. Vivimos en la entrada de la Almozara, por cierto, respondiendo a tu pregunta anterior, perdona. Tuvimos la suerte de que los contagios de COVID habían disminuido y pudieron atenderlo rápido, pero si aquello le ocurre unos meses antes, Javier no seguiría vivo, Alejandro. Perdonad, ¿eh? —Se le humedecen los ojos y reutiliza el pañuelo que Mar le ha dado hace unos minutos—. Me lo he comido todo yo sola porque lo quiero, pero ha sido duro, durísimo —afirma entre sollozos mientras mi corazón cae desplomado al suelo, entre los pasos apresurados de los transeúntes que recorren esta céntrica calle ajenos a nuestros dramas—. Lo ingresaron de urgencia, le practicaron una traqueotomía, lo entubaron y ahí estuvo tres meses, luchando a vida o muerte contra ese maldito virus conectado a una máquina que respiraba por él. Completamente solo. No estaban permitidas las visitas. No os podéis ni hacer siquiera una ligera idea de lo que es eso. Esperar cada mediodía la llamada de la neumóloga para que día tras día repitiera lo mismo: «Sigue estable, debemos ser optimistas».

Carmen se rompe y yo no sé cómo demonios reaccionar. Mar se adelanta y cobija sus rizos sobre el pecho tratando de calmarla, haciendo gala de esa analgésica magia que solo ella es capaz de producir. Está claro que mi familia, o los raquíticos y chamuscados huesos que quedan de ella, es también mi talón de Aquiles por mucho que trate de huir y por mucho que desordene las letras de mi maldito nombre para que nada suene siquiera parecido a mi pretérita existencia. Puedo inventarme un presente y quizá un futuro, pero por mucho que me empeñe, me temo que es imposible borrar las perennes huellas del pasado.

—Estas cosas hay que soltarlas, Carmen. Sácalo, mujer. Vaya panorama, ¿eh? Y nosotros preocupados por las gilipolleces de mi padre, joder. —M está estupefacta ante este capítulo de la serie de mi vida que no vio venir y que yo no quise ni nombrarle—. ¿Cómo es posible que hayas sido capaz de solucionar toda esa movida con mi familia y no sepas ni dónde vive tu padre?

La decepción asoma por segunda vez en las cristalinas ventanas de su mirada en apenas cinco días, pero con la diferencia de que en la primera ocasión cerré el capítulo como un auténtico héroe y ahora mismo tengo todas las papeletas para finalizar la serie como el más despreciable de los villanos.

—No, Mar, cariño. —Carmen se reincorpora y se suena los mocos sobre un nuevo clínex—. La culpa no es de Alejandro. Es una situación difícil, muy difícil. Hay muchas mentiras y malentendidos de por medio que yo no voy a nombrar…

—¿De qué mentiras hablas, Carmen? —pregunto intrigado y bastante molesto.

Mar apoya la cabeza sobre su mano, superada por la escena, y libera unos cuantos mechones rubios que caen sobre la mesa.

—Ni los malos son tan malos ni los buenos son tan buenos. No voy a meterme en esas cosas. Eso es algo que debéis hablar tu padre y tú, Alejandro, pero no he venido a eso. Solo estoy aquí para ponerte al día de cómo está la situación.

—De acuerdo, Carmen, perdona. —La mirada de M al más puro estilo María Ángeles hace que me coma la ira, cierre el pico y coloque los antebrazos sobre la mesa dispuesto a seguir engullendo este drama de familias rotas que me revienta el estómago.

—Tras todo ese tiempo siendo prácticamente un vegetal, Javier al fin despertó. La neumóloga que lo trató me dijo que tenía que estar contenta, que había ocho enfermos en las mismas condiciones que tu padre y solo dos salieron de allí con vida. Algunos de los que no lo consiguieron eran bastante más jóvenes que él.

—A mí esto me viene muy grande. Esto es muy gordo, Áxel, cariño.

Mis agujeros negros le ofrecen a M la peor versión de mí. La auténtica cara B de mi vinilo. Toda esa mierda que se ha ido acumulando entre mi padre y yo durante estos treinta y seis años acaba de reventarme en la cara.

—La noticia era buena —comenta Carmen sin convicción alguna—, pero Javier tuvo que aprender de nuevo a todo: a hablar, a caminar, a controlar sus esfínteres…

—Carmen, por favor, estoy a punto de desmayarme. ¿Mi padre es capaz de valerse por sí mismo o se ha quedado para siempre como un maldito pepino? —pregunto, histérico, deseando con todas mis fuerzas que me devuelva una respuesta positiva.

—Tu padre ha superado todo, Alejandro. De hecho, tiene que estar al caer —dispara chequeando la hora en el Casio que le rodea la muñeca.

—¿Qué?

—Le ha quedado una leve secuela al caminar, pero la superará. —Asiente con la cabeza con firmeza—. Ha hecho un trabajo extraordinario con los fisioterapeutas. También ha recuperado el habla con ayuda de la logopeda, una chica maravillosa que le ha ayudado con todo el cariño del mundo, y sigue bajo la vigilancia y observación de Ana, la neumóloga que ha evitado que tu padre se nos vaya antes de hora.

—No sé qué decir, Carmen, la verdad. —Ahora mismo soy un central de setenta y seis años tratando de frenar a Cristiano Ronaldo en el mejor momento de su carrera.

—Yo solo te voy a pedir una cosa. —Me coge la mano con suavidad—. Que escuches, que trates de entender y que, si no estás de acuerdo, te levantes y te marches, pero no lo machaques. No lo ataques; tratará de disimular, pero está hecho una mierda. Quizá haya hecho cosas mal, Alejandro, pero no toda la culpa es suya, ¿entiendes?

—Descuida, Carmen. Áxel va a hacer todo tal y como dices. —Mar vuelve a vestirse de Lagertha a pesar de no entender una puta mierda de nada de lo que ocurre alrededor de esta mesa donde el calor ofrece una tregua.

—La cuestión es que yo tengo familia en Alicante y me han concedido el traslado en la consejería. Tu padre y yo vamos a mudarnos allí. La neumóloga nos ha aconsejado hacerlo…

—Suena genial, Carmen. —Mar la anima acariciando su brazo con cariño.

—Allí, junto a la playa y con un clima más agradable y estable, tu padre estará más predispuesto a salir y a pasear. Aquí, el día que no hace un cierzo terrible hay una niebla que te cala los huesos y cuando se supone que viene el buen tiempo no se puede pisar la calle porque rozamos o incluso pasamos de los cuarenta grados.

—Sí, el clima de Zaragoza es toda una aventura. Dicen que quien aguanta esto es capaz de aguantarlo ya todo. Creo que es una de las principales causas por las que esta ciudad y yo nunca hemos logrado congeniar. Y no, es evidente que uno no se acostumbra a todo. Creo que al final nos conformamos y dejamos pasar los días. Hasta que un día ya es tarde y te ves ahí, lleno de arrugas, delante de un espejo sin la suficiente energía para afrontar los cambios que debiste haber llevado a cabo en su momento. Me parece perfecto que os marchéis —reflexiono en voz alta con la atenta mirada de Carmen incrustada en mis ojos.

—Benidorm no está lleno de jubilados por casualidad. Me parece estupendo que deis ese paso —añade M.

—Ahora viene lo otro —murmura preocupada—. Tu padre está al caer y lleva varias semanas rumiando esto en su cabeza, pero le puede el orgullo. De hecho, no sabéis la que me va a caer cuando aparezca y descubra todo esto. —Hace aspavientos con las manos y resopla con angustia—. Pero lo hago todo por él. Es el rey de la procrastinación, todo puede hacerse mañana y cuando llega mañana, pues al otro…

—¿Qué es lo que lo martiriza, Carmen? —la interrumpo para que vaya al grano lo antes posible.

—Nos hemos gastado un dineral en la clínica de fisioterapia, logopeda, un auxiliar que tuvimos que contratar cuando acababa de salir de la UCI… Yo tenía que trabajar, no podía dejarlo solo, como comprenderéis —explica con una tristeza apabullante—. También dimos una señal para reservar una casita en Altea y, bueno, hemos puesto mi piso a la venta; de hecho, creo que ya tenemos un comprador —vaticina con el único atisbo de alegría que refleja su rostro desde que se sentó a esta mesa—. Pero nos hace falta un poquito más para no depender de una hipoteca que, a nuestra edad, dudo que nos aprobasen.

—¿Cuánto necesitáis?

—No va por ahí la cosa, Alejandro. Tu padre quiere vender su piso —suelta al fin.

—¿El piso de la abuela?

—Ese piso ha sido siempre de tu padre, no de tu abuela.

—Perdona, Carmen, pero ese piso lo pagó mi abuela —afirmo furioso manteniendo limpio el honor de la yaya Pilar— mientras mi padre se dedicaba a estar por ahí viviendo la vida. No sé qué tipo de película te habrá contado, pero no tienes ni idea de lo que dices.

—¿Cuando murió tu abuela tuviste que ir a firmar algo al notario? —El dardo de Carmen va directo a la yugular, anestesiando mi ira por unos segundos.

—No, la verdad es que no.

—¿Tú crees que si ese piso fuera suyo no te lo hubiera dejado en herencia o, al menos, la mitad, para que lo compartieras con tu padre?

—Tal vez la abuela ya lo puso a mi nombre en primera instancia cuando lo compró —respondo intentando atar cabos sin demasiada lógica.

—¿Tienes las escrituras?

—No tengo ninguna escritura, Carmen. Yo veía a mi abuela contar cada fin de mes el dinero que escondía en el colchón, haciendo malabares para poder afrontar los gastos —explico, cada vez más convencido de que he vivido en una maldita realidad paralela. El corazón me late a mil por hora. Le pego un trago al café ya helado y todavía sin tocar, que no es capaz de pasar la garganta. Mar me mira con dulzura y con lástima al mismo tiempo.

—¿Cuánto llevaba viuda tu abuela?

—Demasiado tiempo. Desde los cuarenta y seis años.

—¿La viste trabajar alguna vez?

El interrogatorio de Carmen es implacable. Mar sigue la conversación boquiabierta, moviendo la cara de un lado a otro como si Nadal se jugara la final del Open de Australia con Federer.

—Fregaba escaleras de vez en cuando y cubría las vacaciones del conserje de nuestro edificio el mes de agosto, sacando las basuras y eso.

Viajo a aquellos veranos de mitad de los noventa en los que la mayoría de mis amigos marchaban de vacaciones al pueblo o a la playita de turno y yo me conformaba con ese pequeño balcón donde cada noche, con suerte, descubría un par de estelas de aviones dibujadas en la penumbra y soñaba con surcar los cielos y salir de aquel avispero.

—¿Tú crees que con la raquítica pensión de viudedad que le quedó y sin un trabajo estable era capaz de sacar todos los pagos adelante? Sí, Alejandro, sí, tu padre estaba detrás de todo, haciendo lo que podía...

—Mi padre no movió un maldito dedo en toda su vida. Me estás tocando ya las narices. —Pierdo las formas y soy consciente de que esta herida familiar, que yo creía ya superada al haber escapado mirando hacia adelante tras partir de cuajo el retrovisor de mi conciencia, sigue igual o más abierta que antaño.

—¡Áxel, por favor! —Mar me mira asustada.

—¿Tú sabes a qué se dedica tu padre? —Carmen está dispuesta a rematarme.

—¡Menuda mañana me estás dando! No —respondo tajante—. Tengo algún vago recuerdo de verlo de pequeño, cuando todavía vivía en casa, siempre rodeado de papeles sentado en una mesita bajo un flexo, pero no sé cómo se gana la vida. Es más, siempre he pensado que no se ha dedicado a nada en concreto. Nos veíamos de ciento a viento.

—Me estás dejando alucinada, cariño. ¿Por qué coño no hemos hablado nunca de esto tú y yo? Debes de tener un cuadro de ansiedad de libro. ¿Cómo haces para estar siempre sonriente?

—Me gustaría poder responder clara y nítidamente, Mar, pero soy incapaz… Estoy construido a base de traumas y me he limitado a sobrevivir hasta que apareciste tú para poner un poco de orden en toda esta mierda. No me miréis así, por favor. Bastante mal me siento ya y no soporto que me compadezcan.

—Tu padre es abogado, Alejandro. —Carmen saca la bazuca de debajo de la mesa, apunta a mi cabeza y pulsa el gatillo.

—A mí hoy me va a dar algo. ¿Qué coño dices, Carmen?

—Siento ser yo quien vacíe aquí el cubo de la basura, pero tenemos que limpiarlo todo para poder seguir adelante. No podemos esconder la mierda más. Y tu padre lleva diciendo que tiene que hablar contigo desde hace seis meses y ahí sigue, sin descolgar el teléfono.

—No entiendo nada, de verdad que no. Me siento un estúpido con el que ha jugado todo el mundo. ¿Para qué coño me trajeron al mundo si no querían hijos? Podrían haber practicado con un maldito perro como hace ahora todo el mundo.

Mar se levanta de su banqueta y se acomoda junto a la mía. Me besa en la mejilla dejando algunas lágrimas ahí y me coge la mano con fuerza.

—Tu abuela hizo muchas cosas bien y era una gran mujer, pero tenía que haber sido algo más sincera contigo… y tu padre también.

Que de bueno es tonto y le acaban cayendo siempre todos los palos. Pero eso mejor que te lo cuente él. Por favor te lo pido, hijo, está delicado. —Su rostro torna de preocupación a ternura en apenas medio segundo, como si estuviese viendo al mismísimo Jesucristo.

—¿Hola? —La figura de mi padre emerge tras de mí, con la torre principal de la basílica del Pilar detrás, asomando sobre su media melena gris, en una perspectiva bastante épica. La imagen desde aquí, tras esta taza de café ya frío, podría ser el cartel de una de esas películas que cuelgan sobre las escaleras del cine Palafox. Hasta mi padre tiene un cierto aire a Harrison Ford en la última de Star Wars, un Han Solo ya mayor que intenta a duras penas sostenerse sobre un elegante bastón, tratando de expulsar a su hijo del lado oscuro mientras el universo entero arde en llamas.

31

—¡Papá! —Me levanto de esta banqueta que me destroza la espalda y me abrazo a él de la misma manera que me hubiera gustado abrazar a mamá y a la abuela antes de que se fueran. Me agarro con fuerza al desgarbado cuerpo de mi padre antes de que sea ya demasiado tarde. Antes de que Han Solo caiga engullido por el vacío de un agujero negro de nuestra galaxia de mentiras y reproches. Echo de menos ese aroma a tabaco en el cuello de su camisa. Me devuelve el abrazo como puede. Papá y yo no nos hemos soportado nunca, pero sus abrazos siempre fueron los mejores, igual que los de Churra. Incluso hoy, que tiene que compartir sus fuerzas con ese bastón para tratar de mantener el equilibrio. Siempre he creído que era consciente de que íbamos a acabar tirándonos el ego a la cara cada vez que nos veíamos y aprovechaba ese descampado virgen que había entre nosotros nada más vernos, antes de que lo pisoteásemos todo con las suelas de nuestro rencor. Carmen y M son un mar de lágrimas.

—¿Alejandro, estás bien?

Nuestros saludos no están acostumbrados a esta súbita efusividad.

—¿Y tú cómo estás? Tienes una pinta horrible, papá.

—Vaya, muchas gracias. —Esboza esa seductora sonrisa que le ha acompañado siempre quitándose de repente los quince años de más que ha ganado su eterno aspecto de Peter Pan.

—Acabo de descubrir que has sido casi una patata durante tres meses, que eres abogado y que llevo viviendo en una mentira toda mi vida. Lo llevo lo mejor que puedo, la verdad —confieso a toda prisa y bato todos los récords de velocidad al hablar.

—Carmen, cielo. ¿De qué va esto? —pregunta mi padre frunciendo el ceño, algo aturdido.

—De que ya vale, Javier, de eso va. —Carmen se pone de pie de forma solemne—. Ya es hora de que os sentéis aquí y no os levantéis de esta banqueta hasta que no esté todo clarito, ¿me entiendes? —Mi padre asiente en silencio, aguantando el chaparrón, asumiendo que no tiene escapatoria—. Estoy ya cansada, Javier. Tú y yo nos vamos de paseo, guapa.

Ya le gustaría a Putin sonar tan autoritario como las últimas palabras de esta señora de rizos que ha aparecido aquí llorando y vomitando un drama tras otro y ha terminado la mañana como si fuera la mismísima Juana de Arco.

—Sí, sí, claro, por supuesto. Hola, Javier, soy Mar, la novia de tu hijo. Me alegro mucho de que estés ya así de bien. —Abraza a mi padre de esa forma tan espontánea y con ese desparpajo que la caracteriza—. Ya veo de dónde ha sacado esa embaucadora sonrisa —añade pellizcándole un carrillo, como si fuera un niño de cinco años o un señor de noventa que pide carantoñas.

—Un placer, Mar —responde abrumado.

—Aquí os quedáis. Nosotras nos vamos. —Carmen la coge del brazo y ella me lanza una divertida mirada de socorro mientras son engullidas por el trajín de la calle Alfonso, que es un continuo reguero de gente desde que llegamos.

—Mejor nos sentamos allí, papá —le digo señalando la mesa redonda que acaba de quedarse libre en la parte de la terraza que ya pertenece a la calle Contamina.

Camina hacia la mesa con bastante destreza para ser alguien que ha vuelto del más allá hace relativamente poco y a pesar de necesitar tres patas en lugar de dos. Su voz ha perdido un poco de fuelle, como si las baterías de las cuerdas vocales estuviesen al setenta por cien. Sigue vistiendo muy juvenil a pesar de rozar ya los sesenta: camisa de lino blanca, vaqueros cortos con algunos rotos a la altura del muslo y unas de esas zapatillas deportivas con extra de suela con el símbolo de Adidas a un lado. El aro del lóbulo izquierdo sigue ahí, imperturbable al sanguinario paso del tiempo. Se acomoda sobre la silla y el eficaz camarero que nos sirvió los cafés hace un rato aparece de nuevo en escena con su inseparable libreta en la mano y una mancha de sudor en cada axila.

—¿Qué va a ser?

—Una jarra de cerveza para mí, por favor, está siendo una mañana complicada —digo para desahogarme un poco.

—Yo un tercio…

—¿Puedes beber alcohol? —interrumpo, preocupado.

—¿Qué coño te pasa, Alejandro? Haga caso, por favor —ordena con ese seductor gesto en el rostro. Nunca ha sido guapo, pero siempre fue fotogénico. Imagino que yo debo de llevar algunos gramos de eso en los genes—. Bueno, ¿y qué te cuentas?

Ese es mi padre, un tipo que acaba de resucitar, de aprender de nuevo a andar, a hablar y a no cagarse encima, y que cuando vuelve a verte tras dos años, te suelta eso, un anodino «qué te cuentas». Me río por no llorar, pero no puedo parar de hacerlo por primera vez en mucho mucho tiempo.

—¿De qué cojones te ríes, hijo? —pregunta mientras el camarero deja su tercio de Ámbar con una servilleta embutida en la boca de la botella y mi jarra sobre la mesa, incapaz de contener una sonrisa que se le cae sin querer, contagiado por mis sonoras carcajadas.

—Perdona, papá, pero esto es demasiado surrealista incluso para nosotros dos. Somos un auténtico desastre, pero me alegro mucho de que estés bien. —Levanto la jarra y choca el culo de su botella contra ella a modo de brindis.

—¿Estás bien? ¿Cuántas cervezas llevas encima?

—Esta es la primera —respondo dejando la jarra sobre la mesa—. ¿Por?

—Nunca te he visto tan jovial, al menos conmigo. —Cruza los brazos y me mira fijamente, como si estuviese psicoanalizándome—. Te noto feliz, hijo, con esa alegría que siempre compartes con todo el mundo, salvo con tu padre, claro. —Bebe otro sorbo de su cerveza—. ¿Qué te ha contado Carmen?

—Me lo ha contado todo, pero sin detallarme nada. Se ha portado muy bien contigo. No se lo tengas en cuenta.

—Estoy avergonzado y no sé muy bien por qué. No sé qué sabes, pero está todo muy enrevesado. —Resopla en un claro gesto de impotencia, como si quisiera que, por arte de magia, las piezas se colocasen solas y completaran el puzle de nuestra relación, en el que hay demasiados huecos.

—Yo pregunto y tú contestas, papá. Creo que va a ser lo mejor.

—De acuerdo —asume, y le pega otro buen trago a su cerveza—. De esto, ni una palabra a Carmen —me advierte señalando la botella.

—Soy una tumba. —Sonrío, y él asiente con la cabeza—. No entiendo nada, papá. De repente eres abogado, acabas de resucitar y eres el bueno de la maldita película. ¿Qué coño pasa?

Vuelve a resoplar, pasea durante unos segundos la mirada por las mesas de al lado tratando de coger aire y buscando las palabras que menos escuezan. Descubro una cicatriz horizontal justo debajo de la nuez, por donde intuyo le practicaron la traqueotomía.

—Fuiste un accidente, Alejandro. —Por lo visto, escocer escuecen todas.

—Bonita manera de comenzar, papá.

—Tu madre y yo acabábamos de conocernos cuando nos fuimos a Londres. No hubo otra opción. La relación con su padre era un auténtico infierno y nos fuimos a lo loco, como en las letras de esas canciones country que tanto le gustaba cantar con su guitarra acústica. Estuvimos una temporada trabajando de camareros, mejoramos un poco nuestro inglés… A Marta le gustaba mucho la fotografía y le salió una oportunidad para exponer en una galería de una artista polaca en Berlín que frecuentaba bastante la taberna donde trabajaba tu madre cada vez que venía a Londres. Cogimos los cuatro bártulos que teníamos y nos marchamos a Alemania. Estuvimos casi dos años.

—¿Me encargasteis allí?

—Sí, fue allí, sí. —Un brillo está a punto de humedecerle las pupilas. Bebe un trago de cerveza—. Con tu madre embarazada ya de casi cuatro meses, tuvimos que regresar a España. Habíamos conseguido ahorrar un poco de dinero, pero no lo suficiente como para poder alquilarnos nada. Con el padre de Marta no podíamos contar. No volvimos nunca a saber nada de él, se portó muy mal con mamá.

—¿Sigue vivo?

—No, murió hace ya muchos años. Vi su esquela en el periódico. Era militar. Además, de alto rango, y le salió una hija medio hippy. Se llevaban fatal. Tu madre era muy rebelde y él, muy estricto. Un día le cerró la puerta de casa con llave y no la dejó entrar...

—¿Y qué pasó?

—Que no volvió más. Menuda era tu madre. No sé a quién me recuerda —ironiza clavando su mirada en mí.

El libro de mi vida se abre por primera vez ante mis ojos a mis casi treinta y siete años, narrándome una historia que la abuela nunca quiso contarme.

—Por aquel entonces, la abuela vivía en una de esas casitas bajas que hay en el barrio de las Delicias, por la zona de Ciudad Jardín. Unas parcelas de renta antigua donde se pagaban cuatro duros al mes, plagadas de cucarachas. Pero no teníamos otro sitio a donde ir.

—¿Mamá quería tenerme?

—Ahí vino el problema. Para interrumpir el embarazo necesitábamos dinero y volver a Londres. Aquí, en España, era todavía ilegal todo eso del aborto. A Marta se le despertó el instinto maternal y la abuela puso sus condiciones para permitir quedarnos bajo su techo, bueno, solo puso una.

—Que yo naciera.

—Exacto.

—Y tú nunca quisiste, claro —disparo y le pego un buen trago a mi jarra de cerveza. Estoy asombrado de ver a mi padre así, con esa losa de años que le han caído encima tras tocarle el trasero a la muerte, abriéndose en canal y con la sinceridad colgando del brillo de su mirada. Es algo inédito para mí. Pero aquí estamos, charlando como dos personas normales, sin gritos y con el ego aparcado a la vuelta de la esquina, uno a cada extremo del puente colgante que siempre nos ha mantenido distanciados, caminando lentamente el uno hacia el otro.

—No es que no quisiera, hijo, es que no era el momento. Tu madre y yo éramos dos locos que dejamos los estudios colgados nada más terminar COU para irnos a viajar por ahí con una mochila y un par de mudas. Fuimos dos cabras locas con la efervescencia de la juventud colapsándonos las venas. Quisimos bebernos la vida de un trago y fuiste una bofetada con la mano bien abierta que llegó en el peor momento posible. No sabíamos hacia dónde íbamos, pero nos estrellamos de lleno en aquella casa de cincuenta metros cuadrados, que no tenía ni baño... Hacíamos nuestras necesidades en un corral que había en la parte trasera y te bañábamos en una palangana en mitad de la cocina, calentando el agua en los fogones.

—¿Por qué la abuela y mamá decidieron seguir adelante conmigo?

—A mediados de los ochenta, en cuanto aparecía un bombo, se tiraba hacia adelante, hijo. Tu abuela era de otra época y Marta... no me puedo poner en su lugar. Una madre es siempre una madre y un hombre jamás podrá entender qué tipo de emociones fluyen entre una mujer y su hijo.

—Y te fuiste... Así, sin más.

—No, no, estuvimos en aquella casa hasta que cumpliste los seis años, tu madre enfermó allí. Fumaba mucho y salía en camisón al corral en pleno mes de febrero. Si te entraba el apretón de madrugada... era lo que había. No teníamos calefacción ni agua caliente, aquello era terrorífico.

—No entiendo cómo coño se puede tener un hijo en esas condiciones.

—Bueno, debimos haber tomado nuestras precauciones. Simplemente, apechugamos con la situación, no tuvimos otra opción. Yo me matriculé en Derecho, fue allí donde invertimos gran parte de los ahorros que trajimos de Alemania, pero tu abuela cobraba noventa mil pesetas de viudedad, algo menos de seiscientos euros —confirma al verme tratar de convertir las pesetas a euros con gran dificultad—, y con eso no era suficiente. Así que tenía que compaginar mis estudios con cualquiera de los trabajos que iban saliendo. Hice de todo: pintar las balizas de las carreteras, electricista, albañil, camarero los fines de semana, hasta maquillé cadáveres durante una temporada...

Conforme las palabras de mi padre llenan esta terraza con la grandeza de su anónima historia, yo me siento más y más pequeño. Habla con ese tono pausado, un pelín más lento de lo habitual, pero narra su versión con honestidad y con esa medalla invisible en el pecho que solo los valientes tienen el honor de portar. Una medalla destinada solo a aquellos que han mirado a la muerte a los ojos, le han plantado cara y tienen la oportunidad de reinventarse desde cero, igual que hizo Julito. De repente, tengo delante a mi padre, a don Javier, y no a aquel tipo irresponsable que huyó, atemorizado por las obligaciones de la vida, en cuanto esta le enseñó un poquito los colmillos.

—¿Por qué no se me contó esto desde pequeño, papá?

—Ahora viene lo feo, hijo. Tu madre se pone enferma y decidimos mudarnos. Además, iban a tirar todas aquellas casas para construir bloques de viviendas nuevas. Conseguí dar la entrada para un piso de segunda mano, y con la pensión de la abuela y lo que iba sacando de aquí y de allá, tirábamos para adelante.

—Entonces Carmen tenía razón. ¿La casa de la abuela es tu casa?

—Sí, la casa de la abuela es mía. De hecho, por eso ha venido todo este follón. Necesitamos el dinero para poder mudarnos con más tranquilidad, yo no sé si voy a conseguir volver a trabajar… Haré todo lo posible, pero lo tengo algo crudo. —Fuerza una sonrisa que es difuminada por el desánimo—. A mi edad y habiéndome hecho viejo antes de hora, uno lo tiene más complicado, hijo. No podía deshacerme de esa casa sin aclarar antes las cosas contigo, Alejandro. No sé qué tipo de plan hay en tu cabeza ahora mismo ni cómo te va la vida. Mi intención es repartir lo que saque de la venta contigo. Iba a ser tu legado y, bueno, recibirlo en vida es mejor que cuando ya seas un anciano. No pienso ponérselo nada fácil a la muerte, por si no te has dado cuenta todavía —se señala a sí mismo con ese humor fino que ya creía haber olvidado.

—Mi intención es otra —afirmo sin paños calientes.

—Me lo temía. ¿No te parece bien que venda el piso?

—Mi intención es que lo vendas, cojas el botín y te largues a vivir la vida de una vez con esa tal Carmen que la vida te ha regalado, papá. Esa es mi intención, que vivas. Y también que me perdones. —Los ojos se me inundan, igual que los de la señora del moño gris de la mesa de al lado, que lleva poniendo la oreja desde que le han servido el café—. Mi propósito es que pueda llamarte por teléfono, plantarme en Alicante y tomarnos un café, pasear contigo por la playa de San Juan y que me cuentes qué tal es eso de hacer pádel surf cada mañana en el Mediterráneo. No necesito dinero, papá. Te cedo la herencia. —Me levanto y lo abrazo mientras él permanece sentado con los brazos inmóviles. La abuela de la mesa de al lado ha agotado ya la mitad de su paquete de clínex.

—¿Tan sobrado vas? —Sí, definitivamente, el humor fino de mi padre también ha conseguido resucitar.

—Las cosas me van bien, papá. Lo pasé mal al principio, pero los astros se alinearon y tengo más de lo que necesito, no te preocupes.

—Eso parece en tus vídeos, siempre de aquí para allá, que si Nueva York, que si Kenia, que si amaneceres en kilométricas playas andaluzas...

—¿Ahora me vas a venir con que también ves mis vídeos?

—Claro que los veo, hijo. Eres lo más cercano que tengo a tu madre, tienes su ímpetu, su euforia, su buena cara siempre. —El brillo de sus ojos se apaga de repente—. No me quiero ir de aquí sin terminar, Alejandro. Quiero levantarme de esta silla y volver con Carmen y poder mirarla a los ojos con mi corazón en una mano y la honestidad en la otra, y decirle: «Ya está todo arreglado, vámonos» —aclara con una sonrisa llena de esperanza—. Ya he perdido el hilo, no sé por dónde demonios iba....

—Venía lo feo, papá. —Lo ayudo a traer esa parte del pasado a esta resplandeciente mañana de junio de 2022—. Mamá está enferma y os acabáis de mudar. La verdad, yo apenas tengo recuerdos de la vida en la casa esa del corral. Quizá algún vago fotograma de aquellos baños en una palangana... ¿azul? —aventuro sin estar seguro.

—Sí, hijo, era azul. Te aclarábamos con el cazo de la leche. —Hace aspavientos con las manos—. Yo estaba a punto de terminar la carrera. Llevaba ya casi siete años matriculado, pero hacía lo que podía...

32

—Tu madre una noche comenzó a toser sangre. Pesaba apenas cincuenta kilos; para lo alta que era, estaba en los huesos. Nos la llevamos corriendo al hospital y la ingresaron de urgencia. Mientras la abuela se hacía cargo de ti, yo montaba guardia al otro lado de la puerta de la UCI, esperando noticias y aprovechando para repasar los apuntes de Derecho. Me despidieron del trabajo por acumulación de faltas de asistencia. ¿Cómo demonios iba a ir a trabajar con tu madre jugándose la vida rodeada de máquinas y médicos? Una tarde salió el doctor más preocupado de lo habitual. Marta llevaba ya casi un mes y medio allí dentro. No me quito de la cabeza esa imagen de su pelo rubio descolgándose por la camilla, con sus preciosos ojos marrones cerrados, dormida, mientras en su cara se dibujaba algo parecido a una sensación de bienestar. Como si estuviese viviendo uno de esos grandes viajes que nunca pudo llevar a cabo desde la cama del hospital. Ella siempre quiso salir de Europa. Era nuestro plan, hacer algo de dinero en Alemania y largarnos a Sudamérica, Asia… Nadie viajaba a Oriente en aquella época.

—Quizá mi pasión por viajar venga de ella —elucubro en voz alta.

—Tú eres como ella, Alejandro. No hay quien te frene, hijo. Yo solo pude darte un boceto de mi sonrisa, ¡no iba a dártela toda! Pero todo lo demás viene de tu madre. —Me mira con dulzura y me acaricia la mejilla con dificultad desde el lado opuesto de la mesa.

Mientras, la anciana de la mesa contigua ya no se corta un pelo y ha cambiado su media ración de churros por una bolsa de patatas fritas que devora acomodada en su silla, orientada con descaro hacia nosotros, acompañada por una Coca-Cola sin cafeína, como si fuésemos el programa de Ana Rosa Quintana.

—Marta había mejorado levemente, pero contrajo una bacteria y desde que nos lo notificaron hasta que confirmaron su muerte transcurrieron apenas unas horas, yo no sé qué demonios pasó allí dentro. —Su rostro se muestra compungido, con la única certeza en el brillo de sus ojos de no haber todavía comprendido nada y haberlo perdido todo—. El mundo se derrumbó sobre mí. Tenía veintisiete años, hijo, veintisiete.

El aplomo con el que mi padre comenzó a narrar la épica historia de su vida empieza a tambalearse.

—En el entierro estábamos tu abuela, una prima de Marta que vivía en Barcelona y yo. Ni su padre tuvo las agallas de venir. A los pocos días fue cuando vi su esquela en el periódico. Alguien me dijo que se voló los sesos.

—¡Hostia puta, papá! —exclamo pasmado.

Su entereza al fin se quiebra y su voz se apaga. La señora de la mesa de al lado le ofrece amablemente un paquete de clínex sin abrir. Se suena los mocos en uno de los pañuelos y aprieta el puño derecho tratando de descargar algo de rabia y pena a través de los nudillos.

—Lo recuerdo muy bien porque retransmitían por la televisión del bar la ceremonia de inauguración de los Juegos Olímpicos del 92. Ahí comenzó mi infierno. No sé cómo lo hice, pero tras más de siete años tratando de compaginarla con trabajos basura, a cada cual peor, logré terminar la carrera. Ya tenía mi título universitario en un bolsillo y el acta de defunción de la mujer de mi vida en el otro. No todo podía ser perfecto. —Su boca traza una media sonrisa cargada de dolor.

Parece que el psicópata borracho ese de allí arriba, además de conmigo, la tiene también tomada con el resto de mi familia. Pero creo que papá fue quien se llevó la peor parte. Me pregunto qué tipo de protocolo llevará a cabo para elegir a sus desgraciadas víctimas y repartir infortunios a diestro y siniestro en este mundo de diminutos puntitos negros en el que tenemos mucha menos importancia de la que nos creemos.

—¿Qué pasó después, papá? —pregunto llegando ya casi al final de mi jarra de cerveza.

—Allí en el barrio, la droga y las malas compañías estaban bastante a mano y el camino torcido era mucho más accesible. Yo cumplía todos los requisitos para que me dieran un pase VIP. Era un chaval de apenas veintisiete años con el cadáver del amor de su vida tatuado en la frente que vivía en casa con su madre y con un crío de seis años a su cargo… No es que la situación me viniera grande, es que me arrolló en mitad de una autopista a trescientos kilómetros por hora.

Nuestro piso estaba a medio camino del paseo María Agustín y la plaza Santo Domingo, muy cerca del obelisco de plaza Europa, una zona más o menos céntrica, pero con los suburbios y uno de los mayores focos de droga de la ciudad a apenas tres o cuatro manzanas. Era habitual que algún vecino del barrio fuera atracado a punta de jeringa, sobre todo ancianos y mujeres, ya que ofrecían poca resistencia a esa suerte de bandoleros que apenas podían sostenerse en pie, pero a los que la ira del mono y el pánico a contraer el sida los convertía en un auténtico peligro para cualquiera. Mis amigos y yo nos entretuvimos alguna tarde tomándonos la justicia por nuestra mano estampando globos de agua en los escuchimizados cuerpos de los drogadictos a los que la heroína les había dado un mal viaje y no eran capaces de levantarse de los portales donde se habían picado la vena. La plaza de Santa Lucía y los jardines de la Aljafería, donde solíamos echar nuestros partidos de fútbol, estaban plagados de jeringuillas.

Jugábamos a ser los caballeros del zodiaco y las tortugas ninja en un mundo de papelinas, cucharillas, mecheros y gomas que rodeaban bíceps, espinillas o cualquier otra parte de sus tóxicos y degradados cuerpos por la que circulase la sangre, tratando de aflorar venas que parecían auténticos coladores. Mientras tanto, Mar vivía una infancia opuesta en su jardín, rodeada de piscinas, barbacoas y padres que gestionaban empresas y daban clase en el colegio.

Y todavía tengo que aguantar que algunos imbéciles que se pasan por mi perfil se saquen de la manga que los que hemos conseguido vivir de lo que amamos lo hayamos logrado gracias a la financiación de nuestros padres, a que somos todos unos niños de papá y a que no hemos conocido jamás la cultura del esfuerzo. A esos me gustaría ver con ocho años defendiendo una portería formada por un ladrillo y un árbol cuando, al otro lado del tronco, un tío con los ojos en blanco asaltaba los cielos aupado por el calor de una cucharilla caliente y una dosis de heroína.

—No sé si estoy preparado para escuchar esto, papá. No necesito saber más. —Trato de escapar de la realidad que la abuela nunca quiso contarme—. Lo dejamos aquí, te voy a ver con Mar a Alicante en otoño y tan contentos, ¿eh? —Hago incluso un amago decidido de levantarme de esta maldita silla de plástico.

—No me pienso mover de esta mesa hasta que lo vomite todo. Se lo he prometido a Carmen y también te lo debo a ti, Alejandro. Me vas a escuchar y cuando termine, afrontaré lo que venga —dictamina convencido, con clara intención de desenterrar el pasado y hacerlo añicos.

—De acuerdo, papá. Esto no está siendo fácil —reconozco, y resoplo atenazado por un repentino miedo que no he visto venir.

—Ningún médico me diagnosticó nada, pero estoy convencido de que atravesé una profunda depresión de la que a veces pienso que todavía estoy algo convaleciente. No tenía ánimo para nada y era demasiado cobarde como para saltar de lo alto de un edificio y acabar con todo de una vez por todas.

Mi padre narra la tragedia pronunciando con mimo cada palabra, dando el tiempo oportuno a las pausas, como si hubiese escrito su biografía y estuviera grabando el audiolibro con su propia voz. Como si hubiese vivido la historia mil veces. Como si deseara al fin escupir ese trozo de su vida que lleva atrapada más de treinta años entre sus dientes.

—Ni comía, ni dormía, ni hacía otra cosa que no fuera pensar en tu madre y en lo lejos que, *a priori*, estaba todavía mi muerte. La vida se me estaba haciendo demasiado larga. ¿Cómo iba a recorrer todo ese camino sin ella? Tenía veintisiete años, joder, y solo pensaba en morirme. Empecé a fumar y a beber más, a salir por las noches. ¡Todas las noches! —apostilla mientras le da el último trago a su cerveza y le pide al camarero con un gesto que traiga dos más—. Y las malas compañías no tardaron en salir de las alcantarillas. Había madrugadas en las que buscaba al tipo más grande que había en el bar y le plantaba una sonora bofetada, así, de sopetón, con la esperanza de que me pegase una paliza y me enviase junto a tu madre. Y me dieron unas cuantas, pero ninguna mortal.

La franqueza con la que papá afronta este siniestro relato de la parte más oscura de su vida es digna de elogio. No sé cómo coño es capaz de aguantar ahí, soltando lastre de esa manera sin venirse abajo. Tal vez se haya cansado ya del mugriento olor de la lona y haya decidido volver al centro del ring, abrazado a su dignidad para recuperar los fragmentos que quedan de nuestra familia y tratar de unirlos para siempre. Es indudable que le ha sentado genial ese baile con la muerte.

—Menudo panorama, papá. Se me está revolviendo hasta el estómago. —El camarero viene con la segunda ronda y la deja sobre la mesa—. ¿Y la abuela? ¿Y yo? ¿Tener una criatura pequeña no era una motivación para intentar salir adelante?

—Quedaría muy bien decir que sí, ¿eh?, pero no sería honesto, Álex. Para mí era una presión horrible tener un niño que, además, era la alegría del barrio. La abuela te llevaba de la mano, siempre orgullosa, a hacer la compra y siempre tenías algún comentario gracioso para Martina, para Cristina la de la frutería o para Félix el de la panadería. Eras muy echao p'alante. A todo el mundo se le caía la baba contigo, hijo. A todo el mundo menos a mí —confiesa con una frialdad que escuece como un puñado de sal sobre una herida, pero siendo derramada sobre mi alma recién apuñalada.

Estoy acostumbrado a que me digan lo genial que soy en las redes sociales y también a aguantar a esos haters que aparecen de vez en cuando poniéndome a parir escondidos tras un estúpido seudónimo y la foto de un Pokémon. Pero cuando es la voz de tu padre sentado a medio metro abriéndose en canal, con la mirada más franca que ha proyectado jamás incrustada en tus ojos, hablando así de tu niñez y de esa falta de afecto, la cosa cambia. No hay suficiente autoestima que sea capaz de lidiar con eso. Sus palabras son hierro recién fundido penetrando bajo mis costillas. Y lo peor o lo mejor de todo, según desde la perspectiva que se vea, es que no soy capaz de encontrar ni un solo recuerdo de papá en aquella época. Y tampoco justo después. Pongo a trabajar la computadora de mi cabeza con el motor de los ventiladores a todo gas y mi padre hace acto de presencia cuando ya soy prácticamente un adulto y entre nosotros habían crecido ya demasiado las malas hierbas en ese descampado lleno de reproches que fue siempre nuestra relación.

—Imagino que la abuela pasaría lo suyo, la pobre.

—Yo estaba en una espiral de autodestrucción espeluznante y lo peor de todo era que no quería salir de ella; deseaba con todas mis fuerzas que acabara conmigo y se fundieran al fin los fusibles de aquella maldita agonía. Pensar en que tenía a mi madre haciéndose cargo de mi hijo era echar más leña a la hoguera. Estaba bloqueado. Era consciente de que las cosas estaban mal y que lo correcto era arreglarlas, pero yo solo quería encender antorchas y arder en ellas. Empecé a coquetear con las drogas.

—Papá, papá, lo dejamos aquí, por favor. —Mis palabras y mis manos ruegan que esta película acabe antes de hora. No necesito ver el final. Mi tétrica imaginación comienza a enviarme imágenes de mi padre hurgándose la vena del brazo en un callejón cualquiera del barrio mientras la abuela friega escaleras y mis amigos y yo arrojamos unos cuantos globos de agua sobre él. No estoy preparado para una confesión tan bestia. Con unos segundos del tráiler ya he tenido suficiente.

—No pasé de los porros, un poco de cocaína y algún chino suelto de heroína. Nunca me toqué las venas, si es eso lo que te preocupa. —Hace una pausa inaugurando su segundo tercio de cerveza. Hago lo mismo. La señora de al lado ha alejado unos cuantos centímetros su silla de nosotros, quizá asustada por esta suerte de *Trainspotting* que narra mi padre, como si fuera una voz en *off* de *Uno de los nuestros*, una de mis películas favoritas de todos los tiempos.

—Supongo que ahora entiendo por qué no tengo recuerdos tuyos de niño.

—Solo pasaba por casa para cogerle dinero a mamá y darme alguna que otra ducha asegurándome antes de que no ibas a estar allí. Créeme, hijo, es mejor que no tengas recuerdos míos de aquella época. Tu abuela se hartó de la película. Una mañana de agosto, mientras hacía las escaleras del portal de al lado, me llevé cinco mil pesetas de su monedero, ahora serían unos treinta euros, pero en el 92, con ese dinero comíamos los tres durante casi dos semanas. A mamá siempre se le dio bien estirar el poco dinero que tenía como si fuera un chicle, pero los avisos del banco se acumulaban sobre el recibidor de la entrada, debíamos varios meses de hipoteca, y aquel mediodía, cuando llegó de sacarle brillo a la escalera y vio que le había robado de nuevo, estalló. Aquella fue la gota que colmó el vaso de su paciencia.

—Si era agosto, ¿yo dónde estaba?

—En casa de David. Muchos viernes te ibas allí a dormir.

Esos son los mejores recuerdos que tengo de mi infancia, las noches en la habitación de David jugando hasta bien entrada la madrugada a su flamante Super Nintendo, sin tener que madrugar al día siguiente. Su madre, Fina, siempre nos preparaba sándwiches de jamón y queso en una sandwichera que dejaba marcado un rectángulo tostado en la cara externa del pan de molde. Aquellos fueron los mejores sándwiches que he comido en mi vida. Me encantaba sentirme como si perteneciese a una familia de esas normales, con su madre y todo. Pero luego llegaba a mi casa y aquello era un solar sin madre, sin padre, sin el *Super Mario World* y con una abuela que hacía todo lo que podía, pero con las limitaciones de una mujer de su edad, que, además, se ponía hasta arriba de medicación debido a sus problemas circulatorios.

—¿Qué pasó con el banco, papá?

—Martina se hizo cargo de un par de mensualidades y Pepe asumió otra. —Sus ojos viajan ruborizados a ese verano del 92. Intuyo que fuimos la gran comidilla del barrio.

—¿El padre de David?

Asiente con la cabeza.

—David nunca me ha dicho nada.

—Probablemente no lo sepa.

—¿Cómo sabes que acarrearon con esas mensualidades?

—Porque un año después yo mismo les devolví su dinero. Esa mañana, la abuela cambió la cerradura de la puerta, puso toda mi ropa dentro de una bolsa de deporte y la dejó en la escalera. Tardé seis días en descubrir que me había echado de casa. De mi casa... bueno, de la casa que estaba a mi nombre y que había dejado de pagar, con mi madre y mi hijo de seis años dentro. Seis días, hijo. Seis días sin siquiera probar a meter la llave en la cerradura —se fustiga con la mirada color miel ardiendo en llamas y un claro signo de arrepentimiento brotando de sus ojos.

—¿Y dónde fuiste?

—Ahí creo que, por suerte, tengo lagunas mentales. Alguna noche la pasé en el sofá de uno de esos amigos que frecuentaba entonces. Había un tipo que era un auténtico pieza, un tal Gustavo, un tío fornido y bastante corpulento que se dedicaba a trapichear y tenía un piso cerca de la calle Boggiero. Terminábamos allí muchas mañanas cuando nos daba ya el bajón. Un día llegamos y estaba en el rellano de su escalera, pateando y empujando yonquis escalera abajo como si estuviese jugando a los bolos. Era un edificio viejo que se caía a trozos y en la parte frontal hacía tiempo que lucía un andamio. Por lo visto, alguno de los inquilinos que frecuentaba ese antro le sustrajo una bolsa de papelinas que Gustavo todavía no había colocado, y este, que era una auténtica bestia, empezó a repartir hostias a mansalva. No sé cómo, pero me vi envuelto en la pelea sin quererlo, con la mala pata de que uno de los yonquis que pululaban por allí cayó con tal fuerza que atravesó el ventanal que había en el descansillo de la escalera y se despeñó por el andamio a cuatro pisos de altura. La última imagen que tengo de aquella noche es la silueta de aquel desgraciado estampada en medio de la calle con una enorme mancha roja oscura que brotaba de su cabeza expandiéndose lentamente por el asfalto. A los dos días, desperté en el hospital. Lo primero que vi al abrir los ojos fue el desconsolado llanto y el hartazgo de tu abuela. Me habían apuñalado por detrás. Estuve a un centímetro escaso de que me alcanzaran el hígado y de no volver a abrirlos más. A ella casi le da un infarto cuando le avisaron de que su hijo estaba ingresado por herida de arma blanca. Cuando los médicos confirmaron que mi vida ya no corría peligro, mamá me pidió que desapareciera, y desaparecí.

—Yo estoy alucinando, papá. Habré intentado empatizar contigo un millón de veces para tratar de comprender por qué actuaste así desde que nací. Pero toda la información que me dio siempre la abuela hacía que mis conjeturas no fueran más allá de una alarmante ausencia de responsabilidades.

—Bueno, una cosa llevó a la otra y tu abuela trató de salvar los muebles como pudo. Es difícil omitir el noventa por cien de esta historia sin que yo quede como un auténtico inconsciente. Que lo fui, pero no tanto. ¿Por dónde iba?

—Te acaban de apuñalar. —Su vida oculta es una maldita película de Eloy de la Iglesia que me provoca úlceras emocionales aquí dentro.

—No hay mal que por bien no venga, hijo. En el Servet compartí habitación con un hombre que se recuperaba de un accidente en el Pirineo. Se había precipitado por un barranco mientras practicaba senderismo. Una mañana, apareció por allí su hijo, Antonio Menques, un antiguo compañero de la facultad con el que me llevaba muy bien. Nos pusimos al día y me dijo que en Bilbao había un bufete que buscaba un par de abogados laboralistas. Me dio el contacto, llamé y a los quince días estaba al fin ejerciendo e instalado en el País Vasco. Cambié de vida por completo. Unos meses antes quería morirme, pero cuando aquel perturbado casi me acaricia el hígado con el filo de su navaja y sentí el aliento de la muerte en el cogote, cambié de opinión.

—Dos veces has estado a punto, papá, muy a punto. —Quizá el psicópata de allá arriba no la tenga tan tomada con mi padre. ¿Quién diablos cumplimenta la ficha de acceso al otro barrio en dos ocasiones y se la deniegan?—. Lo dicho, tienes una flor en el culo —sentencio pensando en la abuela y en mamá, quienes no tuvieron la misma suerte.

—Si ese tipo hubiese sido siete milímetros más hábil, no quiero ni imaginar cuáles hubieran sido las consecuencias para tu abuela y para ti. Ese navajazo lo cambió todo. Fue también una bofetada, un cubo de agua helada y un «espabila» que fue horripilantemente eficaz. Me centré en el trabajo. Busqué el apartamento más económico que encontré y me puse al día con el banco. No es que me pagaran demasiado, pero era un comienzo, y ajustándome el cinturón me daba para pagar el alquiler, comer y enviaros el resto. Hice lo que pude, hijo. Al año siguiente volví al barrio y les devolví a Pepe y Martina las mensualidades de las que se hicieron cargo.

—¿Y ya te arreglaste con la abuela?

—No. Estuvimos más de dos años sin tener ningún tipo de comunicación. Yo enviaba mi dinero cada mes y supongo que esa era la garantía que mamá tenía de que había vuelto al fin al redil y me había alejado de los líos de la calle.

—La abuela ha sido el mejor regalo que me ha dado la vida, papá. No sabes cuánto la echo de menos.

—Yo también —confiesa con los ojos a punto de anegarse—. Ella nunca me lo confesó, ya sabes el genio que gastaba la yaya. Pero me llamaba cada tres o cuatro noches y se mantenía silenciosa durante unos cuantos segundos. A veces estoy convencido de que llegó a estar más de un minuto ahí agazapada al otro lado del auricular sumida en el más absoluto sigilo. Yo le seguía el juego. Me limitaba a decir «¿Quién es?» y «¿Sí...?» unas cuantas veces. Supongo que era su forma de asegurarse de que todo iba bien por mi vida. Estuvo así un año.

—¿Cómo sabías que era ella?

—Si me encerraran en un cine con cien personas en absoluto silencio, te garantizo, Alejandro, que sería capaz de identificar sin ningún tipo de error la respiración de tu abuela. —Rompe a reír—. Además, a veces se colaba tu voz en la lejanía. Un día era un «Abuela, no me puedo dormir», otro era un «Abuela, mañana no me pongas chorizo en el almuerzo» y otras, un «Buenas noches, abuela, te quiero mucho». Aquellas llamadas también me confirmaban que todo iba bien sin mí. —Se emociona y yo me retiro las lágrimas de las ojeras que comienza a trazar el paso del tiempo en mi rostro—. Un día decidí armarme de valor y llamarla. Estuvimos hablando casi una hora, como adultos, sin reproches, pero con la frialdad que casi tres años de ausencia, trescientos kilómetros de distancia y el rencor habían instaurado entre nosotros.

—¿Por qué tardaste tanto tiempo en volver, papá? —El Alejandro de ocho años amordaza la boca del Áxel de casi treinta y siete y toma la palabra con inocencia. El río de gente que transita la calle aumenta conforme profanamos la hora del vermú.

—No era fácil, Alejandro. Yo tenía mi trabajo allí, estaba contento en el bufete, el sueldo me permitía vivir de una forma algo austera, pero podía asumir la hipoteca del piso de Zaragoza y sortear la gran crisis que había en el país en el 93, con la tasa de paro en máximos históricos. De todos modos, hubo un día en el que me lo planteé y le pedí a mi jefe dos días libres una mañana cualquiera de mayo, era el año 95. Tú tenías ya casi diez años.

—Menuda memoria tienes.

—Sí, no podría haber elegido peor día. —Le gesticula de nuevo al camarero que traiga dos tercios más—. De esto hemos quedado en que ninguna palabra, ¿eh? —advierte intranquilo, intuyendo que nuestra amistosa charla puede costarle una noche en el sofá si aparece Carmen y ve el desfile de botellas de cerveza vacías que observan con atención nuestro diálogo.

—Soy una tumba, papá.

—Voy dos veces por semana al fisio, otras dos a nadar, no como grasas, he dejado de fumar, tomo seis pastillas diarias y cargo todo el maldito día con este bastón... Si no me puedo beber un par de cervezas con mi hijo, al que hace más de dos años que no veía... ¿qué me queda? —intenta justificarse mientras el camarero nos trae los tercios acompañados de una ración de aceitunas.

—Esto, de parte de la casa.

—Muchas gracias. Puede retirar esto también, por favor. —Trata de limpiar la escena del crimen.

Verifica con el rabillo del ojo que no hay ni rastro de Carmen y de Mar en cincuenta metros a la redonda. El camarero se lleva las botellas vacías y mi jarra. La vieja de la mesa de al lado se ríe a hurtadillas.

—El día que el Zaragoza ganó la Recopa de Europa.

—¿Cómo?

—Pues eso, que me pedí el día libre para ir a veros el día que el Zaragoza jugaba en París la final. Era una sorpresa. Llevaba un año maquinando mi vuelta al barrio, barruntando cómo sería la escena al verte tras casi tres años y, cuando al fin me armé de valor, llego a Zaragoza y me encuentro con todo el tinglado del partido. Era miércoles.

—Me acuerdo perfectamente de ese día. Nada más salir del colegio fui directo a casa a por la merienda, la abuela me pintó las mejillas de blanco y azul y me bajé con la pandilla a la calle. Martina montó una pantalla gigante en el bar y nos juntamos allí medio barrio a ver el partido. Estaban todos mis amigos con sus padres y la abuela prefirió quedarse en casa. Yo estuve con Fina, Pepe y David, que llevaba una camiseta del Paquete Higuera.

Aquel 10 de mayo Zaragoza era una auténtica fiesta. Ese día faltaron a clase muchos de mis compañeros, que viajaron a París con sus familias a ver la final. En la ciudad había un ambiente muy festivo, muy de fiestas del Pilar, pero en pleno mes de mayo. Estábamos a punto de hacer historia y vaya si la hicimos.

—Pues llegué al barrio sobre las dos, comí con tu abuela y me dijo que estabas muy ilusionado con el partido. —Aprieta los labios con un conformismo agridulce.

—Pero no te vi, papá —respondo hurgando un poco en mi memoria.

—No quise chafarte el día.

—Hubiera preferido un millón de veces verte a ti que el gol de Nayim en aquella gigantesca pantalla.

—Mi autoestima paternal estaba haciendo de las suyas a quince metros bajo tierra, mi sentimiento de culpa ya era patológico y las palabras de mamá se encargaron de hacer el resto.

—¿La abuela te pidió que no me vieras?

—No de esa forma, pero sí, ese fue el mensaje.

—Joder con la yaya.

—No lo hizo a malas. Supongo que su cabeza colocó ambas situaciones sobre una balanza en la que conseguir tu felicidad era el objetivo principal y le falló el largo plazo.

—¿El largo plazo?

—Sí, solo tuvo en cuenta lo que te iba a hacer feliz de forma instantánea, y el partido se llevó el gato al agua. Mamá no tenía nada claro cuál iba a ser tu reacción al verme. No quería que sufrieras lo más mínimo. Y yo era capaz de convencer a un juez de que un vago que no había pisado su puesto de trabajo en dos meses había sido despedido de forma improcedente, pero en cuestiones paternofiliales tenía menos nociones que un chimpancé y una culpabilidad que me susurraba al oído continuamente «Eres una basura de padre. Aléjate de él y no le jodas más la vida con tu estúpida presencia».

—Papá, coño —digo afligido.

—Ocurrió tal cual, hijo, tal cual —relata con una evidente amargura y un gesto de impotencia que me traspasa el alma.

—Y te largaste así, sin más.

—Te compré un *walkman* y una cámara de fotos y se los dejé a la abuela. Lo compré en el Pryca que había entonces en el Actur, el actual Carrefour —aclara como si fuera todavía demasiado joven para acordarme del extinguido hipermercado. La verdad es que el recuerdo del Pryca luce fresco en los rincones de mi memoria, donde la infancia resplandece con especial nitidez. Sobre todo, la mítica carrera que organizaba cada año en las calles de la ciudad, en la que te obsequiaban con una pieza de fruta, una botellita de agua y una camiseta que todo maño de la época seguro ha portado en alguna ocasión. Una campaña de marketing magistral.

—El *walkman auto-reverse* y aquella Nikon automática con flash incorporado que me trajeron los Reyes... —Mi cabeza ata cabos—. ¿Los regalos de Navidad los financiabas tú? —Mi padre asiente, incapaz de contener la balsa de lágrimas acumuladas en sus párpados, y yo me siento la mierda más grande de este vertedero emocional.

—Le pedí a mamá que me enviara cada mes algunas fotos tuyas por correo y cumplió. Te vi crecer por correspondencia.

—Ahora comprendo la insistencia de la abuela con la murga de las fotos, que, además, la pobre las hacía fatal. O estaban movidas u oscuras o quemadas, y se marcaba unos encuadres que ni Mariano, el que vendía cupones en la puerta del Sabeco. —Papá sonríe con melancolía. Los rayos de este sol de mediados de junio se estrellan en el aro de su oreja, consiguiendo sortear las fachadas de los edificios que nos han facilitado una placentera sombra hasta ahora.

—Sí, no tenía demasiada destreza la mujer, pero a mí me servía. Tengo todas las fotos ordenadas en varios álbumes en el despacho de casa. Hay una cosa que nunca le confesé a tu abuela. —Hace una pequeña pausa. La septuagenaria de al lado acerca con estéril disimulo su silla a nuestra mesa de nuevo—. Tenía el coche aparcado justo en el chaflán de la tienda de cocinas que había en la esquina con la calle Santa Inés...

—Frente al bar de Martina. —Mi padre asiente con la cabeza.

—Había un barullo tremendo en el porche de enfrente, donde cada tarde os juntabais tus amigos y tú, justo en la entrada del bar. Bajé la ventanilla. José, el portero de la comunidad, regañaba a tus amigos por jugar a la pelota.

—Siempre estaba igual, era un gruñón que te cagas.

—Alguien había pegado un balonazo en el cristal del portal y casi se lo carga. El conserje les había confiscado la pelota —rememora con certeza, como si en lugar de estar sentado frente a las entrañas de la calle Contamina tuviera delante el 30 de Santa Lucía.

—Seguro que fue Borja, era malísimo el condenado —insinúo recordando el día que lanzó ese penalti y la bola hizo añicos el letrero del bar de Martina. Aquella tarde perdimos las semifinales de ese mundial de fútbol que se jugaba en ese pequeño callejón, con un balón con el cuero ya pelado y uniformados con chándales en los que ya no cabía un remiendo más. El local decidió reemplazar el cartel por un enorme grafiti junto al ventanal que perimetraba casi por completo la fachada.

—Todos tus amigos estaban allí, cabizbajos, sentados en la escalera, aguantando el rapapolvo, y apareciste tú con ese andar decidido y una bolsa de patatas en las manos, la cara pintada de azul y blanco y los codos embadurnados en mercromina y le dijiste algo que, lógicamente, no comprendí desde el interior del coche al otro lado de la calzada. Tengo la escena grabada en la memoria, hijo, fotograma a fotograma. Al conserje le invadió una sonrisa, se acercó hasta ti, te removió el pelo con un gesto cariñoso, hizo una advertencia señalándoos a todos con el dedo y te devolvió el balón.

—Le dije que quitarles la pelota a unos niños era anticonstitucional y que ánimo, que ya le quedaba menos para la jubilación y para volverse a su pueblo. El conserje no soportaba ni la ciudad ni los niños. —Mi disco duro reproduce la secuencia a la perfección, pero en la versión extendida a mi padre se le caía el alma a los pies dentro de un Citroën BX rojo aparcado en la acera de enfrente.

—Con apenas diez años. —Se le ilumina de nuevo la mirada como si yo fuese un bebé que acaba de recitar el *Quijote*—. La misma imagen de tu madre, el mismo descaro bonachón. —Sonríe con pena y con la impotencia de no poder rebobinar nuestra película y comenzarla desde el principio naufragando en sus ojos.

—Tenías que haber bajado del coche, papá, joder. Nos hubiésemos ahorrado todo lo que vino después —sentencio, cabreado.

—Sí, sin duda —asume con franqueza y la vista embutida en los últimos centilitros que agonizan en el culo de su botellín—. Arranqué el coche y me largué. En esas tres horas de vuelta a casa mi cabeza comenzó a divagar. Además, iba escuchando a Los Secretos, que no es que fueran la alegría de la huerta precisamente —apostilla, y aguanta unos segundos el trago de cerveza en el paladar, siendo consciente de que con el férreo marcaje de Carmen es probable que tarde una buena temporada en tomarse otra de estas—. Y comprendí que mi papel debía estar en la sombra, pagando las facturas sin asomar la cabeza demasiado y acabar destrozándolo todo otra vez, mientras la abuela se ocupaba de ti. Aquella escena con el conserje consolidaba el relato de mamá. A pesar de las carencias que tenías, eras un niño feliz, muy querido en el barrio y con un buen puñado de amigos. Yo no podía mejorar aquello. No tenía nada que aportar.

—Cuando volvimos a vernos, yo ya era demasiado mayor.

—La historia a partir de aquí, desgraciadamente, nos la sabemos muy bien los dos.

—¿Por qué volviste a Zaragoza, papá?

—Estaba ya harto del norte. Demasiados días grises en ese agujero industrial. Me estaba reventando el ánimo. Lo acababa de dejar con una chica con la que salí un par de años, Mentxu, una abogada de Vitoria con un carácter de mil demonios, y necesitaba un cambio de aires urgente. Ya tenía una dilatada experiencia como abogado laboralista, así que tiré de agenda y llamé a los compañeros con los que había coincidido en algún pleito. Paternalmente, era un cero a la izquierda, pero dentro de la toga tenía buen cartel. El mismo Menques que me envió a Bilbao me ofreció la oportunidad de volver. Había montado su propio bufete, una modesta empresa con apenas cuatro colegiados, y acepté sin conocer siquiera las condiciones. Dije que sí de inmediato.

—¿El Menques del hospital?

—El mismo.

—Sí que dio de sí aquella traidora puñalada por la espalda —reflexiono en voz alta.

—A veces pienso en el destino y se me ponen los pelos como escarpias, hijo —me dice remangándose la camisa para descubrir una piel ya algo distendida y flácida en la parte interior del antebrazo—. Es como si toda la trama ya estuviese hilada desde el comienzo. Los capítulos de mi vida se han ido sucediendo uno tras otro perfectamente conexionados, como si un ejército de guionistas hubiese trabajado en la sombra dándole un sentido a toda esta mierda. Conozco a tu madre, me regala los mejores años de mi vida, nos falla la marcha atrás, tu abuela presiona con tenacidad para que sigamos adelante con el embarazo, Marta se me va para siempre, me licencio y, mientras caía al vacío en el siniestro infierno de las drogas, un navajazo bajo las costillas me lleva directo a mi primer empleo de calidad; permanezco fuera de la ciudad la friolera de veinte años y cuando vuelvo tengo un hijo que no me necesita y que, además, me odia, con el que intento reconciliarme cuando está casi rozando la cuarentena y yo vuelvo de bailar otro vals con la muerte.

—Si esta señora de al lado fuera *showrunner*, ya estaría poniendo en marcha algún proyecto en Netflix, papá —pronostico señalando la mesa de la anciana, que cuando nos hemos sentado, ha aparecido medio aletargada para desayunar y se ha zampado ya media docena de churros, un café con leche, una bolsa de patatas fritas, una Coca-Cola sin cafeína, un platito de aceitunas y hasta se ha aventurado también con una cerveza cero cero y tres croquetas—. Oye, papá, ¿tú crees que la abuela se arrepintió alguna vez de su ultimátum?

—Sí, claro que se arrepintió. Pero nunca lo confesó, al menos no a mí. Su orgullo era todavía más grande que su bondad. ¿Cómo iba a prever ella que tu madre iba a morir tan joven? Esa variante nunca entró en sus conjeturas.

—Por eso era tan protectora conmigo, porque se sentía culpable. —Mi padre asiente en silencio buscando de nuevo al camarero con la mirada.

—La película que tu abuela llevaba en la cabeza era que su hijo había terminado el COU y se había largado al extranjero, como decía ella, con una chica a la que apenas conocía —rememora con una leve sonrisa colgando de su barbita de tres días—. Volvimos a los dos años contigo ya dando vueltas en el vientre de tu madre y trató de poner un poco de orden a su manera, como hubiese hecho cualquier mujer nacida en los cuarenta. Su única intención siempre fue que yo me centrase de una maldita vez. Pero los infortunios de la vida llevaban mejores cartas. ¿Quieres otra?

—No, papá, que al final vamos a terminar aquí los dos cantando «La Ramona» encima de la mesa y esta tarde tengo que trabajar. —Me mira frunciendo el ceño. Supongo que tras esas tres líneas rectas que la mella del tiempo ha dibujado en su frente a la perfección piensa que me he convertido en todo un hombre hecho y derecho sin él.

—Siento mucho no haber estado, Alejandro. —Me coge la mano y aprieta con fuerza. Sus párpados son dos gargantas tratando de engullir un mar de lágrimas—. Y siento también haberte dado el coñazo media mañana, pero quería dejar las cosas zanjadas antes de poner el piso a la venta.

—Perdóname tú también, papá, estaba obcecado y me he portado como un auténtico tirano contigo. —Yo no tengo las tragaderas de mi padre y me rompo.

Me levanto y lo abrazo envuelto entre sollozos. Su versión de la historia me ha quebrantado el alma. He tratado de digerir cada una de sus palabras, pero las emociones se me han ido cruzando una tras otra en la posición errónea. Eso es exactamente lo que ha sido nuestra relación a lo largo de estos treinta y seis años, una maldita partida de *Tetris* en la que nunca nos salía la pieza correcta y cada vez iban cayendo a más y a más velocidad hasta que colapsamos, pero creo que hemos logrado liberar algunos espacios y evitar el *game over* definitivo.

—Eres el que menos culpa tiene en todo este berenjenal, hijo. —Intenta consolarme con unas palmaditas en la espalda y manteniendo su equilibrio sobre el bastón con la mano que le queda libre. Su voz no es lo único que ha perdido fuelle. Sus abrazos también han aminorado su intensidad, aunque esté esforzándose con ahínco en apretujarme contra su pecho con las pocas fuerzas de que dispone. Por otra parte, he conseguido reconciliarme al fin con ese brillo que solo los ojos de un padre son capaces de proyectar sobre un hijo.

Mientras yo me abrazaba a todos los padres de mis amigos en el bar de Martina celebrando esa perfecta parábola que Nayim enchufó en el tiempo de descuento de la prórroga desde el centro del campo en la portería contraria, papá volvía a Bilbao con su esperanza y su autoestima dándose de puñetazos sobre el salpicadero del coche, en un duelo a vida o muerte donde ambas terminaron derrotadas. Aquella tarde del 95 fue cuando de verdad perdí a mi padre. La sobreprotección de la abuela lo destruyó y puso todos los ingredientes dentro de una olla donde empezó a cocerse ese caldo de cultivo del que solo germinaron inquina, rencor, reproches y aberrantes conflictos paternofiliales, similares al circo que montamos en el tanatorio el día que la yaya murió.

—Si tan poca culpa tengo, ¿por qué me siento tan mal, papá? La vida ha sido muy injusta contigo —cuestiono con dificultad, incapaz de apagar el llanto. Ahora mismo, una fuente de pena y rabia mana sin parar dentro mí mientras mi conciencia se martillea a sí misma.

—Bueno, tampoco he sido un santo, Alejandro, y, además, he vuelto dos veces del más allá. —Su ironía se hace con las riendas una vez más, procurando apaciguar el drama—. He encontrado a una buena mujer y me voy a ir a vivir junto a la playa… Injusta del todo no ha sido, ¿no crees? —Me muestra el origen de ese optimismo innato al que acostumbro agarrarme esas veces en las que mi existencia zigzaguea más de la cuenta.

—Disculpe, señora, ¿podría darme uno de esos clínex, por favor? —le pido a la anciana que observa nuestro drama, gimoteando todavía un poco.

—Claro, hijo mío, claro —responde con un acento maño muy marcado, similar al que tenía la abuela. Me facilita uno de sus pañuelos y se levanta de la silla—. Dame un abrazo, anda, que vaya soponcio llevo yo también de escucharos —espeta—. Sin querer, ¿eh? Que no soy ninguna alcahueta —aclara, convencida, mientras me abrazo con cuidado a su escuchimizada figura. Escucho a mi padre descojonarse por detrás mientras le pide al camarero la cuenta.

El tono de voz de M aparece en la terraza para reconfortarme. Me quita la gorra y me acaricia el pelo con una dulzura que me desanuda de inmediato de los enjutos brazos de la anciana y me ciñe a ella mientras busco la enorme paz que solo es capaz de proporcionarme su cuello. «Áxel, amor», me dice con ternura y lástima al verme los ojos enrojecidos por la llorera.

—Ya veo que no os habéis matado —asevera Carmen trazando una sincera sonrisa en sus finísimos labios pintados de carmín rojo. Me acaricia la espalda y abraza a mi padre.

—¿Y esta señora quién es? —El desparpajo de Mar me rescata del todo.

—No tenemos ni la menor idea, cariño, pero aquí lleva toda la mañana escuchando nuestras tragedias.

—Es que ponen las mesas tan juntas que es imposible evadirse de la conversación —se excusa un tanto ruborizada, como si la mitad de la terraza no hubiera estado casi vacía durante toda la mañana—. Oye, Alejandro —la abuela se ha aprendido hasta mi nombre—, vaya novia guapa que tienes. —Me guiña un ojo con simpatía.

—Muchas gracias, señora, me llamo Mar, ¿y usted?

—Elvira. Mucho gusto, bonita.

—¿Y qué tal se han portado estos dos?

—Bien, bien. Me han hecho llorar mucho, pero me voy muy contenta. Y una cosa os voy a decir —de repente, esta señora que lleva curioseando toda la santa mañana en el más pulcro de los silencios pide la palabra cogiéndome por el brazo con sus flácidas manos cubiertas de manchas y venas a punto de estallar—. Soy lo bastante vieja como para haber asistido a unos cuantos entierros y lo más triste de todos ellos ¿sabéis qué es? —Permanecemos en silencio, esperando a que la mujer se responda a sí misma. ¿Qué puede haber más triste que despedir a un ser querido al que sabes que ya no vas a volver a ver jamás?—. La cantidad de gente que acude a los funerales y que había perdido el contacto con la persona que acaba de fallecer. ¿Entendéis eso? Eres incapaz de tomarte un café en vida con ese señor que acaba de morir ¿y vienes al tanatorio? ¿Qué sentido tiene eso? No tienes tiempo de llamarme cuando estoy vivo, ¿y lo sacas de donde sea cuando ya estoy criando malvas? Pues eso es lo que ha ocurrido en todas y cada una de las despedidas fúnebres a las que he asistido. Por eso me vuelvo a casa tan feliz, porque habéis sacado tiempo, os habéis comido el orgullo y ahí sentados, rodeados de cervezas, habéis zanjado las cosas. —Elvira acaba su discurso en lo alto de ese atril al que solo pueden acceder aquellos que lo han vivido ya todo. Su arenga es una flecha que impacta de lleno en mi conciencia—. Valorad lo que tenéis ahora que sois todavía jóvenes. —La vieja sonríe de nuevo, ajena al terremoto interno que acaba de provocar en nosotros cuatro—. Tráigame la cuenta, por favor.

—Yo pagaré lo de la señora —interviene mi padre, muy conmovido por las palabras de nuestra espontánea oyente—. Gracias, Elvira, cuídese mucho.

—Gracias, hijos, gracias —responde mientras se acomoda el bolso en el hombro tratando al mismo tiempo de averiguar la hora en la pantalla de su teléfono—. He quedado a comer con mis hijos. También tuvimos que sentarnos un día frente a frente para solucionar nuestras desavenencias. En todas partes cuecen habas —añade antes de ponerse en marcha hacia las tripas de la calle Contamina.

—¿Cuántas cervezas exactamente, Javier? —La imperativa voz de Carmen pone a mi padre y su bastón frente al paredón, a escasos milímetros de dormir esta noche en el sofá.

—Una —intervengo rápido tras haber colocado disimulada y exitosamente el botellín cero cero de la mesa de Elvira en la nuestra—. Y era sin alcohol... Las otras dos son mías. —Mi padre me mira aliviado.

—Perdona, cariño—se disculpa con una caricia en su brazo—. Es que la médica es muy estricta con la dieta y el alcohol; dice que es imprescindible para que su sistema nervioso continúe progresando y consiga de una vez por todas deshacerse del bastón —explica preocupada. A mi padre le ha tocado la lotería con Carmen, aunque tenga algunas maneras a lo Clint Eastwood en *Sargento de hierro*.

—Oye, hijo —posa la mano sobre mi hombro, ayudándose a mantener el equilibrio—, te pongas como te pongas, pienso cederte una parte del piso. Esa casa también es tuya.

—No voy a discutir eso ahora, no quiero que te dé otro jamacuco. La mejor herencia que podría recibir me la has dado ya en esa mesa, papá. —Me mira sin pestañear, con el semblante serio y sin añadir una sola palabra. Si tuviese que subtitular su rostro ahora mismo, escribiría sin vacilar la palabra «orgullo» bajo su barbilla.

—Vamos a poner la venta en marcha esta misma semana. ¿Necesitas recoger algo de allí? Las cosas siguen igual que el día que a mamá le dio el infarto. Yo solo pasé por allí unos días después para vaciar la nevera y los armarios de comida para que no se pudriera nada. No he vuelto más —confiesa con cierto temor.

Aunque yo me fui a vivir con Laura hace ya más de doce años, la abuela nunca reacondicionó mi habitación para darle otro uso. La mantuvo tal cual la dejé, quizá con la esperanza de que volviera algún día. Todo lo que voy a encontrar allí va a ser un puñado de cedés antiguos, un equipo de música obsoleto, un poco de ropa que hace casi quince años que no utilizo y algunas fotos de los primeros meses de mi relación con Laura en un corcho, tratando de hacer daño al resucitar viejos fantasmas del pasado. Nada útil. Pero el verdadero monstruo me esperará sentado en el sofá del pequeño salón donde hacíamos todo nuestro día a día. El sillón donde la besé en la frente la última vez que la vi con vida permanecerá ahí, junto a la entrada. Posiblemente, sigan haciendo guardia en los enormes bolsillos que colgaban de la tapicería verdosa del reposabrazos algunas de esas revistas de chismes que tanto le gustaban. También la banquetita donde apoyaba la pierna maltrecha y amoratada, tan castigada por su mala circulación, continuará firme frente a esa vieja televisión almacenando polvo. Pero lo peor no será eso. La verdadera pesadilla me la encontraré tirada sobre su cama, en esa bata de cuadros azules y rojos que se ponía cada mañana nada más levantarse y que se había apoderado de forma perpetua de su olor, daba igual las veces que la lavase. Su aroma fue secuestrado para vivir para siempre entre las costuras y el tejido de ese horrible batín, y siendo honesto, no tengo armas para enfrentarme a ese despiadado enemigo. No sé lidiar con ello. Del mismo modo que no supe cómo batallar contra la fragancia que Laura dejó impregnada en su camisón, al cual estuve abrazado durante varias noches hasta que apareció Trufita y dijo «Ya está bien» con aquella legendaria meada, borrando el último rastro sensorial que me podía llevar de nuevo hasta ella. Mi táctica fue siempre emprender una huida hacia adelante destrozando los espejos retrovisores para frenar cualquier tipo de estímulo susceptible de insinuar siquiera echar la vista atrás.

—No, papá, poneos con ello.

—¿Seguro? Hay algunos discos, ropa que está como nueva…

—Seguro —afirmo tajante—. Donad todo lo que se pueda.

—¿Qué hago con las fotos? Hay varios álbumes… —Hace una mueca extraña algo incómodo.

—¿Te refieres a las fotografías en las que aparece Laura? —Mi padre tose mirando a Mar, un poco cortado.

—Sí, esas…

—Por mí no lo hagas, cariño —dice M tratando de suavizar la escena.

—Tíralas, papá. ¿Qué sentido tiene guardarlas? —pregunto cogiendo a Mar de la mano.

Tuve su imagen riendo a carcajadas dentro de ese empapado vestido en Times Square en la pantalla de mi teléfono casi dos años. Si Mar no hubiese visto aquello, probablemente llevaría más tiempo a mi lado. Nuestro puente de la confianza necesita afianzarse y siento que este es el último escollo que debo superar. Mi pasado debe morir hoy mismo en esta terraza, debo hundirlo para siempre bajo tierra y dejar en esa mochila invisible con la que todos cargamos solo lo que vaya a necesitar, como a papá y a Carmen. Santi estaría orgulloso de mí.

M me acaricia la mano con su pequeño dedo pulgar, gesto que interpreto como un «Era importante para mí, gracias, chico de la gorra».

Un silencio incómodo se planta frente a nosotros. La cordialidad nunca ha sido invitada a nuestras despedidas. Es triste, pero estoy acostumbrado a despedirme de él rodeado de gritos, insultos, reproches y portazos. No sé muy bien cómo actuar.

—Bueno, pues hasta la próxima. Me has hecho muy feliz hoy, Alejandro. —Mi padre toma la iniciativa y se abalanza sobre mí para estrecharme en sus brazos, ahora sí, con esa fuerza con la que me abrazaba siempre, imagino que haciendo un esfuerzo de más por no desvanecerse. Yo trato de sostenerlo con firmeza.

—No te preocupes, papá. No pienso soltarte de nuevo. —Ahora es mi padre el que se hace añicos—. Pienso llamarte e irme contigo a Alicante unos días a hacer pádel surf y a que nos invites a un arroz caldoso, pero prométeme que te vas a poner bien. —Carmen y Mar también se emocionan.

—Trato hecho, hijo. Me encantará conocer mejor a esta preciosidad. Ha sido un placer, Mar.

—Igualmente, suegro. —M lo abraza con ese ímpetu que le pone siempre a cualquier situación de la vida.

—Y también a esa tal Trufita, que parece adorable —añade confirmando que sí, sigue mi contenido, ya que la gata apareció en mi vida cuando ya nos habíamos dicho de todo la última vez que nos vimos.

—Lo es, papá, lo es. Os va a encantar Trufita. Adiós, Carmen. —La abarco con los brazos. Su rizado cabello me acaricia la mejilla—. Muchas gracias por todo —le susurro al oído—. Me has devuelto a papá y esto no voy a olvidarlo nunca.

La mantengo unos segundos más mientras su pecho da algunos tirones, similares a los de los motores de esos coches viejos a los que les cuesta arrancar. Cuando sus sollozos se evaporan me despego de ella y la beso en la mejilla.

—Oye, papá… —Mi padre se gira hacia mí cuando ya se había posicionado sobre su bastón.

—Dime, hijo.

—Martina ¿sigue viva?

Me mira con una sonrisa triste negando con la cabeza.

—No, Álex…, murió hace solo unos meses. Pese a su complicado estado de salud, aguantó como una jabata lo peor de la pandemia. Dijeron en el tanatorio que nunca habían visto a tanta gente despidiendo a alguien. Fue todo el barrio. Murió feliz, se acostó como cada noche y, simplemente, no despertó más.

—Estará ya al fin con la abuela allí arriba, poniéndose al día entre culines de anís y contándose sus cosas de viejas —pienso en voz alta mientras siento el cosquilleo de una lágrima en una de las mejillas.

—Seguro que sí, hijo, seguro que sí… Bueno, cuidaos, pareja.

—Papá y Carmen se despiden con la mano. Rodeo a Mar con el brazo y nos alejamos hacia el Coso.

33

Son las dos y cuarto de la tarde. El sol juega al escondite entre el ejército de nubes que han aparecido de la nada griseando el azul claro que gobernaba el cielo hasta hace apenas unos minutos. Un leve viento del sur augura una tarde tormentosa. El trajín de la calle Alfonso discurre con fluidez a pesar de ser ya la hora de comer. Camino por inercia, intentando digerir todo lo que ha contado papá, fustigándome por cada una de las veces que lo llamé vago, mantenido y no sé cuántas sandeces más. Llevo una camiseta holgada, pero algo me presiona el pecho y activa un escalofrío por la espina dorsal.

—¿Estás bien, Áxel? Te has puesto pálido de repente —se preocupa Mar. Las suelas de mis Vans se arrastran desfallecidas sobre las azuladas baldosas, incapaces de seguir el ritmo de sus pasos.

—La verdad es que no del todo —maquillo la situación. Pero la realidad es que me falta el oxígeno y un ataque de ansiedad con efecto retardado me ha secuestrado el organismo, pero no quiero inquietarla—. ¿Tú has visto El señor de los anillos? —le pregunto apoyándome en una de las farolas que recorren la calle.

—¿A qué viene eso ahora? ¿Estás bien o llamo a una ambulancia?

—No es nada, Mar. Es solo uno de esos ataques de ansiedad que me daban antes de conocerte. Mi cuerpo está digiriendo la devastadora historia que me ha contado papá. Solo necesito relajarme un poco. Nada más —procuro calmarla—. ¿Has visto El señor de los anillos o no? —vuelvo a preguntar, insistente, pronunciando con lentitud cada palabra.

—Sí, claro que he visto El señor de los anillos —responde nerviosa.

—¿Cuántas veces?

—¿Eh?

—¿Que cuántas veces la has visto? —aclaro, hiperventilando, con las manos apoyadas sobre las rodillas—. Es importante, cariño —recalco, siguiendo con mi consciencia cada etapa de la respiración, tal y como el psicólogo me enseñó en su día.

—Muchas. No sé…, tres, quizá cuatro… —contesta algo histérica.

—Es probable que yo haya visto la saga más de veinte veces. Sería capaz de hacer el doblaje de cada uno de los personajes sin equivocarme en una sola letra.

—Áxel, ¿a qué viene esto? Estoy asustada, joder.

—Imagina por un momento que, tras ver la trilogía cien veces, sabiéndote de memoria cada diálogo y cada uno de los planos, de repente descubres que Sauron es realmente el bueno de la película, que ese anillo nunca debió ser destruido en el Monte del Destino y que Frodo y compañía eran meras marionetas a las que otro ser oscuro engatusó haciéndoles creer que eran los héroes de la Tierra Media. ¿Cómo te sentirías?

—Yo qué sé, confusa, supongo. —Miss Coherencia responde como puede a mis gilipolleces.

—Pues así me siento yo, igual que Frodo. Como un gilipollas. He recorrido miles de kilómetros por los mapas de Tolkien y cuando el anillo lleva ya años sumergido en lava, descubro que Sauron tenía razón.

—Me estás acojonando, cariño. Estás con un cuadro de ansiedad de libro ¿y me empiezas a hablar de elfos y enanos? Mira, yo voy a llamar a un médico.

—No llames a nadie, Mar. —La retengo cogiéndola de la mano—. Solo necesito unos cuantos tragos de agua mientras recupero el control de la respiración. Voy a salir de esta. —Sonrío como puedo procurando tirar de ironía, pero sus ojos de gata están atemorizados. M sabe bien qué es lo que se siente cuando la ansiedad trata de hundirte el pecho con esa monstruosa e intangible losa de tres toneladas.

—No te muevas de aquí. Vuelvo en un minuto. —Mar se adentra veloz en la tienda de frutos secos que tenemos justo delante en busca de una botella de agua. Hay una fila terrible.

Inspiro hondo con los ojos cerrados. Fijo la mente en los sosegados movimientos del diafragma, cogiendo y soltando el aire poco a poco, con sutileza pero con profundidad. Intentando hinchar de nuevo los pulmones como una vela, igual que en «Mañana será otro día», de Rubén Pozo. Nadie compondrá jamás otro tema mejor que ese, capaz de rescatarte del mismísimo infierno y colocarte de nuevo en la senda del optimismo vital con tan solo cuatro acordes. Ahora mismo soy una embarazada que jadea a punto de dar a luz, pero en lugar de tener una comadrona hurgando en mi entrepierna y un ser querido cogiéndome la mano, tengo una farola y un ejército de gente que camina a escasos centímetros de mi agonía, sin prestarme la más mínima atención. La abuela, papá, el gol de Nayim y las tardes de mercromina y letreros rotos se difuminan ante mí. Cada vez soy capaz de almacenar más aire. Escondo de nuevo la mirada tras las gafas de sol y vuelvo a acomodarme la gorra mientras trato de mantener el ritmo de la respiración con suavidad. La asfixia se aleja y el peso del estómago va perdiendo lastre, como si mi cuerpo fuera uno de esos globos aerostáticos que se elevan poco a poco conforme se deshacen de esos pesados sacos de arena que cuelgan desde el otro lado de la barquilla. Abro los ojos. Apoyo la espalda sobre el pie de la farola. Fijo las pupilas sobre las baldosas y adoquines que se esparcen por el suelo perfectamente encajados, esperando con paciencia a que M regrese con la botella de agua. Un músico callejero acaricia su guitarra desde el principio de la calle. A pesar de estar a más de cien metros de mi posición, mi oído identifica el «American Pie» de Don McLean. Junto a la puerta de la perfumería, un tipo vestido de obrero pide la voluntad con un mensaje que no consigo leer desde aquí, escrito con rotulador en una sábana blanca sujeta con dos listones. Unos turistas franceses no terminan de aclararse con el mapa de la ciudad que tienen entre las manos. De pronto, irrumpen en mi campo visual unos decididos andares que me resultan familiares. La calle se ilumina de repente. Zapatillas Air Max negras, vestido rojo holgado muriendo sobre las rodillas de unas largas y preciosas piernas bronceadas. La melena rizada y castaña en la que tantas veces enredé los dedos baila sobre esos hombros que desnudé durante más de diez años. Su mirada almendrada y la mía vuelven a cruzarse dos años y tres meses después de que se abrazaran en la puerta del garaje bajo la lluvia por última vez. Mis pulsaciones pisan el acelerador a fondo, y veo cómo los latidos me empujan el torso bajo la camiseta. Ella sonríe haciendo un ademán de acercarse a saludarme, pero arrojo mi vista de nuevo a los adoquines y rompo el contacto visual, simulando no haberla visto de una manera un tanto ruin. No estoy preparado para un encontronazo de este calibre. Otra vez no. Bastantes emociones he tenido ya por hoy con la desgarradora confesión de papá de la que todavía intento recuperarme. Laura se da por aludida y gira la cabeza hacia su acompañante, que no se ha percatado de nuestro momento. Efectivamente, es un Jaime, un chaval algo mayor que ella con una alopecia incipiente, bastante alto y fibroso, embutido en un polo Ralph Lauren, unos shorts azul claro y unas de esas alpargatas similares a las que llevaba el conserje de mi barrio y que tan de moda están en los pies de los pijos cada verano. ¿Cómo es posible que la primera vez en más de ochocientos días que pongo un maldito pie en el centro de esta ciudad me dé de bruces con Laura? Siempre se ha dicho que Zaragoza es un pañuelo, pero esto es el colmo de las casualidades. ¿Cómo se supone que he de encajar esto? ¿Qué coño he de leer entre líneas? Acabo de enterrar mi pasado ordenándole a mi padre que se deshaga de todas las fotos que continúan allí, tratando de agarrarse al presente desde uno de los álbumes que con tanto mimo hacía la abuela. Y cuando estoy todavía sacudiéndome la tierra de encima aparece ella, más adulta, acaba de sobrepasar los treinta y nueve si las cuentas no me fallan, pero igual de preciosa. Su oscura belleza asalvajada y maneras elitistas se mantienen en buena forma. ¿Qué demonios intenta decirme ese tarado de allí arriba? Tengo mil preguntas que hacerle. Amago con levantarme. La busco de nuevo con la mirada; ahí está, delante de un escaparate de una tienda de maletas, sin prestar demasiada atención a su nuevo Áxel. ¿De dónde ha sacado a ese tipo? Una ráfaga de aire le ciñe el ancho vestido a su cuerpo, mostrándome su silueta de perfil. Bajo sus pechos se manifiesta un abultado vientre. Está esperando un bebé. Nuestras miradas vuelven a abrazarse de nuevo, pero, por alguna razón que desconozco, ya no me importa mantener mis ojos ahí, chocando con los suyos. Quizá es esto lo que trata de decirme la vida, el despiadado ser que vive en las nubes, el destino o quien cojones sea el maldito guionista de todo este teatro al que pertenece la humanidad: que Laura es feliz de nuevo, que está a punto de ser madre y que ha conseguido esas cosas que no fui capaz de darle. Tal vez esta sea la última palada de tierra que he de echar al hoyo.

—No veas la cantidad de gente que había, amor. Toma, bebe. ¿Qué tal te encuentras? ¿Por qué me miras así?

—Eres lo más bonito de mi vida, Mar Aguado, y te quiero con toda mi alma. —Me abrazo a ella con fuerza derramando la mitad de la botella de agua.

—Yo te veo ya mejor, ¿eh? No irás a soltarme ahora un sermón sobre Harry Potter y las escobas voladoras, ¿verdad? Yo también te quiero, por cierto. —Me besa en los labios—. Venga, muévete, vámonos a comer por ahí y me cuentas mejor lo de tu padre, pero sin hobbits ni enanos. Que, si te soy sincera, no he entendido absolutamente nada —me confiesa cogiéndome de la mano—. ¿Escuchas eso? ¡No me lo puedo creer!

El «Wonderwall» de Oasis flota sobre nosotros procedente de la garganta y la guitarra del músico callejero que toca desde el inicio de la calle, casi en la intersección con el Coso. Sí, el destino ha querido que hoy deje zanjado, por fin, mi pasado y comience a saborear el presente de una vez. Vuelvo la vista de nuevo atrás, ya sin miedo, en busca de Laura, que continúa frente a ese escaparate sin quitarnos el ojo de encima. Esboza una sonrisa que le devuelvo de inmediato acompañada de un saludo con la mano. Me devuelve el gesto sonriendo con melancolía y decidimos volver cada uno a nuestra vida, en silencio, ella a su Jaime y al bebé que nunca pude darle y yo, al mar mágico de M.

34

Julio de 2022

—Pero, hija, ¿por qué no os quedáis unos días más? ¿Dónde vais a estar mejor que aquí? ¿Tanto os he molestado? —Coronado trata de mantenernos en su chalet a toda costa persiguiendo a Mar de un lado a otro de la habitación mientras termina de hacer su equipaje.

—Nooo, papááá, no has molestado nada, o al menos no tanto como pensaba —su relación, una vez superadas sus asperezas, he de reconocer que me encanta—, pero vinimos para una tarde y llevamos aquí ya más de dos semanas. Tenemos cosas que hacer, pero no te preocupes, que de vuelta hacia el sur dentro de unos meses, pasaremos de nuevo a veros —le explica por enésima vez.

—Áxel. —José Luis me pide ayuda señalándome a su hija con las dos manos en cuanto se da la vuelta para acomodar las últimas prendas en el interior de esa enorme bolsa de tela negra que, por otra parte, no sé dónde coño piensa meter—. A la gata también os la lleváis, claro.

—Papááá.

—Vale, hija, vale… Hasta al bicho ese le he acabado cogiendo cariño. —Trufita se frota un poco por las espinillas de Coronado—. Oye, María Ángeles, ¿y si adoptamos un gato?

—Cariño, por favor, deja de decir tonterías. —Esta mujer se está ganando el cielo—. Oye, Áxel. No te he dicho nada hasta ahora, pero he bicheado un poco tu Instagram.

—¿Tú tienes Instagram, mamá? —interrumpe Mar, perpleja, con dos camisetas más en cada mano.

—Sí, nos lo hicimos la semana pasada.

—¿Nos lo hicimos? —M contempla a su padre con una graciosa mueca pidiendo explicaciones.

—Joder, hija, Áxel lleva dos semanas aquí y por lo menos han sido cuatro los vecinos que me han comentado que lo siguen por las redes sociales con un entusiasmo que no veas —se justifica—. Nunca he tenido tan a mano controlar a la persona que se acuesta con mi hija.

—¡José Luis, por favor, no seas burro! Áxel, no le hagas caso, ya sabes cómo es —interviene María Ángeles con esa sofisticada autoridad que le caracteriza.

—¡Un ser de luz! —respondo rápido, incapaz de mantener la carcajada entre los carrillos. Mar y su madre ríen acompasadas, con la misma expresión dibujada en el rostro. Un esbozo más de la magia de la que es capaz la genética.

Durante estos casi quince días aquí, en Villa Aguado, he comprendido que José Luis es un pobre diablo con más pose que otra cosa, pero con un corazón de oro. Supongo que dentro de ese despacho con la palabra «gerente» bajo su nombre y más de ochenta personas a su cargo debe meterse en un papel que, siendo honestos, no es el suyo. Coronado es un gañán vestido con camisita de seda y pantalones de pinzas cuyas órdenes dentro de esta enorme casa son estériles. La empresa cayó en sus manos porque su suegro no quería venderla y no tenía descendencia. Fue incapaz de convencer a su hija, que había desarrollado una inesperada vocación por la enseñanza. María Ángeles tenía el carácter suficiente como para mandar a su padre a freír churros sin inmutarse. Así que el mal menor para el abuelo de Mar y sus aspiraciones para con esa empresa, que tiraba sola, era conseguir un monigote moldeable y trabajador con ansias de poder, y así es como José Luis, que por aquel entonces era un apuesto joven de mirada transparente del que se había enamorado María Ángeles, entró en la ecuación. Había estudiado Economía y era la única carta que le quedaba al abuelo de M en la partida con alguna garantía de mantener su imperio vigente.

Hizo una magnífica labor de selección de profesionales en los que poder cobijarse y supo mantener engrasada la maquinaria hasta hoy, cuando, año tras año, continúa aumentando su facturación. Pero, sin lugar a duda, quien corta aquí el bacalao es ella, María Ángeles.

—Yo no sé de fotografía, Áxel. Tampoco de reels o como demonios se diga. Pero sí sé un poco de textos y de literatura, y esos pies de foto que escribes me parecen preciosos —confiesa colocándose las lentes bifocales como si mi perfil de Instagram asomando por la pantalla del teléfono fuese un examen de uno de sus alumnos—. He leído artículos mucho peores de gente ya consagrada, hijo. Creo que tienes un don para transmitir emociones mediante la escritura. ¿No has pensado nunca en escribir algo más largo?

—Sí, pero los pies de foto de Instagram están limitados a dos mil doscientos caracteres. Dan para lo que dan.

—No, Áxel, me refiero a una novela, un relato…

—Estás de broma.

—A papá es probable que lo pilles alguna vez de cachondeo, cariño, pero te aseguro que nunca he visto a mi madre bromear. Cuando la fabricaron olvidaron conectarle el cable ese del sentido del humor —me aclara M sentada sobre su bolsa, prensando con los glúteos los trescientos cincuenta kilos de ropa que acaba de empacar—. Yo se lo dije un día, mamá, pero no me hizo ni caso.

—No, no es ninguna broma, Áxel. —La madre de Mar va en serio y confieso que su talante resulta intimidatorio. Ahora entiendo que Coronado sea incapaz de llevarle la contraria.

—Las profesoras de Lengua y Literatura siempre me dijeron que tenía cualidades, pero supuse que era una especie de estrategia para animar a los chavales a los que, a priori, nos costaba concentrarnos un poco más que al resto —deduzco escudriñando los años de la LOGSE en el interior de la cabeza. En esa materia obtenía siempre mis mejores notas.

—Tú de tonto no tienes un pelo. Eso te lo aseguro. —Estoy a punto de ponerme a correr y saltar ese seto sin mirar atrás—. Entiendo que la vida no te haya ido como esperabas y que quizá no hayas podido dedicarte a lo que de verdad querías estudiar. ¿Periodista? —María Ángeles mete el dedo en la llaga—. ¿Me equivoco?

—¿Mamá? —M procura apaciguar sus palabras con el ceño fruncido—. Áxel ya tiene su oficio, le va bien así.

—Este chaval tiene un don para expresar emociones en esos pies de foto, hija. —Me señala con arrojo, entonando a la perfección cada sílaba—. Me parece estupendo que grabe vídeos, te haga feliz y se recorra medio mundo con una cámara en las manos, seguro que lo hace genial, Mar, pero yo no veo eso. Yo estoy procurando, con todo el amor del mundo, que conste, que vea que ahí dentro hay madera y maneras de escritor. Nada más. Estoy cansada de ver desfilar a estudiantes por mis clases curso tras curso desde hace más de treinta años, y eso es algo que se tiene o no se tiene… Y no sé de dónde lo has sacado, pero ahí hay algo, Áxel. —Vuelve a señalarme con su perfecta manicura francesa. Se acomoda de nuevo las gafas mientras hurga en la pantalla de su móvil—. Esta mismo, la he cogido al azar. —Me muestra un carrusel con fotografías de mi último viaje a Nueva York.

—Ese día me invitaron a dormir en un hotel para que lo enseñara en YouTube y lo recomendase en mi página web. Pasé un frío de narices aquella mañana. Dos semanas después conocí a vuestra hija.

María Ángeles fija la vista en el pie de foto y comienza a leer:

—«Hoy despierto en el último eslabón de la madrugada más fría desde que llegué a Nueva York, en mitad de la enmoquetada suite de un hotel cualquiera de Manhattan. La estación meteorológica me aconseja que me abrigue, porque fuera el viento sopla furibundo a seis grados bajo cero. El humo que escupen las alcantarillas procedente del sistema de calefacción de la ciudad hace horas extras sin descanso. Trato de inmortalizar el amanecer al otro lado de la ventana. El cielo arde en llamas. Contemplar cómo el sol enciende poco a poco esta gran urbe a veintinueve pisos de altura es, sin duda, una sensación maravillosa.

»Café rápido en el primer Dunkin' Donuts que encuentro y me pierdo metro abajo. Dos yonquis se pinchan algo en el tobillo mientras una rata se burla de ellos. Seis paradas y dos transbordos después cruzo a pie el puente de Williamsburg. Manhattan me rodea desde la lejanía. El East River fluye sucio y enérgico bajo mis pies. Más de cien mil personas cruzan a diario este puente, yo creo que no tendría valor de cruzarlo de noche. Es decadentemente precioso, con esa suciedad y esa erosión mugrienta que tan bien le sienta a Nueva York. Al otro lado me espera una antigua zona industrial reconvertida en barrio de moda, un paraíso para todo amante de la fotografía callejera. En Williamsburg casi me he congelado, de forma literal, pero, con las manos heladas y la sonrisa intacta, me lo he pasado como un niño pequeño haciendo fotos y grabando el vídeo. Posiblemente hoy haya vivido uno de mis días favoritos, así, en general. En Nueva York estoy reencontrándome conmigo mismo, con mi yo más creativo. Echaba de menos a este Áxel, la verdad. He terminado la mañana en un japonés, de nuevo en Manhattan, degustando un delicioso ramen mientras veía a gente de todo tipo deambular al otro lado del ventanal, personas que no volveré a ver jamás, y me he preguntado a dónde irán, si estarán de paso o si vivirán aquí… intentando encajar todas esas preguntas que me lanza el subconsciente. A veces mi cabeza funciona así. El sol me dice adiós puntual al ocaso de cada tarde, fiel a sus cuatro y media, su hora. La verdad es que es una pena que anochezca tan temprano. Vuelvo a Brooklyn para matar el día diluyéndome por sus calles, con más de treinta mil pasos bajo las suelas. Termino en un antro de mala muerte pillando unas pizzas para llevar y acabo cenando con David, Susan y la notificación de su casero advirtiéndoles de otra inminente subida del alquiler. Las sirenas de la policía inundan el sonido de la calle, es sábado, va a ser una noche larga ahí fuera. Contesto lo que puedo por aquí, este viaje me estáis escribiendo un montón, cosa que agradezco enormemente. Caigo rendido sobre la cama. Ha sido un gran día».

—¿Eso lo has escrito tú, Áxel?

—Eso parece, José Luis —respondo todavía un tanto sorprendido de escuchar ese relato a modo de diario que comencé a escribir en mi viaje a Nueva York al final de cada jornada, con el cansancio intentando cerrarme los ojos a toda costa—. Lo cierto es que, escuchado así, con tu voz, gana.

—Yo acabo de ver una película, pero sin imágenes. Me han dado ganas de visitar Nueva York —comenta Coronado con el cigarrillo ese de plástico que ha rescatado de nuevo colgando de sus labios, en su enésimo intento por dejar de fumar.

—Exacto. —Asiente María Ángeles sin quitarme el ojo de encima—. Eso es lo que hacen los escritores, llevarte a otro lado con sus párrafos. Situarte en la trama. Soltarte ahí, en medio de una historia como si fueras el muñecajo ese amarillo de los mapas…

—¿El del Street View de Google Maps?

—Ese.

—¿Ves, cariño? No era solo cosa mía. Áxel parece muy echado p'alante, pero les da siempre cincuenta vueltas a las cosas que crea buscando su propio error cuando, en realidad, ya están perfectas. Lo hace con los vídeos, con los artículos de su web y cuando edita las fotografías, siempre hay algo más que modificar. Se fustiga mucho él mismo —explica Mar bajándome los calzoncillos delante de su familia, pero supongo que tiene razón.

—Eso es que es muy perfeccionista, hija. Eso no es malo. De todas formas, alguna tara debía de tener el chaval, ¿o es que solo eres capaz de ver los defectos a tu padre?

—Papááá, eres infinito, hijo mío —responde M salerosa.

—Prométeme que le darás una vuelta.

—No es lo mismo escribir un pie de foto que una novela, María Ángeles. Además, no tengo tiempo y ¿de qué coño iba yo a escribir? Hace falta una buena historia y yo no la tengo. Los buenos escritores son capaces de bucear en sí mismos, escarbar en sus vivencias y con eso hacer magia creando unos personajes y un buen hilo argumental. Yo no tengo nada especial que contar.

—Disculpa, cariño, pero eres huérfano desde los seis años, te ha criado tu abuela en un barrio rodeado de yonquis, te has pateado el mundo prácticamente entero, tienes un trabajo en el que la gente te para por la calle para pedirte fotos, vives dentro de una furgoneta con un gato, al final casi de la treintena aparece tu padre, recién resucitado, para reconciliarse contigo y, nada más llegar a cada lugar nuevo que pisas, ya tienes a alguien que te ha cogido cariño en un tiempo récord. Perdona que te diga, pero hay gente que tiene el doble de tu edad y no ha vivido ni una cuarta parte de todo lo que acabo de enumerar. Así que, si alguien tiene aquí una historia que contar, ese eres tú. —M me deja noqueado. No me esperaba esta retahíla de escenas de mi vida recitadas así, como si su boca fuese una K7 soltando metralla sin ninguna compasión. No sé si abrazarla o mandarla a tomar por culo. Me ha pillado desprevenido.

—Joder, hija, como sigas así, este te va a durar dos telediarios.

—Pero Mar... —Es todo cuanto soy capaz de decir.

—¡Huy, perdón! ¿He sonado muy brusca? —pregunta con inocencia, como si fuera una niña de siete años que acaba de incendiar un pueblo—. Lo siento, cariño. Pero te admiro muchísimo y me fastidia que no seas capaz de ver lo que todos vemos. Desde que te conozco te has dejado la piel por aumentar mi autoestima, deberías cuidar la tuya también.

Mar me besa en la mejilla y me abraza con fuerza. No sé de qué nube se ha caído este ángel de mirada felina, pero por primera vez en mi vida me convenzo de que al fin tengo un boleto ganador. Me siento invencible entre sus pequeños brazos.

—Si te sirve de motivación, además de los cientos de comentarios que veo que tus seguidores te escriben en cada post pidiéndote que escribas un libro, a mis alumnos les ha encantado todo lo que has escrito, y la mitad ni siquiera se leen los textos que les encargo.

—¿Has enseñado el perfil de Áxel en tus clases, mamá?

—¡Si es que son las dos iguales, joder! Me voy a abrir una cerveza. —José Luis se pierde camino de la nevera.

—Por supuesto que sí, hija. Espero que no te moleste, Áxel, pero cuando empecé a leer todo lo que escribías me pareció una bonita y eficaz forma de tratar de inculcar a mis alumnos que a través de las redes sociales también se podía escribir y leer, claro. Puse tu perfil como ejemplo y propuse un ejercicio a modo de redacción libre en los pies de foto, y ha sido un éxito, la verdad.

—Ahora entiendo de dónde sale tanto crío. ¿Todos sois así en la familia?

Ato los cabos de ese goteo constante de seguidores nuevos que han llegado a lo largo de los últimos diez días, todos con el mismo tipo de pelo, como si en lugar de peinarse hubiesen acudido a la misma tienda a por el mismo modelo de peluca: flequillo con las puntas hacia afuera tratando de ocultar la frente para ellos y raya en medio con una larga, lacia y ultraplanchada melena para ellas.

—¡Bienvenido al clan! —exclama Mar echando a Trufita de nuevo del interior de su bolsa—. Le he comprado a esta canija todo tipo de juegos y, al final, solo le interesan las bolsas y los cordones. ¡Trufita, por favor! —Los ojos de la gata se dilatan del todo, se agazapa tras la bolsa, arranca despavorida dándose impulso con las patas traseras en la pared y derrapa sobre la tarima flotante que cubre el suelo del salón—. ¡Hala, ya le ha dado el siroco!

—Me encanta cuando hace eso —comenta José Luis entre carcajadas—. Está como una regadera.

—Lo hace para desfogarse, papá, es su forma de quemar energía.

—¿Y en la furgoneta hace lo mismo? Porque aquí se ha cargado ya dos figuritas de porcelana y un cenicero, la condenada...

—Cuando estamos en Enebrales va prácticamente a su bola —intervengo—. Corretea alrededor de la furgo, caza insectos, un día apareció con un ratón colgando de los bigotes y me lo dejó ahí, encima del felpudo...

—Mantiene su instinto cazador, claro. —Coronado razona pegándole un buen trago a su Ámbar.

—No deja de ser un felino. Por eso siempre intento permanecer en lugares donde pueda tenerla un poco a su aire. Pero donde mejor se lo pasa es allí, en Enebrales. Ella ya sabe por dónde ha de moverse y cuando hay demasiado jaleo, ella misma se mete en la furgo y no se mueve de allí.

—¿Y hacia dónde vais ahora?

—Vamos buscando el fresco, papá. En ese cacharro no se puede estar cuando aprieta el calor.

—Sí, el fresco y la paz. Algo complicado en España los meses de verano, cuando la mayoría de la gente disfruta de sus vacaciones. Hoy pondremos rumbo al Pirineo. Conozco un sitio pasadas las pistas de Formigal donde creo que podremos estar bien. Rodeados de valles, vacas y marmotas. Y después no sé si subiremos a Francia o nos iremos hacia el norte de Galicia.

—Donde peor tiempo den —afirma Mar.

—Vais al revés del mundo, hijos... —Coronado niega con la cabeza sin comprender nada, pero al menos ha logrado asumir por fin la felicidad de su hija, que era la principal misión que nos trajo aquí.

—Mal tiempo igual a menos gente, papá, y nosotros tenemos mucho trabajo que sacar adelante.

—¿No hacéis ningún viaje en verano?

—Nunca —afirmo tajante—. Los vuelos, los alojamientos... todo está mucho más caro y colapsado de turistas. Suelo moverme siempre fuera de la temporada alta.

—Lo que yo diga, al revés —confirma antes de vaciar la cerveza y estrujar la lata con la mano.

María Ángeles aparece de nuevo por el salón cargando la escopeta de nuevo. Estos quince días aquí me han revelado también de dónde proviene esa perseverancia que tiene Mar, esa constancia que vapulea sus objetivos hasta que los consume.

—Ahora no, porque las clases terminan ya, pero para el curso que viene se me había ocurrido una cosa, Áxel. No sé si esto lo has hecho alguna vez, pero ¿qué te parecería venir un día al centro y dar una pequeña charla a los alumnos? —No sé quién es más tozudo de los tres.

—Oye, mamá, dejadlo ya al pobre, menuda despedida que le estáis dando, no va a querer venir más, joder. —Mar sale en mi ayuda. Yo permanezco en silencio y miro la hora en la pantalla del teléfono con algo de prisa. Son las seis de la tarde y me gustaría llegar al Pirineo antes de que anochezca.

—Bueno, esto también son negocios, hija. El colegio es de financiación privada y hay un presupuesto anual que los docentes podemos invertir en diferentes actividades. No le estoy pidiendo que venga gratis. Al contrario, quiero remunerar sus experiencias.

—El hijo de Andrés, el banquero del 3, la casa del fondo —Coronado señala la cristalera que conduce al jardín—, tiene doce años y me contó su padre el domingo que tiene al niño que no caga con ir a Turquía, a México y a no sé cuántos lugares más. Se traga todos los vídeos. —José Luis comienza a descojonarse él solo—. También me dijo que ese nuevo yerno que me había echado comenzaba a salirle caro. El cabrón de Andrés, qué chispa tiene.

—No es una cuestión de dinero, María Ángeles. No me veo dando charlas por ahí, la verdad.

—Serían solo unas cuantas diapositivas con las fotos más bonitas que tengas de tus viajes narrando las experiencias y anécdotas que se te ocurran, para hacer llegar a los alumnos que de esas vivencias siempre salen buenas historias que contar. Creo que es una forma eficaz de acercarlos a la literatura y motivarles a escribir. Además, tienes ese aspecto moderno y todavía fresco, con esa forma de vestir, los tatuajes... Funcionará. —Da por hecho que ya he aceptado—. Serán como mucho un par de horas.

Estoy convencido de que ya tiene todo planificado en esa abultada agenda que porta en el bolso. Si indagara un poco más, seguro que descubriría que ya ha solicitado las partidas presupuestarias del curso que viene. Es evidente que respira la misma tenacidad que M y también que es más pesada que un collar de sandías.

—¿Tú quieres acercar a tus alumnos a la literatura?

—De eso se trata, sí.

—Entonces no espantéis a los chavales con esos ladrillos del siglo xv.

—¿Cómo? —María Ángeles esperaba una respuesta algo más sumisa a su propuesta, pero aquí, en Axelandia, las cosas no funcionan como esta gente quiere.

—Yo mismo empecé a leer ya de adulto porque me gustaba escribir y me picó la curiosidad. Pero la mayoría de los chavales no corren la misma suerte. ¿Sabes por qué empecé a leer tan tarde?

—No.

—Porque todos los profesores de Literatura que tuve me quitaron las ganas de seguir leyendo. Y un escritor que no lee tiene poca trayectoria por delante, la verdad.

—¿Puedes ser más conciso?

—Cariño, yo no seguiría por ahí —advierte Mar, que ya se ha dado por vencida con Trufita, que cabecea entre sus brazos. La gata también es testaruda cuando quiere, sobre todo si tiene hambre.

—No, hija, que hable. Me interesa mucho su opinión. Habla sin miedo.

José Luis me dice que no a hurtadillas mientras disimula rascándose el cogote.

—*La Celestina.*

—Una obra maestra.

—Escrita hace más de quinientos años. No puedes obligar a un adolescente a leerse semejante antigualla en la segunda o, con suerte, tercera lectura que acomete en su vida. De una mala película puedes huir cabeceando un rato o quitarla directamente, pero de una lectura de la que van a examinarte no hay escapatoria posible. Hay pocas cosas peores que leer un libro que no soportas por obligación.

—¿Alguna propuesta?

—Soy bloguero de viajes, no escritor.

—¿Por eso no escribes? ¿Porque crees que vas a crear un ladrillo insufrible y le vas a quitar las ganas a un adolescente de seguir leyendo para siempre?

—Puede ser un motivo.

—Tú lo que tienes es miedo, Áxel. Mar tiene razón, te quieres muy poco. Puedes llegar lejos y creo que, en el fondo, eres consciente de ello. Pero no te atreves.

—Supongo que me falta ambición —respondo señalando la grandiosidad de su casa.

—No. Te falta valor. Y es una pena. —Esta mujer es un pistolero del lejano Oeste en pleno duelo al que no le tiembla el pulso y que acaba de dispararme en una pierna.

—¿Tan segura estás de esto? —Me señalo la cabeza sonriendo. Gano tiempo tratando de desenfundar.

—Mucho.

—¿A cuántos alumnos das clase?

—No los he contado… A tres cursos, cuatro aulas de veinticinco alumnos cada una —matiza haciendo unos cuantos cálculos sin variar un ápice el gesto del rostro, que apenas parpadea.

—Trescientos estudiantes —aclara José Luis desde el sofá con los pies sobre la mesa, observando con detenimiento la escena.

—Vamos a hacer una cosa, María Ángeles. Si tan segura estás de que soy capaz de escribir algo decente —acaricio el revólver con sutileza—, prométeme una cosa.

—Dime.

—Prométeme que, si algún hipotético día decido escribir un libro, sacarás La Celestina de tu programa educativo y la sustituirás por mi novela. —Decido lanzar un triple que no va a ninguna parte desde el medio de la cancha, tratando de zanjar esta conversación cuanto antes y volver a subir a la Sardineta de inmediato.

—Trescientos alumnos a una media de veinte euros son... seis mil euros —calcula Coronado—. ¿De dónde coño has sacado a este tío, hija?

—Y, además, correré con los gastos de la corrección, la maquetación, la cubierta y la publicación. ¿Hay trato? —sentencia con frialdad.

La bola entra en el aro, pero María Ángeles continúa jugando a los pistoleros y me remata sobre la arena. Puedo ver a una capitana mientras me estrecha la mano con una seguridad aplastante, encajando su audaz mirada en la mía. No sé si ya es una cuestión de confianza o de orgullo, pero esta señora que ahora mismo es mi suegra no se anda con chiquitas.

—Hay trato. —Salgo al paso diciendo a todo que sí, aparentando ser todo lo asertivo posible—. Y, ahora, lo siento mucho, pero nos tenemos que marchar ya. No quiero que se nos haga de noche antes de llegar. —La herida sangra de manera considerable. Su bala ha rozado mi conciencia y yo solo pienso en huir de este tiroteo invisible y letal y volver a mi vieja vida de antes.

—Bueno, hija, que tengáis buen viaje. —José Luis se abraza a Mar con los ojos empapados en lágrimas mientras María Ángeles hace lo mismo conmigo, pero con las pupilas secas y un brillo de victoria resplandeciendo desde su fascinante mirada.

Acabo de hallar el secreto de los ingredientes que conforman ese hipnotizante océano que reside bajo los párpados de Mar. No se trata solo de ese puñado de tonos turquesa que ofrece la genética de Coronado. La verdadera magia reside en el gesto, en el guiño, en el director de iluminación que da las órdenes para que todos esos efectos funcionen. El único artefacto capaz de activar todo ese embrujo a la vez, capaz de atravesarte el alma, viene de ella, de María Ángeles, la auténtica George Lucas de esta modesta Star Wars que reside en Montecanal. Sin su técnica, todo esto sería un simple juego de naves luminiscentes e inocuas flotando en el salón.

—No me lo tengas en cuenta, cielo, a veces soy un poco intensa —se disculpa acariciándome la mejilla con sus cuidadísimas y preciosas manos—. Gracias por todo lo que estás haciendo por mi hija —me susurra al oído para asegurarse de que ni Mar ni su marido escuchan sus palabras.

—Doy mucho menos de lo que recibo. Es un sol —respondo con su tenue tono de voz.

—¡Áxel, chaval! —Coronado abre sus brazos y me estruja contra su camisa, de la que percibo un ligero aroma a tabaco bañado en perfume. Decido que callado estoy más guapo y que acusarle de fumar a escondidas no sería precisamente la mejor de las despedidas—. Mantenla alejada de esas pastillas, hijo —me suplica con la verdad emanando de sus mágicos ojos verdes. Las formas son opuestas a las de su mujer.

—¡Papááá, por favor!

—Tú hazme caso a mí, Áxel. —Me coge la cara con ambas manos tratando de asegurarse a toda costa de que voy a seguir sus instrucciones al pie de la letra—. Sigue haciéndola feliz, chaval. No recuerdo haberla visto nunca así de sonriente y siento muchísimo haberte prejuzgado, pero antes de que os subáis a ese cacharro quiero que sepas que creo que eres un tío íntegro a pesar de que vivas en ese maletero, coño. Contad conmigo para cualquier problema y aquí tenéis vuestra casa, hijos. Pienso llamarte cada tarde, Mar.

Coronado es igual de honesto que de burro y con esto espero bregar toda mi vida, señal inequívoca de que M sigue cada noche compartiendo almohada conmigo.

—Como te pases de plasta pienso colgarte el teléfono, papá. Ya sabes que te quiero mucho, pero que te aguanto poco.

Sí, definitivamente, esta es la relación que me hubiese gustado tener con mi padre desde el principio.

Epílogo

Nueva York

Enero de 2023

—¿Tú crees que se parece a mí o a Susan? Su familia asegura que en el reparto de la genética han ganado los americanos. —David analiza los rasgos de su hija Megan, que duerme en el interior de una cuna con Trufita haciendo guardia junto a sus pies y la esperanza de descubrir un ápice de los Martínez en algún lugar de su diminuto y delicado rostro todavía encendida—. Si te fijas bien, el pelo lo tiene más o menos como yo, ¿no? —Lleva así desde que llegamos a Nueva York, hace un par de semanas.

—Hay una pequeña diferencia, David. A ella el cabello le está creciendo y a ti se te está cayendo. No creo que eso te identifique con ella durante mucho tiempo, la verdad. —Me pega un codazo que encajo en absoluto silencio para no despertar al bebé. Trufita levanta la cabeza con esa mirada de «Dejad de hacer el capullo, que ya tenéis casi cuarenta años» que pone desde que llegamos. Por algún motivo que desconozco, no se despega de Megan. Es como si la viera tan frágil e indefensa que siente que debe protegerla de alguna manera. Estuvo unos días un poco rara. Esta es la primera vez que hace un viaje en avión y, a pesar de haberlo hecho junto a nosotros en la cabina, fueron más de ocho horas de vuelo sin salir del transportín. Podría haberla dejado con Churra como hago siempre, en casa de los padres de Mar o incluso en Alicante con papá y con Carmen, pero vamos a estar por aquí tres meses y me pareció que era demasiado tiempo sin ella. Los primeros días se dedicó a husmear por cada centímetro de la nueva casa de David y Susan, regando con sus feromonas cada uno de los rincones. Dos plantas, salón, tres dormitorios y baño que ya ha hecho suyos. Cuando viajamos con la furgoneta a algún lugar nuevo, el exterior es todo un mundo virgen para ella y, salvo en Enebrales, nunca permanecemos el tiempo suficiente en el mismo sitio como para que se sienta familiarizada con el entorno. Su zona de confort es siempre la furgoneta. Es su hogar. Pero, esta vez, la Sardineta se ha quedado en el aparcamiento de Julito y Trufita está algo vacía y desorientada sin su reino.

—¿De verdad que no tiene nada de mí?

—A ver —ladeo la cabeza tratando de encontrar una perspectiva distinta que me facilite un poco las cosas—. Joder, es que a mí todos los bebés me parecen iguales, con esa cara así.

—¿Así cómo?

—Pues así, como si fueran todos una especie de anfibio —le explico tirando de las mejillas hacia atrás para dibujar una mueca horrible en el reflejo de la ventana.

—Oye, Áxel. —David continúa con su meticuloso análisis y yo sigo aquí, con las manos en los bolsillos plantado junto a él, contemplando a esa cosa que lleva en el mundo apenas tres meses—. ¿Tú crees que voy a estar a la altura? —me pregunta por quinta vez con la ternura y la incertidumbre colgando de un gesto de preocupación.

—Depende.

—¿Depende de qué?

—De lo alto que esté lo que quieras alcanzar. No eres precisamente Michael Jordan.

—Me refiero a la paternidad, gilipollas.

—Por supuesto que vas a estar a la altura.

—¿Cómo estás tan seguro de eso? —Hasta los grandes genios como David titubean de vez en cuando sobre la cuerda floja de la vida.

—Te conozco desde los seis años y no recuerdo haberte visto nunca desfallecer. ¿Por qué ibas a hacerlo ahora?

—Hasta este momento, siento que he llevado siempre cartas ganadoras. No tengo entrenado el bagaje de la adversidad. Todo lo

426

logrado hasta el día que nació Megan fueron nimiedades más o menos sencillas. La paternidad es otra cosa, Áxel. Eso de ahí —señala a la niña, que permanece dormida como un tronco con un enorme chupete taponándole la boca— es mi responsabilidad hasta que uno de los dos deje de existir.

—Y esa otra de ahí, la de los bigotes, es la mía —replico señalando a Trufita—. ¿Cuál es el problema?

—¿De verdad estás comparando el compromiso que implica ser padre con el de tener un gato? —David necesita que le saque un poco de sus casillas. La paternidad le está sorbiendo el seso y, a juzgar por el gesto de indignación que esboza su escuálido rostro, he pulsado la tecla adecuada.

—Lo mío es peor. Megan, tarde o temprano, acabará cuidando de ti. Yo tendré que cargar con Trufita hasta el final.

—Me estás tomando el pelo. —Sí, voy por el camino correcto—. ¿Estás de coña o hablas en serio, Áxel?

—Totalmente en serio —respondo tajante y sin prestarle ninguna atención visual. Trato de destilar toda la soberbia posible con la vista fijada en la cuna de nuestras dos hijas, poniendo a prueba su paciencia—. Salgo perdiendo lo mires por donde lo mires. La única ventaja que tengo es que es mucho más económico cuidar de un gato que de un bebé, ahí he de darte la razón, pero el resto… son todo inconvenientes.

Hago virguerías para que la risa no me delate y permanezca ahí, en ese mordisco que sujeta los carrillos desde el interior de la boca. David me mira con la frente encogida mientras sus ojos negros comienzan a encenderse ya un poco.

—Lleváis dos semanas aquí y todo el trabajo que implica esa gata es depositar cada mañana sus raciones de comida y agua en sus respectivos cuencos y que le limpies el arenero. Esa es toda tu responsabilidad. ¡Ten cuidado, no vayas a herniarte!

—Megan hace lo mismo. —No sé durante cuántos segundos más voy a ser capaz de continuar con esto—. Cada vez que tiene hambre, Susan le enchufa una teta en la boca y cuando se caga en el pañal, se lo cambiáis. —David continúa con su carbonizada mirada incrustada en mi perfil. Soy incapaz de devolvérsela.

—Trufita duerme catorce horas diarias —añade a regañadientes con su aparente calma perdiendo intensidad.

—Megan también.

—A Trufita no le tienes que dar la teta tres veces cada noche y seguro que duermes a pierna suelta, joder. No me puedo creer que estés hablando en serio…

—Le daba el biberón cuando era un bebé, tengo suerte de que esté ya en plena adolescencia. Aun así, a veces vomita su propio pelo… ¡Ah! Y es Susan la que no duerme… Hasta donde yo sé, esos pezones tuyos no sueltan leche todavía. —Se me escapa una pequeña risotada que camuflo como si fuera un estornudo.

—¿Qué coño ha sido eso?

—¿Qué coño ha sido qué?

—Ese sonido que acabas de hacer. Áxel, mírame. ¡Que me mires, coño! —Estallo de la forma más silenciosa posible soltando unas cuantas carcajadas mudas mientras David me da un par de raquíticos puñetazos en el hombro. Trufita vuelve a regañarnos con su mirada alienígena—. Eres un puto subnormal, tío. Esto es importante, joder —me reprende contagiado por la risa. La preocupación se hace de nuevo con su rostro. Es obvio que quiere hablar y que en esta gélida mañana de enero que amenaza con otra monumental nevada necesita un amigo. Hay temores que no puede compartir con Susan, su innato liderazgo no se lo permite. Debe tener siempre las riendas bien sujetas ante cualquier acontecimiento, y aunque su carruaje esté a punto de estrellarse, te hará sentir en todo momento que la situación permanece bajo control, y te fiarás de él ciegamente, porque eso es lo que hacen los buenos líderes, generar confianza, y en eso David lleva siendo el mejor toda la vida.

—Hemos estado a punto de tener nuestra primera bronca gorda en treinta años y solo llevas ejerciendo de padre tres meses, ¿te has dado cuenta? —procuro quitarle hierro al asunto manteniéndome abrazado al sarcasmo, pero es evidente que está superado por esa suerte de trauma posparto que, sin embargo, tan bien gestiona Susan.

—Tengo miedo, Áxel. Tengo algo aquí que me dice todo el tiempo «esto te viene grande, esto te viene grande». —Se señala la cabeza a la altura de la sien con el dedo índice.

Ahora sí, me giro hacia él y activo el botón de alarma. La palabra «miedo» y David siempre han sido antónimos. Como Heman y Skeletor, como el ojo de Sauron y Frodo, como Oasis y Blur o como el futuro de Laura y el mío.

—¿Y qué si te viene grande? De todas las personas que conozco, eres a quien mejor le sientan las dificultades. Si ahora mismo la ONU me preguntase «Ey, Áxel, no conocerás a alguien capaz de mediar entre Rusia y Ucrania para convencerles de que terminen con esa barbarie, ¿verdad?», les respondería de inmediato «Por supuesto, señores, tengo a su hombre, se trata de David Martínez», y les pasaría tu contacto sin pestañear —replico como si estuviese doblando al Clint Eastwood de *Sin perdón*.

—Tú siempre me has sobreestimado. Siempre ves más de lo que hay. Como el halo de luz de una linterna que proyecta en un muro la gigantesca sombra de una indefensa hormiga, ejecutando sin querer el truco perfecto.

—Bueno, nunca has bajado de notable en ninguna de tus notas, hablas tres o cuatro idiomas, eras el capitán del equipo de fútbol, aprobaste la selectividad sin tocar un libro, terminaste la carrera sin grandes esfuerzos emborrachándote cada viernes en aquellas míticas fiestas de la universidad…

—A las que tú venías siempre a levantarnos las chicas a todos —interrumpe recordando con una melancólica sonrisa.

—Ya que no me pudieron pagar una carrera, era la única forma que tenía de visitar el campus —bromeo—. Hasta una maldita multinacional americana vino a buscarte al barrio para ofrecerte un trabajo en Nueva York… Siempre has superado cada escollo, y con nota. Esto no es ni siquiera eso —lo animo señalando a la niña—, pero vas a ser un padre cojonudo. Lo que te ocurre es que todo esto es nuevo y ahora mismo la vida no puede darte las respuestas que le estás pidiendo, amigo.

—Es exactamente eso, Áxel. La puñetera incertidumbre, no estoy acostumbrado a lidiar con ella. Hasta ahora todo dependía de mí. Pero ya no. Todos esos retos que he conseguido han sido minucias. Todo consistía en lo mismo, en prepararme durante un determinado tiempo para solventar un test en una hora o dos a lo sumo. Todo se reducía a evaluaciones y pruebas más o menos efímeras. La paternidad, sin embargo, es un examen diario durante el resto de mi vida, muchísimo más exigente. ¿Dónde está el libro con las pautas para convertirte en el padre perfecto? ¿Cómo voy a aprenderme las lecciones si no tengo un temario? ¿Cómo voy a ser capaz de llevar a la práctica lo aprendido si no he podido estudiarlo primero? Esto es una carrera de fondo, Áxel, y yo siempre fui bueno esprintando, pero nunca tuve demasiada resistencia. Si no hubiese tenido los recursos económicos de mis padres, no estaría donde estoy ahora mismo. Sin embargo, tú estás hecho de otra pasta. Tú sí tienes el callo de la adversidad bien trabajado.

—No me irás a soltar el rollo ese del huerfanito y la abuela, ¿verdad?

—No, no solo es el drama de tu madre y la yaya Pilar, Áxel, es la resiliencia que has desarrollado por esas carencias. Te has hecho fuerte. Si ahora mismo nos soltasen a ti y a mí en una isla desierta con una cuerda, un destornillador y un taparrabos para intentar sobrevivir, sería yo el que iría a tu rebufo y no al revés, por mucha sobreestima que me tengas. —Esa niña, en vez de con un pan, ha venido al mundo con un revólver cargado de remordimientos envuelto en papel de regalo bajo el brazo.

—Es que de eso trata esto, David, de cooperar. Esto no es *Supervivientes*, tío. Si no sabes prender una maldita hoguera, pides ayuda. Si no sabes pescar, aprendes, y si no eres capaz de trepar por el tronco de una palmera, negocias con otro tipo más hábil que tú para que te traiga el coco a la mesa. No tienes que ser el número uno en cada una de las malditas facetas de la vida. A veces es mejor ser el número tres, el cuarenta y dos o el ciento cincuenta y siete, ¡y no pasa nada! Tienes que aprender a delegar y hasta que nació esa cosa de ahí...

—Se llama Megan.

—Hasta que esa hermosura vino al mundo, estabas acostumbrado a ser siempre el primero en todo, y tienes que empezar a ser práctico y dosificar tus fuerzas. No se puede ser el número uno en todo eternamente, David. —Creo que es la primera vez en estos más de treinta años que me presta tanta atención. Como si en realidad, y muy en el fondo, me sobreestimase tanto como yo a él. Supongo que en eso consiste la amistad.

—Puede que tengas razón.

—Pues claro que la tengo, Bill Gates. Si ahora mismo fuésemos todavía *Homo sapiens*, estaríamos ya en esa parte de la estantería del supermercado donde se dejan los productos que están a punto de caducar a un precio mucho más reducido. Ya habríamos sobrepasado con creces nuestros mejores años. Seguramente, hubiésemos tenido ocho o nueve hijos y ya habríamos cumplido nuestro cometido habiendo alcanzado los objetivos principales de nuestra existencia. A partir de ahí, es todo decadencia.

—¿Me estás diciendo que ya no valemos ni para irnos a tomar por culo? —Recupera su tono guasón.

—Te estoy diciendo que espabiles, que, con suerte y por fortuna, estás todavía en el ecuador de tu vida y tienes a una chica y a una hija preciosas esperando a que les des lo mejor de ti. Que esto son dos días, *baby*, y que esta nube que tienes sobre la puta cabeza es temporal.

—Puto Áxel. ¿Dónde coño has aprendido a hablar así?

—Debe de ser esta maldita novela que estoy escribiendo. Estoy ampliando mucho mi vocabulario, no te creas.

—¿Cómo la llevas?

—Mejor de lo que pensaba. La estoy vomitando entera. Es la gran ventaja de que sea tan autobiográfica, que la trama lleva escrita ya treinta y siete años, solo tengo que hacer copia y pega. Ha sido una buena idea venir aquí. Esta ciudad y mi creatividad forman un buen equipo.

—¿Y tú no tienes miedo?

—¿A qué? Me atemorizan muchas cosas. Aunque Mar las ha espantado casi todas.

—Te ha tocado el premio gordo, lo sabes, ¿verdad? Es una chica increíble.

—Lo sé. Por eso trato de disfrutarla cada segundo, igual que harás tú con ella. —Megan hace un amago de despertarse. Trufita comprueba que todo está correcto tras ese chupete y vuelve a acomodarse junto a sus diminutos pies—. ¿A qué te refieres con eso del miedo?

—A soltar lastre en público. Tu vida no ha sido un cuento de hadas precisamente.

—Es vértigo, no miedo. También se me están comiendo un poco las inseguridades, pero hago como tú y finjo que va todo bien. Solo que me sale peor —confieso con honestidad—. No sé si voy a ser capaz de escribir algo digno.

David me mira orgulloso. Reconocería esa satisfacción en su rostro a leguas. El mismo gesto que tenía en la cara cuando vimos juntos mi primer vídeo de YouTube, o cuando marqué aquel golazo en la final de copa cuando éramos alevines, o hace apenas unas semanas, cuando le pude contar cara a cara que había arreglado las cosas con papá.

—Va a ser digno, Áxel. Estoy seguro. Es más, tengo una corazonada, y ya sabes que suelo fallar poco: ese libro va a ser un pelotazo —asegura tratando de animarme.

—Ojalá —fantaseo con la mirada perdida todavía en la cuna—. Pero esto no va de escribir un simple pie de foto o una reflexión en un momento dado, cuando, en el peor de los casos, al otro lado alguien solo habrá perdido tres minutos de su tiempo. Leer un libro implica más dedicación y un desembolso económico que, por mísero que sea, ya es dinero que esa persona ha decidido invertir en tu novela antes que en cualquier otra cosa. Eso es también una responsabilidad enorme.

—¿Sabes por qué creo que va a ser un éxito?

—Porque es tu rol asegurarme que irá todo bien. No me vas a decir que va a ser un estrepitoso fracaso...

—Te equivocas, puto sabelotodo. Va a ir bien porque, a pesar del vértigo, estás tirando hacia adelante con él. Te estás dejando el corazón y el alma en cada uno de los párrafos y has congelado tu vida durante unos meses para centrarte única y exclusivamente en él, y cuando tú asedias de esa forma un objetivo, lo revientas. No eres una persona ambiciosa, es más, yo diría que seleccionas con cuidado tu meta y una vez lo tienes claro, vas a por ello con todo, con la certeza de que ya es tuya. Administras muy bien tus fuerzas. Y en el fondo tú también lo sabes, aunque esa mierda de autoestima que tienes se empeñe a veces en llevarte la contraria. —David vuelve a su lado del discurso, como acostumbra a hacer, sosteniendo sus inseguridades en silencio con una mano y disparando certezas con la otra. Acierta de pleno en la diana.

—No sé qué decirte, la verdad... Dame un abrazo, anda. Te quiero mucho, David Martínez. Y te acabo de apuntar en mi lista de futuros compradores, que lo sepas. No tienes escapatoria, te vas a tener que tragar ese maldito ladrillo sin pestañear.

Lo bueno de conocer a alguien desde los seis años es que no hay ni trampa ni cartón. Esas son las relaciones que no se envenenan y que son perennes en el tiempo. Aunque vivamos a casi seis mil kilómetros de distancia y llevemos más de un año sin vernos, siempre parece que fue ayer tarde cuando nos tomamos esa última cerveza juntos. Nuestra amistad precisa de poco mantenimiento, no necesitamos regar la planta cada día para que siga luciendo esbelta.

—¿Puedo ser tu lector beta?

—¿Mi qué?

—¿En serio estás escribiendo un libro y no sabes qué es un lector beta? ¿Esperas escribir tu novela y simplemente publicarla? ¿Así, sin más?

—¿Eres editor de libros ahora o qué? —Me revuelvo con sorna.

—No, pero he leído bastante y toda publicación implica un proceso más o menos universal. Hay unas fases por las que tendrás que pasar una vez la tengas ya lista.

—Estoy escribiendo un libro, no diseñando el nuevo *Super Mario Bros*.

David suelta una carcajada que casi despierta a Megan por enésima vez.

—Vas a escribir una novela brutal a la que estás dedicando un tiempo precioso; de hecho, has parado tu vida por ella. No querrás cagarla por no seguir el proceso natural de publicación, ¿no?

—Bueno, cuando la termine la enviaré a una correctora para que me repase las faltas ortográficas y todo ese rollo, tendré que contratar a un ilustrador para que me diseñe la portada y a un maquetador que le dé forma, ponerle un título, que eso me trae por la calle de la amargura, la verdad, registrarla y averiguar cómo funciona toda esa parafernalia de la autopublicación en Amazon, pero eso del lector beta... ¿qué coño es?

—Un lector beta es alguien que lee tu manuscrito antes de que se publique para darte su opinión y una perspectiva diferente sobre él. Lo que más le ha gustado, lo que menos, los puntos fuertes de tu escritura, sus debilidades...

—Vamos, alguien que te toca los cojones con la novela antes de hora. Perdona, pero no termino de verlo. —Las carcajadas de David vuelven a retumbar por la habitación. Susan nos regaña desde la planta inferior advirtiéndonos que vamos a despertar a la niña.

—Pues deberías, eso podría ayudarte. Es una labor que también llevan a cabo los grupos musicales.

—No veo yo a los hermanos Gallagher en la época dorada de Oasis llevando el *(What's the Story) Morning Glory?* a sus amiguitos y diciendo: «Uoooh, escuchad mi disco y, según cuál sea vuestra opinión, ya veremos si lo publicamos o no» —respondo haciendo aspavientos con las manos e imitando la voz de Shin Chan con gran dignidad.

—Eres de lo que no hay.

—Si hubiese tenido seguidores beta en mi canal de YouTube, posiblemente no habría publicado ni una tercera parte de mis vídeos. Bastante lidio ya con esos haters que vomitan un comentario despectivo a los treinta segundos del inicio de cada vlog. Gracias, pero no.

—Ya está otra vez tu autoestima haciendo de las suyas. —Se acerca a Megan para colocarle de nuevo el chupete que acaba de escupir.

—No necesito la opinión de nadie para publicar mis cosas, David. Bastante tengo ya con los estrictos controles de calidad que me autoimpongo yo mismo.

—Dime, ¿qué diferencia hay entre que un centenar de personas lean el libro la semana que lo publiques a que lo hagan una o dos antes de que pulses la tecla? Yo preferiría tener a dos que a cien lectores recriminándome que he escrito una basura. Sin embargo, siempre es mejor tener ciento dos reseñas positivas. ¿Ves por dónde voy? —Ya está este dándole la vuelta a la tortilla con sus terroríficos juegos psicológicos. Solo hay una forma de salir con vida de esta discusión.

—De acuerdo. Serás mi lector beta. —Es la única táctica eficaz para salir ileso cuando David se obceca de ese modo: agarrarse a la asertividad y huir sin echar la vista atrás.

—Bien, Áxel, bien. Necesitaremos otro más.

—¿Necesitaremos? Esto no es tu maldito equipo de trabajo.

—Te conozco muy bien y sé que vas a discutir cada una de mis puntualizaciones. Necesitamos a alguien neutral capaz de devorar un libro en apenas un par de días.

—Mar.

—No me jodas, Mar es tu chica. Cualquier cosa que escribas va a parecerle bien.

—No te creas. Además, cualquiera le dice que vas a leer mi novela antes de que se publique y ella no. Tú no tienes ni una idea buena dentro de esa cabeza, ¿verdad?

—Vale, está dentro —afirma como si mi libro fuese ya parte también de su proyecto vital—. Su madre —propone sin tapujos.

—¿María Ángeles?

—Profesora de Literatura, seguro que es una tiquismiquis de cuidado y, al fin y al cabo, ha sido ella quien te ha envenenado con todo este rollo de la novela. Es tu lectora beta perfecta. Además, seguro que le hace ilusión y, de paso, ganas unos cuantos puntos más con tu suegra. Estoy en todo, Áxel. —Me guiña un ojo de una forma un tanto tétrica.

—Sí, sí, lo que tú digas —respondo soslayando ya la conversación.

—Bueno, como ya soy oficialmente tu lector beta —David continúa pegando cabezazos contra el muro. Estoy a punto de dar una maldita palmada que active el insoportable berreo de Megan—, ya te puedo confesar una cosa… Nada, es una tontería. He leído ya parte de la novela —confiesa a bocajarro con una serenidad aplastante.

—No te creo. No serías capaz. —El iPhone vibra desde uno de los bolsillos de mis vaqueros—. Dime que no has violado mi intimidad de esa forma tan ruin.

Amenazo sin demasiado arrojo, quizá con una endeble luz en mi interior mascullando desde la oscuridad que, efectivamente, necesito una opinión que me confirme que lo que estoy escribiendo va por buen camino y es capaz de aportar algo de valor a ese futuro lector que un día decidirá comprar mi novela.

—Nueva York, Zaragoza, Enebrales... —Aporta pruebas con descaro enumerando los escenarios de los diferentes capítulos del libro—. ¿Desde cuándo en nuestra relación hay intimidad? —pregunta con sorna, con la verdad absoluta proyectando ese brillo desde sus oscuros ojos que solo la nostalgia es capaz de expandir de ese modo.

Lo hemos vivido todo juntos sin reservas. Hasta el punto de que un día, en algún momento del inicio de nuestra pubertad, se plantó en casa muy preocupado. Ese «tenemos que hablar» que escupió desde el otro lado del telefonillo me dejó intrigado. Lo esperé ansioso en el rellano de la escalera, vaticinando que algún imbécil se había aprovechado de su pequeña estatura en el barrio y le había robado las zapatillas o la propina que Pepe le asignaba cada domingo. Todas las peleas que he tenido hasta ahora han sido por defender a David. Era sagrado. Una especie de amuleto enclenque e intocable y alérgico a prácticamente cualquier cosa procedente de un árbol, pero también ese hermano que nunca tuve. Cuando el trayecto del elevador llegó a su fin, entró en casa sin detenerse para cerciorarse de que estábamos solos. La abuela estaba en el bar de Martina, contándose sus cosas de viejas con uno de esos culines de anís que se metían entre pecho y espalda cada tarde. Le pregunté asustado qué coño ocurría y ni corto ni perezoso se bajó los calzoncillos hasta las espinillas: «Esto pasa», me dijo señalándose el pubis, desde donde asomaban tres o cuatro raquíticos pelos que dibujaban una ridícula espiral negra en la parte baja de su vientre. «¿Tú también tienes eso ahí?». Le respondí que no, que mi miembro todavía estaba en fase Mortadelo y que él había alcanzado antes de tiempo el estatus de Filemón. David fue un ser peludo adelantado a su edad. Sus nervios tornaron en su famosa y estridente carcajada con el pito colgando en medio de mi habitación y los gayumbos descansando a la altura de los tobillos. Hasta que, de repente, me pidió que, por favor, le mostrara el mío, que en la ducha de los vestuarios del equipo había visto chorras que no eran como la suya y necesitaba de una vez por

436

todas resolver ese enigma de miembros viriles que su cerebro de apenas once años repetía en su cabeza desde que comenzó la temporada de fútbol. Se lo mostré algo ruborizado, y preguntó sin paños calientes si yo era capaz de asomar el glande por completo dejando atrás el prepucio. David a esa edad ya llamaba a las cosas por su nombre científico; yo, sin embargo, estaba más familiarizado con la picha y el capullo. Su ánimo se derrumbó al comprobar que yo no tenía ningún problema al desenfundar y, sin embargo, él no era capaz de desenvainar del todo. «Creo que estoy a punto de morir, Álex», manifestó, convencido de que sus días estaban a punto de acabar allí, en esa desordenada habitación que había sido testigo del forjado de nuestra amistad. Al mes siguiente lo operaron de fimosis. Recuerdo el tiempo de su recuperación con especial cariño, los dos encerrados en su cuarto mano a mano, destripando el *Donkey Kong* de la Super Nintendo. También palpita en mi memoria ese número del *Playboy* que le birlé a Félix, el de la papelería, con Pamela Anderson sonriendo en pelotas desde la portada y que Pepe me confiscó nada más poner un pie en su casa. David no podía empalmarse porque le habían puesto un par de puntos y me pareció gracioso regalarle una revista con la *sex symbol* del momento en cueros. Aquella revista apareció meticulosamente escondida en el fondo del armario de su padre dos años después, una tarde en la que David buscaba los regalos de Navidad antes de tiempo.

—Es un farol —auguro escudriñando su impasible gesto, esperando que una mueca lo delate y me confirme que me está tomando el pelo—. No has leído nada, solo te has dedicado a husmear por encima y estás aquí dando palos de ciego. —Al otro lado de la ventana comienza a nevar de nuevo por sexto día consecutivo—. Mejor así, te acabas de librar de una buena paliza, vaquero.

—¿A ti te parece que puedes ir por ahí escribiendo en un best seller que tengo aspecto de ñu desnutrido? —pregunta indignado, certificando que, efectivamente, ha leído al menos los primeros capítulos.

—¡Lo has leído!

—Pues claro que lo he leído. Llevo un rato diciéndotelo, cabezón. Tienes que cambiar esa analogía.

—¿Cómo?

—No sé, pon otra cosa, eso del ñu no me ha hecho ninguna gracia, que lo sepas. No estoy tan consumido, joder —protesta desanudando la bata de anciano y chequeando ese saco de huesos y canillas peludas que tiene por cuerpo reflejado en el espejo vertical que hace guardia junto a la puerta.

—¿Te está gustando?

—¿No decías hace un momento que no necesitabas la opinión de nadie para publicar?

—¿Te está gustando o no? —El canalla me está haciendo lo que yo mismo le hice hace un rato comparando a Trufita con Megan—. Ese juego lo inventé yo. —David se descojona.

—No quiero interferir en la historia —determina con una mueca que camina junto a la ambigüedad—. Cuando la termines, te daré mi más sincera opinión. Además, ya has perdido bastante el tiempo. ¿Hoy no se escribe o qué?

—Solo dime si está bien encaminada.

—Eso es decir demasiado.

—Tienes que darme una señal. Solo una pista, y te prometo que me encierro en esa habitación y no me vuelves a ver la gorra hasta la hora de la cena.

La voz de Susan vuelve a subir las escaleras con la zapatilla en la mano: «¿Podéis bajar un poco el tono de voz, por favor? Vais a despertar a la niña».

—Me has hecho llorar varias veces…

—Buah, lo sabía. —Mis peores augurios se cumplen. Estoy escribiendo una de esas novelas donde la gente se pasa media lectura llorando y termina en la cama, descompuesta, incapaz de conciliar el sueño—. Demasiado drama con Laura, ¿verdad? ¿O es quizá la escena del tanatorio de la abuela? No se lo digas a nadie, pero llevo gastados ya unos cuantos paquetes de clínex. Joder, pero la vida es así de ruda, por eso estoy frente a la pantalla del ordenador siete u ocho horas diarias desde hace seis meses. Si todo hubiese sido un camino de rosas, estaría ahora mismo con Mar recorriendo las calles de Nueva York haciendo fotos y no aquí, estrujándome los sesos a puñetazo limpio con las metáforas.

Intento justificarme sin demasiado sentido, ya que la mayoría de las grandes canciones de todos los tiempos proceden de esos momentos en los que la crudeza de la vida te muestra los colmillos en mitad de las tinieblas. Nirvana, La Habitación Roja o el noventa y nueve por ciento de todo lo que escribió aquel genio insustituible llamado Enrique Urquijo, mi escritor favorito... Aunque no le hacía falta plasmarlo en libros. Desahogaba su tristeza en estrofas y estribillos adornados minuciosamente con bellas melodías en las que en apenas tres o cuatro minutos te descuartizaba una historia que te dejaba helada el alma para siempre. Con la escritura ocurre algo parecido. Es un recurso que siempre utilicé para defenderme de esos monstruos internos que de vez en cuando pasaban a darse un garbeo por mi almohada en mitad de la noche. Cuando eres demasiado pequeño como para buscar armas en el cajón de los medicamentos, tienes que improvisar, y aquel bolígrafo negro y esos folios en blanco fueron auténticos lanzamisiles que me ayudaron a salir del pozo cuando a mis madrugadas se les fundían los plomos y lucían más lúgubres de lo habitual. Esa fragilidad emocional supongo que forma parte de mi esencia. Y es mucho más sencillo para mí escribir del boquete que me dejó Laura en el pecho aquella tarde de marzo que de cómo botaban sus tetas sobre mi cara cada vez que hacíamos el amor cuando las cosas nos iban de puta madre. Para eso ya está la traumática poesía del reguetón. El dolor forma parte de la vida y ayuda a empatizar con la persona que está al otro lado, aguantando el chaparrón con tus tragedias, pero con una media sonrisa colgando del labio pensando «Joder, eso también me ha ocurrido a mí».

—También me has hecho reír.

—¿Eso es bueno o malo? —Esa maldita ambigüedad me está carcomiendo los nervios.

—Eso quiere decir que llega, Áxel, y para mí es lo más importante de un libro. Que remueva un poco las entrañas. Pero, claro, soy parte implicada de la historia y eso me hace más vulnerable. No sé si surtirá el mismo efecto en un lector de a pie. —Me tendré que conformar con eso. Para lo hermético que suele ser David, puedo darme con un canto en los dientes y tomarme su comentario como una suerte de halago—. Oye, Áxel...

—¿Sí?

—No sabes las ganas que tengo de conocer a ese Churra. ¿Es así de verdad?

—Con Churra uno siempre se queda corto. Nada puede superar al original.

—Oye, otra cosa más. —Vuelve a frenarme cuando estoy a punto de salir de la habitación para sentarme a escribir de una vez—. He solicitado un traslado —dispara a bocajarro. Esta sí que no la he visto venir.

—¿Un traslado a dónde? ¿De qué hablas ahora?

—De que ya va siendo hora de volver a España.

—¡Hostia! Eso es genial, David. —Su semblante no dice lo mismo—. ¿Es genial?

—Baja la voz, joder. Susan no sabe nada todavía —me reprende cerrando la puerta, intranquilo.

—No, definitivamente, no es genial —me respondo yo mismo—. ¿Pero por qué no le has dicho nada?

—Mi empresa está en plena fase de expansión y quiere abrir camino en Europa montando allí una nueva delegación. He lanzado una propuesta con un proyecto propio postulándome para dirigirla. —David habla de convencer a magnates americanos para abrir oficinas en la otra parte del mundo como el que intenta montar un puesto de perritos calientes a la vuelta de la esquina—. Si todo sale bien, ya habrá tiempo de decírselo y de que lo digiera como es debido. —David siempre fue muy de primero lo hacemos y luego ya, si eso, vamos viendo qué pasa—. La familia de Susan es de Seattle, hay solo mil kilómetros menos de distancia que a España, y apenas vienen a visitarnos porque están ya mayores. ¿Qué me ata aquí? No hacen más que subirnos el alquiler año tras año y ahora que está Megan he de buscar el mejor sitio para criarla. Siento que aquí ya he hecho todo lo que tenía que hacer. ¿Qué te parece?

—Que vas a dormir en el sofá una buena temporada.

—¡Áxel, joder!

—Caminas siempre por la senda de la sensatez. Si tú lo ves claro, adelante. ¿En qué parte de España quieres montar el tinglado ese?

A mí, personalmente, me vendría muy bien que te mudaras a las islas Canarias.

—En el borrador he propuesto la Comunidad Valenciana.

—También me vale, así mato dos pájaros de un tiro cuando pase a ver a mi padre. —David esboza una sonrisa conmovedora—. ¿A qué viene esa cara?

—Nada, ese «a ver a mi padre». Tantos años de trifulcas y mírate ahora, hablando de él con ese gesto de orgullo que se te escapa cada vez que lo nombras. Nunca es tarde, ¿eh?

—Sí, sí que lo es. Ojalá la abuela hubiera vivido lo suficiente como para ser testigo de cómo están las cosas entre papá y yo, pero eso es ya mucho pedir —matizo con tristeza—. Por cierto, Mar también me ha insinuado un par de veces que quiere trasladarse...

—¡Pero si vivís en un traslado constante! —responde sorprendido, aludiendo a nuestra vida dentro de la furgoneta.

—Sí, por eso mismo. Quiere echar el ancla en algún lado. Aunque todas las veces que hemos intentado hablar de ello ha terminado reculando... Creo que no está siendo del todo sincera, ¿sabes? Es como si tuviera miedo a contarme lo que de verdad piensa, como si decir la verdad implicase ensuciar nuestra inmaculada y bonita historia.

—¿Y qué crees que piensa?

—Pues que la furgoneta está bien para un rato. Pero ella necesita su espacio. Mar viene de vivir durante toda su vida en casas enormes con jardín. Es como meter un tigre en un trastero. Bastante ha hecho ya.

—Yo no podría, desde luego. ¿Y tú eso cómo lo ves?

—No sé... El principal motivo por el que Laura y yo compramos la furgoneta fue para poder viajar de una forma más económica... Bueno, por eso y también porque soy más pesado que una maldita vaca en brazos. Aunque ella se prestó a invertir con la premisa de que la alquiláramos mientras no la utilizásemos. La quería rentabilizar tanto dentro como fuera de nuestras vacaciones. Ella siempre vio ese trasto como una fuente extra de ingresos, ya que comenzaba el *boom* de la *vanlife*. Para mí, sin embargo, era una vía de escape de esa rutina que cada día me acariciaba el cuello con el filo de una navaja.

—Laurita siempre a tope con los negocios. Pero nunca la alquilasteis, ¿no? —rememora David con una sonrisa melancólica. Se llevaban fatal a pesar de hablar el mismo idioma. Creo que siempre fueron demasiado iguales. Sus egos no se podían ni ver.

—Nunca. —Niego con la cabeza—. De hecho, Laura salió un par de veces con ella nada más, y una noche, al regreso de un fin de semana que pasamos en el delta del Ebro, me dijo que aquello no iba con ella. Mantuvimos la furgoneta aparcada en la calle acumulando suciedad durante varios meses. Laura era una princesa y quería un carruaje de cristal, no aquella calabaza de reparto blanca en la que había que cagar en un *potty* y vaciar las aguas grises cada tres días.

—Mar también lo es.

—M es distinta. Es capaz de bajar al fango, remangarse la camisa y rebozarse en la mierda para comprobar si algo le gusta o no. Por mucho jardín y piscina que haya tenido siempre, está hecha de otra pasta. Mar se mudó a mi vida sin pestañear. De Laura no puedo decir lo mismo.

—Estuvisteis juntos mucho tiempo. No es justo que hables así de ella.

—¿Sabes? A lo largo de todo este tiempo, he comprendido que nuestra relación siempre se basó en un lo tomas o lo dejas constante en el que siempre ganaba ella. Siempre me sentí culpable de que invirtiera sus vacaciones en ayudarme a grabar mis vídeos, pero los trescientos cuarenta y cinco días restantes del año era yo el que moría de ansiedad en un trabajo que no soportaba y el que se levantaba cada mañana de la cama por inercia… y todo eso lo hacía por ella. Debí haberme dado cuenta antes, pero, tío, no sabes cuánto la quería. Mar me ha dado otra perspectiva de lo que se supone que ha de ser una relación. No quiero convertirme en Laura, ¿entiendes?

—M te ha cambiado la vida, amigo. No tengo la más mínima duda de que vas a terminar en una casa, como todo hijo de vecino, Áxel. Conozco esa expresión. No te ha dicho nada, pero ya te ha convencido. ¿Me equivoco?

—Tampoco he viajado tanto con ella.

—¿Con Mar?

—Con la Sardineta —respondo con una mirada vacía orientada hacia la cuna de Megan—. Me escondí en ese maletero ese sanguinario lunes en el que mi vida voló por los aires, una semana después aparqué en Enebrales y allí me quedé.

—Supongo que vas a tener que elegir —augura frunciendo el ceño—. Ibas a tener que hacerlo tarde o temprano. Realmente, vives de los viajes que haces en avión, ese cacharro es solo el apartamento que te espera a la vuelta. ¿Qué sentido tiene hacer vida allí cuando podríais alquilar o comprar una casa y estar mucho más cómodos?

—Quería llevar una vida nómada...

—¿Querías?

—Digo «quería» porque, desde que me marché de Zaragoza, tengo la sensación de que he conducido con un ancla colgando de la ventanilla para tratar de reducir la velocidad de la marcha constantemente. Primero la pandemia, luego Trufita y después la bonita familia que encontré en esa playa de Huelva... Todo eran señales para que me quedase en un sitio y no me moviera demasiado. Felipe tenía razón.

—¿Quién es Felipe?

—Mi exjefe. El día que me despedí me dijo que era un animal social. Le tengo pánico a la soledad, David. Necesito estar acompañado siempre. Sigo echando de menos a mi madre, solo pude disfrutarla durante seis años y apenas tengo recuerdos de ella, pero nunca he sido capaz de llenar esa sensación de vacío. He ido por ahí siempre dando tumbos y donde veía que vendían algo de cariño, allí me quedaba. Como un maldito perro callejero. Esa vida que idealicé durante tantos años implica una soledad con la que no sé lidiar. Trufita hace lo que puede, que bastante es para una gata, pero ha sido Mar la que ha llenado mis días de color y he de proteger eso a toda costa.

Me limpio las lágrimas con la manga de la camisa de franela. David se muerde el labio inferior sin pestañear, con el mentón temblando, aguantando el llanto, pero no llorará. La gente como él jamás llora en público. Son demasiado cobardes como para abrirse en canal de esa forma y sollozar a cara descubierta como hacen los valientes.

—Vaya. —Traga saliva y exhala diluyendo su angustia de un suspiro.

—Al final, todo ha consistido en un maldito rodeo de casi tres años que me ha dejado en el mismo punto. Si te paras a analizarlo detenidamente, continúo en la misma casilla en la que estaría si aquel lunes solo me hubiese conformado con despedirme del trabajo. Podría haber seguido con Laura como si nada y haber apostado por mi proyecto viajando yo solo, volviendo a casa después de cada viaje, como he hecho hasta ahora porque tenía que cuidar de Trufita.

—Estás confundido, Áxel —suelta de repente—. No es que hayas dado un rodeo de tres años, lo que ha sucedido es que te has pasado el juego ya tres veces y acabas de parar de nuevo en esa casilla que estuvo a punto de retenerte y arruinarlo todo. Si no hubieras dejado a Laura, no habrías acabado en esa playa ni le habrías salvado la vida a esa gata robándole el corazón a miles de personas en plena pandemia a través de vuestros vídeos. Tampoco hubieses conocido a Julio, a Churra y Joe… y, por supuesto, tampoco habrías terminado en Nueva York enamorándote como un quinceañero de Mar. Si no hubiese sido ese lunes, habría sido un jueves cinco años después y el resultado sería muchísimo peor, créeme. Laura quería ser madre y llevar una vida corriente y sencilla y tú… Pues eso, eres tú.

David argumenta a la perfección lo que hubiera sido del Áxel del pasado si no hubiera confiado en lo que me gritaba el corazón, acomodado de nuevo en su lado del discurso con esa sonrisa que esbozan los candidatos a la presidencia del Gobierno cuando saben que han ganado el debate por goleada.

—Puto David…

—¿Nos damos otro abrazo o te vas a poner a trabajar ya de una vez?

Megan entra en escena al activar esa insoportable y desagradable sirena que tiene incrustada en la garganta. Trufita huye fulgurante de la cuna como si la persiguiese el mismísimo diablo. Los berridos del bebé me atraviesan los oídos haciendo vibrar algo dentro de ellos. David trata de apagar el fuego cogiéndola en brazos y meciéndola con delicadeza pero sin demasiada destreza. Esa masa de carne y espantosos alaridos de apenas seis kilos se lo está merendando vivo.

—¡Hasta que no habéis conseguido despertarla no habéis parado, eh!

Susan entra con la mesura y ese tono pausado que la caracteriza y despega a Megan de los descompasados brazos de David y la acurruca con suavidad sobre sus abultados pechos. La niña se calma de inmediato buscando con la boca el pezón agrietado de su madre.

La maternidad le ha sentado francamente bien. Al igual que su marido, tiene una constitución demasiado enjuta y esos kilos de más le han aportado un atractivo especial. Su ondulada e infinita melena anaranjada es ahora un moderno y desigual corte cuyas puntas no consiguen del todo acariciarle los hombros. David observa la escena con una derrota en los ojos mientras Susan se acomoda sobre la cama para darle el pecho a su hija.

—No te preocupes, David. Si tú tuvieras esas dos tetas cargadas de leche hasta los topes, también lo habrías conseguido —intento animarlo señalando a Susan—. Está claro que una madre siempre parte con ventaja.

—¿Podéis dejarme un ratito a solas con ella, por favor? —Nos echa de la habitación algo ruborizada.

—Bueno, yo tengo ahora una reunión por Zoom. —Chequea en el pasillo su reloj—. Nos vemos luego.

—Dales duro, Bill Gates. Antes de sentarme a escribir voy a comprobar que tu hija no me ha matado a Trufita de un berrido.

—Eres un exagerado. —Desaparece tras la puerta de su despacho.

Desciendo sobre los crujidos de la escalera enmoquetada y noto ese confortable mullido acariciándome las plantas de los pies. El piso inferior es un enorme y diáfano rectángulo con una pequeña cocina americana a un lado, un diminuto aseo escondido bajo el hueco de la escalera y un amplio salón que ocupa la parte restante del espacio. Es una casa bonita y acogedora construida en madera, como esas que aparecen en las películas americanas, con una preciosa fachada pintada en marrón claro a juego con los marcos blancos que circundan la puerta y las ventanas. Una valla de metal delimita un alopécico jardín. Es una casa esquinada y solo tiene vecinos a uno de los dos lados: Ezequiel, un veterano de la guerra de Irak de ascendencia latina que vive con su mujer, Camila, y con Douglas, un gigantesco San Bernardo ya mayor que permanece siempre recostado junto a la entrada de la vivienda incluso hoy, cuando otra colosal nevada trata de colapsar Nueva York.

Tras una intensa búsqueda coaccionada por la espectacular subida de los alquileres, encontraron esta ganga gracias a un compañero de trabajo de Susan, en el corazón de Ozone Park, un tranquilo vecindario al suroeste de Queens, por la que pagan la friolera de ochocientos dólares menos que por su antiguo apartamento de Brooklyn. El truco está en que se han alejado bastante de Manhattan, aunque la línea A del metro de Nueva York te deja en pleno Upper West Side en poco más de cincuenta minutos, y también en que a escasos metros de su calle hay un vasto cementerio. Lo cierto es que no les importó lo más mínimo que miles de almas descansaran a pierna suelta al otro lado de la avenida. Es más, para ellos fue un plus. Cuando llevas media vida escuchando mear a tu vecino de arriba, dormir a cien metros de un millar de cuerpos ya descompuestos bajo tierra no supone un problema. «Los muertos no molestan, los vecinos sí». Ese fue el magistral argumento que esgrimió David cuando le pregunté si no le acojonaba un poco instalarse tan cerca de un cementerio.

Él y yo siempre fantaseábamos con vivir algún día en una casa como esta. Tarea fácil cuando vives en un modesto piso de apenas sesenta metros cuadrados. Idealizamos mucho aquello del sueño americano, consecuencia de esos atracones de series y películas que endulzaron nuestra infancia. Y, ahora que lo tiene entre las manos, descubre que quizá no era eso lo que buscaba y que tal vez sea buena idea volver a casa. Somos inconformistas por naturaleza, anhelamos siempre eso que no tenemos, y una vez lo conseguimos, vemos cómo esa ilusión se desvanece como un ramo de flores que se consume poco a poco hasta acabar siendo un manojo de ramas secas con el encanto ya marchito.

Trufita le ha declarado la guerra a la nieve. Bueno, concretamente a esos enormes copos blancos que impactan sin descanso en el cristal de la ventana. No entiende qué es lo que ocurre. Acomoda el trasero sobre el brazo del sofá presa de la excitación, se agazapa tras uno de los cojines con las pupilas dilatadas, tiñendo de negro ese océano verde similar al que tiene Mar en los ojos, emite unos cuantos maullidos entrecortados procurando encontrar el momento adecuado y se estampa de nuevo contra el cristal. Se esconde de inmediato bajo la mesa para recuperar el aliento y perfeccionar su plan de ataque desde una posición segura. Me lanza una mirada que traduzco en un «Áxel, ¿qué coño es ese ejército de pequeñas y perfectas formas hexagonales congeladas que nos está atacando? ¡Tenemos que hacer algo!».

—Ven aquí, canija —la cojo en brazos—. Mira, es solo nieve —le digo como si fuera capaz de entenderme del mismo modo en el que Susan y David le hablan a Megan.

Trufita se revuelve horrorizada y me clava las uñas en la espalda. La intento tranquilizar, pero me hace daño y la poso de nuevo sobre la moqueta. Se frota un poco con mis espinillas sin despegar la mirada de la ventana. «Tiene que ser duro estar ahora mismo ahí dentro, ¿eh?», empatizo con ella acariciándole la cabeza. Tras más de diez horas encerrada en ese transportín que no soporta, llega aquí y descubre a esa pequeña e indefensa criatura que vive en pañales y que berrea como una posesa y, para colmo, hay millones de cositas blancas ahí fuera acechándonos de forma misteriosa. Se tiene que estar volviendo loca. Trufita recupera posiciones tras su cojín, dispuesta a reiniciar el proceso de su infructífera caza una vez más. Abro la puerta de la casa para intentar familiarizarla con la situación. El termómetro exterior que cuelga de la fachada marca nueve grados bajo cero. La nieve se amontona al otro lado del felpudo y oculta el caminito que yo mismo despejé ayer a palazos hasta la entrada de la parcela. Trufita se acerca de inmediato a curiosear asomando la cabeza con cautela. Divisa a Douglas durmiendo la siesta cubierto de blanco y le pega un maullido. «¿Qué coño haces? ¿Acaso no ves que nos están invadiendo?». El chucho no hace el más mínimo ademán de moverse un solo milímetro. Trufita se aventura a salir. Palpa el hielo con las almohadillas rosáceas de las zarpas y contempla maravillada ese cielo enrojecido que escupe hexágonos de hielo a cámara lenta sobre la ciudad. «Si te sirve de consuelo, yo tampoco soy capaz de entender cómo la naturaleza es capaz de fabricarlos con esa simetría perfecta», pienso. Me mira una vez más y se adentra de nuevo en la casa rumbo a la escalera con la cola tiesa y paso firme.

Trufita ha comprendido que contra esta nevada no se puede luchar y que si Douglas, que lleva toda la vida bajo ese porche, no se inmuta, ella no va a ser menos y que la mejor opción ahora mismo es imitar a ese experimentado San Bernardo, volver a los pies de Megan y dormir un par de horitas más.

—Menuda odisea, cariño. Pero ¿qué haces con esto abierto? Tú no sabes el frío que hace ahí fuera, ¿verdad?

El huracán Lagertha ya está en casa con las mejillas sonrojadas y el gorro de lana cubierto de escarcha. La beso en los labios esperando ese monólogo que me recita con fervor cada vez que llega narrándome todo lo que ha hecho, como si fuera una niña de ocho años que acaba de celebrar un cumpleaños en el parque de atracciones. Mientras yo trabajo en la novela, ella se pierde cada mañana por las calles de Nueva York en busca de imágenes que puedan alimentar los bancos de stock donde almacena sus fotografías.

—Menuda odisea para volver a Queens, amor, está todo colapsado. Iba a quedarme a comer por ahí, pero con este frío se me han descargado las baterías de la cámara. Pero creo que he podido tirar unas cuantas fotos decentes. —Podría quedarme a vivir para siempre en ese entusiasmo, sin duda, uno de mis lugares favoritos del universo—. En cuanto las edite, te las enseño. Con este temporal te congelas de frío, pero la perspectiva de la ciudad es completamente diferente. Está todo precioso. ¿Y tú qué tal? ¿Has podido avanzar? Te he enviado un wasap, pero no me has hecho ni caso.

—Yo bien, sí. ¿Un wasap? Bueno, David y yo hemos estado un buen rato ausentes, filosofando sobre la vida, y no he reparado demasiado en el móvil. Ya te contaré —le explico abriendo los chats pendientes de lectura en el iPhone—. Mi padre creo que está empezando a chochear, M.

Observo un vídeo que me ha enviado hace unas horas donde alguien rema sobre una tabla en la lejanía de un mar tranquilo. Cincuenta segundos de clip en los que no ocurre nada. Tenía la esperanza de que fuera uno de esos vídeos virales en los que en los últimos segundos aparece un tiburón devorando la tabla, pero no.

—¿A ver? Hay otro archivo después —aclara y toca con el dedo la pantalla. La imagen de mi padre embutido en un neopreno azul y negro se come el teléfono—. ¡Es él! —exclama emocionada. Yo no termino de pillar el chiste.

—Joder, claro que es él —añado algo espeso. Esa maldita novela está devorando la poca capacidad intelectual que le quedaba a mi cerebro.

—El vídeo de antes, cariño... Hoy estás un poco lentito, ¿eh? —me reprende con esa gracia innata con aroma a caricia—. El tipo del vídeo es tu padre. Te envía la foto para que veas que es él quien remaba. —Vuelvo a reproducir el clip—. ¡¡Es él!!

Reacciono de repente a lo Joey en *Friends*. Mi padre lo ha conseguido. La última vez que nos vimos caminaba a duras penas sobre un bastón y ahora navega por el horizonte del Mediterráneo manteniendo el equilibrio sobre una tabla de pádel surf. Quizá la abuela ya tenga algo de mano allí arriba y haya dado un par de órdenes al tipo ese que maneja el cotarro dentro del departamento del destino, o tal vez papá sea realmente un puto superhéroe capaz de resucitar dos veces y de aprender a hablar, cagar, caminar y remar de nuevo. Me niego a ofrecerle la más mínima resistencia a mis sollozos. ¿Para qué? Estas victorias se celebran así, en silencio y a cara descubierta, dejando fluir las lágrimas con la imagen de ese niño huérfano reflejada en la humedad del cristal de la ventana esbozando una sonrisa.

—Me alegro mucho, cariño. —Mar me acaricia la nuca abrazándose a mí por detrás. Con la oreja pegada a mi espalda, posa las pequeñas y heladas manos en las mías, prometiéndome sin hablar que nunca más volveré a estar solo.

El sol está a punto de despedirse otro ocaso más, pero antes ha decidido volcar la paleta entera de colores sobre el cielo de Manhattan. La luz rebota en los rascacielos creando un halo mágico alrededor del *rooftop* del 230 Fifth. La antena que corona el Empire State Building intenta pinchar ese globo anaranjado que es ahora mismo el horizonte. Este jardín que flota a veinte pisos de altura es un constante trajín de voces que el hilo musical trata de apaciguar escupiendo música relajante por los altavoces que se esconden tras los arbustos que cercan esta preciosa azotea. Una enorme hamburguesa intenta plantarme cara desde un plato a rebosar de patatas fritas.

—Tenías que haberla pedido menos hecha, cariño. Está buenísima, por cierto. —M se relame y retira con la servilleta una gotita de kétchup que pretendía quedarse a vivir en ellos para siempre—. ¿De qué te ríes?

Hoy es nuestra última noche en Nueva York. Mañana volvemos a casa.

—¿Tú sabes por qué cenamos hoy aquí? —le pregunto con una sonrisa pícara.

Su mirada me atraviesa con esos dos misiles de luz verde que proyectan sus ojos y que siguen intimidándome igual que el primer día que los vi.

—Pues claro, celebramos que has terminado tu novela.

—Bueno, me falta repasarla. Necesito revisarla antes de enviársela a la correctora. Si te digo la verdad, no recuerdo lo que escribí hace ocho meses cuando la empecé.

—Es lógico. No veas la alegría de mi madre ayer, cuando le dije que habías terminado la historia. Ya verás como funciona muy bien, amor. Tengo muchas ganas de leer lo que has escrito. —Mar vuelve a su hamburguesa como si hubiese acertado en su respuesta—. ¿Otra vez esa sonrisita?

—Ese es un buen motivo para venir aquí, pero no es el único.

—Bueno, también estamos rememorando la tarde en la que nos conocimos. Aquella también era tu última noche aquí, ¿te acuerdas? Tengo una memoria privilegiada. Pero ¿qué es lo que te hace tanta gracia, Áxel? ¿Tú te has fumado algo raro o qué? —Deja la hamburguesa en el plato, vuelve a limpiarse los labios, le da un pequeño trago a la cerveza y cruza los brazos dejándose caer sobre el respaldo de estas incómodas sillas de madera—. ¿No es eso? —Frunce el ceño, mosqueada, sin despegarme la vista de encima.

—No —respondo tajante antes de engullir un par de patatas fritas más. La hilera infinita de bombillas que recorren la azotea comienza a emitir destellos de diferentes colores. El sol ya duerme a pierna suelta.

—¿Has llegado ya a los cien mil suscriptores en YouTube? —pregunta alarmada, chequeando mi canal en la pantalla de su teléfono.

—No.

—En Instagram los pasaste hace ya tiempo, eso queda descartado —divaga pensativa con los dedos enredándose en el cabello dorado.

—Es mucho más importante que todo eso.

—¡Ostras! Perdóname, cariño, soy un desastre. —Parece que M al fin ata cabos—. Es por la mejoría de tu padre, ¿verdad? Aunque ya hace varios meses que recibiste ese vídeo… —No, no ata cabos; más bien se embarulla en ellos, sumergiéndose en una espiral sin fin.

—Esa sería otra gran razón, pero no, tampoco es eso.

—¿Puedo comprar una pista?

—Solo una.

—Tiene que ser buena, ¿eh?

—Va a ser espectacular —le digo buceando en el teléfono con una sonrisa maliciosa en los labios. Bebo un trago de cerveza y le muestro la pantalla.

—Áxel, joder, que estamos comiendo. ¿Pero qué mierda de pista es esa? Porque eso es una caca, ¿no? —Se acerca hacia la imagen achinando los ojos.

—Exacto. Es una boñiga, concretamente, de vaca.

—Me has dejado peor que antes. —Continúa instalada en su posición, apretando los labios—. ¿De verdad que esa mierda es una pista?

—La mejor de todas —asevero convencido—. ¿Todavía no?

Niega con la cabeza y con una divertida mueca de impotencia trazada en su preciosa cara.

—¿Qué día es hoy? —Comienzo a derribar el muro de la agonía.

—¿Miércoles?

—¿Miércoles y qué más?

—Miércoles a secas. Que yo sepa, los días de la semana no tienen apellidos.

Se me escapa una carcajada que atrae la atención de la parroquia del *rooftop*.

—Me refiero a la fecha, Mar.

—12 de abril —responde tras consultarlo en el iPhone.

—Hoy hace un año que me cambiaste la vida, cariño. Es nuestro aniversario —le revelo cogiéndola de la mano.

—¿Un año ya? ¡¡Un año ya!! —Sí, también M tiene a veces esas reacciones a lo Joey Tribbiani. Ahora, además de los clientes del 230 Fifth con los que compartimos azotea, también nos miran desde Nueva Jersey. Estoy convencido de que los decibelios de su grito han atravesado sin problemas las contaminadas aguas del río Hudson—. ¡Felicidades, cariño! —Se abraza a mi cuello apretándome con fuerza contra su cuerpo—. Soy malísima para las fechas, perdóname, por favor. No me lo vas a tener en cuenta, ¿verdad?

—Yo soy igual, Mar. No pasa nada —le miento un poco quitándole importancia al asunto.

—Nunca he celebrado los aniversarios —reflexiona con melancolía—. Aunque, si te digo la verdad, hasta que no apareciste bajo esa gorra con esa cámara en las manos no había tenido una relación así.

—¿Así cómo?

—Pues así —hace aspavientos con las manos, señalándonos—, una de esas relaciones donde cada día hay fuegos artificiales, con su cariño, sus te quiero y esas miraditas tuyas… —Me apunta con su dedo índice.

—Mis ojos son muy corrientes; de hecho, la mayoría de la población mundial los tiene así, marrones. No hay nada especial en ellos, Mar. ¿Estás tratando de desviar la conversación porque has olvidado nuestro aniversario? —disparo con sarcasmo para encenderla un poco.

—Eres idiota —protesta rápida—. No es ese color miel, es tu mirada, Áxel. Haces que me sienta en casa. No estoy acostumbrada a que me miren así, con ese afecto y esa calidez. Haces que aquí dentro todo se coloque en su sitio de un vistazo. —Se palpa el pecho.

Supongo que soy como esos perros que viven pendientes de los gestos de sus dueños esperando a que les caigan unas cuantas caricias, con la diferencia de que yo deambulo por la vida sin collar, sin chip… Buscando siempre el cobijo entre las sobras de cariño que la gente arroja a la basura. Allí soy capaz de hallar oro. Y en Mar no he encontrado un humano al que mendigarle unas míseras migajas de amor; me he dado de bruces con otro perro como yo, dispuesto a dar lo que nunca tuvo. A veces pienso que sería maravilloso ser capaz de decir todo esto en voz alta, pero cuando abro la boca las palabras no salen con la misma fluidez con las que el corazón las pronuncia dentro de mi cabeza y se atascan. Supongo que por eso decidí escribir una novela, para intentar dar salida a este mundo interior al que mi cuerpo ya se le queda pequeño.

—La mierda. —Mar me hace aterrizar de golpe en su planeta de bandazos y giros emocionales totalmente inesperados.

—¿Cómo?

—Sí, la mierda. ¿Qué tiene que ver esa boñiga que me has enseñado antes con nuestro aniversario? —pregunta intrigada y apoyada de nuevo sobre el respaldo de la silla.

—Kenia, nuestro primer beso, el poblado de los masáis, aquella vivienda hecha de barro y excrementos… —explico controlando con el rabillo del ojo la zona de la barra donde ya atisbo a Richi.

—¿Se puede saber qué miras ahora?

Richi se acerca a nuestra mesa con una preciosa guitarra acústica colgando de la espalda ante la atónita mirada de la muchedumbre que nos rodea y que sigue con curiosidad la escena. Ajusta un poco las clavijas para afinar las cuerdas. Gesticula con la mano y uno de los camareros posa una vela en mitad de nuestra mesa, la enciende con un Zippo en cuyo cuerpo se descubre grabada una bonita katrina y acomoda también entre los platos, con los restos de nuestras hamburguesas sin acabar, un marco con aquella preciosa foto que Julio nos hizo sentados sobre el felpudo de la furgoneta con su vieja Lumix para agotar ese carrete en blanco y negro que apareció por sorpresa en uno de los cajones del mostrador del chiringuito.

—Feliz aniversario, cariño. Muchas gracias por todo lo que haces por mí día a día. Eres mi auténtico «Wonderwall». Te quiero mucho. —El océano que vive en los ojos de Mar se inunda con sus propias lágrimas.

El hilo musical se desvanece hasta extinguirse, la garganta del músico carraspea ajustando el tono de voz y comienza a rasgar las cuerdas de la guitarra y emite los míticos acordes de «Wonderwall», esa legendaria canción de Oasis que, sin ser de nuestras favoritas, se ha colado por cada una de las rendijas de nuestra historia hasta convertirse en nuestro himno. La mayoría de las veces, el amor elige su propia banda sonora sin molestarse en pedir tu opinión. Su voz comienza a entonar esa preciosa letra igual que hizo aquella noche de diciembre, cuando la versión de Richi nos sorprendió por primera vez cruzando Greeley Square Park huyendo de la boca del metro. Mar y yo acabábamos de conocernos. Hubiese sido más fácil contratar a un músico al azar, ya que se trata de una canción relativamente sencilla de interpretar y el nivel de los artistas callejeros es muy alto en Manhattan, pero tenía que ser él. Así que una mañana de febrero, cuando Mar ya se había marchado a disparar fotos por ahí, decidí aventurarme y me planté en aquella estación de metro y allí estaba Richi, agarrado al «Go Away» de los Weezer.

Arrojé cinco dólares sobre la funda abierta de su guitarra y alargué mi café todo lo posible mientras lo escuchaba, maravillado. En una de sus pausas entre canción y canción, mientras seleccionaba el siguiente tema en las hojas de su gastado y amarillento cuaderno, me acerqué a él y le pregunté cuál era su caché por tocar un tema. Me respondió que la voluntad y que su música era libre. Le expliqué que tenía que tocar en un sitio concreto a una hora determinada y acordamos setenta dólares por una única canción. Pedí permiso en el *rooftop* y ahí está, hurgando en el estribillo de esa joya de los Gallagher, con los labios de Mar tarareando en silencio, mientras esa preciosa fuente de luz verde vierte lágrimas sin parar sobre sus mejillas.

La melodía llega a su fin y la terraza rompe a aplaudir con todo el mundo de pie, como si Coldplay acabase de cerrar uno de sus multitudinarios conciertos de estadio. Yo me abrazo a Mar, que continúa atrapada entre sollozos de alegría, invadida por la emoción. Richi agradece los aplausos tímidamente con la mano y vuelve a colgarse la guitarra en la espalda, nos acaricia en el hombro y desaparece bajo ese sombrero negro adornado con una pluma azul que le da un aire folk, más acostumbrado a la indiferencia de los acelerados pasos de su audiencia camino del metro.

—Eres lo mejor que me ha pasado, Áxel. —Mar me besa con pasión, atravesando mis labios con la lengua y empapándome la cara con el llanto que la felicidad ha derramado por su rostro. Varias personas aplauden fuera de nuestro abrazo. Nuestras caras se separan y Mar se suena los mocos en un clínex—. Tú aquí, trayendo a músicos que cantan como los ángeles para sorprenderme, y yo olvidando nuestro aniversario… Definitivamente, esto no está equilibrado. —Hace conjeturas tirando de ironía. Congela la mirada unos instantes sobre la vela y la foto, que sigue ahí, proyectando nuestra felicidad en blanco y negro. El hilo musical vuelve a los altavoces—. Esto no te ha salido muy bien. Con la canción, a tope, amor, ha sido el mejor regalo que me han hecho nunca. —Mar comienza a descojonarse señalando la llama de la vela que baila de lado a lado sobre la mesa.

—Pero…

—Esta foto y esa vela… Parece que nos hemos muerto, joder.

—M vuelve a esos giros de guion impredecibles marca de la casa, encanada por su propia risa, activando de nuevo la apertura de sus lacrimales. El mundo es, sin duda, un lugar mejor cuando ella ríe. Paseo la vista sobre la mesa y, siendo honesto, el paisaje es bastante tétrico. Vale, la vela y la foto destrozan la armonía del precioso momento que acabamos de presenciar ayudadas por algunos trozos de carne poco hecha esparcidos por los platos. Uno no puede estar en todo.

Mi teléfono comienza a vibrar. Es una videollamada. Descuelgo.

—¡Mira er Servante, qué cara de ecritor tiene yaaa! —La mirada azabache de Churra invade la pantalla.

—Churrita, qué sorpresa. ¿Cómo estás?

—Aquí, sin pará en to'l día. Siempre liao con loh negosio, ya sabes. Y estos jubilaos europeos que hasen lo que les sale de los huevos, pero bien. Poniendo orden. Oye, churra… ¿cuándo vení?

—Mañana volamos a Madrid y pasaremos un par de días en Zaragoza con los padres de Mar y para el fin de semana o comienzos de la próxima, como tarde, estaremos ya por allí —le confirmo con la cabeza de Mar apoyada en el hombro.

—¿Cómo estás, Churrita? —M saluda sonándose los mocos.

—¿Pero qué te ha hesho ese? Vaya cara de llorá que llevas, hija.

—Feliz, Churrita, eso me ha hecho —responde sonriendo.

—Este Áxel lo mismo te hase un vídeo que te ecribe una novela o te pone er chichi como agüita de limón, el hijoputa. —Sus carcajadas retumban en el teléfono. Mar y yo nos contagiamos de su risa y de esas salvajadas que suelta como si fueran un vulgar estornudo y que ya empezaba a echar de menos.

—Eres un bestia, Churra, estás sin vacunar, joder. ¿Qué haces despierto a estas horas?

—Me había metido en el sobre, pero tengo un runrún ahí dando po'l culo.

—¿Y qué runrún es ese, Churrita?, ¿va todo bien?

—He estao dándole vueltas a mi personaje. —Asiente con la cabeza destilando cierta preocupación.

—¿A tu personaje?

—Creo que etamo enfocando esto mal. ¿Tú me puede a mí hasé rubio y así, ma alto y meno regordete?

—¿Cómo?

—Tú me dijite que iba a salí en el libro, ¿no?

—Claro que sales, Churrita. Eres un personaje clave en la historia —lo animo.

—Hombre, si es argo autobiográfico tuyo, eso ya lo sé yo, carajo... Yo soy una piesa fundamentá en tu vida, en eso etamo de acuerdo. Pero... es que tengo un poco de miedo esénico, ¿sabes?

—Pero ¿qué le pasa a tu aspecto, Churra?

—Pasa que ahora las series del Netfli son toas basás en libros. Y una cosa es que te lean... Porque ese libro tuyo no tiene foto, ¿no?

—No, no tiene fotos. —Me aguanto la risa como puedo, pero su semblante le delata y está hablando en serio. Está realmente preocupado—. ¿Pero qué tienen que ver las series de Netflix con mi novela?

—Pué que cuando hagan la serie van a buscá a un actor de esos que paresen un camionero de Arisona y no me sale de la polla, carajo... ya está. —Mar y yo rompemos a reír. He hecho cuanto estaba en mi mano, pero contra la inocencia de Churra no se puede luchar. La única opción viable cuando las cosas llegan a este punto es dejarse arrastrar por la marea—. ¿Tú ha visto la serie esa der café y las flore?

—¿Eh?

—*Café con aroma de mujer* —aclara M.

—Menos ma que estás tú ahí, Mar, porque ese es mu inteligente, pero a vese no se entera un carajo de qué va la vaina. —Mar se aparta del enfoque de la cámara de mi teléfono para poder reírse a gusto. Yo permanezco ahí, aguantando el tipo, mordiendo los carrillos internos para tratar de mantener las carcajadas dentro de la boca—. Yo quiero que me haga como el guaperas ese rubio que es cubano, ¿entiende?

—Vamos a hacer una cosa. Yo dejo el libro como está. —Niega con la cabeza con rotundidad—. ¡Acabo de terminarlo, Churra, ahora no puedo ponerme a cambiar todas tus escenas, coño! Apareces en varios capítulos. —Frunce el ceño rascándose la cabeza.

—¿Ma que el Julito?

—¿Eh?

—Que si salgo ma que el Julito.

—Eres el que más sale, Churra —le confirmo guiñando un ojo, y de forma automática se dibuja una sonrisa de satisfacción en su bronceado rostro—. Pero escúchame, te prometo que, si algún incauto decide hacer una serie basada en mi novela, le propondremos a la productora como cláusula insalvable que el actor ese del café y las flores interprete tu papel. —Me mira pensativo.

—¿Me ha pueto guapo en la novela esa?

—Milagros no puedo hacer, pero tienes tu puntito, sí.

—Me lo ha prometido, ¿eh? —advierte levantando el dedo índice.

—Tenemos un trato. Ya sabes que yo nunca fallo.

—Ya, eso sí es verdá. ¿Como está mi reina?

—Echándote de menos, igual que nosotros.

—Normá, a sabé qué polla le etai dando de comé a la gata allí. Venga, que estoy molido, tené cuidao a la vuelta y nos vemo el finde. —Churra cuelga sin darnos tiempo a despedirnos, como hace siempre.

—Tú sabes que te quiere como un hermano, ¿verdad? —Las carcajadas de Mar han tornado a un canto a la amistad—. Eso no es algo que se regale en cada esquina, amor. Es un tesoro que has de cuidar.

Su mirada flota entre los rascacielos, donde el atardecer ha dejado ya de proyectarse en las enormes cristaleras que envuelven esos descomunales monstruos de hormigón que nos rodean y que poco a poco se van ya iluminando.

—Yo también lo quiero mucho. Llegué a esa playa roto por dentro y encontrarme con ese niño de casi cien kilos hablando a grito pelao bajo esa maraña de pelo negra fue un auténtico regalo de la vida, Mar. —Me mira pensativa y un desagradable escalofrío me recorre la nuca. Es el modo que tiene el sistema nervioso de advertirme. Un mal presagio acecha bajo la gorra.

—Oye, cariño, ¿puedo hacerte una pregunta? Tampoco quiero presionarte.

Lo sabía. Tengo un sentido de más. El día que me encargaron, el maravilloso ingeniero que diseñó mi cuerpo debió de pensar: «Como su madre va a morir en seis años, pongámosle un extra de intuición para tratar de compensar un poco». Es un dispositivo infalible que nunca falla.

—¿Ahora? —Intento ganar tiempo. Presiento por dónde van a ir los tiros y no sé si estoy preparado para gestionar esta conversación en este momento.

—Claro, ¿cuándo va a ser si no? —A Mar, por lo visto, le urge dejar zanjado nuestro futuro aunque estemos en mitad de nuestro aniversario. Un pedrusco comienza a bucear en el interior de mi estómago.

—Hoy estamos de celebración, Mar. ¿De verdad quieres que hablemos esto ahora?

—Tienes razón, perdona. Sospechaba que estabas más agobiado de lo que aparentas.

—Ahora no puedo decidir eso, cariño. Ya habrá tiempo de sentarnos y de poner las cartas sobre la mesa y decidir cuál es la mejor opción de todas, ¿no crees?

—Si ya tienes varios en mente, quizá yo podría ayudarte a elegir. Aunque así, a ciegas, va a ser un poco complicado.

—¿A ciegas? Nadie compra una casa a ciegas, Mar.

—¿Una casa?

—¿Eh?

—¿De qué casa hablas, Áxel?

—¿De qué estás hablando tú? —Ese maldito ingeniero me puso una intuición de esas de imitación que venden en los bazares chinos.

—Del título de tu libro —responde estupefacta.

—Buah, eso es lo que peor llevo, Mar. He sido capaz de cerrar la historia, pero resumir todo en un puñado de letras me da toda la ansiedad que no me ha provocado la novela. Igual cuando la leas puedes echarme una mano. ¡Ah, ahora pillo eso de a ciegas! Cómo ibas a ayudarme con el título sin haber leído la novela, claro. Estoy tonto. —Trato de alargar todo lo posible mi estúpido discurso, ya que no soy capaz ni de imaginar la que me espera cuando el silencio vuelva a asentarse entre nosotros—. ¿Has visto qué buena noche se ha quedado? ¿Pedimos algo más?

—¿Quieres que nos vayamos a vivir a una casa?

—¿Tú?

—Te lo estoy preguntando a ti, Áxel.

—De vez en cuando.

—¿De vez en cuando? Te quiero con locura, cariño, pero a veces eres un puto galimatías —se sincera con una sonrisa llena de ternura.

—Yo pensaba que eras tú la que se había cansado de la furgoneta.

—¿Yo?

—¿No es así? —pregunto sorprendido. Definitivamente, esa maldita intuición extra ha sido un timo en toda regla.

—Ahora entiendo. —Sonríe de nuevo y me coge la cara con las dos manos—. No sé cómo, pero tú mismo te has creado la idea bajo esa gorra de que ya estoy harta de jugar a las casitas en la furgoneta, ¿me equivoco?

—Hombre, a veces dices cosas. «Mira qué casa tan bonita», «¿Te gustaría vivir aquí?», «Cada día tenemos menos espacio»… Si a eso le sumas que siempre has vivido en casas de tres plantas con un enorme jardín, pues blanco y en botella —razono y doy un último trago en busca de las últimas gotas de cerveza.

—Menudo chocho de cables que tienes en esa cabeza. ¿Cómo se puede ser tan brillante en algunos aspectos y tan desastre en otros? A ver cómo te explico esto… Si quisiera mudarme, ya lo sabrías, Áxel. Te lo hubiera dicho. Y sí, llevo toda mi vida viviendo en casas enormes y ¿sabes qué? En ninguna me he sentido tan libre como en esos doce metros cuadrados en los que vivo ahora contigo y con Trufita. ¿El espacio es un problema? ¡Claro que lo es! —se responde ella misma mientras sigo su argumento embobado, pensando que a veces soy bastante gilipollas y que esta preciosa criatura de rasgos nórdicos se está ganando el pase vip al paraíso por el mero hecho de aguantar desde hace un año mi amplio repertorio de merluzadas—. Todo tiene sus pros y sus contras. Además, si te dejasen construir una casa en mitad de esa playa, estoy convencida de que te mudarías sin pensarlo. O, dicho de otro modo, si pudieras irte a vivir a un lugar donde estuvieran Churra, Joe y Julito también te mudarías. —Golpea el clavo de mi conciencia con una precisión milimétrica.

—Tenía miedo de escuchar eso en voz alta, Mar. No quiero joder las cosas, ¿sabes? A veces mi cabeza se empeña en llevarme la contraria. Es como una especie de batalla interna. No sé cómo explicarlo, la verdad. La cabeza va por un lado y el corazón por otro.

—¿Sabes cómo se llama eso? Evolución.

—¿Tú cómo sabes tanto de la vida?

—Demasiados meses de terapia, cariño. Te recuerdo que yo también he lidiado con algunas de esas guerras internas. ¡Ah!, y además tengo ojos en la cara —añade con cierta sorna y una graciosa mueca—. Sé ver las cosas, Áxel, pero me gusta mirar en silencio. Como haces tú. —La formalidad se apodera de nuevo de su rostro vikingo.

—¿Y qué más ves?

—Que estás acostumbrado a tirar siempre de entraña en una constante huida hacia adelante que no te permite mirar atrás porque siempre has vivido con esa rara sensación de peligro dentro. —Entrecomilla con las manos—. Como si algo malo estuviese a punto de suceder siempre. No sabes bregar con la concordia que ahora mismo gobierna tu vida, Áxel. Eres como Trufita cuando escucha fuegos artificiales y sigue en alerta tres horas después, cuando ya está todo en calma desde hace un buen rato. No sé si me estoy explicando bien, cariño…

—Te explicas a la perfección. Es urgente que hagas esto más veces, Mar —le pido cogiéndole la mano. También le suplico que nunca se vaya de mi lado, pero esto último solo retumba con eco en el interior de mi cabeza.

—Todas las que hagan falta. —Me acaricia con suavidad la mejilla, instalando ese mar verde en el interior de mis ojos—. Ya no estás solo en esas batallas, amor. Ahora somos dos.

Vuelve a dirigir la vista a los rascacielos y esboza una sonrisa de esas que ganan guerras de forma inconsciente.

M acaba de descuartizarme aquí mismo, en medio de este *rooftop*. Luego ha vuelto a montar el puzle sin mirar una sola página del libro de instrucciones, a su manera. Le han sobrado tres o cuatro piezas que ella misma ha descartado y así me ha dejado. Como nuevo.

Llevo demasiado tiempo escapando, atemorizado. Tanto que, ya exhausto, he escuchado de nuevo el canto de los pájaros, el oleaje del mar, el sonido abrumador de la nada, los grillos en la noche entonando sus grandes éxitos sin temor a ser acechados por ninguna perversa criatura con gula que los engulla. Mi nivel de cortisol se ha instalado para siempre en el límite, incluso cuando mi frecuencia cardiaca no es capaz de alcanzar los setenta latidos por minuto. Me he recostado sobre la arena, tratando de recuperar el aliento, y en ese camino con mis huellas impresas en él ya no hay nadie que persiga mis pasos. Por mucho que mire, no aparece nadie quebrando la rígida línea del horizonte. Ya no hay ni rastro del maquiavélico colmillo del sinvergüenza ese que maneja los hilos allí arriba. La abuela y Martina tienen que estar dándole una tunda de escándalo. Miro mis cartas y por primera vez en mi vida no estoy deseando robar para ver si el azar me ofrece algo mejor. Al fin tengo armas para encarar la partida con valentía. Mi corazón late de otro modo. Me huelo el cuello de la sudadera y aquí ya no hay ni rastro de esa fragancia a derrota con la que llevo tantos años familiarizado. Este aroma es nuevo; huele a victoria y a vivir el momento, a tapiar el acceso al futuro y emborronar el puente del pasado para que solo pueda centrarme en ese océano verde que inunda mi presente.

—El chico de la gorra… —suspira de repente M.

—¿Eh?

—El chico de la gorra —repite convencida—. Ese debería ser el título de tu libro.

Nota del autor

¡Hola!

Lo primero de todo, quería agradecerte, de corazón, que hayas llegado hasta esta página. Espero que hayas disfrutado del viaje y que esta novela haya conseguido acariciarte o quién sabe si arañarte un poquito el alma. En cualquier caso, espero haber dejado un buen recuerdo en ti y ojalá hayan merecido la pena las horas que has pasado leyéndome.

En toda buena historia conviven la realidad, la ficción y esa zona donde las musas juegan a combinar ambos escenarios. Pero una cosa tengo clara: *El chico de la gorra* no hubiera sido posible sin la otra pata de mi proyecto, *Mikeandmerytv*, la fuente de la que he bebido en gran parte para poder construir esta novela. Si te ha gustado esa parte de la vida de Áxel y has llegado aquí por casualidad, es posible que te guste nuestro blog, nuestro canal de YouTube y el resto de nuestras redes sociales. Allí comparto mis experiencias por lo largo y ancho del mundo junto a mi M.

Espero verte por ahí y, ya sabes, suscríbete, dale a la campanita y, sobre todo, comparte. Y si te ha gustado, recomienda esta novela para que continúe volando.

Muchas gracias.

Lista de canciones de *El chico de la gorra*

Búscala así en Spotify.

«Wonderwall», de Oasis
«Mañana será otro día», de Rubén Pozo
«Radiation Vibe», de Fountains of Wayne
«Rose of my Heart», de Johnny Cash
«Norge», de La Habitación Roja
«Don't Go Away», de Oasis
«Don't Look Back in Anger», de Oasis
«Whatever», de Oasis
«Yellow», de Coldplay
«Nuevos tiempos», de La Habitación Roja
«Creep», de Radiohead
«On my Way», de Sons of the East
«3 Rounds and a Sound», de Blind Pilot
«American Pie», de Don McLean
«Go Away», de Weezer
«Macy's Day Parade», de Green Day
«The Universal», de Blur

Agradecimientos

Esta novela no habría podido escribirse sin ella, Mery, mi M, que me animó a hacerlo en cuanto se lo propuse con una sonrisa en la cara y otra, más evidente si cabe, en el corazón, de esas de verdad. De esas que dicen «Al fin vas a por ese sueño del que llevas hablándome desde que nos conocimos». Esto también es tuyo. Muy tuyo. Gracias por cargar con todos nuestros proyectos mientras creaba esta historia, por tu ánimo cuando las musas estaban a otra cosa y a mí me jugaba una mala pasada esta maldita autoestima. Gracias por devorar la novela en apenas dos días cuando la acabé, por tus opiniones sinceras, constructivas y, sobre todo, por remar conmigo en la barca.

Verte llorar y reír mientras me leías me dio el impulso definitivo y la certeza de que este año sumergido en Axelandia ha merecido la pena.

Esto de sentarme a escribir no es nuevo, es algo que llevo haciendo desde aquellas primeras redacciones que nos encargaban en el colegio cuando era un mocoso de unos diez años. Algo hizo clac aquí dentro y descubrí una forma de comunicarme que me hacía la vida más fácil, mucho más fácil: declaraciones a las chicas, pensamientos, reflexiones, pequeños relatos, concursos literarios… todo aquello fue posible porque las profesoras de Lengua y Literatura que me soportaron a lo largo de mi vida escolar vieron algo en mí que los demás docentes no veían y siempre me animaron a que continuara escribiendo. Me acuerdo especialmente de doña Blanca, de Pilar Meléndez y de Carmen Dueso. Gracias de corazón. Ojalá este ejemplar llegue a vuestras manos; haré lo posible por que así sea.

Gracias al mar, a la vida en la furgoneta y a todos los elementos que me han inspirado para hilar esta historia.

No me puedo olvidar de esas personas que hacen su trabajo en la sombra y cuya labor es clave para que tengas este libro en tus manos con la mayor calidad posible.

Gracias, María, por volcarte con la corrección y por compartir conmigo tu experiencia cuando más falta me hacía. Has salvado mi novela del incendio. Te debo una.

Debo agradecer a Eli esa portada a los apenas tres días de contarle mi idea cruzando unos cuantos audios por Instagram. Acertaste en plena diana a la primera cuando solo llevaba escritos un par de capítulos. Empecé la casa por el tejado, pero necesitaba algo tangible que me hiciese confiar en mí. Tu diseño fue un motor implacable.

Gracias a Ana, por encontrar mi novela y confiar tanto en ella como para llevarla a las estanterías de muchas librerías de España. A Gonzalo, al equipo de Suma y a toda esa gente que de una manera u otra han aportado su granito de arena para que la historia de Áxel llegue lo más alto posible.

Y, sobre todo, gracias a ti, que me estás leyendo, primero, por invertir tu tiempo y tu dinero en sumergirte en esta locura, y segundo, por llegar hasta aquí. Me he dejado la piel para que hayas tenido un viaje lo más agradable posible. He hecho lo que he podido. Espero de corazón que cierres este libro con una sonrisa de oreja a oreja y te deje un buen recuerdo. Si es así, te pido un último favor: recomiéndalo, que deje de ser nuestro y que vuele… Será una bonita forma de que volvamos a encontrarnos.